时光易逝,红颜老去,只留一地余香借以缅怀,内心的孤寂只能独自品尝,何处问多情?

清 吴振武 《荷花鸳鸯图》

原来生命所需要抵达的从来不是功名利禄、名誉万世,而仅仅是内心的平和与安定。

清 郎世宁 《八骏图》

一生最爱纳兰词

珍藏版　全词彩插

纳兰容若／著

石油工业出版社

图书在版编目（CIP）数据

一生最爱纳兰词：全词彩插珍藏版/（清）纳兰容若著.
北京：石油工业出版社，2014.11
（阅读大中国．诗词）
ISBN 978-7-5183-0285-7

Ⅰ.一…
Ⅱ.纳…
Ⅲ.纳兰性德（1654～1685）-词（文学）-诗歌欣赏
Ⅳ.Ⅰ207.23

中国版本图书馆 CIP 数据核字（2014）第 148269 号

一生最爱纳兰词

出版发行：石油工业出版社
（北京安定门外安华里 2 区 1 号楼　100011）
网址：www.petropub.com
编辑部：（010）64523558　图书营销中心：（010）64523633
经　　销：全国新华书店
印　　刷：北京晨旭印刷厂

2014 年 11 月第 1 版　2021 年 9 月第 7 次印刷
740 毫米×1060 毫米　开本：1/16　印张：22　插页：9
字数：560 千字

定价：48.00 元
（如发现印装质量问题，我社图书营销中心负责调换）
版权所有，翻印必究

他为情生

　　胸纳幽兰，神容自若。清丽雅致的名字，却带着一身忧郁淡漠的气质，仿佛这位才华横溢的富家公子，是误入凡尘的精灵，为体味世间的忧伤而来。

　　的确，纳兰的词作中，"愁""泪""恨"等字眼触目即是，无处排遣的抑郁困惑，字里行间随处可见。连他年迈的父亲纳兰明珠读罢也不禁扼腕叹息："你什么都有了，为何还这样不快？"为何？为"缁尘京国，乌衣门第"的富贵出身，为"情到浓时情转薄"的悲凉无奈，为萦绕于心又挥之不去的浓浓悲情。

　　纳兰天资聪颖，能文能武，是权倾朝野的宰相纳兰明珠的长子，是康熙皇帝钦点的御前侍卫，是才情洋溢的翩翩公子，却偏偏不是他希望成为的那个自由人。如若，爱情能驱散容若心中的阴霾，那么，他也不会这般郁郁寡欢了吧？只是，三段真挚凄美的感情最终都求而不得，得之却又无法长久。自妻子卢氏香消玉殒，纳兰的深情便也随之埋进泥土，从此，笔墨间"悼亡之吟不少，知己之恨尤深"，句句血泪，字字惊心，读来无不叫人愁肠寸断。

　　撇开文字不说，纳兰的性情倒是与《红楼梦》里的贾宝玉有几分相似，都是出身相门的富贵公子，都是情深义重的款款情人，难怪乾隆皇帝在读完《红楼梦》时说："此盖为明珠家事也。"只是，大观园里有纳兰影子的又何止宝玉一个？至情至性、多愁善感的林黛玉又何尝不是满腹才情，却又抑郁寡欢，悲凉不已。

　　纳兰吟"非关癖爱轻模样，冷处偏佳"，为雪花飘零而悲；黛玉唱"花谢花飞花满天，红消香断有谁怜"，为落花凋零而哭。却不知，他们的命运同这番景致有着相似的凄美。悲观的性格决定了悲剧的一生。如果说黛玉是一颗令人怜惜的泪珠儿，那么纳兰容若，便是一朵绽放幽香的兰花，浓而不烈，香而不浊，就像他的词，唇齿留香，余韵无穷。

是天妒英才也好，积郁成疾也罢，三十一岁的生命终究还是太过短暂。可是，容若的一生并不苍白，他为情而生，为情而苦，为情而亡，他是那个时代里为爱而纯粹活过的人。他度过一季比诗歌更诗意的生命——徐志摩如是说。

纳兰的离开，让三百多年前的情愫心事被静静掩埋。三百多年后的今天，我们将用怎样的眼界来看待他，于他已不重要。那些动人的词句将被有缘人一次次传送，又以另一种方式被我们默默铭记。

目录

| 卷一 | 1 |

忆江南（昏鸦尽）……………………………………………1
忆江南（江南好，建业旧长安）……………………………2
忆江南（江南好，城阙尚嵯峨）……………………………2
忆江南（江南好，怀古意谁传）……………………………3
忆江南（江南好，虎阜晚秋天）……………………………4
忆江南（江南好，真个到梁溪）……………………………5
忆江南（江南好，水是二泉清）……………………………6
忆江南（江南好，佳丽数维扬）……………………………6
忆江南（江南好，铁瓮古南徐）……………………………7
忆江南（江南好，一片妙高云）……………………………8
忆江南（江南好，何处异京华）……………………………8
忆江南（新来好，唱得虎头词）……………………………9
忆江南（挑灯坐，坐久忆年时）……………………………10
忆江南（江南忆，鸾辂此经过）……………………………11
忆江南（春去也，人在画楼东）……………………………11
忆江南·宿双林禅院有感（心灰尽）………………………12
忆王孙（暗怜双绁郁金香）…………………………………13
忆王孙（刺桐花底是儿家）…………………………………14
忆王孙（西风一夜剪芭蕉）…………………………………15
采桑子（彤霞久绝飞琼字）…………………………………16
采桑子（谁翻乐府凄凉曲）…………………………………16
采桑子（土花曾染湘娥黛）…………………………………17
采桑子（而今才道当时错）…………………………………18

1

采桑子（严霜拥絮频惊起）……………………………19
采桑子（冷香萦遍红桥梦）……………………………20
采桑子（嫩烟分染鹅儿柳）……………………………21
采桑子（非关癖爱轻模样）……………………………22
采桑子（桃花羞作无情死）……………………………23
采桑子（拨灯书尽红笺也）……………………………24
采桑子（凉生露气湘弦润）……………………………25
采桑子（谢家庭院残更立）……………………………26
采桑子（明月多情应笑我）……………………………26
采桑子（那能寂寞芳菲节）……………………………27
采桑子·九日（深秋绝塞谁相忆）……………………28
采桑子（海天谁放冰轮满）……………………………29
采桑子（白衣裳凭朱阑立）……………………………29
采桑子·居庸关（巂周声里严关峙）…………………30
添字采桑子（闲愁似与斜阳约）………………………31
浣溪沙（十里湖光载酒游）……………………………32
浣溪沙（脂粉塘空遍绿苔）……………………………33
浣溪沙（泪浥红笺第几行）……………………………33
浣溪沙（伏雨朝寒愁不胜）……………………………34
浣溪沙（谁念西风独自凉）……………………………35
浣溪沙（莲漏三声烛半条）……………………………36
浣溪沙（消息谁传到拒霜）……………………………37
浣溪沙（雨歇梧桐泪乍收）……………………………37
浣溪沙（谁道飘零不可怜）……………………………38
浣溪沙（酒醒香销愁不胜）……………………………39
浣溪沙（欲问江梅瘦几分）……………………………40
浣溪沙（抛却无端恨转长）……………………………41
浣溪沙（一半残阳下小楼）……………………………41
浣溪沙（睡起惺忪强自支）……………………………42
浣溪沙（五月江南麦已稀）……………………………43
浣溪沙（残雪凝辉冷画屏）……………………………44
浣溪沙·咏五更，和湘真韵（微晕娇花湿欲流）……44

2

浣溪沙（五字诗中目乍成）……………………………45
浣溪沙（记绾长条欲别难）……………………………46
浣溪沙（身向云山那畔行）……………………………47
浣溪沙（万里阴山万里沙）……………………………48
浣溪沙（凤髻抛残秋草生）……………………………48
浣溪沙（肠断斑骓去未还）……………………………49
浣溪沙（旋拂轻容写洛神）……………………………50
浣溪沙（十二红帘窣地深）……………………………50
浣溪沙（容易浓香近画屏）……………………………51
浣溪沙（十八年来堕世间）……………………………52
浣溪沙（欲寄愁心朔雁边）……………………………53
浣溪沙（败叶填溪水已冰）……………………………53
浣溪沙（锦样年华水样流）……………………………54
浣溪沙（肯把离情容易看）……………………………55
浣溪沙（已惯天涯莫浪愁）……………………………56

卷二 ……………………………………………………58
浣溪沙·古北口（杨柳千条送马蹄）…………………58
浣溪沙·寄严荪友（藕荡桥边理钓筒）………………59
浣溪沙·大觉寺（燕垒空梁画壁寒）…………………59
浣溪沙·小兀喇（桦屋鱼衣柳作城）…………………60
浣溪沙·姜女祠（海色残阳影断霓）…………………61
浣溪沙·庚申除夜（收取闲心冷处浓）………………62
浣溪沙·红桥怀古，和王阮亭韵（无恙年年汴水流）……63
摊破浣溪沙（林下荒苔道韫家）………………………63
摊破浣溪沙（风絮飘残已化萍）………………………64
摊破浣溪沙（欲语心情梦已阑）………………………65
摊破浣溪沙（小立红桥柳半垂）………………………66
摊破浣溪沙（一霎灯前醉不醒）………………………67
摊破浣溪沙（昨夜浓香分外宜）………………………68
虞美人（绿阴帘外梧桐影）……………………………69
虞美人（曲阑深处重相见）……………………………69

虞美人（峰高独石当头起）……………………………70
虞美人（春情只到梨花薄）……………………………71
虞美人（黄昏又听城头角）……………………………72
虞美人（彩云易向秋空散）……………………………73
虞美人（银床淅沥青梧老）……………………………73
虞美人（风灭炉烟残灺冷）……………………………74
虞美人·为梁汾赋（凭君料理《花间》课）…………75
虞美人·秋夕信步（愁痕满地无人省）………………76
生查子（东风不解愁）…………………………………77
生查子（鞭影落春堤）…………………………………78
生查子（散帙坐凝尘）…………………………………79
生查子（短焰剔残花）…………………………………79
生查子（惆怅彩云飞）…………………………………80
清平乐（青陵蝶梦）……………………………………81
清平乐（烟轻雨小）……………………………………82
清平乐（将愁不去）……………………………………83
清平乐（凄凄切切）……………………………………84
清平乐（塞鸿去矣）……………………………………85
清平乐（风鬟雨鬓）……………………………………85
清平乐（参横月落）……………………………………86
清平乐（角声哀咽）……………………………………87
清平乐（画屏无睡）……………………………………88
清平乐（麝烟深漾）……………………………………89
清平乐·秋思（孤花片叶）……………………………89
清平乐·忆梁汾（才听夜雨）…………………………90
清平乐·弹琴峡题壁（泠泠彻夜）……………………91
清平乐·上元月蚀（瑶华映阙）………………………92
浪淘沙（红影湿幽窗）…………………………………93
浪淘沙（眉谱待全册）…………………………………94
浪淘沙（紫玉拨寒灰）…………………………………95
浪淘沙（夜雨做成秋）…………………………………95
浪淘沙（野店近荒城）…………………………………96

浪淘沙（闷自剔残灯）...........................97
浪淘沙（清镜上朝云）...........................98
减字木兰花新月（晚妆欲罢）...................99
减字木兰花（烛花摇影）.........................99
减字木兰花（相逢不语）.......................100
减字木兰花（断魂无据）.......................101
减字木兰花（花丛冷眼）.......................102
鹧鸪天（独背残阳上小楼）...................102
鹧鸪天（雁贴寒云次第飞）...................103
鹧鸪天（别绪如丝睡不成）...................104
鹧鸪天（冷露无声夜欲阑）...................105
鹧鸪天（握手西风泪不干）...................106
鹧鸪天（尘满疏帘素带飘）...................106
鹧鸪天·咏史（马上吟成促渡江）.........107
临江仙（丝雨如尘云著水）...................108
临江仙（长记碧纱窗外语）...................109
临江仙（六曲阑干三夜雨）...................110
临江仙（夜来带得些儿雪）...................111
临江仙·卢龙大树（雨打风吹都似此）...111
临江仙·永平道中（独客单衾谁念我）...112
临江仙·谢响樱桃（绿叶成阴春尽也）...113
临江仙·寒柳（飞絮飞花何处是）.........114
临江仙·寄严荪友（别后闲情何所寄）...115
临江仙·孤雁（霜冷离鸿惊失伴）.........116
临江仙（点滴芭蕉心欲碎）...................117
临江仙（昨夜个人曾有约）...................118

卷三 119
菩萨蛮（梦回酒醒三通鼓）...................119
菩萨蛮（隔花才歇廉纤雨）...................120
菩萨蛮（新寒中酒敲窗雨）...................120
菩萨蛮（淡花瘦玉轻妆束）...................121

菩萨蛮（催花未歇花奴鼓）……………………………………122
菩萨蛮（窗前桃蕊娇如倦）……………………………………123
菩萨蛮（朔风吹散三更雪）……………………………………123
菩萨蛮（荒鸡再咽天难晓）……………………………………124
菩萨蛮（白日惊飙冬已半）……………………………………125
菩萨蛮（榛荆满眼山城路）……………………………………125
菩萨蛮（黄云紫塞三千里）……………………………………126
菩萨蛮（萧萧几叶风兼雨）……………………………………127
菩萨蛮（为春憔悴留春住）……………………………………127
菩萨蛮（晶帘一片伤心白）……………………………………128
菩萨蛮（乌丝画作回纹纸）……………………………………129
菩萨蛮（春云吹散湘帘雨）……………………………………130
菩萨蛮（问君何事轻离别）……………………………………130
菩萨蛮（飘蓬只逐惊飙转）……………………………………131
菩萨蛮·为陈其年题照（《乌丝》曲倩红儿谱）……………132
菩萨蛮·宿滦河（玉绳斜转疑清晓）…………………………133
菩萨蛮·早春（晓寒瘦著西南月）……………………………134
菩萨蛮·寄顾梁汾苕中（知君此际情萧索）…………………134
菩萨蛮·过张见阳山居赋赠（车尘马迹纷如织）……………135
菩萨蛮·回文（客中愁损催寒夕）……………………………136
菩萨蛮·回文（砑笺银粉残煤画）……………………………136
蝶恋花（辛苦最怜天上月）……………………………………137
蝶恋花（眼底风光留不住）……………………………………138
蝶恋花（又到绿杨曾折处）……………………………………139
蝶恋花（萧瑟兰成看老去）……………………………………140
蝶恋花（尽日惊风吹木叶）……………………………………141
蝶恋花（准拟春来消寂寞）……………………………………142
蝶恋花·夏夜（露下庭柯蝉响歇）……………………………142
蝶恋花·出塞（今古河山无定据）……………………………143
蝶恋花·散花楼送客（城上清笳城下杵）……………………144
金缕曲（酒涴青衫卷）…………………………………………145
金缕曲（生怕芳樽满）…………………………………………146

金缕曲（洒尽无端泪）	147
金缕曲（未得长无谓）	148
金缕曲·慰西溟（何事添凄咽）	149
金缕曲·赠梁汾（德也狂生耳）	150
金缕曲·寄梁汾（木落吴江矣）	151
金缕曲·亡妇忌日有感（此恨何时已）	152
金缕曲·再用秋水轩旧韵（疏影临书卷）	153
好事近（帘外五更风）	154
好事近（马首望青山）	155
好事近（何路向家园）	156
天仙子（梦里蘼芜青一剪）	157
天仙子（好在软绡红泪积）	158
天仙子·渌水亭秋夜（水浴凉蟾风入袂）	158
天仙子（月落城乌啼未了）	159
如梦令（正是辘轳金井）	160
如梦令（木叶纷纷归路）	160
如梦令（万帐穹庐人醉）	161
浪淘沙（蜃阙半模糊）	161
浪淘沙（双燕又飞还）	162
相见欢（微云一抹遥峰）	163
相见欢（落花如梦凄迷）	164
昭君怨（深禁好春谁惜）	165
昭君怨（暮雨丝丝吹湿）	165
满江红（代北燕南）	166
满江红（为问封姨）	167
满庭芳（堠雪翻鸦）	168
满江红·茅屋新成，却赋（问我何心）	169
满庭芳·题元人芦洲聚雁图（似有猿啼）	170
水调歌头·题西山秋爽图（空山梵呗静）	171
水调歌头·题岳阳楼图（落日与湖水）	172

卷四 ··· 173
凤凰台上忆吹箫（荔粉初装）··················· 173
凤凰台上忆吹箫守岁（锦瑟何年）··············· 174
南歌子（翠袖凝寒薄）························· 175
南歌子（暖护樱桃蕊）························· 175
南歌子·古戍（古戍饥乌集）··················· 176
秋千索·渌水亭春望（药阑携手销魂侣）········· 177
秋千索（游丝断续东风弱）····················· 178
秋千索（垆边唤酒双鬟亚）····················· 179
鹊桥仙（倦收缃帙）··························· 180
鹊桥仙（梦来双倚）··························· 181
鹊桥仙·七夕（乞巧楼空）····················· 182
忆秦娥·龙潭口（山重叠）····················· 182
忆秦娥（春深浅）····························· 183
忆秦娥（长飘泊）····························· 184
点绛唇（小院新凉）··························· 185
点绛唇·咏风兰（别样幽芬）··················· 186
点绛唇·对月（一种蛾眉）····················· 186
点绛唇·黄花城早望（五夜光寒）··············· 187
眼儿媚（独倚春寒掩夕霏）····················· 188
眼儿媚（重见星娥碧海槎）····················· 189
眼儿媚·咏梅（莫把琼花比淡妆）··············· 190
一络索·长城（野火拂云微绿）················· 190
一络索（过尽遥山如画）······················· 191
一络索·雪（密洒征鞍无数）··················· 192
卜算子·新柳（娇软不胜垂）··················· 193
卜算子·塞梦（塞草晚才青）··················· 194
卜算子·午日（村静午鸡啼）··················· 195
念奴娇（人生能几）··························· 195
念奴娇（绿杨飞絮）··························· 196
念奴娇·废园有感（片红飞减）················· 197
念奴娇·宿汉儿村（无情野火）················· 198

沁园春（试望阴山）……………………………………199
沁园春（瞬息浮生）……………………………………200
沁园春（梦冷蘅芜）……………………………………201
南乡子（飞絮晚悠飏）…………………………………202
南乡子（何处淬吴钩）…………………………………203
南乡子·捣衣（鸳瓦已新霜）…………………………204
南乡子·柳沟晓发（灯影伴鸣梭）……………………204
南乡子（烟暖雨初收）…………………………………205
南乡子·为亡妇题照（泪咽却无声）…………………206
南乡子·秋莫村居（红叶满寒溪）……………………207
水龙吟·题文姬图（须知名士倾城）…………………207
水龙吟·再送荪友南还（人生南北真如梦）…………208
齐天乐·上元（阑珊火树鱼龙舞）……………………209
齐天乐·洗妆台怀古（六宫佳丽谁曾见）……………210
齐天乐·塞外七夕（白狼河北秋偏早）………………211
眼儿媚（林下闺房世罕俦）……………………………213
眼儿媚·咏红姑娘（骚屑西风弄晚寒）………………213
眼儿媚·中元夜有感（手写香台金字经）……………214
唐多令·雨夜（丝雨织红茵）…………………………215
唐多令（金液镇心惊）…………………………………216
唐多令·塞外重九（古木向人秋）……………………217
鹧鸪天（谁道阴山行路难）……………………………218
鹧鸪天（小构园林寂不哗）……………………………218
鹧鸪天·离恨（背立盈盈故作羞）……………………219
青玉案·辛酉人日（东风七日蚕芽软）………………220
青玉案·宿乌龙江（东风卷地飘榆荚）………………221
月上海棠·中元塞外（原头野火烧残碣）……………222
月上海棠·瓶梅（重檐淡月浑如水）…………………223
踏莎行（春水鸭头）……………………………………224
踏莎行·寄见阳（倚柳题笺）…………………………225
踏莎美人·清明（拾翠归迟）…………………………225
苏幕遮（枕函香）………………………………………226

9

苏幕遮·咏浴（鬓云松）……………………………227
摸鱼儿·午日雨眺（涨痕添）………………………228
摸鱼儿·送座主德清蔡先生（问人生）……………229
荷叶杯（帘卷落花如雪）……………………………230
荷叶杯（知己一人谁是）……………………………231

卷五 ……………………………………………………232

太常引·自题小照（西风乍起峭寒生）……………232
太常引（晚来风起撼花铃）…………………………233
调笑令（明月）………………………………………234
河传（春浅）…………………………………………234
谒金门（风丝袅）……………………………………235
少年游（算来好景只如斯）…………………………236
诉衷情（冷落绣衾谁与伴）…………………………237
江城子（湿云全压数峰低）…………………………238
长相思（山一程）……………………………………238
东风齐着力（电急流光）……………………………239
阮郎归（斜风细雨正霏霏）…………………………240
画堂春（一生一代一双人）…………………………241
朝中措（蜀弦秦柱不关情）…………………………242
霜天晓角（重来对酒）………………………………243
金菊对芙蓉·上元（金鸭消香）……………………244
琵琶仙·中秋（碧海年年）…………………………245
御带花·重九夜（晚秋却胜春天好）………………246
酒泉子（谢却荼蘼）…………………………………246
茶瓶儿（杨花糁径樱桃落）…………………………247
赤枣子（惊晓漏）……………………………………248
玉连环影（何处）……………………………………249
遐方怨（欹角枕）……………………………………250
雨中花·送徐艺初归昆山（天外孤帆云外树）……250
青衫湿·悼亡（近来无限伤心事）…………………251
落花时（夕阳谁唤下楼梯）…………………………252

锦堂春·秋海棠（帘外淡烟一缕）……………………253
海棠春（落红片片浑如雾）…………………………254
河渎神（风紧雁行高）………………………………255
四和香（麦浪翻晴风飐柳）…………………………256
寻芳草·萧寺记梦（客夜怎生过）…………………256
菊花新·用韵送张见阳令江华（愁绝行人天易暮）…257
梅梢雪·元夜月蚀（星球映彻）……………………258
木兰花（人生若只如初见）…………………………259
红窗月（燕归花谢）…………………………………260
淡黄柳·咏柳（三眠未歇）…………………………261
一丛花·咏并蒂莲（阑珊玉佩罢霓裳）……………262
金人捧露盘·净业寺观莲有怀荪友（藕风轻）……263
洞仙歌·咏黄葵（铅华不御）………………………264
翦湘云·送友（险韵慵拈）…………………………265
东风第一枝·桃花（薄劣东风）……………………265
秋水·听雨（谁道破愁须仗酒）……………………266
木兰花慢（盼银河迢递）……………………………267
瑞鹤仙（马齿加长矣）………………………………268
雨霖铃·种柳（横塘如练）…………………………269
疏影·芭蕉（湘帘卷处）……………………………270
潇湘雨·送西溟归慈溪（长安一夜雨）……………271
风流子·秋郊射猎（平原草枯矣）…………………272
河渎神（凉月转雕阑）………………………………273
青衫湿·悼亡（青衫湿遍）…………………………274
忆桃源慢（斜倚熏笼）………………………………275
湘灵鼓瑟（新睡觉）…………………………………276
大酺·寄梁汾（怎一炉烟）…………………………277
点绛唇·寄南海梁药亭（一帽征尘）………………278
满宫花（盼天涯）……………………………………279
望江南·咏弦月（初八月）…………………………280
明月棹孤舟·海淀（一片亭亭空凝伫）……………281
望海潮·宝珠洞（汉陵风雨）………………………281

赤枣子（风浙浙）……………………………………282
玉连环影（才睡）……………………………………283
秋千索（锦帷初卷蝉云绕）…………………………284
浪淘沙·秋思（霜讯下银塘）………………………285
渔父（收却纶竿落照红）……………………………285
雨中花（楼上疏烟楼下路）…………………………286
满江红（籍甚平阳）…………………………………287
浣溪沙·郊游联句（出郭寻春春已阑）……………288

忆江南（昏鸦尽）

昏鸦尽，小立恨因谁？急雪乍翻香阁絮，轻风吹到胆瓶①梅。心字②已成灰。

注释
①胆瓶：长颈大腹的花瓶，因形如悬胆而得名。
②心字：即心字香，一种炉香名。

赏析

彤云密布的冬日黄昏里，隐约有一只瘦小的乌鸦，它越飞越远，身影也越来越小，直到融进那一望无垠，萧瑟的旷野尽头。旷野中，是谁惆怅无尽，若有所思？天宇间，是谁独立寒秋，无言有思？何事令她难更思量？何人令她爱恨交加？罢了罢了，"往事休堪惆怅，前欢休要思量"。罢了罢了，"人心情绪自无端，莫思量，休退悔"。

熏香如心，飘起袅袅的青烟，暖香熏透她的闺阁；急雪翻飞，缕缕纷纷，柳絮因风吹般地飘飞而起。雪白色的胆瓶中刚插上的梅花，冬风吹近暖暖的闺房，化作清风，卷起阵阵幽香。这本是闲极雅极的适意景致，奈何她的心中竟也卷不起一丝快乐的涟漪。冬风益发强劲，心形的盘香燃烧殆尽，地上只留下一道心形的香灰。周体转凉，心中凄凉寂寞，次第已如燃尽的熏香一般，化作了死灰。

这首词营造了两种不同而又互相联系的场景。"昏鸦尽，小立恨因谁"是第一个场景，"急雪乍翻香阁絮，轻风吹到胆瓶梅。心字已成灰"是第二个场景。前一个场景是在冬天黄昏的野外，第二个场景则是在少女的闺房中。

从旷野到香阁，从大环境到小空间，从"小立恨因谁"到"心字已成灰"，各个层面都能看到词人在情感上的变化。而这中间也有一个转变的标志，就是"急雪乍翻"，它是词中情感变化和时空转换的交点。前面或许是"秋凉"罢了，而后面明显可以感觉到"凄冷"的环境氛围。

纳兰这首词中"心字已成灰"巧妙而自然地用了双关的修辞手法。一方面在意象上指的是心形的熏香燃烧完后，在地面上留下的心形灰烬；另一方面，又可以指词中人物在情感上的"心如死灰"。这样真挚的情感表现方式，或许正是纳兰性德的词令人感动的根本。

忆江南（江南好，建业旧长安）

江南好，建业旧长安。紫盖忽临双①鷁渡，翠华争拥六龙②看。雄丽却高寒。

注释

①紫盖：紫色车盖，帝王仪仗之一，借指帝王车驾。双：即船头绘有鸟图像的船，此处指皇帝的游船。

②翠华：天子仪仗中以翠羽为饰的旗帜或车盖，为御车或帝王的代称。六龙：古代天子的车驾为六匹马，马八尺称龙，为天子车驾的代称。

赏析

康熙帝巡行江南时，纳兰扈从前往，头一次来到这里，见到白居易口中"日出江花红胜火，春来江水绿如蓝"的江南，他忍不住挥笔描绘眼见之美。

景有致，城却是个厚重的城，这"旧长安"，本是八代王朝的都城，历史风尘，留下厚重的城墙，是个别有雅韵的地方。对于南京古城，个人十分喜爱，那沿途的树木，即使是秃了树干的，都有无限意味，更别说当年的旧长安了。古城，文人大都是喜爱的。

然而在这城中，忽然迎来了皇帝的驾临。紫盖双鷁，可见，车队船队十分壮观，百姓"拥六龙看"，围凑在四周看着热闹，看这难得一见的壮观车队，或者还想目睹一回龙颜。然而，雄丽之景，纳兰却觉高寒，众人皆醉我独醒，应当算是幸运还是不幸？

不得不想起东坡的"高处不胜寒，起舞弄清影，何似在人间"，高处起舞的寒凉，怎比得上人间的平凡生活？也不知，纳兰这一声"高寒"，是替自己悲哀还是为康熙觉得悲哀。也许是为自己那始终被限制的人生而觉得拘谨不安，也许是为了生活毫无选择、毫无空间的喘息颇为难耐，也许是为着迟迟不能如愿的抱负而深感无奈，也许是为着感情无法自已的愁苦而心有凄凉。

而康熙呢，作为高高在上的帝王，他享尽了荣华富贵，拥有至高无上的权力，没有人压迫他的理想，没有人夺走他的爱人，这样的出行，翠华六龙，百姓围观人声鼎沸。他坐在华盖下看着自己的龙袍，他被保护、簇拥，却从未有机会享受百姓平凡生活的欢愉，这样的高处，他不觉得寒冷吗？

康熙怎样想，又从何知晓呢？纳兰这一叹"高寒"，又悲凉，又无奈。喧闹的人声之中，也难得有个纳兰，顿觉高寒不已，由衷地觉得悲哀。

即便家家都争唱《饮水词》，这纳兰的心事，又有几人知晓呢？

忆江南（江南好，城阙尚嵯峨）

江南好，城阙尚嵯峨。故物陵前惟石马①，遗踪陌上有铜驼。玉树②夜深歌。

注释

①故物：旧物，前人遗物。石马：石雕的马，古时多列于帝王及贵官墓前，这里指前代帝王陵墓前的石刻。

②玉树：被视作亡国之音，这里泛指柔美的曲调。

赏析

历史古城自有它的风韵。

纳兰这一回江南之游历，看着这南京城一派繁华，自然是有了些许的感叹，却又不由得担忧惆怅起来。

"江南好，城阙尚嵯峨"，美好的江南如今还留有前朝繁华的遗迹，这里城墙巍峨，不禁让人怀念起故物。"故物陵前惟石马，遗踪陌上有铜驼"，然而，当下之景已不是当年之景，当下的王朝也已不是当年的王朝，面对此景，纳兰心中激起"一江春水向东流"的无限愁绪，可谓触景而伤情。

何时，一个动荡的年代会随新城池的产生而消逝？何时，一个兴盛的王朝会随城墙倒塌而沉沦？何时，我们亦会成为今后这里的人们眼中之故物？雕栏玉砌犹在，却只是朱颜已改，历史兴亡，带有各自的注脚，只是回头望去，觉得尤其迅疾。

不知不觉，纳兰的思绪陷入了南朝陈后主陈叔宝的那首《玉树后庭花》：

> 妖姬脸似花含露，玉树流光照后庭；
> 花开花落不长久，落红满地归寂中！

花开花落不长久，落红满地都归于乐寂中，陈后主沉醉在他温柔的美梦里，听着听着，最后果真是不长久地归于沉寂。一朝盛世因这一阕好曲有了声名，同时因这一阕好曲丢了盛世本可延续的命运。这落红是如此之美，可惜花开一现，并不长久。落地无声，花开易见，花落难寻。可惜，可叹，可悲啊！

不知纳兰在这里写到"玉树"时，是否也怀有"商女不知亡国恨，隔江犹唱《后庭花》"的心情？是否有那感时伤怀的痛楚和那无边的忧虑呢？

巍峨的城墙下，原本昌盛的城池在热闹繁华的景象之后，早已不见了痕迹。此时的盛景与没落的年代对比，令人不禁想要逃遁这思潮暗涌的沉重。此时"尚在"的城池，谁知何时就会成为"惟有"的旧物？

也难怪李易安会感叹："物是人非事事休，欲语泪先流。"纳兰亦如是罢。

忆江南（江南好，怀古意谁传）

江南好，怀古意谁传。燕子矶头红蓼月，乌衣巷①口绿杨烟。风景忆当年。

注释

①乌衣巷：地名，在今江苏南京，是东晋士族名门的聚居区。晋宋时期王、谢等名门望族住于此。

赏析

南京，千年文化古城，一砖一瓦都凝固着流动的岁月，希声的歌。正如余秋雨先生所言，鸡鸣寺的钟声，夫子庙的深处，至今可探；而栖霞山的秋叶，紫金山的架势，连同秦淮河的流水,年年依旧。南京,值得纳兰感叹的地方远不止于今人所见。可纳兰没有将笔端流连于这些地方,只是将这一番感慨洒在了燕子矶头。

"燕子矶头红蓼月",燕子矶坐落于南京城郊,与岳阳城陵矶、马鞍山采石矶并称"长江三矶",自古便是登临怀古的去所。只是,纳兰坐在燕子矶头所思为何呢?此时此地,不见古人,不见来者,空余孤人怆然。

"乌衣巷口绿杨烟",三国时期,乌衣巷本是吴国驻南京部队的营房所在地,因为那时的军装都是黑色,故称驻军之地为"乌衣巷"。只是,千年过去,秦淮河上的桨声灯影明明灭灭间,燕子依旧似曾相识,却已物是人非。纳兰说的"风景忆当年",不知是哪年风物。是如我们看燕子矶时想起1937那血染长江的当年,还是他透过明末政治家史可法所见到的那滴滴沉江泪?

"白云悠悠矶头月涌千艘过,往事渺渺江上风清一燕来",六朝古都,不知染了多少斑斓色彩。那些泛凉的低叹,微凉的浅唱,悲凉的吟啸徐歌,盘桓在长江雾笼的水汽中,沐在阳光下蒸腾不见。如云消雾散后,清丽雄壮的南京。浸在月光下,那些旧事又笼上心头,聚在眉峰,流转于眼波间,默数心下事,不觉夜已阑珊。

忆江南(江南好,虎阜晚秋天)

江南好,虎阜①晚秋天。山水总归诗格②秀,笙箫③恰称语音圆。谁在木兰船?

注释

①虎阜:即虎丘,山名。在江苏苏州市西北。
②诗格:诗的风格,此处指山水极富诗情画意。
③笙箫:笙和箫,泛指管乐器。

赏析

秋日的苏州山水柔美,江面氤氲,宛如一幅山水泼墨画,意境悠悠,给人无限遐想。若再来一曲悠扬婉转的箫声,那自是别有一番情趣,叫人忍不住想要问一句:"谁在木兰船?"

"谁在木兰船?"这便是词人的自问。那木兰船里渐行渐远的,不知是何人呢?是被沈宛一并带走的江南风韵,还是自己对这位江南女子的惆怅思念?文艺作品里,我们常常说"情景交融",情与景两者互相牵动,相得益彰,有了纤纤柔和的景色,也便有了柔软细致的心绪。就像此刻的纳兰,身处这山水之中,也想要吟诗作赋一通,淋漓地念它几阕。

关于沈宛和纳兰的相遇,典故传说甚多,各有不一,可以肯定的是,这位娇美的江南女子确实曾攫取了纳兰之心、之情。为这女子,纳兰苦苦思念,为了那两情可以久长时,深情守候。可他因生于名家的身世,不得不接受很多无可奈何的条规限制,满汉之恋,如何能被接受?大概他从爱上她的那时起,就预料到,想要执其手必会背负很多的艰辛吧。

木兰船要将你带往哪里去呢?

惆怅虽然能读出几分,但总的来说还是充满着欢愉之情。此时,决定退离官场隐归田园的纳兰,对未来的生活充满了期待和向往。他准备辞官隐退后,便迎娶沈宛,同心爱之人共同安宁生活,享受人间最淳朴诚挚的生活。木屋,石凳,竹椅,诗书,茶酒,佳人,足矣。

想想，都会觉得有所期盼了。

就是带着这样一个美好的念想，纳兰游历江南，规划着未来平淡的生活。难怪，那些景色都着上了欢愉的色彩，所谓"山水总归诗格秀"。只是那一叶小舟，勾起了他对未来的忧虑和返思。木兰船上渐远的娇媚，是否会同这江南的风一样？爱人，是否仍旧在那里？然而，皇命难违，纳兰终究还是与心上人那娇柔的身影擦肩而过。

或许，小舟带去的是他无边的相思，又或许，带来了他对未来的期许。词人沉醉着、深思着，不禁想要轻轻地唤一声，可否让它慢一些驶离？

忆江南（江南好，真个到梁溪）

江南好，真个到梁溪。一幅云林高士①画，数行泉石②故人题。还似梦游非？

注释

①云林：元代画家倪瓒的别号。纳兰性德好友严绳孙擅长画山水，此处借指严绳孙。高士：品行高尚的人，超脱世俗的人，多指隐士。

②泉石：指山水。

赏析

纳兰的词，有两个最让人称道的主题，一为爱情，二则友情。身为一世才子，纳兰是个极重友情之人。这词便是他到了好友顾贞观的故乡无锡所作。

见到了梁溪，就知无锡宝地已抵达，环顾四周，"一幅云林高士画"，江南水乡如同好友倪瓒的山水画一般，浓淡动静，结合得天衣无缝。"数行泉石故人题"，这里的风景透露出一股高傲隐逸的气概，行走之间，竟能在泉石上看见好友顾贞观所作的诗句，就连题字都是他的笔迹。这一切让纳兰悲喜交加——故友难遇一回，如今，两人以这种方式再聚，"还似梦游非"，难道不像是在做梦吗？

话说，纳兰容若与顾贞观是一对难得的知己，可是，二人却因地域、地位的关系，聚少离多，难以会面。顾贞观生性风流倜傥，洒脱淡泊，广交朋友，恣意享受人生。而纳兰却是个忙忙碌碌的三等侍卫，在官场上奔波操劳，少有享受生活的闲暇。二人每每道别之时，纳兰都会伤怀无限，与好友坐下饮酒填词，好好地谈天说地一阵。

这一次，容若来到顾贞观的故乡梁溪，与朋友相聚的念头便尤其热切。可是，他怎么也没想到，自己会在泉石上见到顾贞观的题字。见字如面，以这种方式与朋友相聚，不知纳兰是怎样的心情。是欣喜、遗憾、熟悉，还是失落、亲切、无奈？罢了，罢了，多少算是于此重逢了，即便没能当面问候一声，也已触及友人身上夹带的水汽，闻到了他指尖流淌的清香。

然而，"别时容易见时难"，遗憾的是，两人终究没能见上一面。不知友人面容如何，身体是否安好，学识可否又有长进……心中怀揣着对挚友的种种思念，终于没有机会当面说出。

纳兰身处京城，没有挚交交心，内心有如浮萍飘摇，没有归属之处。而来到梁溪，山水之间到处可见熟悉的知己的题词，归属感突然萌生。这一切是在梦游么？即便是梦，也是个美梦罢。

忆江南（江南好，水是二泉清）

江南好，水是二泉清。味永出山那得浊，名高①有锡更谁争，何必让中泠。

注释

①名高：崇高的声誉，名声显赫。

赏析

说到"二泉"，我们往往会想到二胡名曲《二泉映月》，凄厉欲绝的袅袅之音扣人心弦，催人泪下，唤起心中无限的伤感。这首《忆江南》又何尝不是如此？它绵延不断的缱绻之情，亦如悲戚的二胡曲调，听在耳际，又回荡心底。

"江南好，水是二泉清"，二泉是指今天江苏无锡的惠山泉，即"天下第二泉"，它曾因泉水清澈适宜煎茶而远近闻名。因为纳兰对二泉心怀眷恋，所以叹一句"味永出山那得浊"，二泉之水，无论在山抑或出山，都是清澈的，不会受到污染，亦不会变得混浊。

纳兰以为，"名高有锡更谁争"，二泉之水已然天下无双，更有谁争？其实，这里的"有锡"就是今天的"无锡"，当年，无锡近处有一座山峰，在周秦时代盛产铅锡，因此得名锡山。可是到了汉代，锡山之锡逐渐被采尽，于是，山边之县便被称作"无锡"。待到新莽时代，锡山的锡矿复出，传为奇迹，故此县又更名为"有锡"。后至东汉光武年间，锡矿再次枯竭，"有锡"自此被唤作"无锡"。

二泉的水清澈见底，碧绿荡心，"何必让中泠"，又何必让给有"天下第一泉"之称的中泠泉呢？词的最后一句，看似只是写第一泉和第二泉的区别，实则是将人和物再次巧妙地结合起来，表达了自己在官场"出淤泥而不染，濯清涟而不妖"的高洁风骨。可见，纳兰写这首小词，抒发的是自己不愿被俗世之欲吞噬的决心和意愿。

忆江南（江南好，佳丽数维扬）

江南好，佳丽数维扬①。自是琼花偏得月，那应金粉②不兼香。谁与话清凉。

注释

①佳丽：美丽。维扬：扬州的别称。
②金粉：黄色的花粉，这里指琼花。

赏析

说到江南，就不得不提到扬州。这座富有古韵的历史文化名城，引得历代无数文人墨客都为它留下了不朽的诗篇词句，正如纳兰所赞："佳丽数维扬。"美中之美，还数扬州。

扬州的景物，最为人称道的，一是琼花，二是月色。

琼花为扬州市花，自古有许多名流之士对它爱不释手。或许是因为琼花长相独特而又不乏风韵，所以，时常引来文人的驻足称颂。因此，"琼花"一词便自然而然地与这个城市紧密地联系在一起，正所谓"既下扬州，必寻琼花"。

"月色"这个意象,在诗词中更是常见。"天下三分明月夜,二分无赖是扬州",唐代诗人徐凝的一首《忆扬州》,道出了扬州无限的风姿。

"自是琼花偏得月,那应金粉不兼香",此时,有花有月,雾色朦胧,纳兰的心都快融化了。然而词的结尾,他笔锋一转,不禁问道:"与谁能话得清凉?"景致再美,也是一个人欣赏,无人能把酒言欢,共赋诗词。寂寥之中,词人的思念愈加浓烈,自己在此赏花观月,不知北方佳人,是否垂颜叹息着爱人无法相伴呢?

"花"与"月"两个意象历来与美人脱不了关系,此时,纳兰虽然伫立窗前,倚楼看月,享受着江南美好的景致,心却思念着北方的佳人——沈宛。这个江南女子才气出众,善解人意,因此能得到纳兰的真心爱怜。可是,他们的感情有太多世俗的阻隔,便是有情人,也难得一份完满的爱情。

想到这里,词人顿时觉得凄凉无比,景色再美,也只能一人独赏,这一个人的欢愉,又哪里称得上是欢愉?对着一番好景,却只能感叹:花前月下,美人何处?

忆江南(江南好,铁瓮古南徐)

江南好,铁瓮古南徐。立马①江山千里目,射蛟风雨百灵趋。北顾②更踌躇。

注释

①立马:骑在站立不动的马上,驻马。
②北顾:山名,即北固山,在江苏镇江市区东北江滨。

赏析

说到古城,人们便会联想到它厚重的历史感,独特的人文色彩。仿佛褪去昔日的繁华,它依旧有一种摄人心魄的气韵,苍茫中透出几许悲壮。这份悲壮,就在纳兰的词句里,就在铁瓮城。

"铁瓮古南徐",铁瓮城位于江苏镇江,它由三国时期孙权所建,有着"深气象雄"的美名。不过,纳兰当时所见的铁瓮城经历了数代战争,已然面目全非,荒芜苍凉。遥想当年,孙权在此金戈铁马,领军北伐收复失地的身姿何等威武,如今,却也是大江东去,留后人缅怀无限。

或许是古城往昔的光荣与壮烈触发了纳兰的情感,又或许是联想到汉武帝刘彻当初射蛟的勇武,词人不禁有感而发:"立马江山千里目,射蛟风雨百灵趋。"远远望去,射蛟台依旧是繁华热闹,却今昔有别,史上之事,终究只能是历史。

必须佩服纳兰用典的精湛,看似随意挥笔,描述那情境之中的景物,实则精当地化用历史,以史抒情,足见他深厚的诗词修养和高妙绝伦的语言天赋。寥寥数语,已将悲古伤今的心情抒发得淋漓尽致。

按理说,纳兰生于优越的权贵之家,生活得无忧无虑,这故国之思、伤今之情又是从何而来?事实上,纳兰十分推崇南唐后主李煜的词作,并深受其影响。所以,后主词句间的兴亡之叹便自然地融入了纳兰细腻的情感之中,这便成就了《饮水词》的清丽和哀愁之风。

忆江南（江南好，一片妙高云）

江南好，一片妙高云。砚北峰峦米外史，屏间楼阁李将军，金碧矗斜曛①。

注释

①斜曛（xūn）：落日的余晖。

赏析

江苏镇江素有"天下第一江山"的美誉，这首《忆江南》便是纳兰在游历镇江时所作。

"江南好，一片妙高云"，"妙高云"即是我们如今熟知的天柱峰。峰顶上有坪如台，名妙高台。这里三面峭壁，近峦远岗，松涛盈耳，终年云雾缭绕，看起来如同仙境一般。此刻，词人立于妙高台之上，静看山下江南俯视之景，内心充满了愉悦之情。

"砚北峰峦米外史，屏间楼阁李将军"，这阕词，纳兰提到了两位卓有成就的画家，一个是米外史，一个是李将军。米外史就是北宋著名书画家米芾，传说他曾获得南唐后主李煜流传下来的一方名砚，却用这名砚在镇江甘露寺下临江之处换得一块地皮，以作建宅之用。至南宋绍兴年间，米芾用砚台换来的宅子归了岳飞的孙子岳珂。不久，岳珂在这片地上建了一所园林，并取名"砚山园"。词作中的"砚北峰峦"便是指此地。

米芾虽然一生官阶不高，却是个有真才实学的人。他不善官场逢迎，为人有些清高，但这反而为他赢得了更多的时间和精力，来玩石赏砚钻研书画艺术，也使他对书画艺术的追求达到了如痴如醉的境地。米芾不入凡俗的个性和怪癖尽管不被世俗所理解，却成就了他高深的艺术造诣，这一点与纳兰极其相似。另一个人，李将军，即唐代绘画大家李思训。他画中所取的题材多为幽居之所，所以，作品中时常流露出一种出世情调。

表面看起来，纳兰是在写米芾和李将军，事实上，他也是在反观自己。虽然身处一个官僚围绕的环境里，但纳兰一直对权贵有着强烈的抵触心理。他不融于世俗，为人清净，沉溺在自己填词作赋的快乐中，不愿过问人世纷杂之事。

因而，当面对清丽的江南之景，想起自己万分欣赏的君子时，词人禁不住感叹："金碧矗斜曛。"就连落日的余晖都仿佛闪着碧光，无限美好。想想古人，看看美景，再勾勒一副恬淡闲适的田园生活，纳兰豁然开朗，心中惬意无限。

忆江南（江南好，何处异京华）

江南好，何处异京华？香散翠帘多在水，绿残红叶胜于花。无事①避风沙。

注释

①无事：无须，没有必要。

赏析

与繁华的京城相比，江南的婉约清丽显得尤为雅致，当纳兰一口气写下江南各地的山水时，也不禁自问："江南好，何处异京华？"到底是什么原因，使得江南与京城如此不同，叫人如此留恋呢?

事实上,纳兰踏上仕途的经历与他向往汉文诗词的初衷是完全不符的,壮志未酬、怀才不遇的纳兰,无意苦争春,"零落成泥碾作尘,只有香如故"。他目睹险恶官场的真实面目,远观朝中朋党倾轧,小人得志,英才落魄,甚是凄凉。淡泊名利的纳兰最终失望至极,坚决抵触弄权敛财,事亲至孝又不愿效法父亲,只得冷眼旁观官场沉浮之事,实则内心早已厌倦不堪。

在这样的心境之下,纳兰随君王出游江南。这里清清朗朗的风景,着实俘获了他一颗感性的心。"香散翠帘多在水,绿残红叶胜于花",碧绿的树叶垂落在水边,宛若帷幕一样,残落的叶子奄奄一息,模样却比娇艳的花朵更加动人、美丽。面对眼前美好的景致,纳兰将在官场积郁的不满和厌倦一吐为快,顿觉心中清明无限。

在这江南水雾里,纳兰不仅遇见了他今生第一位挚交顾贞观,还遇见了红颜爱人沈宛。牵念之景里有牵念之人,挚爱之景中遇挚爱之人,冥冥之中他与烟雨江南,已经不可分割。

对自然界山水花草的眷恋,对田园生活的期盼,最后都融在这一句"无事避风沙"之中。纳兰欲避之风沙,是那官场之中的恩恩怨怨,是是非纠葛和扯不清的含混的人情关系,以及事权贵的无可奈何。恰只在这江南,即纳兰心中暗指的隐居生活,才是清清丽丽,没有沾染的空气。

"无事避风沙",可轻婉地念,亦可洒脱地诵,既可是纳兰内心窃窃的期盼,亦可是其面对江山如画渴望的解脱。淤积依旧的渴望,何时能破茧,从此安定于没有风沙拂面的轻柔的风里呢?

忆江南(新来好,唱得虎头词)

新来①好,唱得虎头词。一片冷香惟有梦,十分清瘦更无诗。标格②早梅知。

注释

①新来:新近,近来。
②标格:风范,品格。

赏析

古时文人互通书信,留下不少传世的佳作。这词便是纳兰与顾粱汾惺惺相惜的最好证明。

纳兰这阕词,答的是顾贞观的《浣溪沙·梅》:

> 物外幽情世外姿,冻云深护最高枝。小楼风月独醒时。
> 一片冷香惟有梦,十分清瘦更无诗。待他移影说相思。

写的是梅,咏的是品格,思的是人。

贞观赞梅是那最高枝,赞梅的冷艳不俗,也是写人该出尘而不染,高洁正直。小楼风月,一人独醒时,更是一语双关,不知独醒于风月的,是梅还是人。待他说尽相思,思的又是谁呢?有人疑问,这"相思"二字,从来不就是为爱人所造的吗?其实,这词更像是为友人而写。

纳兰读懂了此中深意,因而立即回复好友,告知新来甚好。所谓"虎头词",指的便是顾贞观之词,虎头实为晋代画家顾恺之的小字,由于顾贞观与其同姓,因而借虎头指代贞观。一句话开门见山表达收到故友诗词的新来之好,足见纳兰下笔时满心的欢愉。

"一片冷香惟有梦,十分清瘦更无诗"是纳兰从顾贞观的词里摘录下来的。以冷香喻梅,恰能写尽梅的冷艳高洁,好似唯有梦中才可亲历那撩人的芳香。清瘦的世外之态,没有诗词能够轻易言出那清雅脱俗的姿色。如此描述,既是对梅的挚爱,也是自己对高洁脱俗的品质的坚持。

为了将那清雅的姿态与其共勉,纳兰写道:"标格早梅知。"这是词中的点睛之笔。挚交之间,默契最是令人感动,所谓知己,是知其所思,晓其所虑者。知己之高风亮节,超凡脱俗的秉性,不就正是这梅散发的清香缕缕吗?这五个字的精妙,全在这两人的默契,不得不令人感叹:挚交,该是如此。

看那顾贞观以诗词来思纳兰,友情同似爱情需要等待和磨合,缘起缘灭,都是默契,相知相携,才得以延续。有知己至此,夫复何求。

忆江南(挑灯坐,坐久忆年时)

挑灯①坐,坐久忆年时。薄雾笼花娇欲泣,夜深微月下杨枝②。催道太眠迟。 憔悴去,此恨有谁知。天上人间俱怅望③,经声佛火两凄迷。未梦已先疑。

注释

①挑灯:拨动灯火,点灯。亦指在灯下。
②杨枝:杨柳的枝条。
③怅望:惆怅地看望或想望。

赏析

这是一首悼亡词,是纳兰为去世的妻子卢氏所作。纳兰二十岁时与时年十八岁的卢氏成婚。卢氏出身名门,是两广总督卢兴祖之女。她知书达理,才貌双全,与纳兰情投意合,万般恩爱。可是天妒有情人,在他们结婚三年后,卢氏因产后受寒而亡。爱妻的去世让容若经受了沉重的精神打击,从此,他的诗词里写尽了对卢氏的思念和深深的爱。

回忆起去年此时来,耳中所听、眼中所见都是凄迷之情景,词人眼中更增添了几分惆怅:坐在灯下,回想陈年旧事。薄雾之下花影朦胧,夜已深沉,月亮也已经落下杨柳枝头,听你催促我不要睡得太晚,那样的情景历历在目。而今你却已经离去,心中无限幽恨又有谁能知道?你我天人永隔,相互怅惘,在这经声佛火中不胜凄迷,如此光景是梦是幻,还没睡去却已经分不清了。

"天上人间俱怅望",一个在天上,一个在人间,相互凝望,相互惆怅地看望和想念。容若的词看似是为亡妻所写的悼念词,但也有一说认为,它是容若为沈宛所作。那个江南明眸皓齿的女子离容若而去后,容若夜夜难眠,为她写下辞章,以解心中的思念和牵挂。

沈宛的离开令容若变得神情木然,对他来说,和沈宛在一起的日子犹如一场黄粱美梦,短暂过后，便要永久地面对清醒世界里的伤痛。那场明快的梦境虚幻得如同一场假象，消失得彻头彻尾。

"憔悴去，此恨有谁知"，梦醒了，梦碎了，容若留下的只有愤恨，但是应该恨谁？恨自己的软弱，恨世道的不公，还是恨这无法抗拒的命运？在深沉的夜色中，他独坐一旁，头顶月光迷蒙，任夜色笼罩一身，因为已是心如死灰，所以无法再对外界有任何动作了。

"经声佛火两凄迷。未梦已先疑。"怀念着往昔种种，在经声和供佛的油灯香烛之火光下，内心凄迷。

人世本来就有着各种不幸和痛苦，有的人为衣食温饱而苦，有的人为理想未来而苦，还有人为苦而苦。总之人世种种，皆是在苦海中挣扎。容若因为无法掌握自己的人生，无法留住自己的爱情，苦闷之下只得寄情诗词，借诗文舒缓情绪，找到新的方向。

忆江南（江南忆，銮辂此经过）

江南忆，銮辂此经过。一掬胭脂沉碧甃，四围亭壁幛红罗。消息①暑风多。

注释

①消息：变化。

赏析

纳兰作这首小词是回忆清康熙二十三年（公元1684年）十一月扈从南巡时，经过南京的情况。词中写了过旧陈宫时的感受。

"銮辂"指皇帝车驾。"江南忆，銮辂此经过"说明当时是扈从南巡。"一掬胭脂沉碧甃"，则指胭脂井，胭脂井即南朝陈景阳宫的景阳井，故址在今南京市。此处是以事代人，谓当年陈后主与其张丽华、孔贵妃两位妃子洒泪投井，虽已成为历史的陈迹，但当时情景诚可哀悯。

"四围亭壁幛红罗"一句，意谓亭壁四围挂起了红罗，以遮蔽江南多变的暑风，即"消息暑风多"。红色往往是历史中一抹鲜亮的色泽，说荒淫误国也好，红颜祸水也罢，到头来终会随着历史的脚步销声匿迹。"暑风"一词既指词人离开江南生活后经历的风风雨雨，也指其对江南生活的眷念。

自古江山一局棋，绝世红颜有香消玉殒之时，千秋功业也有断壁颓垣之日。世事无常，最能永恒的莫过于变化本身。万千思绪至此，纵使纳兰，也只有浅浅地叹上一句，"消息暑风多"。

忆江南（春去也，人在画楼东）

春去也，人在画楼①东。芳草绿黏天一角，落花红沁水三弓。好景共谁同？

注释

①画楼：雕饰华丽的楼房。

赏析

《忆江南》是小令的词牌名，短小精悍，在纳兰笔下为数不少。

这篇起句"春去也，人在画楼东"，用白描手法勾勒出一幅春之将暮，词人独立画楼凭栏远眺的图景。"芳草"二句意谓碧绿的芳草连到了天边，飘落的红花铺盖在茫茫的水面上。"弓"是古代的量度单位，时代不同，它所规定的长度亦有别。此处的"三弓"也并非实指，意在说长长的一大片。

词人用"芳草""落红"二词突出了红绿对应给人的视觉带来的强烈冲击力，又使整幅画面绚烂生动。篇末落句"好景共谁同"，化自欧阳修"今年花胜去年红，可惜明年花更好，知与谁同"一句。词人用反诘煞住，点到本旨。即春去也，人也天涯，孤寂之情难禁。再细品其芳草、落花对句，既为景语，又是孤凄心绪的烘衬，使这五句小令含思悠婉，蕴藉绵邈。

忆江南·宿双林禅院①有感（心灰尽）

心灰尽，有发未全僧。风雨消磨生死别，似曾相识只孤檠，情在不能醒。

摇落②后，清吹③那堪听。淅沥暗飘金井④叶，乍闻风定又钟声，薄福荐倾城。

注释

①双林禅院：指今山西平遥西南七公里处双林寺内之禅院。双林寺内东轴线上有禅院、经房、僧舍等。

②摇落：凋残，零落。

③清吹：清风，此指秋风。

④金井：井栏上有雕饰的井。一般用以指宫庭园林里的井，也指墓穴或骨瓮。

赏析

容若有一个红颜知己叫作沈宛，是他在江南认识的。沈宛诗词歌赋、琴棋书画样样精通，而且和容若心意相通，二人感情甚笃。让人惋惜的是，容若那时已经有了妻子卢氏，加上沈宛是汉家女子，家族无论如何也不认可纳兰和沈宛之间的恋情。

容若无法将沈宛接进家门，只能在京城其他地方为沈宛安置一处别院，二人就这样开始了艰辛却又幸福的夫妻生活。但好景不长，沈宛在怀孕后，决定回到江南，独自将容若的骨肉抚养成人，她不想因为自己，影响容若与家族的关系。

沈宛走了，正如她来一样，毫无声息。这样一个善良却又卑微的女子在容若的生命中来过又离去，为容若留下了不可磨灭的记忆。这首《忆江南》就是容若在沈宛走后，一个人百无聊赖时所作的。

"心灰尽，有发未全僧。"容若此刻的心情果真也是如此，虽然蓄发，内心却依然是如灰烬一般，毫无生气，对红尘丝毫不再留恋了，如同僧人一般。只不过是等着死去，消磨时光罢了。既然是这样的生活状态,下一句"似曾相识只孤檠,情在不能醒"也便是在情理之中了。

"孤檠"是孤灯的意思,夜晚一个人守在似曾相识的孤灯下,怀念往昔,真想沉浸在过往的美梦中长睡不醒。可惜梦总有做完的时候,等醒来时,更发现了现实的冰冷与残酷,就好像凋零的花朵,淅淅沥沥的雨声,怎么看都是寂寞。

容若在最后感慨自己是"薄福荐倾城"。在这里,"荐"的意思是进献、送上,而"倾城"则是指那些容貌艳丽的女子,这里指的是沈宛。容若福薄,无法消受上天馈赠给他的美好礼物,只能在失去之后独自叹息。

这首词写尽离别辛酸泪,却又不失清新淡雅,实属佳作。中国历代的文人都追求将对物质理性的认识与人生观、世界观联合起来,从而指导生活、艺术等。容若却不是如此,他超脱于任何一种形式,他的抒情与描写都是有感而发,从心底迸发的热情让理性的禁锢荡然无存,容若写词,重在写心。

忆王孙(暗怜双绁郁金香)

暗怜双绁^①郁金香,欲梦天涯思转长。几夜东风昨夜霜,减容光^②,莫为繁花又断肠。

注释

①双绁(xiè):郁金香成双成对。
②容光:脸上的光彩。

赏析

初见这首词,便"闻"到一股淡淡的郁金花香。

"暗怜双绁郁金香",事实上,郁金香并非中国本土花卉,它是唐贞观年间天竺国王遣使回访时传入的,至纳兰生活的清康熙初年,在中国已有一千多年的历史。这一句里,"双绁"二字历来说法颇多,最常见的便是作"双枝"之解——成双成对的郁金香,大约有连理枝、并蒂花的意思在其中,以此反衬出纳兰"对影成三人"时的那些孤寂。还有一种比较有趣的说法是以"双绁"指代女子的袜子,在词中暗指女子之物。

纳兰对双绁郁金香的感情,似乎并不只借花伤怀那么单薄无力,前者"暗怜",后至"天涯",怕是纳兰情系之人所遗。一句暗怜,多少陈年旧事,编入西风流年里,静静地藏于这金织玉绣的罗衣之中。岁月尘封的魔咒被瞬间的一个恍惚打破,只一瞥,便想起了前世今生种种,思如暗流汩汩,终是意难平,欲静又不止。

几分情愫,几丝迷情,几缕旧物,近在咫尺,却又迷蒙得如纷飞柳絮,"几夜东风昨夜霜",衣袖翩跹过后扬起一地落寞,令人欲作天涯之思。好一个"欲梦天涯"!何为欲?欲本就是一种无奈,就像是给自己一个难以实现的承诺,总想尽力做到,却遥遥无期。

不知纳兰此调作于何时,竟是几夜东风后忽而霜至。身处乍暖还寒时候,或是另有所指?东风亦作春风,多写生发之象,主风调雨顺的和气之色。这里的东风当然可以理解为郁金香的春天。而值得深思的是,纳兰为何以"几夜"形容东风,而非几日?按常理,东风多生于白昼，见尽百花齐放的繁华景象。或者说，郁金香若作花之解，也非昙花般夜间开放，那么这"几夜"又作何理解呢？由此看去，"双绯郁金香"所指大有可能是纳兰系情之人。

一朝好景终散尽，昨夜霜过，任凭雨打风吹去，只是朱颜改。辗转反侧之下自是容光减，心如冷灰，自言"莫为繁花又断肠"，不要再为春尽而伤心落泪。或许，这是纳兰心中条分缕析的理智和那颗柔软敏感的心在彼此较量，一边思忖莫为繁花凋零的残春之景而伤感，一边却又挣扎着偏向了诗意的感情。

在那金碧辉煌的栖居中，有几人还能在名利场看清自己不断追逐的心，有几人还能借着东风将灵魂荡涤得如初生般清澈？那份返璞纯真的感情，不过是纳兰对本真自我的追寻罢了。

忆王孙（刺桐花底是儿家）

刺桐花底是儿家。已拆秋千未采茶。睡起重寻好梦赊①。忆交加②，倚着闲窗数落花。

注释

①赊：渺茫、稀少。
②交加：交错，错杂。此处谓男女相偎，亲密无间。

赏析

这是一首洋溢着田园气息的小令。区区三十几字便是一个富于生活情趣的小故事，可谓迷你。

词一开篇便告诉我们，这是一件花下事，发生在水乡火红的刺桐花下。下一句"已拆秋千未采茶"则是明明白白地点出了时间。古代，民间常有"拆秋千"的习俗，大约在农历二月初时，逐渐繁忙起来的农家一般会拆掉小孩子们玩耍的秋千。此时，孩子们便不能再优哉游哉地荡着秋千，嬉戏于乡野之间了，而要随大人做些力所能及的农活。而采茶则大约是每年的农历三月左右，如此看来，这首词应作于春种与采花的短暂间歇之中。怡红快绿、茶香若兰之农闲时刻，才有闲情逸致有此酣然一梦。

梦到什么了呢？细思量，忆交加，原来是梦到与心上人相厮守，浓情蜜意，情意缱绻。常言道，日有所思，夜有所梦，想必是相思成久才得以双双入梦。然而，醒转之后呢？不过黄粱一枕，梦醒才知万事空，唯余一片相思在心头。由此看来，这首《忆王孙》分明是怀人之作，却不知纳兰心上之人此时身在何方？

然而，相思相望难相见，词人的愁思不知寄予何处，只好身倚闲窗，默默细数窗外一地的落花。花自飘零水自流，落花本是无情物，为何纳兰不以盛开的刺桐花作数，而闲情专指飘零一地的落花？回答这个问题，恐怕要从这"刺桐花"探个究竟了。

一说到刺桐花，不由得让人想起刺桐城泉州。它是典型的南国风物，在一些地方的旧俗里，人们曾以刺桐开花的情况来预测收成。如头年花期偏晚，且花势繁盛，那么来年一定会五谷丰登，六畜兴旺。耐人寻味的是，这南国宠儿刺桐缘何闯入了纳兰的梦乡，引得梦中交加，还被亲切地称为"是儿家"？

原来,纳兰的妻子卢氏本生长于广东,是名副其实的"南国素婵娟",而纳兰生命中的另一红颜江南才女沈宛,则是乌程(今浙江湖州)人士。因此,无论是卢氏还是沈宛,都与这刺桐一般,是生长于南国的佳人知己,与北国才子纳兰相知相伴。尽管一份尘缘短暂得令人扼腕,却是可遇不可求的一段佳话。

看到佳人故乡风物,纳兰怀人之心油然而生,便拟小女子口吻写上一则怀春之事。词句间,思妇那副白日里睡懒觉、思盼情郎的娇酣模样令人忍俊不禁。

忆王孙(西风一夜剪芭蕉)

西风一夜剪芭蕉。满眼芳菲总寂寥?强把心情付浊醪①。读《离骚》②。洗尽秋江日夜潮。

注释

①浊醪(láo):即浊酒。醪,带糟的酒。
②离骚:屈原的代表作,也是《楚辞》中的名篇。

赏析

时维三秋,天气转凉。昨夜又是一夜难入眠,只听得西风萧萧,足足吹了一夜。园中芭蕉林,本是绿肥青葱苍翠可爱,岂忍得了这一夜的摧残,尽是遍地皆狼藉。望见眼前的凄凉,词人胸中凄凉无限,人岂能经受如此寂寥?叹罢,便取来一壶浊酒,对窗独自低饮,强将这无限的寂寥倒进杯里,化作无奈,一饮而下,灌入愁肠。

岂料"抽刀断水水更流,举杯消愁愁更愁",这心中苦闷何由才得排遣?随手捡起一本《离骚》,漫目读去,字字尽愁语,篇篇有千结。报国有心,立功无门,心怀天下,书生意气,三藩之乱的刀兵战火未安,我心中的愁闷,如那日夜奔腾翻滚不息的三湘江水一般。

这首词主要是写一种"愁",不谈这"愁"到底是为何而愁,先看看纳兰性德的写法。这首词只短短三十一字,其中直接、间接言及"愁"的,全篇皆是。直接写"愁"的如"满眼芳菲总寂寥""强把心情付浊醪""洗尽秋江日夜潮"。虽然第一句"西风一夜剪芭蕉"未直接说出情绪,但根据传统,也可理解为词人正要表达一种愁闷。短短三十余字,可谓字字皆愁。

可见,纳兰性德的词在用情方面可谓有些纵情的倾向,特别是那些表现细腻的女性化情感的词。这首词就能体现这样的风格,写愁就全篇写愁,如江水滔滔不绝。西风引起人伤时,第一愁:西风毁坏芭蕉;第二愁:奋力遣愁,借酒浇愁愁更愁;第三愁:停杯读《离骚》,所读尽愁;第四愁:悲于人生山山水水。这样的写法,在读者方面感受起来,确实是感觉一重又一重地压来,颇为压抑。

据考证,这首词是三藩之乱期间,纳兰性德有感而作。三藩之乱其间,纳兰性德正作为康熙的御前侍卫,因职责所在,虽有立功之心而无立功之门。正因为如此,这首词既有一种同屈原般的忧国忧民的惆怅,又可见纳兰自己一贯的细腻情感。

在对于主题的理解上,可能难免有不同看法,这些看法多半源于对词人自身的理解。不过正如梁羽生所说,也许因为纳兰容若太善于言愁了,因此一般人对他有个误解,以为他是个消极颓废的词人。其实他的"愁",正如前一篇所谈过的,乃是在封建压力下,精神苦闷的表现;而且除了"工愁善恨"之外,他也还有激昂悲愤的一面,用百剑堂主的词来说,就是还有"悲慷气,酷近燕幽"。

采桑子(彤霞久绝飞琼字)

彤霞久绝飞琼字,人在谁边。人在谁边,今夜玉清眠不眠。
香销被冷残灯灭,静数秋天。静数秋天,又误心期到下弦。

赏析

文人常常喜欢借景抒情,表达心中的情意,就像这首《采桑子》,看似写景,实则写心,讲的是容若思念表妹,夜深难寐的凄苦心境。

容若与表妹青梅竹马,两小无猜,二人之间的情谊堪比青天绿湖,清澈可鉴。但就在容若准备迎娶表妹时,她却依照满人的规矩,被选入宫中做了秀女。从此,表妹便与容若一墙之隔,就此天长地久地离别开来。

就这样,容若的一番痴心从此付诸流水,就像他在词中开篇所写,"彤霞久绝飞琼字",在这里,"飞琼"是仙女之意,指代容若所爱的女子。而"字"指书信,也就是说,他已经很久没有收到表妹的来信了。接下来便是很自然地过渡到下文的猜测:人在谁边?人在谁边?叠句充分地展露了容若内心的不安与骄躁,还淋漓地表现出了他不可包藏的忧伤。

接着,词人哀婉地抒情道:"今夜玉清眠不眠。""玉清"本指仙人居住的仙境,这里则指代皇宫。在无言的深夜,夜不能寐的容若披衣于浓重的夜色中,捂心相问:很久都没有收到你从宫中的来信了,没有我在你身边,你在宫中,过得还好吗?是否如同我思念你一样,也在思念我呢?

到了下片,容若也从天上落到了人间,"香销被冷残灯灭",烧完的香,冰冷的被子,还有那即将熄灭的灯火,这一切都是真真实实的身边事。而这一切也在提醒着容若,自己所爱的人早就远离这里,躺在另一个男人的怀抱里,强颜欢笑。

"静数秋天。静数秋天",在这清冷的秋日,容若能看到的只有自己无尽而又无望的思念,回转头去,屋里那番清冷的景象,让他揪心疼痛。无奈,容若只能感慨:"又误心期到下弦。""心期"是指心愿,而"下弦"是指下弦月的时光,容若认为,相聚的期限总会到来,但日子一天天过去,与表妹的相见却依然遥遥无期。

看来,人生相逢这件事情,就如同月圆月缺一样,此事古难全。容若这首词,写尽了思念之苦、相爱之苦、相守之苦、离别之苦,叫人无时无刻不沉浸在他愁苦的思绪里,感怀逝去的爱情。

采桑子(谁翻乐府凄凉曲)

谁翻乐府凄凉曲,风也萧萧,雨也萧萧,瘦尽灯花又一宵。
不知何事萦怀抱,醒也无聊,醉也无聊,梦也何曾到谢桥。

越是纷乱,就越想拆解清楚。所以陷入情绪困扰中的人容易追思往事。

清 郎世宁《梅花》

友情同似爱情需要等待和磨合,缘起缘灭,都是默契,相知相携,才得以延续。

北宋 赵佶《听琴图轴》

赏析

这是一首爱情词，抒写对情人的深深怀念：是谁在翻唱着那凄凉幽怨的乐曲，伴着这萧萧雨夜，听着这风声、雨声，望着灯花一点一点地烧尽，让人寂寞难耐、彻夜不眠。在这不眠之夜，不知道是什么事情萦绕在心头，让人或睡或醒都如此无聊，梦中追求的欢乐也完全幻灭了。

"谁翻乐府凄凉曲"算是纳兰词中的名句，看似平白易懂，却于深处暗含波涛汹涌的愁绪，句中的"翻"字，是演奏、演唱的意思。"乐府"是诗体名，最初的时候是指乐府官署从民间采制的诗歌，后来将从魏晋到唐朝可以入乐的诗歌，以及能够模仿乐府诗的古体诗歌都称为乐府。宋朝以后的诗歌、散曲、词、剧，能配乐的都称为乐府。

谁在唱着那些凄美的歌曲，歌声萧索，居然令"风也萧萧，雨也萧萧"了，而且凄凉到彻夜无眠，"瘦尽灯花又一宵"了。古人的烛火一般是用羊油做成的，烛芯烧着的时候，有时候会发出小小的爆裂的声音，像烟火一样。

所以，在这里容若会用"灯花"来描写，美丽的词汇既能增加词的美感，又能写出意境。这相思也有分类，容若的相思就如同燃烧的灯芯，模模糊糊，道不清真切，却是持持续续，烧不尽相思。

上片写完相思的凄凉，下片便转而写无聊的现状。"不知何事萦怀抱"，思念到深处，依然觉察不出什么事情才是牵绊自己思绪的"罪魁祸首"。凄凉的心境令自己整夜无眠，而无眠之夜里，无谓的相思，更是令自己"醒也无聊，醉也无聊"了。

词写到这里，意境接近尾声，只是读词的人还是不甚明了，令容若凄苦而又无聊的女子究竟为何人？可能是为了解决读者心中的疑惑，也或许是为了回答自己这一整夜无聊的思索，容若最后一句便交代为"梦也何曾到谢桥"。

收笔之句似乎在字里行间悄悄透露了这位不知名的女子的倩影。末尾处的"谢桥"是说谢娘桥，古人用"谢娘"来指代心仪的女子，而"谢桥"便是由谢娘衍生出来的美丽词汇，指代佳人所住的地方。

一场古时候的思念，一个谢娘的故事，或许思念真的是从一座谢桥走向另一座谢桥，在不经意间品味思念似醉非醉的感觉。容若的词，无人能够真正诠释，但这也正是容若词的魅力所在，因为不懂，所以悲悯。因为每个人的梦中，都有一份得到却又失去的美丽。

采桑子（土花曾染湘娥黛）

土花①曾染湘娥黛，铅泪②难消。清韵谁敲，不是犀椎是凤翘。
只应长伴端溪紫③，割取秋潮。鹦鹉偷教，方响④前头见玉箫。

注释

①土花：苔藓。
②铅泪：晶莹凝聚的眼泪。
③端溪：溪名，在广东高要东南。端溪紫：指紫色的端溪砚。
④方响：古磬类打击乐器。

赏析

这首词写的是一段深隐的恋情，用苔藓遍布的竹子和难以消除的泪水来打开全词，意欲告诉读者，这段恋情的苦楚，真的是如泪如疤。

斑痕累累的湘妃竹，青青如黛，竹身长满了苔藓，晶莹的泪水难以消除。真的就如同词中所写的那样："土花曾染湘娥黛，铅泪难消。"这词中所写的，也实在就是他的心性，容若一生的心境悲苦凄凉，无人能懂。

正如那斑痕累累的湘妃竹一样，虽然青青如黛，竹身上却是长满苔藓，就如同容若虽然是人人羡慕的相爷公子，是皇帝身边的大红人，是满腹文采的大才子，但他的内心深处结满的疤痕，有几个人能看到呢？只有容若自己能够感受到。他出身富贵，地位显赫，仕途顺利，相貌俊秀，就连妻子也是门当户对，这一切是任何男人都可望而不可即的，却被纳兰一人所占有。然而，他却依然不满。

"清韵谁敲，不是犀椎是凤翘。"所谓"犀椎"是指犀槌，古代打击乐器方响中的犀角制成的小锤子。而"凤翘"则是古代妇女凤形的首饰。这句话的意思是清韵声声，那不是谁在用犀槌敲击乐器，而是她头上的凤翘触碰到了青竹，从而发出清雅和谐的响声。

是何人的发簪碰到了青竹，这个人是容若的情人还是红颜知己，在词中并未提及，但可以得知的是，这个女子最终是未能和容若厮守一起的。

这样，也就可以理解容若开篇的悲情词句了，或者可以说是事出有因，却也应了那句情何以堪。而在下片里，容若将写景转为抒情，尽情抒发了一番相思之苦。"只应长伴端溪紫，割取秋潮。鹦鹉偷教，方响前头见玉箫。"意思是：秋色多么撩人、秋意无限，应该将这些用端砚写成诗篇。将相思之语偷偷教给鹦鹉，当与她相逢又难以相亲时，鹦鹉或可传递心声。

总体来说，这首词的写作风格清新淡雅，虽然不能算是容若作品中的上乘之作，但将相思之苦刻画得淋漓尽致，也算是一首别致的小词。

采桑子（而今才道当时错）

而今才道当时错，心绪凄迷。红泪偷垂，满眼春风百事非。
情知此后来无计①，强说欢期②。一别如斯，落尽梨花月又西。

注释

①无计：无法。
②欢期：佳期，欢聚的日子。

赏析

纳兰作词，多是有感而发，意由心生。或许从词意间，你并不知晓他具体想要表达的感情，但就是觉得很美，美到灵魂深处，让人回味无穷。就像这首《采桑子》，仅有几个词语的铺陈，就勾勒出了一幅清爽宜人的水墨丹青。

"而今才道当时错，心绪凄迷。"开篇道来，犹如当头一棒，让人灵台一片清明，但细细想来，这句话平淡无奇，现在才知道自己错了，心里迷惘万分。这样的话语实在没有什么值得推敲的地方,如果这句话用在别处,可能就如同脚下的石头,被人们忽视了,但放在容若的词里,却又是不一样的。

容若的词如同容若的人生,"当时错",现在才明白了、才后悔了,可是,当时错的究竟是什么?错在什么地方呢?不知容若是探究当初不该爱,还是不该走得太近。总之,那段得到又失去的爱情令容若内心忐忑不安。一个"错"字,令人百转千回,牵肠挂肚。正因为有了之前的"错",才有了下面的"泪"——"红泪偷垂,满眼春风百事非。"

"满眼春风百事非",眼前的景色越是美丽,心中的愁苦就越是难捱。以乐景写哀情,更加令人感到凄凉。或许,这就是纳兰受到人们喜爱与推崇的原因吧,他表达的感情总能明明白白地直指人心,轻易地说中每个在情场中辗转的男女心事。

"情知此后来无计,强说欢期。"回想当时的分别,就已经知道了今生无缘,无法再相见,但偏偏还要告诉自己,来日方长,或许他日能够重逢。这里的"欢期"是相见、欢聚的意思,而"强说"一词让这份期待中的欢期变得难以预见。明知道不能相见,却偏偏想要相见的矛盾心情,令这首词充满欲哭无泪、欲诉无言的悲凉。

容若或许也感觉到了自己的悲怆,他转笔结尾,写道"一别如斯,落尽梨花月又西"。人生或许就是这样,月圆月缺,这都是无可避免的,或许这就应了那句:"无限愁怀说不得,却道天凉好个秋。"

采桑子(严霜拥絮频惊起)

严霜拥絮频惊起,扑面霜空。斜汉①朦胧,冷逼毡帷火不红。
香篝翠被浑闲事,回首西风。何处疏钟,一穗灯花似梦中。

注释
①斜汉:指秋天向西南方偏斜的银河。

赏析

霜气卷扬着雪花阵阵飞起,扑面而来的是冬日寒冷的天空。天空的银河迷蒙昏惑、模糊不清,寒气袭来,连帐篷中的炉火都不再暖和。在家中时那熏香缭绕、枕衾温暖的往事,真是让人不堪回首。面对"一穗灯花",耳边几许"疏钟",一切都好似在梦中一般。词中每一句都透露着塞外的苦寒和孤寂之情,仿佛这就是词人当时心境的写照——落寞,孤独。

"严霜拥絮频惊起,扑面霜空","严霜""拥絮"透露出塞上寒夜的寒冷,也从中流露出自己的凄苦心境。频频惊起,拥着被子,能感受的除了满面的寒气,只有塞外无际的空寂。

因为夜里太过寒冷,所以,词人几次睡梦中被冻醒。屋内尚且如此,屋外的旷野上更是不用说了,"扑面霜空。斜汉朦胧,冷逼毡帷火不红"。天空寒雾迷漫,银河仿佛横亘在夜空上的河流,被寒气所笼罩,在这样的天气下,军营里的炉火再怎么添加柴火,也是烧不旺的。

既然在清冷的夜里清醒过来,想要再睡着也不是那么容易的事情,万籁俱寂,一人独行,这样的时刻,最容易胡思乱想了。于是接下来,容若峰回路转,从景物描写转入对回忆的叙述。

"香篝翠被浑闲事","香篝"是古人在室内焚香所用的器具,而"翠被"则是被面艳丽柔软的被子,这两样事物看似是容若对家的渴望,实则是容若在思念家人,或许,正是他的妻子。词人明白,这一切不过是美好的幻想,即"浑闲事",身处塞外才是他此刻要面对的现实。

一段似梦非梦的描述,仿佛让读词的人与他一同回到了温暖的家中,守着暖炉,怀拥翠被,温暖舒适。这里的描述并非完全是身体上向往的舒适,更多的则是表达心理上的一种向往,向往轻松自由、宽松舒适的环境。

在寒冷的毡帐里,词人听到稀疏的钟声,而此时毡帐里一点微弱的灯光提醒他,家在很远的地方,自己现在身处的是不知何处的塞外,一时之间,孤凄情怀,不免难以忍耐。只能以词写心,托物言志。

采桑子(冷香萦遍红桥梦)

冷香萦遍红桥梦,梦觉城笳。月上桃花,雨歇春寒燕子家。
筝筑①别后谁能鼓,肠断②天涯。暗损韶华,一缕茶烟透碧纱③。

注释
①筝筑:古代拨弦乐器名,有竖式和卧式两种。
②肠断:形容极度悲痛。
③碧纱:绿纱灯罩。

赏析

那一夜,你宿在红桥。
梦中开满了清香四溢的花朵,这本是完美的约会。
却在梦外,听到孤寂的胡笳声,醒来时,身边一片成空。
月光洒向花枝,桃花如画,人更如画。
风雨过后,春寒料峭。
离别之后,万物皆空,天地悠悠,佳人离去,从此断肠人在天涯。
韶华不再,芳踪难觅,岁月如同一缕茶烟,就这样飘然远去。

这首词叙述的是所爱的女子离去后的苦闷心情。情景交融,时而虚,时而实,现实与梦境的交汇,描绘出一幅脱离于现实的画面。

上景下情,抒情之中带有景物的唯美描写,写景之中又直中见曲,写出情思的黯然神伤之意。全词的宗旨在伤离念远,如同上文所写到的那样,梦中与她相会在红桥之上,那时清香弥漫,忽而梦醒,听到的却是城头传来的胡笳呜咽的悲鸣。家中月光照在桃花枝上,洒下一片疏影,犹是风雨初歇,春寒料峭。自从离别之后,断肠人如今已在天涯之外了,谁会再来弹奏筝筑呢?美好的青春年华就这样暗暗地消耗,就像那一缕轻烟透过碧纱一般让人难以觉察。

"冷香萦遍红桥梦,梦觉城笳。"上片一开始就从描写春天的夜晚入手,"冷香""萦遍",

销魂动人。值得一提的是，这里所说的红桥并非指扬州的红桥，而是作为夜宿地点的红桥，意指容若在那里做了一个冷香四溢的美梦。这里之所以用"冷香"，与下面"雨歇春寒"有关。

雨水一向是词人们热衷的事物，表达黯然的哀愁最为妥帖。容若也不例外，他钟情于一切能够让内心潮湿的事物，虽然梦中有着一个芬芳的天地，梦外却是春寒料峭，景象的描绘由虚到实，虽然没有言愁而愁却能自见，虽然没有抒情，但其情又在景语中显露无遗。

月色最是伤人，月下桃花，雨后春寒，容若所选取的这些意境更是令人伤怀，他用"萦遍"二字，描写桃花的香气浓郁，在梦中也能闻到，而在下片，他则是用"筝篌别后谁能鼓，肠断天涯"一句，承接扭转，从景色过渡到怀念。等待中度日，最是劳神伤心，当韶华不再，岁月便已如一缕轻烟，飘散在时空的浩瀚中，无影无踪。

容若用白描的手法，写着春夜的景色，简练不失贴切，又用直抒胸臆的手法，写出夜色正浓时，无法逃避的怀念，烘托出春夜寂寥、人心寂寥的词意，真可谓是大家之作。

采桑子（嫩烟分染鹅儿柳）

嫩烟分染鹅儿柳，一样风丝。似整如欹①，才着春寒瘦不支②。
凉侵晓梦轻蝉腻，约略红肥。不惜葳蕤③，碾取名香作地衣④。

注释

①欹（qī）：歪斜。
②不支：不能支撑，谓力量不够。
③葳蕤：形容枝叶繁盛的样子。
④地衣：地毯。

赏析

忧伤，是纳兰词的主要基调，也是纳兰容若生命里无法剔除的一部分。他厌恶糜烂腐朽的贵族生活，精神上一直处于挣扎状态，却也无计可施，只能在辞章上化解愁闷。容若将自己的才华全部用来吟诗写词，他的词里有着悲苦之音，无关生活，直入灵魂。在他痛苦的倾诉、沧凄的呻吟中，我们仿佛可以看到他词里慢慢渗透出的，那浓郁的、无法抹去的忧伤。

就好比这首词，看似写春雨，借雨中物象去吟咏，却依旧透露出词人忧伤的心绪。"嫩烟分染鹅儿柳"，柳树，柳枝，是春日里很好的意向，容若虽然用到柳条，却只是说在那春雨下，似有似无的，刚泛起鹅黄色的柳枝，就好像空中的游丝一般，让人一时之间看不清楚。

顿时，春天雨景跃然眼中，天空下细密的雨丝织成一道自然的垂帘，而雨中的柳条随风摇摆，时而翻跃。灰蒙蒙的空气中，已经看不清哪些是雨丝，哪些是柳条，二者浑然一体，融合在一起，好一幅春雨图。

在这里，"似整如欹"用得恰当极了，"欹"是歪斜的意思，柳枝在风雨中时而偏斜，时而工整。容若的词句在这里仿佛是一幅工笔画，令春雨图赫然出现在人们的眼前，清晰得如同亲眼所见一般。

就是在这样的一幅画里,他越发记得他曾经那个似有似无的梦,只是可惜,春雨凉意袭人,堪破晓梦,令人懊恼。"才着春寒瘦不支",这句将上片结束,道出了春雨带给自己的惆怅心情,同时也是承启下片,讲出梦如薄烟,被凉意浸透的凄苦之感。

"凉侵晓梦轻蝉腻",这里的"清蝉"并非是说书上的蝉虫,而是指待字闺中的人。在春日逐渐明媚的时候,花朵变得更加娇俏,但一场大雨过后,那些花朵大部分被打落在地,撒落一地的残花就好像给大地铺上了一条地毯。此情此景,令容若不禁感伤红颜易老,岁月无情。

纳兰容若总是有这样的功力,能用辞章中营造出一个凄美的意境,在他的笔下,世界美得让人窒息。他仿佛有一种魔力,能控制这个世界,让整个空间里充盈着他想要的气息。

时间过得漫长,他无法忘记过去,也无法看到未来,在一个富家公子的眼中,春日里除了明媚的阳光和鲜艳的花朵之外,还有那雨后残花,无法抵御的时光之洪流。

采桑子(非关癖爱轻模样)

非关癖爱轻模样,冷处偏佳。别有根芽①,不是人间富贵花。
谢娘别后谁能惜,飘泊天涯。寒月悲笳②,万里西风瀚海沙。

注释

①根芽:比喻事物的根源、根由。
②悲笳:悲凉的笳声。笳,古代军中号角,其声悲壮。

赏析

雪一直都是文人骚客笔下的常客,他们将雪看作灵性、高洁之物,竭尽所能去赞美、描绘。而容若却不是这样,他爱雪的圣洁高雅,却只是捧于掌心,用满目的爱怜看着这朵朵的雪花飘然而落,就好比有些情感,淡淡的记忆,远甚于轰轰烈烈的记录。

纳兰性德从公元1678年到1684年,每年有很多时间随康熙出巡或奉使在外,这首词便是他陪同康熙出巡塞外时所作。康熙十七年(公元1678年)十月,纳兰容若扈从北巡塞上之时,惊讶于这里的雪居然如此凛冽,有着不同于中原的气势,便有感而发,写下了这首词。

这首《采桑子》原有小题"塞上咏雪花",它浸染着北方塞外的风情,读起来格外激昂人心:我并不是偏爱雪花轻舞飞扬的姿态,也不是因为它越寒冷越美丽,而是因它有人间富贵之花不可比拟的高洁之姿。谢娘故去之后还有谁真的了解它、怜惜它呢?它在天涯飘荡,看尽冷月,听遍胡笳,感受到的是西风遍吹黄沙的悲凉。

容若虽然出身于富贵之家,身上却没有纨绔习气,反而视势利似尘埃,视功名如糟粕。容若借咏雪道出自己"不是人间富贵花"的感慨,表现了自己卓尔不群的高洁情操,同时也抒发了不慕人世间荣华富贵、厌弃仕宦生涯的心情。

"谢娘别后谁能惜,飘泊天涯。"下片的词句透着沉沉的分量,仿佛一个衣着华贵的青年,神情忧郁地立于雪飘万里的寒风之中,就连雪花飘满他的肩头,也浑然不觉,只是一心在想,这情这景,除他之外,还有谁在远方一同关注。这句话似在问天,其实是在问他自己。"谢娘"是指东晋著名才女谢道韫,此刻,容若将自己与她相提并论,是在表明自己自有风骨，不同于世间的凡夫俗子。

在纳兰眼中，荣华富贵、名利权势不过都是过眼烟云，再多的富贵也比不上他那颗向往自由的心。漫天的飞雪从天飘落却又瞬间融化成水珠，这就好比容若那颗高贵的心，假使硬要去承受世间一星半点的纠缠，那么，他宁愿化作水来结束自己。

因此，词的最后那句"万里西风瀚海沙"就更显得悲凉壮阔。仿佛一个拥有不羁灵魂的才子，想融入广袤的天地之间，却一直没有机会。或许，容若一生的追求，只有被那时的片片雪花瞥见，而后，又随着雪花落地，一同埋入这塞外的土地之下，无声无息，销声匿迹。

采桑子（桃花羞作无情死）

桃花羞作无情死，感激东风。吹落娇红①，飞入窗间伴懊侬②。
谁怜辛苦东阳瘦，也为春慵。不及芙蓉，一片幽情冷处浓。

注释
①娇红：嫩红，鲜艳的红色。这里指花。
②懊侬：烦闷。这里指烦闷的人。

赏析
容若的心，时刻都像晶莹剔透的水晶，迎着阳光，透着忧郁的光芒。在这首小令中，容若淡淡地写出了伤春自怜的哀伤。这表面上看是一首伤春伤离之作：桃花并非无情地死去，在这春阑花残之际，艳丽的桃花被东风吹落，飞入窗棂，陪伴着伤情的人共度残留的春光。有谁来怜惜我这像沈约般飘零殆尽、日渐消瘦的身影，为春残而懊恼，感到慵懒无聊。虽比不上芙蓉花，但它的一片幽香在清冷处却显得更加浓重。

容若在写这首词的时候年纪尚轻，早先他拜在名师门下，熟读四书五经，中了举人后便开始积极备考，就在科举考试最后一关的殿试时，他却突然得了风寒，失去了参加由皇帝亲自主持考试的机会。

在床榻上无聊躺着的容若有感而发，写下了这首《采桑子》。他想，如果桃花是有情的，在春天过去的时候，就这样被东风无情地吹落，实在是悲凉。正如同自己，要想等到下一次的殿试，便是三年之后了。当别的学子与皇帝侃侃而谈的时候，本是踌躇满志的他，只能守着病榻，看着飘零的桃花，与这残春一起度过。

可见，这首词是容若借着伤春抒写伤怀之情。所以，容若在词的上片写到的"懊侬"，正是为了这件事情。花开花落有时，但零落总是让人不甘心的，桃花本是要零落成泥碾作尘的，却正巧一阵东风，吹入了容若的小窗，为这个陷入烦闷的才子聊以慰藉。

看到桃花无可奈何的命运，容若也为自己感伤了起来，从下片开始，"谁怜辛苦东阳瘦"，便是容若的自况。所谓"东阳瘦"说的是南朝著名诗人沈约，沈约和容若是一样的美男子，有才有德，容若以沈约自比，既是说自己风流才俊，更是感伤自己身体单薄。而后所接"也为春慵"，更是说出自己的身心之所以如此的慵懒，并非是为其他闲杂之事所累，只是春天就要结束了。

"不及芙蓉，一片幽情冷处浓。"虽然容若认为桃花妖艳，却还是比不上芙蓉的清幽芬芳。其实，容若这里所指的芙蓉并不是荷花，而是联系到唐朝李固在芙蓉镜下科举及第的典故。李固在考试落第之后游览蜀地，从一位老妇人那里得知，自己明年会在芙蓉镜下科举及第。结果第二年，李固果然中第，榜上那句"人镜芙蓉"也刚好印证了老妇的预言。容若因病失去殿试的机会，于是有感而发，叹一句"一片幽情冷处浓"，写尽了自己懊恼的"幽情"。

采桑子（拨灯书尽红笺也）

拨灯书尽红笺①也，依旧无聊。玉漏迢迢，梦里寒花隔玉箫。
几竿修竹②三更雨，叶叶萧萧。分付秋潮，莫误双鱼到谢桥③。

注释
①红笺：红色笺纸，多用以题写诗词或做名片等。
②修竹：长长的竹子。
③双鱼：指书信。谢桥：这里指情人所居之处。

赏析

词的开篇，便是词人扑面而来的无聊情绪。他在灯下给她写信，即使写满了信纸却仍是意犹未尽，心里惆怅无比。虽然词中并未提及信的内容，但从"依旧无聊"这四个字中，便已经略知一二。此刻，漏声迢迢相伴，令人如醉如痴，仿佛在梦中与她相见，朦朦胧胧不甚分明。室外秋雨敲竹，滴在树叶上，点点声声，淅淅沥沥。词的最后，纳兰不忘提醒自己，不要将这孤独寂寞的苦情都付与此时的秋雨中，而忘记了将写好的书信寄给她。

世界之大，悠悠众生，心中有个记挂的人，或许才没那么孤单。借着昏黄的灯光，将满腹的思恋倾注于纸间，让我告诉你，即使我们天各一方，也依然隔绝不了我对你的思念。这种悲伤无望，却又充满想象的爱情，看似无聊，却是持久永恒的。

诗词中，"红笺"多是用来指相思之情，只要写出红笺，一切便都在不言之中了。下接一句"玉漏迢迢，梦里寒花隔玉箫"，引自秦观的词句"玉漏迢迢尽，银河淡淡横"。漏是古时候计时的一种器具，常被叫作玉漏、银漏、春漏、寒漏等。

诗词中，"漏"一向是寂寥、落寞、时间漫长的意向，在这里也不例外。以"玉漏"表达长夜漫漫，时空横亘的无奈之情。时间是相思最大的敌人，容若大概在这首词中是想表达自己爱着一个人，却无法接近。在接下来一句"梦里寒花隔玉箫"中，揭晓了容若感慨时光的缘由。

"玉箫"并非是指乐器，而是一个人名，在这首词中，它指代心里思念的情人。而"寒花"，就是寒冷季节里开放的花。接着，词的下片不再写心情，转而写窗外的景色，既然无法入睡，那干脆看着外面的景色，来缓解内心的惆怅吧。

"几竿修竹三更雨，叶叶萧萧"，雨后的夜景，树木萧萧，好比自己的心情，无奈之中透着几分茫然。结尾一句"分付秋潮，莫误双鱼到谢桥"，呼应了开篇的那句"拨灯书尽红笺也"。在这里，"分付秋潮"中的"秋潮"是指"有信"。古人眼中，潮水涨落是有一定时期和规律的，所以，人们便将潮水涨落的时期定位如约而归的期限。因此，这句词是说要将信托付给秋潮，向那个收信的人表达自己的心意，预示着凡事能够完满结束。

采桑子（凉生露气湘弦润）

凉生露气湘弦①润，暗滴花梢。帘影谁摇，燕蹴风丝上柳条。
舞鹍②镜匣开频掩，檀粉③慵调。朝泪如潮，昨夜香衾觉梦遥。

注释
①湘弦：即湘瑟，湘妃所弹之瑟。亦指代瑟。瑟，弦乐器。
②鹍（kūn）：形似鹤，黄白色。
③檀粉：化妆用的香粉。

赏析

容若虽为男子，却有一腔独属于女儿家的细腻心思，所以他写的词才能够动人心弦，催人泪下。单看容若那些闺中词，就可以想象得出，这个男人的心思有多么独到。所以说，容若爱人，必然爱得仔细温柔，一颦一笑，他都能刻入心扉。这首小词是写女子闺中的神态，但也可以理解为是容若为心爱女子所写的爱情词。

夜来凉生，露气浸润了琴瑟，露珠滴在了花梢上。帘外疏影摇摇，原来是燕子乘着微微细风飞上了柳枝。对镜理妆，自怜自伤，镜匣频开频掩。倦于梳妆，连香粉都懒得调匀。清晨醒来，想起昨夜美梦成空，叫人伤情不已，不觉泪水就如潮般袭来。

"此情可待成追忆，只是当时已惘然。"情爱虽深，却是只能追忆，李商隐的无题诗将情爱之痛刻画得恰到好处。而在容若的这首《采桑子》中，词旨的风格更是鲜明亮烈，朦胧中的暧昧让人心生暖暖的情愫。

"凉生露气湘弦润，暗滴花梢。"直接铺陈是容若词的一个特点，"凉""露气""花梢"，这些词织成了一个梦幻般的意境。在清冷的夜色下，露气沾湿了花蕊，也浸润了琴弦。纳兰对这些细节的生动描摹，将其女儿家细腻的心思展露无遗。

限于篇幅，词总是充满想象的叙述，若干看似毫不相干的词语组合，便能够营造出一幅完美的图画。在这里，容若将这种功力运用到了极致。"帘影谁摇，燕蹴风丝上柳条"，他先是发现露水低落花蕊之上，而后又注意到帘影重重，门外的柳条在风中摇摆，小燕子停在上面，自顾嬉戏。好一幅饶有情趣的春景图，既写出了春夜的景致，又融入了女儿家羞涩的心思。

下片承接上片，"舞鹍镜匣开频掩，檀粉慵调"。既然相思无意，不如对镜打扮一番，也好对得起这番春光。只是，打开梳妆盒，看着镜子，却是没有心思调配脂粉。在这里，"舞鹍"是在暗示，女子犹如鹍一般，对镜贴花黄，却是无人欣赏，只能形单影只地顾影自怜，所以，一时之间，女子泪水涌出，领悟到了现实的残酷。

"朝泪如潮，昨夜香衾觉梦遥。"以现实开篇，以现实结尾，整首词让人有种恍若梦中的感觉，但词人又无时无刻不在提醒，这不是梦，而是冷冰冰的现状。梦醒时，蓦然回首，早已找不到当初灯火阑珊处的那个人了。

采桑子（谢家庭院残更立）

谢家庭院残更立，燕宿雕梁①。月度银墙②，不辨花丛那辨香。
此情已自成追忆，零落鸳鸯。雨歇微凉，十一年前梦一场。

注释
①雕梁：刻绘文采的屋梁。
②银墙：月光下泛着银白颜色的墙壁。

赏析

关于这首词，有人说是容若在凭吊一个知己，也有人说是容若追忆往昔所写，议论种种，难下定论。虽然词的背景扑朔迷离，却不妨碍我们今天在读到它时，沉浸在美好的情境之中。

开篇所写到的"谢家庭院"，是在隐喻这是在写当下的实景，谢家庭院指南朝宋谢灵运家。谢灵运在会稽始宁县有依山傍水的庄园，后来常用"谢家庭院"代称贵族家园，也指闺房。所以可以看出，这是容若在怀念一段情缘。下片开始的那句"此情已自成追忆"更是证明上片是属于追忆往昔的情感了，而最后一句更是点明了这段情感的时间，是发生在十一年前。如梦一场的时光令这段情感逐渐模糊，但并没有被遗忘。

容若的这首《采桑子》虽然没有指明他所怀念的女子为何人，但从词面的字句来看，不是妻子就是表妹。不管是谁，"谢家庭院残更立，燕宿雕梁"，开篇这句的意象，是容若常用的，尤其是"谢家"，所以，后人推断容若爱恋的这名女子一定是姓谢。不过真相是否如此，也只能任由猜测了。

这首词写得十分华美动人，有种浓郁之美。在华丽的雕梁上，燕子熟睡着。夜深人静之时，万物进入梦乡，唯有月光悄悄安抚着大地。而此时，却还有一个人无法入眠，任凭月光洒落一身，他只是独立中庭，孑然影孤。短短十数字，就将思念者孤独寂寥的心态描写出来，叫人分辨不出，这个独自伫立在月光下的人，到底是被相思所苦的容若，还是偶尔神伤的自己。

接下来，"月度银墙，不辨花丛那辨香"，朦胧的月色中，花丛的位置难以辨认，只好根据花香来判断方向，好比词人要根据恋人身上的香气来辨认她在花丛的位置一样。可是，容若自己明白，这份感情只可追忆，却无法挽回。而后一句"零落鸳鸯"，则是引出了最后的结局"雨歇微凉，十一年前梦一场"。往事如烟散去，回忆空空，容若沉吟至此，才忽然觉出了雨夜后的微凉，同时也觉察出，这十一年前的梦，早就该醒了吧。

采桑子（明月多情应笑我）

明月多情应笑我，笑我如今。辜负春心①，独自闲行独自吟。
近来怕说当时事，结遍兰襟②。月浅灯深，梦里云归何处寻。

注释

①春心：春景所引发的意兴或情怀。
②兰襟：芬芳的衣襟。比喻知己之友。

赏析

这首词的写作背景有两种，一是怀友之作。纳兰容若是极重友情的人，他的座师徐乾学之弟徐元文在《挽诗》中对他赞美道："子之亲师，服善不倦。子之求友，照古有烂。寒暑则移，金石无变。非俗是循，繁义是恋。"

这番赞美绝非虚假奉承之意，容若确是"在贵不骄，处富能贫"。容若喜欢交朋友，也善于交朋友，在容若短暂的一生中，他有许多志同道合的朋友，所以，词中所写的"结遍兰襟"，并不是夸张的修饰之语。

容若本人也因为爱交友、善交友，体现出他性格中多情、重情义的一面。不过，重情又往往成了他的负担。正如词中所写，"近来怕说当时事"，在而今的事是人非面前，容若害怕回忆起往昔美好的一切。他将头埋进沙子里，犹如鸵鸟一般，自欺欺人地躲避着一切。但他终是无法逃脱的。

容若在词中感伤：明月如果有感情，一定会笑我，笑我到现在都春心未结，独自在这春色中徘徊沉吟。最近很怕说起当年的那些往事，当时高朋满座，彼此惺惺相惜，如今月夜幽独寂寞，只有在梦里寻找往日的美好时光！

他希望不美好的尽快过去，往日的朋友依然能够惺惺相惜，如同他在词中最后一句所写的："梦里云归何处寻。"这一切都仿佛梦一样，难以寻觅，难道，真的只有在云归深处，才能找到当日的美好状态？

还有一说是，这首词是容若为沈宛而写。当日容若欲娶江南才女沈宛为妾侍，后因为家庭的压力，二人被迫分离。这首词就是容若在离别之后，思念沈宛的佳作。

这首《采桑子》写得非常细腻，上片写出容若低沉黯然的心情，同时还烘托出容若怅然若失的心态。从"辜负""闲行""独自"这些词语中，我们能够体会到容若内心的寂寞和无聊，他吟唱自己的孤独，因为无人能懂。

而到了下片的时候，他便解释为什么自己会有如此沉郁的心情。首先是害怕回首往昔，他害怕提起当日的事情，因为往事不堪回首，一切过去的都将不再重来。容若面对的回忆不过是空城一座，而他自己，只有在城外兴叹。

这也就是为何容若会在月光下愁苦，在灯光下午夜梦回，温习往日的岁月。不论这首词容若是写给朋友的，还是写给沈宛的，都是他发自内心的感慨，细腻单纯，干净得几近透明。

采桑子（那能寂寞芳菲节）

那能寂寞芳菲节，欲话生平。夜已三更。一阕悲歌泪暗零。
须知秋叶春花促，点鬓星星。遇酒须倾，莫问千秋万岁名。

赏析

这是一首写于春天的词。

春季本应是万物复苏的时节，词里却叹出"那能寂寞芳菲节，欲话生平。夜已三更。一阕悲歌泪暗零"。花草香美，却倍感无聊，因而与友人话起了生平。夜至三更，谈到有感而发，禁不住弹唱一阕。悲歌低吟浅唱，竟引得清泪暗零。

泪为什么而流呢？原来是"须知秋叶春花促，点鬓星星"。春花秋叶，季节更替，年复一年地催促时光流转，人亦由少到老。恍惚间，见那鬓角，已增了白发。这"星星"二字，代指白发星星点点。这便是无常的人生，物换星移，转瞬即逝。

最后，词人感慨，"遇酒须倾，莫问千秋万岁名"。有酒须饮才是，何必要问那"千秋万岁"之名。功名再有为，不过仍旧是春梦一场，如今夜已三更，春梦也该散尽。难怪，这一阕悲歌，引得如此愁情满腹，不胜凄凉。

岁月匆匆，一阕悲歌恰巧击中这才子心内的柔软地，禁不住泪流，喟叹人世苦短，世事虚妄。

采桑子·九日（深秋绝塞谁相忆）

深秋绝塞①谁相忆，木叶萧萧。乡路②迢迢。六曲屏山和梦遥。
佳时倍惜风光别，不为登高。只觉魂销。南雁归时更寂寥。

注释

①绝塞：极远的边塞。
②乡路：指还乡之路。

赏析

所谓"九日"，即农历九月九日重阳佳节。每逢佳节倍思亲，这一年的重阳节，纳兰出塞离家，形单影只，顿觉内心孤苦寂寞，为表达自己的思乡之情，他写下了这阕词。

上片由景入，"深秋绝塞谁相忆，木叶萧萧。乡路迢迢。六曲屏山和梦遥"。深秋，边塞偏远之地，落叶萧萧，一片萧索肃杀之气，清冷寥然。还乡之路迢迢，似是只能在梦里才能见到。"六曲屏山"释义为曲折之屏风六曲，因屏风曲折若重山叠嶂，故称为"屏山"，这里指代为家园。

下片道"佳时倍惜风光别"，意思是说逢此佳节，故园风光正好，却觉得与平时有别。异乡之景，再美不如家乡的田舍。亲友团聚之佳节，独自在外，今日心情，自是与平日有异。所以，纳兰只能无奈地叹道："不为登高。只觉魂销。"重阳节有登高的习俗，此时，词人身处异地不能与家人一同登高望远，难免暗自神伤。寥寥数语，写尽内心彷徨凄苦。

结句承之以景，借雁归来反衬出此刻的寂寥伤情的苦况，即"南雁归时更寂寥"。古人常以大雁表达思乡怀人，这里是说，望着天上的一群归雁，纳兰想到了自己，大雁们都回家了，唯独"我"还在他乡一个人过节，这让他觉得更加寂寞。

这天涯羁客，飘零于此，只叹，何时才可再见到故土的熟悉欢愉啊。

采桑子(海天谁放冰轮满)

海天谁放冰轮①满,惆怅离情。莫说离情,但值良宵②总泪零。
只应碧落③重相见,那是今生。可奈今生,刚作愁时又忆卿。

注释
①冰轮:月亮,圆月。
②良宵:景色美好的夜晚。
③碧落:道教语。指青天、天空。

赏析

卢氏离世后,任何良宵美景对纳兰而言都是赘余的。从此,他生活的重心便迷失在无边的惆怅里。

词人挥笔头句就是无奈的质问:"海天谁放冰轮满,惆怅离情。"是谁在夜空里缀了那么个皎洁的圆月?匆匆一瞥就不禁要令人惆怅起来。美景如水,荡漾的是如烟的轻柔,倒映的是清晰的内心模样。这惆怅离情,倏然浮起了。

"莫说离情,但值良宵总泪零"。而对纳兰来说,这"莫说"又着实是真心么?思念愁苦,离别沉痛,只是倘若不说,他难道就能逃离了触景伤情,丝毫不会念及?这"莫说"二字,更像是词人的自言自语,想忘却难忘,想那愁绪停止又无力控制,所以也只能对自己暗许,不再说了,不再说了。良宵而落泪,可是,这又有什么办法?

既然无力逃脱记忆的深渊,纳兰也只能寻求一些希冀:"只应碧落重相见,那是今生。"只应碧落,才有重见的可能,可今生,又如何去到那里啊!今生最想实现的事情,不过是再见一面,再走一遭,却已是天上人间。"可奈今生,刚作愁时又忆卿",可奈可奈!因触景而伤了情,因伤了情,又再回忆了已亡人。

这个多情的男子,该如何逃离那无边的寂苦,该如何逃离那悲楚的回忆。离别的时候,一个人烧纸成灰,离别以后,还要一个人吞咽苦水,对着美景,也是泪水不止。人生这件事,说长不长,说短不短,只怜惜这些多情重情的人,对于逝去的人事,无能为力,又百般苦痛。

采桑子(白衣裳凭朱阑立)

白衣裳凭朱阑①立,凉月趖②西。点鬓霜微,岁晏③知君归不归?
残更目断传书雁,尺素还稀。一味相思,准拟④相看似旧时。

注释
①朱阑:即朱栏,朱红色的围栏。
②趖(suō):即"走"之意。
③岁晏:一年将尽的时候。
④准拟:料想、希望。

赏析

秋日天已微凉，风愈渐萧瑟，人也变得踯躅怀旧。

印象中，故人还身着那白色的衣衫倚靠着朱红栏杆，秋月带着凉气将冷艳的光向西落去，思绪同那皓月也一并沉下来。思念渐深，纳兰眼看鬓角浮起点点的霜白，顿时乱了心绪。年已至末，不知道故人归不归。一声声自问，湿了衣襟。更漏都已滴尽，他亦望穿天际，日日企盼传书的鸿雁，然而，等的书信却迟迟未至。无奈，他只能一味地思念，料想着，相见的时候故人依旧是迷人的旧时模样。

显然，这是阕岁末怀人之作，怀的是谁，却多猜测。是久思未见的初恋，还是亡故的妻子，抑或红颜知己沈宛，又或者是挚友贞观？读来是五味杂陈的思念，像着了过量的盐，尝来有了涩味。

细品这词，颇有意味，善于用典的纳兰，仍旧在短词之中，巧妙化用了前人的词句。词中上片首句就是取自明代王彦泓的《寒词》十六之一，文曰：从来国色玉光寒，昼视常疑月下看。况复此宵兼雪月，白衣裳凭赤栏干。

下片借以"大雁"这一意象来抒发苦等书信的一味相思。"大雁"有典，取自《汉书·苏武传》。相传当年苏武出使匈奴，被扣留匈奴十九年，后汉使者对匈奴单于说，汉天子上林苑打猎时，打获大雁一只，其脚系有帛书，上写着"苏武在匈奴何处"，因而匈奴单于放苏武回到汉朝。后来，"大雁"这个意象在诗词中，便是用以表达思乡怀人的情思。

最后，末句引用宋人晏几道《采桑子》："秋来更觉销魂苦，小字还稀。坐想行思，怎得相看似旧时。"秋来萧瑟之景叫人乱了心绪，坐想行思，怎也无法躲避开这纷乱的回忆，以及对故人的相思。相看似旧时，怀念过去之人深切苦楚，可如何能回到旧时的时光，不再为这时光渐远而伤怀叹息？恐怕时光的脚步还是听不见词人心底恰似痴狂的呐喊，无法让他如愿穿梭回过去吧。

纳兰这词，清清婉婉，秋景静美处，读之仿佛能见到他身着秋衫伫立窗前的神情：看月色西沉，盼雁回信至。读来痛心，也觉孤楚。

采桑子·居庸关①（嬀周声里严关峙）

嬀周声里严关②峙，匹马登登③，乱踏黄尘。听报邮签④第几程。

行人莫话前朝事，风雨诸陵。寂寞鱼灯⑤，天寿山⑥头冷月横。

注释

①居庸关：关名。旧称军都关、蓟门关，长城重要关口，控军都山隘道（军都陉）中枢。据传秦修长城时，将一批庸徒（佣工）徙居于此，故得名"居庸"。

②嬀（guī）周：意为车轮转一周，嬀通"规"。严关：险要的关门，险要的关隘。

③登登：象声词，指马蹄声。

④邮签：驿馆驿船等夜间报时的更筹。

⑤鱼灯：鱼形的灯。

⑥天寿山：天寿山位于北京昌平东北部。山麓一带黄土深厚，原名黄土山，明建十三陵后改名天寿山。地势险要，上陡下缓，南临十三陵盆地；东西扼山口，古为军事要地。

赏析

康熙二十一年（公元1682年），纳兰被康熙派遣率兵赴西域，为解决西北问题做准备。以往外出，纳兰都是作为随侍巡幸，然而这次，他却是作为一军之帅统领全军。

居庸关在北京昌平西北，得名始自秦。当年，纳兰就是从此经过，于戎马倥偬间赋得这曲《采桑子》。词上阕主要写景，"嶲周声里严关峙，匹马登登，乱踏黄尘。听报邮签第几程"。"嶲"音"希"，嶲周是燕子的别名，用来称子规鸟。险要的关门相对耸峙，马蹄声、杜鹃声，以及军行报时的更筹声相互混杂，于纷乱弥漫的黄尘中若隐若现。短短几个字，词人便描摹出一幅落满尘埃的居庸历史画卷。

帝王荒冢被历史笑谈自来是最平常不过之事，然而词人一句"行人莫话前朝事，风雨诸陵"，则透露出无限的苍凉。来往的行人不要再议论那过往的人、事了，历史风雨飘摇，终究要归于静默。

接下来"寂寞鱼灯，天寿山头冷月横"一句，纳兰将这清冷的意味写到了底，"鱼灯"是帝王陵寝之灯，意指凄惨阴森的意象。这一句全是写景，却透露出纳兰凄冷的心境。或许，这其中的况味除了纳兰也只有那"鱼灯"或"冷月"才能知晓罢。

或许，那黄沙遍野的战场让纳兰也从中看到了自己的影子，看到了自己的生前身后——也是风雨。所以，他才会用一颗敏感寂寞的心体悟到了历史的凄冷苍凉。

添字采桑子（闲愁似与斜阳约）

（按此调《词律》不载，《词谱》有《促拍采桑子》，字同句异。一本作《采花》。）

闲愁似与斜阳约，红点苍苔①，蛱蝶飞回。又是梧桐新绿影，上阶来。
天涯望处音尘②断，花谢花开，懊恼离怀。空压钿筐③金线缕，合欢鞋。

注释

①苍苔：青色苔藓。
②音尘：音信，消息。
③钿筐：镶嵌金、银、玉、贝等物的筐。

赏析

这首《采桑子》是容若写的词里的一个谜团，许多人都在猜想，这首词，容若是为谁而作？参考大量史料，人们想要找出这首词背后的那个女子，是否也如同这词一般美丽温婉呢？

这段故事终究因为时间太长，湮没了历史尘埃之中。"闲愁似与斜阳约"，像是抒情，闲愁仿佛是与夕阳有约，当夕阳西下之时，愁绪便上来满怀。将愁绪与夕阳联系在一起，还拟人似的写作闲愁与斜阳相约，既写出了闲愁，又体现出了情趣。

而后写道"红点苍苔，蛱蝶飞回"，青苔为何能成为红色呢？让人忍不住想过之后，容若才给出答案，原来是蝴蝶停落在台面上，让绿色的青苔看起来，犹如红花点缀，片片落红。闲愁的人儿还有心情看这不引人注目的青苔，可见这份闲愁也并不是真的无药可解。

美丽的景色能够使人心旷神怡，这个观点应该是正确的。在上片最后，容若写道"又是梧桐新绿影，上阶来"。单纯的描述，看不出不好的情绪，就连一开始抒发的闲愁，在这景色中,似乎也被化解掉了。

下片开始一句便是"天涯望处音尘断",字面上的意思是说,望断天涯,都得不到音信,全无音信才是让词人产生闲愁的原因。至于何人迟迟不给容若音信,容若又是在为什么人揪心,词中并无解释,人们也无从去猜测。

而后句"花谢花开,懊恼离怀"更是写出了容若焦急的等待,想来那位女子对容若的重要性,否则,容若为何会等过花开花谢,依然翘首以盼呢?带着满腔的愁绪,等待着远方一个可能永远也不会到来的音信,词写到这里,闲愁的滋味再次涌出,比开篇更要浓厚,令人读后掩卷不忍细读。

既然想念的人不在身旁,那只有睹物思人了。打开箱子,翻出那双金缕鞋,但是鞋子的主人而今身在何方呢?故事到这里便戛然而止。"空压钿筐金线缕,合欢鞋",似乎是一个吸引人眼球的爱情故事,当刚刚讲到故事高潮时,却突然结尾。

人们意犹未尽,但故事已经结束。容若一向是把情爱表达得十分优美,十分含蓄。他在词中从来都是将再浓烈的情感,也用淡雅的词汇写出。仿佛那些情爱与他无关,他不过是在讲述一个旁人的故事。

浣溪沙(十里湖光载酒游)

十里湖光载酒游,青帘低映白苹洲①。西风听彻采菱讴②。
沙岸有时双袖③拥,画船何处一竿收。归来无语晚妆楼。

注释
①青帘:旧时酒店门口挂的幌子,多用青布制成。白苹洲:泛指长满白色花的沙洲。
②采菱讴:乐府清商曲名,又称《采菱歌》《采菱曲》。
③沙岸:用沙石等筑成的堤岸。双袖:借指美女。

赏析

史上文人词句,各有风格。纳兰之词,可谓是情由景生,情景交融。这一阕词,读罢内心充满美好的期待。目光所及,如诗如画。

"十里湖光载酒游,青帘低映白苹洲",或许是由于湖水总给人一种温和宁静的感觉吧,文人向来喜爱以湖景为背景,借景抒情。携酒游于湖面之上,风是江南的风,水为江南之水,酒家门面上的青布幌子掩映着白色的沙洲,好似一幅惬意的山水画。"西风听彻采菱讴",和着西风在小舟之上饮酒,醉心之趣,好似听见采莲曲悠扬地在湖面上拂过,又有沙岸上美女水袖飘然,翩跹起舞,自是美不胜收。

"沙岸有时双袖拥,画船何处一竿收",此时,纳兰又借李煜《渔夫》中"浪花有意千重雪,桃李无言一队春。一壶酒,一竿身,世上如侬有几人"一句,表达身在舟中,好似渔夫撑竿,尽享自然情趣的美好感触。湖面、小舟、酒家、沙堤、美女、灯火都有了,便觉人间万千之美都已获得,正所谓"归来无语晚妆楼"。

纳兰对山山水水尤其喜爱,心心念念想要回归自然,成为天地之间的一名酒客。这心愿,从满首词间漫溢的情趣就可窥见。

浣溪沙（脂粉塘空遍绿苔）

脂粉塘空遍绿苔，掠泥营垒燕相催。妒他飞去却飞回。
一骑近从梅里过，片帆遥自藕溪来。博山香烬未全灰。

赏析

写离愁，往往写闺怨。说到闺怨，便少不了守望空阶的女子。纳兰这阕词，主人公亦是女子。

词的开篇便是景色的渲染，写脂粉塘空旷得只剩剩铺满的绿苔，早已失却了昔时的景象，即"脂粉塘空遍绿苔"。还未到分别之时，那溪塘如同脂粉塘那般令人迷醉，可相离许久，溪塘不似繁华，逐渐萧条，眼中之景，都像蒙了灰。这脂粉塘，相传正是春秋时候西施沐浴的溪塘，纳兰写在这里，实为女主人公闺阁之外的溪塘。女子的心就是这般细腻敏感，自己心中积满了愁绪，仿佛窗外的溪塘也着上了凄凉的颜色。

此时又见大地春回，看燕子掠泥而飞，像是相互催促着急赶慢赶，真是好一片生机盎然的景象。"掠泥营垒燕相催。妒他飞去却飞回"，女子伫立至此，等不到思念之人执手相看，净是看燕子双双来去，分明高兴不起来。连燕子都有相伴的幸福，为何迟迟等不到你的归来？真是一位可爱的人儿，心爱之人在这景色里不能相伴，连那燕子她也想要去嫉妒一番。

可嫉妒又有何用？无奈凄凉，只得怨那离别，让人愈发想念。"一骑近从梅里过，片帆遥自藕溪来"，恍惚之间，女子好似幻觉中看见他正轻骑从近处的梅园出现，又像是坐着小舟，从遥远的藕溪归来。她把相思之情全都寄托在那天涯海角的期待里，想象连连，好似梦一场，醒来之时，恐怕甚是凄楚。臆想之辞，尤其感人。

"博山香烬未全灰"，博山炉中香已烧完，却未燃尽。言有尽，意无穷。望着炉里升起的袅袅香烟，女子心里的思念之情更是剪不断理还乱，如同缭绕的轻烟一样，挥之不去。香未燃尽这一意象，充满让人沉醉的力量。烟未散尽，女子的愁绪不能穷尽，等待归期到来的日子也不知到何时才尽。凄清之至，读罢也觉眼前轻烟袅袅一般，哀婉无奈。

浣溪沙（泪浥红笺第几行）

泪浥①红笺第几行，唤人娇鸟怕开窗，那能闲过好时光。
屏障厌看金碧画，罗衣不奈水沉香。遍翻眉谱②只寻常。

注释

①泪浥：被泪水沾湿。
②眉谱：旧时女子画眉所参照的图谱。

赏析

这首《浣溪沙》继承了传统诗词写作一大风格，便是情感女性化。词人借所思念之人的对自己的思念，来表达自己的思念，故虽词浅意显，仍是心思委曲，积思甚多，在情思上，可谓一波三折，别开生面。

从总体上看,全词在"怕""闲""厌"三阶段情感递进中上升。

上片"泪浥红笺"起首,全词的格调基本奠定下来。"泪浥红笺"是一种情感的外放,起头以这种方式,在诗歌中较为常见,也颇有效,在情感统摄上,有开门见山的优势。接着写"唤人""娇鸟",却"怕开窗",这时,在情感的表现方式上,较诸"泪浥红笺",就显得内敛一些,用"怕"来表现内中矛盾,她大抵会黯然神伤:"此遭启窗看,只怕又是,一番空倚栏。"接着情感益发收了一番,用了"闲"这看似无情感的词,然而这"闲"是藏着极深沉情感的,"闲"与"好时光"的交织,是何其让她无奈与痛苦。

下片并未脱离上片的情感轨迹。第一句"屏障厌看金碧画"中的"厌"字,是全词情感的最高点,余下几句,尽是这时情感飞瀑直泻而下的水流,"罗衣犹觉寒","眉谱无心思"。"厌"字较之"泪""怕",更为深沉,所以内敛得也最深。这时她对外部世界的一切只是一个"无心",对那些氤氲的沉香、华丽的屏画、缤纷的眉谱等,就因一个"厌",不闻、不看、不画,无有适意,无不伤怀,看似"天命无常,人事随兴",其实心中的情感确是最为激烈的。这种"非我所爱,皆我所恨"的细腻而激烈的情感,逐渐从词中表现出来。

回观全词,词人在情感处理上颇动心思。在情感的处理手段上,采用"收"的方法,而情感的表现上,却是念人伤怀,愈感愈深,递相深进的"放"。这首词很短,可谓"小制",然情感上却收放并进,读之味足,感慨至切。

浣溪沙(伏雨朝寒愁不胜)

伏雨①朝寒愁不胜,那能还傍杏花行。去年高摘斗轻盈②。
漫惹炉烟双袖紫,空将酒晕③一衫青。人间何处问多情。

注释
①伏雨:指连绵不断的雨。
②斗轻盈:与同伴比赛看谁的动作更迅捷轻快。轻盈,多用以形容女子体态的轻快、灵活。
③酒晕:喝完酒后脸上泛起的红晕。

赏析

这是一首相思之作,却不同于那种甜蜜憧憬的怀想,亦不是刻骨铭心的感念。如果一定要用一个词来形容这首小令,那么非此二字莫可当得:阑珊。

作者一开始就把我们领入了那片零雨其蒙的小小天地:春潮微寒,连绵的小雨淅淅沥沥,点点滴滴。造物者是有诗意的,总是在那样一个特定的时间为我们呈现这样一个微雨的初晨。

"那能还傍杏花行。去年高摘斗轻盈",正是"春花秋月,触绪还伤"的另一番写照。当年他曾和她在一起攀上杏树枝头摘取花枝,比赛谁最轻盈利落,而今的杏花春雨一如往昔,而佳人已逝,以至于唯恐再见到杏花,触动自己的伤心事。睹物伤情,算是中国诗歌由来已久的传统。

不过纳兰公子的才思却在这传统里有着独特的表现。我们读到这一句,会感到眼前一亮。原因很简单,在这里作者用了"高摘""斗""轻盈",于是一幅轻灵欢快的图景如在目前。

前两句无论零雨还是落花,都是低伏着的意象。这里的突转,意义当然不局限于视觉上的节奏感,它更暗示了词的核心"情",以强烈的对比暗示着当年的意气飞扬与今朝的意兴阑珊。

转到下片,出现一组精工的对句:"漫惹炉烟双袖紫,空将酒晕一衫青。"句中一个"漫惹",一个"空将",写极无聊之态。这里容若仿佛是说,我现在多么无趣啊,恍恍惚惚,呆呆地烤着炉火,饮着乏味的酒,忽忽悠悠就醉了,我也不知是为了什么,我也不知要做什么。

尾句,作者终于舍弃了一切描写与对仗,平平呵出:人间何处问多情。以人间之广大,竟然还是无处寻觅、亦无处寄托那一分多情。看似平淡的一句话,却实已把天地逼仄到了极处。这正是"谁念西风独自凉"的境界,西风遍吹,而独有我感到了深深的凉意。天地广大,而唯有我心怀迂曲,无处排遣,无处寄托。

浣溪沙(谁念西风独自凉)

谁念西风独自凉?萧萧黄叶闭疏窗。沉思往事立残阳①。
被酒②莫惊春睡重,赌书③消得泼茶香。当时只道是寻常。

注释
①残阳:夕阳,西沉的太阳。
②被酒:醉酒。
③赌书:比赛读书的记忆力。

赏析

这首《浣溪沙》写的是宋代女词人李清照与丈夫赵明诚之间相敬如宾、意趣相投的爱情故事。李清照十八岁时与右相赵挺之之子赵明诚结婚,夫妻生活甜蜜恩爱。两人志趣相投,一起收集古玩字画,并一起勘校、考订版本,生活十分闲适惬意。

他们最常做的游戏就是在晚饭后猜书斗茶。两人先煮上一壶茶,然后轮流由一人说出一句或一段古人的诗文,让对方猜这句话出自哪本书、第几卷、第几页、第几行,以猜中与否分胜负,猜对了就优先喝一杯茶。由于李清照的记忆力特别强,几乎是每猜必中,赵明诚不得不甘拜下风。然而,聪明幽默的赵明诚也每每在李清照端起茶杯时讲笑话,结果常常引得她哈哈大笑,以至茶杯倾覆怀中,浇得一身湿漉漉。这便是"赌书消得泼茶香"一句的由来。

这首词通过李清照的口吻,回忆和丈夫曾经的美好高雅的生活,表达天人相隔的无限伤感。同时,纳兰也回忆起自己和妻子的经历,从而生发一种顾影自怜的情绪。

西风吹来,谁会想到有人在这风中独自悲凉?"无边落木萧萧下",遍地黄叶堆积,万物在沉寂前,似乎都要纷扬一番,如同蝴蝶一样地翻飞。秋也如此壮阔美丽。然而独坐闺中,疏窗紧闭,似乎与世相隔,只因为心中寂寥,独自凄凉。念起往事,独自沉思,在斜风残阳中,无限思量涌来,人何能禁?

这首《浣溪沙》中"沉思往事立残阳"与"当时只道是寻常"二句,情感极浓,感情上是递进式的:由不知人生为何如此辛苦而"沉思",思到头终究也无答案,却转头长叹"当时只道是寻常",如何地悲观决绝,如何地痛不欲生!所以王国维会如此盛赞纳兰:"纳兰容若以自然之眼观物,以自然之舌言情。此初入中原未染汉人风气,故能真切如此。北宋以来,一人而已。"

浣溪沙（莲漏三声烛半条）

莲漏三声烛半条,杏花微雨湿轻绡①。那将红豆寄无聊。
春色已看浓似酒,归期安得信如潮②。离魂入夜倩谁招。

注释
①轻绡（xiāo）：一种透明而有花纹的丝织品。代指杏花的红色花朵。
②信如潮：即如信潮，信潮，定期而来的潮水。

赏析
这阕词，是以女子的口吻话离别之情。

词的上阕，着重写景，即景抒情。莲漏，又称浮漏，是宋代发明的一种计时器。"莲漏三声"点明词人容若正处在一个寂静的夜晚。在这个烛光微摇、略带寒意的夜间，寂寞的容若打开小窗，任那略带寒意的几许杏花春雨轻打自己的脸庞、发丝和那薄薄的绡衣，蓦然发现，寒食节已经近了。

寒食节将近而相思无计可消除——面对此情此景，刻骨的相思便如同春水一般袭来，紧紧萦绕在容若周围。痴心如斯，不由得心生感慨："那将红豆寄无聊。"红豆是相思的象征，古代女子一般会采撷红豆遥寄思念，作者在这里运用对写法，虽明写爱人采撷红豆遥寄无聊，实则是为了突出词人在思念远方的妻子，愈见思念之深。此时的纳兰心中所思念的女子会是谁呢？想必是那"生而婉娈"的娇妻卢氏吧。

词的下阕，从身旁的景物出发，即景抒情。在一派杏花春雨柔美的包裹之中，容若不禁感慨：而今的春色，已然如同这香醇的美酒一般浓烈，让人沉醉。"已看"二字与"安得"相对比，春色愈浓，愈加体现出容若对于离家已久而归期不得的焦急与惆怅，对于远在故乡的卢氏的深切思念。

在这如酒如诗的春色里，远方的伊人于脑海中挥之不去，而遥远的归期却如同潮水一般可望而不可即。心念及此，容若不由得万般惆怅涌上心头，真是"此情无计可消除，才下眉头，却上心头"。那缱绻的情思如同一张晶莹而细致的网，将容若紧紧地裹住。良久，容若望着这深沉的夜色，知道唯有将这一腔无人可诉的思念寄托在寂寞的夜里，在梦里摆脱这无奈而甜蜜的思念，"离魂入夜"，与卢氏，魂灵相依。

这首词运笔流畅如行云流水，描写爱情真挚缠绵，低回悠渺的情致渗透在字里行间，使读者不知不觉间已被他深深打动。

浣溪沙（消息谁传到拒霜）

消息谁传到拒霜①？两行斜雁碧天②长，晚秋风景倍凄凉。
银蒜押帘人寂寂，玉钗敲竹信茫茫。黄花开也近重阳。

注释
①拒霜：花名。木芙蓉的别称。冬凋夏茂，仲秋开花，耐寒不落，故名。
②斜雁：斜飞的雁群。碧天：青天，蓝色的天空。

赏析

"秋"这个意象是纳兰性德最常用的，几乎是仅次于"愁"。而这一意象的使用，往往也是和"愁"结合起来的，这是传统诗词的一大风格。可以说，纳兰性德的这首《浣溪沙》就是通过渲染"秋"来突出"愁"的，要表达的正是期待落空的愁思之情。

是谁把消息传来，说到秋日拒霜花开的时候就会回到我的身边？它开得如此繁盛了，它告诉我秋天已经如期而至了。长天一色，两行斜雁缓缓向南飞去，这晚秋的景致益发悲凉。

蒜头形制的帘坠压着帘子，寂寞闺中，有人独坐窗前。玉钗轻轻敲着燃烛，人生何其茫茫！今年菊花又开了，大抵重阳又近了罢？

这首词在意象使用上主要采用了渲染法，尤其是对"秋"的渲染。不知何时，思念的人在远方传来消息，说秋天会回到她的身边，所以秋就超出本身作为季节的含义了，秋成为相见的季节，成为期盼的季节。这词中渲染最多的便是"秋"。首先是"拒霜"花开了，然后"两行斜雁"翔"碧天"，后更直接说"晚秋风景""黄花开"以及"近重阳"，这些都在刻意点染季节。

除用渲染法表达情感外，词中还恰如其分地运用了点染法，对"闲"进行了很好的点染。"银蒜押帘人寂寂，玉钗敲竹信茫茫。黄花开也近重阳。"人寂寞凄凉，万事无心，百无聊赖，无尽空虚，尤其是"玉钗敲竹"一句，表现得何其空虚。词中通过渲染和点染的结合，表现出客观世界的"秋"以及浅层心理世界的"闲"，从而将深层次的"凄凉"表达出来。

吴世昌《词林新话》中说："此必有相知名菊者为此词所属意，惜其本事已不可考。"说纳兰性德有个互为知己的恋人，名字和菊有关系，这首词就是为了她而作的。但是这一推断不能得到考证。《纳兰性德词新释辑评》上说："既然本事无考，我们也不必非去计较对方究竟是谁，只把它当作一首爱情词去欣赏也就够了。"

浣溪沙（雨歇梧桐泪乍收）

雨歇梧桐泪乍收，遣怀翻自忆从头。摘花销恨旧风流。
帘影碧桃①人已去，屐痕②苍藓径空留。两眉何处月如钩？

注释
①碧桃：桃树的一种。花重瓣，不结实，供观赏和药用。一名千叶桃。
②屐痕：即鞋痕。

赏析

这首纳兰词，以全篇来看，应该是表达怀人之心，寄托相思之意的词作。

上阕写景，"雨歇梧桐泪乍收"把这雨打梧桐之景和离恨别情融在一个"泪"字上，做到了情景交融。泪为眼中雨，雨是天之泪。雨泪相对，纳兰以我观物，所看之物便皆着我之色彩，自然，在纳兰眼中梧桐也在为其伤心，漫天秋雨也只不过昭示了他的宣泄。"泪乍收"语涉双关，一重理解是梧桐停止滴雨，就好像停止了流泪，如此则梧桐已然通了人性，自是脉脉含情；另一说则是词人听见秋雨暂歇而不再泫然流泪，如此一来，词人伤情，自然显露无遗。但不管作何种解释，词人的伤感在此作中却是不变的。

由此而来的"遣怀"二句也正点明了这种伤感之情。刚收泪眼，就过渡到回忆过往。"遣怀"二句正是承接上边造景时留下的余响加以推进的，此处词人感怀伤情，也自然与故人的一段美好往事有关，在这里，词人应指自己和昔日恋人一起度过的那段美好岁月。词人少年风流，伊人貌美如花，两人相偕，或吟诗作赋，或鼓瑟吹笙。相伴的日子一晃而过，昔日的甜蜜和浪漫随着时间的流逝都成了"旧风流"，一个"旧"字顿时显出往事尘封的沧桑，这其中有词人的多少感慨。

下阕承接上阕"旧风流"，笔触描写到眼前之景，一片空寂。

"帘影碧桃人已去，屧痕苍藓径空留"，此句全然写景，影帘招招，桃依旧青涩，苍藓小径上，鞋痕犹在，人却不知何处去了，表达了好景不长的感慨和无限怅惘的情怀。"屧痕苍藓"表现的意象是伊人离去之后，足迹仍在，这也只能是词人心中所想，不是实景；"径空留"意即小路寂然，依旧在眼前斜陈。"空"并不是外在的虚无，而是内心的空虚，恍恍惚惚，不知所往。

自古以来物是人非、人去楼空都让人无限叹惋，而词人流露更多的是内心的寂寥和孤独。"两眉何处月如钩？"以眉代人，以月抒怀。正是月缺是思，月圆是念。

浣溪沙（谁道飘零不可怜）

西郊冯氏园看海棠，因忆《香严词》有感。

谁道飘零不可怜，旧游时节好花天，断肠①人去自今年。
一片晕红②疑着雨，晚风吹掠鬓云偏。倩魂销尽夕阳前。

注释

①断肠：形容悲伤到极点。
②晕红：中心浓而四周渐淡的一团红色。这里指晕红的花朵。

赏析

纳兰性德这首词是重游伤感之作。词中"一片晕红疑着雨，晚风吹掠鬓云偏"两句，是对海棠的正面描写，使用了纳兰惯用的意象处理方法，也就是给美的意象增加悲剧元素，刻画了一丛楚楚可怜的海棠花：看这海棠凋落，又飘零，谁不会生发一种怜惜的爱意？遥想去年，相偕一同赏花，正是繁花时节好天气，而如今，那令我肝肠寸断的人，别我而去已经一年。

海棠花有多种，历来是受文人喜爱的花木，因为它高雅淡然，味淡而近乎无味，色美而不觉妖艳，被誉为"花中神仙"。纳兰性德说"一片红晕疑着雨"，看样子应该是指红海棠或白海棠。

唐玄宗曾将沉睡的杨贵妃比作海棠。当然也有张爱玲，她有三恨，"一恨鲥鱼多刺，二恨海棠无香，三恨红楼梦未完"，足见她对海棠的倾心，只恨于她所爱的竟不能美到极致。苏东坡对于海棠的喜爱，也是尽人皆知的，"只恐夜深花睡去，故烧高烛照红妆"一句，便可见一斑。

下阕中，一片红晕的花朵，似乎沾上了雨点，那么催人心生爱怜，如我一般楚楚可怜。晚风吹起，天边云朵如鬓，随风飘去。伊人梦魂尽销，独立夕阳欲坠前。

龚鼎孳为当时名士，与钱谦益、吴伟业并称"江左三大家"，他与纳容若相交甚厚。容若此时与友人故地重游，本是一件高兴的事，他却触景生情，想起龚鼎孳《香严词》中有"重来门巷，尽日飞红雨"的佳句，并由此想起当年游园时的情景，容若从昔日之景着笔，却将今日的悲欢离合寄寓其中。初读时，似感迷茫，再读时，境界尽出。

浣溪沙（酒醒香销愁不胜）

酒醒香销愁不胜，如何更向落花行。去年高摘斗轻盈。
夜雨几番销瘦了，繁华如梦总无凭①。人间何处问多情。

注释

①繁华：是实指繁茂的花事，也是繁盛事业的象征。无凭：无所凭借、无所依托。

赏析

文章看似怜花，实际借花写出了对故人的思念。

一夜酒醒之后却发现柔弱的花儿已经凋零，只剩下片片花瓣残留，回忆起这些花儿仍在枝头绽放时的美丽容颜，谁能料到眼前这番颓败之景？如何能迈步再去赏花，如何舍得踏上这娇嫩的身躯，再给它们沉重的破坏？

"去年高摘斗轻盈"，花儿已经凋零，逝去的美好不复返。只有回忆慢慢升起，顺着血液在全身汩汩流淌，渐渐涌上心头。那悠远的场景缓缓出现，春红柳绿，听得到黄莺嘤咛，听得到笑声如铃，去年今日赏花时，高摘斗轻盈。一起攀上枝头摘取花儿，比赛谁的身姿更加轻盈，一路笑语不断，惊起一片飞鸟。伊人如画美如梅。当时只道是寻常，而今阴阳相隔，只能花下落泪，睹物思人，两处销魂！

"夜雨几番销瘦了，繁华如梦总无凭。"风吹雨打，花儿怎禁得起如此，往日枝头的熙熙攘攘如烟如雾、如画如卷、如梦一场消逝了，不可依托。残留的花瓣无言地展示着时间的无情，繁华亦如此，不过是梦一场，不过是过眼云烟。欲借酒消愁，却愁更愁，醒来不过是更残忍的世界，绵绵阴雨带来的压抑加重了内心的孤寂，屋檐的水珠滴滴敲在心上。

纳兰出身贵族，超凡脱俗，才华横溢，宦海生涯平步青云，在别人眼里一切都是值得羡慕的，但是谁能了解他的天性，对仕途的不屑，对功名的厌倦，对友情的追寻，对爱情的坚守，这些堆积在内心深处无处诉说的话渐渐形成一层层厚厚的锈迹，一颗玲珑剔透的心充满了斑斑伤痕。

醉时的梦幻、酒后的残酷，往往令人唏嘘不已。夕阳渐渐爬上墙头，时光易逝，红颜老去，只留一地余香借以缅怀，内心的孤寂只能独自品尝，何处问多情？

浣溪沙，淘尽了英雄红颜，只留下千载的孤寂与相思。

浣溪沙（欲问江梅瘦几分）

欲问江梅①瘦几分，只看愁损翠罗裙②。麝篝衾冷惜余熏③。
可耐④暮寒长倚竹，便教⑤春好不开门。枇杷花底校书人。

注释
①江梅：江边的梅树。
②愁损：忧伤。翠罗裙：绿色的丝裙。
③麝篝（shè gōu）：燃烧麝香的熏笼。余熏：犹余香。
④可耐：同"可奈"，无可奈何。
⑤便教：即使、纵然。

赏析

想要问问江边的梅花，冷风中你又清瘦了几分？只看得罗裙也憔悴。熏笼中燃香殆灭，只余下些许残香，衣襟渐凉，哪能忍受这暮色寒风里倚门而立？即便是盛春中，心中如此凄凉，又有何心情启门游目。枇杷花下，她紧闭闺门，唯索书强读。

全词在情感的表达上呈现一种婉转而含蓄的风格。第一句"欲问江梅瘦几分"，明显并非发问，只是想发一番牢骚以解心中愁绪，可紧接着情思上却突转，淡淡地说了声"只看愁损翠罗裙"，只是让人看看罢了，并未大发牢骚。下片的"可耐暮寒长倚竹"，是将自己的孤单寂寥说出来了；而紧接着的句子却是"便教春好不开门"，自己却将自己锁在闺房，独自承受痛苦。词中情感主体的性格特征明显表现得十分复杂，我们可以说她优柔寡断，但正因为这样，她的性格才更迷人，读者读来才会感同身受。

纳兰性德在这首词中借用了薛涛的典故来凸显自己的寂寞寥落之情。薛涛是唐代著名的女诗人，家道中落后成为一名乐伎。她才情出众，其诗以清词丽句见长，与著名诗人元稹、白居易、张籍、王建、刘禹锡、杜牧、张祜等人都有唱酬交往。当时的中书令韦皋听说了薛涛的才华，对她十分赏识，并准备提名她为校书郎，但是受到护军阻挠，只好作罢。而她"女校书"的名号却被叫响。又因为薛涛家门前有几棵枇杷树，韦皋就用"枇杷花下"来描述她的住地，从此"枇杷巷"也成了妓家之雅称。

后来，由于薛涛几经沉浮，与元稹的爱情也受到打击，于是暮年的薛涛索性穿起道袍，闭门索居，建吟诗楼于碧鸡坊，在清幽的生活中度过晚年，不再参与诗酒花韵之事。

纳兰性德结句用了薛涛典故，婉转曲折地将一种今古之悲轻轻道出，方寸感伤，却油然而生。

浣溪沙（抛却无端恨转长）

抛却无端恨转长，慈云稽首返生香。妙莲花说试推详。
但是有情皆满愿，更从何处着思量。篆烟残烛并回肠。

赏析

纳兰多情，世人皆知，却少有人知道他通晓佛学精华。这首《浣溪沙》就体现了他的佛学思想，透露出一股淡淡的禅意。

"抛却无端恨转长"，想要抛却无端烦恼，却转而幽恨更长。纳兰接着又说："慈云稽首返生香。"于是，只好祈求于神明，愿赐予返生香，好让亡妻回到身旁。"慈云"是常见的佛教语，比喻慈心广大，如大云一般覆盖世界众生。"稽首"则是一种跪拜礼，叩头至地。此时的纳兰丧妻之痛过于深重，已有成痴之态，所以，吟诵的词句也似乎夹杂着这样的情绪。

写这阕词时，正值纳兰的妻子卢氏逝世一年。爱妻的离去让他的生活充满了念旧的清冷气息。为了摆脱这般消极的情绪，纳兰来到大觉寺，祈求神明和佛道，希望找到一条解脱之道。"妙莲花说试推详"，莲花喻佛门妙法，"妙莲花"指的则是佛经中最重要的一部经书——《妙法莲华经》，这里的"华"同"花"。

"但是有情皆满愿"，有情皆满愿，属于佛学思想，旨在鼓励众生只要愿意相信，只需潜心希望，事情就可如愿。然而，纳兰却道："更从何处着思量。"这句词读来是有些怀疑和埋怨的，倘若真的如佛祖所说，有愿景者都可如愿，那为何亡故之妻，却迟迟不归呢？

纳兰心里当然明白，这些话不过是自我安慰而已，奇迹是不会发生的，于是，只能"篆烟残烛并回肠"，让愁绪如盘香的烟缕一般，盘旋于脑际，在肠道里来回蠕动、翻滚。

事实上，通过佛学，我们只能暂时解脱于苦痛，于这位痴情的丈夫而言，怕是什么都无法彻底根治他内心的凄苦吧。只叹这痴情人，痴情之心顽固又深情。

浣溪沙（一半残阳下小楼）

一半残阳下小楼，朱帘斜控软金钩。倚阑无绪不能愁。
有个盈盈①骑马过，薄妆浅黛亦风流。见人羞涩却回头。

注释

①盈盈：仪态美好的样子。这里指仪态美好的女子。

赏析

纳兰性多悒郁，词多忧伤，此词可谓是有着不可多见的清新愉快的情调，描绘了黄昏无聊中与一个优雅女子的美丽邂逅。

上阕写景，时光如水悠悠，又是夕阳西下，游玩的阁楼沐浴着夕阳的余晖，静谧而祥和，仿佛整个玉柱雕梁的皇城都慵懒地在夕阳里躺着。"一半残阳下小楼"，一个"残"字，体现出了作者当时的心境，表现了纳兰在时光流逝中无奈而彷徨的心情。

"朱帘斜控软金钩"，华丽的锦帘斜斜地垂挂在金色的帘钩上，柔软而弯曲，无声无息，没有一丝清风拂过，就像人慵懒的身体，不想移动半步。朱帘，也是富贵之家才有能力使用，纳兰就在这朱楼梦里朱颜谢，从而感到无聊而悒郁。他独自一个人，眼睁睁地望着夕阳渐渐在西天下沉，然后熔化在天之尽头，望着朱帘在夕阳的余晖中闪动着光泽，背靠着栏杆，不能控制自己的闲愁，即"倚阑无绪不能愁"。

上阕犹如勾勒了一幅美丽的风景画，又像一个放映着自然景色的电影镜头，下阕突然从镜头里映入眼帘的是一位骑马走过的风姿绰约的女子，嗒嗒的马蹄声给人以一种无聊之中的惊喜。从静态的灰色场景马上转变成了一种动态的迷人风景，具有戏剧的变换手法。

"有个盈盈骑马过，薄妆浅黛亦风流"，薄妆浅黛，却又清新脱俗，美丽动人。没有浓妆艳抹，没有施粉抹香，却是天生丽质。黛，是一种画眉的黛石，"眉是黛山青"，说的就是美女的眉毛像远处的青山一样，美丽如黛。这种淡妆出行，却也不能影响她的美丽，"风流"指女子的一种神韵和气质，而不是形容男子的眠花宿柳的风流。

最后一句可谓就是王国维说的"不着一字，尽得风流"的令人拍案叫绝的佳句了！"见人羞涩却回头"，通过对这个女子回眸一瞬间这个小小细节的描写，把这位女子外表之外的内心和情感体现得淋漓尽致，让这位女子的形象可爱至极。

总体来说，这阕小词，虽没有过多的层叠渲染，但是词风轻灵活泼，在纳兰众多"凄情"的词中，显得温暖而欢快，亮丽不少。

浣溪沙（睡起惺忪强自支）

睡起惺忪强自支，绿倾蝉鬓①下帘时。夜来愁损小腰肢。
远信不归空伫望，幽期细数却参差。更兼何事耐寻思。

注释
①蝉鬓：古代妇女的一种发式，蝉身黑而光润，故称。马缟《中华古今注》卷中："琼树（莫琼树）始制为蝉鬓，望之缥缈如蝉翼，故曰'蝉鬓'。"

赏析

对纳兰性德这首词的理解，有以为是"伤离之作"的，如《纳兰性德新释辑评》中说："写女子思念丈夫的幽独孤凄的苦况。"

纳兰在表达女性化情感的词里，对于场景设置和时间安排上有一个比较普遍的做法，就是在场景和时间的交互表动中展示抒情主体的心理状态。这首《浣溪沙》中仍旧如此。

刚刚睡醒，两眼尚惺忪，强支撑着瘦弱的身体起来整妆。乌黑发亮的秀发垂下像瀑布一般。昨夜一夜愁苦，这无尽的愁苦消瘦了单薄的身体。远方的消息许久没有传来过了，又是一场独倚高楼空伫望。怀想曾经的约会，恍若隔世，更兼心绪不宁，往事已经隐约不明。如此心绪烦乱，何事还能让人仔细寻思一番呢？

上片中时间的转换，在"睡起""夜来"等词上可以得到体现；空间上场景设置的变化则更明显，首先是"睡起惺忪"，是躺在床上，然后"绿倾蝉鬓"，坐在梳妆台整妆，接着，"远信不归空伫望"是在高楼临窗处。这种安排有利于渲染时间的"长"和空间的"大"，从侧面表现情感的"闲"和"空虚"。因为这种方法比"一个时间加一个场景"的

"点状"模式更加具有全面感、整体性,能够尽量充分地在数十个字内表现数十个字外的诗词蕴藉。

时间和空间的变换,好比经线和纬线的组合一样,能够由点构成线,从而确定一个面,诗词表现精神世界也是如此。这种方法的运用当然并非纳兰性德一人的风格,这也是一种历来的传统,或者习惯。

浣溪沙（五月江南麦已稀）

五月江南麦已稀,黄梅时节雨霏微①。闲看燕子教雏飞。
一水浓阴如罨画②,数峰无恙又晴晖。裯裙谁独上渔矶③。

注释

①黄梅:春末夏初梅子黄熟的一段时期,这段时期我国长江中下游地区连续下雨,空气潮湿,衣物等容易发霉。也叫黄梅天。霏微:雾气、细雨等弥漫的样子。
②罨（yǎn）画:色彩鲜明的绘画。多用以形容自然景物或建筑物等的艳丽多姿。
③渔矶:可供垂钓的水边岩石。

赏析

提到纳兰容若,无可避免地要谈及他显赫的家世、悲戚的情史,以及他英年早逝的遗憾。如果有一天,当所有明艳的光环、绯色的传闻散去,余下的纳兰,应是一位最率真的诗人,吟游江南、纵马边陲。

五月,水墨江南里,青葱的小麦稀疏错落于阡陌,恰逢黄梅雨时节。"五月江南麦已稀,黄梅时节雨霏微",雨丝簌簌地飘落下来,再有一份闲心静坐,看屋檐下的雏燕恰恰学飞,扇动着稚嫩的翅膀,即"闲看燕子教雏飞"。

烟波流水就像浓墨泼出来的山水画,山峦静谧,隐隐透露出雨过天晴的阳光,正所谓"一水浓阴如罨画,数峰无恙又晴晖"。水边布衣女子赤脚踩上渔矶石,木槌轻举,捣衣声寂静回响在这田园之中,一句"裯裙谁独上渔矶"结尾,余音怅惘,回味无穷。

容若如此婉婉道来,一幅泼墨山水田园画便缓缓铺展在眼前,让人沉醉其中,身心轻盈,浮想联翩。颜色浓处,是云青青兮欲雨,墨色淡处,是水澹澹兮生烟。这样一幅安静的国画,却遇见了"裯裙谁独上渔矶",捣衣女瞬间点碎了安静,使画面变得生动明晰起来,又添了几分彩墨的跳跃。"裯裙"指古代的一种风俗,旧俗于农历正月元日至月晦,士女醉酒洗衣于水边,以避灾度厄。

这首词读来有《诗经》的淡雅之趣,所阐述之事也颇具田园民风,原来生命所需要抵达的从来不是功名利禄、名誉万世,而仅仅是内心的平和与安定。纳兰用他的笔触告诉人们,尘间的确是有这样的地方的。

浣溪沙（残雪凝辉冷画屏）

残雪凝辉冷画屏。《落梅》[①]横笛已三更。更无人处月胧明[②]。
我是人间惆怅客，知君何事泪纵横。断肠声里忆平生。

注释
①《落梅》：即《落梅花》，古笛曲名，以横笛吹奏。
②胧明：微明。

赏析

这首词是以抒发人生惆怅为主题的词。

上片整体比较平实，主要下力于营造氛围上。第一句说雪后数日，残雪未消，月色照耀下，皎洁的白光呈现出带着寒意的光辉，五彩的花屏也因这种氛围而冷却了。这点出了环境，包括地点是在房中，时间则是在稍有月色的残雪之夜。这句的使用并不出奇，如"残雪""画屏"这些意象，以及"冷"的意动用法，都是诗词中极为常见的。

接着视角转换，由视觉转移到听觉上。前句的场景"残雪凝辉冷画屏"可以说是看见的，而"《落梅》横笛已三更"则是听觉感知到的。"已三更"这句营造了一种孤寂的氛围。试想一位三更难眠的人，在残雪未消的寒冷中独自徘徊，忽然听见横笛，不可谓不令人益发愁肠百结，不能自已。

下片在上片的情感氛围笼罩下，突然情感爆发开来。下片前两句"我是人间惆怅客，知君何事泪纵横"，可谓突起得妙绝。纳兰性德将整个世界都客体化，并同自己分离开来，大有屈原"举世皆浊我独清，众人皆醉我独醒"的情怀，有一种被世界抛弃的感觉。

这两句中有一对似乎相对的两个主体，一个是"我是人间惆怅客"的"我"，另一个是"知君何事泪纵横"中的"君"。前一个很显然，就是词人自己。后一个"君"则大有可说的地方，可以是纳兰性德所思念的那个人，或者是他的妻子卢氏、恋人、朋友，又或许，正是他自己。正因为自己本来知道自己孤独凄苦，饱尝人间离愁别苦，是所谓"人间惆怅客"，因此情不自禁，潸然泪下，又马上回头看见自己竟然在流泪，也更是无人知晓，来给予慰藉，便回头自对自地冷嘲："你知道你一个人伶仃孤苦，独自掉泪究竟是为什么呢？难不成还会有人来给你安慰吗？简直煞是可笑了！"

最后一句"断肠声里忆平生"犹如妙绝的音乐一样，虽然停止，而余音绕梁，不绝如缕。"忆平生"三个字能引导读者联想到词人生活，去思考更多的东西，可以说是个很好的留白。

全词残雪冷，花屏冷，月光冷，心更冷。

浣溪沙·咏五更，和湘真[①]韵（微晕娇花湿欲流）

微晕娇花湿欲流，簟纹灯影一生愁。梦回疑在远山楼。
残月暗窥金屈戌[②]，软风徐荡玉帘钩。待听邻女唤梳头。

注释

①湘真：即陈子龙，明末几社领袖，因抗清被俘，宁死不屈，投水殉难。
②屈戌：门窗等物上所钉的铜制钮环，上边可扣"了吊"，还可以再加锁。此处指闺房。

赏析

这首词将自己比喻成独守闺房的女子，那种幽怨与缠绵在这首词里面一览无余，形象生动地表达出自己的思念、无聊和心中怀有大志却不能报效国家的忧伤心情。

词的上阕描写了女子在五更时候醒来，天色微明如晕，眼角还有着昨夜的泪痕，思念之泪，就算梦中，也不曾停止过流落，显然是一夜失眠。"微晕娇花湿欲流"中的"湿"字应该是指泪水，仿佛随时都会如泉涌出。

暗淡的灯影映照着竹席的纹路，就像思念的情思缕缕，像女子一生"剪不断，理还乱"的愁绪，竹席冰凉，灯影凄迷，无限感伤。"簟纹灯影一生愁"里的"簟"指竹席，用在这里便指代人影。夜里，她"梦回疑在远山楼"，梦见了那座远山的小楼，这个"小楼"是虚指，指代一个思念、等待、眺望心爱之人的地方。

那遥远的山楼就如自己的梦想与远大抱负，明明就在自己的面前，却异常缥缈遥远，似乎伸出手就可以触碰得到，可是当自己伸出手的时候却发现原来一切都只是梦一场。词人引用这个梦境很明显是在强化自己胸怀大志，却无力施展抱负的那种哀伤。这是因为梦中的远山楼，更加强化了他心中的等待，期盼之情如此强烈与无奈。

词的下阕写天亮之后的慵懒无聊，"残月暗窥金屈戌"，寂寞冷清时候，只有那一弯微明的月亮，冰寒地照进了她的闺房，月光也暗淡如纱，没有光泽。金屈戌乃门或窗上的铜制环钮、搭扣，用来代指闺房，之所以用它代指闺房，是为了词的音韵考虑，没有实际意义。

伊人掀开帘子，露出甜蜜的笑颜，伸手相拥的温存，"软风徐荡玉帘钩"，突然听见邻居的女子叫喊着梳头的事儿，"待听邻女唤梳头"，从而打破了这一宁静。这一句最有艺术魅力，从邻女的早起梳头来反衬她自己慵懒地躺在床上的无聊，此外，把女子从思念的怀想中拉回了现实，为举重若轻之笔。纳兰容若的词总是在不经意间就表达出自己的感情，看似如潺潺流水，却意义悠远，在轻描淡写之间风轻云淡地将自己的内心情感展露无遗。

读完此词，我们知道纳兰之意并非思念，而在于抒发自己的无聊与无奈的情感。

浣溪沙（五字诗中目乍成）

五字诗中目乍成，仅教残福折书生。手挼①裙带那时情。
别后心期和梦杳，年来憔悴与愁并。夕阳依旧小窗明。

注释

①挼（ruó）：揉搓。

赏析

我们都知道纳兰性德多情而不滥情，伤情而不绝情，爱情因而成为他诗词创作的一大源泉。这首词写的是女子的闺怨，"五字诗中目乍成，仅教残福折书生"中的"五字诗"即是五言诗,"目乍成"即乍目成,指男女双方刚刚通过眉目传情结为亲好。然而,幸福却因为书生追求功名利禄进京赶考而变得异常短暂。"残福"即是残存的短暂的薄福。孤独的女子一个人反复揉搓裙带,在想着过去的浓情蜜意,"手挼裙带那时情"透露出女子对男子一片痴情和深深的思念。

下片进一步升华这种相思之情,日有所思,夜有所梦,在梦中见到了心爱的人。"别后心期和梦杳,年来憔悴与愁并",等待越久,憔悴与忧愁就越满。"夕阳依旧小窗明",虽然知道这等待是徒劳,但女子依旧愿意在夕阳下望着窗口,等待远方的意中人。

纳兰性德的这首词也有人认为与他所交往的朋友有关,他借朋友的故事既表达对朋友的同情,又暗含了自己的不幸。在与这些志同道合的朋友交往过程中,除了诗词歌赋之外,恐怕才子也少不了谈起佳人的。这些文人才子多是远离家乡,孤身一人来京赴考,留下妻子独守空房,自己久在外而不归。妻子在家思念他们,他们也在京都思念妻子。于是,纳兰性德在这种环境中耳濡目染,再加上他自己的身世遭遇,难免流露真情。

他这首词既是对朋友不幸人生际遇的同情,也可用于对自己婚姻爱情的无奈和壮志未酬的感慨。这首词中,词人以女子的身份诉说自己心中的忧苦,盼望自己的意中人能够早日回家。

浣溪沙(记绾长条欲别难)

记绾长条欲别难,盈盈自此隔银湾。便无风雪也摧残。
青雀几时裁锦字,玉虫①连夜剪春幡。不禁辛苦况相关。

注释
①玉虫:喻灯花。

赏析

在古代,"柳"这个意象经常出现在描写离别场景的诗词中。想必写这首词时,也是一个杨柳飞飞的季节吧。

"记绾长条欲别难",你我在离别之时,杨柳依依,难舍难分,这是在描写昔日分手时的情景。历代文人墨客之所以在送别时折柳写柳,是因为"柳"与"留"谐音,因而"折柳"相留,从而表达出情真意切的惜别之情。"欲别难"写出了古人所处的环境与条件之艰苦,由于交通不便,人们在离别之后,往往是音容杳然,甚至到死也难以见上一面,因此古人在离别时通常会黯然神伤,分外不舍。

"盈盈自此隔银湾"紧承上句,词人将自己和恋人比喻成牛郎织女,说明从今天起我们就要天各一方,中间的距离就如同隔着银河般难以跨越。然而,牛郎和织女还能够在每年的七夕相聚于鹊桥之上,可是自己和恋人这一别很可能就是永别,所以容若发出了"便无风雪也摧残"的慨叹。意思是说,这样的煎熬即使是无风雪催逼的好时光,也依然是惆怅难耐。

综其上片,虽为写柳,却借景写人,感叹世事时光的无常。

"青雀几时裁锦字",青雀就是青鸟,相传是西王母的信使。"锦字"用来比喻妻子怀念丈夫。这句表达出词人日日期盼妻子音信到来的急切心情。

古代立春之日剪有色罗、绢、纸为长条状小幡，或挂在树梢上，或戴在头上，以示迎春，所以，会有"玉虫连夜剪春幡"的情景。结合开篇的"记绾长条"我们能够得知，此时词人已经与恋人分开将近一年了，然而信使始终没有带来恋人的书信，排解词人的相思之情，所以他只能幻想远方的恋人正在灯下剪裁着春幡。

但是尾句"不禁辛苦况相关"却让所有美好的愿望都落空了，仿佛让人突然从云端跌落，心绪忧伤彷徨、幽扰萦怀，难以排遣。正是你是否经受得住离愁别绪之苦，是否能不为海角天涯失落惆怅、忧伤萦怀。

此首纳兰词精于用典，缠绵凄婉，一往情深。

浣溪沙（身向云山那畔行）

身向云山那畔行。北风吹断马嘶声。深秋远塞若为①情。
一抹晚烟荒戍垒②，半竿斜日旧关城。古今幽恨③几时平。

注释
①远塞：边塞。若为：怎为之意。
②荒：荒凉萧瑟。戍垒：营垒。戍，保卫。
③幽恨：深藏于心中的怨恨。

赏析

康熙二十一年（公元1682年）八月，纳兰受命与副都统郎坦等出使唆龙打虎山，十二月返回。此篇作于此行中。

"身向云山那畔行"，此时，纳兰独身走向山的另一边。云山，究竟是一座高耸入云的山呢，还是山顶积雪如云，抑或仅仅是一座名叫"云山"的山？我们无从考证，仅仅能跟随词人穿越时空。"北风吹断马嘶声。深秋远塞若为情"，这里，我们听到了北风哀号。胯下的战马长嘶，耳朵里满灌的只有风声。纳兰倾听风声与马的嘶鸣声，心想，深秋远塞的，山的那一边又是何等形容呢？

心怀忐忑，他遥望天外，看到一抹晚烟，即"一抹晚烟荒戍垒"，一抹晚烟出现在塞外，让边塞的冷清更加浓郁，戍边的堡垒也因这一缕烟霞而更加荒凉。"半竿斜日旧关城"，天色已近黄昏，纳兰看到，夕阳落在了旗杆半腰。纳兰笔下的斜阳没有"大漠孤烟直，长河落日圆"的浑厚，却尽是懒倚半竿的破败。

词到最后，纳兰发出一声"古今幽恨几时平"的感慨，古今的幽恨到底何时才能平息下来。这句话不但是对自己边塞生活的叹息，同时也是对人世间的感怀。

历史原因与环境原因以及词人自身的性格交织在一起，天时地利人和，造就了这一曲边塞苍歌。

浣溪沙（万里阴山万里沙）

万里阴山①万里沙。谁将绿鬓斗霜华。年来强半②在天涯。
魂梦不离金屈戍，画图亲展玉鸦叉。生怜瘦减③一分花。

注释

①阴山：山脉名。即今横亘于内蒙古自治区南境、东北接连内兴安岭的阴山山脉。山间缺口自古为南北交通要道。

②强半：大半、过半。

③生怜：产生怜爱之情，可怜。瘦减：犹瘦损。

赏析

这是一首边塞行吟咏叹的词，表达了词人在荒凉的异地对人生的哀怜和对妻子的深深思念，同时，也透露出纳兰性德自身对于官场的厌倦。

上阕写了边塞萧瑟之景色，"万里阴山万里沙"，身处广袤的大漠里，纳兰感慨颇多："谁将绿鬓斗霜华"，"绿鬓"是指乌黑发亮的头发，"霜华"意指白色须发，是谁将我乌黑发亮的头发染成了白色。"年来强半在天涯"则是说，这一年来我大部分时间都是身处"天涯"，"天涯"在这里指代塞外。要知道，纳兰的祖先都是以塞外为家，如今，他却把这"家"唤作"天涯"，其内心的愁怨可想而知。

下阕，词人则写到了梦中家居之景。"魂梦不离金屈戍"，"屈戍"原本指门窗上的环扣，在这里借指梦中思念的家园。梦境里，词人和妻子相会，温馨不已。醒来后，梦里的情境依旧不能从他脑海里挥去，于是，便"画图亲展玉鸦叉"，"玉鸦叉"指闺人的容貌，词人慢慢展开妻子的画像，看着她的模样，以至于"生怜瘦减一分花"，如果她是因为思念"我"而憔悴下去，那真是要叫我心疼不已。

边塞诗词属于古代诗词的一个支流，在情感表现上大体有两种：一悲一壮。这首词，纳兰的情之真、意之切如在眼前。

浣溪沙（凤髻抛残秋草生）

凤髻抛残秋草生，高梧湿月①冷无声。当时七夕有深盟。
信得羽衣传钿合，悔教罗袜葬倾城②。人间空唱《雨霖铃》。

注释

①湿月：湿润之月。形容月光如水般湿润。

②罗袜：丝罗制的袜子，此处指亡妻遗物。倾城：旧以形容女子极其美丽，是美女的代称，此处指亡妻。

赏析

此词虽为唐明皇、杨贵妃之事而作，实则是借其情事述己悼亡之感。

北宋 宋徽宗 《花鸟图》

情爱就好像是双生花,轻易地将爱情中的两个人纠缠在一起,可是谁能想到,这之后的爱人,是如何面对世事沧桑变幻的呢?

从前种种，是永远的痛。而今一切，是无奈的人生。

清 郎世宁 《仙萼长春图》

"凤髻抛残秋草生","凤髻"是古代女子的一种发型,"凤髻抛残"便是在说妻子已入土为安,她的坟冢遍布了萧瑟的秋草,哀婉凄楚之情溢于言表。起句只是一个引子,后则更入凄凉之境。"高梧湿月冷无声",一个"高"字写出了梧桐的孤寂唐突,月是"湿"的,却又不知是月之泪抑或是己之泪,或者物我两望,各湿一行清泪吧。一个"冷"字,渲染出深秋万般凄冷的境况。这一句通过几个意象的描述,在开篇之时就让全词弥漫着一股凄凉的气息,冷冷的秋月,静静的梧桐,让我们的心境似乎也进入一种悲伤的情绪里,不能自已。

"当时七夕有深盟"。此句化用唐明皇与杨贵妃长生殿之典,既有当日之恩爱,又何来后日的马嵬坡之伤情;既有道士传其信物,却更教人悔不当初。词人通过唐明皇和杨贵妃的故事与自己和妻子的故事对比,说明如今天人相隔,纵使千万眷恋,也是徒劳,佳人已然难再得了。

下阕,便是词人怅然若失的怀念心绪,"信得羽衣传钿合,悔教罗袜葬倾城","羽衣"原指以羽毛织成的衣服,后常称道士或神仙所着衣为羽衣,此处借指道士或神仙。"钿合"在这里指代爱情的信物,纳兰说,原本相信道士可以传递亡妻的信物,可是想到她的遗物早已随她一同埋葬了,便觉后悔不已。纳兰纵使寄情于千言万语,往昔的红颜与恩爱却是如烟如雾,隔山隔海。既然如此,只能"人间空唱《雨霖铃》",吟唱着唐明皇悼念贵妃的《雨霖铃》之曲,来怀念你。

纳兰的悼亡词中一再流露出哀婉凄楚的不尽相思,词风婉丽凄清,真挚深切让人不忍卒读。

浣溪沙(肠断斑骓去未还)

肠断斑骓去未还,绣屏深锁凤箫寒。一春幽梦有无间。
逗雨疏花浓淡①改,关心芳草②浅深难。不成风月③转摧残。

注释
①浓淡:指花的颜色。
②芳草:香草。
③不成:犹难道。风月:风和月,泛指景色,亦指男女恋爱的事情。

赏析
这首词描写的是一位闺中女子在家思念在外出行的情人的生活画面。

通篇情感的表达由浅入深,由淡入浓,总体上可由一字来括:"寒"。此"寒",非独竹箫的物理属性,更多的是闺中女子的一种心理活动的表现。"肠断斑骓去未还","斑骓"原是一种杂色斑纹的马,古诗词中多引申为征人所骑之马。斑骓马一去不复返,意味着丈夫的归期遥遥无望,这让女子的心里凄苦不已。"绣屏深锁凤箫寒",征人离家以后,我便绣屏深锁,就连昔日与情郎恩爱相伴的凤箫也被搁置起来,久未吹奏。因为等不到丈夫的归来,女子便寄情于梦里,可是,"一春幽梦有无间",幽梦虽美,可它到底是真实的还是虚幻的,是有还是没有呢?

下阕由心理描写转至景物渲染。"逗雨疏花浓淡改，关心芳草浅深难"，春雨霏霏，掉在稀疏相间的花瓣上，花瓣的颜色渐渐地由浓转淡，打在浅疏且略带有香气的野草上，芳草的色泽慢慢地由浅变深。这是一种对春景易逝的叹惋，由此，词人想到"不成风月转摧残"。难道男女之间的爱情也会像这景致一样，渐渐凋零、褪色吗？这是女子情感的转变，情至深处便是怨，这恰好刻画出闺中女子愁苦、凄婉的情意。

浣溪沙（旋拂轻容写洛神）

旋拂轻容写洛神，须知浅笑①是深颦。十分天与可怜②春。
掩抑薄寒③施软障，抱持纤影藉芳茵④。未能无意下香尘。

注释

①须知：必须知道，应该知道。浅笑：犹微笑。
②可怜：可爱。
③薄寒：微寒、轻寒。
④纤影：清瘦的身影。芳茵：茂美的草地。

赏析

在这首词里，我们将见到一位美若天仙的女子，她被纳兰极尽赞美，叫人心驰神往，浮想联翩。

上阕是写画者为女子画像。"旋拂轻容写洛神"，"轻容"是一种无花薄纱，是纱中最轻的。轻轻拂开轻容纱，为宛如洛神般美丽的女子作画。后一句"须知浅笑是深颦"，传神地描绘出了女子的可爱，就连她不经意间皱眉的样子仿佛都在浅浅一笑。真真是"十分天与可怜春"，这样的美丽与可爱，不是张扬，而是一种清丽洒脱，好比春天一样，明丽盎然。

到了下阕，纳兰便将目光对准了画中的"她"。"掩抑薄寒施软障"，"软障"是一种布幔，因为画者怜爱女子，担心画中人因衣着单薄受风寒，便用画笔为她添上一块布幔以作遮挡。"抱持纤影藉芳茵"，"藉"是站立之意，女子纤瘦的身影站立在茂美的草地上，让人心醉不已。最后，词人不禁感叹道："未能无意下香尘。""香尘"在这里比喻人间，看着仙气飘飘的女子，他顿时想起了那传说中的洛神，但又转而一想，仙女必定是不能下到凡间来的，道出了自己绵绵的情意。

纳兰词中这样情意绵绵的开怀之作并不多见，它就像是一个充满隐喻的美梦，让人心生向往。

浣溪沙（十二红帘窣地深）

十二红帘窣地深，才移刬袜又沉吟。晚晴天气惜轻阴①。
珠祒佩囊②三合字，宝钗拢髻两分心。定缘何事湿兰襟③。

注释

①轻阴：疏淡的树荫。
②珠衱：缀珠的裙带。佩囊：随身系带的用以放零星物品的小口袋。
③兰襟：带有兰花芬芳香气的衣襟。

赏析

这是一首闺怨词，这首词通篇不见少女的身影，但写的全是少女的闺怨，整体上给人一种忧郁而又青春的感受。

开篇首句是描写女子在闺房的场景，"十二红帘窣地深，才移划袜又沉吟"，"十二红"是太平鸟的别称。绣有太平鸟的红色帘子垂挂至地，少女没有穿鞋，行走在地上，刚推开红帘向外望去，又忍不住沉吟、犹豫起来。"晚晴天气惜轻阴"，时间不早了，就连树荫也开始变得疏离。上阕中"红帘"给人一种色彩上的艳丽感，却与第三句中的"阴"形成对照，一热烈，一阴沉，恰好体现了少女的愁情之深。

转至下阕，便是一幅少女梳妆图。"珠衱佩囊三合字，宝钗拢髻两分心"，"三合字"是指古时候，男女双方各戴一个绣有三个半字的香囊，合并在一起即是三个完整的字，这里以示爱情。女子带着淡淡的愁绪，不自觉地挪到妆台前，她低头抚摸腰带上的珠饰和绣好的佩囊，将那头浓密的长发梳成了双髻，并插上宝钗。"宝钗"对于恋爱的男女来说，是一种寄情之物。恋人或夫妻分别时，女子会将头上的宝钗一分为二，双方各留一半，下次相会时再合二为一。

读到这里我们大概可以知晓，原来，出于闺中少女虽长大，却还未有情郎寄托情感，故而有一种淡淡的苦楚。"定缘何事湿兰襟"，姻缘都是前世注定的，为何我还要让泪水滚落，沾湿在新换的兰襟上呢？女子像是责怪，又像是在自我安慰，叫人看了怜爱不已。

一般而言，闺怨诗词有两种：一是与夫君生活不恩爱，一是与夫君相距甚远，无法相见。但是，纳兰的着笔点不同，他刻画的是少女的闺怨，就其这一点，便异于无数少妇式的闺怨词作，给人眼前一亮之感。

浣溪沙（容易浓香近画屏）

容易浓香近画屏①，繁枝影着半窗横。风波狭路②倍怜卿。
未接语言犹怅望，才通商略已朦腾。只嫌今夜月偏明。

注释

①画屏：绘有彩色图画的屏风。
②风波：比喻纠纷或乱子。狭路：窄小的路。

赏析

这首《浣溪沙》为爱情词，与大多数纳兰词的冷清凄迷不同，此首词主要描绘恋人初逢的场景，细腻柔婉，缠绵悱恻。

上片前两句写景，"浓香""画屏""繁枝"，后一句由景转到人，写的是男子看到恋人时微妙的心理变化。"容易浓香近画屏，繁枝影着半窗横"，画屏透迤，浓香扑鼻，树影横斜。窗半开着，女子露出头来。"风波狭路倍怜卿"，这一句是说两人相逢的场面，微风过处，杏花微雨，不禁让窗后的人对急切赶来的人更生怜爱。此处，容若并没有对女子的容貌进行描写，而是通过描写周围的景物，营造一种神秘感。窗后的女子，该是宝钗笼髻，红绡朱粉，或轻颦，或浅笑，或娇嗔，可谓梨花一枝春带雨，薄妆浅黛总相宜，如此那般，不可方物。

下片紧接上片，对相逢场景进行描绘。"未接语言犹怅望"，可以想象是女子从树影中看见我已经到来，轻声唤我。或者两人是太久没有见面了，或者沉迷在这幅美丽的图画中不能自拔，忘记了怎么说话，要说什么话，只是呆呆地望着。"才通商略已心腾"，我们才刚刚开始交谈，容若就已经沉迷陶醉，忘乎所以了。

末句"只嫌今夜月偏明"，将描写的视角由叙事转到场景上。"月偏明"，月亮稍稍亮了一点，月亮偏偏是亮的。这小小的抱怨，让容若内心深处的欢欣喜悦更加暴露无遗。但正是因为月明，才需要更加小心，这又造成了容若内心提心吊胆的情绪。心理的几重复杂，生动传神。

浣溪沙（十八年来堕世间）

十八年来堕世间，吹花嚼蕊弄冰弦。多情情寄阿谁①边。
紫玉②钗斜灯影背，红绵粉冷枕函偏。相看好处却无言。

注释
①阿谁：谁，这里指自己。
②紫玉：紫色的宝玉，古人以为祥瑞之物。

赏析

这首词主要描写的是一对夫妇的新婚画面。

此词首句"十八年来堕世间，吹花嚼蕊弄冰弦"是说，悠悠岁月，似水流年，转眼间，又十八载，如今，"我"已是翩翩少年。"吹花嚼蕊"本是吹奏、歌唱之意，这里引申为反复推敲声律、辞藻。"我"时常穿梭在花丛中，享受自然的熏陶，不时折取令人爱怜的绿叶，卷成曲状，放至嘴边吹拂，一曲仿佛天籁，响彻耳际。可是，"多情情寄阿谁边"，人渐长，情渐多，多情的我已不再满足这山花、丝竹，那么，这浓情该寄送给何人呢？

下阕，写新婚之夜最是动人。"紫玉钗斜灯影背"，玉人端坐红烛后，端庄娴静，娇小苗条的身影映在淡红中，令人神往。斜镶在发髻上的紫玉钗，散着紫气，好不动人。沙漏细滴，烛身渐短，夜已深了，玉人和我双双躺下了。

"红绵粉冷枕函偏"，红绵纤细柔软，似粉般。然而多时的端坐，早已让红绵凉如清水。温热的肌肤触着这红绵，突觉有阵阵凉意袭来，所以，匣状的枕头也被弄得歪歪斜斜。尽管这般，双双卧床的我及玉人，在灯影中"相看好处却无言"，相互凝视着娇媚俊貌，竟没有一句呢喃细语。

这首词上阕与下阕情感表达流畅，上阕"多情情寄阿谁边"既出，下阕即是新婚之夜，中间部分环节虽简略，却刺激读者发挥想象，令人回味无穷。

浣溪沙（欲寄愁心朔雁边）

欲寄愁心朔雁①边，西风浊酒②惨离颜。黄花时节碧云天。
古戍烽烟迷斥堠③，夕阳村落解鞍鞯④。不知征战几人还。

注释
①朔雁：指北地南飞之雁。
②浊酒：用糯米、黄米等酿制的酒，较混浊。
③烽烟：烽火。斥堠：斥堠亦称斥候，是中国古代对侦察兵的称呼，多为轻骑兵。
④鞍鞯（ān jiān）：马鞍子和垫在马鞍子下面的东西。

赏析

这首词描写的是一个在外从军之人思念家人的情景。

全词可分为两部分。前三句为上阕，写的是战争前的忆家的情状，下阕写的是经过厮杀战斗后的恋家的情景。虽有两阕，却由一"愁"统辖。

首句"欲寄愁心朔雁边"，直抒胸中压抑长久的"愁"，在萧索荒凉的边塞，"愁"心无处寄送，秋日望见大雁，不由"我"心生此意。因"愁"而生忆，忆及当年离家别亲的凄惨别宴，恰如就在昨日，故而愁心更添一层愁。

"西风浊酒惨离颜"，西风中独饮浊酒，更添愁绪，这般西风，这般浊酒，不觉浮念联翩。"黄花时节碧云天"，一片荒芜之中，突见生机勃勃的黄花，犹如无垠沙漠里的一汪清泉，给人欣喜。但这欣喜，却也是如此短暂，欣喜过后是无尽的苦楚。这里，以艳丽的黄花美景来反衬"我"的心内无比凄凉。

下阕中，词人思绪未定就不得不投入战斗。"古戍烽烟迷斥堠，夕阳村落解鞍鞯。不知征战几人还。"蓦地，一股烽烟直逼碧色的云天，这是戍守的兵士发出的作战讯号。激烈的厮杀整整持续了一天，到了黄昏，"我"随战友一起，在一个偏僻的村子里休整，以备再战。"我"脱下盔甲，解开了鞍鞯，马儿也累得直喘。饮着浊酒，盯着落日，再回想白日的惨烈，心生感慨：不知道战争结束后，还有几人能回家，与亲人团聚？想着想着，热泪脱眶，满面愁绪，皆是思亲愁情。

古来战争，从来就是"一将功成万骨枯"，战争的残酷，让"我"心内生忧，也让读者心生忧虑："我"能否平安回家与家人团聚？这不可知晓。在这里，"我"虽无直抒胸怨，但怨气慢慢升起：亲人别离，生死未卜，隐隐地表达了对战争的不满。

浣溪沙（败叶填溪水已冰）

败叶填溪水已冰，夕阳犹照短长亭①。何年废寺失题名。
倚马②客临碑上字，斗鸡③人拨佛前灯。劳劳尘世几时醒。

注释
①短长亭：短亭和长亭的并称。

②倚马：靠在马身上。
③斗鸡：使公鸡相斗的一种游戏，多用来指纨绔子弟游手好闲，不务正业。

赏析

这首词是作者于旅途中见到"废寺"有感而作。词的上片写废寺之外景，荒凉残败，冷然消寂。"败叶填溪水已冰"，这里"败叶"可理解为已经凋零的树叶。"填"字用得极妙，说明败叶之多已将溪水填满，给人一种沉重萧瑟之感。"水已冰"说明已值深秋初冬时节。

下一句"夕阳犹照短长亭"说的是荒凉秋季黄昏时分，夕阳斜照长亭短亭。此句表面上写景，实际上写人。因为长亭短亭在古代皆是临别送行之所，含送别之意。此景与前句"败叶填溪水已冰"意境相融，透足凄凉之感。接着引来下一句废寺主题，"何年废寺失题名"，通过正面渲染庙宇上的题字都因为多年来遭受风吹雨打而难以辨认，述说其苍凉之态！

深秋了，满树浓叶开始凋零，秋风萧瑟，卷着这些破败的残叶并将它们吹进寒冷的溪水里。抬头遥望，夕阳尚斜照着这一片苍凉之景，可是那些远走的人啊，早已不见踪影。只余这荒凉寺院上的题名，年年遭受风吹雨打，最终模糊难辨。

上片勾勒出残阳野亭孤庙物人皆非，惹不尽的惆怅。

下片从远景直接拉至废寺内景，笔述残破不堪、香火断绝的现状。"倚马客临碑上字，斗鸡人拨佛前灯。"这两句是写现在会来寺中的人早已不是当初的善男信女，而是前来闲游的过客，或是贵族豪门的公子哥儿。而他们来这里也不是为了上香礼拜，只不过是为了寻找一个可以玩乐的地方而已。

其中"斗鸡人拨佛前灯"，引用的是唐朝玄宗时期的典事。唐玄宗好斗鸡，在两宫之间设立斗鸡坊。遇七岁贾昌，通晓鸟语，驯鸡如神，玄宗任命他为五百小儿长，每天赏赐金帛。安史之乱爆发后，贾昌家被乱兵劫掠，一物无存。容若这里用贾昌的故事，意在指出这寺庙的命运就如同贾昌一样，所有繁华不过是过眼云烟，荣辱兴衰交替，最终也只能荒凉收场，即"劳劳尘世几时醒"。

此句谓：那些曾经临摹碑石的人也好，斗鸡赌胜的贵公子也罢，还有那些曾经来过这里的文人墨客贵廷商贾，纵然尊卑贤愚不同，然而在这劳劳尘世，不过是同归一梦了。这份情怀，端的就是人生不过梦一场，权势身份荣耀，梦醒后只可能无限悲凉。

浣溪沙（锦样年华水样流）

锦样年华水样流，鲛珠进落①更难收。病余常是怯梳头。
一径绿云修竹②怨，半窗红日落花愁。愔愔③只是下帘钩。

注释

①鲛珠：神话传说中鲛人泪珠所化的珍珠，比喻泪珠。迸落：散落。
②绿云：如云般繁茂的绿叶。修竹：细长的竹子。
③愔愔（yīn）：幽深、悄寂貌。

赏析

纳兰词万语千言总不外乎一个"情"字。柔情一缕，九转回肠，凄婉处令人不忍卒读。

这曲《浣溪沙》，第一句便杀伤力十足。"锦样年华水样流"，"锦样年华"说的是年华如锦缎一样绚烂，无限美好，却无奈流逝得太快。更要命的是，当你处在锦样年华这个阶段的时候，并不觉得这有什么珍贵的。只有当时光荏苒年华老去，忽然回忆起来，才体会到往昔青春的难能可贵。

"鲛珠迸落更难收"，是说哭得止不住眼泪。"鲛珠"是眼泪的雅称，将这两句连起来看，便是，美好年华像水一样流逝得太快，每每想起便哭得止不住。

词到下阕便开始转换视角，"一径绿云修竹怨，半窗红日落花愁"构成对仗，说少女窗外的景象，有一条小径、一片竹林、半窗落日、点点落花。词人借着女主角的眼睛，看到小径上绿竹如云，只觉得那如云的尽是怨念，看到半窗落日映衬着落花，那飘扬的尽是愁绪。尤其是，风景年年不变，青春却一年年地耗过去了，心里便越发凄楚。

末句"惝惝"一词是柔弱、忧郁的意思，"惝惝只是下帘钩"是描画词中女子怏怏地放下帘钩，关上窗子，想要把"一径绿云修竹怨，半窗红日落花愁"统统隔在窗外。又是一个巧妙的修辞：前边说绿云修竹是怨，红日落花是愁，于是想用关窗的办法把这些愁都给隔开，可再怎么琢磨，都有种"抽刀断水水更流，举杯消愁愁更愁"的意味在这里。

这首词算不上是纳兰词里的一流作品，但"锦样年华水样流"却的的确确是一个千古伤心人可以与之共鸣的句子。老去的人缅怀青春，青春的人惧怕老去，这不是一时一地的感觉，而是人类永恒的无奈与悲伤。

浣溪沙（肯把离情容易看）

肯把离情容易看，要从容易见艰难。难抛往事一般般①。
今夜灯前形共影，枕函虚置翠衾②单。更无人与共春寒③。

注释

①一般般：一样样、一件件。
②翠衾：即翠被。
③春寒：春季寒冷的气候。

赏析

纳兰的悼亡词自是千古独绝的，少有人能及得上他的哀伤。这首《浣溪沙》则又是一纸句句愁情、字字哀婉的悼亡。

"肯把离情容易看，要从容易见艰难"，词人说得直白，旧时情怀若能说忘便忘，这世间不知道要减去多少百结愁肠，即使几番平和了心态去面对过往，也经不住点滴回忆从不设防的缝隙里一路叫嚣而来。而所有离别情绪中最令人不堪忍受的，便是生死之隔；所有陈年过往中最折磨人的，便是对亡者的记忆。

纳兰在妻子卢氏死后虽然没有追随而去，以后的生命里也有过别的女人，但他的伤痛和寂寞，却没有得到一丝一毫的减少。"难抛往事一般般"，细碎的往事一件又一件，想要抛开实在太难。

"今夜灯前形共影，枕函虚置翠衾单"，话说到这已是字中带泪，词人仿佛做了一场短暂的梦，醒来之后，世界已经不是原来的样子，孤窗明月，寂寂书案，冰冷而难耐。他知道，从此以后再也没有妻子为他殷勤问暖，深夜挑灯，再也没有罗香偎人，盈盈笑语，牵挂他在外的脚步。

今夜，灯光满满，记忆满满，屋里却是空空的——妻子已经死了——"更无人与共春寒"，如花美眷，已作尘土，风雨消磨生死别，要他如何熬过那些枯竹冷雨的不眠长夜，如何面对孤灯明灭的客里荧荧？

这首小令将悼亡的情绪在夜晚灯火的映照下肆意铺张，在寥寥言语间蜿蜒流转，或许，纳兰的悲剧不在于卢氏的死亡，也不在于卢氏死亡所带来的悲伤，而在于卢氏死亡后他心灵无法摆脱的幻灭状态。字面上心死如灰的背后，是纳兰的迷惘。

浣溪沙（已惯天涯莫浪愁）

已惯天涯莫浪愁[①]，寒云衰草渐成秋。漫[②]因睡起又登楼。
伴我萧萧[③]惟代马，笑人寂寂有牵牛。劳人[④]只合一生休。

注释

①浪愁：空愁，无谓地忧愁。
②漫：副词，莫、不要。
③萧萧：形容马嘶鸣声。
④劳人：忧伤之人。

赏析

身处塞外，秋意渐起，那一夜的纳兰一定过得郁闷无比，不然怎会把词写得如此凄凉甚至怨气十足？

首句"已惯天涯莫浪愁"，"浪"是空自、白白的意思，这句一上来便有种自怨自艾的味道，愁什么愁呢，天遥路远的早就习惯了。满腹的牢骚就这么冲口而出。

接下来"寒云衰草渐成秋"，字面上看，是从心理描写转到景物描写，其实这是用第二句来强化第一句所传达出来的情绪，意思是说：这样的日子总也没个头，看现在天又冷了，草又衰了，消磨消磨又是一年过去了。

"漫因睡起又登楼"，这句动作描写实则还是起着传达情绪、深化情绪的作用。词人告诫自己，不要因为醒来的满心愁绪而又去登楼远眺。这一句，先是"又"字用得好，轻描淡写地就传达出了一种百无聊赖的情绪，"已惯天涯"的自己已经不知多少次梦醒凭栏了。而词人不愿睡起登楼的原因是什么呢？——这更是一个巧妙之处：登楼远望，就忍不住思亲怀乡，这样的心理折磨纳兰想必已经是不堪忍受了吧。

下片以一个对仗句说明自己的处境："伴我萧萧惟代马，笑人寂寂有牵牛。""代马"，严格意义上是指代地的马，代是山西北部，古为代郡，这里的马很出名；但到了纳兰的时候，代马就只是一个泛称了，泛指北方的马。"牵牛"，就是指那颗和织女星隔河相望的牛郎星。这两句是说：一生劳碌，陪伴我的只有身旁这匹老马，就连天上一年才能相聚一次的牛郎也在笑话我的形单影只。

　　这两句说得很是凄凉，尤其是第二句，牛郎织女一年一次相会本来就够凄惨了，但无论如何每年总有这么固定的一天，纳兰却连这一天都没有。想想家里的父母妻子，越想越难过，但想也没办法，回不去终究是回不去。最后这满腔怨忿都化为一声叹息，"劳人只合一生休"——认命般地放弃了。

　　最后一句是全词的高潮。在写完这首词的两年后，词人郁郁而终，走完了自己年轻的一生，也印证了那时的一声感叹。

浣溪沙·古北口^①（杨柳千条送马蹄）

杨柳千条送马蹄，北来征雁旧南飞。客中谁与换春衣^②。
终古闲情归落照^③，一春幽梦逐游丝^④。信回刚道别多时。

注释
①古北口：长城隘口之一。在北京密云东北，为古代军事要地。
②春衣：春季穿的衣服。
③终古：往昔，自古以来。落照：落日的余晖。
④幽梦：隐约的梦境。游丝：飘荡在空中的蜘蛛丝。

赏析

纳兰性德身为皇帝侍卫，深受康熙喜爱。尽管如此，一次次的扈从远行却让纳兰感到十分厌倦。这种倦怠之情每每在其诗词中都有所体现。这首词写的正是词人扈从远行的事情，是纳兰词中为数不多的塞北词之一。

上片中写出了此次出行的经过，重点写景。"杨柳千条送马蹄，北来征雁旧南飞"，首句交代此次扈从的前后时间，春天出发，夏天还没到，在杨柳依依的时节，词人骑着骏马踏上了扈从之路。秋天回京，在春天北来的大雁如今依旧向南飞去，此句可能语带双关，即也指康熙一行仲夏北上，如今向南返归。这一来一回就是一春一秋，期间所受之苦谁人能知？接着是一句反问"客中谁与换春衣"，道出心中一片辛酸。只身在外，已经换了季节，身上还是春天的衣服，哪能像在家里一样，有人更换衣服。

下片则着重于抒情，开头通过落照、游丝使心中苦闷之情跃然于纸上，即"终古闲情归落照，一春幽梦逐游丝"。我只好把自己的闲情逸致寄托在落日的余晖上，梦境中，竟然隐隐约约追逐飘荡在空中的蜘蛛丝。这是作者对自己常年忙于侍卫职责，在消磨青春时光的扈从出巡中难得自由的慨叹，当然也流露出其对这种生活的厌倦，只能通过自然之景消磨时光。

纳兰性德生命的一大部分完全迷失在苦闷中，我们可以说，他是一个不称职的侍卫，却是一个中国词坛上难得的词人。

浣溪沙·寄严荪友①（藕荡桥边理钓筒）

藕荡桥边理钓筒②，苎萝③西去五湖③东，笔床茶灶太从容。
况有短墙银杏④雨，更兼高阁玉兰⑤风。画眉闲了画芙蓉。

注释

①严荪友：即严绳孙，字荪友，江苏无锡人，以善诗闻名于世。
②藕荡桥：严绳孙无锡西洋溪宅第附近的一座桥，严绳孙以此而自号藕荡渔人。钓筒：插在水里捕鱼的竹器。
③苎萝：苎萝山，在浙江诸暨市南，相传西施为此山鬻薪者之女。五湖：即太湖。
④短墙：矮墙。银杏：即白果树，又名公孙树、鸭脚等。
⑤高阁：放置书籍、器物的高架子。玉兰：花木名，落叶乔木，花瓣九片，色白，芳香如兰，故名。

赏析

这篇词描写的是纳兰与汉族文人的交游生活，它让我们隐约看到了纳兰受儒道文化影响的痕迹。这阕词在艺术上并无太多高超的地方，却小有别致，描述的场景全是纳兰想象自己的好友严绳孙在故里的生活写照。

"藕荡桥边理钓筒，苎萝西去五湖东"，"藕荡"既指严绳孙本人，也指他居住的藕荡桥畔，荪友桥边垂钓，过着安逸雅致的生活，让人羡慕不已。后一句"苎萝西去五湖东"更是加深了这种闲适的状态，桥边垂钓之余，五湖泛舟，"西""东"二字透露出一股潇洒飘逸之风，陶然至极，令人向往。

夏日的藕荡桥边，绿水青青，河柳依依，湖面上荷叶亭亭玉立。此时，你执一竿钓竿独坐湖畔，观赏湖底鱼群的自由之态，看看远处的山水，然后执笔研磨，写写江山绿水、飞鸟香荷，等待不远处茶炉上升起袅袅白烟，闻到四溢的清香，那画面，真是"笔床茶灶太从容"。

这种归隐山林、从容度日的方式，该有多闲适超脱呢？上阕由景入笔，又以景写人，很好地刻画了荪友的山水性情，也透露出容若对荪友这种潇洒悠闲生活的赞赏和向往。

接着，下片"况有短墙银杏雨，更兼高阁玉兰风"二句继续承袭上片的闲适之意。"短墙银杏""高阁玉兰"有了"雨"和"风"，显得更加动人。"况有""更兼"二词，把这种怡然自得的闲散情怀表现得更突出。末句"画眉闲了画芙蓉"中的"芙蓉"当作"荷花"解，意指荪友家庭生活和谐，夫妻和美。

纵览全词，容若满怀深情地描绘了南归故里的荪友的生活情景，整阕词虽然没有任何一个关于怀念友人的词语，但是着墨于对方归隐的山水生活，这样更能加倍地表达出对友人的思念之情。

浣溪沙·大觉寺（燕垒空梁画壁寒）

燕垒空梁画壁①寒，诸天②花雨散幽关。篆香③清梵有无间。

蛱蝶④乍从帘影度，樱桃半是鸟衔残。此时相对一忘言。

注释

①燕垒：燕子的窝。画壁：绘有图画的墙壁。
②诸天：佛教语。指护法众天神。
③篆香：犹盘香。
④蛱蝶：蛱蝶科的一种蝴蝶，翅膀呈赤黄色，有黑色纹饰，幼虫身上多刺。

赏析

大觉寺是北京"八大寺院"之一，始创于辽代，素以清静幽雅而闻名。这首词便是纳兰游大觉寺之作。

"燕垒空梁画壁寒"，一番荒凉残破的景象跃然眼前：燕群在寺中空梁上筑巢，壁画清冷。本应是普通的写景，若是忽略下文，自然会猜测是否写的是凭吊古迹之词。"诸天花雨散幽关。篆香清梵有无间"，面对着荒凉的寺中之景，却隐约能闻到幽幽的篆香，听见若有似无的诵经声。在这般景致的衬托下，荒凉的院子霎时变得肃穆清雅，梵天幽静。

"蛱蝶乍从帘影度，樱桃半是鸟衔残"。此时，蛱蝶翩跹，由帘影下飞过，枝丫上的一颗樱桃被鸟儿啄去半颗。词人所取之物都是自然界最渺小之物，倘若没有那宫阙似的古屋，没有那回音缭绕的梵音缠绵，它们不过是人间最单纯的田园之乐。可是这里偏偏不是田园情趣，此间之意，给人留下阵阵回味。

这里虽然地大人少，空旷寂寥，但绝不衰败，反倒有超然幽静的静谧肃穆。身处这样幽静清雅的寺庙，纳兰不禁感叹道："此时相对一忘言。"此种真意心领神会，却只能相对忘言。这一句有些许伤感，有几分消极，但放在这景色中，则颇有别样的意蕴。景物寥落却静谧有致，与这位才子的伤感相得益彰。

浣溪沙·小兀喇（桦屋鱼衣柳作城）

桦屋鱼衣柳作城，蛟龙鳞动浪花腥，飞扬应逐海东青。
犹记当年军垒迹，不知何处梵钟声①，莫将兴废②话分明。

注释

①梵钟声：佛寺中的钟声，僧人诵经时敲击。
②兴废：盛衰，兴亡。

赏析

纳兰的家族——纳兰氏，隶属正黄旗，为清初满族最显赫的八大姓之一，即后世所称的"叶赫那拉氏"。纳兰先世可上溯至海西女真叶赫部，居吉林松花江流域，后南迁至辽河流域。这年纳兰扈从东巡，过经兀喇，这兀喇一带，正是纳兰家族曾经的领地。

"桦屋鱼衣柳作城，蛟龙鳞动浪花腥，飞扬应逐海东青"，身处家族故地，纳兰目睹了人们以桦木建构屋宇、鱼皮做衣服、扦插柳木用作城围等种种简朴的生活方式。蛟龙鳞动，江边看浪花逐着海东青，一片壮阔景观，却百感萧条，不禁回想起当年叶赫部被爱新觉罗部族灭的往事。

上片描绘的，看似是兀喇的特异景色和风俗民情，实是那郁结之心爆发的前奏。看纳兰所取之景，尽可感受这环境凛冽。似是这蛟龙，传说是使洪水泛滥之龙，再似那海东青，据说是凶猛而珍贵的鸟类，再看浪花是"腥"，蛟龙是"鳞动"，寒山恶水，好是一番沉郁的喟叹。

接着，下片由景物描写转向抒情，"犹记当年军垒迹，不知何处梵钟声"，"犹记"便是"回忆"，而"当年军垒"则是海西遗迹，正在回忆时，不知哪里响起了梵钟声，刹那间，历史滚滚往事，随这钟声飘荡而至。这让词人不禁感慨"莫将兴废话分明"，怕是不知如何话分明吧。以此作结，后人揣测不得，说不清纳兰心中愁绪，算否为恨。前扬后抑，似寓有难言的隐恨。

性德曾祖金台石之妹孟古是清太祖努尔哈赤之皇后、清太宗皇太极之生母。然而为争夺疆土，两人反目成仇，叶赫部被努尔哈赤吞灭，金台石自焚身亡，其子尼雅哈归降，被划归满洲正黄旗，尼雅哈之子正是纳兰之父明珠。

因而有人说，纳兰其人，潜意识里深藏着对爱新觉罗氏的世仇。这种宗族之仇、灭门之恨是否存在，不得而知。但读这词，确实似有潜藏的隐怨之意。然而，这隐恨，却隐得辛苦，恨得怅惘，有一种凄清苍茫之感。

浣溪沙·姜女祠（海色残阳影断霓）

海色残阳影断霓，寒涛日夜女郎祠。翠钿尘网上蛛丝。
澄海楼①高空极目，望夫石在且留题。六王如梦祖龙非。

注释

①澄海楼：楼名。在河北旧临榆县南宁海城上，明兵部主事王致中建。

赏析

康熙二十一年（公元1682年）二月至五月纳兰扈从东巡，作了一系列的写景词。期间作为臣子的纳兰，寻访古迹途中心灵受到不少冲击。因纳兰家族先世恩怨，本身的特殊经历和处境，所以，使得他对历史的怀思亦颇有意味。

"海色残阳影断霓，寒涛日夜女郎祠"，这词因景而起，落日残阳挂在薄薄的西天，余晖映在海面上，贴着涌动的浪涛，组成了一段虚渺的霓虹。冷冽的潮水不辞疲惫，姜女祠里日日夜夜听闻浪涛拍打礁石的动静。这祠又叫贞女祠，据说是为纪念那痴情哭动长城，投海而死的孟姜女而建。

纳兰所处的时代距这痴守女子的年代已去甚远，汪洋与孤守的祠堂相望也不知过了多少个日夜，所以，"翠钿尘网上蛛丝"，庙中的孟姜女，盘髻上的翠翘金钿依然网上层层细密的蛛丝与尘埃，翠玉光鲜的着色随着女子投海，一同沉没在历史长卷之中。姜女追随爱人而去，光鲜的历史随时代终结而去。

"澄海楼高空极目，望夫石在且留题"，立于澄海楼上眺望苍茫之景，望夫石一如往昔等待之妻，坚守于南宁海城上。传说孟姜女当年苦等丈夫不归，几番立于此地守望远方，又抱寒衣远赴寻找爱人，久之于此化为望夫之石，从此不论风雨都将停留于此，等候一个归期。归期无尽，望夫石伫立至今，已然可见文人墨客参观游览时写下的观感题诗，点滴墨迹都是岁月流淌的痕迹，随着这长久坚守在此的石像一同见证历史长河，流淌不息。

一转眼，"六王如梦祖龙非"。此"六王"，即指战国燕、赵、韩、魏、齐、楚六国，而"祖龙"则指秦始皇。纳兰感叹，六王毕四海归一的大业，恍然只如梦了一场，悄无痕迹，秦始皇的英姿也业已长眠于地下。

这词词题为"姜女祠"，写尽壮阔之景，博大之感，但事实并非单纯纪游之作，而是借游此庙发往古之幽思，批判残酷的战争给百姓带来的疾苦，抒今昔之感，欲抑先扬。

浣溪沙·庚申除夜①（收取闲心冷处浓）

收取闲心冷处浓，舞裙犹忆柘枝②红。谁家刻烛待春风？
竹叶樽空翻彩燕③，九枝灯灺颤金虫④。风流端合⑤倚天公。

注释

①庚申除夜：即康熙十九年（公元1680年）除夕。
②柘枝：即柘枝舞。柘枝舞是西北少数民族的民间舞，伴奏音乐以鼓为主，间有歌唱，舞姿美妙、表情动人。此舞唐时由西域传入内地。
③竹叶：酒名，即竹叶青，亦泛指美酒。彩燕：旧俗，立春日剪彩绸为燕饰于头部。
④九枝灯：古灯名，一干九枝的烛灯。金虫：比喻灯花。
⑤端合：应当、应该。

赏析

这是一首词写的是除夕之日贵族家守岁的场景。

片首一句"收取闲心冷处浓"，意为在寒冷的除夕夜里把浓郁的闲情收起，作者回忆起了当年守岁的场景。"舞裙犹忆柘枝红"，意为那柘枝舞女的红裙多么令人怀念啊。这两句看似是回忆，却也道出了作者在除夕夜的一种怀念往昔生活的心情。

纳兰性德是个怀旧的人，他对旧的事物有一种天生的敏感和眷恋，所以才会在除夕之夜写到自己当年观看柘枝舞的情形。"谁家刻烛待春风"，这里的"谁家"其实指的就是纳兰性德自己家。这句是说，当年自己常常会在除夕夜里用蜡烛刻出痕迹，来等待新春的到来。这本是一件极为普通的事，但被纳兰在词中提起，可见，他对曾经的家庭生活有多么眷恋。

下片"竹叶樽空翻彩燕，九枝灯灺颤金虫"是说青竹酒已经喝尽了，大家都在头上戴着彩绸做成的燕子来欢庆新年的到来；灯烛已经熄灭了，而剩下的灯花仿佛一条条颤动的金虫。这两句用酒杯、彩燕和灯几种意象来衬托除夕夜的热闹，反映出整个除夕夜的欢腾的情景。这两句还是对仗句。"竹叶樽"对"九枝灯"，"空"对"灺"，"翻彩燕"对"颤金虫"，很是工整，这些丰满的意象让人非常明了地感觉到了除夕的喜庆气氛。

末句"风流端合倚天公"是说风流是自然形成的，而不是人力所能达到的。这句也表明了纳兰性德对当年逍遥自在生活的无限回忆。

通篇来看，这首写的是纳兰性德对往年除夕的回忆，词中着力描写了柘枝舞和舞女的美妙风流，也深隐地表达了自己的怀念之情。

浣溪沙·红桥怀古，和王阮亭①韵（无恙年年汴水流）

无恙年年汴水流。一声《水调》短亭②秋。旧时明月照扬州。
曾是长堤牵锦缆③，绿杨清瘦至今愁。玉钩斜④路近迷楼。

注释

①王阮亭：王士祯，字子真，一字阮亭，又号渔洋山人，山东新城人。少时多填词，有《衍波词》。

②《水调》：曲调名，传为隋炀帝时，开汴渠成，遂作《水调歌》，唐代将它演变为大曲。短亭：旧时城外大道旁，五里设短亭，十里设长亭，为行人休憩或送行饯别之所。

③长堤：指隋堤。隋炀帝时沿通济渠、邗沟河岸修筑的御道，道旁植杨柳，后人谓之隋堤。锦缆：锦制的缆绳，精美的缆绳。

④玉钩斜：隋代埋葬宫女的墓地。

赏析

"烟花三月"的扬州，素来是文人墨客的汇聚地。康熙二十三年（公元1684年），纳兰性德扈从巡幸江南抵达这里，为和王阮亭在康熙元年（公元1661年）作的一首《浣溪沙》而作此词。

王阮亭的词是针对隋炀帝挖凿汴渠所作，全词如下：

> 浣溪沙·红桥
> 北郭清溪一带流，红桥风物眼中秋，绿杨城郭是扬州。
> 西望雷塘何处是？香魂零落使人愁，淡烟芳草旧迷楼。

隋炀帝为开通运河，征集了大量的劳力，同时也拆散了无数的家庭。身处扬州这座古城，纳兰不禁有感而发："无恙年年汴水流。一声《水调》短亭秋。旧时明月照扬州。"绵延不绝的汴水似乎仍是隋时的样子，一声声《水调》，长亭又短亭，千年倏忽无尽。明月的清辉仿佛也是旧时的，默默地笼罩着扬州这座古城。

"曾是长堤牵锦缆，绿杨清瘦至今愁。玉钩斜路近迷楼。"隋堤上的杨柳曾系过华美的锦制缆绳，却因此清瘦不堪，至今愁苦难言。那埋葬着宫女的"玉钩斜"就在"迷楼"旁，看来，生死富贵，皆作尘土。末尾那句"玉钩斜路近迷楼"在使用对比突出上，与杜甫的"朱门酒肉臭，路有冻死骨"有异曲同工之妙，强烈的对比真是触目惊心。

词的上阕是诉"生离"，到了下阕则开始叹"死别"，整首词"婉而多讽"。

摊破浣溪沙（林下荒苔道韫家）

林下荒苔道韫家，生怜玉骨①委尘沙。愁向风前无处说，数归鸦。

半世浮萍随逝水，一宵冷雨葬名花②。魂是柳绵吹欲碎，绕天涯。

注释

①生怜：可怜。玉骨：清瘦秀丽的身架，多形容女子的体态。
②名花：名贵的花，同名花一样的美人。

赏析

这首词表达了词人对亡妻的深深思念。

词的开篇平铺直叙，不过容若用到了一个典故，这个典故是他在词中多次用到的"道韫家"。所谓的道韫是指东晋女诗人谢道韫，作为才女，谢道韫以一句"未若柳絮因风起"而成名，之后许多诗词中便将谢道韫引为典故。

在这首词里，容若写道"林下荒苔道蕴家"，"林下"是指幽静僻静的地方，引申为退隐的去处。在幽僻的地方本来是谢道韫的家，可是如今却是荒芜一片了。曾经的女才子而今也是荡然无存，她的居所也在风吹日晒中破败下去。

容若写此，意思是要写出光阴无情。而后一句紧接着写道："生怜玉骨委尘沙。"依然是在写谢道韫，她曾经美丽的身影，如今已经被埋葬在了一片黄沙之中，但实际上，容若是在影射自己的妻子，曾经美丽温婉的妻子，如今也是双目紧闭，永远离他而去，不再与他相伴了。

所以，容若无计可施，只得"愁向风前无处说，数归鸦"。数不清愁绪，便抬头去数黄昏下的乌鸦。容若将自己缅怀亡妻的抑郁心情刻画到了极致。在上片写完景色之后，下片便接着写情。

"半世浮萍随逝水"，词人感慨自己的命运如同浮萍一样，半生的岁月就这样转瞬溜走。容若既是在悼亡妻子，又是在感伤自己。这首词的动人之处在于，他写词并非是纯粹的悼亡，还写到自己，二者相互结合，更令后人感受到容若与卢氏之间的深厚感情。

词的下阕，一句"一宵冷雨葬名花"令人无端地想起了葬花的黛玉，仿佛能够感同身受，看到有情人无法终成眷属的悲伤。最后一句"魂是柳绵吹欲碎，绕天涯"更是点出这首词的主旨，无论爱的人死去多久，无论她的魂魄飘走多远，爱永远是不能忘怀的。

极其之美，极其之清冷，极其之动人。

摊破浣溪沙（风絮飘残已化萍）

风絮飘残已化萍，泥莲刚倩藕丝萦①。珍重别拈②香一瓣，记前生。
人到情多情转薄，而今真个悔多情。又到断肠回首处，泪偷零。

注释

①泥莲：指荷塘中的莲花。倩：请、恳请。萦：萦绕、缠绕。
②拈：用手指搓捏或拿东西。

赏析

容若一生爱过几名女子，但他的悼亡词始终是为卢氏而写，这位陪他走过人生青春年华最初阶段的女人，霸道地占有了容若的内心深处，那一片不可被侵犯的领地。

柳絮飘落水中化为点点浮萍，池中的莲花被藕丝缠绕。分别之时手中握着一片芳香的花瓣，道声珍重，记取前生。人若太过多情，情就会变得淡薄，如今终于知道这个道理，于是后悔自己太多情。又来到让人断肠的离别之处，无限伤情，泪水也暗自滑落。

多情公子在自己编织的情网中苦苦挣扎，犹如在风中久久飞舞的柳絮，终于支撑不住，掉落池塘，化作浮萍。容若也想忘记旧情，开始新的生活，开始新的感情。可是，往日的美好就如同被施展了魔法的藤条，将他紧紧绑缚住，让他无法抽身。

上片以物开篇，"风絮飘残已化萍，泥莲刚倩藕丝萦"，这是多么无奈的描述，柳絮随风飘落，池中的荷花确实被莲藕牵绊着。以景寓情，格外伤情。这般景物就如同容若与前妻之间的感情，虽然已经是天人永隔，但他们之间的爱情，就像这扯不断的莲藕与荷花，就像飘飞许久不愿落于尘土的柳絮。

有着太多不甘心的容若，不愿意承认这段已经逝去的感情，他写这首词也就是为了悼念妻子，故而在上片结束的时候，才会写道："珍重别拈香一瓣，记前生。"其实就连容若自己也清楚，唯有忘记，才能重生。

陷于前生往事的记忆，则永远不能看到日后的阳光。上片结束后，下片便自然而然地承接，继而写道"人到情多情转薄，而今真个悔多情"。容若明白多情之苦，所以，他悔当初的多情，如果可以少一分感情，那便是少一分牵挂。也不至于而今时过境迁，依然是"又到断肠回首处，泪偷零"。

这首《摊破浣溪沙》写得极为动人，尤其是下片的"人到情多情转薄，而今真个悔多情"，脍炙人口，流转千年，依然不减光芒。想要探查情爱相思之苦，只看这首词，便可领略一二了。

摊破浣溪沙（欲语心情梦已阑）

欲语心情梦已阑①，镜中依约见春山②。方悔从前真草草，等闲看。
环佩③只应归月下，钿钗④何意寄人间。多少滴残红蜡泪，几时干。

注释

①阑：残、尽。
②依约：仿佛，隐约。春山：春日的山，亦指春日山中，春日山色黛青喻指妇人姣好的眉毛，进而代指美女。
③环佩：古人衣带所佩的环形玉佩，妇女的饰物。
④钿钗：金花、金钗等妇女首饰，借指妇女。

赏析

在容若的词中，我们常常可以看到爱情游走的痕迹，明显而且不加修饰，让人看到后只觉得真爱无价，却并不会脸红心跳。这就是容若爱情词里的魅力之所在。同样的，在这首悼亡词中，容若依然秉承这种风格，将爱情进行到底。

"欲语心情梦已阑，镜中依约见春山。"词人午夜梦回，看到故去的妻子坐在梳妆台前，对镜梳妆。想起往昔，妻子也是这样在梳妆台前打扮，然后回眸，嫣然一笑。那曾经是多么美好的一幕场景，可惜随着人逝去，只有在梦里才能再次看到。

"方悔从前真草草，等闲看。"从前一直没有认真地看过妻子的容貌，那是因为一直认为时日太久，却没想到，离别的日子竟然会那么突然地降临，而今再想看，也是无法实现的愿望了。

上片转换到下片，容若在这里依然是睹物思人，看着逝去妻子的遗物感慨万千，他看着妻子留下的首饰和衣物，流下了多少眼泪。可是泪眼蒙眬中，妻子早已经是随着梦境的醒来，一同消失不见了。

"多少滴残红蜡泪，几时干。"既然眼泪无法唤回妻子，那自己为何还要哭个不停，只因为心中所藏的悲伤太多，无法遏制眼泪。面前的蜡烛，也在滴下红蜡，犹如思念中的泪水，何时才会干。

这便是容若对亡妻的思念：梦已尽，她那可爱的面庞和身影仿佛重又映在了镜中，依稀可见。当初伊人在时没有认真看过她美丽的容貌，现在真的悔不当初。而今她早已逝去，归于如梦一般的月下之境。她的遗物依旧留在了人间，然而物是人非，更令人悲痛难堪。睹物思人，泪蜡不干，就如同我想念你的眼泪一般。

容若这首《摊破浣溪沙》在词史当中别具一格，因为词中所哀悼的夫妻之情是古人通常都不敢明说的爱情，真正的爱情。这种至深的情感让这首词升华，让容若也成为后人心目中的至情至爱之人。

摊破浣溪沙（小立红桥柳半垂）

小立红桥柳半垂，越罗裙扬缕金衣①。采得石榴②双叶子，欲遗谁？
便是有情当落日，只应无伴送斜晖。寄语东风休着力③，不禁吹。

注释
①越罗：越地所产的丝织品，以轻柔精致著称。缕金衣：绣有金丝的衣服。
②石榴：石榴树。亦指所开的花和所结的果实。
③着力：即用力、尽力。

赏析

这首词写的是女子伤春的情态：她在红桥垂柳畔伫立，风儿吹动罗衣，衣袂飘飘。伸手将石榴的叶子采下两片，可是又该把它送给何人呢？纵使心中万种情，也只能独自一人空对斜阳。那东风啊，请不要吹得太过用力，风中的人儿已禁受不起了。

词人写女子伤春，其实真正伤的是自己。容若的这首词依然延续他一贯的词风，温婉平和，淡淡的忧伤中带着典雅的意味。犹如饮下一杯刚冲泡好的菊花茶，虽然有着淡淡的苦味，但喝下之后，余香犹存。

"小立红桥柳半垂，越罗裙扬缕金衣。"一个美丽女子的形象顿时跃然纸上，她站在桥上，伸手采摘下两片石榴叶子，却不知道该送给谁。"采得石榴双叶子，欲遗谁？"女子的心情其实就是容若的心情，对某人有着深沉的思念，却不知道该如何送去，让那人知道，自己的思念有多么深。

这是一种无能为力的挫败感，纵使心中有着柔情万千，也只能随风而逝。"便是有情当落月，只应无伴送斜晖。"卢氏已经死去，但容若对她的爱一直鲜活。也正是因为如此，这份爱情才越加显得凄迷。

阴阳相隔，生死离别。这恐怕是人世间最悲伤的爱情故事，所以，容若在词的最后感慨道："寄语东风休着力，不禁吹。"多少心事都只能藏在心里，东风啊，不要再吹了，风中的人儿已经因为思念过重，无法再承受任何的打击了。

摊破浣溪沙（一霎灯前醉不醒）

一霎①灯前醉不醒，恨如春梦②畏分明。淡月淡云窗外雨，一声声。
人到情多情转薄，而今真个不多情。又听鹧鸪③啼遍了，短长亭。

注释
①一霎：谓时间极短。顷刻之间，一下子。
②春梦：春夜的梦。比喻转瞬即逝的好景，也比喻不能实现的愿望。
③鹧鸪：鸟名。体形似雷鸟而稍小，头顶紫红色，嘴尖，红色，脚短，亦呈红色。

赏析

从古至今，写离愁的诗词有许多，但这首关于离愁的词因为是容若写的，便与其他的词有了很大的不同。容若是一个天生内心纤细的人，他看待任何事物都要比别人更加敏感，更加透彻。因而，离愁在容若的眼中比别人的更加沉重，仿佛有天地万物同悲的味道。

孤灯之前，一下子沉醉不醒，又怕醉中梦境与现实分割开来。窗外有舒云淡月，细雨声声。人说若太多情，情意就会变得淡薄，而现在我已经真的不再多情了。可是，窗外又传来鹧鸪啼鸣之声，不知那送别的短亭长亭之处是否有人驻足倾听？

在这首词上，容若做了一些词语上的技术处理，开篇那句"一霎灯前醉不醒"仿佛是一组动静交替的画面，做到了情景交融，相互映衬。这句起篇，令整首词有了似醒似醉、似睡非睡的模糊意境。

接下来一句"淡月淡云窗外雨"，云和月在雨夜淡淡的，看上去朦朦胧胧似乎要落泪的样子。这真是将离愁写到了极致，而前一句"恨如春梦畏分明"也分明说道，这份悲愁无可替代。

在另一首《摊破浣溪沙》中，容若同样写到了"人到情多情转薄，而今真个不多情"。极为平淡的一句话，却被用在了两首词中。想来容若是对这句话感悟极深的。无情不似多情苦，容若体会到了内心深处。

不愿面对现实，便要入梦逃避，但又无法安然地睡去，似梦非梦之中，离愁之意犹如窗外细雨，淅淅沥沥，连绵不断。而最后整首词的结语"又听鹧鸪啼遍了，短长亭"，使得词的整体风格更显得冷清生动，孤寂格外分明。

词中的每个字眼，都好似敲打在心坎上，难怪王国维称赞容若，既突出"离情"之"苦"，又写出夜里相思之恨。这首离别之词，写得十分精妙贴切，句句都写出了离人之恨。

虽然容若总是化用前人诗句，但在词中所描述的心情和心境已经有了很大的改变。

摊破浣溪沙（昨夜浓香分外宜）

昨夜浓香分外宜，天将妍暖护双栖①，桦烛影微红玉②软，燕钗③垂。
几为愁多翻自笑，那逢欢极却含啼④。央及莲花清漏⑤滴，莫相催。

注释

①妍暖：谓晴朗暖和。双栖：飞禽雌雄共同栖止，比喻夫妻共处。
②桦烛：用桦木皮卷蜡做成的烛。红玉：红色宝玉，古时常用于比喻美人的肤色。
③燕钗：旧时妇女别在发髻上的一种燕子形的钗。
④含啼：犹含悲。
⑤央及：请求、央告。莲花：即莲花漏。清漏：清晰的滴漏声，古代以漏壶滴漏计时。

赏析

这首词有人说是怀友，有人说是追忆与恋人欢度良宵的情景，容若的许多词总是给人模棱两可的感觉，既是相思，又是相恋，搞不清楚他到底想要表达哪种情绪。或许这样的词作更好，因为猜不透，所以更显得朦胧。

整首词愁情绵绵不绝，仿佛比春风还要绵绵，比春宵还要长远。在夜色中，心中充满了孤独和无聊，唯有梦里才可与你一会。在一个天气良好的夜里，花开云走，容若心中充满寂寞，提笔写下这首词，"昨夜浓香分外宜"，乍一看起来，似乎是一首意境与心境同样欢愉的词，写到美好的天气，还有夜色里浓郁的花香，二者相宜。

"天将妍暖护双栖"，晴朗暖和的天气中，夫妻二人双宿双栖。"妍暖"在这里是夫妻双宿双栖的意思。问世间情为何物，为伊消得人憔悴。春风无法洗去内心的忧愁，即便再好的春光，再美好的夜晚，也无法抹去夫妻二人之间的情分。

"桦烛影微红玉软，燕钗垂。"多么温馨的一幕，多么美好的回忆，这一切都因为回忆中的那个人不在身边，而显得犹如一幕惨淡的剧目，不忍去看。情爱就好像是双生花，轻易地将爱情中的两个人纠缠在一起，可是谁能想到，这之后的爱人，是如何面对世事沧桑变幻的呢？

"几为愁多翻自笑，那逢欢极却含啼。"依然的孤寂之感，但少了些香艳的感觉，用情依然深切，却不是你侬我侬的感觉，意境清疏，是词中的好句。人虽寂寞，可是想到与朋友在一起度过的欢声笑语的日子，心里就生出无限的喜悦。

"央及莲花清漏滴，莫相催。"时间过得虽然很快，但相逢总是令人高兴的，不要催着分离。似悲似喜的情感，容若这首词并不是为抒情而抒情，因写情而抒情，他的抒情在写景中自然而然地带出，十分自然。

虞美人（绿阴帘外梧桐影）

绿阴帘外梧桐影，玉虎牵金井。怕听啼鴂出帘迟，挨到年年今日两相思。
凄凉满地红心草①，此恨谁知道。待将幽忆寄新词，分付芭蕉风定月斜时。

注释

①红心草：草名，一说为红心灰之俗称。相传唐王炎梦侍吴王，久之，闻宫中出辇，鸣箫击鼓，言葬西施。吴王悲悼不已，立诏词客作挽歌。炎应教作了《西施挽歌》，有"满地红心草，三层碧玉阶"之句。后以"红心草"作为美人遗恨的典故。

赏析

这应是作于春末夏初的一首词吧。

帘外树已成荫，不似那只得遥看的朦胧草色。若是糊上松绿色的软烟罗作窗纱，更应是春意盎然。说到这号称"百树之王"的梧桐，民间盛传其知时知令，"梧桐一叶落，天下皆知秋"便是它知秋的写照。《魏书·王勰传》中曾有言"凤凰非梧桐不栖"，说的便是这百鸟避之的青桐。

玉虎金井，极尽巴洛克式的奢华，可再精美的雕饰也不过是深井和缠于深井之上，用以汲水的辘轳。这番情景使纳兰想到了日思夜想的表妹，她的命运犹如那看似繁华的辘轳，被紧紧牵于皇家金井之上，不能自主。

纳兰与表妹此时虽是生离，却难言再见。思之而不得之，纳兰的周遭似有着一层离情别怨。连那窗外杜鹃之声，似也在用自然的语言诉说着、预言着，让人不忍听闻。可是，鸟鸣无心，听者有意。杜鹃那凄厉的啼血声，最勾人伤怀。

"挨到年年今日两相思"，纵然没有鸟鸣，年年今日，两人异地相对同相思。"凄凉满地红心草，此恨谁知道。"天知，空中划过啼血杜鹃；地知，便开出了似红泪般的红心草。那红心草开于飘过淡淡柳絮的湖畔，开于光影错落的月下荷塘，开于花径绿篱畔。它吐露着新叶，新叶也泛着红晕；它羞涩地绽开小花，小花也羞赧地顶着深红的小帽。低头，不语，晴空过处，只那么寂静地，婷婷而立。

"自在飞花轻似梦"，携红心草梦回春秋，便有一曲《西施挽歌》。相传南宋时湖州太守夜梦侍吴王，闻言西施已香消玉殒，应诏作此诗。"满地红心草，三层碧玉阶。"从此，红心草如那逝去的美人，在"春风无处所"的季节，婷婷婷婷地摇曳于浮云飘过的微风中，微叹"凄恨不胜怀"。

即使是这样凉薄的一叹也难融于尘世。漏断人静的春夜，这纠缠于胸的幽幽往事只得寄存于诗行之间。"待将幽忆寄新词，分付芭蕉风定月斜时"，风飘飘，雨潇潇，月子弯弯千年同照九州；离人魂，昨夜梦，年年今日，但见流光无情把人抛。

虞美人（曲阑深处重相见）

曲阑深处重相见，匀泪偎人颤。凄凉别后两应同，最是不胜清怨月明中。

半生已分孤眠过，山枕檀痕涴。忆来何事最销魂，第一折枝花样画罗裙①。

注释

①折枝：中国花卉画的画法之一，不画全株，只画连枝折下的部分。花样：供仿制的式样。罗裙：丝罗织成的裙子，多泛指妇女衣裙。

赏析

翻开古代词集，男女情爱、风花雪月乃是其中最重要的主题之一，这其中又不乏着重描写妇女的妖娆容貌、娇羞情态、华美服饰的作品。我国文学史上第一部文人词总集《花间集》中就有很多这样的词，它们常被后人当作"艳词"的早期标本。

细细品读这首《虞美人》就会发现，它是在写艳情，然而，由于纳兰容若的气质与秉性使然，所以即使内容同为艳情，词作也在暧昧、风流之外多了几分清朗与凉薄。

发端二句"曲阑深处重相见，匀泪偎人颤"很明显出自李煜在《菩萨蛮》中的"画堂南畔见，一向偎人颤"一句。李煜所用的"颤"字更多地体现了女子的娇态万种、俏皮可人，而容若着一"颤"字，则写出了女人的用情之深、悲戚之深。同用一字而欲表之情相异，不可谓不妙。

与很多花间词相比，李煜的艳词大多做到了艳而不俗，能将男女偷情幽会之词写得生动而不放荡。纳兰容若的这一首《虞美人》又在李煜之上。正如安意如在比较李煜的《菩萨蛮》与容若的《虞美人》时所说："同样是和伊人相处相偎相依，后主于清新中写出情人间的冶艳，而容若写出的感觉是一份静美婉约，恋人间的温柔爱怜。"

曲阑深处终于见到恋人，二人相偎而颤，四目相对竟不由得"执手相看泪眼"。用安意如的话说，这一派春光令人读来"摇心动魄"，但接下来纳兰笔锋一转，这一幕原来只是回忆中的景象，现实中两个人早已"凄凉"作别，只能在月夜中彼此思念，忍受难耐的凄清与幽怨。夜里孤枕难眠，只能暗自垂泪。忆往昔最令人销魂心荡的，莫属相伴之时，以折枝之法，依娇花之姿容，画罗裙之情事。

这首词首尾两句都是追忆，首句写相会之景，尾句借物（罗裙）映人，中间皆作情语，如此有情有景有物，又有尽而不尽之意，于凄凉清怨的氛围中叹流水落花易逝，孤清岁月无情，真是含婉动人，情真意切。

从五代到两宋，又及清朝，花间词的传统虽有所保留，但那些风花雪月的事，还是被时光这支画笔涂抹上了不同的色彩，或妖艳，或清新，都是词海中的一朵浪花，各有风情。

虞美人（峰高独石当头起）

峰高独石当头起，冻合双溪水。马嘶人语各西东，行到断崖无路小桥通。
朔鸿①过尽归期杳，客里年华悄。又将丝泪②湿斜阳，回首十三陵树乱云黄。

注释

①朔鸿：从北方向南飞的大雁。
②丝泪：微细如丝的眼泪。

赏析

纳兰容若是叶赫那拉氏的后人，他一出生就被安排到了天皇贵胄的家庭，注定一辈子享尽富贵荣华。可是，容若偏偏不爱锦衣玉食的生活，更是从心底里厌倦官场的庸碌与俗气。"身在高门广厦，常有山泽鱼鸟之思"，或许，这就是他常感悲伤的原因之一吧。也正因为如此，容若的词里总是带有一种淡淡的忧伤，一如他的性情，忧郁凄婉。就像这首《虞美人》，满是萧索之景、悲戚之情。

康熙十五年（公元1676年），二十二岁的纳兰容若随圣上巡视昌平，这首词就是在此间完成。此时的容若是康熙皇帝的御前侍卫，并常以武官身份参与风流斯文的诗文之事，以过人的文才武略而备受康熙赏识，所以，皇帝无论南巡北狩，还是四方游历，纳兰都常伴其左右。

双溪是北京昌平境内的一条小溪，天寒地冻的时节，眼前尽是一派肃杀的景象，高峰兀立，巨石挡路。骏马在空旷的原野中嘶鸣，行人相遇来不及说上几句话就又各奔西东。正感叹旅途的艰辛与孤独，偏偏又行到了断崖处，只有小桥为路。天空中有鸿雁飞过，却不能代为传书，这一番遭遇令人心生感慨，思归之情油然而生。行走在异乡，最好的年华早已如逝水一般悄然没了踪迹，所谓"客里年华悄"。想着想着，就不知不觉淌下了眼泪，泪眼模糊中回首眺望，只见十三陵附近亭亭如盖的大树和被夕阳染黄的暮云。

这首词所写的本是一个常见的题材，无非人在行役途中的一番感慨长叹，但纳兰展现出了一片更加情深意远的境界。以羁旅行役为主题的词并不少见，"移舟泊烟渚，日暮客愁新"（孟浩然《宿建德江》）所展现的是一种清愁，"夕阳西下，断肠人在天涯"（马致远《天净沙·秋思》）更多的是一种惆怅，纳兰的《虞美人》则是一股锥心的悲切之感。这种痛不是歇斯底里的，而是绵长蕴藉的。

一个人心中得有多少悲伤，才能将文字浸染上眼泪的苦涩？人们常说"触景伤情"，当纳兰"伤情"的原因再无从考证时，我们也唯有把那一腔化不开的愁绪归咎于萧瑟斑驳的秋景。

虞美人（春情只到梨花薄）

春情①只到梨花薄，片片催零落②。夕阳何事近黄昏，不道人间犹有未招魂。
银笺别梦当时句，密绾同心苣。为伊判作梦中人，长向画图清夜唤真真。

注释

①春情：春天的景致或意趣。
②零落：树木枯凋。

赏析

又是一年春残时，又到了亡妻的忌日，又是触景还伤，又是一首悼亡词。

"春情只到梨花薄，片片催零落"，词一开篇，容若就为我们营造出一幅暮春时节梨花四处飘零的凄美场景，他在这里用暮春时节喻指自己目前的境况，用苍白的花朵来代指亡妻，从而铺陈出愁惨凄冷的意境。

"夕阳何事近黄昏"化用李商隐"夕阳无限好，只是近黄昏"的成句，与妻子虽然只短暂地相处了三年，但容若度过了人生中最快乐的时光，如今人鬼殊途，容若的相思之痛苦，自然是不言而喻了。在这里，"夕阳"不仅是时间上的黄昏，更是词人对美好往昔的追惜。

在别人的眼中，夕阳或许是美丽的，但是在容若的眼中，夕阳却是丑陋的、无情的，因为他还没有来得及为亡妻招魂，它就要马上消失在黑暗之中。面对这一切，他只能无奈地叹道"不道人间犹有未招魂"。

全词上阕由景入情，下阕则从往事写起，进而抒发自己浓重的哀思。"银笺别梦当时句，密绾同心苣"，象征着爱情的同心苣，和记载着浓情蜜意的纸笺，这些现实的东西以前在容若的眼中证明着恩爱欢娱，如今他再看时，却感到它们都被抹上了淡淡的感伤。

面对随处可见的哀愁，容若无处可遁，只能赶紧由实入虚，写道："为伊判作梦中人，长向画图清夜唤真真。"为了亡妻，容若甘愿长梦不醒，甚至希望只要长唤妻子的名字，她就能从画幅里走出来，与自己相聚。这真实地表现出容若的忠贞与痴情。

纳兰词最让人感动之处，便是容若在小情小爱中所表现出的真挚，让人为其心怜不舍、心疼不已。

虞美人（黄昏又听城头角）

黄昏又听城头角，病起心情恶。药炉初沸短檠①青，无那残香②半缕恼多情。多情自古原多病，清镜怜清影③。一声弹指泪如丝，央及东风休遣玉人④知。

注释

①短檠（qíng）：矮灯架，借指小灯。
②残香：将要烧尽的香。
③清镜：即明镜。清影：清朗的光影，月光，这里是清瘦的身影。
④央及：央告。休遣：暂时释放。玉人：容貌美丽的人，对亲人或所爱者的爱称。

赏析

纳兰的词，总是让人感觉缱绻幽情，本篇自然也不例外。这首词写的是男女之情，全词辞藻优雅，言浅意深，可谓是直抒胸臆的佳作。

一开篇，作者就为我们描绘了这样一个场面，"黄昏又听城头角，病起心情恶"，黄昏时分，城头号角响起，词人身患疾病，心情异常低落。接着容若向我们交代了此时他正在做什么，"药炉初沸短檠青，无那残香半缕恼多情"，本来是一位在家养尊处优的公子，即使在家过的不是"饭来张口，衣来伸手"的生活，可如今是在塞外，没有奴仆跟随在身边，患病的容若只能自己动手煎药，心中的凄凉感可想而知。而且案头的短灯明灭不定，燃着的香也是残的，似乎在嘲笑自己的多情。

那么，容若到底是因何而生病呢？他在下阕给出了答案："多情自古原多病。"患病之人一般都会自怜自伤，容若自然也不例外，更何况是独自病在异乡，没有亲人的悉心照料，没有朋友的嘘寒问暖，所以他只能无奈地揽镜自照，结果看到的却是自己日渐消瘦的容貌。

词的结尾两句似乎很好理解，"一声弹指泪如丝，央及东风休遣玉人知"，病中的容若触景伤情，以至于轻轻弹一下手指，就伤心得泪下如丝，但是他又不想让想念之人知道自己患病的消息后徒增伤心，于是央求东风不要把这个消息告诉她。

虞美人（彩云易向秋空散）

彩云易向秋空散，燕子怜长叹。几翻离合总无因，赢得一回僝僽①一回亲。
归鸿旧约霜前至，可寄香笺字？不如前事不思量，且枕红蕤②欹侧看斜阳。

注释

①僝僽（chán zhòu）：烦恼，忧愁。
②红蕤（ruí）：红蕤枕。传说中的仙枕，亦借指绣枕。

赏析

纳兰写词善用心眼，他既能从眼前的景象中咀嚼出诸种滋味，又能把心中的情愫转化为具体的意象。他所写的愁情总是看似不经意随口说出，却又不会让人觉得肤浅鲁莽，就连他词中的主人公也有了这种性格。这首《虞美人》中，女子侧倚红蕤枕，遥望远方斜阳、思念未归人的情状丝毫不会让人觉得轻浮，连她的嗔怨也都有了韵味，这便是纳兰笔墨的功劳了。

天高气爽的秋季，最容易被风吹散开去的岂止彩云，还有那如藤蔓般生长的相思。彩云消散，便没了痕迹，所谓"彩云易向秋空散"，这倒是很符合禅宗的意境。按照佛教的观念，无常是人生的本质，聚散便也成了人生的常态。虽然事事必有因果，能参透聚散离合因由的却毕竟是少数。所以，我们就那样和他遇上了，又这样和他擦肩了，揣摩不透茫茫人海中为何偏偏是这两人相遇，又想不明白既然深爱又为何不能相守，让人徒增烦恼。

"几翻离合总无因，赢得一回僝僽一回亲"，独居闺阁盼人归的女子满腹心事，想起欢聚时的温馨和离别时的不舍，她不免一会儿欢喜，一会儿忧愁。正满腹心事，却又见北燕南去，直惹来声声长叹。

两人之前曾有约定，男子许诺霜期之前就会归来。可是如今，"归鸿旧约霜前至，可寄香笺字？"归期将至，女子忍不住嗔怨："无论如何，也该寄封书信来慰相思啊！"怨罢，又无奈地自我开导："不如前事不思量，且枕红蕤欹侧看斜阳。"还是不要想以前的那些事了，我不如枕着绣枕看那西下的落日吧。这是整首词最妙之处，女子愁罢叹罢，忽而觉得自己的情绪有些莫名其妙，于是自我安慰、自我开解一番，索性侧身看那夕阳去了。这般极富生活化的场景真实得仿佛就在我们每个人身边。妙趣冲淡了愁苦，感伤中又带着几分难察的俏皮，词的婉转味道因而又平添了几分，这比起说来说去只有"思念"二字的诗词更容易贴近人心。

短短两阕词，闺中女子相思甚苦、愁情难耐的矛盾心理跃然纸上，而这一番小女子的细腻心思、扭捏姿态却出于一个男人笔下，让人不得不感叹纳兰容若的情愫之敏感、体物之细微。

虞美人（银床淅沥青梧老）

银床淅沥青梧老，屟粉秋蛩①扫。采香行处蹙连钱，拾得翠翘何恨不能言。
回廊一寸相思地，落月成孤倚。背灯和月就花阴，已是十年踪迹十年心。

注释

①屟（xiè）：鞋的木底。秋蛩：蟋蟀。

赏析

在这首词中，容若用他那忧伤的笔触开始追忆昔日的恋人。

"银床淅沥青梧老"，在这句中，"银床"并不是指银饰的床，而是指井栏，这里用"银"来修饰井栏，并不是夸张的写法，而是有典故可循。据《乐府诗集·舞曲歌辞三·淮南王篇》里说，淮南王奢华至极，曾在后院凿井，不仅井栏是银的，就连打水的瓶子都是金子做的。从这以后，人们在写到井栏时，多用"银床"或"玉床"指代。

接下来我们再看"屧粉秋蛩扫"，连绵不断的秋雨将恋人所留下的香粉印就的鞋印冲洗得干干净净，鸣叫的秋虫也归于喑哑。容若在这里所隐含的意思就是伊人的芳踪已失，再也唤不回来了。

"采香行处蹙连钱"中的"采香行处"用了一个典故，相传吴王夫差在山间种植香草，等到收获季节，就让美女泛舟于溪来采摘。在这里，容若用来指代自己与恋人曾经走过的地方。

"拾得翠翘何恨不能言"，从字面上来看，这句话的意思是容若在草丛间偶然拾得昔日恋人戴过的翠翘玉簪，心中产生无限伤感，却无法倾诉出来。这里的"拾得"并非是实指，而是虚指，表达的只是一种情感，或是说容若一直珍藏着恋人的翠翘，但是没有人会喜欢每天和自己生活在一起的人，还珍藏着十年前情人的旧物，所以容若才会产生恨不能言的矛盾心情。

下阕写容若故地重游时的所感所想，"回廊一寸相思地，落月成孤倚"，容若来到昔日常与恋人逗留约会的地方，独立于花荫月影之下，心中百感交集。这里容若用到了"响屧廊"的典故，相传吴王夫差为了听西施清脆的脚步声，特别设计了一个共鸣效果极好的回廊，后人称其为响屧廊。

尾句"背灯和月就花阴，已是十年踪迹十年心"，点明全词的主旨，而今天上明月依旧，地上却已物是人非，转眼间已过了十年光景，那被柔软如水的月华所包裹的，再也不是昔日相依相偎的恋人了。这里的十年到底是虚指还是实指，我们很难确定，但我们能够确定的是，站立在回廊中的容若，此时的心中一定充满了许多遗憾和无奈。

虞美人（风灭炉烟残灺冷）

风灭炉烟残灺①冷，相伴唯孤影。判教狼藉醉清樽②，为问世间醒眼③是何人。
难逢易散花间酒，饮罢空搔首。闲愁总付醉来眠，只恐醒时依旧到尊前。

注释

①残灺（xiè）：烧残的烛灰。
②判：情愿、甘愿。狼藉：乱七八糟，散乱、零散。清樽：酒器，借指清酒。
③醒眼：眼光清醒。

赏析

纳兰性德的词里之所以常常抒发一种愁绪，除了他骨子里与生俱来的悲剧气质外，还离不开他的生活经历。纳兰有出众的才华，令人艳羡的身世地位，可是，这个身处繁华的贵公子却盼清净，与爱妻卢氏恩爱无比却阴阳相隔……这一切便造就了那个悲情的纳兰。在这首词里，我们又能体会到词人心里一种彻骨的悲凉之情。

首句，纳兰就写出一幅冷清凄凉的画面。"风灭炉烟残炧冷，相伴唯孤影"，风把剩下的一点蜡烛也吹灭了，炉子里的余烬也清冷下来，而此时，与词人相伴的只有他自己孤独的身影。

如何打发这孤寂无聊的漫漫长夜？酌一杯小酒吧。从古至今，文坛从来不乏借酒消愁的落寞人、羁旅客，纳兰自然也不能免俗。然而，即使古今无数人重复着用酒浇愁的行为，但酒从来都不是"消愁"的良药，纳兰几盏苦酒下肚，酩酊大醉后也只能逃避一时，醒来后还是要独自一人面对现实，所以，他会无奈地叹道："判教狼藉醉清樽，为问世间醒眼是何人。"

"难逢易散花间酒，饮罢空搔首"，与知己在一起饮酒畅谈的机会总是那么少，喝罢以后，也只是对着一桌的空杯搔头叹惋。"闲愁总付醉来眠，只恐醒时依旧到樽前"，既然愁绪无处派遣，那么我还是借用酒和梦来逃避现实吧，然而，我就怕醒来后，又是一腔的苦闷，又想借酒消愁。词人的这番愁苦，难道不正是诗仙李白"抽刀断水水更流，举杯消愁愁更愁"的现实写照吗？

或许，种种愁苦，不过是纳兰"愁"里的冰山一角。这个悲剧式的才子，终究是孤独的。

虞美人·为梁汾赋（凭君料理《花间》课）

凭君料理《花间》课①，莫负当初我。眼看鸡犬上天梯，黄九自招秦七共泥犁。瘦狂那似痴肥好，判任痴肥笑。笑他多病与长贫，不及诸公衮衮向风尘②。

注释

①料理：处理、安排，指点、指教，此处含有辑集之意。《花间》：即《花间集》，为后蜀人赵崇祚编辑的一部词集。课：指词作。

②诸公衮衮：源源不断而繁杂，旧时称身居高位而无所作为的官僚。风尘：比喻纷乱的社会或漂泊江湖的境况，这里指宦途、官场。

赏析

顾贞观可以说是纳兰性德的第一知己，二人不唯交契笃厚，而且志趣相投，有着相同的词学主张。纳兰与顾贞观诗词唱和颇多，并请他为自己的词作选集付梓，这首词就是二人同怀同道的真实写照。

"凭君料理《花间》课，莫负当初我"这句话是容若在叮嘱好友顾贞观：任凭你辑集我的词作，只要不辜负我的一片真心便可。对于中国古代文人来说，将自己的词作交给他人付梓，无异于是将自己的心血全部托付出去，由此可见顾贞观在容若心中的重要地位。在这里，容若提到了"《花间》课"，并非是说自己的词风与《花间集》中的词作相同，而是用其来代指自己的词作。

在"眼看鸡犬上天梯"这句中，容若用"鸡犬上天梯"来比喻那些在仕途上平步青云的小人。"黄九自招秦七共泥犁"中的"黄九"是指北宋世人黄庭坚，因为排行第九，所以称之，"秦七"是北宋诗人秦观。词人用黄庭坚与秦观来比喻自己和顾贞观，是在明确地向世人宣称，我们这些仕途失意的人只想填好自己的词作，哪怕最后进入地狱，我们也不会后悔。

下阕一开篇，容若提到南朝沈昭略的典故。据记载，沈昭略为人放浪形骸，喜好饮酒，有一天喝醉之后，在娄湖苑遇到王约，于是嘲笑道："你就是王约？为什么又肥又痴？"王约反唇相讥说："你就是沈昭略？为什么又瘦又狂？"沈昭略听后，抚掌大笑说："瘦比肥好，狂比痴好。"容若在这里反其意而用之，用痴肥来比喻入仕朝堂的小人，用狂瘦来指代自己和顾贞观，表面上是说，我们仕途失意之人哪有你们得意之士那么踌躇满志，你们只管嘲笑好了，其实是说：你们这些登上高位的小人也配嘲笑我们？此时的容若，既显示出单纯、直率的一面，也显示出狂放、刚强的一面。

尾句"笑他多病与长贫，不及诸公衮衮向风尘"，容若用嘲讽的口吻说道：得意之人嘲笑失意之人贫病交加、仕途坎坷，是的，我们与你们这些身居高位而无所作为的官僚确实无法可比。

容若虽然身在官场，但是内心没有被名利所熏染，所以他才能够从官场中悄然脱身，与顾贞观沉溺于诗词之道中，正因为如此，世间才少了一个追求功名利禄的官僚，而多了一位旷达风流的绝世才子。

虞美人·秋夕信步①（愁痕满地无人省）

愁痕满地无人省，露湿琅玕②影。闲阶小立倍荒凉，还剩旧时月色在潇湘。
薄情转是多情累，曲曲柔肠碎。红笺向壁③字模糊，忆共灯前呵手为伊书。

注释

①信步：漫步，随意行走。
②琅玕（láng gān）：一种青色似珠玉的美石，是孔雀石的一种，又名绿青。喻竹。
③向壁：面对墙壁。

赏析

纳兰的这首词，有着他一贯的忧郁风范，斟月光为茗，看林梢轻影，无须整理的心事，随着殷殷低唤，拂去轻尘，来到眼前。

"愁痕满地无人省，露湿琅玕影"，纳兰小令中的白描总是十分动人。信步竹林间，满地竹叶恰似愁痕点点。纳兰词里这样的情境有很多，夜寒露重时独立小院，衣衫必是不足御寒的，心境也必是凄凉无依的。而在这里，词人也不绕圈子，自己说得清楚明白，"闲阶小立倍荒凉"，空荡寂寞的台阶显得十分荒凉。

而下一句，纳兰却又隐晦了，"还剩旧时月色在潇湘"，万千情意都浓缩在"潇湘"两字。潇湘是湘江别称，因湘江水清深而得名。根据中国古代的传说，尧有两个女儿，长曰娥皇，次曰女英，姐妹同嫁帝舜为妻。舜父顽，母嚚，弟劣，曾多次欲置舜于死地，终因娥皇女英的帮助而脱险。舜继承尧位，立娥皇女英为妃。后来舜到南方巡视，死于苍梧。二妃前去寻找，泪染青竹，竹上生斑，称为"潇湘竹"或"湘妃竹"，二妃也死于湘江之间。

这样的传说简化到一个词,便是,生死相隔。词句到了这里,纳兰的心迹也都铺显了出来,千言万语,还是悼亡。月亮还是当年的月亮,只是如今,它却孤零零照在一个人清冷孤寂的身影上。万籁俱寂,已寐难眠,此时正是"薄情转是多情累,曲曲柔肠碎"。是薄情吧,才会彼时那样不珍惜,是多情吧,才会如今这样放不下,生怕挂着笑的嘴角一垂下来,眼泪就会忍不住跟着倾泻而出。黯然神伤中,借黑夜盖住内心的忐忑不安。

这首词里,正是最后一句"忆共灯前呵手为伊书"最牵人心,想起当年和她一起在灯前写字的情景,往事历历在目。其实何曾薄情?淡淡一句清言,二人缱绻深情便呼之欲出。故事完结,谢幕散场,但总有白纸黑字,文辞依然。

生查子（东风不解愁）

东风不解愁,偷展湘裙①衩。独夜背纱笼②,影著纤腰画。
爇尽水沉③烟,露滴鸳鸯瓦④。花骨⑤冷宜香,小立樱桃下。

注释

①湘裙：指用湘地丝绸制作的裙子。
②纱笼：纱制的灯笼。
③爇（ruò）：燃烧。水沉：即水沉香、沉香。
④鸳鸯瓦：指成对的瓦。
⑤花骨：即花骨朵,花蕾。

赏析

这首《生查子》为一篇咏愁之作。作者上阕画人,下阕写景,无一愁叹之词,却处处渗透着情愁的气息,字里行间给读者感同身受的触觉。

且看上阕,作者没有直接描绘女子的容貌,而是以清朝贵族女子平素所穿的湘裙和其纤纤腰身入手,从侧面展现出女子的姿态容貌,给人无限遐想的空间。想来此女何其俊秀,何其温柔。

"东风不解愁,偷展湘裙衩",细细品来,"东风"即是春风,这里将"东风"人格化,写尽了它的不解风情。"湘裙"表明了主人公的身份,此处偷看再次暗示出女子的美貌。东风却是在偷偷湘裙,一个"偷"字,写尽了东风之态,可谓珠玑。猜想诗人应该是以东风的视角和身份来观视女子,东风也是女子寂寞的见证吧。

下句"独夜背纱笼,影著纤腰画"则交代了时间是晚上：春夜,女子一人在室,视线渐移,细看女子姿态,背靠着丝纱的灯罩,灯光勾勒出女子的纤腰,孤独一影,此画面静谧优美,也有动静映衬,试想软弱的灯光若隐若现,女子的倩影也在摇曳着寂寞,却是那背影伫立安静。一细腰让人浮想,此女子是何等的纤细体态,轻柔娇媚,也让人看到她是如此的娇柔,似有衣带渐宽终不悔,为伊消得人憔悴之感。俨然一副思妇相,绝无半点矫作情。让人想入画探视,猜想女子为何人而愁,在这孤独的夜里一个人难诉愁情。

上阕的几笔文字重在刻画女子形象,给读者以朦胧之女子容颜。下阕文笔重在写景,主要描写女子身边环境：映入眼眸的是沉香燃尽的一瞬,香烟袅袅升腾,然后弥散在空气中,犹如女子的愁丝飘散，烟已断，情不断。此处说明夜已深，女子还在孤独徘徊。接着又转向鸳鸯瓦，露滴已沾瓦片，再次说明夜深难眠。鸳鸯瓦自成双，而女子却是形单影只。此处以双反衬单，以喜衬悲的效果油然而生。已是愁情极致，却还有"花骨冷宜香，小立樱桃下"的冷美景象。作者以花骨比喻女子，立于樱桃花下，静谧而清俗，因愁情而美丽动人。

生查子（鞭影落春堤）

鞭影①落春堤，绿锦障泥②卷。脉脉逗菱丝，嫩水吴姬③眼。
啮膝带香归，谁整樱桃宴④。蜡泪恼东风，旧垒眠新燕。

注释
①鞭影：马鞭的影子。
②障泥：即马鞯。垂于马腹两侧，用于遮挡泥土的东西。
③嫩水：指春水。吴姬：指吴地的美女。
④樱桃宴：科举时代庆贺新进士及第的宴席。始于唐僖宗时期。后来也指文人雅会。

赏析

古人云"相由心生"，二十二岁那年，纳兰以殿试考中了"二甲七名"，心中狂喜不已。这首词就是写了容若早期的入世意识和豪放气魄。

春色正浓，是一年中生机勃勃的开始，孕育了无限生机，在这个时候横鞭策马，即便是飞驰的马蹄溅起春泥沾湿绿锦，也是不足惜的，即"鞭影落春堤，绿锦障泥卷"。当然，除却美景相伴，还有佳人含情的目光。一双"嫩水吴姬眼"形象生动地描绘了女子的美貌，让人不由得想起一双波光水嫩的大眼睛。

上阕里，"鞭影""绿锦""春堤""菱丝""嫩水"，各种景致都充满了动感，孕育着生命力的事物重合，仿佛将词人激动的心情和舒畅的感受淋漓尽致地表现了出来。如此的张扬放纵、豪气冲天，难怪人都言"少年得志、金榜题名"是人生三大幸事之一。

由策马游城为起，描绘途中美景佳人，而后下阕承接写至"归"。"归"为"啮膝带香归"，策马扬鞭踏尽繁花，享尽了众人艳羡的目光，即使归来，依旧满身余香。而为了迎接归来，又有人备好了"樱桃宴"，觥筹交错，均是庆贺之词，哪能不叫人心动流连。

烛光闪烁，天色已晚，流年似水，这场宴会不知举办过多少次了，今年却是轮到了"新燕"。"蜡泪"本多为悲凉之意象，但在此，一个"恼"字却将红烛也写得俏皮了起来，红烛不再是孤独垂泪，顾影自怜，却似怨恼东风不该，更为人性化，与"东风"恰似一对冤家。最后一句以"新""旧"对比，暗喻光阴流逝，"旧垒"住进"新燕"，虽有感慨，却依旧积极明媚。因为今年的词人，正是入眠的新燕，也正是如此循环往复，世界才得以生生不息。

《生查子》作为纳兰前期的代表作之一，我们可以从中看到年少的他意气风发，与往后纳兰厌倦官场后的缱绻之词有很大的差异，也正是这种差异，我们才可以看得出一个人的成长历程。

生查子（散帙坐凝尘）

散帙坐凝尘，吹气幽兰并。茶名龙凤团①，香字鸳鸯饼②。
玉局③类弹棋，颠倒双栖影。花月不曾闲，莫放相思醒。

注释

①龙凤团：茶名，即龙凤团茶，又称龙团凤饼，为宋代著名的贡茶，饼状。
②香字：犹香篆，指焚香时所起的烟缕。鸳鸯饼：古代形似鸳鸯的焚香饼，一饼之火，可终日不灭。
③玉局：棋盘的美称。

赏析

纳兰二十岁时与十八岁的卢氏成婚。这对年轻夫妻无限恩爱，柔情万般。在他这个时期的诗词中，任何人都能感受到其中神怡心醉的燕尔之悦。

词作第一句写的是作者读书生活中的片段。"吹气幽兰"说的是美女气息的香味尤甚于兰花。所以，这句指的是，自己读书时身边有爱妻伴坐。后两句，从细处着手，写案上之物，书房里龙团凤饼，散发着幽幽清香，点燃的鸳鸯焚香，氤氤氲氲，弥漫书房各处。生活之乐，燕尔之悦，不言而喻。

转至下阕，便更想起两个人在一起的生活。"玉局类弹棋，颠倒双栖影"，说的是两人对弈忘情，直到月夜之下，那白玉棋盘上映出枝头双双鸟儿的身影，确如粒粒弹棋。此处鸟儿双栖，粒粒如弹棋，句句都是妻的谐音，更感是怀人之作。"花月不曾闲，莫放相思醒。"一个"醒"字，一下子就把上边所描绘的幸福美满的欢乐之景拉入梦中。"花月"自然是夜晚，相思也是在梦中，想必那时梦中的自己也流露出微笑了吧。

这阕词中，纳兰全然不写半点哀愁，但细细读来，全篇句句成哀，句句是悲。词人写此作时，该是梦醒人无，于凄凉心境下发此艳丽之语，定然是有心布置的。但是，以乐景衬哀情在历代词中已经屡见不鲜，虽纳兰有旷世之愁，这词确也平平。更是后来写梦，也全然隐去，不似他性纯率真的词风。

作为一个爱妻深切的多情之人，纳兰性德将妻子病逝的责任担在自己肩上，长期处于自责当中，陷入了一种无法解脱的痛苦。而自此之后他的词风也为之一变，写出了一首首令人肝肠寸断、万古伤心的悼亡之词。

生查子（短焰剔残花）

短焰剔残花①，夜久边声②寂。倦舞却闻鸡，暗觉青绫③湿。
天水接冥蒙④，一角西南白。欲渡浣花溪，梦远⑤轻无力。

注释

①残花：残存的烛花。
②边声：指边境上羌管、胡笳、画角等声音。

③青绫：青色的有花纹的丝织物。古代贵族常以之制作被服帷帐等。
④冥蒙：幽暗，不明。
⑤梦远：指思念远方人的梦。

赏析

夜深了，我还未入睡，那盏残灯已结灯花，灯火晦暗，微风中一点豆火颤颤巍巍，我剔去灯花，周围明亮了些许。然而，这孤凄的氛围却没有变得暖热稍许。这离乡千里的边地深夜何其漫长，万籁俱寂，无声无息。

不愿如祖逖那般闻鸡起舞，鸡鸣却依旧声声催人——今夜又是一场难眠。默默已觉青绫上斑斑点点，尽是泪痕。

天的尽头，似乎天水相接，晨雾朦胧。西南天边的一角渐渐露出鱼肚白色，新的一日又慢慢地走了过来。此番景致，不禁让纳兰想要回到千里之外的家中，再次泛舟在浣花溪上。然而乡梦幽远，身如鸿毛倾飞，无力抗拒这命运，只任东风吹去远。

这首词中"倦舞却闻鸡"反用了祖逖闻鸡起舞的典故。祖逖是晋代有名的将领，他生性豁达，不修边幅，乐善好施，是一个很有气节的大丈夫。早年，他做周司主簿的时候，与刘琨共事，两人交情甚好。一日半夜鸡鸣，祖逖知为凶兆，天下将乱，便叫醒刘琨，一并舞剑修业，准备为天下兴亡储备能量。

果然后来八王之乱爆发，天下狼藉，民不聊生，祖逖便应时之需，司马睿封他为奋威将军，然而并不给他许多兵马。于是，祖逖便自己募兵，一路北伐，收复黄河以南的领土。然而朝廷无能，偏安苟全，命无能之辈督战，祖逖抑郁而死。他死后第二年天下就乱了。纳兰性德反用"闻鸡起舞"的典故，说"倦舞却闻鸡"，表达出了他真实而又矛盾的情感。

由于厌倦官场，无心于仕途，感情的细腻处又受到太大伤害，身处边塞，岂能安心入睡？"闻鸡起舞"的积极入世态度本非他所钟爱的，如何又能够差强人意地生活而不得自由呢？

纳兰性德填词就是如此地将情感真实地凸显出来，并不多加掩饰，正如顾贞观在《通志堂词序》中曾言："非文人不能多情，非才子不能善怨，骚雅之作，怨而能善，惟其情之所钟，为独多也。"他也自称"予本多情人，寸心聊自持"。

生查子（惆怅彩云飞）

惆怅彩云飞，碧落①知何许。不见合欢花，空倚相思树。
总是别时情，那得分明语。判得②最长宵，数尽厌厌③雨。

注释

①碧落：道家称东方第一层天，碧霞满空，叫做"碧落"。后泛指天上（天空）。
②判得：心甘情愿地。
③厌厌：绵长、安静的样子。

赏析

容若这首词，写尽了一份自己长久不变的思念，没有华丽的辞藻，只有他自己的一颗难

相爱相处到最后，留下的仅仅是这些柔弱的回忆，尚能安慰一下内心的伤痛。

清 郎世宁《花鸟图》

世事流转,思念之情却依然泛着动容的光芒,让人生生世世都不忘怀念它。

清 沈源、唐岱《圆明园四十景图》

以释怀的心。

此词颇像悼亡之词。上片首句一出，迷惘之情油然而生。"惆怅彩云飞，碧落知何许。"彩云随风飘散，恍然若梦，天空这么大，会飞到哪里去呢？可无论飞到哪里，我也再见不到这朵云彩了。人常常为才刚见到，却又转瞬即逝的事物所伤感，云彩如此，爱情如此，生命亦如此。

"合欢花"与"相思树"作为对仗的一组意象，前者作为生气的象征，可消忧解怨；后者却为死后的纪念，是恋人死后从坟墓中长出的合抱树。同是爱情的见证，但诗人不见了"合欢花"，只能空依"相思树"，更加表明了容若在填此词时悲伤与绝望的心境。倘若从典故来看，也证明了此词的悼亡之意。

下片显然是描写了诗人为情所困、辗转难眠的过程。"总是别时情"，在诗人心中，与伊人道别的场景历历在目，无法忘却。时间过得愈久，痛的感觉就愈发浓烈，越不愿想起，就越常常浮现在心头。"那得分明语"，更是说出了诗人那种怅惘惋惜的心情，伊人不在，只能相会梦中，而那些纷繁复杂的往事，又有谁人能说清呢？不过即便能够得"分明语"，却也于事无补，伊人终归是永远地离开了自己，说再多的话又有什么用呢？曾经快乐的时光，在别离之后就成为许多带刺的回忆，常常让诗人忧愁得不能自已，当时愈是幸福，现在就愈发地痛苦。

然而因不能"分明语"那些"别时情"而苦恼的诗人，却又写下了"判得最长宵，数尽厌厌雨"这样的句子。"判"通"拚"，"判得"就是拼得，也是心甘情愿的意思，一个满腹离愁的人，却心甘情愿地去听一夜的雨声，这样的人，怕是已经出离了"愁"这个字之外。

词人最喜欢在结尾处带住自己伤痛的情怀，所谓"欲说还休，欲说还休，却道天凉好个秋"，尽管他不肯承认自己的悲伤，但这悲伤是无法用言语来掩饰的。

清平乐（青陵蝶梦）

青陵蝶梦，倒挂怜么凤①。退粉收香情一种，栖傍玉钗②偷共。
愔愔镜阁③飞蛾，谁传锦字秋河④？莲子依然隐雾⑤，菱花暗惜横波。

注释

①么凤：鹦鹉的一种。体形较燕子小，羽毛五色，每至暮春来集桐花，故又称桐花凤。
②玉钗：玉制的钗。由两股合成，燕形。亦指美丽的女子。
③愔愔：幽深貌，悄寂貌。镜阁：指女子住室。
④锦字：书信。秋河：银河。
⑤莲子：即怜子。隐雾：谓隐遁待时，犹"隐约"。

赏析

若思念是可以观摩和触及的实物，那或许就是纳兰的这首《清平乐》了吧。这首词写的是词人对亡妻的怀念，细腻轻柔的笔端将一幅怀念的画面清晰地描摹出来，当中深意需要细细回味。

"青陵蝶梦"，词的开篇便引出一个典故。相传大夫韩凭的妻子貌美如花，被宋康王看中后夺走，这位贞烈的妻子不甘心受辱，便自杀身亡。她的衣服居然最后化成蝴蝶，高飞而去。后来，"青陵蝶梦"便成了离别的妻室的代名词，在这里是隐喻去世的卢氏。

卢氏对容若的影响是巨大的，容若在后期为她写了很多词，这首词为其代表，甚为感人。容若与卢氏曾被上天眷顾过，不过时间太短，就在容若还没有来得及好好享受生活的时候，上天又突然将这幸福收回，留给容若无尽的哀愁。

让我们来听听容若的愁苦：你我天上人间，人神两隔，而那可爱的鹦鹉却仍在架上。你虽然已经逝去，但是你我的情义并未消减，偷偷地拿着你留下的遗物以期得到慰藉。阁中寂寂，只有飞蛾相伴，还有谁再寄来书信呢？当初你怜爱我志存高远、待时而起的深意如今我依然记得，而现在我只有对镜暗自伤情，又仿佛看到了你那一双美丽动人的眼睛。

在屋内饲养的鹦鹉还在一旁，妻子却已经不在了，睹物思人，思念更深，想要一诉衷肠，却只能对这玉钗千言万语。今后再也没人和自己共寄锦书，那最后的离别早已过去，而今留下的只有怀念，别无其他。

容若的词，写得似明似暗，欲说还休，总是有些隐衷的心意隐藏在词的字里行间，如同本词的最后一句"莲子依然隐雾，菱花暗惜横波"。对着镜子一遍一遍地在心里描摹自己的相思，这段刻骨铭心的苦楚一直到生命的终结也不会消逝。

当初的情深义重，昨日的伉俪情深都仿佛隐藏在岁月的波浪下，只有容若自己知道，这份情感，一直在他心里。就好像他只要一照镜子，就能看到卢氏的美丽容颜一样，千年不改。

清平乐（烟轻雨小）

烟轻雨小，望里青难了。一缕断虹垂树杪①，又是乱山残照②。
凭高目断征途，暮云千里平芜。日夜河流东下，锦书应托双鱼。

注释

①断虹：一段彩虹，残虹。树杪：树梢。
②残照：落日的光辉，夕照。

赏析

这首《清平乐》，有人说是纳兰词的代表作之一，是容若用心写成的一首离情之作。但细细品味下来，其实能够发现，这首词并不能算是容若词作里的好作品，整首词不过是平淡乏味，一个平庸之作而已。

词的上阕描写的是边塞离情：烟雨迷蒙中，放眼望去满眼尽是青色，没有尽头。又到了夕阳落入群山的时候，树梢上挂着一段彩虹。登高远眺，望断征途，只看到一片暮云停驻于千里旷野。河水昼夜不停地向东流去，就像我对你的思念之情，于是将这一份相思之苦托双鱼为你寄来。

古代文人写离别之情，总是会将情景设置在烟雨迷蒙、柳条拂面之中，容若这首词也不例外，"烟轻雨小，望里青难了"，烟雨蒙蒙中，放眼望去，满目青色，无边无际。好像词人此刻的心情，充满迷蒙。

虽然从这首词的字里行间可以推断出它是写离别之情的，但至于容若是为谁写的离别词,就不得而知了。从词句判断,应该是容若的友人。与友人离别之即,纳兰站于迷蒙的细雨中,看着对方离去的方向,直至望不到身影,还在想念友人此时应该走到何处。接下来,容若便将笔触延伸到更远处,"一缕断虹垂树杪,又是乱山残照",上片之间是时间的一个顺延,雨停之后,天边现出彩虹,在远处乱石上,夕阳残照,彩虹挂在树梢上。

登高望远,方能心胸开阔,纳兰的男儿气概在此时表露无遗,"凭高目断征途,暮云千里平芜",登高望断天涯路,前方征途漫漫,一眼看不到头,但是在眼前,暮云停驻,而云霞下面,则是千里的平原,草木丛生,犹如思念的荒地,长满了杂草。

词在最后,写下如何缓解思念的方式,便是"日夜河流东下,锦书应托双鱼"。"双鱼"也是一个典故,双鱼又称作"双鲤",一底一盖,把书信夹在里面的鱼形木板,常指代书信。

从最后的这句词来看,似乎是要写给远方的爱妻,但从当时的情景来看,容若并未有牵挂着的女子。不过,不论这词是因何而作,也是容若将一番思念之苦,化作锦书,托送给双鱼,希望后世都能看到。

清平乐(将愁不去)

将愁①不去,秋色行难住。六曲屏山②深院宇,日日风风雨雨。
雨晴篱菊初香,人言此日重阳。回首凉云③暮叶,黄昏无限思量。

注释
①将愁:长久之愁。将,长久。
②六曲屏山:如山峦般曲折往复的屏风。
③凉云:阴凉的云。

赏析

这首词是重阳节的感怀之作:绵绵清愁挥之不去,无尽的秋色也难以留住。屏风掩映下那深深的庭院,整日愁风冷雨,不曾停歇。好不容易天晴了,菊花吐露出芬芳,听说今天正是重阳节,回望天边那阴云和暮色中的树叶,不由产生无限的思绪。

容若的这首《清平乐》与他以往的词作相比,情感表达更加简单直接一些,说愁便直接写愁,简单明了地道出自己的烦恼。"将愁不去,秋色行难住。"愁苦无法挥去,就连美丽的秋色都无法挥去愁闷。此处"将愁"表示长久的愁闷,秋色最是伤人的,因为寂寥,故而最能引起人们的伤感,因为迟暮,因而能让人们无法释怀。

而后接下一句是:"六曲屏山深院宇,日日风风雨雨。"屏风掩映下的庭院,日日风雨,愁云惨淡,人在这里,怎会不被感染。容若居住的庭院,为何会让他感到哀愁,其实境由心生,所谓的庭院深深,还不是自己内心凄苦,所以看什么都显出一副悲凉模样。是谁让容若如此哀伤,是谁家的女子让容若神色清冽地立于窗前,眉头紧锁,无限恨,无限伤?

容若的这首词是否为一个女子所作,不得而知。或者,这根本就不是容若为任何人写的词,而只是他在重阳之时,想起往昔,感怀往事的作品。

"雨晴篱菊初香,人言此日重阳。"下片的风格稍显婉转,不再如上片那样晦涩,下片写到天气放晴,菊花绽放,香气扑鼻。然后词人才恍然大悟,原来是正逢重阳之日。

黄昏正在换取这一天里最后的一抹阳光,暮日下的世界,被披上了迷离的光芒。黑暗即将到来,带走这一天的明亮,重阳节也很快就会过去。第二天依然是崭新的一天,"回首凉云暮叶,黄昏无限思量"。

只是在这即将告别白日的时刻,容若回首天边的云朵和落木,心头不禁思绪万千。这首重阳节感伤的词,写出了词人深埋心底的忧伤。

清平乐（凄凄切切）

凄凄切切①,惨淡黄花节。梦里砧声浑未歇,那更乱蛩悲咽。
尘生燕子空楼,抛残弦索②床头。一样晓风残月,而今触绪③添愁。

注释
①切切：哀怨、忧伤貌。
②弦索：弦乐器上的弦,指弦乐器。
③触绪：触动心绪。

赏析

《清平乐》是很常见的词牌名,许多人都用这个词牌,写出了脍炙人口、流传千古的名词佳句。

容若开篇"凄凄切切"四个字写出了内心的凄惶和不安,离别在即,人难留住,故而凄凄切切,悲伤不已。这让我们想到了李清照那首脍炙人口的《声声慢》："寻寻觅觅,冷冷清清,凄凄惨惨戚戚。"和李清照一样,纳兰也是内心清明如镜的人,所以,总能用最简单的语言直接写出内心的情感。

在这惨淡的深秋之时,一切都变得凄凄切切,无限悲凉,这便是"惨淡黄花节"。黄花节是指的重阳节,而所谓的黄花,便是菊花。这是容若又一首重阳佳作,借着重阳时节,抒写内心的情绪。在词中,容若永远是悲伤的,这首词当然也不例外。容若用惨淡来形容黄花节,以示自己哀怨的心情。

在深秋时节万物萧条,任何事物都不免让我们产生悲凉之感。而接下来这句,则让人联想到,容若是在想念什么故人,"梦里砧声浑未歇,那更乱蛩悲咽。"古人洗衣服,总是将衣服捣一捣,加快衣服清洁的速度,发出阵阵"砧声"。词人在梦中听到捣衣的声音,声声慢慢,似有似无,悠远似乎又就在耳旁。捣衣的声音还没有停下,耳畔就又传来了蟋蟀的叫声,即"蛩悲咽",夜半时分,听起来让人内心都揪了起来。

上片梦醒时分,顿觉离人不再,倍感伤心。下片则是写道"尘生燕子空楼,抛残弦索床头",醒来后自然是被忧伤打扰得无法再次入眠,只得起身。起身后的容若看到的都是昔日的场景,想到空空如也的楼阁,想到往日温馨的情景,现在却是物是人非,忽而就觉得增添几分愁绪。"一样晓风残月,而今触绪添愁。"再抬头望去,晓风残月,更是让人愁绪满怀。

这首怀念故人的词写在重阳夜,阁楼上,晓风残月,故人不再,独自倚靠栏杆,想着往日种种。容若写词,从来都是淡如清水,却能够让这水波荡漾而起时,带给后人无限的遐想和心疼。

清平乐（塞鸿去矣）

塞鸿①去矣，锦字②何时寄。记得灯前佯忍泪，却问明朝行未。
别来几度如珪③，飘零落叶成堆。一种晓寒残梦，凄凉毕竟因谁。

注释

①塞鸿：塞外的鸿雁。塞鸿秋季南来春季北去，故古人常以之作比，表示对远离家乡的亲人的怀念。
②锦字：书信。
③珪：同"圭"。古代帝王或诸侯在举行典礼时拿的一种玉器，上圆下方，此处借喻月圆而缺。

赏析

博尔赫斯有一句诗歌这样写道："暮色隐藏下，一只小鸟的独鸣已归于沉默，你徘徊在花园里，想必缺少什么。"每个诗人都会感觉到内心似乎有几分缺憾，但他们并不能准确地描绘出自己缺失的是什么，所以，这世界上，才多了这么多优秀的诗作，因为他们想要在文字中，找到自己的缺失。

容若也是如此，他是一个一生都在不断失去的人，他在暮色的花园中徘徊，不断停停走走，想来他是要寻找，找回自己失去的。从这首《清平乐》，我们能听到纳兰内心深处，那深沉的、缺失的声音，却又如此缥缈，无法捕捉到缺失的具体轮廓。

"塞鸿去矣，锦字何时寄。"这是容若在盼望家中来信，"锦书"一向代表男女之间的书信，鸿雁飞过，塞外的天空，寂寞的发白，家乡挂念的人，什么时候会送来音信，送来自己的思念和问候。

想到牵挂的人，容若的内心温柔似水，可是在孤灯下，他只能强忍眼泪，将思念放入心中。"记得灯前佯忍泪，却问明朝行未"，明朝还有明朝要赶的路，只有行完这一程，才能回到家中。

上片写到思念之苦，而到下片，依然延续这痛楚，"别来几度如珪，飘零落叶成堆。"就像这飘零的落叶一般，月圆月缺自有时，人世间难免会有离别，这是无法躲避的，只要相信，终有一日会再相见，那便够了。"一种晓寒残梦，凄凉毕竟因谁。"词作的最后一句留下了一个疑惑，晓寒残梦，到底这份凄凉因谁而起？

可见，这是一首塞上怨离之作，因为远离家乡，所以纳兰婉转哀怨，伤感无限。词中，若影若现的字眼，更是透露出词人千般的情事，读来韵味十足。

清平乐（风鬟雨鬓）

风鬟雨鬓，偏是来无准。倦倚玉阑看月晕①，容易语低香近。
软风吹遍窗纱，心期②便隔天涯。从此伤春伤别，黄昏只对梨花。

注释

①月晕：又称"风圈"，月光被云层折射，在月亮周围形成的光圈。

②心期:心中相许。引申为相思。

赏析

容若是一个真性情的人,也是一个非常需要爱情的男人,他的爱情曾随着表妹的入宫一度低沉,随着妻子卢氏的去世差点毁灭,甚至随着沈宛的离去而消散殆尽。不过还好,在他的内心,始终保存了有关爱情的一点追求,而容若又将这点追求,放入了诗词中,时刻提醒自己,原来,爱情并未走远。这首《清平乐》就写到了恋爱中的男女,道出了他们想见又害怕见的矛盾心情。

"风鬟雨鬓"本是形容妇女在外奔波劳碌,头发散乱的模样,可是后人却更喜欢用这个词去形容女子。女子与他相约时,总是不守时间,不能准时来到约会地点。但容若在词中并无任何责怪之意,他言辞温柔地写道:"偏是来无准。"虽然女子常常不守约定时间,迟到的次数很多,但这并不妨碍容若对她的宠爱。想到与女子在一起的快乐时光,容若的嘴角便露出微笑。

"倦倚玉阑看月晕,容易语低香近。"记得旧时相约,你总是不能如约而至。曾与你倚靠着栏杆在一起闲看月晕,软语温存,情意缠绵,那可人的缕缕香气更是令人销魂。如今与你远隔天涯,纵使期许相见,那也是可望而不可即了。从此以后便独自凄清冷落、孤独难耐,面对黄昏、梨花而伤春伤别。

过去的时光多么美好,但美好总是稍纵即逝。在容若的回忆里,这份美好过分短暂,好像柔软的风,只是轻微吹过脸庞,便一逝而过。"软风吹过窗纱,心期便隔天涯。"与《清平乐》的上片相比,下片的格调显得哀伤许多,因为往昔的美好回忆过后,必须要面对现实的悲凉。

在想过往日与恋人柔情蜜意之后,今日独自一人,看着春光大好,真是格外感伤。容若一向是伤春之人,那是因为他内心深处一直藏着一份早已远逝的情感,就如同这春光一样,无论眼下再怎么美好,总有逝去的那一天。

"从此伤春伤别,黄昏只对梨花。"结局就是这样,有时候,人们往往知道结局是无法逆转的,但站在时光的路口,依然想不自量力地去扭转乾坤。

最终,伤的只有自己。

清平乐(参横月落)

参横月落①,客绪从谁托。望里家山云漠漠②,似有红楼③一角。
不如意事年年,消磨绝塞风烟。输与五陵公子,此时梦绕花前。

注释

①参横月落:月亮已落,参星横斜,形容夜深。
②漠漠:紧密分布或大面积分布的样子。
③红楼:指家园的楼阁。

赏析

纳兰每逢离家在外，都会觉得凄惶无依，而后写下只言片语，隔着几百年的时光，让后来的读者为之心折。

"参横月落，客绪从谁托"，月亮已落，参星横斜，正是天将破晓之际，纳兰已经要从汉儿村出发了。"客绪"是指一种行旅怀乡的愁思。这满心的情绪，真真是，又该从何说起呢。

在这样的茫然无奈中，词人抛出了虚化的两句，"望里家山云漠漠，似有红楼一角"，太多执着的情绪容易让人产生幻觉，纳兰似乎也并不介意在这里用这种方式变现他的思乡之情。红楼即是指家园的楼阁，显然是想象之语，而在这里，"楼"并不是重点，红楼一角之下，定是有佳人倚栏，翘首企盼着词人的归期吧，此情悠悠，两心知。

下片四句是要连贯在一起看的。

先说后两句。"输与五陵公子，此时梦绕花前"，五陵公子，是指京都的富豪子弟。单看这两句自然是无头无脑，不过连上前面两句，"不如意事年年，消磨绝塞风烟"就可以看出，纳兰其实是在抱怨了。他感叹道，我年年都有不如意之事，要戍守塞外，在缕缕风烟中消磨时光。看来，我的确是比不上此时正在游赏玩乐的京城贵族子弟们啊，他们恐怕此时正过着活色天香般的生活吧。

词人拿远行在外孤寂无聊的自己，和在京师里过着悠闲生活的人们相比，在看似情绪平静的表面之下，他实在是忍不住满腹牢骚了。短短四句，言浅而意深。

这样一个结句，也是对上片落句的回照，在整首词里构成了一种前后勾连、回环往复的韵致，《清平乐》这样短小的词牌能写出这样回环往复的意味，可见纳兰情意之深切，也更让人觉得其中哀伤之情愈加的缠绵委婉。

清平乐（角声哀咽）

角声哀咽，襆被①驮残月。过去华年如电掣②，禁得番番离别。
一鞭冲破黄埃③，乱山影里徘徊。蓦忆去年今日，十三陵下归来。

注释

①襆被：用包袱捆上衣被。
②电掣：电光急闪而过，喻迅速、转瞬即逝。
③黄埃：黄色的尘埃。

赏析

这首词是在康熙十六年（公元1677年）十月时所作，当时，纳兰正值二十二岁，已被康熙皇帝授予三等侍卫的官职。而这一年，距妻子卢氏去世已过去了两个春秋。彼时，纳兰对凡能轻取的身外之物无心一顾，却对求之而不能长久的爱情流连向往。这种种情绪，可以从这首词里窥得一斑。

"角声哀咽，襆被驮残月"，角声即是画角之声，画角是古代一种管乐器，传自西羌，形如竹筒，上端细下端大，用竹木或皮革等制成，因为表面有彩绘，故称为画角。古时军中多用它来警昏晓，振士气，肃军容。因此在古诗词中，它也常作为边地孤寂空旷的意象。

接下来两句慨叹年华尽在番番的别离中飞逝。他讴歌爱情的欢乐与温暖，但这些对他却是那样难得与可贵："过去华年如电掣，禁得番番离别。"时间本就留不住，内心敏感如纳兰，更容易觉得时光飞逝，更何况别离时多、相见时少。上片先景后情，写得极是伤感。

"一鞭冲破黄埃，乱山影里徘徊"，下片开头又是一句白描。"一鞭"是指一道残阳，纳兰眼前之景，正是黄昏日暮，黄尘阵阵，山影重重，行路匆匆。如此景况则更令人不胜怅惘。

最末两句以追忆去年今日之情景收束，"暮忆去年今日，十三陵下归来"，"十三陵"是明代十三个皇帝陵墓的总称，纳兰去年曾去过那里，当时看到想到什么，这里没有说，但稍一推想其实是很明白的，一代帝王终成尘土，万里河山换了姓氏，古今多少事，当时执着，可都抵不过时间。在这种怅然失落中，怀归之意便倍加翻出。

一首《清平乐》短短几句，能够跌宕婉曲，转折入深，这在小令中是极难得的，也因此可见纳兰功力。

清平乐（画屏无睡）

画屏无睡，雨点惊风碎。贪话零星兰焰坠，闲了半床红被。
生来柳絮飘零。便教咒①也无灵。待问归期还未，已看双睫盈盈。

注释
①咒：祈祷。

赏析

纳兰词多情善感，皆因他是多情痴情之人。纳兰与卢氏的婚姻本是一桩幸事，却也让他产生了其他的苦恼。作为康熙的贴身侍卫，容若经常随帝出巡，这样的离别对他和卢氏来说无疑是痛苦的，每次夫妻离别都恋恋难舍，也便因此多出了许多埋怨。

这次就是这样的情景，别前之夜，夫妻双双不寐，絮语绵绵，空使灯花坠落，锦被闲置。

"画屏无睡，雨点惊风碎"，一切景语皆情语，这里的"惊"字实在巧妙，分别之际，最痛苦的莫过于遥想别离后的无依无靠之感。本是两心相依，今后要相隔千里，又让人怎能不暗自伤神。

"贪话零星兰焰坠"，"兰焰"也称兰烬，即是烛花，因灯烛余烬状似兰心而得名。纳兰这里描画得细致，"贪话零星"四字之间是两人说不尽的缠绵情意，第二天就要走了，不知什么时候能再听见爱人的声音，那随便说些什么都好，一字一句，都想记在心里，这样，日后一人独处时，或许会容易熬一些吧。

话说到这里，纳兰终于忍不住埋怨了，"生来柳絮飘零"，柳絮生来注定是要四处飘零的，既然如此，那么"便教咒也无灵"，即使祷告也没有用处。既然分别已无可改变，那就只好预问归期了，可是，她还没等开口，早已秋波盈盈，清泪欲滴了。"待问归期还未，已看双睫盈盈"，纳兰若不是极爱卢氏，断然是写不出这样的句子的，那种小儿女的婉媚娇痴，欲问归期而先已含情脉脉的情态跃然纸上，俏丽婉媚，实在是传神之笔。

不过造化欺人,到头来他还是被命运捉弄了。一对倾心相与的爱侣,不到三年时光就生生地长别了,这对纳兰无疑是一场致命的打击。那执手相握,话里春风拂面的时光,恍如昨日。只剩这往昔词句,令当事者伤神,让知情者扼腕。

清平乐(麝烟深漾)

麝烟①深漾,人拥缑笙氅②。新恨暗随新月长,不辨眉尖心上。
六花斜扑疏帘,地衣③红锦轻沾。记取暖香④如梦,耐他一晌寒严。

注释
①麝(shè)烟:焚麝香发出的烟。
②缑笙氅(chǎng):犹如仙衣道服式的大氅。
③地衣:地毯。
④暖香:带有温暖气息的香味。

赏析

这首词抒发了纳兰这位富贵公子的叹息。锦衣玉食的生活在普通百姓看来是求之不得,可是在纳兰眼中,却觉寂寞寥落。

从首句"麝烟深漾"便可看出,纳兰是处于奢华之地。深漾的麝香是取自于麝的高级动物香,其味芬芳宜人,香味持久。再看其穿着,"人拥缑笙氅"。氅是古时用于遮寒的外衣,即今天人们说的披风。

天寒地冻,难得有闲时候,坐拥冬衣,一任思绪自由驰骋。"新恨暗随新月长",旧梦不再,愁恨便也随着时光的流逝越来越长。"不辨眉尖心上",显然是脱胎于李清照的"才下眉头,却上心头"。纳兰的遗憾是刻骨铭心的,是剪不断理还乱的惆怅,是伊人远去后旧愁新恨在心底渐渐堆积而成的。

"六花斜扑疏帘,地衣红锦轻沾","六花"即雪花,因为古人有"草木之花多五出,度雪花六出"的说法,因此常以六花指代雪花。雪花轻飘入暖阁,沾在地毯上,落到梳妆台上。一个"沾"字,轻盈得如纯白的蝴蝶,花开息声,蝶舞翩跹。红锦,是一样很闺阁的物什,同鸾镜、胭脂、衾凤枕鸳之类常出现在诗词中。词行此处,便也不难猜想这眉尖心上的新恨所为何人了。

"记取暖香如梦,耐他一晌寒严。"暖香入梦,梦中温香软玉,莺声燕语,是何等地春光旖旎。这融融春意沉淀在心底,既不敢翻开来轻易触碰,又忍不住日日温习,望梅止渴一般,靠这一抹温存的旧忆聊以取暖。

清平乐·秋思(孤花片叶)

孤花片叶,断送清秋节。寂寂绣屏香篆①灭,暗里朱颜消歇②。
谁怜散髻吹笙③,天涯芳草关情④。懊恼隔帘幽梦,半床花月纵横。

注释

①香篆：即篆香，形似篆文。
②朱颜：红润美好的容颜，指美人。消歇：消失，止歇。
③吹笙：喻饮酒。宋张元幹《浣溪沙》："谚以窃尝为吹笙。"
④关情：动心，牵动情怀。

赏析

纳兰的词继承和发展了古代诗词的艺术技巧，十分干净，不黏不离。亦人亦物，他总是能够把纯真的感情写进对历史、对现实，甚至对人生的思考之中去。所以，纳兰词才没有归于那些陈词滥调中，而是别出一格，将艺术成就提升到了另外一个层面上去。尽管这首词并无太大新意，不过是容若在清秋时节，看到花草凋零，内心忍不住凄凉，提笔写下的一首哀伤词，但是同他的其他词作一样，这首词清纯婉丽，不事雕琢，有着独特的芬芳和灵动的气质。

初秋时节，天高云淡，万里无云，秋季时分，正是落叶开始的季节。当所有的叶子都归于尘土之后，冬季便会悄然而至，正所谓"孤花片叶，断送清秋节"。秋天是一个过渡的季节，也正是因为如此，人们总是在这个季节，看到万物凋零，四处寂寥。

纳兰思念的应该是一位红颜吧，你看，"寂寂绣屏香篆灭，暗里朱颜消歇"，檀香早已燃尽，在那寂静的闺阁之中，一张美丽的容颜却因为悲秋而日渐消瘦。女子伤秋，容若也在伤秋，他们到底是伤秋还是伤己，词意模糊，但其实也无关紧要。

上片伤秋的情绪书写完后，下片便是写内心的寂寥与悸动。"谁怜散髻吹笙，天涯芳草关情。"古诗有云，"对影成三人"，容若在这里效仿，却是写出照影吹笙，独自一人的时光，的确是难挨，独自饮酒，无法赶走孤独，反而更让孤独加深。容若不是不知道，可是他这样做，无非也是因为实在无法，一个人的日子，如果不想方设法找点不一样的节目，那可真是要闷死了。

"懊恼隔帘幽梦，半床花月纵横。"天涯芳草无关他的情，看着窗外的夜色，内心满是懊恼，为何而神伤，难以说清。回转头去，看到那床前的明月光，更让自己内心的寂寥加深了几分。

夜半时分，谁能懂得容若心里所想，估计只有这明月光，还有那清酒。

清平乐·忆梁汾（才听夜雨）

才听夜雨，便觉秋如许。绕砌蛩螀人不语，有梦转愁无据①。
乱山千叠横江②，忆君游倦③何方。知否小窗红烛。照人此夜凄凉。

注释

①无据：不足凭、不可靠。
②横江：横陈江上，横越江上。
③游倦：犹倦游，指仕宦漂泊潦倒。

赏析

顾贞观是纳兰性德的好友，当时很有名气的江南文士。或许是气质的相互吸引，或许是才情的彼此契合，两人第一次相见，便有"一见即恨识余之晚"之感，相见甚欢，相谈甚多，彼此引为知己。

二人因为才情而惺惺相惜，在与顾贞观相交的日子里，容若是快乐的。他们时常以词会友，互相切磋文学。可是再深的友谊也不能保证天长地久地相处，容若因为官职在身，总需要外出办事。这次，他又要随同皇帝外出游走。此时，纳兰将内心郁闷的情绪隐忍下来，盼望着早日结束这场公事出行，与友人团聚。在这种心情下，容若写下了这首《清平乐》。

"才听夜雨，便觉秋如许。"才刚刚听到窗外有雨声，就已经感觉到浓浓的秋意了。身上的寒意大多是心里的凄凉带来的。身边没有知己，自然感觉到凉意。"绕砌蛩蛩人不语，有梦转愁无据"，夜雨之中，更能听到蟋蟀和寒蝉的悲鸣声，秋意渐浓，蟋蟀和寒蝉也知道自己生命无多，故而叫声凄厉。

上片在凄凄切切的情愫中结束，容若将思念友人之心情描述得如悲如切，像是在思念友人，却又好像是容若自悲自切的呢喃自语。结束了上片的哀痛，下片则陷入沉思，词句依然饱含哀怨，所描写的景物，也是蒙上一层灰暗色彩，看不到颜色。

"乱山千叠横江，忆君游倦何方。"眼前乱石堆砌，远山横陈江上，江水滔滔，滚滚东逝去。不知道友人而今漂游到了何方，杳无音信，只能靠着回忆思念过去美好的日子。容若与好友之间没有联系，让他内心充满不安。

"知否小窗红烛。照人此夜凄凉。"这是容若在反问友人的话，是否知道有人在思念你呢？是否会因为被思念而感到凄凉呢？友人自然是无法感受到容若千里外的思念的，但容若在此的疑问，可以看出他的纯真心性。这个才华横溢的清初才子，其实只是一个渴望友谊与关爱的男子。

词的初衷是思念友人，但当写到最后，却变成了容若自怨自艾的一首自哀词，写不尽的哀伤情，透过词意里的风雨，飘洒而出，湿了人心。

清平乐·弹琴峡题壁（泠泠彻夜）

泠泠彻夜①，谁是知音者。如梦前朝何处也，一曲边愁难写。
极天关塞②云中，人随雁落西风。唤取③红襟翠袖，莫教泪洒英雄。

注释

①泠泠：形容清凉、冷清，借指清幽的声音。彻夜：整夜，一夜。
②极天：指天之极远处，远处。关塞：边关，边塞。
③唤取：唤得、唤着。

赏析

读容若的词，人们往往都有一种婉转羞涩之感，事实上，容若本人并不像他所流传下来的词那样柔弱。他武艺高强，有一副英雄气概和一颗报国的英雄胆。这首词就是容若写自己外出塞外的行役之愁，故而悲凉有余，柔情不够。

水声清幽悦耳,彻夜回荡,但谁又是它的知音呢?前朝如梦、边愁难写。极目望去,天边的云中,征人与征雁同行于秋风之中。如此悲凉之景,让人不禁伤怀,只好唤来歌女消愁,不要让英雄热泪轻易落下。

容若一生最大的心愿,就是得到一个知己,即"泠泠彻夜,谁是知音者"。可是这天地之间,白日黑夜,谁才是他的知己呢?容若不知道,天与地自然也无法回答他这个问题,周围只有猎猎的风声,这使渴求知己的容若更觉寂寞。

"如梦前朝何处也,一曲边愁难写。"联想古今,容若想到这塞外经历过千年尘埃的积淀,那些古时的英雄,是否也会如同他一般,来到这天与地之间,问问苍天,自己是否真的会遇到知己。

塞外风景,最大的特点就是苍凉,举目望去,一望无际的全是苍凉,"极天关塞云中,人随雁落西风。"在这苍茫大地之间,容若只能与大雁一同在西风中感受着寒冷,无所适从。"唤取红襟翠袖,莫教泪洒英雄。"这般感伤,只好叫来歌女助兴,看着歌女挥舞衣袖,跳起舞蹈,这份悲凉才稍微显得淡一些,英雄泪便不会轻易洒落了。

清平乐·上元月蚀(瑶华映阙)

瑶华映阙,烘散蒪墀①雪。比似寻常清景别,第一团圆时节。

影娥②忽泛初弦,分辉借与宫莲③。七宝④修成合璧,重轮⑤岁岁中天。

注释

①蒪墀(chí):生长着瑞草的殿阶。蒪,一种象征祥瑞的草。
②影娥:即影娥池。
③宫莲:莲花瓣的美称。
④七宝:圆月的美称,古代民间传说,月由七宝合成,故云。
⑤重轮:月亮周围光线经云层冰晶的折射而形成的光圈,古代以为祥瑞之象。

赏析

"上元节",也就是如今人们俗称的元宵节。古人很重视上元节,到了那天,便会张灯结彩,欢天喜地地过节。吃元宵,看花灯,赏明月,这都是上元节不可或缺的节目,那一天的热闹,丝毫不亚于过年。许多文人墨客便也凑着热闹,将这番景象记录一二,留在文中。

容若虽然是写上元节,却是从另一个角度来写。这首词,他记录下了月食的全过程及其不同的景象。"瑶华映阙,烘散蒪墀雪",所谓"瑶华"是指美玉,在这里,容若用瑶华来写月光,明显突出了月色的清冷,仿佛美玉一般,动人心魄。月亮发出犹如美玉一般的光芒,照射着大地,此处短短四个字,却能让人联想起无数的月色美景。

下阕里,"影娥忽泛初弦,分辉借与宫莲"写到了月食刚开始的情景,神话与现实相结合,忽而玄幻,忽而真切,十分美妙。而后,便是写道月食结束后的情景,"七宝修成合璧,重轮岁岁中天",经历过月食后,月光重新洒满人间,让人有种劫后重逢的喜悦。这一首简单的词,写出了月食的场景,更写出人心内激荡起伏的一面,仿佛与往年相比,今年的月色更加朦胧、梦幻。

到底是月食与以往有所不同，还是容若的心境与以往有所不同，这很难说清。但人心浮动，所看到的景物便也有所不同，这是一定的。

容若经历过沧海桑田，世事变幻，而后再去看景物，自然会有与之前不同的理解。上片朦胧之美，下片便是清晰而作，下片写出月出蚀之情景，十分震撼，仿佛真的亲眼所见，历历在目一般。

浪淘沙（红影湿幽窗）

红影①湿幽窗，瘦尽②春光。雨余花外却斜阳。谁见薄衫低髻子③？抱膝思量。
莫道不凄凉，早近持觞④。暗思何事断人肠。曾是向他春梦里，瞥遇回廊。

注释

①红影：指鲜花的影子。
②瘦尽：以人之清瘦比喻春日将尽。
③低髻子：低垂的发髻，指低垂着头。髻子，发髻。
④持觞（shāng）：举杯。

赏析

曹雪芹在《红楼梦》中写过许多诗词佳句，其中也不乏幽思之句，凄凉和美丽的意境使人绝倒。但看到容若的词，却更能感受到，何为肝肠寸断、满纸凄凉意了。这首词是写哀愁，容若写愁，从不强调，只要淡淡几笔，就能让看客心伤神伤，恨不得泪流满面。

这首词描写相思萦怀的幽独伤感：透过小窗望去，春雨打湿了红花，春光将尽。雨停了，却已是夕阳西下之时。谁看到她穿着单薄的衣衫，低垂着头，抱膝思量的孤独身影？把酒独酌，无限凄凉。曾像做梦一样地在回廊里与她相遇，怎不让我伤心断肠？

"红影湿幽窗，瘦尽春光。"容若的伤春之词很多，他是最懂春日的人，伤春感怀，并不单单是因为春日的逝去，而是怀念春里的时光。时光易老，人更易老，老去的岁月无处追寻，只有伤怀，却无法捕捉。这才是最感伤的。

承接上句，"雨余花外却斜阳"。"余"既是后，雨后的花朵在斜阳下，而梦中的她却是穿着单薄的衣衫，挽着低垂的发髻，挺立在暮日下，低头思量。雨后、鲜花、美人、夕阳这些事物构成了容若笔下一幅美丽的画。

上片最后写道那位女子"抱膝思量"。词中所写的这名女子为何人，无法考证，但从词面来看，是一位温婉可人的女子，让人忍不住想去怜惜。上片写完雨后景色，下片便转而写情。

"莫道不凄凉，早近持觞。"思念的人不知身在何处，只能自己独自饮酒，这真是无限凄凉的事情啊。容若自己也感概道"暗思何事断人肠"。在人世间，还有什么能比相思更苦人心的呢？

想念着远方的佳人，既然无法得见，那便在梦中相会吧。岂料梦醒之后，凄凉更是加深几分，"曾是向他春梦里，瞥遇回廊"，像梦中那样，能够与她在回廊处相遇，该有多好。容若的这首词，就在这个卑微的愿望中结束。

相爱相处到最后，留下的仅仅是这些柔弱的回忆，尚能安慰一下内心的伤痛。

浪淘沙（眉谱待全删）

眉谱①待全删，别画秋山②，朝云③渐入有无间。莫笑生涯浑似梦，好梦原难。红味啄④花残，独自凭阑。月斜风起袷衣⑤单。消受春风都一例，若个偏寒⑥？

注释

①眉谱：古代女子画眉的图谱。
②秋山：秋天里的远山，常用来比喻女子的眉毛。
③朝云：早晨的云。亦指巫山神女名，战国时楚襄王游高唐，昼梦幸巫山之女。后好事者为立庙，号曰"朝云"，比喻男女情事。
④啄：鸟嘴。
⑤袷衣：即两层的衣服。
⑥若个：哪个、何处。

赏析

古代女子热衷于描眉，她们喜欢将眉毛画出自己喜爱的形状，以增添几分妩媚。当然，古代女子描眉并不是随心所欲、毫无章法的，她们画眉也有一些固定的套路和方式。其中，纳兰这首词里提到的"秋山"和"朝云"就是十分常见的描眉法。

"眉谱待全删，别画秋山，朝云渐入有无间"，"眉谱"是古代女子描眉的技术指导书，可是在这里，女子摒弃了所有描眉的样式，独独将眉毛画成了自己想要的样子。这简单的一笔描绘，不但刻画出女子内心的活动，更是写明了女子复杂的心事。那供描眉时参看的眉谱全可以不要了，她又另外画出了如秋山般美丽的眉形，好像是笼罩着朝云的远山，脉脉含情。

"有无间"是容若常用的一个说法，有着佛教影响的意味。佛家讲究"空即是色，色即是空"，超脱并不是修行的主要目的，但如果无法超脱，还继续牵挂着世间的事情，那也不对。在这里，容若似乎也想表达这个意思。

他急于超脱出这个凡尘俗世，但他又无法超脱，在这种两相牵绊的矛盾之中，容若的这首词别有一番味道。"莫笑生涯浑似梦，好梦原难"，不要笑谈生涯如梦，好梦原本就很难得。

要说这是一场梦，那么这样的美梦，人生还能做几场啊。写得凄凉到了极致。词写到了此刻，意境急转直下，变得压抑痛苦起来。下片所写之景物，自然也是凄凉低沉的。"红味啄花残，独自凭阑。"

词人望着残花，独自凭栏，当月斜西天的时候，风吹过衣角，他不禁想到，到底是这春夜的风寒，还是思念之苦寒？因为找不到答案，所以，纳兰用疑问的语气写出结句："月斜风起袷衣单。消受春风都一例，若个偏寒？"

浪淘沙（紫玉拨寒灰）

紫玉拨寒灰①，心字②全非。疏帘③犹是隔年垂。半卷夕阳红雨入，燕子来时。
回首碧云④西，多少心期，短长亭外短长堤。百尺游丝千里梦，无限凄迷⑤。

注释

①紫玉：指紫玉钗。寒灰：犹死灰，灰烬，这里喻指心如死灰。
②心字：心字香，古人将盘香制成心字形。
③疏帘：指稀疏的竹织窗帘。
④碧云：青云，碧空中的云。
⑤凄迷：怅惘，迷惘。

赏析

若问世间情为何物，最是相思无奈何。这相思，就如同这首词中少妇那颗无处收拾的芳心，"紫玉拨寒灰，心字全非"。

所谓的"心字"，便是香烧完后，灰烬落在地上，构成了心字的形状。词中的这位少妇，手持紫玉，拨弄着香燃烧后留下的灰烬，一地混乱。

"疏帘犹是隔年垂"，再看那竹帘，常年未动，去年便是这样垂挂着，而今依旧如此，或许明年也仍旧这样，毫无变化吧。少妇感慨时光如梭的心情在这个句子中赫然呈现，容若将一个已过韶华的女人心理描写得淋漓尽致。"半卷夕阳红雨入，燕子来时。"这句话初看显得有些情理不通，夕阳如何能够半卷，而雨又怎么能是红色的呢？

其实承上启下来看，便能理解了，少妇将帘子半卷起来，夕阳透进来，真的就是半卷夕阳了，而在夕阳下的雨，因为映衬，果真便看似红色。容若在这里用的词语结构十分巧妙，似乎平淡无奇，却禁得住回味，能让人隐约感觉到一种美好的意境，却是无法再用词语去表达。

词中的这位少妇像是在怀念故人，但词意在此刻又显得格外扑朔，耐人寻味。而到了下片，词意又有了转变，开头便直言"回首碧云西，多少心期"，"回首"便是回望过去，重看往昔的岁月，而"心期"则是指心愿，妇人思念着与故人往昔的美好岁月，也感慨着重新相守，希望故人能够如同燕子归来一样，重回家乡，回到她的身边。

不过从下一句"短长亭外短长堤"可以看出，这个愿望有多么的渺茫，即便望断碧云，也是难以实现了。

词写到这里，一直都是少妇自怨自艾的个人情绪表达，语言真挚感人，令人为之动容。接下去这句"百尺游丝千里梦，无限凄迷"结束了全篇，也让人体会到思而不得的痛苦有多深，就如美梦一场后，醒来忽然发现，头顶依然是破瓦蛛丝盘结，身边依然是空空荡荡，一无所有。

浪淘沙（夜雨做成秋）

夜雨做成秋，恰上心头，教他珍重护风流①。端的②为谁添病也，更为谁羞？

密意③未曾休，密愿难酬。珠帘四卷月当楼。暗忆欢期真似梦，梦也须留。

注释

①风流：风韵，多指美好的仪态。
②端的：究竟、到底。
③密意：隐秘的情意。

赏析

在世人眼里，纳兰出身豪门，钟鸣鼎食，生活无忧无虑。可是，这位外人眼中的富家公子却有着常人难以体察的矛盾心情和无形沉重的压力，这也是为什么他的词里总会有一种淡淡的"愁"。就像这首《浪淘沙》，依旧写愁，写那无边无际、一生也无法消除的愁绪。

容若自幼体弱多病，一直身患寒疾，总是会因为天气变幻无常而卧病在床。这首词的写作背景是在秋天，此时，万物凋零，一切归于沉寂，这番景象让容若万念俱灰，消沉不已，便叹道："夜雨做成秋，恰上心头。"一想到秋天，首先想到的便是连绵的细雨，还有早早就降临的夜晚，愁绪重回心头。

那么，容若究竟是为谁人而愁呢？"教他珍重护风流"，看似对友人道珍重，希望朋友能够在今后的岁月中过得更好，但细读之下，又似乎不是。"端的为谁添病也，更为谁羞？"思念友人，也不至于会思念成疾，如果是思念恋人，那么这位恋人又会是哪位女子呢？纵观容若生平，似乎捕捉不到和这名女子相关的信息。

既然没有踪迹可寻，那么姑且当作是容若拟人的一种写法吧。在这首词中，容若隐秘的情感得以宣泄，他悄声诉说道："密意未曾休，密愿难酬。"从未停止过想念，只是这想念无法得以相见，故而遗憾。

明月当空，对夜色叹息，这就是一场虚无的梦幻，"珠帘四卷月当楼"，楼阁上的珠帘卷起，明月照进来，光线暗淡，更加让这思念变得不真实起来。或许"暗忆欢期真似梦，梦也须留"，这一切都只是容若在病中，胡思乱想出来的吧。因为在现实生活中找不到出路，纳兰便只能寄情于词里，于梦中。

浪淘沙（野店近荒城）

野店近荒城，砧杵无声。月低霜重莫闲行①。过尽征鸿书未寄，梦又难凭②。
身世等浮萍，病为愁成。寒宵一片枕前冰。料得绮窗③孤睡觉，一倍关情④。

注释

①闲行：微行，此处为闲步之意。
②难凭：不可凭信。
③绮窗：雕刻或绘饰得很精美的窗户，代指闺人、思妇。
④关情：动心牵动情怀。

赏析

不知道这首词容若是要写给哪位女子的,想来,若是被这样一位深情的恋人苦苦思念着,此生便也足矣了吧。

野外荒城,孤寂小店,一片凄凉,以"野店近荒城,砧杵无声"这样的情景开篇,似乎与容若一贯的风格有些不符,过于戚悲,甚至还有些鬼魅。在这样荒芜的野外,自然是无法听到妇人捣衣的声音。

"月低霜重莫闲行",月夜之下,霜露凝重,相思无尽处,这孤寂的野外,渺小的店铺,满眼望去,尽是孤寂的影子。虽然这是写相思之情的词,容若却用了一个全新的情境去诠释,十分鲜有。

"过尽征鸿书未寄,梦又难凭。"鸿雁传书,即指古代男女之间相互传情。虽然鸿雁早已飞过,但想要等到的信件却没有送来,就算是今夜能够做到好梦,也仍有满怀愁绪。前一句的孤寂情境,配合这一句的锦书未到,更显得揪心动人。

相思之人没有捎来音信,在万籁俱寂的夜晚,无法入眠,不由得开始胡思乱想,"身世等浮萍,病为愁成",想到自己的一生如同水中浮萍一般,漂泊无依,词人便开始惆怅起来。

"寒宵一片枕前冰。"夜色如水,寒冷刺骨,枕前一片冰凉,孤枕难眠,想来那位被相思之人此刻也是对窗感叹,夜不能寐吧。"料得绮窗孤睡觉,一倍关情",两地相思,两处闲情,更加重彼此之间的感情。

浪淘沙(闷自剔残灯)

闷自剔残灯,暗雨空庭①。潇潇已是不堪听。那更西风偏着意,做尽秋声②。城柝③已三更,欲睡还醒,薄寒中夜掩银屏④。曾染戒香⑤消俗念,莫又多情。

注释

①空庭:幽寂的庭院。
②秋声:秋天西风起而草木摇落,其肃杀之声令人生情动感,故古人将万木零落之声等称为秋声。
③城柝(tuò):城上巡夜敲的木梆声。柝,同"拓",古代巡夜时敲击的木梆。
④银屏:装有银饰的屏风。
⑤戒香:佛家说戒时所燃之香。

赏析

无聊的夜间,独坐灯前,秋夜空庭,风雨潇潇,已是令人愁闷,偏那西风又于此时送来了秋声,好像是专意要将愁人的烦恼加重。柝声传来,已是三更,身感寒凉袭人,遂将屏风紧掩。本来告诫自己要远离尘世烦恼,如今偏生又开始陷入情里不可自拔。这便是此词所描绘的一幅寒夜孤灯图。

"闷自剔残灯",让人想到容若是个容易亲近的人,在灯前独坐,百无聊赖,只得面对残灯,自娱自乐。这样的男子,虽然性情忧郁,却在骨子里有着让人喜爱的部分。开篇一句正是其心情困顿,无可抒发的无奈写照。

到了"暗雨空庭。潇潇已是不堪听",已经是痛到极致的一种状态了。风雨潇潇而落,空气清冷,在晦暗的夜空下,这雨声还有风声是如此的不堪入耳,听到耳朵里,仿佛都是刺在心头,针扎一般,让人难以忍受。

"那更西风偏着意,做尽秋声。"可是秋风不解人意,偏偏刮个不停,将凄凉的秋意刮遍人心。在容若的词中有很大一部分都是悲伤欲绝的词,相当凄切,所谓"观之不忍卒读",字字句句情真意切,有着无法宽宥的自责与责他。

已经是三更天了,夜深人静,自己却还是难以入眠,"城桥已三更,欲睡还醒"。容若在孤寂的夜色中,看着天色一点点变明亮,眼看着第二天的白日就要升起来了,可自己还是似睡非睡,似醒非醒。

独坐桌旁,守着一盏孤灯,看着窗外寒夜中的星空,心早已苦成了一个又一个黑洞。在这个深夜中,"薄寒中夜掩银屏"。容若在为什么愁思呢?是为女子,还是为友人,难以说清。

这突如其来、绵绵不绝的愁绪,让容若也对自己产生了嘲讽之意,他暗叹道:"曾染戒香消俗念,莫又多情。"就此结束了整首词。不需要什么冠冕堂皇的理由为自己的愁苦开示。

夜深了,风起了,落叶萧萧,容若在房间里轻叹,身旁没有可以倾诉的人,这是多么深的孤独。从前种种,是永远的痛。而今一切,是无奈的人生。

浪淘沙(清镜上朝云)

清镜①上朝云,宿篆②犹薰。一春双袂尽啼痕③,那更夜来孤枕侧,又梦归人。
花底病中身,懒约溅裙,待寻闲事度佳辰,绣榻重开添几线,寂掩重门。

注释
①清镜:明镜。
②宿篆:指隔夜点燃的盘香。
③啼痕:泪痕。

赏析

这首词是借女子伤春之情写出作者的离恨,而这离恨之情,便是从景色着笔。

"清镜上朝云,宿篆犹薰",朝云已经映射在明镜里,昨日夜半焚烧的檀香还有余烬。"朝云"与"宿篆"都是时光的见证,表现出时光的匆匆流逝让人毫无知觉。接下来,"一春"三句写思念远方的夫婿。思夫之切使女子每日以泪洗面,衣袖早已布满了泪痕,如今,偏偏又在梦里与归人相见,醒来时却发现枕侧无人相伴,心中更是愁怨不已。

终于,下片中,女子"花底病中身,懒约溅裙",她病了,为情而苦,慵懒倦怠地立于花下,连和平时要好的女伴约会的心思都没有了。"待寻闲事度佳辰",良辰美景,她也无心观赏,"闲"字突显出女子的百无聊赖。

"绣榻重开添几线,寂掩重门"。古人用红线丈量太阳的影子,天冷时就会添长一线,"添几线"表示时间的流逝。哪里是不想二人重聚叙旧情啊?只是离别得太久太久,只能寂寞地合上一扇又一扇门,安静地想念他。

减字木兰花 新月(晚妆欲罢)

晚妆欲罢,更把纤眉①临镜画。准待②分明,和雨和烟两不胜③。
莫教星替,守取团圆终必遂。此夜红楼,天上人间一样愁。

注释
①纤眉:纤细的柳眉。
②准待:准备等待。
③和雨:细雨。不胜:不甚分明。

赏析
这是一首咏物词,描写新月,比喻拟人,巧妙别致,颇有风格。

上片正面描写,通过比喻拟人表现新月。看那天边初生的新月,像一位美貌绝伦的女子,正临镜梳妆,用那画笔画出的一条弯弯的眉毛。要等到夜色中的烟雾消散后,天空澄澈,才能看见这一轮新月的美丽。——然而细雨烟中,不甚了然,满目还是一片迷蒙。本来花了很长时间很多心思,好好化了一番晚妆,要等有人来欣赏自己,然而"准待分明"时,却发现"和雨和烟两不胜",竟然不能看清这美貌,如何不让人悲伤?

这里将新月拟人化了,比成一位女子,弯弯的眉毛高高翘起,好像女子皱眉不高兴似的。但实际的情感从下片可知,并不单单是新月的悲伤,而是"此夜红楼,天上人间一样愁",一句感叹,写尽了女子等不到心上人的愁苦之情。

减字木兰花(烛花摇影)

烛花摇影,冷透疏衾①刚欲醒。待不思量,不许孤眠不断肠。
茫茫碧落,天上人间情一诺②。银汉③难通,稳耐风波愿始从。

注释
①疏衾:掩被而眠而感到空疏冷清。
②一诺:谓说话守信用。
③银汉:天河,银河。

赏析
纳兰在三十一岁时便因病离世,这么一个深情款款、心思细腻的男人,在尚该身体强壮的年华怎么就离开了呢?有人说也许不仅仅是缘于身体的疾病,而是灵魂深处相思的绝望吧,细品这首小词,便可探一二。

夜已深,露水凉薄,房中蜡烛也飘忽将要燃尽,空气里都是旷疏冷寂的味道,心中一时孤寂难耐无法入眠,便掩着被子摇晃坐起,映在烛光的剪影里的是寥落和感伤。当真是愁情难遣梦也悲,不梦也悲。你不在身边,无论今宵酒醒何处也不过晚风残月,满地月光惘然。深受相思之苦，所以告诫自己不要再多想，可惜的是，这样强迫收敛自己的思绪显然是徒劳的。

这首词中，写尽了相思的惆怅失落和无奈。像纳兰这样神经纤细的人儿，他的离愁也注定就比别人来得沉重，在他为离别所伤的时候，云和月都是淡淡的，看上去蒙蒙若湿，好像也要落出泪来的样子。

纳兰渴望能和心爱的人过上双宿双飞的温暖美满的生活，可惜的是，"天上人间情一诺"的容若最终也没有等到那一天，容若身在人间却只能遥望佳人居于茫茫碧落。

今张秉成曾评容若，"真纯、自然、深婉、凄美"盖之，无论写景还是抒情都平实地由肺腑而出，即所谓明白自然诚恳切实，如"烛花""疏衾"，不刻意，不雕琢，取生活手边实景，"欲醒""孤眠"，绝无矫揉造作部分，也不搔首弄姿，表达心中实时所思所想，这便是纳兰的词具有永恒魅力的根本所在。"深婉"是说他的词所显现出的美感特色与效应，深沉郁勃含婉蕴藉的特色，意象凄怆，意境凄婉。

减字木兰花（相逢不语）

相逢不语，一朵芙蓉着秋雨。小晕红潮，斜溜鬟心只凤翘①。
待将低唤，直为凝情②恐人见。欲诉幽怀，转过回阑③叩玉钗。

注释

①鬟心：鬟髻的顶心。凤翘：古代女子凤形的首饰，或者冠帽上插的鸟羽装饰。
②直为：只是因为。凝情：情意专注，这里指深细而浓烈的感情。
③回阑：即回栏，曲折的栏杆。

赏析

这是一首描写怀春少女偶遇自己喜欢的男子时的矛盾心理的词。在表现女性情感上，纳兰性德拿捏得恰到好处，如同戏剧一样，将一位可爱的少女生动活泼地展示在读者面前。

这首词在表现女性情感上尤为细腻。首先，二人突然遇到，她的思想上一点准备也没有，遇到后必然表现为失语尴尬，即"相逢不语""小晕红潮"。接着，由于前面失语脸红导致的失态，马上又去掩饰，便低垂下头。这些描写，可谓传神，力透纸背。

然而，在封建传统和世俗偏见的束缚下，女子想要大胆面对所爱，心中跃跃欲试，她非常想要轻轻地叫他一声，和他打个招呼，却怕被人发现自己是那么的爱他，然后说三道四。下片"恐人见""欲诉幽怀"就是她的全部矛盾。但是，结果是具有悲剧性的，"转过回阑叩玉钗"，证明她又回到了先前那种相思成疾、百无聊赖的旧轨迹上。

这首词本是从女子方面来看待这次邂逅，然而词人纳兰性德正是其中的男主角，也就是那个女子邂逅的恋人。所以其实这首词最终还是纳兰性德的自我安慰。他遇到一位心仪已久的姑娘，他们是否相爱并不确定，但可以肯定的是纳兰性德对她确实苦恋已久。纳兰性德通过假设一个女子对他这般情感，却是来表现自己的情感，由此可见纳兰性德是何其痴情。这种安排也是十分巧妙的。

这首词词风上受花间词影响明显，在表情上却大大突破花间窠臼。在艺术真实上做得相当好，词人在女子和自己双重身份上，立足女性形象，进行自由转换，无论是行为还是心理上，都描摹得恰如其分，读来让人分外感动。

减字木兰花（断魂无据）

断魂无据①，万水千山何处去？没个音书，尽日东风上绿除②。
故园春好，寄语落花须自扫。莫更伤春，同是恹恹③多病人。

注释
①断魂：销魂，形容哀伤、感动、情深。无据：无所依凭。
②尽日：终日，整天。除：指夏历四月，此时繁花纷谢，绿叶纷披。
③恹恹（yān）：精神不振的样子。

赏析

这首词主题还是写伤春离别之情，属于纳兰性德常见的题材，在构思上却十分巧妙。可谓虽然同是一种酒，却用了不同的酒瓶盛装，最后让喝酒的人品出了不同的味道。

这首词结构上很有其特色，使用了对话式的结构。全词分上、下片，在一首词中创造了相异空间中妻子和自己进行对话的可能性，这种可能性由词人自己去把握，恰到好处地表达了情感主题两方面的思念，并用对话来缓和由于空间差距造成的交流矛盾。

上片是从妻子的角度来说的。断魂飘忽无定，思量无限，万水千山，天涯海角，伊人何处去，为何一点音信也没有，一纸信笺也没来，整日独立东风，春风吹来，枝叶又绿。

下片是从自己角度来说的，承上对前面的妻子抱怨似的语言进行回答，似乎是在相异空间中进行对话似的。怀想故园，想来春色正好，满园浓郁正春风，此时此刻，多想给你写一封信啊，向你倾诉去年一同赏花、一同看春华凋零、一同扫去那谢落满地的花、一同葬花时我内心的喜悦之情。可惜今年，只你一人，独自赏花，独自面对花的凋零，最后一人扫去满地残红。这何等残忍，何等伤心，我又怎能提笔，如何给你这样的一封信呢？不要再伤春了，春去春又回，春色年年再，不能同在固可惜，你我同是天涯伤心客，同患相思疾。

无论如何，这种对话都只是一个假设而已，只是词人由于思恋太深而导致的情感爆发。词人无论怎么"解释"，在家中的恋人都不能听见，所以也不会"原谅"他，而这一点是纳兰性德自己也清楚的。所以说这首词的情感基调还是悲哀伤感的。

对话体的解构是这首词的典型特征，词人通过对话形式表达两地相思，事实则是表达了自己对妻子的一片深情。这首词上片立足于妻子的"问"，下片立足于自己的"答"，问答两方面中交点在于自己这一方面，主要是抒发自己对妻子的爱情，以及各种主客观原因导致的无奈，情感是悲伤、灰色的。

减字木兰花（花丛冷眼）

花丛冷眼①，自惜寻春②来较晚。知道今生，知道今生那见卿。
天然绝代，不信相思浑不解③。若解相思，定与韩凭共一枝。

注释

①冷眼：冷淡、冷漠。
②寻春：游赏春景。
③浑不解：犹言全不解。

赏析

"思念是一种很玄的东西，如影随形。无声又无息，出没在心底。"自古，相思一物便作为痴男怨女的牵连徘徊于万丈红尘中，不可名状，又无从抵挡。纳兰这首《减字木兰花》也是相思之作，只是这相思之中寄托更多的是一份哀婉、怅恨之情。

要怪只能怪自己游赏春景来迟，失了那最好颜色，须怨不得如今花丛冷淡，萎靡相对。只是看着眼前这已经残了的春景，不由思及佳人，纳兰本性多愁善感，触景伤情便更一发不可收拾，一口气叹出，便吟："知道今生，知道今生哪见卿。"想来佳人也若这冷眼花丛，不再两颊飞红，盈盈浅笑地出现在容若眼前了。

到如今春色已残，还能有何寄望呢？到了下阕，容若用了前文提到的"相思树"的典故。关于相思树的故事，还有一首童谣被流传了下来："乌鹊双飞，不羡凤凰；韩凭之妻，不嫁宋王。"想来容若自知此生已无再见机会，竟是将再续前缘希望约定在了死后。

"不信相思浑不解"，浑然不解在这里是全部不知道的意思。曾相知相爱的深挚情意，使得容若坚信那绝代芳华的佳人绝对不会忘记自己，而自己的一片相思情深，即使现在彼此已是天各一方，伊人也定然不会一点都不知道。而你若是真的明白我对你这份情意，就"定与韩凭共一枝"吧。

纳兰在这首词中多寄托怅惋相思的怨愁和生死相许的深情，此外，并未更多对世道以及缘分浅薄的怀恨怨意，这刚好迎合了纳兰"怨而不怒"的诗学主张。

鹧鸪天（独背残阳上小楼）

独背残阳上小楼，谁家玉笛韵偏幽。一行白雁①遥天暮，几点黄花满地秋。
惊节序，叹沉浮，秋华②如梦水东流。人间所事堪惆怅，莫向横塘问旧游③。

注释

①白雁：候鸟。体色纯白，似雁而小。
②秋华：指女子青春美貌。
③横塘：古堤名，一为三国吴大帝时于建业（今南京）南淮水（今秦淮河）南岸修筑，亦为百姓聚居之地；另一处在江苏省吴西南。诗词中常以此堤与情事相连。旧游：从前游玩过的地方。

赏析

在中国古代，每到重阳佳节，人们就会登高，为的是避灾求福。而随着时间的推移，登高逐渐演变成古人的一种重要情结，每当他们在郁郁不得志时，通常以登高赋诗吟词，以排解心中的郁闷苦楚。

"独背残阳上小楼"，词一开篇，容若就为我们展现出一幅凄凉的画面：在一个秋日的黄昏，他孤单地登上小楼，夕阳将他的影子一点点地拉长，就像他的心性一样，在时光的磨砺中消磨殆尽。

登上小楼之后，容若耳边传来幽咽的笛声，其中似乎还夹杂着些许的感伤。在中国古典诗词中，"玉笛"是一个频繁出现的意象。因为在古代，人们对玉看得很重，正所谓"黄金有价玉无价"，文人君子必佩玉，于是，玉不仅是一种装饰品，更是一种人格、身份的体现。

登高必感怀，这是中国传统诗词的一个套路，所以，容若在感怀之前，先看了看眼前的景色。"一行白雁遥天暮，几点黄花满地秋"，远处，一行白雁飞入天际，近处，枯黄的叶子落了一地。一个人孤零零地登楼远眺就已尽显凄凉，如果再看到眼前萧瑟的秋景，自然会触景生情，发出无限的感慨。

词到下阕，容若开始慨叹世事无常，人生如梦，"惊节序，叹沉浮，秾华如梦水东流"，四季更替，人生浮沉，美好的时光像梦一样随着流水消失不见了，到这里，词人的惆怅之情已显而易见。"人间所事堪惆怅，莫向横塘问旧游"，人间有无限的惆怅之事，既已如此惆怅，那就更不要向横塘路上询问旧游在何处了。

有人说这首词是登高之作，也有人指出横塘在江南，这是一首登高怀人之作，怀念的是沈宛或是江南的友人。哪种说法正确，我们无法做出裁定，但我们能够确定的是，容若内心中那无法倾诉的惆怅，将永远陪伴在他的左右，直到他生命的终结……

鹧鸪天（雁贴寒云次第飞）

雁贴寒云次第飞，向南犹自①怨归迟。谁能瘦马关山道，又到西风扑鬓时。
人杳杳②，思依依③，更无芳树④有乌啼。凭将扫黛⑤窗前月，持向今宵照别离。

注释

①犹自：尚，尚自。
②杳杳：犹隐约、依稀。
③依依：恋恋不舍。
④芳树：泛指佳木。
⑤扫黛：画眉，女子用黛描画眉毛，故称。

赏析

这是一首相思之作，全词表现出一种清冷且萧瑟的相思之情，可谓是含思隽永、语近情遥。

大雁一边向南飞翔,一边却在抱怨,它们抱怨的是"归迟",连大雁都如此思家心切,容若自然会联想到自身的处境,接下来我们来看他为我们描绘了一幅怎样的图画。

"谁能瘦马关山道,又到西风扑鬓时",马并非膘肥体壮,而是瘦弱不堪,道路并非平坦阳关大道,而是崎岖不平的关山道,迎面扑来的并不是和煦的春风,而是萧瑟的秋风。这样一幅图画,让我们不由自主地联想到马致远《天净沙·秋思》中的诗句"古道西风瘦马。夕阳西下,断肠人在天涯"。而此时容若的心境,恐怕与马致远当时的心境相差无几,他骑在一匹清癯衰疲的马上,冒着凛冽的西风,行进在关山道上,几分苍凉,几分悲寂。

接下来容若继续写愁思,"人杳杳,思依依,更无芳树有乌啼",离人杳杳,相思依依,听到的是树间乌鸦的鸣啼,但是,这写的还是容若在行进途中的所见所闻吗?

其实,从下阕开始,容若就已经不再描写征人的所见所闻,而是转而描写思妇的相思之情。下阕的所闻所感都是从思妇的角度来写的,尤其是最后两句,容若更是用"月亮"这一意象,把千里相隔的征人和思妇联系在一起:那曾在窗前画眉时见到的明月,如今又照在征人的身上了。

容若在这首词中,通过"寒""瘦""西风"这些景语,使浓郁的秋色之中蕴含着无限凄凉悲苦的情调,这些景物既是容若征途中的所见,是眼中物,但同时又是其情感的载体,更是心中物,全词景中有情,情中有景,情景巧妙地结合到一起,自然也就构成了一种动人的艺术境界。

鹧鸪天(别绪如丝睡不成)

别绪如丝睡不成,那堪孤枕梦边城①。因听紫塞三更雨,却忆红楼半夜灯。书郑重,恨分明,天将愁味酿多情。起来呵手封题处②,偏到鸳鸯两字冰。

注释

①边城:临近边界的城市。
②呵手:向手呵气使暖和。封题:物品封装妥当后,在封口处题签,特指在书札的封口上签押,引申为书札的代称。

赏析

在中国古典诗词中,有许多缠绵悱恻的诗篇,从"窈窕淑女,寤寐求之"的吟唱到"十年生死两茫茫"的悲叹,再到"才下眉头,却上心头"相思情愁。我们在欣赏这些诗篇时,所能感受的不仅仅是那种热烈、深沉的感情,更能体味到洋溢在其中的绵绵相思以及幽幽愁丝。

容若的这首词是塞上怀远之作,仍然是相思的主题,首句"别绪如丝睡不成",直抒胸臆,多情公子此时正在塞上,别后的相思之情让他辗转反侧,夜不能寐,而"那堪孤枕梦边城"则更进一步说明了容若的愁思之深。按照正常的理解,"梦边城"应该解释为"梦见边城",但是联系上下文,我们就知道其应该解释为"梦于边城"。

由于孤枕难眠,于是容若只好从床上爬起来,去倾听那塞外夜半的雨声,"因听紫塞三更雨,却忆红楼半夜灯",紫塞指的是北方边塞,因为长城之下的泥土呈紫色,相传这是因为修筑长城的老百姓一批批全都死在城下,血肉之躯掺和了泥土,恰是紫色,所以边塞就被称为"紫塞"。可是这萧萧的夜雨声,就如同愁苦之人拨弄琴瑟的弦声,凄凉震耳,声声敲痛着容若那颗充满愁思的心,也越发触动了他的情思,让他不自觉地回忆起家中灯前的妻子,她此时是否也在思念着自己?

相思之情此时已如春日的野草一样,迅速地疯涨着,于是容若拿起笔,铺开纸笺,开始给妻子写信,抒发自己的离愁别绪:"书郑重,恨分明。"接下来,容若用一句"天将愁味酿多情",将整夜的情思推向了高潮,人有七情六欲,因而时常会感到愁苦,而苍天似乎也在用滴滴答答的细雨声来酝酿自己的愁苦,一个"酿"字,可谓是全词的词眼。

边塞严寒,容若好不容易写完信,呵着僵硬的双手封合了信封,在为信封签押的时候,偏签押到"鸳鸯"两字时,却发现笔尖被冻住了,只有一片冰凉的寒意。在这里,容若将自己的心境与天气巧妙地结合在一起,那被冻住的恐怕不仅仅是笔尖,更是容若的那颗心吧?

鹧鸪天(冷露无声夜欲阑)

冷露①无声夜欲阑,栖鸦不定朔风寒。生憎画鼓②楼头急,不放征人梦里还。秋淡淡③,月弯弯,无人起向月中看。明朝匹马④相思处,知隔千山与万山。

注释

①冷露:清凉的露水。
②画鼓:有彩绘的鼓。
③淡淡:水波荡漾的样子。
④匹马:一匹马,后常指单身一人。

赏析

在一个尚武不重文的王朝中,纳兰当然知道自己应该驰骋在沙场之上,建功立业,但是他偏偏是一个生有英雄志却又放不下儿女情的人。因此在羁旅行役中,他创造了大量描写痴男怨女的相思怨怼之作,这首词就属于其中的一首。

开篇两句,"冷露无声夜欲阑,栖鸦不定朔风寒",夜色将尽,冷露无声,朔风猎猎,寒鸦飞起,一静一动,形成对比,恰似词人此时跌宕起伏的心境。在中国古典诗词中,乌鸦常与衰败荒凉的事物联系在一起,表现出词人黯然愁思的心情。

"生憎画鼓楼头急,不放征人梦里还",词人本想早点入睡,好在梦中与妻子相会,谁知可恶的鼓声偏又在楼头急响,声声恼人,导致他无法在梦里还乡。在这里,容若用哀伤的笔调对人生的怨憎会苦进行了描写,同时也用反衬的手法来衬托出自己思念愁苦之情。

下阕继续进行景物描写,"秋淡淡,月弯弯,无人起向月中看"。在中国古典诗词中,"月亮"这一意象往往成为人们思想情感的载体,用来渲染清幽的气氛,从而烘托出一种悠闲自在、旷达的情怀。而在这首词中,秋波荡漾,月儿弯弯,本来是一派美好、宁静的景象,可是除了词人之外,竟没有旁人与他一起观赏,从而突出他的孤独寂寞。

结尾两句"明朝匹马相思处,知隔千山与万山",则使思念具体化,容若此时已经想到明朝更会越行越远,归程阻隔,万水千山,而对妻子的思念之情则会变得越来越重。

鹧鸪天(握手西风泪不干)

送梁汾南还,时方为题小影。

握手西风泪不干,年来多在别离间。遥知①独听灯前雨,转忆同看雪后山。
凭寄语,劝加餐,桂花时节约重还。分明小像沉香②缕,一片伤心欲画难。

注释

①遥知:谓在远处知晓情况。
②分明:简单明了。沉香:熏香料名,又称沉水香、蜜香。

赏析

在容若的诗词中,随处可见其对于友情的珍视。一天,好友顾贞观母亲病故的消息传来,顾贞观不得不立刻离京南归。容若得知这一消息后,也万分伤心难过,他不仅为顾贞观难过,也为自己难过,因为顾贞观已经成为他精神生活中不可缺少的一个人,而现在他不得不面对好友要离自己而去的事实,于是,他将自己的痛苦化成一行行长短句,填写了这首词。

"握手西风泪不干",词一开篇,作者就为我们营造出一派依依惜别的景象:在秋风之中词人与友人握手作别,泪水止不住滑落。作为康熙皇帝身边的一等侍卫,容若常常要入值宫禁或随圣驾南巡北狩,因此与朋友们聚少离多,很少见面,如今好不容易有一个相聚的机会,友人却又突然要南归,因此他才会发出"年来多在别离间"的感慨。

"遥知独听灯前雨,转忆同看雪后山",前一句容若虚写未来,后一句则实写过去。容若想象着身在远方的友人灯前独坐听雨的愁苦,脑海中回忆起于顾贞观雪后一同看山的快乐日子。

"凭寄语,劝加餐",此时,词人已经摆脱了伤感的心情,转而叮嘱友人要保重身体,并希望他在桂花开的时候能够回来与自己相聚。

"分明小像沉香缕",字面上的意思是小像在缕缕沉香的轻烟里历历可见,其实这里还有一个典故。李贺曾作过一首《答赠》诗,其中有一句"沉香熏小像,杨柳伴啼鸦",在这句中,"小像"本作"小象",是象形熏炉的意思,但由于误传的时间久远,也就约定俗成地变成了"画像"的典故。纳兰用在这里是想说,虽然容貌可以画出来,但是自己的伤心和不舍却难以画出,从而表达出对友人的思念之情。

最后两句照应了小序中的"为题小影",顾贞观南归时,容若赠以小像,题以词作,只可惜这幅小像在道光年间毁于火灾,否则,今人就能够通过小像来看一看,这位多情公子当时是怎样一副伤心欲绝的表情了。

鹧鸪天(尘满疏帘素带飘)

十月初四夜风雨,其明日是亡妇生辰。

尘满疏帘素带①飘,真成暗度②可怜宵。几回偷拭青衫③泪,忽傍犀奁见翠翘④。

惟有恨，转无聊。五更依旧落花朝。衰杨叶尽丝难尽，冷雨西风打画桥。

注释

①疏帘：指稀疏的竹制窗帘。素带：白色的带子，服丧用。
②真成：真个，的确。暗度：不知不觉地过去。
③青衫：青色的衣衫，黑色的衣服，古代指书生。
④犀奁（lián）：以犀牛角制作而成的梳妆盒。翠翘：古代妇人首饰的一种，状似翠鸟尾上的长羽，故名。这里指亡妻遗物。

赏析

这首词的词调十分低落惨淡，它写于容若的爱妻卢氏逝去的第二年。此时的容若因为失去了一生的红颜知己，倍感忧伤，在词中流露出对人生的厌倦。

"尘满疏帘素带飘"，妻子离去之后，屋子已经很久没有打扫，窗帘上早已落满了灰尘，室内一片死寂，只能看见素带飘动。其实，以容若显赫的家世，府中必定是奴婢成群，想来也不会如此狼狈，任凭"尘满疏帘"，所以，这一切不过是容若心里的主观感受而已，这样写一方面表现出他内心的极度悲伤，另一方面也营造出物是人非的意境。

十月初五是亡妻的生日，因此初四的夜晚必定是一个凄苦冷清的"可怜宵"，一个人在这种环境中，往往会睹物思人，容若自然也不可能例外。我们似乎能看到在这样一个寂寥的夜晚，容若独自一人在屋内徘徊，猛然间看到亡妻用过的妆奁翠翘，不觉暗自伤怀，几度清泪偷弹，甚至连衣袖都被泪浸得仿佛有千斤重了。

一个"偷"字，让人颇为费解，容若为什么要偷偷地流眼泪呢？原来，在封建社会，由于受到社会道德规范的约束，一个男人如果不能抛却儿女私情，不仅会被其他人嘲笑为胸无大志，更会被其他男人视为异类，哪怕他哀悼的是自己的亡妻，所以容若只能无奈地"偷拭青衫泪"。

词到下阕，容若将我们的视线带到了室外。"惟有恨，转无聊。五更依旧落花朝"，这两句毫无刻意雕饰之感，读起来就好像容若此时正站在你面前，流着眼泪向你倾诉。转眼间就到了五更天，容若一夜未眠，可当他来到户外之后，看到的却不是艳阳高照，而是"葬花天气"，从而突出自己心中的无限悲伤。

"衰杨叶尽丝难尽，冷雨西风打画桥"，衰杨叶尽，景色依然，我和你却已生死殊途。此时凄风冷雨抽打着画桥，怎能不令人愁思满怀，百无聊赖。

鹧鸪天·咏史（马上吟成促渡江）

马上吟成促渡江，分明间气①属闺房。生憎久闭金铺②暗，花冷回心玉一床③。添哽咽，足凄凉。谁教生得满身香。只今西海年年月，犹为萧家照断肠。

注释

①间气：为无关紧要的事情而生的气。
②生憎：最恨、偏恨。金铺，门户之美称。

③回心：高宗王皇后及萧妃被囚之所。玉一床：比喻满床清冷的月色。玉，指月色。

赏析

要读懂这首词，我们还是先来了解一下萧观音这个人，即词中提到的"萧家"。萧观音是历史上以美艳多才著称的皇后，她善诗词、书法、音律，弹得一手好琵琶，称为当时第一。

然而，帝后虽位在至尊，却也只是皇帝的附属品，她们的命运大都操纵于皇帝之手，萧皇后也不例外。耶律乙辛曾在辽道宗面前诋毁皇后，从此，辽道宗便认定萧观音与赵惟一私通。为打动丈夫的心，萧观音作《回心院词》共十首，希望他能回心转意，两人重拾往日的欢乐，并督促他要提防小人的陷害。可是，辽道宗根本听不进皇后的劝谏，敕令萧观音自尽，赵惟一凌迟处死。

作为美人，萧观音的悲哀在于宝珠入匣，空有绝世容颜却得不到丈夫的爱怜；作为皇后，萧观音的不幸在于处昏君身侧，非但不能以谏明君，更连性命也不能保全。

纳兰，一位玉般温润的公子，讽咏一位宛若娇花照水的传说中的皇后，不禁让人生出无尽的想象：他是要赞美她秋水盈盈的双瞳，还是要描绘她莹润蓬松的如云绿鬓？是要赞美她艳若三月桃花的脸颊，还是要描绘她婷婷袅袅的妖娆身姿？都不是。说起萧观音，他想到的是"马上吟成促渡江，分明闺气属闺房"——我们忘记了，已悄然隐入历史烟尘的容若，是偶傥的词人，更是英武雄健的武者。

有说法认为，容若去世时，三藩已平，海内生平，明珠与索尔图为首的党争也达到了顶峰。容若作为康熙帝的近侍，明晰地看到了这场争斗的前景。而此时的明珠不听容若的劝告——他也确实是无法抽身。容若清楚地知晓，繁华背后的转弯，等待着他和他的家族的是怎样悲凉的终点。

古人爱以美人喻英雄。美丽，是美女的财富；才干，是英雄的财富。多少英雄美人，任天赐的珍宝腐化成灰，泪满衣襟，郁郁终了。他纳兰容若，与那美貌多才却凄苦的萧观音一样，有才不得以鸣，有志不得以酬——纵然"生得满身香"，其结局也不过是"添哽咽，足凄凉"。

词人之讽咏，多有感而发，感同身受。纳兰这样一位含着金钥匙出生、人生一帆风顺的俊秀人物，应该也是想在萧观音身上找到一种共鸣吧。

临江仙（丝雨如尘云著水）

丝雨如尘云著水，嫣香碎拾吴宫①。百花冷暖避东风，酷怜娇易散，燕子学偎红②。

人说病宜随月减，恹恹③却与春同。可能留蝶抱花丛，不成双梦影，翻笑杏梁④空？

注释

①嫣香：娇艳芳香，亦指娇艳芳香的花。吴宫：指春秋吴王的宫殿。

②偎红：紧贴着红花。

③恹恹：精神萎靡不振的样子。

④杏梁：文杏木所制的屋梁，言其屋宇的高贵。

赏析

"丝雨如尘云著水"，如梦镜一般美丽的景致被这七个字雕刻得雅致纤巧、过目难忘，令人不禁遥想，是怎样一双修长精致的手，执笔雕琢出了如此巧夺天工的文字？

这首《临江仙》写于暮春时节，此时的纳兰容若不仅因逝去的春光而心生感慨，身体也正抱恙而忍受着折磨，愁病交加。以至于他竟生出了兴亡之叹，令人读来忍不住蹙眉心痛。

空中的愁云仿佛氤氲着水汽，蒙蒙细雨飘洒过后，吴宫里的残花散落了一地。娇美的宫花最经不得风雨，这满地落英让人怜惜不已，以至于过路的飞燕也学着人的样子紧紧依偎在了花下。

景物之愁加剧了纳兰的苦闷，"人说病宜随月减"，他却自叹道"恹恹却与春同"，他的疾病并未随着时间的流逝而好转，反而如这暮春一样萎靡颓丧。"可能留蝶抱花丛，不成双梦影，翻笑杏梁空？"拖着病体出得门来，只见蝴蝶飞舞流连，却迟迟不肯离开花丛，但梁上的燕子早已成双成对地飞走了，忍不住对着那空落落的屋梁苦笑一下。

纳兰确实是个风流的才子，但绝对不是个潇洒的文人。他的词，愁心漫溢，句句读来令人心伤，这一首满含兴亡之感的《临江仙》便是佐证。

临江仙（长记碧纱窗外语）

长记碧纱窗①外语，秋风吹送归鸦。片帆从此寄天涯，一灯新睡觉，思梦月初斜。

便是欲归归未得，不如燕子还家。春云春水带轻霞②，画船③人似月，细雨落杨花。

注释

①碧纱窗：装有绿色薄纱的窗。
②春云：春天的云。轻霞：淡霞。
③画船：装饰华美的游船。

赏析

这一次，容若和妻子分开的时间太长了。

两人分别的时候还是秋天。萧瑟的秋风吹送寒鸦归巢，那时正是日暮时分，他和妻子曾在碧纱窗前低语话别，别离的不舍言语似乎还在耳畔回响。恍惚间半年都过去了，春色都已经在天地间弥散开来，而自己却依旧归期未定。

这是一首在春天回忆秋天别离场景的词，开篇劈头就是"长记"二字，既表达了纳兰对妻子的思念之深，也隐含着负王命、不得归的一丝抱怨。两人一别日久，从此他便如一只孤船在天涯漂泊，"片帆"二字形象刻画出了词人孤身一人行走在外的飘零和落寞。

"一灯新睡觉，思梦月初斜"二句写他在旅店中惊醒，睡梦中全是故园之景、娇妻之美，但醒来只看到一星孤独的烛火在黑暗中闪烁，心中悸痛不已。此时月亮才刚刚西斜，这一番纠结之后自然再难成眠。

肩负王命，就难免有身不由己之感。一别甚久，纳兰归家的心是迫切的，思念之情令他备受煎熬，但他不能归去，难怪要感叹："便是欲归归未得，不如燕子还家。"就连燕子都能秋去春归、来去自如，我竟然还不及它啊！

眼见景色一天天精致、明朗起来，春的气息夹带着生机与湿润扑面而来，如画的山水让纳兰忍不住憧憬：我何时才能回到家乡，与妻子一起欣赏烟柳画船、细雨杨花？那该是何等的惬意！

又是一首表达相思的词。纳兰写词时似乎从不考虑同类题材自己已写过太多，或者在他眼里，此时的相思不能等同于彼时的牵挂，今日的愁绪和昨天的烦扰也是两个模样。纳兰这样想着，便确实写出了主题相同，但意境相异的佳作，一句有一句的悲伤，一首有一首的味道。

临江仙（六曲阑干三夜雨）

塞上得家报，云秋海棠开矣，赋此。

六曲阑干三夜雨，倩谁护取娇慵①？可怜寂寞粉墙②东，已分裙衩③绿，犹裹泪绡红④。

曾记鬓边斜落下，半床凉月惺忪。旧欢如在梦魂中，自然肠欲断，何必更秋风。

注释

①娇慵：柔弱倦怠的样子，这里指秋海棠花。此系以人拟花，为作者想象之语。
②粉墙：用白灰粉刷过的墙。
③裙衩：裙子与头钗都是妇女的衣饰，旧时借指女子。
④绡红：生丝织成的薄纱、薄绢。

赏析

有时候，读取辞赋之前短短的几句引子，更有情味。纳兰的这首词也是如此。手把书卷，一句"塞上得家报，云秋海棠开矣，赋此"映入眼帘，十三个字，孤寂清寥的意味如秀云出岫，咕嘟嘟从脚边涌起，转眼间遮蔽了书案。

秋海棠又叫"八月春"，多年生的草花，一年四季青青翠翠，花朵深红浅红的粉嘟嘟一簇，娇憨妩媚。秋海棠还有别名"断肠花""相思花"。断肠为苦，相思甜蜜，这花朵的寓意，有苦也有甜。

娇艳而多情的秋海棠，当年也曾是纳兰容若的相思花。"已分裙衩绿，犹裹泪绡红"，娇红的花朵、青翠的叶片，多么像一位红衫绿裙的佳人，独矗粉墙之下。

容若的妻，是位美丽清雅的女子，一如迎着西风摇曳的秋海棠，艳而不俗，娇而不媚。容若对她的印象，是家常的，却又带着几许梦幻："曾记鬓边斜落下，半床凉月惺忪。"是夜，这位可人儿忽然醒了，揉着惺忪睡眼，白日里簪下的秋海棠垂在鬓边，映衬着半床清朗的月光，仿若空谷中不食人间烟火的仙子，惹人垂怜。

这一切，似幻似真，是真实发生的一幕还是相思敦促下头脑中一厢情愿的杜撰，容若自己也说不清楚，"旧欢如在梦魂中"。在梦里与逝去之人相会，"自然欲断肠，何必更秋风"，比瑟瑟秋风更灼人心。

身处边塞的纳兰在荒凉的秋景中接到一纸家信,当他知道家中的秋海棠开花时,顿时想起曾经和爱妻一起赏花吟诗的片段,想起了彼此生活的点点滴滴,感怀不已。

临江仙(夜来带得些儿雪)

夜来带得些儿雪,冻云①一树垂垂。东风回首不胜悲。叶干丝未尽,未死只颦眉。

可忆红泥亭子②外,纤腰舞困因谁?如今寂寞待人归。明年依旧绿,知否系斑骓③?

注释

①冻云:严冬的阴云。
②红泥亭子:即红亭,长亭。路途中行人休憩、送别之处。
③斑骓(zhuī):毛色青白相杂的骏马。

赏析

在中国古诗词的大观园里,柳树就像袅娜娉婷的古装美女,获得了历朝历代文人骚客的青睐。纳兰这首《临江仙》也是咏柳之作,不过却更为特别,因为他所吟咏的不是春意枝头闹的春柳,而是冬天落雪后的一株寒柳,这在离别的伤感意境外陡然又多了几分料峭,读来让人不由得想掩一掩衣领。

容若所写的这一棵柳树处境甚是惨淡,不仅要对抗冬天严酷的寒风,还要经受霜雪的磨砺。容若看见它时,干枯的枝干上还带着前夜落下的积雪,望过去就仿佛有片片浮云坠落在了树端,不过浮云毕竟还是飘逸的,这一簇积雪却泛着逼人的寒气。凛冽的寒风吹过,回忆起春风的和煦忍不住心生悲凉,这树的叶子早已落净,但柳丝尚存还没有冻死,只是像病了一般皱着眉头,就好像愁病交加的自己。

所愁为何?仍旧是对亡妻的无尽思念罢了。

在上阕写完眼前之景,纳兰便在词的下阕照旧陷入了回忆:当初你我在红亭作别时春光正好,那柳树当真是茂盛至极。微风轻轻吹过柳枝,它便随风摇曳生姿,娇美不已。可是如今,只剩下我自己一人伫立红亭,"寂寞待人归"。

亡人已去又怎能归来,纳兰定然也是明白这个道理的。他思罢往昔又念明朝:"明年依旧绿,知否系斑骓?"待到挨过寒冬,明年春天红亭左右的垂柳依然会变绿,却不知道是否还会有人在那里系上骏马,长亭送别?纵使再有人在此话别,我却也终归是见不到你了。

这是不是一棵所寄之情最伤的柳树呢?前人惋惜的多是天各一方、难以聚首的遗憾,纳兰所叹的却是阴阳相隔、永不聚首的恨事。

临江仙·卢龙大树(雨打风吹都似此)

雨打风吹都似此,将军①一去谁怜?画图曾见绿阴圆。旧时遗镞②地,今日种瓜田。

系马南枝③犹在否，萧萧欲下长川。九秋黄叶五更烟。只应摇落尽，不必问当年。

注释
①将军：指将军树，即大树。
②遗镞：指遗弃或残剩的箭镞。
③南枝：朝南的树枝，比喻温暖舒适的地方，此处指故土故国。

赏析

爱在作品中用典的文人，唐有李义山，宋有辛弃疾，清代便是纳兰性德。然而，他的用典看似繁复，实则不着痕迹，仿佛信手拈来，借着眼前所见之景来剖白自己的心迹罢了。

自然界的风吹雨打和历史长河的波澜起伏似乎是一样的，雨过则天晴、潮平则海阔，时光荏苒中景物依旧，只是斯人一去不返。古人以大树喻军功，如今古木参天而昔日纵马扬鞭、驰骋沙场的将军早已化为一抔黄土，还有几人记得他当时的功劳，又有几人记得凭吊逝去的英雄？这便是纳兰在上阕里抒发的情感。

词的下阕似乎全在慨叹时光的不可逆转："系马南枝犹在否，萧萧欲下长川。九秋黄叶五更烟。只应摇落尽，不必问当年。"江河奔流，曾经拴着战马的树枝还在吗？是否早已化作深秋的落叶、五更的晨烟？任何人都无力阻拦一去不回头的岁月，任何语言和行动在注定消逝的光阴前都空洞苍白，那么，过去的丰功伟绩、英雄旧事又何须再提！

后世学者考证认为这首词大概作于康熙二十一年（公元1682年），当时纳兰容若作为一等侍卫扈从康熙皇帝东巡，在途中写了《临江仙·永平道中》等数篇作品，这一首可能也是其中之一。

与那些细腻婉转的悼亡词、恨别词相比，这首词多了几分英气，然而，"豪放是外放的风骨，忧伤才是内敛的精魂"，安意如的这句评价再贴切不过。即便是这类融入了历史兴亡的大视野的词作，也沾染着纳兰骨子里的忧郁气质。在旷达的茫茫原野上，行走着的始终是那个忧伤旷古的灵魂。

临江仙·永平①道中（独客单衾谁念我）

独客单衾谁念我，晓来凉雨飕飕。缄书欲寄又还休，个侬②憔悴，禁得更添愁。

曾记年年三月病，而今病向深秋。卢龙③风景白人头，药炉烟里，支枕听河流。

注释
①永平：清代永平府，在今山海关一带。
②个侬：这人，那人。
③卢龙：今山海关西南一带，滦河流经此地，清代属永平府。

韶华不再,芳踪难觅,岁月如同一缕茶烟,就这样飘然远去。

清 唐艾《荷花图》

人生相逢这件事情,就如同月圆月缺一样,此事古难全。

清 郎世宁《花鸟图》

赏析

早在明朝末年，罗刹国（俄罗斯）就觊觎中国东北边境的领土，接连向黑龙江流域进犯和侵扰。于是，在公元1682年的秋天，康熙派遣副都统郎谈、彭春与容若等人，率领少数骑兵以捕鹿为名到雅克萨一代侦察敌情，为彻底消灭罗刹做准备。而在这时，由于作战艰辛、环境恶劣，一直纠缠容若的寒疾又开始造访他，使得他的痛苦变得更加不堪忍受。所以，在途经永平时，他写下这首抒写乡关客愁的边塞词。

"独客单衾谁念我，晓来凉雨飕飕"，词一开篇，作者就描写了自己羁旅途中孤独寂寞的心情。自己远离京城，远离妻子好友，盖着薄被独卧，清晨醒来，看到的却是"凉雨飕飕"，这个时候，有谁会念及自己呢？

此时的容若想要给家中的妻子写信遥寄相思，但是家信写完之后，他却"欲寄又还休"。因为自己身体不好，又常年在外奔波，每次外出远行，妻子都会因为忧愁而变得憔悴，假如妻子此时得知自己生病的消息，恐怕会更添新愁，愈加憔悴，于是只好作罢。这句表现出容若虽然在羁旅途中患病，但对妻子仍然充满了无限关爱与思恋。

下阕的"年年三月病"，并不是说容若的身体不好，每年的三月都会生病，三月是春天，中国古代文人在这个季节一般会伤春，所以容若是说自己每年三月都会因为伤春而忧思成疾，但没想到的是，自己今年却"病向深秋"。

尾句容若借眼前萧瑟的景色来抒发自己内心的愁苦。"卢龙风景白人头，药炉烟里，支枕听河流"，在这深秋时节，卢龙地区风物稀疏，景色萧条，令人徒增伤感，以至暗生白发，而自己却只能在药炉的烟雾缭绕下，侧耳倾听江河的奔流之声来排遣愁苦之情。

读罢此词，我们似乎能看到这样一幅图画，在寒冷的深秋季节，寒风侵入薄被，冷雨拍打帐篷，容若架起药炉，在徐徐升起的炉烟中听着隐隐的流水声，一种被命运驱遣的无奈已经将他的内心填满，并注定要伴其一生。

临江仙·谢响樱桃（绿叶成阴春尽也）

绿叶成阴春尽也，守宫偏护星星①。留将颜色慰多情，分明千点泪，贮作玉壶冰②。

独卧文园方病渴，强拈红豆③酬卿。感卿珍重报流莺④，惜花须自爱，休只为花疼。

注释

①星星：通"猩猩"，形容樱桃猩红的颜色。
②玉壶冰：酒名。
③红豆：代指樱桃。
④流莺：即莺。流，谓其鸣声婉转。

赏析

从词题"谢响樱桃"来看，是说容若得到了友人馈赠的樱桃，所以填了这首情真意深之词以示答谢。

一开篇，词人就用到前文提到的杜牧与少女之母十年约定的典故，在这首词中，容若将杜诗中的"绿叶成阴子满枝"化用为"绿叶成阴春尽也"，其中所表达的悲惜之情也就不言而喻了。

"守宫偏护星星"，守宫指的是守宫砂，相传如果用朱砂喂养壁虎，等到其吃满七斤朱砂后，就会变得全身朱红，然后再将壁虎捣烂，用来点染在处女的肢体，直到其在发生房事后，颜色才会变淡消退。一些朝代便把选进宫的女子点上守宫砂，使其有所畏惧，不敢与宫中其他男子私通。容若在这里用到"守宫"的典故，想必他思念之人十有八九就是一个宫女，而与他有过一段情缘，最后被迫入宫的女子，除了他的表妹，就没有其他人了。

"留将颜色慰多情，分明千点泪，贮作玉壶冰"，在这句中，容若又用到"红泪"的典故，魏文帝曹丕所爱的美人薛灵芸在被迎娶时，因为舍不得离开父母而痛哭流涕，她以玉唾壶盛泪，泪水落在壶中成了红色，还没有到京师，壶中的泪已凝如血色，后世称女子的眼泪为"红泪"。在容若的眼中，表妹赠予他宫中的樱桃，就仿佛是点点泪水，这泪水就像苦酒一样积聚，让他沉醉其中。

"独卧文园方病渴，强拈红豆酬卿"，在这句中，容若又用到了典故。据《史记·司马相如列传》记载，汉司马相如曾任孝文园令，常因病闲居，后世遂以"文园病"指消渴病，容若在这里自比司马相如，说自己正失意病卧，你盛情馈送了樱桃，于是我强忍着病痛吃了它，以示对你的酬答。

"感卿珍重报流莺，惜花须自爱，休只为花疼"，在这黄莺啼遍的季节，容若十分感谢表妹还能如此珍重情谊，同时也劝慰表妹怜惜花落时也要自爱，不要总是为花落而生悲。

容若在写词时并不是刻意用典，而是诸多典故已经熟读于心，完全成为自己语言的一部分，自然而然地就用到词中，这首词就是容若用典手法的一个典范。

临江仙·寒柳（飞絮飞花何处是）

飞絮飞花何处是？层冰①积雪摧残。疏疏一树五更寒。爱他明月好，憔悴也相关②。
最是繁丝摇落后，转教人忆春山。湔裙梦断续应难。西风多少恨，吹不散眉弯。

注释
①层冰：犹厚冰。
②相关：彼此关联，相互牵涉，互相关心。

赏析

这是一首借咏寒柳而抒伤悼之情的词作，容若在词中咏物写人，亦柳亦人，委婉含蓄、意境幽远，可谓是其咏物词中的佳作。

词一开篇，容若就开门见山地提出一个疑问"飞絮飞花何处是"，在这冰天雪地的严冬，那迎风飘逝的柳絮杨花去了哪里？这一问，十分生动地表现出他的焦虑、寻觅之神态。

事实上，杨树、柳树本是两种不同的树，但由于它们的种子杨花和柳絮都带有白絮能飞，因此，"杨花"和"柳絮"在古典诗词中常常被认为代表同一个意象，而容若在这里用到"杨花"的意象，是为了造成叠音的效果。对于首句提出的疑问，容若马上自问自答说

"层冰积雪摧残"，原来是严寒无情扼杀了漫天的生机。

"疏疏一树五更寒"照应词题的"寒柳"，在这句中，"疏疏一树"四字本就让人从心底升起一股寒意，何况还是寒气最重的五更天气，这更令人倍觉凛冽凄清。

上阕的尾句让清冷中浮起一丝暖意，"爱他明月好，憔悴也相关"，柳树在明月的映照下显得更加憔悴，但也更让人怜爱。

如果纳兰在上阕中以柳喻人，勾画出亡妻姣好的外表以及多舛的命运，那么在下阕中，容若则开始追忆往昔，抒写悼亡之情。

"最是繁丝摇落后，转教人忆春山"，在繁茂的柳丝摇落之时，容若想到了亡妻。"春山"一词虽然不着一色，却能让人从中感受到卢氏昔日的风采。如今伊人已逝，即使梦里相见，可慰相思，但好梦易断，断梦难续。

"湔裙梦断续应难"中"湔裙"的意思是洗裙，相传窦泰的母亲在怀他时，到了产期却不能分娩，于是就求助于巫师，巫师说："只要渡河湔裙，就容易产子。"后世用"湔裙"谓妇女有孕至水边洗裙，分娩必易，容若在这里用到这个典故，暗指妻子卢氏死于难产。

按照四季更替的规律，寒冬之后便是暖春，那时春山依旧如黛，只可惜在容若的心中，一切都已物是人非，自爱妻死后，这样的春天就不再属于他了，所以他才发出"西风多少恨，吹不散眉弯"的慨叹，这一声叹息中，饱含着许多惆怅与悲苦。

临江仙·寄严荪友（别后闲情何所寄）

别后闲情何所寄，初莺早雁相思。如今憔悴异当时，飘零心事，残月落花知。生小①不知江上路，分明却到梁溪②。匆匆刚欲话分携，香消梦冷，窗白一声鸡。

注释

①生小：犹自小，幼小。
②梁溪：指严荪友的家乡。

赏析

这一首寄赠之作就是容若写给好友严绳孙的，表达了他对挚友深切的怀念之情。

"别后闲情何所寄"，词一开篇，容若便直抒胸臆，表达了对严绳孙的思念之情。自友人走了之后，容若便感到失去了寄托，以至于日日夜夜都在思念着他。"初莺早雁相思"则进一步强化了容若对友人的思念之情。"初莺"在这里指代暮春时节，"早雁"则借指秋来之日，由此句可以看出，容若与严绳孙已经分开很长一段时间了，而在这春去秋来之间，容若无时无刻不在牵挂着友人。

此时卢氏已经去世，所以在这首寄赠之中，他的语气也没有了往日的俏皮与轻松，而是充满了思念与伤感，所以他才会感到"如今憔悴异当时"。但是妻子已经故去，友人也天各一方，心中的痛苦无人诉说，容若只好"飘零心事，残月落花知"，自己的孤独寂寞只有残花落絮能够知晓，其实等于不知，因为这种萧瑟的景象只会使他想起往事，使怀友之心变得更加浓烈。

下阕起始两句写梦中的景象。"生小不知江上路，分明却到梁溪"，我自己生来不知江南之路，然而梦里却到了你的家乡梁溪。容若由于思友心切，以至于心生梦幻，在梦中与阔别已久的好友重聚，无奈天不遂人愿，容若正欲向好友倾诉别后思念之情，窗外却传来鸡鸣之声，惊扰了这美好的梦境。梦中温馨的情谊消逝了，令人不胜怅惘。

临江仙·孤雁（霜冷离鸿惊失伴）

霜冷离鸿①惊失伴，有人同病相怜。拟凭尺素②寄愁边。愁多书屡易，双泪落灯前。

莫对月明思往事，也知消减年年。无端嘹唳③一声传。西风吹只影，刚是早秋天。

注释

①离鸿：失群的大雁，比喻远离的亲友。
②尺素：书写用的一尺长左右的白色生绢，借指小的画幅，短的书信。
③嘹唳（lì）：形容声音响亮凄清，这里指孤雁哀鸣声。

赏析

这是一首典型的咏物抒怀之作，明写离群孤雁，实写与其同病相怜的自己。后人揣测这首词大概写于纳兰某次随从康熙出行或去边塞执行任务的途中，这一路上鞍马劳顿，既无妻子来嘘寒问暖，也无朋友可把酒言欢，难免旅途孤寂，心中怅然。他骑马行走在旷野中，猛然抬头看见了那只离群悲鸣的孤雁，"同病相怜"之感油然而生，这首词便成了这一段旅途的见证。

大雁不善于单独生活，离群往往是迫不得已，所以那些落单的大雁容易让人心生怜悯之情。纳兰此时就像一只"霜冷离鸿惊失伴"的孤雁，当他在满地秋霜中抬头看见那只拼命南飞、声声哀啼的大雁时，忍不住喃喃自语："你可知这地上有个人与你同病相怜啊！"他想要把满怀愁绪用书信寄出，但"愁多书屡易"，他发现愁绪太多且变幻不定，屡屡修改增删，这封信便迟迟写不下来，于是只能对着烛光暗自垂泪，即"双泪落灯前"。

越是纷乱，就越想拆解清楚。所以陷入情绪困扰中的人容易追思往事，纳兰提醒自己"莫对月明思往事"，那只会让人衣带渐宽，形影憔悴。可是这样的提醒往往是苍白的，一个人最难明白、也最难管住的莫过于自己的心。

云中忽然传来一声孤雁哀鸣，"无端嘹唳一声传"，抬头望去，那孤单的影子在初秋的寒风之中缥缈远去。末尾"西风吹只影，刚是早秋天"和上阕里"同病相怜"二句已将天上孤雁与地上旅人合二为一，所以，这孤单的"只影"既是雁，也是人，一语双关，给人留下了广阔的联想空间。

纳兰这出身贵胄的男子心思却纤细到了极致，一只孤雁、一瓣落花皆能触动他的心神，所以他的愁情注定要比他人多、比他人沉重。

临江仙（点滴芭蕉心欲碎）

点滴芭蕉心欲碎，声声催忆当初。欲眠还展旧时书。鸳鸯小字①，犹记手生疏。倦眼乍低缃帙②乱，重看一半模糊。幽窗冷雨一灯孤。料应情尽，还道有情无？

注释

①鸳鸯小字：指相思爱恋的文辞。
②缃帙：浅黄色书套。亦泛指书籍、书卷。

赏析

那是另一个时空下雨打芭蕉的夜晚。

心欲碎，不知是芭蕉心碎，还是纳兰心碎。"早也潇潇，晚也潇潇"，古往今来的诗词中，芭蕉似总喜欢同雨相伴出现。雨打芭蕉，急雨嘈嘈，疏雨淅沥，仿佛诉尽人间相思，孤寂与愁绪纷至沓来。

殊不知，芭蕉本是无心的，正如禅语里说："修行如剥芭蕉。"我们的心被世间欲念层层所裹，那么，修行便是将它一层一层剥去，找回纯真的自我。这也是佛学里所谓的"明心见性"，即抛开尘世的一切杂念，方可见性。

到底，此刻纳兰心中所想的"芭蕉"代表哪一种意象？是孤独寂寞，还是明心见性，我们并不知晓。但能肯定的是，他心中的芭蕉心必是在其不展。因其不展，所以枝枝叶叶才能藏得住纳兰梦萦半生的回忆，容得下他多愁又敏感的心。窗外雨声风声入耳，此情此景，令纳兰不禁想起过去神仙眷侣般的生活。"忆当初"，短短三字便如一把利剑斩断今生。如今，今生已作永隔，那些夜间情意缱绻的呢喃细语，那些红笺上情意绵绵的玲珑小字，早已随着流年销声匿迹。

"鸳鸯小字，犹记手生疏"，此语原出王次回《湘灵》：

> 戏仿曹娥把笔初，描花手法未生疏。
> 沉吟欲作鸳鸯字，羞被郎窥不肯书。

王次回也如纳兰一般，爱妻早丧，不过凉薄人世一孤伶人。那句"戏仿曹娥把笔初"，便是在回忆妻子年轻时想要模仿曹娥的笔意，写下心中所想的情话，却又怕被情郎瞧见，所以害羞不已的情景。

借着这份情意，纳兰回想起自己心中的那个她。当年，娇俏语长萦耳畔，那副欲语还休的羞涩模样犹在心头，鸳鸯小字里，那位模样如花朵般美丽的女子身姿若隐若现。然而世事难料，以为会相伴一生一世的两人，最后竟阴阳相隔，徒留诗人在几页发黄的旧时书里寻找无可寄托的相思意。

旧时书一页页翻过，过去的岁月一寸寸在心头回放。缃帙乱，似纳兰的碎心散落冷雨中，再看时已泪眼婆娑。"重看一半模糊"，就让这眼前一半清醒一半迷蒙，让我在梦里与你相会。

"幽窗""冷雨""孤灯"，它们让纳兰看到了半世浮萍随水而逝，感喟自己此刻孤独寂寥的心绪。这么多年过去了，她依旧在自己的回忆里挥之不去。"料应情尽，还道有情无？"我以为我会忘记你，忘记这段刻骨铭心的忧伤，然而这般深情厚谊，恐怕在纳兰心中已不是简单的有情,而是人生难得的知心人。

有情无?纳兰笃定不念今生,料想今生情已尽,一心待来生,愿来生再续未了缘,可有来生?

临江仙(昨夜个人曾有约)

昨夜个人曾有约,严城①玉漏三更。一钩新月②几疏星。夜阑犹未寝,人静鼠窥灯。

原是瞿唐风间阻,错教人恨无情。小阑干外寂无声。几回肠断处,风动护花铃③。

注释

①严城:戒备森严的城池。
②新月:农历每月初出现的弯形的月亮。
③护花铃:为保护花朵驱赶鸟雀而设置的铃。

赏析

纳兰词总是悲切缠绵,催人泪下。这首《临江仙》也是如此,寥寥语句勾画了他与恋人相约却又未能见面的一段经历,言辞之间情真意切、哀感动人。

"昨夜个人曾有约,严城玉漏三更。"报时的沙漏中,细沙滑下,标志着时间无情流逝。戒备森严的城内街道空无一人,词人独自等待了大半个夜晚,"严城"二字更增添了这孤独凄凉的色彩。相思与等待之苦,确是不堪忍受。

"一钩新月几疏星",天上的一钩新月,点点疏星,这样的景色在纳兰看来,不过是一番别样的孤寂凄清。心心念念的等待之人终究没有到来,面对新月疏星,词人只能听凭思念和寂寞在悄然中纠缠不休。

三更时分,风定夜静,相约之人却迟迟不来,心情犹疑不定之中,"夜阑犹未寝,人静鼠窥灯",纵夜阑灯昏,又怎得安然好眠?"鼠窥灯"是说,四周寂静无声,连小鼠也出来窥探。而无果的等待,一室的悄然,早已让人心内冷凉一片。言语至此,已是沉沉无半点生气,寂寞至极。

词人久待不见人来,甚至开始主动为对方寻找爽约原因。"原是瞿唐风间阻",瞿塘是长江三峡的瞿塘峡,西起四川省奉节白帝城,东至巫山大溪,两岸悬崖壁立,山势险峻,水流湍急,行船艰难。

纳兰在这里设想,恋人一定遭遇了像瞿塘峡的风一样的意外变故,才没来赴约。想必此刻伊人正在独倚高楼,拍遍栏杆,苦无良计。继而强自解嘲道,这岂不是要教人误以为对方无情么,"错教人恨无情"。纳兰心知肚明,横隔在他们之间的是一条难以逾越的鸿沟,可他也无计可施,只得任由情绪陷入长久痛苦的相思之中。

"小阑干外寂无声",深夜难眠容易让人产生回忆,昔日与恋人在回廊约会的场面历历在目,而此时此刻,只剩下护花铃声颤动,空留断肠人。

蜿蜒在纳兰词句中的思念是多么的缱绻漫长,让后人读罢无不心有戚戚焉。

菩萨蛮（梦回酒醒三通鼓）

梦回酒醒三通鼓，断肠啼鴂①花飞处。新恨隔红窗，罗衫泪几行。
相思何处说，空有当时月。月也异当时，团栾照鬓丝②。

注释

①啼鴂：即鹈，一名杜鹃。三月即鸣，至夏不止。常用以比喻春逝。
②团栾：指明亮的圆月，旧俗称农历八月十五日为团圆节。鬓丝：鬓发。

赏析

容若这阕词，为月夜怀人之作，当情当景，凄婉缠绵之至：三更子夜之时鼓响，廊痕深处寂寞袅袅，酒醒梦回显然是伤痛难耐，酒也不能麻痹以至彻夜无眠。恰逢此刻偏又传来杜鹃悲啼之声，更添伤情离愁之绪，于是清泪涟涟罗衫亦湿。可恨此情此愿又无处诉说。当头明月犹在，却与旧时不同，此刻只不过是照映自己孤独一人罢了。

在这阕词中，纳兰的相思之苦，借"新恨隔红窗，罗衫泪几行"婉婉道来。有"新恨"必有"旧恨"，从下片的意思看，所谓"新恨"，是对情人的相思，那么旧恨无非是指当年的离别。想必当年与情人分别之时，曾相约于次年春天重新相会。如今旧地重来，而人事发生变化，伊人已另有归宿。一窗之隔，相见无缘，徒然望风洒泪，伤感彻骨。

如果说，这词上片的写法究属一般，那么，下片便不同寻常了，因为此处有遥寄相思的"当时月"。明月当空，两人相约而至，借着清辉映照双双容颜，两人情感也如这月华般攀升。于是月下海誓山盟，互许倾心。可是两人相守，说长也短，此时月已倾斜，今夜必须分别，于是约好即使天涯两隔，也可同看明月，以寄相思。

可是，"月也异当时"。这月已远非当年，虽然明亮依旧，但他们二人两情相悦时月亦完美，可如今，佳人已不在旧地，这相思之情凄苦断人愁肠，再添当时照人相聚慰人寂寥的明月，竟似团栾冷眼笑看离人孤独。更如容若另一首词所言："辛苦最怜天上月，一夕如环，夕夕都成玦。"到这里，两相心境以月对照，幽怨之情跃然纸上。

菩萨蛮（隔花才歇廉纤雨）

隔花才歇廉纤雨①，一声弹指浑无语。梁燕自双归，长条脉脉②垂。
小屏山色远，妆薄铅华浅。独自立瑶阶③，透寒金缕鞋。

注释
①廉纤雨：如珠帘般的绵绵细雨。
②长条：长的枝条，特指柳枝。脉脉：犹默默。
③瑶阶：本指玉砌的台阶，也为石阶的美称。

赏析
这是一首写闺中女子伤春怀人的词。

上片第一句"隔花才歇廉纤雨"呈现了一幅这样的图景：一场绵绵细雨刚过，窗前那丛盛开的花，还点点滴滴地淌着雨水，颇有一种悲剧的情氛。后一句说"一声弹指浑无语"进一步点出缘由，原来是人生长怀别绪离苦，而生涯又如弹指一挥。

"梁燕自双归，长条脉脉垂"，"梁燕"指梁上的燕子，纳兰这里用"梁燕"就有点曹雪芹的"梁间燕子太无情"的意思。其实并非燕子无情，而是所爱的那个人无情，不及燕子守信双双归来。这句点出了一二句中营造的情绪的缘由，对于人生的嗟叹，都是由于思念引起的。接着"长条脉脉垂"一句，用拟人手法渲染前面的情绪，好像连一条条柳丝也通人性，默默无语，为她伤感。

下片写景视点转换很频繁。"小屏山色远，妆薄铅华浅"，透过屏风，看向了窗外，看见远远的小山，呈现一派苍翠。然而似乎不忍卒观，马上又收回来，淡妆独立，独坐妆台。"独自立瑶阶，透寒金缕鞋"，然后又起行徘徊，徒然伤怀，独立瑶阶，寒气浸透金丝织就的鞋子。

纳兰性德的抒情很有特色，总是将美好的意象披上伤感的情绪，似乎是要在美中添加悲剧色彩，而且这种悲剧色彩往往十分浓郁，这首词中"浑无语""独自立""透寒"，很能体现这样的抒情特点。

菩萨蛮（新寒中酒敲窗雨）

新寒中酒①敲窗雨，残香②细袅秋情绪。才道莫伤神，青衫湿一痕。
无聊成独卧，弹指韶光③过。记得别伊时，桃花柳万丝。

注释
①中酒：饮酒半酣时，也指醉酒。
②残香：残存的香气。
③韶光：美好的时光。

赏析

容若的这首《菩萨蛮》，写的是春日里与伊人别后的苦苦相思：夜深天凉，因为深秋连花儿都已憔悴，只依稀辨得些残香落叶的影子。半睡半醒之时被雨惊醒，忍不住便又想起与你在春天时分手的情形，思念之下肝肠寸断。回首间瞧见衣衫湿痕一片，原来在不知不觉间又泪湿青衫，我果然还是在思念着你啊。

上阕前两句写的是此时眼前之景，"新寒中酒敲窗雨，残香细袅秋情绪"说的是时已深秋，非醉非醒间瞧见窗外落雨霏霏，打在玻璃上尤增凄寒之感。接着两句，转向自身情绪，"才道莫伤神，青衫湿一痕"，"青衫"是唐制里，文官八品、九品的服饰，后借指失意的官员抱负不得伸展，"青衫泪"便是男儿泪的代称。原来果然是感念在怀，不觉之中连衣服都被泪滴沾湿，这一个无意识状态的刻画，直接而深刻地把这一种感念的无奈与略微的自嘲展露出来。

接着，下阕前两句写现在的情绪，"无聊成独卧，弹指韶光过"，容若将这相思的情感，无限惆怅寄托于桃红柳绿之间。想必那时，他定是相信未来能如这桃花开得鲜艳一般，他们的情感，也能瑰丽无比。可是所有人都忘了，桃花春开秋谢，万物使然，再艳丽夺目也终究逃脱不了凋谢的命运，于是秋天冷风袭来的刹那，伊人已不在身旁，就连那日桃花满目映红的场景都已不再，叫人情何以堪呢？

只不过桃花绿柳还更幸福些，因为来年春天的时候，它们又能在枝头浅唱，可是我身边呢，除了年华在指尖飞落的痕迹，还有什么？春华易逝啊，看着这场秋雨和肩头青衫的湿痕，微微一叹。还好，我还能看见你，在那场烟柳桃花深处的分别里，也就是"记得别伊时，桃花柳万丝"。

"柳"也是诗词中常常出现的意象，因它谐音"留"。"柳万丝"即写出一片想留却不能留，送别又不忍别的离思愁肠，也表达出当时与伊人相离时百转千回的思绪，和万语千言总不能言的无奈。

菩萨蛮（淡花瘦玉轻妆束）

淡花瘦玉轻妆束，粉融轻汗红绵扑①。妆罢只思眠，江南四月天②。
绿阴帘半揭，此景清幽③绝。行度竹林风，单衫④杏子红。

注释

①红绵扑：红丝棉的粉扑，妇女化妆用品。
②四月天：指初夏之时。
③清幽：风景秀丽而幽静。
④单衫：单衣。

赏析

这是在纳兰性德所有词中风格比较特殊的一首，这首词典型地受到了花间词的影响，不是很能体现纳兰性德填词用情真挚的特点，并非佳作，可能属于纳兰性德早期的游戏之作。

全词展示了这样一组图画：梳妆台前，一个女子正梳妆，女子面容姣好，将一朵淡淡的花朵插在头发上,玉制饰品也挂在身上。红粉融融,脸色红润,红丝棉做的粉扑轻轻地抹去香汗。梳妆完毕,竟又犯困起来,只想卸妆回头睡觉,原来江南四月春归,真所谓"春眠不觉晓"。半揭起绿色的帘子,门外一片清凉幽景,好不绝妙。慢慢踱步,随心而行,来到一片翠竹园下。忽而起了一阵清风,拂面而来,淡薄的衣裳,颇觉嫩寒侵体,不过杏花正浓,景色宜人。

从内容上看,纳兰性德这首词仍属于传统花间词的范围,是描写闺中女子的生活细节和心理细节。全词情感上不属于悲情的,带有淡淡的惊奇,这也可以说恰到好处地表现了女子游春的正常情怀。从意象运用上看,绮靡侧艳,范围并不开阔。词中"淡花""瘦玉""粉融轻汗""红绵"等,属于典型的花间词意象,未有创建。

菩萨蛮(催花未歇花奴鼓)

催花未歇花奴鼓①,酒醒已见残红②舞。不忍覆余觞③,临风④泪数行。
粉香看又别,空剩当时月。月也异当时,凄清照鬓丝。

注释

①催花:即击鼓催花,用于酒令,鼓响传花,声止,持花未传者即须饮酒。花奴鼓:唐玄宗时汝阳王李琎(小名花奴)善击羯鼓,玄宗尝谓侍臣曰:"速召花奴将羯鼓来,为我解秽。"后因称羯鼓为"花奴鼓"。
②残红:凋残的花,落花。
③余觞:杯中所剩的残酒。
④临风:迎风,当风。

赏析

这首词通过临别前和临别时的环境以及心理描写,来渲染相思之情。上片写临别前饮酒与心绪不宁的矛盾心态,下片更进一步,通过写马上要离别时,突然感到物非人非的强烈情感,表达了面对离别而无法自禁的剧烈情感变化。

"催花未歇花奴鼓,酒醒已见残红舞",催促春花盛开的鼓声一直还没有停,酒醒之后已经看见落花纷纷扬扬,感慨这时光何其迅速,而你我又到了饮这离别之酒的时候。

上片中,词人的情感还在自控的范围内,最多是愁肠百结而"不忍覆余觞",不忍倾杯一饮而尽这酒杯中残余的薄酒。实在不能忍受心中痛苦也只是"临风泪数行",或许情人问起,她可能还会说是眼中吹进了沙子。

下片就显然增强了情感。眼看所爱的人马上就很难再看见一次,情感上何以能忍受?"粉香看又别,空剩当时月",可爱的人儿啊,如今这离别又出现在眼前,寂寂空无所依,只留下一轮圆月,独立天际。

原本物是人非都已是催人肝肠寸断的了,她却说就连物也并非原来的物了,"月也异当时,凄清照鬓丝"——甚至就连这月亮也与当时我们在一起时不同,你看这凄凉的清光缕缕地照在我的青丝上,如何不催人泪下。

菩萨蛮（窗前桃蕊娇如倦）

窗前桃蕊娇如倦，东风泪洗胭脂面。人在小红楼，离情唱《石州》①。
夜来双燕宿，灯背屏腰绿②。香尽雨阑珊③，薄衾寒不寒？

注释
①《石州》：乐府商调曲名。
②绿：昏暗不明。
③雨阑珊：微雨将尽。

赏析

东风始来，三月的桃蕊初绽，不胜娇美，慵懒如同刚刚睁开睡眼的少妇。初上绣楼，凭依窗子，远眺之时，"忽见陌头杨柳色"，想起久久未归的游子，苦涩的离情溢满心头，泪水湿了新妆。唇齿之间，这一首《石州》曲，吟遍了古今多少离情别绪。忽而想起昨夜那来宿的双燕，"落花人独立，微雨燕双飞"，形只影单的少妇倍觉凄凉，灯烛背对屏风，回首处，昏暗不明。春意料峭，微雨将尽，那远方的人是不是只有一张薄衾，又是温是寒呢？

这便是游子的思妇之情，短短四十来字，写尽了春闺情愁、销魂之感。

"窗前桃蕊娇如倦"，看似写"桃花"，其实写"人面"。从《诗经》里"桃之夭夭，灼灼其华"开始，"桃花"便成了红颜的象征，意味着一种脆弱的美。词人用在这里，既是写花的美，也是写人的美；是写人对桃花的欣赏，更是写人对自己的怜惜。看见桃花烂漫，容若不由地联想到自己也是青春如许，却春闺独居，难以与心中思念的人共相朝夕。

春日本多情，一句"泪洗胭脂面"便知闺中人心中的愁苦，非窗前的一缕薄烟，也非耳际的一阵轻风，它的厚重也许根本没有什么事物可以用来比拟，也不需要用什么来比拟，既无他诉，便只得轻吟一首哀婉的《石州》曲。

下阕"夜来"二字起首，便知漫漫长夜中闺中人的凄婉心境。"夜来双燕宿，灯背屏腰绿"，一夜料峭春雨不止，人也久久难以入眠，双燕因深夜寒冷而借宿檐下，相依相偎，触动了闺中人的心事。灯烛背对着屏风，因而昏暗不明，似也困乏欲睡，此时此刻，已至深夜，唯有人独醒着。

在末句"薄衾寒不寒"的设问中，词人其实早已预设了回答：在这凄凉的境地之下，闺中人不由想到远在异乡的人是否能禁得住这番春寒？由物（燕）及己，由己及人，才有了"寒"的意蕴。

菩萨蛮（朔风吹散三更雪）

朔风①吹散三更雪，倩魂犹恋桃花月②。梦好莫催醒，由他好处行。
无端听画角，枕畔红冰薄。塞马一声嘶，残星拂大旗。

注释
①朔风：北风，寒风。

②倩魂：少女的梦魂。桃花月：即桃月，农历二月的别名。农历二月桃花盛开，故桃月为二月之代称。

赏析

这首词很有意思，纳兰分别以闺中女子与塞外征夫的角度描写演绎上下阕，使得整首词上下呼应，画面重叠，更显出一对有情人心有灵犀、彼此想念的感伤。整幅画面只有清寂的两个各在一方的身影，却由着这相思牵连出了一丝凉薄的暖意。

词的第一句"朔风吹散三更雪，倩魂犹恋桃花月"描写的是这样一个夜里：狂风骤起，冬雪未停，人总是由冷思暖，伊人甜梦正香，已由那雪花乱舞、狂风呼啸的寒冬转梦到二月暖春百花盛开的景致，于是，无须其他端由，只这一梦，已将闺中人牵引至了思念中。

甜梦中，伊人微微噙起嘴角，期盼与希望交织成的喜悦让人都不忍心再把这冬日赤裸裸地砸在她眼前。仿佛这是她唯一能够抵御严寒噬骨的药酒，不能饮不可饮，却也要拼却一醉。只为得梦里还能再见你的笑貌音容，我亦可存着生命盼着希望。"梦好莫催醒，由他好处行。"

"无端听画角，枕畔红冰薄"，就在伊人甜梦缱绻之时，千里塞外的征夫睡梦中因听见画角的声音而转醒，才发现枕畔已因刚才的梦境而沾湿了一片。也不知那是梦中得以相见的欢愉感动，抑或是相见却终需相离的怨恨，仿佛更像是把这一切都打碎了混在一起，再揉进梦里，揉进心里，揉进眼里，落下那薄如红冰的泪水。

已然转醒，便再无心睡眠，索性披了衣走出帐外，紧接着"塞马一声嘶，残星拂大旗"，塞马的长嘶和伴旗的残声交织出一幅悲凉、凄清的画面，它一扫前句的旖旎之风，慷慨沉凉。这一句以动写静，是整首词中最值得称道的地方。

那思念之情由着这寒风拉扯，遥遥与伊人的梦魂轻轻重合在一起，像一组两画面的组图，相距天涯的两颗心，印刻着相思。

菩萨蛮（荒鸡再咽天难晓）

荒鸡再咽天难晓，星榆①落尽秋将老。毡幕②绕牛羊，敲冰饮酪浆③。
山程兼水宿，漏点清钲④续。正是梦回时，拥衾无限思。

注释

①星榆：白榆树。
②毡幕：即毡帐。
③酪浆：牛羊等动物的乳汁。这里指酒。
④钲：古代行军或歌舞时用以指挥进退、动静的乐器。

赏析

这是一首短小的边塞词，与传统边塞作品中豪放刚健的气质不同，纳兰这首词充满了温婉柔美的韵致，豪迈中透露着凄凉。词中描绘了边塞行役中的基本生活以及对家乡的思念之情。

大漠荒野里不辨天日，战事丛生的时节，即至三更天，鸡鸣再三渐已转向沉寂，天空却还是难以破晓，密布的天星在晚秋时节也摇落而尽。"荒鸡再咽天难晓，星榆落尽秋将老"，"荒鸡"指三更前啼叫的鸡。旧时以其鸣为恶声，主不祥，认为荒鸡叫则战事生。故人不在，人迹罕至的荒凉之地更加深了纳兰对家人思念之情的缱绻。

"山程兼水宿，漏点清钲续"，这一路上晨昏不分，跋山涉水，长时间的行路与顾眠，仿佛天地间，只剩下漏壶滴下的水点与军中夜巡的击钲声交参连续。"正是梦回时，拥衾无限思"，本应是午夜梦酣之时，却只能在这孤寂的夜半抱着衾被，心中升腾起无限思量。

我们可以想象：牧族的绒毡零星地分散立于天地间，牛羊围绕着幕布，自顾觅食，乳浆在这凄冷的晚秋已凝结成冰，颇有天苍野茫的味道。细读纳兰的词总能发现，"豪放是其外放的风骨，然而忧伤是内敛的精魂"，所以，这样的边塞景致确不过是为他缱绻的感情做了宏大的背景铺垫罢了。

菩萨蛮（白日惊飙冬已半）

白日惊飙①冬已半，解鞍正值昏鸦②乱。冰合③大河流，茫茫一片愁。
烧痕空极望，鼓角高城上。明日近长安④，客心愁未阑。

注释

①惊飙（biāo）：突发的暴风，狂风。
②解鞍：解下马鞍，表示停驻。昏鸦：黄昏时乱飞的乌鸦。
③冰合：冰封。
④长安：古都城名，即今西安城。唐以后诗文中常将其当作都城的通称。此处借指北京城。

赏析

这首词写的是词人到边塞回来时的状况。至于具体时间，有两种说法，一种认为是觇梭龙后的归途中；另一种说法是清康熙二十三年（公元1684年）十一月扈从东巡的归途上。词人在严冬将半时策马回乡，在一处留宿，明日就能抵达长安了，然而，正在这个本应该兴奋不已的时候，词人却泛起无尽的惆怅。

狂风掠起地面的落叶，隆冬已经快过了一半。解下马鞍，系好马，找个野店停留下来，此刻昏鸦乱飞，惊起胸中无限思量。大河已被冰封，千里茫茫一片，愁思无尽。野火烧过的野地里残灰还在，独自站在这空旷的原野中满目怅惘。城楼上战鼓号角长鸣，明日就能回到北京了，为何愁绪仍未缓解半丝？

纳兰近乡生愁，并不是他由外而内的情感表现，而是由内而外，由他忧郁的气质所决定的。纳兰的忧郁气质使他的词风中有一种过度用情的感觉，这种情感，直指本心，令人动容。

菩萨蛮（榛荆满眼山城路）

榛荆满眼山城①路，征鸿不为愁人住。何处是长安，湿云②吹雨寒。
丝丝心欲碎，应是悲秋泪。泪向客中多，归时又奈何！

注释

①榛荆：犹荆棘，形容荒芜。山城：依山而筑的城市。
②湿云：谓湿度大的云。

赏析

曾有人说，人类的发展史就是一部战争史。战争对于战士们来说，最残酷的莫过于两件事：一是远离亲人和家乡，二是随时面临着流血与死亡。而当这两种愁思或恐惧同时占据他们的思想时，其对亲人和家乡的怀念也就分外强烈。纳兰这首《菩萨蛮》便是在这种文化背景中产生的。

词的开篇，纳兰便展现出一派荒芜之境，"榛荆满眼山城路"说的是行役途中所见，榛荆，犹似荆棘，此处便是指荒蛮之地。可见，这首词是纳兰在出行途中所作。山城遥遥，满眼荒芜颓败之景，荆棘一样的植物在这城边的行军道上显得格外的刺眼。

"征鸿不为愁人住"，远处传来几声嘶哑的雁鸣，在丝丝雨声中，它们只顾前进，倏忽间就飞向远方去了，像那断雁前来，却不为愁人暂住片刻，那为何还有"鸿雁传书"的古语呢？想必不过是自己一厢愁情，更无处安放罢了。"何处是长安，湿云吹雨寒"，雨还是丝丝缕缕，却越觉得寒冷，可是，前路未知，归处何在？

下阕抒情，承转起合中纳兰表现出不凡的功力，把上阕末句中"雨寒"与自己的心绪结合起来，自然道出"丝丝心欲碎，应是悲秋泪"的妙喻。俗话说"触景生情"，出门在外的行役之人游客浪子，眼中所见、耳中所闻、心中所感都包含着由此触发的对遥远故乡的眺望，以及对温馨家庭的憧憬。

看到那断雁远征，词人联系到自己奔赴远地而不知暂住，不觉黯然泪下，发出"泪向客中多，归时又奈何"的感叹。

纳兰一生虽然没有经历战乱之祸，但边庭政治斗争一直没有停息，纳兰作为御前一等侍卫，不免卷入宫廷的政治祸乱中，对此，他早已心生疲倦。望着塞上荆棘丛生，极富生命力的样子，纳兰心中长久郁结的情感便油然而起，写下了这阕词。

菩萨蛮（黄云紫塞三千里）

黄云紫塞①三千里，女墙②西畔啼乌起。落日万山寒，萧萧猎马③还。
笳声听不得，入夜空城黑。秋梦不归家，残灯落碎花。

注释

①黄云：边塞之云，塞外沙漠地区黄沙飞扬，天空常呈黄色，故称。紫塞：指北方边塞。
②女墙：女儿墙在古时叫"女墙"，包含着窥视之义，是仿照女子"睥睨"之形态，在城墙上筑起的墙垛，后来便演变成一种建筑专用术语，特指房屋外墙高出屋面的矮墙。
③猎马：猎人所乘的马。

赏析

这是一首在边塞时写的词，词人身处边塞，离家千里，油然而生思乡之情。

边塞狂飙横扫,黄沙漫天,这北方的大漠,千里无垠,一望无际,西边城墙上,一只孤独的乌鸦一声促啼响起,惊起我的无限感伤。夕阳渐渐落下,满目绵延的山川渐生寒意,烈马萧萧长鸣,一骑独归来。

胡笳一声声传来,催人泪下,不忍卒听。黑色渐渐笼罩下来,边塞马上就要进入漫漫长夜。离乡千里之外,即便在秋梦中也不能回到家乡。孤灯已点上,灯花如泪,簌簌落下。

因为边塞诗词的创作在环境上比其他风格的诗词具有更为开阔的视野和感染力,所以在心理情感上则更显直白性和狂放感。纳兰性德的边塞诗与前人相比,最大的特点就在于情感上更加细腻委婉,曲折有致,这也和他忧郁的性格特点不无关系。

菩萨蛮（萧萧几叶风兼雨）

萧萧几叶风兼雨,离人偏识长更苦。欹枕数秋天,蟾蜍早下弦。
夜寒惊被薄,泪与灯花落。无处不伤心,轻尘在玉琴①。

注释

①玉琴：玉饰的琴。亦为琴的美称。

赏析

这首词写一位"独在异乡为异客"的离人,适逢深秋之夜,孤枕难眠的凄惶心境。

上阕,先展开一幅凄凉萧条的秋夜图卷。"萧萧几叶风兼雨,离人偏识长更苦","长更"即长夜。风也萧萧,雨也萧萧,窗外秋叶凋零破碎,屋里的离人也辗转反侧,久久难眠。"欹枕数秋天,蟾蜍早下弦","蟾蜍"代指月亮,一个"数"字反映出词人的百无聊赖,因为孤夜难眠,所以词人只能遥望长空残月,寄托惆怅之情。

从"数秋天"到下阕"夜寒惊被薄"之间存在着一个时间的跳跃。这个空隙中所留下的是词人无意识地昏昏睡去,和被夜寒突然惊醒的凄惶境地。一个"惊"字,形象地描绘出了这种半夜醒来,无所依托的孤苦心境。"寒"不仅仅是身体的寒冷,而是指自己与亲人长年别离,孤身在外,心里也生出无尽的寒意。

接着,"泪与灯花落"一句,有着别样独特的含义。泪珠与灯花相对簌簌落下,营造出人与灯烛相对而泣的情景。人怜灯花,灯花却不知怜人,真是"无处不伤心,轻尘在玉琴",心中有无限的伤心,因而付与瑶琴,然而,却无人听。一声琴音,一腔愁情,孤寂的色彩也显得更加浓厚。

这首词是纳兰表达心中寂寞之情、孤苦之意的代表作,字里行间,景中意外,都是纳兰性德无限孤寂、忧伤的情思。

菩萨蛮（为春憔悴留春住）

为春憔悴留春住,那禁半霎①催归雨。深巷卖樱桃,雨余②红更娇。
黄昏清泪阁③,忍便花飘泊。消得一声莺,东风三月情。

注释

①半霎：极短的时间。
②雨余：雨后。
③阁：含着。

赏析

爱情在纳兰的诗中占了很大的篇幅，此词便是一首感怀爱情之作。

"为春憔悴留春住，那禁半霎催归雨。"春天即将逝去，这让我憔悴不已，心想要是能将它留住就好了。可是，我哪里比得上那春天里半霎的细雨呢？它们来去无影，分明是催着佳人你赶快归去。

这一句不正是爱情抵不过流年的证明？万般美好，最后都会消失不见，留也留不住。无奈，词人只好把感情寄托在长于深巷里的樱桃。"深巷卖樱桃，雨余红更娇"，深巷中摆弄的樱桃经过雨水的冲洗更显娇艳，圆润又饱满。可是现实呢，可是生活呢？不过是黄昏清泪，年复一年飘落凋零，不能长久的花。

到了下阕，"黄昏""清泪阁""花飘泊"三个意象将一幅凄婉零落的暮春图泼墨洒开。夜晚将近，是一天终要逝去的时候，而暮春已至，便是好春时节将逝之时，如此雨落花飞，亭台楼阁怀愁，对于纳兰，却只余下一个"忍"字。在如此荒芜凄婉的心境下，才有"消得一声莺，东风三月情"的结句。"消得"本是禁得住之意，在这里指"禁不住"，"三月情"意味着一种惜春之情。因为禁不住莺啼，所以唤醒了词人对暮春的美好向往。这句词，看似想要留景，实则暗隐留人。然而，瞬息浮生，薄命如斯，伊人终究离他而去。

这阕词句句是景，却字字是情，好似词人难以释怀的心绪，想要留住她却无能为力，便只能借着春色吟唱愁绪。

菩萨蛮（晶帘一片伤心白）

晶帘一片伤心白，云鬟香雾①成遥隔。无语问添衣，桐阴月已西。
西风鸣络纬，不许愁人睡。只是去年秋，如何泪欲流。

注释

①云鬟香雾：形容女子头发秀美。

赏析

自卢氏死后，亡妻的影子总也不能从容若的生活中消失，而从这首词中的"伤心白""成遥隔""愁人""去年"这些词语中我们可以看出，这又是一首纳兰悼念亡妻之作。

"晶帘一片伤心白，云鬟香雾成遥隔。"水晶帘子寂寞地晃出一片凄白孤清之景，而思念的人已是生死两茫茫，香消玉殒，芳踪杳然。"无语问添衣，桐阴月已西"，纳兰遥想当年玉兔西沉，夜语深深之时，妻子软语温柔，轻轻为自己披上温暖的衣袍，两人依在梧桐的阴影中相谈甚欢，如葡萄架下牛郎织女的私语。此情此景，是如此的温馨闲适。

"西风鸣络纬，不许愁人睡"，"络纬"是一种虫名，俗称纺织娘。纺织娘在瑟缩的西风中鸣叫得十分凄厉，听着听着，便想起种种往事，辗转难眠。此时，纳兰无限的惆怅哀恸缠绵心中，诉无可诉，只任柔肠百转，无限思量欲化成泪。

"只是去年秋，如何泪欲流"。想着曾经美好的时光，终是泪流如雨。此处"只是""如何"二词形象地表达出世事难料，无可奈何之感。仅仅过了一年，却是天人永隔，让沉浸在幸福中的纳兰一时不能接受这残酷的现实，而周遭寒冷的空气，眼眶中晃荡的水汽，都在残忍地诉说着事实。

此词意境哀婉，字里行间灼灼真情天然流动。纳兰运笔如行云流水，毫不沾滞，任由真纯充沛的感情在笔端自然流露，感动读者，让人仿佛置身其中，体会着主人公心间万种凄婉，百转千回。

菩萨蛮（乌丝画作回纹纸）

乌丝画作回纹纸，香煤暗蚀藏头字。筝雁①十三双，输他②作一行。
相看仍似客，但道休相忆。索性不还家，落残红杏花。

注释
①筝雁：筝柱。因筝柱斜列如雁行，故称。
②输他：犹言让他。

赏析

这首《菩萨蛮》作于清康熙十六年（公元1677年）秋，此时，卢氏去世已有三个月之久。
词的上阕借物托比。"乌丝画作回纹纸"，"乌丝"指的是乌丝栏，即有墨线格子的纸。"回纹"原指回文诗，是诗歌体裁的一种，在这里代指相思兜转回旋的句子。"香煤暗蚀藏头字"，"香煤"指略有香气的墨。这两句是说，词人在收到妻子寄来的信之后迫不及待地拆开来看，却发现墨迹将诗句的第一个字藏掩了去。"藏头字"是一种文字游戏，即用墨将诗词的头字涂掉，而那被涂掉的字恰好能组成一句完整的话。原来，这是妻子在和纳兰玩游戏，想到这里，词人心中五味杂陈，前尘往事瞬间涌上心头。

本欲移开视线，起身弹拨古筝将心绪转移，怎料抬眼望去，那十三根筝柱前后排列形成整齐的一行。纳兰负手一叹，也罢，也罢，就让"筝雁十三双，输他作一行"，且由着它静静成行在侧吧，纳兰双眼轻闭，相思萦回，就此失了弹拨之心。

上阕手法欲擒故纵，相思之情若隐若现，到了下阕，词意从夫妻分别时的旧景转到现在纳兰独处的新景。

先道"相看仍似客，但道休相忆"，去年离别之时，还能够压制自己的心情，对彼此说着不要相惦记，莫要相思。只是怎的到了如今，却再也压抑不住自己奔涌的思绪，总是只因一个细节就惹起无尽哀思，夜深人独，凄然泪流。

"索性不还家"，出了屋后，干脆就不回家了吧。原来，家中满屋子载满卢氏的身影，一触碰便会牵扯出词人漫长且令人窒息的相思。可是，独行在外，怎料秋日之下景色却是"落残红杏花"，遍地都是凋落的杏花。

整首词是一幅适宜远观之画，屋内诗句微浸墨，古筝静默，词人青衫独立在外，落花轻扬。词意低回婉曲，结尾处悠然不尽，将纳兰痛失爱妻，恨意难平，相思无解的复杂心绪婉婉道来。

菩萨蛮（春云吹散湘帘雨）

春云吹散湘帘雨，絮粘蝴蝶飞还住。人在玉楼中，楼高四面风。
柳烟①丝一把，暝色笼鸳瓦。休近小阑干，夕阳无限山。

注释
①柳烟：柳树枝叶茂密似笼烟雾，故称。

赏析

长久寄居于各种诗词歌赋中，文人难免会多愁善感，一花一木，一沙一石，大自然里的万物都有可能激起他们的万千思绪。所以，"伤春悲秋"便成了中国古代文人一种特有的情结。这篇菩萨蛮便是纳兰从思妇的角度所写的伤春之作。

"春云吹散湘帘雨，絮粘蝴蝶飞还住"，"湘帘"是指用湘妃竹编制的帘子。暮色降临云收雨散时，湘妃竹做成的帘子被春风吹得噼啪响，蝴蝶飞来飞去，身上沾满了柳絮。此时，"人在玉楼中，楼高四面风"，"玉楼"即华丽的楼阁，有人正伫立在玉楼空阁上，感受着四面的风从身边呼啸而过。

到了下阕，便是"柳烟丝一把"，看似描写杨柳若烟，暮色苍茫，实际上写的是这杨柳如烟、心事如烟。"暝色笼鸳瓦"，天色渐渐转青，鸳鸯瓦与这淡青色的天空相衬，显得格外静谧，你看，就连那房梁上的瓦，也是成双成对的呵。写到这里，思妇不禁后悔万分。如果当日，我坚持要你留下，你又是否会为了我，停下奔赴远方的脚步。那样，望着这飘扬而起的柳絮，我的相思之情也就不会被牵动了。

女子内心的幽怨之情，由着这景色苍茫愈发深重，那么这泛滥的情怀该如何收拾？末了，纳兰一句"休近小阑干，夕阳无限山"，顿时拓开了视野。还是莫要再凭栏纵目了罢，那夕阳正缓缓落入无限的山峦之中，而那游子，恐怕还是在无限的山峦之外。思妇的自我安慰，读来真真叫人怜爱不已。

就让我们品一杯香茗，在这首写春日暮色的小词里感受思妇的幽幽之情吧。这份淡淡的情愁，徘徊于字里行间，说不破，亦不可说破。

菩萨蛮（问君何事轻离别）

问君何事轻离别，一年能几团圆月。杨柳乍如丝，故园春尽时。
春归归不得，两桨松花隔。旧事逐寒潮，啼鹃恨未消。

赏析

康熙二十一年（公元1682年），纳兰随康熙东巡经过祖籍旧地，回想历历往事，因生感慨，故作此词。

"问君何事轻别离，一年能几团圆月。"你怎能轻视别离呢？要知道，我们一年在一起团圆的日子并不多啊。暮春时节，夜晚时分，词人一人独立松花江畔，夜晚微冷的凉风吹过，落花纷纷坠落，随流水荡漾着银色的月光向远处流去。在这异乡故地，他想起了曾祖父经历的那段壮烈又惨痛的往事，不禁感慨万分。

"杨柳乍如丝，故园春尽时"这两句是这首词中的佳句，"乍"是会意字，做副词有刚刚、开始、又、忽然的意思，用在这里具有很强的时间观念，突出了季节之间的迅速转换。被冬季冰冻凝固的枝条在春风的吹拂下，发出了翠绿的小叶，飘散如丝般柔软。下半句则怀揣着一种暮春伤怀的基调，意思是说，春天眼看着就这样过去了。

下阕"春归归不得，两桨松花隔"，"松花"指的就是"松花江"，它发源于长白山，流经吉林、黑龙江两省。这句话看似是在抱怨松花江阻隔了自己回家的路途，实则流露了自己对侍卫一职的不满，责怪它阻碍了自己与妻子相处的机会。想要回去却无能为力，因为那茫茫的松花江隔断了我的归途。

末句"旧事逐寒潮，啼鹃恨未消"的感慨则深沉又感人。"啼鹃"在古诗词里常被用以表达思归之意。往事如寒潮般逐渐消逝，可是，我思归的愁绪却仍未消解。

词人身处曾祖父曾经拼杀的战场，怎能不怀念往事，看到弯月映水，怎能不想起远离自己的家人。这首词里，这两方面的感情都有所体现。只有将两种观点结合起来理解，才能不失偏颇。

菩萨蛮（飘蓬只逐惊飙转）

飘蓬①只逐惊飙转，行人过尽烟光远。立马认河流，茂陵②风雨秋。
寂寥行殿③锁，梵呗④琉璃火。塞雁与宫鸦，山深日易斜。

注释

①飘蓬：随风飘荡的飞蓬，比喻漂泊或漂泊的人。
②茂陵：明宪宗朱见深的陵墓。在今北京昌平北天寿山。
③行殿：可以移动的宫殿，犹行宫。皇帝出行在外时所居住的宫室。
④梵呗：佛家语，佛教做法事时念诵经文的声音。

赏析

纳兰叹兴亡的词并不少见，这首写得尤其别致。

开头就是那随风飘荡的飞蓬，随着突发的狂风飘零，不知何处。"飘蓬只逐惊飙转，行人过尽烟光远"，实际说的是人生之不定向，人同飞蓬，漂泊天涯，不知道归处在哪，都是匆匆过客。开头七个字，纳兰完全似旁观陈述之人，写景看似自然随意，却足以读出压抑沉郁之感，不免有消极的意味。

因用情太深而倍感苦楚，因知己太远而无处倾吐郁结的苦水，如此这般，纳兰也只得感叹,行人过尽。这时,他才停下马来,心想该要认河流,思思去向了,即"立马认河流"。而此时,"茂陵风雨秋"已然出现在眼前。

上片构述巧妙,让茂陵的出现颇为合理,亦融进了萧瑟的风。可见纳兰来到此处,有所思,有所虑,有所郁结,像要寻些什么来慰藉自己。

茂陵即明十三陵宪宗朱见深的陵墓,这里应是代指整个十三陵,隐含咏那已逝的明朝。但用的是宪宗之典,又另有意味。宪宗其人,是史上唯一因贵妃之死抑郁而亡的君主,纵使万妃专横娇蛮,他也对她死心塌地,真是一个痴心的男人。面对这样一代君主的陵墓,同是痴心思念,身陷丧妻之痛的纳兰,大概是感受到了共通的悲凉。

下片起写茂陵之景,"寂寥行殿锁,梵呗琉璃火",白描写景,反复吟读,满是苍凉之感,纸间散发出的全是悲苦的气息。行殿之锁,梵呗琉璃,都是历史沉淀的标志事物。历史浩瀚,时光流转,那些兴盛的朝代,早被铜锁锁于时空深宫之中,褪去当年屋瓦楼阁金碧辉煌的琉璃,只剩梵呗声声,琉璃灯微亮,诵着安详的经文,亮着高墙里的微火。

最终,只留下塞雁与宫鸦仍旧盘旋,仿佛为找寻昔日之景而聒噪地牢骚满腹。

纳兰道"山深日易斜",山谷愈深,日易沉落,悖论一语,却无比沉重,字字铿锵有力,直落到心底里去。过往再深远,日终究沉落。

菩萨蛮·为陈其年①题照(《乌丝》曲倩红儿谱)

《乌丝》②曲倩红儿谱,萧然半壁惊秋雨。曲罢髻鬟偏,风姿③真可怜。
须髯浑似戟,时作簪花剧。背立讶卿卿④,知卿无那⑤情。

注释

①陈其年:陈维崧,字其年,号迦陵,江苏宜兴人。
②《乌丝》:指陈维崧的《乌丝词》。顺治十三年至康熙七年,陈维崧居京华时所填之词,结集为《乌丝词》,誉满天下,为人称赏。
③风姿:风度姿态。
④讶:讶然,惊诧。卿卿:男女间表示亲昵的称呼。
⑤无那:无限,非常。

赏析

这首词是纳兰对友人陈维崧画像的题咏。

陈其年长纳兰性德三十岁,两人虽然年龄相去甚远,却交情至深,乃至忘年。康熙十七年(公元1678年)戊午闰三月二十四日,陈维崧在扬州时,广东著名诗画僧大汕为他画了小像。秋天,陈维崧入京应博学鸿词科试,将画像带到京城,当时有三十余名才人名士为此图题咏。纳兰的这首词就是其中之一。

来看这阕词,"《乌丝》曲倩红儿谱,萧然半壁惊秋雨"。"红儿",指杜红儿,唐代名妓,此后用红儿泛指歌伎,纳兰在此处戏用"杜红儿",是用她本身的气节来比喻陈其年文风虽然旖旎,却也不乏湖海之气。此处"萧然"是指陈其年素朴为人,家徒四壁,后引申为震动,轰动之意。这句是说,你陈兄的《乌丝词》才叫那歌女谱唱出来,竟然就传到了天南地北,震动半壁江山。"曲罢鬓鬟偏,风姿真可怜",就连那将将歌罢的女子,都似被骤雨狂风所袭,钗发凌乱,形容憔悴,那般姿态绰约,倒叫人平白生出了怜惜之心呐。

这词的上阕表面上看,是容若用裙钗声华打趣陈其年的嗜好,实际上,容若正是以此来体现出陈其年的写作风格,以及影响之大。可是,这个令容若如此赞赏的陈其年又是怎样的人呢?

到了下阕,容若继续随性之语,略微夸张却无造作地把陈其年的形象呈现在了读者眼前。首先是其威武雄浑的外貌,"须髯浑似戟",络腮胡子显出一派丈夫豪气,可是,这男儿气又带了些柔情,是为"时作簪花剧",酒醉后时常会将花戴于头冠上戏耍一番。人人俱惊讶于你的此番模样,"背立讶卿卿",我却知道你此中的无限情怀,"知卿无那情",一语低回,将一片相知相惜的情怀婉转吐露。

想来陈其年必也是刚柔相济的性情中人,才得纳兰如此赞赏。这样一个与纳兰容若内在极似之人,也就难怪两人能够跨越三十年的年龄之距,成为忘年之交了。

菩萨蛮·宿滦河(玉绳斜转疑清晓)

玉绳①斜转疑清晓,凄凄月白渔阳②道。星影漾寒沙,微茫织浪花。
金笳鸣故垒③,唤起人难睡。无数紫鸳鸯,共嫌今夜凉。

注释

①玉绳:此处指北斗星。
②月白:皎洁的月光。渔阳:地名,战国燕置渔阳郡,秦汉治所在渔阳(今北京密云西南)。
③故垒:古代的堡垒。

赏析

这首词是纳兰性德写自己孤身在外,夜宿滦河的行役词。滦河即在今天的河北东北部,是从北京到山海关的所经之地。作者于康熙二十一年(公元1682年)三月和八月两次去山海关,这首词描写的是秋冬景色。

上片主要写夜景,"玉绳斜转疑清晓,凄凄月白渔阳道",在孤独的夜晚,看到斗转星移,天空渐渐明亮,以为天已破晓。其实,那是凄凄的白月光照在了渔阳道上。"星影漾寒沙,微茫织浪花",夜色微茫,星光点点照射在寒沙上,如水上的浪花翻动,一派凄清。这四句把外部环境描写得恰到好处,为下片抒情埋下了伏笔。

下片,写作者思乡的孤寂之情。"金笳鸣故垒,唤起人难睡","金笳"就是胡笳,是西北少数民族的典型乐器,声调高扬凄凉,有很强的穿透力,同时有相当强的表现力。金笳悲鸣,伴宿故垒,心中已经足够悲凉,难以入眠。"无数紫鸳鸯,共嫌今夜凉。"这里用了侧面描写的手法,通过描写鸳鸯怕冷,突出外部环境的恶劣。

读到这里,我们或许已经能感觉到纳兰对于长期在外扈从远行的厌倦与无奈之情,这也更能显出词人内心苦苦的挣扎,足见其此时此刻的心情。

菩萨蛮·早春（晓寒瘦著西南月）

晓寒瘦著①西南月，丁丁漏箭余香咽②。春已十分宜，东风无是非。
蜀魂③羞顾影，玉照斜红④冷。谁唱《后庭花》，新年忆旧家。

注释

①瘦著：瘦削，这里指弯月或月牙。
②漏箭：漏壶的部件，上刻时辰度数，随水浮沉以计时。咽：充塞、充满。
③蜀魂：鸟名，指杜鹃。相传蜀主名杜宇，号望帝，死后化为鹃。
④玉照：镜的异名。斜红：指人头上所戴的红花。

赏析

仔细注意便可发现，纳兰的词作几乎都是表述深夜时候的所思所感，是万籁俱寂时更易于思考么，还是那孤寂的气氛更容易让人产生凄怆的感情，又或是纳兰那份郁结如斯却又无处释怀的愁绪？

"晓寒瘦著西南月，丁丁漏箭余香咽"，春夜将晓，天气寒凉，西南天际仍斜挂着一弯月影，漏壶叮叮咚咚声声作响，燃尽的香烟在满室间绵转缭绕。淡月下，调砚聚墨，几笔白描，铁画银钩，写出一个纳兰，无边飞絮无边忧，一地月印一地愁。此时节本应是春光十分相宜，可偏偏东风无是非，"春已十分宜，东风无是非"，在这凄幽孤独的氛围里将美好春光送去，这怎么能叫人不哀怨不留恋呢？

"蜀魂羞顾影，玉照斜红冷"，自己实在是不愿意去盼看那玉照上的身影，你看那头上如火的红花都给人以凉寂之感。只因那形影让人观一眼便觉得伤心欲绝，周身凄冷无比，托意幽婉。

"谁唱《后庭花》，新年忆旧家"，"《后庭花》"即南朝陈后主陈叔宝所作的《玉树后庭花》，它作为靡靡之音或者亡国之音象征，极有凄凉之意境。是谁在暗夜里哼唱着这首凄凉的《后庭花》，惹得我翻身醒来，忆及旧家。词意朦胧含婉，极具悲感。

菩萨蛮·寄顾梁汾苕中（知君此际情萧索）

知君此际情萧索，黄芦苦竹①孤舟泊。烟白酒旗青，水村鱼市晴。
柂楼②今夕梦，脉脉春寒送。直过画眉桥，钱塘江上潮。

注释

①黄芦：落叶灌木，叶子秋季变红。苦竹：又名伞柄竹，笋有苦味，不能食用。
②柂楼：船上操舵之室，亦指后舱室。因高起如楼，故称，这里借指乘船之人。

赏析

古人形容知己，常用"高山流水"喻之。纳兰一生重情，也重知音，其中，顾贞观便是纳兰此生不得不提的知己挚友。

此词作于顾贞观回无锡为母亲丁忧之时。容若全词词眼即在一个"知"字。无此"知"，何以容若仿佛随顾贞观一路同行；无此"知"，何以字字写景，却句句入情呢？"知君此际情萧索"，容若与顾贞观的交契之深，便在这一句——"我知你"，最平易的一句，却最是显得难能可贵……"黄芦苦竹孤舟泊"一句，化用白居易《琵琶行》的"黄芦苦竹绕宅生"之句。一语双关，既是写顾贞观于孤舟之景，亦有暗指他同白居易一样是千古的伤心人。

接下来，词人转笔一写"烟白酒旗青，水村鱼市晴"，就像陈廷焯在《云韶集》中说的："'画景'明明是纳兰所幻想的景物，却最是真实可信，最是云淡风轻。"这是一幅宁静祥和的画面，名为写景，却是在以安宁的景物安抚挚友的情绪。这番平抚挚友的心意是不言则明的。

纳兰全词以所幻想之景入句，然而所包含的一路相随慰藉之情，却是在字里行间的流动的华彩。"柁楼今夕梦，脉脉春寒送。"柁楼乃船尾舵工避身之楼。今夕夜里，我身处柁楼之中，我就是那舵工，为你掌舵护航，为你送走这春季寒冷的风。这一具有幻境色彩的叙述之下，不言而喻的深情便是：你我知己，一旦倾心认可，便为你千寻万顾……

"直过画眉桥，钱塘江上潮。"意谓梁汾归去心切，得享和美的家庭快乐和安闲隐居钱塘江畔的生活。"画眉桥"在这里比喻家庭美满。有什么比得上那即将到来的宁静生活呢？过去的终会过去，大悲过后，终究是那一片祥和宁静之所，犹如那水村鱼市，犹如那孤舟夜泊，犹如那钱塘江上。

纳兰《饮水词》中的唱和之作，常常与顾贞观有关。纳兰容若对友情的标准与真挚，对此的执着与追求，是一种心灵的相契。就是这样种清澈干净、不舍不弃的千秋情怀，以性命相托，寄身于自然天地的文化内质，成了文海之中泛着光芒的恒久宝藏。

菩萨蛮·过张见阳山居赋赠（车尘马迹纷如织）

车尘马迹纷如织，羡君筑处真幽僻①。柿叶②一林红，萧萧四面风。
功名应看镜，明月秋河③影。安得此山间，与君高卧④闲。

注释

①幽僻：幽静偏僻。
②柿叶：柿树的叶子，经霜即红。诗文中常用以渲染秋色。
③秋河：即银河。
④高卧：高枕而卧，比喻隐居，亦指隐居不仕的人。

赏析

纳兰与张见阳交情很深，《饮水词》中有很多篇是写给张见阳的，这篇就是其中之一。张见阳擅山水，他临摹古画能达到形神逼肖的地步，是康熙年间的名士。

这一日，纳兰来到好友张见阳的住处，看惯了俗世繁华的纳兰对张见阳在山间的居所很是羡慕，"车尘马迹纷如织"，是指来往的车马纷繁，表现出都市热闹的场景。一心向往田园生活的纳兰对这样的山居生活十分羡慕，不禁感叹："羡君筑处真幽僻。"

"柿叶一林红，萧萧四面风"，柿子叶红彤彤的，仿佛将林子都"染"成了红色，萧萧的风从四面吹过，幽僻娴静，美不胜收。

下阕"功名应看镜，明月秋河影"的意思是，年老勋业无成，频频对镜叹息。功名利禄的确诱人，可有多少得意人，也就有多少失意人。与其整日忙忙碌碌，对镜忧老，叹息不止，倒不如放下心来，"安得此山间，与君高卧闲"更为妥帖。

同样安宁静谧的场景，一边是"人生得一知己足矣"的洒脱，一边是自身寂寞凄凉的处境，情意脉脉之中别有深意。

纳兰的词总是这样，淡淡几笔，像是嘴角一抹轻笑，却掩饰不住眼中的落寞神色，让人读至篇末，竟不知该说什么好。

菩萨蛮·回文（客中愁损催寒夕）

客中愁损①催寒夕，夕寒催损愁中客。门掩月黄昏，昏黄月掩门。
翠衾②孤拥醉，醉拥孤衾翠。醒莫更多情，情多更莫醒。

注释
①愁损：忧伤，犹愁杀。
②翠衾：即翠被。

赏析

纳兰这首词大约作于康熙二十一年（公元1682年）。当年康熙皇帝由北京出发到盛京告祭祖陵，纳兰以一等侍卫扈从。因而为"客中"，意为身在异乡。人在异乡随君主浩荡的排场漂泊，远离家乡，愁绪无边，独身的寂苦能把周遭的空气都冷却，提前唤来了寒夕，这寒夕的冰冷让愁绪更显清冷。

夜晚降临，门中的执笔之客，看月色昏黄，顿觉触景伤情，赶紧掩门躲开这惹泪之景。"客中愁损催寒夕，夕寒催损愁中客。门掩月黄昏，昏黄月掩门"，门内人不忍目睹独悬之月，门外光线柔和，昏黄多情的月光洒在掩着的门框上，倍显落寞孤寂，清冷难耐。月光总让人遥想佳人，独在异乡思念之深尤其惹人伤感。

"翠衾孤拥醉，醉拥孤衾翠"，漫漫长夜，独自捂着翠被寻一场醉。酒入口中，醉意渐袭，怀中拥着翠被，如同拥着深爱之人，却也只能如此自慰。这撩人的月光，读来更是寂寥。

最后，词人只能无奈地叹说："醒莫更多情，情多更莫醒。"清醒的时候啊，就不要再想着梦中之事徒增烦恼了。感情上的事，情愈痴，苦愈深，多情之人，总会多些徒增的伤感落寞。所以多情之时，就不要让自己醒来了罢。

纳兰已然是饮醉了吗？愁苦难耐，他只愿长醉不愿醒。

菩萨蛮·回文（砑笺银粉残煤画）

砑笺银粉残煤画，画煤残粉银笺砑。清夜一灯明，明灯一夜清。
片花惊宿燕，燕宿惊花片。亲自梦归人，人归梦自亲。

赏析

纳兰之词,看似句句无意,实际字字泣血。就像这首词,思念之情仿佛云淡风轻,实则凄婉灼人。

"砑笺银粉残煤画,画煤残粉银笺砑","砑笺"是指压印有图案的信笺,"煤"即墨的别称。夜色清澈,百无聊赖,词人便开始在压印有图案的信笺上写写画画。"清夜一灯明,明灯一夜清",小灯一盏,一夜便打发过去。"清夜"和"明灯"两个意象让此时的气氛显得孤独又凄冷。

百无聊赖的动作,放在回文的效果里,尤其衬景,好似能亲眼目睹灯下之人对着那印图的信笺眼神游离,反反复复地鼓捣银粉,添添水墨。字字都被附上了深夜里的灯光。

下片,"片花惊宿燕,燕宿惊花片",落花惊起了宿燕,宿燕惊扰了落花,这样的描写神化味美,仿佛此刻,不需要明月,不需要和风,只这么坐着,我们就能听到落花、宿燕的动静,唯美至极。

古代文人骚客用典,"燕"是常出现的意象,这是燕为候鸟之故,随季节变化迁徙,春去秋来,常被引用借以思念亲友,惜叹时光流逝,匆匆而过。不知,这纳兰写花写燕时,是否也有对故友之思呢?无奈叹:"亲自梦归人,人归梦自亲。"清夜之人,思念如潮,却为何仍是梦中之人。

纳兰不愧是位高超的词人,他以景观物,能将目光所及的一切信手拈来,成为其情感的寄托。

蝶恋花①(辛苦最怜天上月)

辛苦最怜天上月,一昔如环,昔昔都成玦②。若似月轮终皎洁③,不辞冰雪为卿热。

无那尘缘容易绝,燕子依然,软踏帘钩④说。唱罢秋坟愁未歇,春丛认取双栖蝶。

注释

①这首与以下3首《蝶恋花》均为悼亡之作,作年不详。
②玦(jué):玉,佩玉的一种。形如环而有缺口,借喻月缺。
③月轮:泛指月亮。皎洁:明亮洁白,多形容月光。
④帘钩:卷帘所用的钩子。

赏析

在幽静的夜晚,人们举目辽阔的夜空,看到那皎洁的圆月照彻大地,或是一弯新月泻着淡淡的青辉,必然会浮想联翩而至,情感勃郁而生。容若这位敏感而多情的才子,又怎会例外。

"辛苦最怜天上月,一昔如环,昔昔都成玦",开篇三句凄美而清灵,说的是自己最怜爱那天空辛苦的月亮,一月之中,只有一夜是如玉环般的圆满,其他的夜晚则都如玉玦般残缺。中国古典诗词中常以月的圆缺来象征着人的悲欢离合,所以容若在这里说月,实际上是在说人，说以前的自己或是入职宫禁，或者伴驾出巡，与卢氏聚少离多，没有好好陪伴她，所以，卢氏过早地逝去，给自己留下终生的痛苦。

容若曾梦到过亡妻，而且临别时妻子有云："衔恨愿为天上月，年年犹得向君圆。"所以"若似月轮终皎洁，不辞冰雪为卿热"是容若对梦中亡妻所吟断句的直接回答，容若想象着那一轮明月仿佛化为自己日夜思念的亡妻，如果梦想真的能够实现，自己一定不怕月中的寒冷，为妻子夜夜送去温暖，从而弥补心中的遗憾。

"不辞冰雪为卿热"来自《世说新语》中的一个典故，是说荀奉倩曾在腊月里站在院子里让风雪吹打自己的身体，然后回到屋中，用身体为身患重病浑身发热的妻子降温。不幸的是，妻子最后还是去世了。后人常用这个典故指代夫妻恩爱，或用以悼亡。

然而梦想终究难以实现，当一切幻想破灭后，容若的思绪回到了现实。"无那尘缘容易绝，燕子依然，软踏帘钩说"，无奈尘世的情缘最易断绝，而不懂忧愁的燕子依然轻轻地踏在帘钩上，呢喃叙语。此时的容若睹物思人，由燕子的呢喃叙语想到自己与妻子昔日那段甜蜜而温馨的快乐时光，于是，他的思绪又开始飘散起来。

尾句"唱罢秋坟愁未歇，春丛认取双栖蝶"是容若对亡妻的倾诉，表达了自己的一片痴心。在你的坟前我悲歌当哭，纵使唱罢了挽歌，内心的愁情也丝毫不能消解，我甚至想要与你的亡魂双双化作蝴蝶，在灿烂的花丛中双栖双飞，永不分离。化蝶之说，历代文人大多在诗词中用过，然而，用得最感人、最真切的，无疑是容若。

蝶恋花（眼底风光留不住）

眼底风光留不住，和暖和香，又上雕鞍①去。欲倩烟丝遮别路，垂杨那是相思树。

惆怅玉颜成间阻②，何事东风，不作繁华主。断带依然留乞句，斑骓一系无寻处。

注释

①雕鞍：雕饰有精美图案的马鞍。
②间阻：阻隔。

赏析

从古至今，人间的"离愁别恨"就是一个永远写不完的题材，而容若的这首词，就是一首读来令人欲泣的伤别词。

"眼底风光留不住"一句套用辛弃疾的"有底风光留不住，烟波万顷春江橹"，"和暖和香，又上雕鞍去"，一个"又"字可以看出，分别已经不是一次，而是多次。这个时候，我们就能够知道，"眼底风光"并不是指风暖花香，杨柳依依，而是指即将远行的征人。

面对骑马离去的征人，女主角无力挽留，所以她把希望寄托在被烟雾笼罩的杨柳上，"欲倩烟丝遮别路，垂杨那是相思树"。"倩"同"请"，意思是请它们遮住征路，以便将征人留住，但垂柳并不是相思树，它是无情的，自然也不会满足女主角的愿望。

容若在这首词中，并没有点明离别的时令，但是从"和暖和香""烟丝""垂杨""东风"

这些意象中我们能够得知,此时正是春意盎然之时。容若并没有把和伊人离别的春天故意写成一片暗淡,而是如实地写出它的浓丽,从而显现出在这春光大好时离别的难堪之情,以及自己内心的悲苦。

下阕转换角度,抒写征人的伤别之情。伊人舍不得征人,征人更不愿离开伊人,但是圣命难违,征人只能离家远行,以至"玉颜成间阻"。此时,征人的心中倍感痛苦惆怅,于是开始埋怨东风为什么留不住繁华旧梦。其隐喻的意思就是:为什么幸福不能永驻呢?东风"不作繁华主"正是容若无可奈何的感慨。

尾句"断带依然留乞句,斑骓一系无寻处"转换了角度,写伊人的相思之情,伊人割断的衣带上还留有当年她求征人写的诗句,可如今征人远行,与自己相隔万水千山,也不知道他的坐骑现在系在何处。

如果说世间还有比离别更悲伤的事,那就是心爱的人走了,可是记载着当初美好时光的物品却留了下来。睹物思人,其中所带来的无穷无尽的空虚、寂寞、惆怅,也就始终环绕在心间,挥之不去。

蝶恋花(又到绿杨曾折处)

又到绿杨曾折处,不语垂鞭,踏遍清秋路。衰草连天无意绪①,雁声远向萧关②去。

不恨天涯行役苦,只恨西风,吹梦成今古。明日客程还几许,沾衣况是新寒③雨。

注释

①衰草:干枯的野草。意绪:心意,情绪。
②萧关:古关名,故址在今宁夏固原东南,为自关中通向塞北的交通要冲,此处指边关。
③新寒:气候开始转冷。

赏析

这又是一首凄凉的塞上之作,与以往不同的是,容若这次并没有随驾出巡,而是负皇命行役在外,这是他第一次率队远征,但容若的心中并没有作为皇家使者独自率队远征的喜悦,而是与以往一样,心中充满了惆怅之情。

"又到绿杨曾折处",这里的"绿杨"并不是指杨树,而是指柳树,在中国古代,有折杨柳枝送别的习俗。而一个"又"字,说明词人是重过故地。过去离家,有伊人折柳相送,而如今再来到这里,伊人已经不见,只剩下自己孤独漫游,这自然引起词人心中无限的惆怅。于是,他"不语垂鞭,踏遍清秋路",骑在马背上,沉思着往事,默默无言,任马踏着清秋的道路缓缓前行。

"衰草连天无意绪,雁声远向萧关去",这两句写的是容若所见所闻,"衰草连天"是眼见之景,衰败的秋草直接天涯,这恰是容若心中"无意绪"的真实反映。"雁声远向"是所闻之声,天边传来的雁鸣之声显示雁群已飞过了边关,但是雁声过后,是死一样的寂静,此时的词人早已无力抵挡秋意凄凉的侵蚀,这让他烦躁的内心又平添了一分愁苦。

"不恨天涯行役苦,只恨西风,吹梦成今古",通过上阕,我们已经知道此次"行役"的遥远漫长,而容若却偏偏说"不恨",其实这是反语,也为后文的"只恨西风"埋下了伏笔。无端地迁怒东风,表露出容若内心中无穷的愤恨。他不仅恨这东风,恨眼前衰败的景象,恨羁旅行役之苦,甚至还恨这无常的命运,它像东风一样,将梦中的那个人、那些往事吹得无影无踪,让它们瞬间变得遥不可及,这是怎样的一种痛楚啊!

词到此处,我们已经无法从容若身上找到一丝皇家使臣的自豪感,眼前萧瑟的景象不仅加重了他内心的愁苦,更让他心生愤恨。然而,就算他愤怒得"锉碎口中牙",他又能改变什么?他无法摆脱被无端放逐的命运,于是,等到内心平静之后,容若开始思量明天的征程还有多远,"明日客程还几许,沾衣况是新寒雨",不知不觉间,寒雨已经沾湿了他的衣襟。

蝶恋花(萧瑟兰成看老去)

萧瑟①兰成看老去,为怕多情,不作怜花句。阁泪②倚花愁不语,暗香飘尽知何处?

重到旧时明月路。袖口香寒,心比秋莲苦。休说生生③花里住,惜花人去花无主。

注释

①萧瑟:寂寞凄凉。
②阁泪:含着眼泪。
③生生:世世,一代又一代。

赏析

一颗心竟比秋莲还要愁苦,这是纳兰词的格调,也是容若的心声。

纳兰在这首《蝶恋花》中自比兰成,兰成是北周诗人庾信的小字。庾信早期的作品雍容华贵,且多艳情成分,但由于家国之痛以及人世的诸般磨砺,庾信后期自抒胸怀与怀念故国的诗作反而多了几分沉淀的色彩,更值得揣摩与推敲。这种性格和文风,果真与纳兰有几分相似了。

纳兰在这里自比为多才的庾信,或是想通过庾信年轻时的"萧瑟"来表达自己内心的孤单,或是想借此来表达目睹百花凋残时,油然而生的迟暮之感。

纳兰睹花伤神,又怕作词而引发伤感情绪,因此决意"不作怜花句"。但是,当他含着眼泪倚在花侧时,看着落红散尽而不知香飘何处,心里的愁绪反而又多了几重,"阁泪倚花愁不语,暗香飘尽知何处"。盼花开又怕花谢,每到落花时节便总会生出伤春之意,容若就在这暮春时分重游故地,心中不禁起了感伤。

他又走过曾与爱人一起走过的小径,当初月明风清,如今却"袖口香寒,心比秋莲苦",一颗心竟比秋莲还要愁苦。昔日许下的声声誓言仿佛还在耳畔,惜花之人却已经和自己阴阳两隔。

读过整首词后,我们大可以将词中的"花"理解为纳兰牵挂的爱人,"休说生生花里住,惜花人去花无主",花失惜花人,人失爱人,对着眼前凋零的花朵,纳兰情不自禁地想起了逝去之人。人花相对无语,纵使心里比秋莲还苦却也无人可以倾诉。

蝶恋花（尽日惊风吹木叶）

尽日惊风①吹木叶。极目嵯峨，一丈天山②雪。去去丁零③愁不绝，那堪客里还伤别。

若道客愁容易辍。除是朱颜④，不共春销歇⑤。一纸寄书和泪折，红闺此夜团圞月⑥。

注释

①惊风：狂风。

②天山：在新疆中部。此处是以天山代指塞外之山。

③去去：一步一步地远行，越去越远。丁零：古代少数民族名，汉时游牧于我国北部和西北部。

④朱颜：红润美好的容颜。

⑤销歇：衰败零落。

⑥团圞（luán）月：圆月。

赏析

这首词表现天涯羁旅、游子落拓的凄凉悲伤：在这里，尽日狂风呼啸，极目望去，天山脚下树叶尽落，积雪盈丈，一片皑皑白色。渐行渐远已经让人愁不自胜了，更何况还是在行役当中的伤别。若想行人的客愁能够停止，那除非是红润的容貌常在，不会像春花一样地凋萎。而现在朱颜憔悴，春华销歇，又当如何呢？写好书信，含着眼泪折起，而此时不也正有人孤独地对着团圆明月，怀念着我这远在天山的人吗！

上片起首的这句便是点名节令，"尽日惊风吹木叶"。可以从字句中判断出这是秋天的景色，风吹落树叶，寥廓苍茫、衰飒零落的秋景展现在人们眼前。而后又是一处苍茫无边的景色描写："极目嵯峨，一丈天山雪。"

容若的开篇前两句仿佛就是一幅山水画，从碧天广野写到遥接天地的山脉，天山脚下，积雪盈盈，满目苍白，令人感受这景色的荒凉。苍凉的大地一直向远方伸展，连接着天地尽头的除了山脉，还有凄凉与悲哀的情绪。

旅客的哀愁无法化解，在上片的最后一句话里，容若用了"不绝"来写出愁绪的蔓延无期，"去去丁零愁不绝，那堪客里还伤别"，这一句境界悠远，与前两句高广的境界互相配合，构成了一幅十分寥廓而凄凉的秋季图。

下片则是进一步通过抒情，将内心的愁绪表达出来，十分有力。"若道客愁容易辍。除是朱颜，不共春销歇。"原来，容若真正忧愁的是，红颜已逝，人生匆匆。生老病死这样平淡无奇的事情，在容若看来，别有一番感慨在心头。所以，他借词发挥，将内心的愁绪写成一幅秋日图，让大家在他的描绘中，辗转反侧，终于在最后找到答案。

"一纸寄书和泪折，红闺此夜团圞月。"写好书信，擦干眼泪，想到此刻远方也定有一个人，在窗前痴等他这个远在天山脚下的人。夜里寂寥，最后哀愁都化作了相思之泪，这首词抒情深刻，造语生新而自然，将词里要表达的思乡之情发展到了极致。

在最后的一片哀思中，整首词戛然而止。秋丽之景与深挚之情的统一是这首词最大的特色，所抒发的情感柔而有骨，深挚而不流于颓靡。

蝶恋花（准拟春来消寂寞）

准拟春来消寂寞。愁雨愁风，翻把春担阁①。不为伤春情绪恶，为怜镜里颜非昨。毕竟春光谁领略②。九陌缁尘，抵死③遮云壑。若得寻春终遂约，不成长负东君④诺。

注释

①担阁：耽搁、迟延、耽误。
②毕竟：终归，终究，到底。领略：欣赏，晓悟。
③抵死：经常，总是。
④东君：传说中的太阳神或指司春之神。《史记·封禅书》："晋巫祠五帝、东君、云中，司命之属。"

赏析

这首词表现词人厌于侍卫生涯、蹉跎日老的感慨。

容若开篇写道："准拟春来消寂寞。""准拟"一词的意思是料想、打算，他本来时打算要在这大好的春光下消遣寂寞的。春光美好，本该出去游玩，或是怀着愉悦的心情欣赏春日美景，但容若偏偏要去消遣寂寞。

寂寞的容若本想在春光下消遣，却没想到运气如此不好，偏偏赶上了春雨，这不合时宜的雨打扰了容若消遣的念头。容若觉得这是辜负了春光，故而写道："愁雨愁风，翻把春担阁。"

无法过上自己想过的生活，难怪容若总是会心情烦愁。他心里也清楚，自己的烦闷并非是天气原因造成的，而是由于其他外在因素。故而他会忧伤地在上片结尾处叹道："不为伤春情绪恶，为怜镜里颜非昨。"容若顾影自怜，看着镜子里自己的样貌，感慨日益消瘦，这无疑是心境的郁结造成的。

写完自己为何抑郁之后，容若在下片中依然自问，到底还有谁能来领略这春光呢？"毕竟春光谁领略。"看到外面春雨阵阵，迷蒙了这春的大地，容若不禁想到，除了自己之外，还有谁会在这个时候，想到要去感受春光呢？"九陌缁尘，抵死遮云壑"，"九陌"原指汉朝时候长安城里的九条大道，而在这里，容若是指都城大道和繁华闹市。容若认为繁华的闹市总是将清幽之地遮蔽，让他无法寻觅得一丝安宁。

"若得寻春终遂约，不成长负东君诺"，在这首词的最后，容若无奈而又向往地写道，怎样才能不辜负春的美意，怎样才能遂了自己的心愿，在这春光中好好地享受片刻安宁呢？

看似一首叹春的词，其实是容若表达内心哀怨的一首词，词中的字字句句都是容若内心的真实写照。他渴望有自由单纯的生活，还希望能够远离尘嚣，可是世事总是不遂人愿，让他在这里借词抒发情感。

蝶恋花·夏夜（露下庭柯蝉响歇）

露下庭柯①蝉响歇。纱碧如烟，烟里玲珑月。并著香肩②无可说，樱桃暗吐丁香结。

笑卷轻衫鱼子缬③。试扑流萤④，惊起双栖蝶。瘦断玉腰⑤沾粉叶，人生那不相思绝。

注释

①庭柯：庭园中的树木。晋陶潜《停云》诗："翩翩飞鸟，息我庭柯。"
②香肩：散发着香气的肩背。
③鱼子缬（xié）：绢织物名。
④流萤：飞行无定的萤。唐杜牧《秋夕》诗："银烛秋光冷画屏，轻罗小扇扑流萤。"
⑤玉腰：称美女的腰，指蝴蝶的身体。

赏析

人世间的事情往往如此，总是要等到失去时才知道珍惜，容若的这首词就是在描绘夏夜与恋人共度的情景：庭院结满露珠的树上，有蝉在鸣唱，轻纱如烟似雾，月色朦胧。你我默默地肩并着肩，心中的愁绪却暗自消解。朦胧月下，你笑着卷起衣袖，捕捉飞来飞去的萤火虫，却不经意惊起了花上双宿双栖的蝴蝶。如今想来怎不让人相思成病，日渐消瘦，伤心欲绝。

容若的恋人究竟是指他的表妹，还是沈宛，或者是早逝的卢氏，都无法看出，但这份爱情在这首词中，却显得格外的美丽。"露下庭柯蝉响歇"，夏天的夜晚，蝉虫的叫声就在四周，两个相爱的人在夜色下相依相偎，看着远处，庭院里的树木，幸福就洋溢在四周的空气里，细腻极了。

月色如此朦胧，好似轻柔的纱帐，温柔地洒落在二人身上，容若将词境的浪漫气氛推置到了最高点。"纱碧如烟，烟里玲珑月"，在这样的浪漫气氛中，二人却是相对无语，不是无话可说，而是不需要说。

有的时候，只要知道彼此就在身边，能够感受到对方的体温，那就可以了，"并著香肩无可说，樱桃暗吐丁香结。"容若也是这样想的，他与恋人依偎在月色下，这句话里有两个典故，"樱桃"并非是指真的樱桃，而是比喻女子的嘴唇如樱桃般小巧红艳，此处代指恋人。还有一处是"丁香结"，是用以喻愁绪之郁结难解。即便是怀抱着恋人，心里也有难化解的愁绪。但容若的表面依然是波澜不惊，上片结束后，下片便显得更为活泼一些，因为这是一首思念恋人的词。

"笑卷轻衫鱼子缬。试扑流萤，惊起双栖蝶。"恋人衣袖飞舞，在院子中捕捉蝴蝶，这美好的景象却只能是存在于记忆中了，因为恋人走远，自己只能独自看这月夜，想当日的美好，今日更觉得凄凉。

"瘦断玉腰沾粉叶，人生那不相思绝。"最后这句"人生那不相思绝"，十分动人，人生处处是相思，令人思念成疾，令人为之气绝。情之深处，只怕也就是如此了。

蝶恋花·出塞（今古河山无定据）

今古河山无定据①。画角②声中，牧马频来去。满目荒凉谁可语？西风吹老丹枫树。

　　从前幽怨应无数。铁马金戈③，青冢④黄昏路。一往情深深几许？深山夕照深秋雨。

注释

①无定据：没有一定。
②画角：古管乐器。
③铁马金戈：形容威武雄壮的士兵和战马。代指战事、兵事。
④青冢（zhǒng）：指汉王昭君墓，在今内蒙古自治区呼和浩特南。

赏析

　　从这首词的词题中我们能够知道，这是一首出塞词。首句"今古河山无定据"，即是容若发出的感叹，同时也道出了自古以来，权力纷争不止，江山变化无常这一无法改变的客观事实。

　　接下来，容若用白描的手法为我们描绘了一幅生动的边塞秋景图，"画角声中，牧马频来去"，由于战事连年不断，所以战马在画角声中频繁往来。

　　因为不停的纷争、不息的战火，所以行走在边塞道路上的容若，"满目荒凉谁可语？西风吹老丹枫树"，眼前看到的是西风吹散落叶这样荒凉萧索的景色，那飘荡在空中的叶子，似乎在向他诉说着无穷的幽怨。

　　汉元帝时，昭君奉旨出塞和番，在她的沟通与调和下，匈奴和汉朝和睦相处了六十年。她死后就葬在胡地，因其墓依大青山，傍黄河水，所以昭君墓又被称为"青冢"。杜甫有诗"一去紫台连朔漠，独留青冢向黄昏"，容若由青冢想到王昭君，问她说："曾经的一往情深能有多深？是否深似这山中的夕阳与深秋的苦雨呢？"

　　作为康熙帝的贴身侍卫，容若经常要随圣驾出巡，所以他的心中也充满了报国之心，但他显然不想通过"一将功成万骨枯"的方式来成就自己的理想抱负，所以在尾句中容若又恢复了多情的本色，他以景语作结，将自己的无限深情都融入无言的景物之中。在这其中，既包含了豪放，又充满了柔情，甚至我们还会体味到些许的凄凉与无奈。

蝶恋花·散花楼送客（城上清笳城下杵）

　　城上清笳城下杵①。秋尽离人，此际心偏苦。刀尺又催天又暮，一声吹冷蒹葭②浦。

　　把酒留君君不住。莫被寒云，遮断君行处。行宿黄茅山店路，夕阳村社迎神鼓。

注释

①清笳：谓凄清的胡笳声。杵，捣衣所用的棒槌。
②蒹葭：蒹和葭都是水草，本指在水边怀念故人，后以"蒹葭"泛指思念异地友人。

那思念之情由着这寒风拉扯,遥遥与伊人的梦魂轻轻重合在一起。

清 郎世宁 《桃花燕子》

抬头遥望,夕阳尚斜照着这一片苍凉之景,可是那些远走的人啊,早已不见踪影。

清 郎世宁《花鸟图》

赏析

散花楼，单听名字便引得无数遐想。天女散花，是有来历的。据说在维摩诘住处有一位天女，每听到有人说法的时候就会现身，把天花散向众菩萨和佛的大弟子身上。花落到菩萨身上时便都会坠落，但是落到那些大弟子身上时却不会掉下来。那些大弟子用神力也不能将花拂去。舍利弗说：此花不如法。就是说存有分别心是不如法，说明大弟子们还有畏惧生离死别之心。等修行完成后，五欲不再有，"结习尽者，花不着身"。

在离别心不当存的散花楼送别，或许不只是巧合吧。"天若有情天亦老"，好友间若无别绪，又何来离愁呢？纳兰所送之人，正是与自己结为异姓兄弟的知心故交——张见阳。秋花惨淡的时节，本就易惹人伤感。张见阳此时奔赴千里之外，话别时酒入愁肠，更著凄凉。散花楼上，听得远处胡笳轻唱，城下捣衣声一下接一下单调地重复着，回荡在这清冷的蒹葭浦，在离人的心中挥之不去。

"刀尺又催"是赶制衣物之义。古时士兵武器和粮食由朝廷供应，衣物往往是自备。每到秋冬交替时，家人便要为远方的征夫或游子准备寒衣。可见，瑟瑟秋风中的捣衣声藏于游子密密缝的身上衣，藏着远征游子对故土的眷恋，藏着故园亲友的不舍和思念。

文行至此，不过是一首普通的送别诗。而纳兰之于张见阳，岂是泛泛之交可比？留君不住，临别定有金玉之言相赠，"莫被寒云，遮断君行处"。江华曾一度为吴世璠所占据，清军刚收复江华不久后张见阳即被派去任职。纳兰深知此时的江华战火未息，民生艰难，且江华历来是多民族交汇地区，冲突时有发生，张见阳所得并非美差。然而作为朋友，纳兰不断勉励张见阳莫惧寒云，要在满目疮痍中成就一番大业。

词中所说的村社应该是指秋社日。古有春秋二社，秋社日是立秋后第五个戊日，大约在秋分前后。此时的农家已经完成了收获，所以立社祭祀土地神。纳兰从小便生活在政治斗争的旋涡中，官场的黑暗、人性的扭曲和金钱权力间血淋淋的勾当使他压抑已久，这也使得他更加渴望自由，向往人与人之间真挚的感情，向往朴实的田园生活。所以，村社神鼓在他眼里便成了自由惬意生活的写照。"夕阳村社迎神鼓"，是他劝慰友人以豁达之心迎接未来的漫漫长路。

金缕曲（酒涴青衫卷）

再赠梁汾，用秋水轩①旧韵。

酒涴②青衫卷，尽从前、风流京兆，闲情未遣。江左③知名今廿载，枯树泪痕休泫。摇落尽、玉蛾④金茧。多少殷勤红叶句，御沟深、不似天河⑤浅。空省识，画图展。

高才自古难通显。枉教他、堵墙落笔，凌云书扁。入洛游梁重到处，骇看村庄吠犬。独憔悴、斯人不免。衮衮门前题凤客，竟居然、润色朝家典。凭触忌，舌难翦。

注释

①秋水轩：明末清初孙承泽之别墅，位于都城西南隅。
②涴（wò）：污染。
③江左：古时在地理上以东为左，江左也叫"江东"，指长江下游南岸地区，也指东晋、宋、齐、梁、陈各朝统治的全部地区。

④玉蛾：白色飞蛾，喻雪花。
⑤御沟：流经官苑的河道。天河：银河。

赏析

纳兰性德与顾贞观（梁汾）互相引为知己，赠与顾贞观的作品甚多。此篇《金缕曲》开篇小引中一个"再赠"，说明了二人间稠密融洽的关系。

纳兰这首词是用秋水轩旧韵表现自己的心志之作：一杯浊酒，泪湿青衫，从前在京兆的秋水轩唱和的风雅之事，闲情尚未排遣。你的名声在江南已经有二十多年了，却仍像庾信那样伤感流泪。你的才华如同白雪盈满天空，烟火灿烂散落。只是在朝为官比登天还难，朝廷对于人才并不是真的重用，所以才华难以施展，枉费了你堵墙凌云的旷世才情。仕途坎坷，志向难酬，于是难免斯人憔悴。才华卓越，横空出世的风流人物居然只能为朝廷粉饰太平，怎不叫人愤懑。纵然对朝廷有犯忌之论，以致招灾惹祸，但仍不改刚正不阿的本性。

顾贞观年长容若二十岁，此人满腹才华抱负，却不圆滑、不谙官场之道，做官日子不长就被排挤，愤愤挂冠而去。纳兰出身官宦世家，耳濡目染，对官场上的尔虞我诈、互相倾轧早已看得通透。他自己也是热血男儿，知道男子汉满怀抱负的雄心，然而，这黑暗的官场又怎是梁汾这样的天真书生所能涉足的？他推心置腹地告诉自己的朋友"兖兖门前题凤客，竟居然、润色朝家典"，你这样有真本事的人，去做官也不会给你施展抱负的机会，不过是让你给朝廷装点门面罢了。

清朝时统治者对文化抓得很严，读书人随便发牢骚是要掉脑袋的。纳兰家门高贵，这样公开写诗宽慰朋友也是冒着风险的，他不是不明白，不过他"凭触忌，舌难翦"，即使知道会招致祸害，也要把心里所想的说出来。纳兰这牢骚，为梁汾而发，也是为自己而发。

金缕曲（生怕芳樽满）

生怕芳樽①满。到更深、迷离醉影，残灯相伴。依旧回廊新月在，不定竹声撩乱。问愁与、春宵长短。燕子楼空弦索冷，任梨花落尽无人管。谁领略，真真唤。

此情拟倩东风浣。奈吹来、余香病酒，旋添一半。惜别江郎②浑易瘦，更着轻寒轻暖。忆絮语、纵横茗碗。滴滴西窗红蜡泪，那时肠、早为而今断。任角枕，欹孤馆③。

注释

①芳樽：精致的酒器，亦借指美酒。
②江郎：古来有二指，指南朝齐江敩或南朝梁江淹。
③角枕：角制的或用角装饰的枕头。欹（qī）：斜靠着。孤馆：孤寂的客舍。

赏析

这首词为怀友之作。

思念友人，最解忧的便是酒水了。就算是容若这样的翩翩公子，也抵不住相思的侵蚀，拿起酒壶，只求一醉之后，凡事忘却。"生怕芳樽满"，所谓"芳樽"指的是造型精制的酒容器，在这里则是借指美酒。美酒在手，却怎么也喝不醉，这真是让人难堪而又无奈的事情。或许是愁绪太深，太多酒都无法浇灭的缘故吧。

"到更深、迷离醉影，残灯相伴。"一直到更深露重，夜深人静时分，依然半醉半醒，无法安然入睡，残灯相伴左右，更显得自己孤立无依靠。借着酒意，看着外面寂静的夜色，无声无物，只有自己，置于天地之间，这份寂寥，无人能懂。

此刻，思念朋友的心情更加剧烈，"依旧回廊新月在，不定竹声撩乱"。回廊上看天，月亮依然，洒落月光，四周竹叶随风摆动，声音扰乱人心，本就烦忧的心，更在这声声竹声中，无法收拾。

所以，容若忧伤地自说自话："问愁与、春宵长短。"春宵苦短，这愁绪却漫长无期，"燕子楼空弦索冷，任梨花、落尽无人管。"燕子飞去，人去楼空，就算落花飞尽，也是无人打理。那空空的楼阁，如同容若空荡的内心，失去了居住的人，便显得格外空旷，容若珍视友谊，所以，友人的远去对他来说，实在也是一件愁苦的事情。

可是，这样的感情却并不是人人都能理解的，容若也并不打算告诉别人，让别人为他分忧，"谁领略，真真唤"，只有自己安慰自己了。

"此情拟倩东风浣。"此情可待成追忆，这份对友人的思念之情，在春风的吹拂下，四处散去，但吹去又生，容若的内心，始终无法安抚。"奈吹来、余香病酒，旋添一半。惜别江郎浑易瘦，更着轻寒轻暖。"分别也有一阵时日了，似乎在日夜的思念中，逐渐消瘦了下去，但容若并不在乎这样的消瘦，他只想早日和朋友相聚在一起。

"忆絮语、纵横茗椀。"这些都是和朋友在一起的美好回忆，可是现今却是无法实现的梦想了，所以，容若想来，不禁泪流，"滴滴西窗红蜡泪，那时肠、早为而今断。"那时的美好时光中，他们怎么会想得到今日的分别呢？

分离总是让人痛苦的，容若虽然生性忧伤，但是这痛苦也让他无法承受，不过既然无法补救，那就只能依靠自己化解自己的愁绪了，"任角枕，欹孤馆"。这独自一人的忧伤时日何时才能够结束呢？

夜深时分，孤寂难耐，容若的苦，谁能探知呢？

金缕曲（洒尽无端泪）

简①梁汾，时方为吴汉槎作归计。

洒尽无端泪。莫因他、琼楼②寂寞，误来人世。信道痴儿多厚福，谁遣偏生明慧。莫更着、浮名相累。仕宦何妨如断梗，只那将、声影供群吠③。天欲问，且休矣。

情深我自判憔悴。转丁宁、香怜易爇④，玉怜轻碎。羡杀软红尘⑤里客，一味醉生梦死。歌与哭、任猜何意。绝塞生还吴季子，算眼前、此外皆闲事。知我者，梁汾耳。

注释

①简：简札、书信。

②琼楼：形容华美的建筑物，诗文中有时指仙宫中的楼台。
③声影供群吠：比喻不察真伪，随声附和。形，或作"影"，故以"声影"谓没有根据的谣传。
④爇（ruò）：烧，点燃。
⑤软红尘：飞扬的尘土，形容繁华热闹，亦指繁华热闹的地方。

赏析

人世间有很多事情，是只有知己才能懂的，讲给不相干的人听，只会徒增烦扰。这首词就是纳兰写给自己的知心好友顾贞观的，词里抒发了他对朝廷的担忧和对现实的不满情绪。

仕宦不利，命多乖舛，未得朝廷重用，错来人世一遭。终于相信了痴儿多厚福的说法，可老天为何还要生出那么聪明的人来呢。不要再为世上的浮名所累。仕途为官如同断梗，漂泊无定，本算不得什么，只有那些诬陷和中伤如同群犬吠声，又无法辩诬之事，才是令人悲哀的。还是不要问那么多了！

我这里对你深情思念，以至形容憔悴，但也心甘情愿。且听我说，香草易于点燃，美玉易于破碎，忠良之士易受侵害。多么羡慕那些醉生梦死的凡夫俗子，他们哪有那么多的烦恼。眼前最重要的事是吴汉槎自边塞宁古塔归来，其他的都是等闲小事，我自倾尽全力！能明白我的人，也只有你顾梁汾了。

人若没有知己，是多么孤独的事情。管仲若没有理解他的鲍叔牙，不过是个人们眼中贪小利的小人；俞伯牙如果没有懂他的钟子期，一曲《高山流水》奏与谁听？恐怕也只能归之于高山流水。纳兰性德有了顾贞观（梁汾），才觉得人生无憾，一句"知我者，梁汾耳"，说不尽的踏实与欣慰。人生得一知己足矣！

金缕曲（未得长无谓）

未得长无谓。竟须将、银河亲挽，普天一洗。麟阁①才教留粉本，大笑拂衣归矣。如斯者、古今能几？有限好春无限恨，没来由、短尽英雄气。暂觅个，柔乡②避。

东君轻薄知何意。尽年年、愁红惨绿③，添人憔悴。两鬓飘萧④容易白，错把韶华虚费。便决计、疏狂休悔。但有玉人常照眼⑤，向名花、美酒拼沉醉。天下事，公等在。

注释

①麟阁：即麒麟阁，汉代阁名，在未央宫中。
②柔乡：即温柔乡，谓女色迷人之境。
③愁红惨绿：谓经风雨摧残的败花残叶。
④飘萧：鬓发稀疏貌。
⑤玉人：指美女。照眼：耀眼，晃眼，示指强光刺眼。

赏析

一句"竟须将，银河亲挽，普天一洗"让人禁不住拍案：好一阕《金缕曲》！词风如此沉雄郁勃，谁能想到，这是俊雅的公子纳兰容若的作品？更难想到的是，这首词讲的是仕途失意的故事，抒发的是郁郁不得志的情怀。

追求的理想总是不能实现，这世事不公，确实需要挽来天河，将天空洗净，令世道清明。朝廷要重用之时，却大笑辞受，拂衣而去了。像这样的壮举，古来能有几人？美好的春光总是有限，然而遗恨却是无限的。这一切不由得让英雄气短，于是只好找个温柔乡不问世事。

春天总是无情无义，年年都要弄得落红满地，让人平添愁绪。人生本来苦短，却又把大好的时光都浪费了，于是下定决心，不为自己的疏狂而后悔。有佳人常伴，有美酒常醉，至于天下的事，就由你们去处理吧！

一个英雄，活活地憋屈了。

纳兰性德文武全才，天生才情出众，抱负满怀。再加上初入仕途时正遇上"三藩之乱"，他报效国家、青史留名的愿望被激起。然而当他请命上战场杀敌，却没有得到君、父的赞同，大有壮志难酬，前途渺茫之感。只是这种豪气却始终没有兑现在亲力亲为的实践中。纳兰性德只有把这一气吞山河的胸怀消磨在仕途官场上，不能建功立业，只能虚度年华，人也变得惆怅消极。

金缕曲·慰西溟（何事添凄咽）

何事添凄咽？但由他、天公簸弄①，莫教磨涅②。失意每多如意少，终古几人称屈。须知道、福因才折。独卧藜床看北斗③，背高城、玉笛吹成血。听谯鼓④，二更彻。

丈夫未肯因人热，且乘闲、五湖料理，扁舟一叶。泪似秋霖⑤挥不尽，洒向野田黄蝶⑥。须不羡、承明班列。马迹车尘忙未了，任西风、吹冷长安月。又萧寺，花如雪。

注释

①簸弄：在手里摆弄，挑动。
②磨涅：磨砺浸染。
③藜（lí）床：用藜茎编织的床。北斗：指北斗七星，北斗星的位置近于天的中心，比喻地位非常尊贵，因常以喻指朝廷。
④谯（qiáo）鼓：更鼓，古代于城门望楼之上置鼓，为鼓楼，用以报时或警戒盗贼。
⑤秋霖：秋日的淫雨。
⑥野田：田野。黄蝶：黄色的蝴蝶，谓郊野田间黄蝶蹉跎蹁跹，引申为家园、知己。

赏析

西溟即姜宸英，这个名字，喜爱纳兰词的人并不陌生，时而可见纳兰与他的酬唱之作。姜西溟，是江南有名望的才子狂士。他才高八斗，却仕途挫折。一心问鼎功名，屡考屡败，屡败屡考，到七十岁才得中探花。

这首词就是纳兰于康熙十八年安慰姜西溟落第而作的：为了什么哽咽哭泣呢？既然命运不济，试而不第，那就放开胸怀，任老天爷摆弄，总不能因此而折磨自己。人世间的事本来就是失意的比如意的多，自古以来都是这样。要知道是因为自己才气太高，福气才会减损啊。不若远离繁华闹市，归隐山林，独自高眠，卧看北斗七星，吹笛自乐，听更鼓报夜。

大丈夫不要因求仕不得而躁急。虽求官不成，但正好学范蠡，泛游五湖，消闲隐居，怡然自得。纵有伤情之泪，亦当洒向知己者。不要羡慕那些位列朝堂的人，那些京城里的衮衮诸公终日为仕途而忙于奔走，不如以达观处之，任那些得意人儿去奔忙吧！自己闲看萧寺中鲜花盛开，如雪般散落！

纳兰的性情恬淡舒雅，朋友科考失败，他并没有劝慰他"继续努力、从头再来"的语句，而是安慰并赞美他"须知道、福因才折"，并为他设想了一种贴近理想的非常浪漫的生活方式：如范蠡一般泛舟五湖，享受怡然自得的时光。

小令看似简单，实则十分考验功底，它要求词人于三五字就能模景述情，并一言即中，这需要敏锐的洞察力与高超的词句把握能力。说纳兰是其中翘楚，当之无愧。就像这首小令，简简单单、平平淡淡的几个字，就能让你内心某个地方忽地痛一下，进而泪如雨下。

姜宸英中探花已是康熙三十六年（公元1697年）。康熙十二年（公元1673年），容若与姜西溟相识；至康熙二十四年（公元1685年）纳兰去世，两人有十二年之久的稠密友情。我们不难想象，这十二年间，西溟有多少次颓唐落第，细致贴心的朋友纳兰又有多少次及时送上了温暖的慰藉。

金缕曲·赠梁汾①（德也狂生耳）

德②也狂生耳。偶然间、淄尘京国③，乌衣门第④。有酒惟浇赵州土，谁会成生此意。不信道、遂成知己。青眼高歌俱未老，向樽前、拭尽英雄泪。君不见，月如水。

共君此夜须沉醉。且由他、蛾眉谣诼，古今同忌。身世悠悠何足问，冷笑置之而已。寻思起、从头翻悔⑤。一日心期千劫⑥在，后身缘、恐结他生里。然诺重，君须记。

注释

①梁汾：即顾贞观。
②德：作者自指。
③京国：京城，国都。
④乌衣门第：指世家望族。
⑤翻悔：对先前允诺的事情后悔而拒绝承认。
⑥千劫：佛教语，指旷远的时间与无数的生灭成败，现多指无数灾难。

赏析

这首词是词人与顾贞观相识不久的题赠之作，表达了两人诚挚的友情。

词一开篇，容若就写道："德也狂生耳。偶然间、淄尘京国，乌衣门第。"意思是说：我天生痴狂，生长在豪门望族之家，又在京城里供职，这一切实属偶然，并非我刻意追求。在友人面前，容若并没有以贵族公子自居，而是自诩"狂生"，使其不至于因为身份、地位上的悬殊而不敢接近自己。而且，容若还用"偶然间"三字来表明自己如今所取得的荣华富贵纯属"偶然",言外之意是希望出身寒门的顾贞观能够理解他,以常人对待他。

接下来,容若用李贺《浩歌》"有酒惟浇赵州土"成句,进一步表明自己仰慕平原君的人品,并希望自己也有平原君那样礼贤下士、喜好交友的品格。但是容若感到并没有人能够理解自己的这一片苦心,因此发出"谁会成生此意"的感慨。

词到此,容若的笔锋突然一转,"不信道、遂成知己",正当容若深感知音难觅时,想不到竟然遇到了顾贞观,"不信"与"遂"的连用,表现出容若意外得到知己后的狂喜之情。

随后,容若开始写两人相逢时的情景。"青眼高歌俱未老,向樽前、拭尽英雄泪"。相传阮籍能"青白眼",碰到他尊敬的人,两眼正视,为"青眼",碰到他厌恶的人,则两眼斜视,为"白眼"。这句中,容若用到了"青眼"的典故,是说自己与顾贞观彼此青眼相对,互相器重。

上阕尾句以景做结,"君不见,月如水",那一夜,月色如水,照彻晴空,这不仅象征着两人纯洁的友谊,也营造了一种高洁的氛围。

下阕首句中的"沉醉",表明容若要和顾贞观一醉方休,甚至要醉得不省人事。在这里,容若劝慰顾贞观不要把小人的造谣中伤放在心上,因为这种卑鄙的事自古以来就屡见不鲜,不合理的现实既已无法改变,那为什么不与知己一醉方休,以求解脱。

接下来容若由好友想到了自己,"身世悠悠何足问,冷笑置之而已",容若认为,在这个污浊的社会中,自己的显贵身份完全不值得一提,只需冷笑置之即可,这也就照应了上阕的"偶然间、淄尘京国,乌衣门第"。正是因为对荣华富贵的蔑视和现实社会的不满,容若才会产生"寻思起、从头翻悔"的想法。

在激动之余,容若把笔锋拉回,与友人开始正面订交。"一日心期千劫在,后身缘、恐结他生里",容若对顾贞观郑重地承诺:我们一日心期相许,成为知己,即使横遭千劫,情谊也会长存的,但愿来生我们还有交契的因缘。

尾句"然诺重,君须记",紧承前两句之意,表明容若自己一定会重信守诺,不会忘记今天的誓言。

金缕曲·寄梁汾(木落吴江矣)

木落吴江①矣。正萧条、西风南雁②,碧云千里。落魄江湖还载酒,一种悲凉滋味。重回首、莫弹酸泪。不是天公教弃置③,是南华、误却方城尉。飘泊处,谁相慰。

别来我亦伤孤寄。更那堪、冰霜摧折,壮怀都废。天远难穷劳望眼,欲上高楼还已。君莫恨、埋愁无地。秋雨秋花关塞冷,且殷勤、好作加餐④计。人岂得,长无谓⑤。

注释

①吴江:吴淞江的别称,县名,属江苏省。梁汾要归于江南居苏州等地,故云木落吴江。
②南雁:南飞的大雁。
③天公:天,以天拟人,故称,此处指朝廷。弃置:扔在一边,废弃。
④加餐:慰劝之辞,谓多进饮食,保重身体。

⑤无谓：即无所作为。

赏析

这是容若初识顾梁汾时酬赠之作。这首词的词境空辽寂寞，与容若自身的心境有很大关系。容若虽为门第显赫，但他一直认为这是命运对自己的捉弄，令他深陷豪门，无法拥有自由的生活，去追求自己真正喜欢的东西。

所以，开篇头一句便是"木落吴江矣。正萧条、西风南雁，碧云千里。"看似没有写出寂寞的心情，但实际上千言万语都已经融会在了辞章中，碧云千里之下，西风大雁，还有萧萧的落木，这些景象，无一不是透露着寂寞。

而后的寂寞便是叠叠加深，"落魄江湖还载酒，一种悲凉滋味"，一种悲凉滋味在心头。容若与顾梁汾虽然情谊深厚，但顾梁汾总是要离开的，这首词便是容若写给顾梁汾的赠别词，友谊再长久，也抵不过时间和空间的距离。所以"重回首、莫弹酸泪"，这都是天意，何必去计较呢。

只要彼此心中有着牵挂，总还是会有见面的一天的。"不是天公教弃置，是南华、误却方城尉。飘泊处，谁相慰。"这里是容若安慰顾梁汾的话，顾梁汾怀才不遇，容若必然也是看在眼里的。他告诉顾梁汾，不要怀疑自己，只要坚持，总有雨过天晴的一天。

在下片，容若便开始感伤自己，"别来我亦伤孤寄。更那堪、冰霜摧折，壮怀都废。"在寂寞中打发时光，是一件很惆怅的事情，此处的辞章，句句写出寂寞之情。容若最擅长写寂寞，此处他虽然没有提及，但每个字眼都让人觉得深入骨髓的清冷。

"天远难穷劳望眼，欲上高楼还已。君莫恨、埋愁无地。秋雨秋花关塞冰，且殷勤、好作加餐计。"天高虽然任鸟飞，自己却是无法把握自己的命运，词在最后，容若也只得悲伤地感慨道："人岂得，长无谓。"是啊，生命总是世事变幻无常，宿命安排，岂是人事能预料的，还是听天由命吧。

顾梁汾长容若二十岁，他郁郁不得志的那段时间，正好住在纳兰府中。容若作为相府中的公子，丝毫没有端起架子。他们之间虽然地位悬殊，但是心意相通，有许多共同语言。

金缕曲·亡妇忌日有感①（此恨何时已）

此恨何时已。滴空阶、寒更②雨歇，葬花天气③。三载悠悠魂梦杳，是梦久应醒矣。料也觉、人间无味。不及夜台尘土隔，冷清清、一片埋愁地。钗钿约④，竟抛弃。

重泉⑤若有双鱼寄。好知他、年来苦乐，与谁相倚。我自中宵成转侧，忍听湘弦重理。待结个、他生知己。还怕两人俱薄命，再缘悭⑥、剩月零风里。清泪尽，纸灰起。

注释

①这首词作于康熙十九年农历五月三十日，为卢氏故去三周年忌日。
②寒更：寒夜的更点，借指寒夜。
③葬花天气：农历五月下旬，正是落花时节。
④钗钿约：即"金钗""钿合"。指夫妻的盟誓。

⑤重泉:犹黄泉、九泉,旧指死者所归。
⑥缘悭(qiān):缺少缘分。

赏析

这首《金缕曲》称得上是所有悼亡词中最感人的一首。

词一开篇,作者就化用李之仪《卜算子》中"此水几时休,此恨何时已"的成句,看似突兀的一个反问句,却真实地道出容若对卢氏之死所表达出的哀伤痛悼之情。

接下来作者交代了时间、地点,"滴空阶、寒更雨歇,葬花天气",卢氏的忌日是农历五月三十,此时正是绿叶茂盛、花渐凋谢的暮春季节,因此说是"葬花天气"。屋外雨声连连,而容若的心情则沉重凄清,所以他虽然身在春季,却感受此时已是"寒更"。

对于卢氏的离世,容若始终不能承认这个事实,因此他总希望这只是一个梦,等到梦醒之后,卢氏就会出现在他的面前。但幻想终究是幻想,又会有哪个梦一做就是三年呢?对于卢氏之死的原因,容若猜想是因为她"料也觉、人间无味"。坟墓虽然冷清孤寂,却能够把所有的愁苦都埋葬于地下,"不及夜台尘土隔,冷清清、一片埋愁地。"这句话给今人留下了一个疑问,卢氏与纳兰感情深厚,那么,在她生前又会有怎样的愁苦让她觉得"人间无味"呢?

上阕结尾"钗钿约,竟抛弃"呼应开篇"此恨何时已",似有怨恨之意,你和我本有钗钿之约,如今你却为何要违背誓言,让我独自一人痛苦地生活在人间?

全词到了下阕,容若开始倾诉自己的别后生涯。"重泉若有双鱼寄。好知他、年来苦乐,与谁相倚。"容若在这里设想阴间如果能通书信,自己也就能知道卢氏这些年来的苦乐哀思与谁一起相伴度过。

"我自中宵成转侧,忍听湘弦重理",从生前的恩爱,到关心亡妻死后的生活,甚至在其逝去后经常也不能寐,辗转反侧地思念她,可见容若对卢氏的爱已经深入骨髓。"湘弦"一词在这里明指容若害怕睹物思人,因此不忍再弹那哀怨凄婉的琴弦,也暗含了他不忍续弦再娶之意。

在妻死不能复生,自己又不忍续弦的情况下,容若想要和卢氏"待结个、他生知己",这虽然是一种不切实际的自我安慰,但是容若对此无比地执着,甚至还害怕他们两个人即使来生结缘,却也像今生这样命薄,美好的光景、美好的情缘不能长久。

全词写到这里,容若也照应"此恨何时已",表达出三层怨恨,今生无缘在一起,此为第一恨;幻想阴间能通书信,却不可能,此为第二恨;希望来生能再做夫妻,却又怕两人命薄,仍然人鬼殊途,此为第三恨。

在词的结尾,容若终于从内心世界回到现实,在那空阶之上,亲手点燃了祭奠亡妻的纸钱,并且自己心中所有的情感都化成一句话"清泪尽,纸灰起"。

全词读完,不禁让人潸然泪下,如果世间真能有这样的真挚情感,那么死亡也就变得不再可怕。

金缕曲·再用秋水轩旧韵(疏影临书卷)

疏影临书卷。带霜华、高高下下,粉脂都遣。别是幽情嫌妩媚,红烛啼痕休泫①。趁皓月、光浮冰茧②。恰与花神供写照,任泼来、淡墨无深浅。持素障,夜中展。

残缸掩过看逾显。相对处、芙蓉玉绽，鹤翎③银扁。但得白衣时慰藉，一任浮云苍犬④。尘土隔、软红偷免。帘幙西风人不寐，恁清光、肯惜鹔鹴裘典⑤。休便把，落英翦。

注释

①啼痕：泪痕。泫：下滴貌。
②冰茧：冰蚕所结的茧，为普通蚕茧的美称。这里指蚕茧纸，用蚕茧壳制成的纸，取其洁白缜密。
③鹤翎：鹤的羽毛，喻指白色的花瓣。
④浮云苍犬：白云苍犬，白衣苍狗。喻事物变幻无常。
⑤恁：如此、这样。清光：清亮的光辉，多指月光。裘：即裘。相传为汉司马相如所穿的裘衣，由鸟的皮制成；一说，用飞鼠之皮制成。典：即典当。

赏析

"疏影横斜水清浅，暗香浮动月黄昏"，林逋这两句诗将梅花的形象深深定格于国人心中。所以，从纳兰这首词开篇的"疏影"二字便可知道，这是一首咏梅作。

寒冬腊月，白雪皑皑之际正是赏梅好时节。"带霜华、高高下下，粉脂都遣"，逊雪三分白的梅换了银妆，霜华下，暗香来。"别是幽情嫌妩媚，红烛啼痕休泫"，梅花高雅的情思衬托着它姣好可爱的姿态，宛如蜡烛滴落在烛台上留下的斑斑"泪痕"。

"残缸掩过看逾显。相对处、芙蓉玉绽，鹤翎银扁"，"鹤翎"本指鹤的羽毛。掩过残缸，没有红烛摇曳投下的点点昏黄，斑斑烛影，纳兰似融于梅心，聆听梅花于寂静冷月下的款款诉说。那些旧事仿佛化作枝头花瓣，不语婷婷，玉芙蓉一般沉静，鹤翎般无瑕。

"但得白衣时慰藉，一任浮云苍犬。尘土隔、软红偷免"，"浮云苍犬"又作白云苍犬，纳兰感叹这一袭白衣的素梅，似流连于岁月的驻点，回溯人间的沧海桑田，以岿然不动的静夜思感悟已幻化成风的过往。"软红"是温柔之乡，是烦恼之事，是种种尘土杂念。俗世中怎生成这般梅之姿态？那定是跨越了红尘世界的欲念，淘炼得来的纯真。

末尾一句"休便把，落英翦"，落英下掩映的似纳兰纯真的自我。纳兰明白，物是人非的蹉跎岁月不过转身一瞬，唯有赤子般纯洁的心方得有限的永恒。

好事近（帘外五更风）

帘外五更风，消受晓寒时节。刚剩①秋衾一半，拥透帘残月。
争教②清泪不成冰？好处便轻别。拟把伤离情绪，待晓寒重说。

注释

①剩：与"盛"音意相通。此"盛"犹"剩"字，多频之义。
②争教：怎教。

赏析

本篇是容若的一首简短小词,上片写相思,似乎是在回忆中找寻往昔的欢乐,又像是在怀念妻子,在她离去后产生了伤感之情。这首词意扑朔迷离,耐人寻味,有着重情重义之感,也有迷惘哀伤的纠结。

词的开头便直言了生命的不可承受之重,"帘外五更风,消受晓寒时节",竹帘之外传来五更的寒风,在这清秋寒冷的早晨实在让人难以消受。这首词写与妻子乍离之后的伤感,写得如此直白动人,只怕是容若的内心真的是无法再忍耐下去了。而后接下去便说道:"刚剩秋衾一半,拥透帘残月。"孤夜难眠,秋夜冷冰冰的被子因多出了一半而晓寒难耐,于是,便拥被对着帘外的残月,望着它回忆往昔。只可惜,月亮似乎也知道他的心事,窗外所对的只是一轮残月而已。

欢乐和幸福都是短暂的,世上没有什么事情是长长久久,永不变更的。容若而今只剩下独自一人,孤独无依,此刻,窗外的残月更是加重了他的这种孤独感,这让词人情难自禁,一时间泪流满面。

故而下片有"争教清泪不成冰",没有过渡也没有任何引申,简单的白描却将糟糕的心情写得入木三分。而今一人独自赏月,想起往日的种种,怎教清泪不长流,空自凝噎呢?这句中的"成冰"更是写出清冷孤寂的意味。泪流至结成冰,这该是怎样的一种哀愁,容若的孤独和寂寞,在卢氏离去后便更加明显,但凡卢氏之前用过的衣物、住过的楼阁,对容若来说,都是一种折磨。

所以,容若才会说"好处便轻别。拟把伤离情绪,待晓寒重说"。容若自己也知道,面对这样铺天盖地的哀伤,最好的方法,就是不把离别之事放在心上,让这离愁别绪待到天亮以后再去想吧。

如此的哀伤,似真非真,似幻非幻,极富浪漫色彩。在词的最后,容若从回忆中抽身,回归现实,他知道现而今已经是人去楼空,物是人非了,与其在回忆中痛苦挣扎,不如转身睡去,让梦境和睡眠赶走孤独和寂寞。

好事近(马首望青山)

马首望青山,零落繁华如此。再向断烟衰草,认藓碑题字。
休寻折戟话当年,只洒悲秋泪。斜日十三陵下,过新丰猎骑①。

注释

①新丰:县名,汉高祖七年置,唐废,治所在今陕西临潼西北。猎骑:骑马行猎者。

赏析

容若写词的基调总是沉郁哀婉,这首词也不例外。比起以往的词作,容若的这首《好事近》风格显得更为粗犷、豪迈一些,字里行间,显露出他的男儿本色。容若身为康熙皇帝的侍卫,想来武功也是了得,他在陪同康熙前往北京十三陵狩猎时,望着眼前一片苍茫景色,与都市里的完全不同。这里没有繁华,只有苍凉,没有人烟,只有寂静。

"马首望青山,零落繁华如此。"停马且住,看到眼前一望无垠的青山,连绵成无尽的屏障，在这里的天地间，繁华显得微不足道，这份苍茫深入人心。容若显然是被这份苍茫所感动，才写下了这首词。

"再向断烟衰草，认藓碑题字。"面对眼前这份萧索冷清的景象，看着被枯草掩埋的石碑，容若心中感慨万千。"衰草"就是干枯的草，而所谓的"藓碑"则是指长满了苔藓的石碑，被苔藓覆盖了的石碑上，还可以模糊地辨认出之前所刻下的碑文。时光就是这样无情，人们还以为将真实留在石碑上就可以万古长存，其实在时光面前，任何东西都是脆弱、不堪一击的。

想到此，容若便心生悲凉。自己的生命也不过是白驹过隙，匆匆几十年犹如流星划过，很快就没了。自己没有去做想做的事情，而是整日陪在皇帝身边，做些并不情愿的工作，这样的日子什么时候才能够到头啊。所以，在下片时，容若便将遐想止住，正因为他知道，无益的多想毫无意义，所以才会无奈地写道："休寻折戟话当年，只洒悲秋泪。"所谓"折戟"就是断戟被沉没在沙里，指惨败。在这里大概是指古往今来的兴衰往事，正如一开始所言的那样，不要寻思那历来兴亡之事，眼前的秋色已足以令人生悲添慨了。

容若看到这迟暮的秋日，想起之前的种种，心中难以言说，故而只能在结尾草草地写上一笔"斜日十三陵下，过新丰猎骑"作罢。这就是容若狩猎的心情，这个男人随时随地都会有所感悟，写入词里，以供后人唏嘘感叹。

好事近（何路向家园）

何路向家园，历历残山剩水①。都把一春冷淡②，到麦秋天气③。
料应重发隔年花，莫问花前事。纵使东风依旧，怕红颜不似。

注释

①历历：零落。残山剩水：残存的山岳河流，零散的山水，明灭隐现的山水。
②冷淡：不热情、不热闹。
③麦秋天气：谓农历四五月，麦子成熟后的收割季节。

赏析

誓言是开在彼岸的花朵，遥看美丽异常，却无法触及，谁想要到彼岸去寻找这誓言之花，定当是会失望的。即便如此，纳兰也依旧相信誓言。在这首词里，他抒发了与发妻的离别、相思之苦，并将这种情感抒发到了极致。透过词的本身，我们仿佛可以看到，一位痴情的男子衣衫单薄地站立于历史深处，正在神色苍茫地想念。

家园无处可寻，回家的道路已经找不到了，抬头望去，满目一片残山剩水。一句"何路向家园，历历残山剩水"让词作一开头就透露出一股零落残败的气象。山就是山，水便是水，何来的残山剩水呢？容若将山水之景用"残剩"修饰，更显得心境荒凉，犹如残败的风景。

紧接着，词人又开始感叹年华易逝，红颜不再，"都把一春冷淡，到麦秋天气"，春季转眼就过去了，为了思念，都冷淡了这大好的春光，现如今，春日的好风景都已错过，眼下已是萧瑟的秋景。上片在一片嘘叹声中结束，简明轻快，没有晦涩之意，也不用典，但依然能够写出容若愁绪的心情。

下片依然承接上片简单的风格，既然春天都已经被错过了，那春日的花朵也没能看见，"料应重发隔年花"，料想去年的花，今年也再次开放了吧。花可以年年开放，年复一年地绽放，错过了今年的花期，明年只要愿意，依然可以等到花开，遗憾就可以弥补，但是人事呢？只怕是错过一次就终生无法补救了。所以，那些曾经美好的花前月下的事情，最好不要再想起，每想起一次，都是折磨，面对无法重演的故事，真的还是"莫问花前事"的好。

"纵使东风依旧，怕红颜不似。"景色依旧，物是人非，最后的这句感慨是许多词人都发过的，并无什么特别。容若写词总是这样，平淡的语气诉尽天下悲情。人生就是这样错过一场又一场美景，有些人对这些错过不以为然，但对于容若来说，每一次错过都是一道伤痕。他用伤痕累累的心，吟咏出这些千年，甚至万年之后都不会被忘记的词。

天仙子（梦里蘼芜青一剪）

梦里蘼芜①青一剪，玉郎②经岁音书远。暗钟明月不归来，梁上燕，轻罗扇③，好风又落桃花片。

注释

①蘼芜：又名蕲、薇芜、江蓠，据辞书解释，苗似芎，叶似当归，香气似白芷，是一种香草。
②玉郎：古代对男子的美称，也可为女子对丈夫或者情人的爱称。
③轻罗扇：质地极薄的薄纱制成的扇子，多为女子夏天纳凉所用。

赏析

若说千古以来做文章者大都有文学主题的话，那么"悲哀"必定是一个恒之久远的话题了。无论是《诗经》里边"今我来思，雨雪霏霏"，还是现代诗歌中遇到一个"结着愁怨的丁香一样的姑娘"，仿佛都蕴藏了文人莫大的悲哀，以文字来抒情。纳兰此首《天仙子》也是如此。

"梦里蘼芜青一剪，玉郎经岁音书远"，梦里，蘼芜已经青青葱葱，岁月恒逝，春来秋往自是一年倏忽随即离开了，想必这蘼芜上微微泛青的色彩不是经过时间底色的，而以思念浇灌，酿得更浓了。时过境迁，去年春天离开到现在，你的书信是越来越少了，以至于此刻早是相隔天涯，更无一纸鸿雁，倒真是显得寂寞无助了。

"暗钟明月不归来"，夜晚，暮钟寂然中几声清响，听似有声，染出的却是一片静寂。偏偏是午夜时分，偏偏是梦醒，却偏偏听来几声晚钟，妇人猜想，大概是经岁杳无音信的丈夫回来了吧。然而，夜晚的钟声指代的归人并没有随着思妇之念而变成现实，只不过，纳兰瞬间便抽开笔调，描写景物了。

"梁上燕，轻罗扇，好风又落桃花片"，看到梁上燕子已经春归，叽叽喳喳闹个不停，丈夫几笔画出的春燕还留在罗扇上，妇人心中瞬间袭来一种莫大的哀愁。短短几个字，女子思夫之形悄然伫立。

思念磨人，纵使你不在我身边，我眼中也依然都是你。我不怕与你在一起承受生活的苦难，就怕一日三秋的想念，我不惧与你颠沛流离浪迹天涯，只畏见不到你不能与你在一起。世事流转，思念之情却依然泛着动容的光芒，让人生生世世都不忘怀念它。

天仙子（好在软绡红泪积）

好在软绡红泪积，漏痕斜罥菱丝①碧。古钗封寄玉关②秋，天咫尺，人南北。不信鸳鸯头不白。

注释

①漏痕：草书的一种笔法，谓行笔须藏锋。斜罥（juàn）：斜挂着。菱丝：菱蔓。
②古钗：亦作"古钗脚"。比喻书法笔力遒劲。玉关：玉门关，代指遥远的征戍之地。

赏析

这篇小令是纳兰性德写给爱妻卢氏的，虽然短小，却十分精悍，耐人寻味。

"好在软绡红泪积，漏痕斜罥菱丝碧"，此词开头两句用典可谓十分恰当，以浑朴古拙之笔写妻子寄来的轻纱，浅叙白描，却不失情真意密，深致动人。且看，你寄来的轻纱上凝聚的泪痕还依稀可见，那斑斑点点的红泪，犹如菱蔓斜挂一般的行行草字。

词中"软绡红泪积"借用了灼灼的故事作典故。灼灼是位杰出歌舞才能的妓女，对裴质有很深的感情。裴质离任后，灼灼为表示倾心的思念，将自己沾满红粉泪水的丝巾寄给裴质，以表示自己的真挚感情。但在权贵眼中，妓女虽可善待一时，但终究不过玩物，灼灼那凝结着"红泪"的丝巾并未唤起裴质对她的爱意。最后，她在穷困和愁苦中死去。

接下来，"古钗封寄玉关秋"一句深切委婉地表达了词人的故乡之思，表达了他对爱妻的深情怀念。而结句犹显含婉深细："天咫尺，人南北。不信鸳鸯头不白。"秋日凄凉，大雁南飞，我这封信却像一只离群的鸟，独往北边。天际咫尺相隔，人却南北千里，人生有限，鸳鸯岂不会老去么？

"不信鸳鸯头不白"，是反用李商隐的《代赠》中"鸳鸯可羡头俱白"一句。常言咫尺天涯，何况词人已和妻子遥隔千里。然而不管相隔多远，词人始终坚信，他和他的妻子一定会像鸳鸯一样，一起白头，一起相守终生。

这首纪念爱妻的词，化典恰到好处，表情亦可谓情之所至，一往而深，尤其"天咫尺，人南北，不信鸳鸯头不白"句，情之决绝，一目了然。

天仙子·渌水亭①秋夜（水浴凉蟾风入袂）

水浴凉蟾风入袂。鱼鳞蹙损金波①碎。好天良夜酒盈尊，心自醉，愁难睡。西南月落城乌起。

注释

①金波：指水中反射着耀眼光芒的月光。

赏析

刘若英在歌里唱："电影越圆满，就越觉得伤感。"想来形单影只时看到的物事愈发光鲜亮丽，心内就愈发清凉。纳兰在这首《天仙子》里写的，刚好就是他面对渌水亭秋夜的良辰好景，却暗自怀愁难寐的心绪。

这首词作于秋夜时分，开头便描绘出了一片幽凉动人的画面："水浴凉蟾风入袂。鱼鳞蹙损金波碎。"池塘水波清澈将月色倒映，秋风徐徐，撩起一片涟漪，月色如媚，水面上映射出细碎金光。在这里，"凉蟾"指的是月亮，"鱼鳞"并不是指真的鱼鳞，而是指水面反射出月光的耀眼。不需要细品，单从"凉蟾""鱼鳞""金波"这几个词，一幅秋夜静好的画面就已呈现眼前。

如此好天良夜，本该邀三两朋友，饮酒谈心，即"好天良夜酒盈尊"，然而，却斟满不饮，颇有当年李白"花间一壶酒，独酌无相亲"的落寞之感。独赏这一幅秋夜之景，心是早早醉了的，却偏偏有一股莫名的愁丝涌上心头，使得"心自醉，愁难睡"，直至看尽月升月坠，目见天际破晓，才发现竟是通宵未眠。最后，便抒发一句"西南月落城乌起"，这一腔怅惋忧郁之情与这月色清凉娴静刚好形成鲜明的对比，那景色愈是良美，心内愁怀便愈是深重。

著名畅销漫画《史努比》里曾言："凌晨三点与清晨八点所想的事太不一样。"想来夜深易怀愁乃人之常情，至于何愁，本词含而不露，到底点到为止，如若打破砂锅强加附会，反而失了词作雅致，也便就随着纳兰抵达天明，而昨夜所愁之事，渐渐留白，朦胧成美丽的烟波淡雾，轻萦心间。

天仙子（月落城乌啼未了）

月落城乌①啼未了。起来翻为无眠早。薄霜庭院怯生衣②，心悄悄。红阑绕。此情待共谁人晓。

注释

①城乌：城墙上的乌鸦。
②生衣：夏衣。

赏析

这一首小令，抒发的是纳兰相思孤寂的心情。

纳兰就是有这种能力，寥寥几个字就能将人带入一个情景，开头一句"月落城乌啼未了"，落月、啼乌、难眠之人，几笔便勾勒出一幅凄清寂寥的画面。"起来翻为无眠早"，在这样凄迷清冷的月夜，满心愁事的词人辗转反侧不能成眠，起床又为时尚早，最是百无聊赖。而在这样的孤独无聊中，他终究是来到了院中，看到在庭院中已经结了薄薄一层的霜，凉意袭人，不由感觉到夏衣已不胜其寒，即"薄霜庭院怯生衣"。

夏天的衣服想必是较为单薄的，而词人在内心悲凉之中，似乎也忘记了更换衣物，就这样穿着单衣来到庭院中。此时此刻，词人唯觉"心悄悄"，心中悄然暗淡，便左右环顾，看到"红阑绕"，红色的栏杆围绕着四周。于是欲言又止之下，只是叹了一句："此情待共谁人晓。"这样的情怀不知还有谁知晓。

这首小词通篇都使用了纳兰最为擅长的白描手法，景情俱到，整首词显得格外空灵自然。在篇末，搁下一个或许已不需要回答的问题，将全词孤清寂寞的意境推向了顶点。

如梦令（正是辘轳金井）

正是辘轳①金井，满砌落花红冷。蓦地一相逢，心事眼波难定。谁省，谁省，从此簟纹②灯影。

注释

①辘轳：古代安置在井上用来汲水的起重装置。
②簟纹：指竹席之纹络，此处借指孤眠幽独之景况。

赏析

中国传统诗词向来重抒情而轻叙事，大多"借景抒情"，而并非营造叙事背景。所以，这首《如梦令》就显得别具一格，它介入了基本连贯的叙事，可见词人在创作时颇下心思。

"正是辘轳金井，满砌落花红冷"。清晨睡起后，看见清凉的石板水井旁，汲水后留下一片湿漉漉的地面，井上的辘轳也湿透了；晨风夹杂着微寒，吹拂而过。昨夜掉落的红花，冰冷地铺满树下井旁的砌石地面。正在这时，我与她眼神蓦然交汇，她便立刻神情紧张起来。"蓦地一相逢，心事眼波难定"，可爱的人儿，你的心事，我岂能从你的迷离不定的眼神中猜透？又有谁能猜透你这"眼波难定"的心事呢？然而，自与你那一刹那的眼神交汇，我便心生摇曳，钟情于你。从今以后，无论独枕席上，抑或静坐灯下，你都会是我思念的那个人。

这首词结尾也颇为意味深长，"谁省，谁省，从此簟纹灯影"。问了，却无人来答。本是问所思之人的话，最终却还是抛给了自己，让自己去承受那无尽的伤痛怅惘。

主人公邂逅一位女子，并与之一见钟情，但由于只是一厢情愿，加上客观条件的束缚，二人始终没能结合在一起。然而，他对她一见倾心，自见到她的那一刻起，他心中平静的湖水就已起了涟漪。词到这里戛然而止，但或许，正是纳兰情感抒发的开始。

如梦令（木叶纷纷归路）

木叶纷纷归路。残月晓风何处。消息半浮沈，今夜相思几许。秋雨，秋雨。一半西风吹去。①

注释

①"秋雨"句：清朱彝尊《转应曲》诗句："秋雨，秋雨，一半因风吹去。"

赏析

纳兰性德的词最常用到的字是"愁"，最常表现的情感也是"愁"，正如梁羽生说的，"纳兰容若的词中，'愁'字用得最多，几乎十首中有七八首都有个'愁'字"。可是他每一句中的"愁"字，都有一种新鲜的意境，比如这首《如梦令》。

"木叶纷纷归路"，天已经凉秋，秋风吹落一树的黄叶，纷纷扬扬，如漫天蝴蝶纷飞，归来的道路上，铺上了厚厚的一层落叶。"残月晓风何处"，一层秋意一层凉，晓风残月人独立，今昔又是独对孤影而酌，难料此身何在，所爱又何在？

"消息半浮沈,今夜相思几许",生涯凄苦,人如浮萍,永远摆脱不了漂浮的命运,今夜,又有多少相思呢?"秋雨,秋雨。一半西风吹去",又是一夜秋风凉雨,此时,过往的一切,相思、伤感、红花、绿叶,都纷纷被这西风吹去了。眼前这番景色让纳兰心中若有所失,难以释怀。

这首词写的是相思之情,词人踏在铺满落叶的归路上,想到曾经与所思之人一道偕行,散步在这条充满回忆的道路上,然而如今却只有无尽的怀念,胸中充满惆怅。暮雨潇潇,秋风乍起,却无论如何也吹不散这浓烈的情思。

如梦令(万帐穹庐人醉)

万帐穹庐①人醉,星影摇摇欲坠。归梦隔狼河,又被河声搅碎。还睡、还睡,解道醒来无味。

注释

①穹庐:古代游牧民族居住的毡帐。

赏析

这首《如梦令》作于康熙二十一年(公元1682年)二月,纳兰奉命出塞侦察之时。在征途中,词人面对着气象豪雄的营地,以奇景入笔,作了这阕颇具特色的边塞词。词中景象与心境交织交感,既雄浑又悲凉。

"万帐穹庐人醉,星影摇摇欲坠"一句描写随行人员和保驾的士兵在夜间狂欢畅饮的情景:地上人多声闹,天空繁星闪烁。"星影"是比喻天悬星河与穹顶下万帐人醉相对的场景,可谓是无限风光惊绝。

接下来的"归梦"句却与前句形成强烈的反差。人尚留在"星影摇摇欲坠"的壮美凄清中未及回神,"归梦隔狼河"的现实残酷已逼近眼前,两相对比之下更衬托出词人由于思乡而感到孤单寂寞的心境。就算塞外风光奇绝,也抵不了心底对故园的期盼。

狼河远隔,归家已不可能,就连归家之梦也做不成。帐外白狼河的涛声将人本就难圆的乡梦击得粉碎,"又被河声搅碎"。可是醒后反觉无聊,这思乡者又赶紧叮嘱自己再睡一会儿,"还睡、还睡,解道醒来无味",因为睡着了总比眼睁睁地思乡好过一些。

这首词看似豪放,而在其豪迈壮怀的词形之内弥漫的却是一种悲哀、无奈甚至是哀婉的情绪,意境阔大而带悲凉,的确是独辟蹊径之作。

浪淘沙(蜃阙半模糊)

蜃阙半模糊,踏浪惊呼。任将蠡测①笑江湖。沐日光华还浴月,我欲乘桴②。钓得六鳌③无?竿拂珊瑚。桑田清浅问麻姑。水气浮天天接水,那是蓬壶④?

注释

①蠡（lí）测：即蠡酌，以瓠瓢测量海水。比喻见识短浅，以浅见量度人，"以蠡测海"的略语。

②乘桴：乘坐竹木小筏。

③六鳌：神话中负载五座仙山的六只大龟。相传渤海之东，有一深壑，中有岱舆、员峤、方壶、瀛洲、蓬莱五山，乃仙圣所居之地。

④蓬壶：即蓬莱。古代传说中的海中仙山。晋王嘉《拾遗记·高辛》："三壶则海中三山也。一曰方壶，则方丈也；二曰蓬壶，则蓬莱也；三曰瀛壶，则瀛洲也。形如壶器。"

赏析

古人云，仁者乐山，智者乐水。然而能与上摩天的五千仞岳相比拟的，不是三万里河，而是纳百川之海。

纳兰作词，向来以明白如话。可当他面朝大海时，这些凝结于胸的长长短短的诗句竟难抒胸臆。一首浪淘沙，短短54个字，六次用典，这在纳兰毕生的作品中也并不多见。

纳兰这首望海，大约是东临碣石的新篇。建安十二年秋，曹操彻底消灭了袁绍残部班师途中，曾于此登作《观沧海》歌以咏志。"蜃阙半模糊，踏浪惊呼"，千载白云悠然过尽，一千四百多年后的纳兰面对着难得一见的海市蜃楼，那若隐若现的繁华，似恍然一梦中误入仙境。

这便是海。波涛汹涌的狂暴过后有海市蜃楼的妩媚，水天无边的缥缈背后总惹人追寻流传千年、却无人见过的仙人去处。"任将蠡测笑江湖。沐日光华还浴月，我欲乘桴"，孟子也曾踌躇满志地感慨："日月之行，若出其中；星汉灿烂，若出其里。"孔子曾曰"道不行，乘桴浮于海"，若我的主张行不通，那我就乘上木筏到海外去。纳兰也出英雄略同之语，以手写心，流露出自己"道不行"的隐痛。

"钓得六鳌无？竿拂珊瑚。桑田清浅问麻姑。水气浮天天接水，那是蓬壶？"斗柄转回，人间寒暑屈指可数的几遍，年华便悄悄离去，不带走一片云彩。文人墨客常感慨岁月蹉跎，言沧海桑田却多为夸大之语。凡夫俗子怎敢令道仙人？古有麻姑亲见东海三为桑田。东汉时麻姑应王方平之邀做客人间，点米成珠，仙酒为乐，宴于蔡经家。麻姑言蓬莱之水已减半，"海中复扬尘"。莫不是沧海桑田之事再现？此问始于东汉，千百年来高悬于明月酒杯间没有答案，直到现在沧海依旧水澹澹。

白浪滔天，一片迷蒙中，哪得见蓬壶？纳兰在这万里一色中岂能仅仅赞叹海之壮阔，望而无思？非也，非也。纳兰那颗敏感的心早已澎湃，只是没有一个淋漓的出口释放那些心底隐着的言语吧。"挥手谢人境，吾将从此辞"，千年的穿越也不过一瞬，蓬壶杳然，人间轻换，还有什么值得久久留恋于这真真假假的尘世间？

浪淘沙（双燕又飞还）

双燕又飞还，好景阑珊①。东风那惜小眉弯②。芳草③绿波吹不尽，只隔遥山。花雨④忆前番，粉泪⑤偷弹。倚楼谁与话春闲？数到今朝三月二，梦见犹难。

注释

①阑珊：残，将尽。
②那惜：不顾惜，不管。小眉弯：皱眉。
③芳草：香草。
④花雨：落花如雨，形容彩花纷飞。
⑤粉泪：旧称女子之泪。

赏析

这是一篇标准的上景下情之作。

这是一个静听梁间燕语呢喃的融融春日，"双燕又飞还，好景阑珊"。燕子斜飞，上下翻覆，嬉戏于杏花烟雨中，如两个不安分的音符，轻掠怀春的心弦，激起一串低语涟漪。"东风那惜小眉弯"，小眉弯，似面纱遮住了羞涩的容颜，掩住了那挂在唇边的许许情思。"芳草绿波吹不尽，只隔遥山"，芳草绿波，一路铺遍蜿蜒小路，绿过大江两岸，却不敌遥山难越。

"花雨忆前番，粉泪偷弹"，落花如雨般滴落，不禁让我想起从前的种种回忆。"倚楼谁与话春闲？数到今朝三月二，梦见犹难"，独自倚高楼，去岁离别时的酒香微微可闻，送别时的一曲至今余音绕梁，只是当时离情今成别怨。数到三月二，即是古时的上巳节。节日这一天，汉族男女会光明正大地在河畔相会，互诉衷肠。或许，那就是纳兰与她相约的日子吧。只是如今，一个人的三月二，隐在心底的歌如涓涓溪流淌过时，谁能听到那汩汩呜咽？

心底不为人知的思念，过往转瞬即逝的温情，曾经的似水柔情催得一人暗泪低垂。客已去，高阁依旧不语，今年落红满径时，唯余葬花人。

相见欢（微云一抹遥峰）

微云一抹①遥峰，冷溶溶。恰与个人清晓，画眉同。
红蜡泪，青绫②被，水沉③浓。却向黄茅野店，听西风。

注释

①微云一抹：即一片微云。
②青绫：青色的有花纹的丝织物，古时贵族常用以制被服帷帐。
③水沉：即水沉香，用沉香制成的香。这里指这种香点燃时所生的烟或香气。

赏析

纳兰性德是个多情之人，对所爱之人往往用情很深。在早年与相恋的表妹失之交臂后，纳兰性德便娶两广总督、兵部尚书卢兴祖之女卢氏为妻，年轻夫妻无限恩爱，然而好景不长，爱妻三年后便香消玉殒。这首词便是他思念妻子的作品。

秋色浓郁，远山连绵，一抹淡淡的云彩，笼罩在远山周围。秋气乍起，升起一阵阵凉意。远山、微云，似乎也冷溶溶如水一般，这便是"微云一抹遥峰，冷溶溶"的萧瑟秋景，这样的风景，与我所思恋的那位女子在清早画眉的景致多么相像啊。真可谓"恰与个人清晓，画眉同"。

"红蜡泪,青绫被,水沉浓",是那一豆残焰也令蜡烛顾影自怜,起了思念么?不然它如何会流下殷红的泪水来,沾湿了自己的全身。青色丝被任它不整,也不管它可否盖在身上,沉水香袅绕出浓浓的香烟。这般景致,却如何只我一人独自念想。猛地回头,"却向黄茅野店,听西风",仍旧独自在这野店茅屋中听得西风一阵紧、一阵严。

爱妻去世后,那种"曾经沧海难为水,除却巫山不是云"的深厚情感一度使纳兰无法自拔。虽只有三十余年生涯,但可以肯定的是,步过了坎坷的感情经历,纳兰早已熟谙人生。对于生涯中美好的悲剧性追忆,便自然而然地成为他词中主旨。

这首词在选择的意象上给人一番清凉微冷的感觉,如微云、冷溶溶、红蜡烛、青绫被、水沉浓、西风,却在感情表达上给人一种"温度",流露出纳兰心中的真情。

相见欢(落花如梦凄迷)

落花如梦凄迷①,麝烟②微。又是夕阳潜下小楼西。
愁无限,消瘦尽,有谁知?闲教玉笼鹦鹉念郎诗。

注释
①凄迷:形容景物凄凉迷茫,这里指悲伤怅惘。
②麝烟:焚烧麝香所散发的烟气。

赏析

容若的词总有一种淡淡的忧伤之感,虽然这首《相见欢》不像他的悼亡之作那样悲凄幽咽,哀怨绵长,但其孤独凄清,别恨悠悠的苦情则依然是灼人心脾,呈现出一种"灰色"的格调,读之令人悒悒不欢。

上阕中,容若先细画女子处境:桃瓣黯凋,满地凄迷,竟如我梦一般,来去匆匆,回味不尽。正值我敛裙移身,才见落红惨淡的影廓。我的过失,就连她最后香消玉殒的离去也要掠夺。暗红氤氲的台阶,我看到她抽噎的痕迹,连我的步履也被浸染。不知何方再度燃起的麝香,青烟袅袅,若隐若现:难道这,就是伴我别离红尘的依傍吗?青砖墙另一边那个从未曾谋面的燃香的人儿,此时彼地,又是以怎样的心境陪伴我共同凝视这亘古的夕阳沉入幽楼的决绝?

下阕转至女子自身:我该以怎样的方式,去何处述说潜埋心底的思念呢?那么深深的思念,广袤如斯、深沉如斯,想必那寂寞情愁皆可消瘦殆尽,像那落红一般。而我也自然香消玉殒,哀怨深重,人何以堪。然官门似海,也只能"闲教玉笼鹦鹉念郎诗"来排遣时日。这句显然系柳永"却傍金笼教鹦鹉,念粉郎言语"之句所来,放在此处,却别是这般细致传神。它反衬人物内心的波动,感情细腻婉曲,含蕴无限情致,无不使人滴泪有思。

摹真景,写真意,抒真情,绝无矫作,绝不搔首弄姿。因此,此小令自得王维诗"如诗如画"之境。看似风光明媚,却至凄凉无限,明写闺怨,却道官怨。字字珠玑,字字欢欣鼓舞却字字含悲。因此,这首《相见欢》实为佳作,尽显纳兰"真纯"词风。

昭君怨（深禁好春谁惜）

深禁①好春谁惜，薄暮瑶阶②伫立。别院管弦声，不分明。
又是梨花欲谢，绣被春寒今夜。寂寞锁朱门，梦承恩③。

注释

①深禁：深宫。禁，帝王之宫殿。
②薄暮：傍晚，太阳快落山的时候。瑶阶：玉砌的台阶，亦用为石阶的美称，这里指宫中的阶砌。
③承恩：蒙受恩泽，谓被君王宠幸。

赏析

这首词的词牌名"昭君怨"，本为琴曲名，词作以女子的口吻表达了一种渴望却不可见的悲哀。它不仅应和了词的内容为孤单宫女"梦承恩"却是朱门紧锁的凄凉，同时，也暗合了作者自己的感触，近在眼前，却无法触及，匆匆一瞥，却无法话语，这一份忧愁与悲哀，还有对于命运的深深无奈都浸透其中。

词由女子低头感慨春好无人惜为起笔，再从远景简单勾勒出女子孤单伫立的身影。"惜春"是惜春色无人赏，也是"惜己"；"薄暮"是描绘暮色微薄，也是描绘女子单薄的身影。

通过上阕，我们能看到这样一副景致：宫墙高掩，禁苑深深，宫女独坐园中，怅惘独对寂寥，一场肃杀秋冬后，又是一年好春色。满园名花异草，绿树碧林。直道天下再没有美过这一角落的春色了，然而这般风景却有何心情来怜惜？暮色四起，薄薄的烟雾淡淡地笼罩着日暮中的园林。久伫瑶阶，一无言语。她是心中郁有千言万语，想要找人一倾衷肠，可又有何人是知音？伫立不动，似在倾听：那是何处琴声，谁人吹笛？只隐隐约约，未见分明。

下阕"梨花欲谢"，春色将尽，是不是也暗示着"如花美眷、似水流年""弹指间红颜老，刹那芳华"的悲哀？"绣被春寒"，一"寒"字便彻底了点明了整首词给人的感受。是薄暮渐至，夜凉如水的"寒"，更是孤寂清清，无人陪伴的"寒"。"别院管弦声，不分明"，似单纯写景，却又透露出另一番悲凉。"歌舞管弦"为谁而起、为谁而奏？"不分明"是听不明、听不清，还是不想听、不想明？对应着"歌舞管弦"的是"朱门紧锁"，这是反差，对应着"不分明"的是"梦承恩"，却是顺承。听不清别院的欢歌笑语，却记得清梦中的温柔云雨、情深呢喃。

如此的"一往情深"，如此的"痴痴盼望"，更叫人"寒"透心底。

昭君怨（暮雨丝丝吹湿）

暮雨丝丝吹湿，倦柳愁荷风急。瘦骨不禁秋，总成愁。
别有心情怎说，未是诉愁时节。谯鼓①已三更，梦须成。

注释

①谯鼓：谯楼更鼓。

赏析

"昭君怨"相传是由古代四大美女之一的王昭君作怨诗入琴谱而得名,故而词牌《昭君怨》也是家国怨和闺中怨结合的经典。这首词讲的就是纳兰容若对伊人不在,夜深独立的一片哀怨心绪。

细观上片,自然是"瘦骨成愁"的刮心之痛了。作者一片之中连用两个"愁"字,可见其寂苦心绪。王国维语"有我之境,以我观物,则物皆著我之色彩",于是,此处,暮雨之形,实为愁之形,柳之倦、荷之愁、风之急,更非实景,全自词人心中出罢了。

都道纳兰容若对表妹情深之至,然表妹最终辗转进宫,侯门尚且深似海,更何况紫禁宫闱,于是只余得两人漫长相思却不能相守的煎熬。是夜,容若独看暮雨丝丝,秋雨凄苦,夜风凉薄凌厉,便是那柳树,荷花也是倦极愁极,国学大师王国维曾在《人间词话》中言:"一切景语皆情语。"如是看来,却是容若由着这凄风苦雨中生出对表妹的无尽相思愁绪。

在下片,容若承接上景而引发清愁,"别有心情怎说?"一问出,万古寂寥,道是家家争唱《饮水词》,却奈何纳兰心事几人知。不论是青梅竹马的表妹,抑或是贤良淑德的翠花公主,总是佳人一方,此岸却只身孤影暗销魂。而自语"未是诉愁时节",则像是词人恍然发现此情难诉,对应发问那句,于是更显出无奈孤寂之情。是啊,未是诉愁时节,我何来这么多的愁绪。而那愁,却愁进了心底,愁成三更一片"谯鼓"之声。

"谯鼓"之声,则引此愁绪更见升华。谯楼,原为城门之上的瞭望楼,谯鼓则是瞭望楼上的更鼓了,三更未眠,于此浅道:梦须成。却不点破何来纠结,家国之意若隐若现。于此,言有尽而意无穷,让人无限回味。

容若这首词,道尽了相思难眠的愁苦,写尽了婉转不能言语的心境,也隐隐透出作者家国之意,实为词之佳作。

满江红(代北燕南)

代北燕南①,应不隔、月明千里。谁相念、胭脂山②下,悲哉秋气③。小立乍惊清露湿,孤眠最惜浓香腻。况夜乌、啼绝四更头,边声起。

销不尽,悲歌意。匀不尽,相思泪。想故园今夜,玉阑谁倚。青海不来如意梦,红笺暂写违心字。道别来、浑是不关心,东堂桂④。

注释

①代北:泛指汉、晋代郡和唐以后代州北部或以北地区。今山西北部及河北西北部一带。燕南:泛指黄河以北地区。
②胭脂山:即燕支山。古在匈奴境内,以产燕支(胭脂)草而得名。
③秋气:指秋日的凄清、肃杀之气。
④东堂桂:科举考试及第称为"东堂桂"。

赏析

塞上秋寒,月夜,军营里的人们都已沉沉睡去,唯有纳兰容若辗转反侧,不得入眠。索性披衣而出,走出军帐,徘徊间,填了一首《满江红》。

这首词写的是塞上月夜怀妻：你我天南地北，然而却不能阻隔千里明月，天涯此时。我伫立在寒夜风中，承受着这寒冷凄清，孤枕难眠。已近四更，城乌夜啼，边声四起，此刻谁又在远方挂念塞外苦寒的我呢？悲歌不胜消受，悲泪暗流不止，在家乡的故园里，谁又在独倚着栏杆同样神伤呢？只恨无梦可慰相思，唯以违心之字的书信自慰。

他爱她，熟悉她，知晓她一切细腻的小心思与小习惯。他知道在这样的月夜，她也会辗转反侧不得成眠，悄悄地来到檐下扶栏边小坐，眼中盛满了哀怨与相思。而她，一个人在凄清的月夜甜蜜地怀念夫君，说不尽的缱绻情浓，也是因为知晓夫君即使行路到遥远的北方，也会对她时时挂怀。

世上的功名利禄、富贵荣辱，说重也重，说轻也轻。至少在容若看来，这些东西在生命中的意义，远不如枕边人宝贵。

纳兰的妻子真是个幸福的女人。妻已不是初识，不是新婚，不是热恋，可容若还是全心地爱着她，关心着她，甚至在一个凄清的夜晚想起她。人间不是无真爱，只是我等不经心。

满江红（为问封姨）

为问封姨①，何事却、排空卷地。又不是、江南春好，妒花天气。叶尽归鸦栖未得，带垂惊燕飘还起。甚天公、不肯惜愁人，添憔悴。

搅一霎，灯前睡。听半响，心如醉。倩碧纱②遮断，画屏深翠。只影③凄清残烛下，离魂飘渺④秋空里。总随他、泊粉⑤与飘香，真无谓。

注释

①为问：犹相问、借问。封姨：古时神话传说中的风神，亦称"封家姨""十八姨""封十八姨"。

②倩：乞求、恳求。碧纱：碧纱窗、绿色的窗户。

③只影：谓孤独无偶。

④离魂：指远游他乡的旅人。飘渺：隐隐约约，若有若无。

⑤泊粉：指少许的残花。

赏析

塞上的秋日，不若京城的秋天红叶堕地，硕果满枝，却是一片苍冷景色，连风也不若紫禁城里的秋风飒爽中带着温婉，而是"排空卷地"而来。容若这位惜花人，自然几多抱怨。

这首《满江红》便是写塞上秋风横卷之景和自己的凄清无聊之情：想问秋风，因何这般排空卷地而来。现在又不是江南的妒花时节，为何要如此狂风大作。狂风将树叶吹落，使归来的乌鸦无处栖息，使小燕惊飞，几欲坠落，又被风吹起。老天不肯怜惜愁苦的旅人，偏要为他增添憔悴。在灯前刚刚睡去，便被狂风声搅醒。耳旁的狂风吹了半响，心如酒醉一般混沌不明。指望那绿窗与画屏能遮挡住狂风。孤灯残影，离魂缥缈，吹残的花瓣与飘散的花香都随之而去，怎不叫人倍觉伤情。

苦旅天涯者，怕的便是萧瑟之景。马致远一曲《天净沙·秋思》吟得多少断肠客潸然泪下。纳兰容若所见，非"枯藤老树昏鸦、古道西风瘦马"之哀景，而是更进一筹，愁苦中带着毁灭与悲摧:"叶尽归鸦栖未得,带垂惊燕飘还起",连秋之悲哀中仅有的可停泊之心的宁静也丧失了,乌鸦归而无处栖息,小燕子被吹得在风中惊恐扑腾,煞是可怜。诗人目睹这一切,叹息说"甚天公不肯惜愁人,添憔悴"。

可是,一位飘零天涯的旅人,连自己的命运尚且无从把握,又怎能奈何得了这呼啸而来、肆意而去的狂风呢?他只能眼睁睁看着残花委地,自己身世的飘零,也如这落花一般无可奈何。

真是"总随他、泊粉与飘香,真无谓"吗?无可奈何而已。

满庭芳（堠雪翻鸦）

堠①雪翻鸦,河冰跃马,惊风吹度龙堆②。阴磷③夜泣,此景总堪悲。待向中宵起舞,无人处、那有村鸡。只应是、金笳④暗拍,一样泪沾衣。

须知今古事,棋枰胜负,翻覆如斯。叹纷纷蛮触,回首成非。剩得几行青史,斜阳下、断碣残碑。年华共、混同江⑤水,流去几时回。

注释

①堠（hòu）：古代望敌情的土堡，或记里数的土堆。
②龙堆：白龙堆的略称，古西域沙丘名。
③阴磷：即阴火，磷火，鬼火。
④金笳：胡笳的美称，古代北方少数民族常用的一种管乐器。
⑤混同江：指松花江。

赏析

纳兰容若随康熙帝巡幸关外，到了混同江一代，写下了这首《满庭芳》。这一带，正是满族各个部族入关前互相吞并斗争的地方，诗人面对古代战场抒发了一腔幽情：

站在这古代战场的遗址之上，看如今寂寞荒凉之境，升起荒寒阴森之感。本有祖逖闻鸡起舞的爱国之心，但村鸡已踪迹全无，无处寻找。只听得金笳声声，不觉泪湿衣襟，徒增伤感。要知道古往今来，胜败得失，都如翻云覆雨般变化无常，虚无短暂。一切纷争、一切功业，到头来只不过徒留几行青史，除了夕阳下斜矗的断碣残碑之外，什么都剩不下。年华就如同这松花江水一般，流去之后不知什么时候能够再回来。

表面看起来，这是普通的怀古诗，但若联系纳兰容若身世看，远非字面意义那么简单，潜藏着祖先被杀戮的隐痛。纳兰性德的祖先是蒙古人，发展壮大后迁至叶赫河岸，形成了拥有15个部落的叶赫部。叶赫部长杨吉砮在一次对抗努尔哈赤统一东北女真的战争中，城陷身死。天命四年，努尔哈赤大败叶赫部，纳兰的曾祖父叶赫部首领贝勒金台石被困城楼台，宁死不降，自焚身亡，并诅咒："我叶赫那拉氏，就算只剩下一个女子，也要灭你们满洲国！"

这段历史，对年轻的纳兰来说看似久远，其实并不久远。纳兰的曾祖父金台石败死于天命四年（公元1619年），纳兰出生于顺治十一年（公元1655年），中间相隔不过三十六年。对于这段历史，纳兰不可能不知晓。我们知道，纳兰性德是个内心充满矛盾冲突的年轻人，他这首词很可能表达了对前清与叶赫部恩怨的态度以及对当年部落混战的态度。

昨日还是不共戴天的仇敌，今日，叶赫族的后人纳兰已经成为清廷的近臣。残碑满地，荒烟冉冉，什么功，什么名，放入历史的洪流中万千生命不过激起瞬息的浪花，转眼就消失得无踪无影。当年血泪横流的拼杀，不过是蛮触相争，棋局翻覆便转眼成空。"斜阳下、断碣残碑"，纳兰笔下的茫茫边愁，让人心惊。

满江红·茅屋新成，却赋①（问我何心）

问我何心，却构此、三楹茅屋②。可学得、海鸥无事，闲飞闲宿。百感都随流水去，一身还被浮名束。误东风、迟日杏花天③，红牙曲。

尘土梦，蕉中鹿。翻覆手，看棋局。且耽闲殢酒④，消他薄福。雪后谁遮檐角翠，雨余好种墙阴绿。有些些、欲说向寒宵，西窗烛。

注释

①却赋：再赋。却，再。
②三楹茅屋：泛指几间茅屋之意。楹，房屋一间为一楹。
③杏花天：杏花开放时节，指春天。
④殢酒：沉湎于酒，醉酒。

赏析

康熙二十三年（公元1684年），纳兰好友顾贞观南归整三年，为招顾贞观回京，纳兰性德特地修建了几间茅屋，并写下了这首词以迎接顾贞观。

这首词的上阕侧重叙志。问我为什么要造这几间草房，可是为了像海鸥那样无忧无虑，自由自在？我欲将心中的感慨都付与流水，抛开这人世浮名的束缚，在那春天赏花歌舞。下阕点出为何要摆脱"浮名束"。是因为这人生如梦，变幻无常，令人无可奈何，不如冷眼旁观，与友人把酒言欢，消受清福。一起看雪赏雨，西窗剪烛。

词人心中渴望的全新生活，恰恰是最普通、最平实的生活。他把进行正常当作一种理想化的升华，这说明什么问题呢？说明他现在进行的生活是不正常的、背离他们自身理想的。

容若在审视自己当前的人生状况时，用了两个比喻："蕉中鹿"和"翻覆手"。"蕉中鹿"即指蕉叶覆鹿。砍柴人去打柴，阴差阳错下打死了一头肥硕的鹿。打柴人特别高兴，但是鹿太大，他拿不走。他急中生智，将鹿藏在了芭蕉叶下。等他回来时，却也找不到鹿了，他非常讶然，以为只是做了一个白日梦而已。"翻手为云覆手为雨"指人手段高明、权势大，其原本的意思，形容人反复无常。

这两个典故都指向同一个意向：命运的无常。当繁华的命运过后，我们独自啜饮生活的残酿时，谁又能说服自己，昔日的繁华真的从自己身上出现过？人们能相信的，只有现在，只有此刻，超出这个范畴的，我们脆弱的神经无法承受。说服自己相信一个失去的美好，远比说服自己忍受此刻的贫凉要难。

而事实上，有几人的一生能永远保持那种高调的繁华呢？烟花盛放，必然会走向寂灭；三春似锦，一定会走向秋凉。生命的本质是高低起伏的，如同抛物线，这条线的终点，一定是向着远方寂静的地平线。可是，像纳兰容若这样在春日的繁花中欢乐畅饮酒浆的人，还是个人世阅历尚浅的年轻人，竟然能把命运审视得如此通透，真真让人佩服。陶潜若知纳兰，当引为知音尔。

满庭芳·题元人芦洲聚雁图（似有猿啼）

　　似有猿啼，更无渔唱①，依稀落尽丹枫②。湿云影里，点点宿宾鸿。占断沙洲寂寞，寒潮上、一抹烟笼。全不似，半江瑟瑟，相映半江红。

　　楚天秋欲尽，荻花吹处，竟日冥蒙③。近黄陵祠庙，莫采芙蓉。我欲行吟去也，应难问、骚客④遗踪。湘灵⑤杳、一樽遥酹，还欲认青峰。

注释

①渔唱：渔人唱的歌。
②丹枫：经霜泛红的枫叶。
③冥蒙：幽暗不明。
④骚客：指屈原。
⑤湘灵：古代传说中的湘水之神；一说为舜妃，即湘夫人。

赏析

　　秋之悲哀，是祭奠一次生命盛宴结束。纳兰对秋的体验，比任何人都要深刻。这也能够解释，为什么在纳兰的题画词中，这首关于秋景的作品堪称翘楚：他是懂画的人，是懂秋情的人，更是懂秋之髓味的人。

　　这首《满庭芳》是题在一首元人旧作《芦洲聚雁图》上的。虽然这幅画如今早已失传，但还好，我们有纳兰性德的词，得以重新描画这幅元人妙作的神髓：图画栩栩如生，仿佛能听到猿啼，却没有渔唱之声，红色的枫叶已经落尽，天空的湿云里飞过点点雁影。寂寞沙洲，滚滚寒潮，轻烟朦胧，完全不像白居易所描绘的江边傍晚美丽的情景。已近深秋，芦花处处，一派迷蒙之景。经过二妃黄陵祠庙，千万不要采摘荷花。我欲行吟而去，想起三闾大夫，如今却难寻踪迹。想起娥皇、女英，她们的踪影已杳不可见，于是不胜叹惋，只有举杯遥祭。

　　透过纳兰的词我们大致可以知道，《芦洲聚雁图》描绘的应是一幅山水图，有洲渚、鸿雁、秋草和斜阳。"占断沙洲寂寞，寒潮上、一抹烟笼"化自苏东坡《卜算子》中一句"寂寞沙洲冷"，讲述了一个女子未能得到爱却最终得到了爱人的怀念的故事。悲哀，毕竟不悲凉。纳兰性德把苏轼词中的五个字演绎成十三个，氤氲，伤感，感断心弦的忧愁——典型的纳兰风韵。

　　在化用了苏东坡的名句后，词人紧随其后信手拈起白居易的《暮江吟》："一道残阳铺水中，半江瑟瑟半江红。"他说，我没有看到半江瑟瑟半江红的景致啊。是啊，"寒潮上、一抹烟笼"，雾气轻闭江面，自然无处寻得残阳铺水的可爱景象，取而代之的是带些寒意的江景。

　　至此一叹，惆怅之情还可言说，转到下阕，惆怅之心却难以言表，余韵悠长。楚国的天空秋色已尽,苇絮四处飘落,使这天气愈加阴沉、昏暗。临近娥皇、女英的祠堂之侧,怎能不让人生怜悯而采摘芙蓉呢?想要远离尘嚣之地且吟着歌曲离去便罢,只是,怕也难寻的踪迹啊!如同娥皇、女英一般,一去杳然。欲想杯酒遥祭,却不知九嶷山在何处。

水调歌头·题西山秋爽图(空山梵呗静)

空山梵呗①静,水月影俱沉。悠然一境人外,都不许尘侵。岁晚忆曾游处,犹记半竿斜照,一抹界疏林。绝顶茅庵里,老衲②正孤吟。

云中锡③,溪头钓,涧边琴。此生著几两屐,谁识卧游心?准拟乘风归去,错向槐安回首,何日得投簪④?布袜青鞋⑤约,但向画图寻。

注释

①梵呗:佛教徒作法事时念诵经文的声音。
②老衲:年老的僧人。亦为老僧自称。亦有借用于道士者。
③锡:即锡丈,谓僧人出行。
④投簪(zān):丢下固冠用的簪子。比喻弃官。
⑤布袜青鞋:多指隐者或平民的装束,借指隐居。

赏析

在人们的印象中,题画诗似乎可供发挥的空间不大,多为应景之作,但是也不乏佳品,譬如纳兰性德的这首《水调歌头》。

上阕侧重景与境的描写:空山梵呗,水月洞天,这世外幽静的山林,不惹一丝世俗的尘埃。还记得那夕阳西下时,疏林上一抹微云的情景。在悬崖绝顶之上的茅草屋中,一位老和尚正在沉吟。下阕侧重观画之感受与心情的刻画。行走在云山之中,垂钓于溪头之上,弹琴于涧水边,真是快活无比。隐居山中,四处云游,一生又能穿破几双鞋子,而我赏画神游的心情又有谁能理解?往日误入仕途,贪图富贵,如今悔恨,想要归隐山林,但是这一愿望要到何日才可以实现呢!只希冀从这画中得到安慰。

"只在此山中,云深不知处"的隐士生活为许多古代士人所倾慕。空山不见人,青枝茂密,绿叶扶疏,一个简朴的小茅棚里,老僧微闭双目虔诚地念诵经卷。他是念诵的《金刚经》还是《多心经》不得而知,只听到梵音声声在静谧的山林中悠远回荡,把寂静的夕阳无限拉长。

诗人对这种生活产生了无限向往,看着这幅画作,禁不住神游开去,觉得官宦日子真是受罪。这种心态类似于今天的城市白领梦想着去乡下承包一块土地,开垦自己的一块菜园、养一群鸡鸭。

虽然纳兰性德为我们描述的景色美若天外,让我们心生向往,可是有些东西,包括某些生活方式,我们一生也不可能真正拥有。不过,这并不妨碍我们去体味、去追求。向往美、向往一种极致的洒脱,到底比追求一些黑暗的、无聊的生活要好。

水调歌头·题岳阳楼图（落日与湖水）

　　落日与湖水，终古①岳阳城。登临半是迁客②，历历数题名。欲问遗踪何处，但见微波木叶，几簇打鱼罾③。多少别离恨，哀雁下前汀。

　　忽宜雨，旋宜月，更宜晴。人间无数金碧，未许著空明。淡墨生绡④谱就，待俏横拖一笔，带出九疑⑤青。仿佛潇湘夜，鼓瑟旧精灵。

注释

①终古：往昔自古以来。
②迁客：遭贬迁的官员。
③鱼罾（zēng）：渔网。
④生绡：未漂煮过的丝织品。古时多用以作画，因亦以指画卷。唐韩愈《桃源图》诗："流水盘回山百转，生绡数幅垂中堂。"
⑤九疑：亦称"九嶷"，山名，在湖南宁远南。

赏析

　　岳阳楼与江西南昌的滕王阁、湖北武汉的黄鹤楼并称为江南三大名楼，自古就有"洞庭天下水，岳阳天下楼"之誉。岳阳楼自建成之日起就受到了文人骚客的无限喜爱。人们不时高登楼上，把酒言欢，或吟诗，或长啸，或抒胸中之块垒，或抒发满怀豪情。可浏览八百里洞庭湖的湖光山色岳阳楼，是艺术创作中被反复描摹、久写不衰的一个主题。

　　纳兰容若的这首《水调歌头》为题画之作，所题之画的主题，正是岳阳楼。纳兰容若在诗歌中赞美图画，感慨人事：这岳阳楼的落日与湖水自古以来都是岳阳城的名胜。来到这里的大都是迁客骚人，留下了无数不朽的诗句。但要问寻他们的遗踪，却只能看到洞庭微波，木叶凋零，几处渔网横卧。人世间多少离恨，都如同这寂寞哀雁飞下孤洲。无论风雨晴空，无论明月暮霭，都各具风情。人间无数精美的金碧山水画，都不及它的澄澈空明。只用淡墨生绡摹画，巧妙地横向拖出一笔，那九疑山青青的风神便呈现出来，就如同在这潇湘夜色中，那湘水之神正弹奏着古瑟般栩栩如生！

　　这首词可谓是题画词中的翘楚，意境空灵，将画面中的景色与岳阳楼、洞庭湖的典故、名句融于一处，丝毫不见雕琢痕迹。观诗如览画，且词句铿锵，更富音律之美感，读过之后，满口辞藻的余香。

凤凰台上忆吹箫（荔粉初装）

除夕得梁汾闽中信，因赋。

荔粉初装，桃符①欲换，怀人拟赋然脂②。喜螺江双鲤，忽展新词。稠叠频年③离恨，匆匆里、一纸难题。分明见、临缄重发，欲寄迟迟。

心知。梅花佳句，待粉郎④香令，再结相思。记画屏今夕，曾共题诗。独客料应无睡，慈恩⑤梦、那值微之。重来日，梧桐夜雨，却话秋池。

注释

①桃符：古时挂在大门上的两块画着门神或写着门神名字，用于避邪的桃木板。借以指代春联。

②然脂：泛指点燃火炬、灯烛之属。

③稠叠：稠密重叠，密密层层。频年：连续几年。

④粉郎：用以借指高雅才识之士。

⑤慈恩：慈恩寺的省称。唐代寺院名。

赏析

这是纳兰词里少见的喜气洋洋的作品。以往除夕，诗人多沉浸在对妻子的感怀中，愁眉不展。唯有这次，虽然也是思人之作，却是欣欣然的、不悲哀的。只因为，他在除夕之夜接到了顾贞观（号梁汾）从闽中寄来的信。

薜荔萌发，春联欲换，在这辞旧迎新的时刻，怀人之情油然而起，遂点灯而赋，却欣喜地得到了来自闽中友人的书信，展开来奉读那动人的新词。这多年的离愁别恨，又岂能在这匆匆书写的一纸信文中说尽。于是信写好后，将封寄出，又拆开来，犹恐漏掉什么、未尽深意。

记得曾经的除夕之夜，我们在一起题诗。心中明了，那咏梅的佳句还在等待着你回来题赋。料想你独在闽中，此时正辗转不眠，而京华旧游之事犹如梦幻，你已不在其中。遥想他日重逢，当是在梧桐夜雨之时，那时定然能一起追忆今日的情景。

世上能使人辗转反侧的，除了爱情，还有友情。爱情，能使生命中处处洋溢着玫瑰的甜香，每时每刻都如梦幻般甜蜜，相比而言，友情更像是一行诗，用细细密密的句子斜斜地插入你的生活，把每一个孤单乏味的瞬间填满。

诗人以一种快乐到天真的态度记下了对朋友的想念。"梅花佳句，待粉郎香令"，粉郎，对俊秀男子的雅称。冬日红梅大放，梅乃岁寒三友，其花美艳，其质高洁，读书人总爱取梅一瓶，共坐联对作诗。我的朋友，曾经的除夕夜，我们一起咏梅作诗，今年我依旧等着你，等你回来一起写下关于梅花的美丽诗篇。这种感情，朴实，感人，充满依恋。

在欢乐的佳节，你是否如纳兰容若一般，会想起像顾贞观一样能陪伴你走过生命的每一个孤寂瞬间的朋友？若有一友如纳兰之于梁汾、如梁汾之于纳兰，真是人间幸事。

凤凰台上忆吹箫守岁（锦瑟何年）

锦瑟①何年，香屏②此夕，东风吹送相思。记巡檐③笑罢，共捻梅枝。还向烛花影里，催教看、燕蜡鸡丝④。如今但、一编消夜，冷暖谁知？

当时。欢娱见惯，道岁岁琼筵⑤，玉漏⑥如斯。怅难寻旧约，枉费新词。次第朱幡⑦剪彩，冠儿侧、斗转蛾儿。重验取，卢郎青鬓，未觉春迟。

注释

①锦瑟：漆有织锦纹的瑟。借喻往日的好时光。
②香屏：华美的屏风。
③巡檐：来往于檐前。
④燕蜡鸡丝：即燕蜡与鸡丝，旧俗农历正月初一所做的节日食品。明瞿佑《四时宜忌·正月事宜》谓："洛阳人家，正月元日造丝鸡、蜡燕、粉荔枝。"
⑤琼筵：盛宴、美宴。
⑥玉漏：古代计时漏壶的美称。
⑦次第：依次地。朱幡：指显贵之家所用的红色旗幡。

赏析

这首词还是让我们看到了那个熟悉的容若。华美的辞藻，生动的情节，细腻描绘的小儿女情态之下，是人间欢宴后无尽的悲凉。

纳兰性德的词多悼亡之作。这首词也是借写节序抒发怀人之感：什么时候才能再有那美好的时光啊，今岁的除夕只剩锦瑟相伴，东风吹来则更增添了相思。还记得当年你我共度除夕的情景吗？那时你我欢笑着往来于檐下，之后又共捻着梅枝。在灯影里催看手中的蜡燕、丝鸡做得如何。如今我却手持着一卷书来消磨着除夕，我的伤心寂寞还有谁能知晓？那时见惯了欢娱的情景，没想到会有今日的孤寂。当时还说以后年年都会有美宴，漏壶的滴答声也会永远如此，如今却难以实现旧时的愿望，如何不叫人惆怅。家家户户挂起朱幡彩旗，人们高高兴兴地戴上了迎新的装饰。再来看看我，虽然仍是青春年少，心却已老。

除夕前后的欢愉，多少人写。辛弃疾写《青玉案》，"蛾儿雪柳黄金缕，笑语盈盈暗香去"，怀念的是红尘路上擦肩而过的绝世女子；李清照作《永遇乐》，"铺翠冠儿、捻金雪柳，簇带争济楚"，怀念的是自己年华正艳时的欢颜；纳兰容若说"次第朱幡剪彩，冠儿侧、斗转蛾儿"，怀念的是曾与自己举案齐眉、你侬我侬的发妻。

同是缅怀一种逝去，辛弃疾体会更多的是一种失落。那女子如流水落花，被命运的风吹至书生面前，又随命运之风翩然而去，书生心中几多惆怅，却并不哀伤。李清照有感于自己飘零的身世，有感于青春的荣枯，失去了赵明诚，失去了岁月的往昔，已然是"凋萎了"。心都枯了，哪还有什么悲喜？容若是爱那女子的，他的心悬系在那女子身上，整个人都痴了，记得"巡檐笑罢，共捻梅枝"，记得"烛花影里，催教看、燕蜡鸡丝"。所谓相思，最怕的是一人把心生在伊人的身上，伊人的生命凋零，那颗心也随之枯萎化灰。

南歌子（翠袖凝寒薄）

翠袖凝寒①薄，帘衣②入夜空。病容扶起月明中，惹得一丝残篆③，旧熏笼。
暗觉欢期过，遥知别恨同。疏花已是不禁风，那更夜深清露，湿愁红④。

注释
①凝寒：严寒。
②帘衣：即帘幕。
③残篆：指点燃的篆字形的香将要燃尽。
④清露：洁净的露水。愁红：谓经风雨摧残的花，亦以喻女子的愁容。

赏析

古往今来，写男女相爱，无非就是生生死死、情情爱爱，并没有太大的心意。容若写词，也无法逃离这个怪圈，他的诗词大多是写此类，但容若能够写出千古情殇人的心事，写得让他们内心滴血。

这首词写离愁别恨：夜幕降临，帘幕里空空寂寂，他不在身旁，不免让人感到严寒凄冷。明月之下，支撑起这多病之躯，惹得将尽的残香烟雾缭绕。心里明白约定的欢会之日已过，想必你也跟我一样离恨难消。人已经病容满面，弱不禁风了，哪里还禁得起这夜来的愁苦相思呢！

那些词人，总是将自己的心事包装完好，不愿意被别人看到。其实这不过是自欺欺人的一种方式罢了，谁能看不穿呢，唯有自己。

容若从不如此，他只要是写词，一向都是直来直去，爱恨情仇，从不隐晦，干脆利落得让人惊愕。这就是容若，仿佛孩童一般透明，愿意将自己的喜怒哀乐通通拿出来与世人分享。

正是因为痴情和纯净，容若才敢于大胆地将自己的心事写入词中，与世人一起去看。他的心事，纯净如水，从未改变过。"翠袖凝寒薄"，这首离愁别恨的词，一开始便道出了内心的微寒，衣衫单薄，气候寒冷。

有时，从此生死两茫茫。绝了心念，也好。

南歌子（暖护樱桃蕊）

暖护樱桃①蕊，寒翻蛱蝶翎②。东风吹绿渐冥冥③，不信一生憔悴，伴啼莺。
素影④飘残月，香丝拂绮棂⑤。百花迢递玉钗声，索向绿窗⑥寻梦，寄余生。

注释

① 樱桃：樱桃属的乔木和灌木。
② 翎：翎毛，鸟翅和尾上的长羽毛，这里指翅膀。
③ 冥冥：形容高远、深远，此处谓绿荫渐渐浓密。
④ 素影：月影。
⑤ 香丝：指柳条，又指美人的头发。绮棂：饰有花纹的窗棂。
⑥ 索向：须向、该向。绿窗：绿色纱窗，代指女子所居之处。

赏析

春暖花开，樱桃花蕊初绽，和暖的春风仿佛在围护着它，而翻飞的蝴蝶犹带着寒意。东风吹着柳丝，春意渐浓，愁亦渐生，不信平生都只能在莺啼中度过。一弯残月升起，几许柳丝拂动。百花丛中不断传来玉钗声，那声声传情，恍如隔世，遁入梦中。

容若有感而发写下这首词伤春纪念，看似写春日妩媚的春光，其实是在借景抒情，感怀某人。这名被容若想念的女子，站在风中，含情不语，精致的面容好像一朵带着露珠的花朵，摇曳风中。

这样的女子，任谁都会心动，容若在文字中丝毫没有提及过有关女子的任何描写，但是人们就是可以通过容若的词句，看到女子模糊却可爱的模样。写男女之情，容若的词十分了得，他写的从来不是肤浅低俗的男欢女爱，也从来不是大义凛然的教义，他的爱在词中宛如露珠般透明，让人内心柔软。

如他自己在词中写的那般："暖护樱桃蕊，寒翻蛱蝶翎。"春暖花开，樱桃花楚楚绽放，花蕊露出，好不娇羞。翩翩飞舞的蝴蝶还有着几分寒意，慵懒地挥舞着翅膀，这看似写花、写蝶，却又更像写人、写心。

"东风吹绿渐冥冥，不信一生憔悴，伴啼莺。"这一句便是彻底表达容若这一刻的心神激荡，他用白描的手法使得词境若现，生动地写出春景清丽可观之处。容若写到不愿意一生都在莺啼中度过，看来他是想与人共同欣赏这大好春光，而不是要在这美好的春光中，独自老去。

"素影飘残月，香丝拂绮棂。"残月枝头上，这首词极为传神地写出容若内心的情态，这首词词情清婉，哀苦不露，自然能够打动人心。至于词中究竟何意，所写何人，已经不重要了，领略容若词中意，只看读词人此时心境了。

"百花迢递玉钗声，索向绿窗寻梦，寄余生。"但愿余生能够得偿所愿，与心爱的人一同畅游天地，那便真的是此生无憾了。

南歌子·古戍（古戍饥乌集）

古戍饥乌集，荒城①野雉飞。何年劫火②剩残灰，试看英雄碧血③，满龙堆。玉帐④空分垒，金笳已罢吹。东风回首尽成非，不道兴亡命也，岂人为！

注释

① 荒城：荒凉的古城。野雉：野鸡。

牡丹庭院又春深一寸
光阴万两金拂曙起来
人解只缘难放惜花心
唐寅

离别之后，万物皆空，天地悠悠，佳人离去，从此断肠人在天涯。

明 唐寅《牡丹仕女图》

或许有一天,
那个所爱的人,
会以一种你所
不知道的方式,
静静地回到你
身边。

清 郎世宁《花鸟图》

②劫火：亦作火、火、火，佛教语，谓坏劫之末所起的大火，后亦借指兵火。
③碧血：为正义死难而流的血，烈士的血。
④玉帐：主帅所居的帐幕，取如玉之坚的意思。

赏析

纳兰的词大部分都是风雅之作，只讲风月闲愁，很少关于怀古的。或许这是容若躲避现实的一种方式，只谈风月，不说世事。在这首《南歌子》中，容若让人们见识到了他隐藏很深的高尚人格追求，让人们看到了他对历史、对现实、对人生的许多感悟和追求。

这首词是容若出使西域途中所作，康熙命容若率团出使西域，目的是安抚西北边郡地区的一些少数民族。走在西行古道途中，容若以悲悯的心态看待这片土地。因此，比起古人的豪迈，容若的这首怀古之作，更显得有些寂寥和落寞。

古老的营垒，成了乌鸦聚集之地，荒凉的城堡中野鸡恣意飞舞。这是什么时候的战火留下来的遗迹，曾经骁勇善战的英雄们，他们的碧血丹心如今都被沙漠淹没了。主帅的帐篷，曾经的胡笳，如今都已作古。千年悲叹，回首相望，古今多少是非，说来兴亡都是天定，岂是人为！

清代曹寅在《山矾》中写道："婆娑自比小山桂，寂寞甘同苦行僧。"容若此时看着眼前的山川，就有此般感受。大自然的鬼斧神工造就了这片土地，而今那些山川河流依旧在，但往事中的人早已经随着时光流逝了。

古诗中所描绘的那些金戈铁马、落日长河都已不见，留下的只有这片寂静的土地，仿佛什么事情都没有发生过似的，一派平静。古往今来，是非成败都是天注定的，人力究竟能起到多少作用呢，只怕是一点点罢了。

容若在大自然的浩渺中，更加看到了自身的渺小，加之自身内心本就存在的抑郁心情，这首词作，便更显得忧伤无奈。虽然是怀古，但何尝不是谈己？

英雄迟暮，名将白头，这些无可奈何的悲哀让容若更加感受到天地万物沧桑变幻的无奈，所以他便发出了这般物是人非、家国兴亡的感叹。

秋千索·渌水亭春望（药阑携手销魂侣）

（按此调《词谱》不载，或亦自度曲。一本作《拨香灰》。）

药阑携手销魂侣，争①不记、看承②人处。除向东风诉此情，奈竟日③、春无语。

悠扬④扑尽风前絮，又百五、韶光⑤难住。满地梨花似去年，却多了、廉纤雨⑥。

注释

①争：怎，怎么。
②看承：看待，对待，宋黄庭坚《归田乐引》词："看承幸斯勾，又是尊前眉峰皱。"
③奈：无奈、怎奈。竟日：终日，从早到晚。
④悠扬：飘扬。
⑤百五：寒食日。在冬至后的一百零五天，故名。韶光：美好的时光，多指美丽的春光。

⑥廉纤雨：细微之雨、毛毛细雨。廉纤，细小，细微。

赏析

纳兰容若的诗词中，以景抒情的很多，其中写景状物关于水、荷尤其多。容若喜爱清水、荷花，这都是可以理解的。因为容若心性淡如止水，他爱荷，想必也是因为荷出淤泥而不染的高雅性情。

这是容若在历经生活万千事物之后写下的词，有着他对人生的感慨，但更多的是记录他内心柔若无骨的愁丝。

"药阑携手销魂侣，争不记、看承人处。"这里的"药阑"是指花栏，词中以回忆开篇，容若温情脉脉地回想他与昔日爱人一同游园的场景，心中充满感激。可惜物是人非，时光改变了一切，包括爱情。容若的爱人早已不能够再陪伴在他身边，所以，他只能"除向东风诉此情"。但令人惋惜的是，东风不识人间情苦，纵使满园的春意盎然，自己也是难得有开口诉说的欲望了。所以，才会有"奈竟日、春无语"。

下片开始，依然从春光写起，春色本是盎然生机的，但在容若的这首词里，却多少显出了几分寂寥。无论是那悠长的花栏，还是这肆意飞扬的柳絮，真是留得住春色，却独独留不住往昔。

词的最后一句"满地梨花似去年，却多了、廉纤雨"，以怆然的笔调结束了整首词，给人意犹未尽的感觉。一地落花像极了去年的现在，同样的风景，却是不同的人在欣赏，此时几多风雨几多情。

容若一直到辞世的时候，也没离开他的渌水亭。与其说是舍不得这里的清水芙蓉，更不如说是舍不得这里曾经带给他的回忆和浪漫。

 秋千索（游丝断续东风弱）

游丝①断续东风弱，浑无语、半垂帘幙。茜袖谁招曲槛②边，弄一缕、秋千索③。
惜花人共残春薄，春欲尽、纤腰④如削。新月才堪照独愁，却又照、梨花落。

注释

①游丝：指飘浮在空中的蛛丝。
②茜袖：女子的红色衣袖，指美女。曲槛：曲折的栏杆。
③秋千索：指秋千的绳索。索，绳索。
④纤腰：细腰。

赏析

容若的悼亡词总是让人欲语泪先流，他的词有着直插心扉的锋利之处，但也有着微风拂面的温柔之处。在他的许多悼亡诗里，都流露出了哀婉凄楚的相思之情和怅然若失的怀念之情。这首《秋千索》是容若为卢氏所作，是一首抚今忆昔、触景伤情之作。

上片的第一句"游丝断续东风弱，浑无语、半垂帘幙"道出了春风中的无奈感，游丝的飘荡、低垂的房帘，还有悄无声息的状态。这一切都寓意着心境的沉闷，全词以这样的一种意境起篇，而在下片的结尾一句，却是"新月才堪照独愁，却又照、梨花落"，以这样的一句结束整首词，新月照在满地的落花上，无限伤心尽在不言中。

容若最是懂得爱的人，他与卢氏情比金坚，而今卢氏逝去，留他一个人独自面对这滚滚红尘，是多么滑稽而又凄惨的境况。容若的爱并没有随同卢氏的死去而渐渐减弱，反而愈发的深刻。

他不像古代其他的男子，三妻四妾，当女人为玩物。容若一旦爱上，便是海枯石烂，至死不渝。可惜，上天不作美，容若而今只能靠着记忆去找寻当日的幸福，正如他词中所写的那样："茜袖谁招曲槛边，弄一缕、秋千索。"

当日那个红衣飘飘的女子，仿佛还在眼前，可现实却是，空荡荡的秋千，只能随风摇摆。这真是："惜花人共残春薄，春欲尽、纤腰如削。"爱惜花朵的人总是伤感春日的短暂，但岂不知，时光已逝，万物凋零，这就是世间的规律，谁也无法逃避。

几句话便道尽了离别之痛，生离尚且如此，更何况死别，容若所经历的痛楚更是他的百倍。所以，在容若的词中，悼亡已经不只是一种追念了，更是一种安抚自己勇敢活下去的勇气。

花开花落终有期，或许有一天，那个所爱的人，会以一种你所不知道的方式，静静地回到你身边。

秋千索（垆边唤酒双鬟亚）

垆边唤酒双鬟亚，春已到、卖花帘下。一道香尘碎绿苹，看白袷、亲调马①。

烟丝宛宛愁萦挂②，剩几笔、晚晴③图画。半枕芙蕖④压浪眠，教费尽、莺儿话。

注释

①白袷（jiá）：袷同"夹"，白色夹衣，旧时平民的服装，亦借指无功名的士人。调马：训练马匹。

②宛宛：迟回缠绵的样子。萦挂：牵挂。

③晚晴：谓傍晚晴朗的天色。

④芙蕖：荷花。此处指绣有荷花的枕头。

赏析

这首词应当是容若在心情稍好的状态下所写的，词里有种抑制不住的悸动之情，仿佛是在暗示着什么，仿佛种子要破土而出，要发芽前的那种征兆。或许，春日来了，容若内心的某种冲动也有了蠢蠢欲动的开始。

这首词一味地描写，将眼前所见到的景物都写了进去，开篇写道："垆边换酒双鬟亚，春已到、卖花帘下。"这句话里的"亚"通"压"，是低垂的意思。双鬟挽成环形，在古代还未出嫁的少女通常都是这种发型。这里指的就是一名少女在酒垆买酒的情景。

少女买完酒，自然要回到归处，脚下的灰尘随着裙摆，在阳光下荡漾，刺眼的阳光中，那微微的颗粒，欢娱地跳跃着。容若在此用到一个词为"香尘"，芳香之尘，尘埃怎能芳香呢？这不外乎是容若的一种比拟，在这首词中，香尘也是指湖水中的水禽，在水面上游走，划破水纹，荡漾出的水波。

"一道香尘碎绿苹"，水波阵阵，原本漂浮在水面上的绿色浮萍被打乱，好一幅春日图。随即写道"看白袷、亲调马"，白衣飘飘的少年在亲自驯马，他飞身上马，将不听话的马匹驯得服服帖帖。马匹终于听从他的指挥，疾驰而过，荡漾起的灰尘，搅碎了一池的绿萍。这上片便在一片混乱的春日中结束。

"烟丝宛宛愁萦挂"，真是多情公子空余恨，这般的伤神又是为了哪般呢？想这么多于己无关的事情，倒不如专心致志地去欣赏眼前的美丽春日，"剩几笔、晚晴图画"，将这一幅美好的春日图画在纸上，永远留下记忆，岂不是更好？

欣赏完春光，作完画，不如小睡片刻，在春日暖意盎然的时刻，做一场美梦，再也没有比这更惬意的事情了。"半枕芙蕖压浪眠，教费尽、莺儿话。"容若半倒在枕头上，闭目养神，心情渐渐放松，仿佛神游太空，看到更加虚幻美好的景物。即便是黄鹂鸟再清脆的叫声，也无法将他从梦中唤醒。

春日就这样在睡梦中逐渐走远，渐行渐远。

鹊桥仙（倦收缃帙）

倦收缃帙，悄垂罗幕①，盼煞一灯红小。便容生受博山香，销折得狂名②多少。

是伊缘薄，是侬情浅，难道多磨更好？不成寒漏③也相催，索性尽荒鸡唱了。

注释

①罗幕：丝罗帐幕。
②销折：抵消、损耗。狂名：狂士的名声。
③不成：表示反诘语气。寒漏：寒天漏壶的滴水声。

赏析

作者开篇便忆起了长夜苦读的情景。说长夜不错，说"苦读"却有些不恰当——佳人在侧，这苦也苦得风雅。

古代的读书人都梦想着寂寥长夜，有红袖添香。纳兰性德之类的豪门公子，这样的梦想自然不难实现。作者说"倦收缃帙"，"缃帙"是指书浅黄色的封套，指代书卷。两个人在书斋中秉烛夜读，因为沉醉在甜蜜的爱情里，所以懒得收拾那一帙帙被翻动过的书，索性将它们弃之一旁。"悄垂罗幕"，帷幕缓缓垂下，这种朦胧而含蓄的表达渲染了几多旖旎的情境。

这其实是一首悼情词，只是显得孩子气十足，所以冲淡了哀伤的意味。从作者不经意写下的这些文字里，我们能探知两点：不管当时他们是怎样爱着，她只是他人生中的过客。他们相爱时正是姣花嫩蕊的年纪，纳兰还只是一位青涩少年。

因为年少，便爱得热烈，甚至有些轻狂的意味。"便容生受博山香，销折得狂名多少。"少年纳兰不怕人笑话，把与爱人比肩共读、共赏香道的亲密小事都写出来，纵使有损狂士的名声，也不在乎——这种不在乎，依然是孩子气的、有趣的。

词到下阕，孩子气愈发浓郁了。词中那孩儿气的少年，便是失了所爱，也是要显示出男子汉的英雄气的。可因为年少，男人的洒脱没有得到预期的展现，却让我们看到了小儿女的娇嗔，别扭的小脾气。"是伊缘薄，是侬情浅，难道多磨更好？"是咱们缘分浅，是我投入感情少，咱们散了就散了！

然而，词里的人儿，未必真的有他说的那么洒脱。说洒脱，这阕词的最后倒真有些破罐子破摔的洒脱，"不成寒漏也相催，索性尽荒鸡唱了"，就连更漏也滴滴答答吵得人睡不着，催促着起床。词人的情绪由失恋时的忧伤转变成现在的愤懑，便索性不睡了，睁着眼睛到天亮，这样，也就不会在乎那大清早荒鸡的打鸣声了。一个"不成"，一个"索性"，勾勒出了一个稚气少年伤心的失眠夜。

青春，总是好的，纵使最后幸福流散殆尽，它遗留在手上的清芬气味，在一个一个凄清的月夜，还是会撩动心弦。博山炉在，沉水香散，几滴清泪，滴落耳边。那些幼稚的懊恼句子背后，是深深的眷恋和遗憾。

鹊桥仙（梦来双倚）

梦来双倚，醒时独拥，窗外一眉新月。寻思常自悔分明，无奈却、照人清切。一宵灯下，连朝镜里，瘦尽十年花骨。前期总约上元时，怕难认、飘零人物。

赏析

古代悼亡的诗词文章众多，据说纳兰容若是古代词史上写悼亡词最多的词人，他每每追忆起妻子的温柔体贴，又想到那一份柔情自己已经永远失去了，不免肝肠寸断，便将痛苦倾注于笔端，就这样，一首令人动容的词作产生了。

"梦来双倚，醒时独拥，窗外一眉新月"，在梦中与妻子相偎相依，醒来却形单影只，这种从温馨到孤寂的感觉恰如从云端坠落谷底、从暖春跌入寒冬，从头发丝到脚趾尖都摔得疼痛、冰得刺骨，唯有望着窗外的一弯新月思念旧人。

可是，这轮清切的明月，竟让他想起了与妻子相伴的时光。月亮依旧，夜风如初，只是佳人已逝，空留思念。"寻思常自悔分明，无奈却、照人清切"，物是人非之感顿生，即使月光再分明、再美丽，也只能徒增心中的伤感，悔恨当初竟不懂得珍惜相守的幸福。

旧日里曾与爱人在镜前画眉挽髻，如今镜子里就只有自己的影子了，这让词人不禁叹道："一宵灯下，连朝镜里，瘦尽十年花骨。""花骨"本是指花骨朵，在这里形容人的容貌优美俏丽。

思念之情让人消瘦憔悴，就算"前期总约上元时"，曾经约好了在元宵时节相见，但"怕难认、飘零人物"。只怕即使再有机会与她相见，她也辨认不出这衰老的人儿就是昔日的情郎了。

读罢，便感觉到词的字里行间都是剪不断的爱意幽思，道不尽的柔肠悲歌。

鹊桥仙·七夕（乞巧楼空）

乞巧楼空，影娥池冷，佳节只供愁叹。丁宁休曝旧罗衣①，忆素手、为予缝绽。莲粉②飘红，菱丝③翳碧，仰见明星空烂。亲持钿合梦中来，信天上、人间非幻。

注释

①丁宁：同"叮咛"，反复地嘱咐。罗衣：轻软丝织品制成的衣服。
②莲粉：即莲花。
③菱丝：菱蔓。翳（yì）：遮掩。

赏析

当我怀念你的时候，不说美貌，不说风情，甚至不提才华。你只是我的妻，朴实、平淡、深情的妻，我忆起你最浪漫的时候，不过是"忆素手、为予缝绽"，用柔软温暖的手为我缝补破旧的衣衫。这便是纳兰性德的爱。

这份爱滋养了纳兰，却也在爱妻离世后深深灼伤了他的心。

"乞巧楼空，影娥池冷"，"乞巧"是指旧时风俗农历七月七日，女子们登上搭建好的乞巧楼，准备精洁果品，焚香拜月，为自己一双巧手，求一段美满的爱情，嬉嬉闹闹，欢乐非常。望着庭院中的彩楼，纳兰仿佛看到去年今日，卢氏在楼上拜月的身影。可是，时过境迁，佳人不再，就连汉宫秋月下歌舞升平的影娥池，怕也只能在这佳节里空叹悲凉了吧，这便是"佳节只供愁叹"。

七月正是夏末秋初，池中藕花开了又谢，谢了又开，层层叠叠，新花旧朵次第而生。本是正常的新旧交替，年年若此，诗人却品评说"莲粉飘红，菱丝翳碧，仰见明星空烂"。只因那是你亲手为我缝制的衣裳，所以上面便载满了关于你的回忆，不愿让你逝去之后的时光的尘埃将其沾染。更畏惧的是，衣衫上细碎的针脚牵起我对你痛入骨髓的思恋。

虽然我们生不能执子之手，但幸好，还有曾经那些生生世世的约定。"亲持钿合梦中来，信天上、人间非幻"，"钿合"一句，典出《长恨歌》，本是唐玄宗与杨贵妃的定情之物，后泛指人间的信物。既然完不成"执子之手，与子偕老"的爱情宣言，就让我衷心祈祷，祈祷一个情比金坚的爱情诺言的实现——我们，天上人间相见！

问世间情为何物，直教生死相许？爱，就爱了，深深爱，狠狠爱。天上人间相见，不是人人都能承受得住的凄丽哀婉。

忆秦娥·龙潭口（山重叠）

山重叠，悬崖一线天疑裂。天疑裂，断碑①题字，古苔横啮。
风声雷动鸣金铁②，阴森潭底蛟龙窟。蛟龙窟，兴亡满眼，旧时明月。

注释

①断碑：断裂残缺的石碑。
②鸣金铁：形容风雷声如同金钲戈矛撞击之声。

赏析

纳兰性德曾扈从到西山黑龙潭,写下了这首《忆秦娥·龙潭口》。

这首词写到了龙潭口的景致及词人所见之感:龙潭口群山环绕,举目望去,天空只露一线,仿佛天幕要裂开了。断碑上长满了苍苔,那苍苔好像在啃咬着碑文。龙潭口处如同风雷大作,发出了如同金钲戈矛撞击般的巨大声响,那阴森的潭底正是蛟龙的洞府吧。旧时的明月仍在,叫人升起无限怅惘之情、兴亡之叹!

容若是个天生的词人,也是个天生的隐士,他喜爱清净,热衷独处。随着圣驾来到这个黑龙潭,见识了这里的清幽与寂静,容若内心打开了一个深深的缺口,他仿佛看到了自己这些年来,无谓的忙碌多么没有意义。

"山重叠,悬崖一线天疑裂。"悬崖好像要断裂开来,容若运用夸张的笔法,将景物写到了极致。容若写词,从心而写,所以,无论是写景还是抒情,总是能让人感受到震撼人心的一面。虽然这首写景的词,容若并未提到任何抒情,但字里行间,读词的人依然能够感受出那份悲怆和凄凉。

"天疑裂,断碑题字,古苔横啮。""断碑""古苔"都让人感到悲凉。而在下片,容若更是将这种悲凉推到了制高点。"风声雷动鸣金铁,阴森潭底蛟龙窟。"如此豪迈的词句在容若的词中很少见到,让后人不但感受到了龙潭口的险峻,也同样看到了一个不一样的、内心刚硬的容若。

但容若毕竟还是感性的,词的最后,他无奈地感叹道:"蛟龙窟,兴亡满眼,旧时明月。"看到旧时的明月,想到今朝的岁月,真是岁月无情,人世无常啊。

黑龙潭的山色浸染了纳兰尚未尘封的心灵,更激发了他胸中那点自由浪漫的天性。遥想古人,可以仗剑走天涯,做自己喜欢做的事,看自己喜欢看的风景,容若忍不住也跃跃欲试。

忆秦娥(春深浅)

春深浅,一痕摇漾青如剪。青如剪,鹭鸶①立处,烟芜②平远。
吹开吹谢东风倦,缃桃③自惜红颜变。红颜变,兔葵燕麦④,重来相见。

注释

①鹭鸶(lù sī):又叫"鸬鹚"。水鸟名,翼大尾短,颈和腿很长,捕食小鱼。
②烟芜:烟雾中的草丛。亦指云烟迷茫的草地。
③缃桃:即缃核桃,结浅红色果实的桃树。亦指这种树的花或果实。
④兔葵燕麦:形容景象荒凉。兔葵,植物名,似葵,古以为蔬。燕麦,一种谷类草本植物。

赏析

纳兰这首词通过描写花开花落、世事变迁,暗透了今昔之感和不胜身世的孤独之情。

春已深,春水摇荡着,岸边露出整齐如剪的青绿色的涨水痕迹。那正是鹭鸶站立的地方,烟雾中草地一片凄迷,看不到尽头。东风吹来,将百花吹开,又将百花吹谢,桃花在这春风中感受着红颜的渐变。红颜将老,眼前这凄凉的景色谁又重来相看呢!

"春深浅",这里用的是偏义词,指深。而后一句"一痕摇漾青如剪"则是写出春意深深、春水荡漾的情景。容若写词很注重词句的打磨,"摇漾"二字用得恰到好处,也很见功力。

"青如剪,鹭鸶立处,烟芜平远。"这首词的上片俨然一副大好的春光,岸边露出涨潮的水是青绿色的,犹如被剪刀剪过一般整齐。这样的景色想想也觉得宜人。在绿波之中,还有鹭鸶站立着,远处的草地在烟雾中一片迷蒙,看不清楚哪里才是尽头。

上片写景之后,下片并未抒情,容若依然在描述春天的样貌。

"吹开吹谢东风倦,缃桃自惜红颜变。"春风吹来,桃花落下,风过花落这样的意境,容若在许多词中都用过,这是他写人世无常、岁月变迁常用的一种意象,但每次写起,都有不一样的感觉。

这首词中,容若用到了许多自然景物还有植物,例如"鹭鸶""缃桃"等,这些都给这首词注入了新鲜的活力,不显得刻板。在活泼的氛围中,书写闲愁,这恐怕是容若的拿手好戏,他将闲愁与春光结合得恰到好处。

最后,在一片美景中,容若写出了他想要表达的意思:"红颜变,兔葵燕麦,重来相见。"红颜易老,春光易逝去,只有抓紧时间,才能享尽人生。不然空待到最后,想见的人都不知道该去哪里相会了。

忆秦娥(长飘泊)

长飘泊,多愁多病心情恶。心情恶,模糊一片,强分哀乐。
拟将欢笑排离索,镜中无奈颜非昨。颜非昨,才华尚浅,因何福薄?

赏析

作为词人,容若的内心是饱满多汁的,他渴望浪漫生动的生活,但作为臣子,他只能每日恪守陈规,陪在君王左右,日复一日地度过无聊、一眼就能看到头的岁月。这样重复的生活让容若彻底失去了兴趣,所以,他写下这首词,宣泄出自己的无奈与心中的不满。

他大声地、直率地痛斥自己的命运为何如此,他感慨自己常常漂泊在外,又体弱多病。容若自幼身体就不好,患有寒疾。这种病发作起来,足以要了他的命,几次容若都是死里逃生,所以,他每次发病,都是一次死里逃生的经历。

这样也就可以理解,为何容若会在词的开篇写道:"长飘泊,多愁多病心情恶。"这样的容若,实在是让人心疼,一片无奈的哀伤之中,仿佛能够逆转时光,看到病榻上的容若愁容惨淡,目光茫然。

但是就算再怎么不情愿,容若也无法挣脱开这样的现实困境,他的家族显赫富贵,同时也就注定了容若要为这与生俱来的富贵做出牺牲,付出代价。这或许就是使命,是宿命的归结。容若只能自我安慰,他在上片的结尾处写道:"模糊一片,强分哀乐。"所谓强分哀乐,指喜怒哀乐分辨不清。容若也分不清楚自己的心境到底是怎样的,他只能浑浑噩噩地度日。

于是下片时候,他便写道:"拟将欢笑排离索,镜中无奈颜非昨。"依然是一如既往的愁绪满怀,在下片更显得沉重和无奈。在下片的词句中,容若真实地表达出了想要离群索居的愿望,他想要逃离,但这仅仅是一个愿望罢了。

容若自己也知道，容颜易老，自己已经逐渐地老去，不再年轻。而那年轻的梦想，早就随着时光远逝。所以，他在词的最终，也只得无奈写下"颜非昨，才华尚浅，因何福薄"这样一句就草草搁笔。

生命还未走到尽头，但尽头已经露出端倪，这大概是人生的悲哀吧。

点绛唇（小院新凉）

小院新凉，晚来顿觉罗衫①薄。不成孤酌，形影空酬酢②。
萧寺③怜君，别绪应萧索④。西风恶，夕阳吹角，一阵槐花落。

注释

①罗衫：丝织衣衫。
②酬酢（zuò）：主客之间相互敬酒，主敬客曰酬，客敬主曰酢。
③萧寺：佛寺。
④萧索：萧条、凄凉。

赏析

姜西溟是"江南三布衣"中的一位，在京时与纳兰交游甚密，这首词多为纳兰怀念姜西溟所作。

在这首寄词中，纳兰以"小院新凉"起笔，言及天气刚刚转冷，后句由"晚来"自然说到那一天至傍晚时，天气变得凉了，而由"清朝'博学鸿词'考试一般设于秋季"可知，此处说的应该是秋凉。秋凉便觉有些寒意了。

词的上阕从自己的感官出发，写怀友心绪：天色已晚，小院里忽然添了几分寒意，便觉得此时衣裳有些单薄了。念及此处，便想起那友人，为下阕怀人之言埋下伏笔。此时我只能一个人独饮驱寒，"形影空酬酢"一句便把自己的伤怀念远、孤独寂寞的心情刻画得惟妙惟肖。一个人独饮闷酒，自然是对着自己的影子对饮长歌了。可谁又是主谁又是客，来来去去还不是自己一个人罢了。

下阕自然承接到怀念友人处，便提及萧寺。自友人处起笔，想起当初跟友人在萧寺中惺惺相惜之情，对饮长谈之景，对比此刻自己的形影相吊，忽而不觉黯然。恰巧是在萧寺，虽史说"梁武帝萧衍笃信佛教，多造立寺院，而冠以己姓，称为萧寺"，其名出自萧姓，但也觉萧索之意，遂有了下句"别绪应萧索"。此处纳兰匠心独运，把自己的情感转而嫁接到随后而至的秋凉之感上，又用萧寺做引子，显得十分巧妙有味。后边几句乃从容道来，一点都不带滞凝之感。

想想此处应是这种风景：西风劲吹夕阳，虽带着晚风，天气转寒，我怀念友人是否衣缕单薄，不抵风寒呢？想到你处，自是那槐花也承受不起这风寒，萧萧索索，落了一阵，你是否也执酒驱寒，跟我一般寂寞独酌呢。

纳兰此作将自己的思友之情藏起，上阕写己，下阕转至友人，把笔触瞄准了各种秋景，景语之处，句句怀人，显得尤为真挚感人。

点绛唇·咏风兰（别样幽芬）

别样幽芬①，更无浓艳催开处。凌波②欲去，且为东风住。
忒煞萧疏③，争耐秋如许。还留取，冷香半缕，第一湘江雨。

注释
①别样：特别、不寻常。幽芬：清香。
②凌波：形容轻盈柔美地在水上行走的姿态。
③忒煞萧疏：意为过分稀疏。忒煞，亦作"忒杀"，太、过分。萧疏，稀疏、萧条。

赏析

题画，自古以来大抵有两种传统，一是直写画中风物，二则不是直写风物，亦不限于物内，往往有所发现与寄托。前者重于形，后者工于神。工于神者往往能够更好地表现出所画之物的精髓和气韵来，因此也更受到文人墨客们的推崇和追寻。如同这首《点绛唇·咏风兰》。

关于风兰的"形"，在这首词中我们能够获知的仅仅是它不浓艳，淡雅轻盈。既不像唐朝的诗人杜甫写"卷帘唯水白，隐几亦青山"那样明洁而富于技巧，也不像宋代诗人王安石写"一水护田将绿绕，两山排闼送青来"那样逼人眼球，更多的风致却是来自于对于"神"的摹写。

本词选取了风兰的一个特性——幽香来写，为我们呈现出一幅淡雅清香的兰景图。闻觉一阵幽香隐隐飘来，环顾四寻，却没有看到什么浓艳的花朵，倒是清雅的风兰摇曳出别样的风致，一种浅浅的欣喜涌上心头。但转而又产生焦虑，这淡雅幽香的花将要飘落进河水，惋惜感慨的同时也带给我们新的意象空间。

本是题一幅静态的画，却写出了风兰律动的凄美和词人随之变换的情思。中国山水画向来注重意境的营造，无论是着墨之处还是空白之处，无论是浓涂还是淡抹，都有着对于风物表现的深藏的动机。

纳兰性德的词里行间有一种悠长无尽的画意。没有注明，也无须提示，"香""冷""雅"便从纸墨间殷殷透出，随着清澈的流水，随着淅淅沥沥的湘雨，渗着无限凄美的意蕴。

就意境而言，画的空间是广阔的，词的空间也是广阔的。两者的交契融合带给我们视觉与神觉上的美好享受。

点绛唇·对月（一种蛾眉）

一种蛾眉①，下弦不似初弦好。庾郎②未老，何事伤心早？
素壁斜辉③，竹影横窗扫。空房悄，乌啼欲晓，又下西楼了。

注释
①蛾眉：指蛾眉月，新月前后的月相。呈弯形，犹如一道弯眉，故名。
②庾郎：指南朝梁诗人庾信。
③素壁：白色的墙壁、山壁、石壁。斜辉：指傍晚西斜的阳光。

赏析

纳兰和发妻卢氏的感情十分深厚,卢氏卒后,纳兰虽然"续弦"了,却仍然无法忘怀她。这篇词的风格婉丽凄清,通篇虽然只用了几个淡雅的意象,写出几个冷清的场景,但其中所透露出的无形哀思,却是难以掩饰的。

本篇《点绛唇》汪刻有副题:对月。而词中所抒写之情景看,确如副题,此作是一首对月伤怀、凄凉幽怨之作。上阕写到"蛾眉""下弦""初弦",都指代的是明月,而明月在古典诗词中都被历史赋予了相思之情。这样冷清的下弦月挂在天空,本身就容易使人联想到伤感的意境,作者又将其与满月作比较,便奠定了整首词的悲戚的色彩。

古人每每见到残破的、不圆满的景象都会有一种伤感的情怀。"庾郎未老,何事伤心早?"这句中"庾郎"是作者借以自喻,借庾信的人生际遇表现了自己现在的状况,还表明了他自己此时此刻的孤单与寂寞。作者此刻正值壮年,本该是意气风发的时候,然而对妻子的思念让他的心境苍老了几十岁,失掉了许多人生中该有的乐趣。

"素壁斜辉,竹影横窗扫。"月光静静挥洒在淡雅的墙壁上,竹影缭绕,交错地映在上面,让人感觉他们很是孤单。一个"扫"字,更加丰满了这些静物的意象,有一种静中有动的感觉。"空房悄,乌啼欲晓",静寂的房屋中仿佛又响起了那悲切的啼叫,那悲凉的声音在房间萦绕,久久不能散去,充斥着作者的耳膜。此时作者又想到已经亡故多年的妻子,睹物思人,料想她如果还是健在,一定会在家中的楼上盼望自己能够回去,而自己此时却在异地他乡,与她有千里之遥,更是久久不能归家。这一切都说明了妻子对自己的相思之情,作者借妻子来表明自己的思人、思乡难耐的情怀。

词末句"又下西楼了",一个"又"字表明了作者对已故妻子的思念之痛每日都在折磨自己。月亮在拂晓时候隐去,这是大自然的规律,千百年来从未变过,然而每当此时,作者的心都会沉浸在一种思念的悲伤中,此处一句,更让通篇那种离愁别绪抒发得淋漓尽致。

点绛唇·黄花城①早望(五夜光寒)

五夜②光寒,照来积雪平于栈③。西风何限,自起披衣看。
对此茫茫,不觉成长叹。何时旦,晓星欲散,飞起平沙雁④。

注释

①黄花城:在今北京怀柔境内。纳兰扈从东巡,此为必经之地。一说在五台山附近。
②五夜:即五更。古代将一夜分为甲、乙、丙、丁、戊五段,此指戊夜,即第五更。
③栈:栈道。又称"阁道"、"复道"。中国古代沿悬崖峭壁修建的一种道路。
④平沙雁:广漠沙原上的大雁。

赏析

这首词的词题"黄花城早望"中的黄花城在山西山阴北境黄花岭后,地处雁北塞上,距五台山差不多一天多一点的路程。据记载,清康熙二十二年,纳兰性德曾于二月和九月两次扈从康熙巡幸五台山。而这一次则是受命去大同,途经黄花城夜宿于此,看到此情此景,有感而发,于是便有了此作,抒发了一种空对茫茫、无端寂寥的情怀。

这首词在情景交融上营造得恰到好处。五夜指的是五更，也称为五鼓，现在指的是早上三点到五点那段时间。这段时间本是每天睡眠的最佳状态，然而这首词的时间恰是这个时间上，以时间的先入为主，点出失眠，以此直接写出了情感的开端：五更十分，月光如水，寒气逼人，旷野无尽，残雪未消，与栈道齐平。北风不止，吹寒而来，薄衣何禁？独自披衣起身，放眼望向这黑色的寒夜，唯见点点月色残雪白光。所见茫茫，情何以堪，不觉长嗟咏叹。试问这漫漫长夜里，何时才能熬到天明呢？天边星辰，星星点点，好像渐渐淡去，怕这天也真快亮了吧？旷野上一只大雁突然惊起，飞向那不知何方的远方……

纵观纳兰的词可以发现，他善用开阔的意象表现内心的情感，将环境的空旷凄凉映照在情感上，将大的环境空间叠加在深沉而复杂的小的情感上，给读者呈现一种极具艺术感染力的表现方式。

眼儿媚（独倚春寒掩夕霏）

独倚春寒掩夕霏，清露泣铢衣①。玉箫吹梦，金钗画影，悔不同携。
刻残红烛②曾相待，旧事总依稀③。料应遗恨④，月中教去，花底催归。

注释
①铢衣：传说神仙穿的衣服。重量只有数铢甚至半铢。因用以形容极轻的衣服，如舞衫之类。
②刻残红烛：古人在蜡烛上刻度，烧以计时。
③依稀：含糊不清，不明确。
④遗恨：未尽的心愿，未完成的理想，遗憾。

赏析

《眼儿媚》这个词牌，听起来似乎柔若无骨，有着娇俏可人之意。容若写了许多和这个词牌有关的词，大多是伤感怀念之词。这首词也不例外，是他写对恋人思念无果的一首哀伤之词。

这首词抒写对恋人的思念，写得十分婉转：我独自伫立在春天傍晚的雾霭之中，细雨将衣服打湿。梦里都是你美丽的身影，那些相携相伴的美好时光却偏偏失掉了，怎不叫人懊悔。夜已深沉，曾经秉烛相待，如今往事依稀。想必会终生遗憾，花前月下的往事，已经一去不回。

"独倚春寒掩夕霏，清露泣铢衣"，开篇第一句是描写失意的人独自站在春寒之中，任凭露水打湿衣服。在这句话里，"夕霏"用得格外动人，夕霏是指傍晚的雾霭，在傍晚的雾霭中，一个人独自倚靠，于春日里孤独站立，这听起来就是一幅绝美的画面。容若写词，已经远远超出了字面的意境。

接下来，他又写道："玉箫吹梦，金钗画影，悔不同携。""玉箫、金钗"同指所恋之人。容若以此来隐喻自己所恋之人，而且在词中还用梦影这样美好而虚无缥缈的意境，令整首词读起来既有忧伤的情思，又不乏唯美的意境。

在经历了上片的幽思之后，下片转而写现实的事情，"刻残红烛曾相待，旧事总依稀"。

这里要对"刻残红烛"解释一番,刻残红烛是指古人在蜡烛上刻度,用来计时。词人用在这里,是说往昔四目相对的日子已经一去不复返了,而今的形单影孤,令自己更加怀念过去的美好日子,可是过去的就是过去了,想再多也是不能回还的。

所以,在词的最后,容若写道:"料应遗恨,月中教去,花底催归。"遗憾就是遗憾,无法弥补,终生带着遗憾走下去,直到尽头,生命就是这样,无法挽回,无法补救,但或许也正是因为如此,生命才更显得弥足珍贵吧。

眼儿媚(重见星娥碧海槎)

重见星娥①碧海槎,忍笑却盘鸦。寻常多少,月明风细,今夜偏佳。
休笼②彩笔闲书字,街鼓已三挝③。烟丝欲袅,露光微泫④,春在桃花。

注释

①星娥:神话传说中的织女。此处指明眸善睐的美女。
②笼:通"拢",牵、拢之意。
③街鼓:设置在京城街道的警夜鼓。宵禁开始和终止时击鼓通报。始于唐宋,以后亦泛指"更鼓"。挝:敲打。
④微泫:水微微下滴流动之貌。此处形容爱妻的脸光彩照人。

赏析

这是一首爱情之词,这首词写了纳兰与爱妻重逢的喜悦之情,词中没有了往日的阴霾与忧伤,显露出一种特有的欢快,这在容若的词作中实属少见。

终于再次见到你那美丽的容颜了,你强忍笑意将乌黑的发髻盘起,仿佛天上的仙女般动人。"重见星娥碧海槎,忍笑却盘鸦",开篇便毫无顾忌地写出自己的喜悦。容若一向是个含蓄的人,直白地表述情感并不多见,可见,容若对于再次与爱妻团聚多么高兴。重新见到美丽的妻子,看到她的笑脸盈盈,人间有再多的烦忧,也该忘却了。

风和月明,良辰美景,这种情景往日虽也曾有过,可是今夜胜过往常。不再拈笔写什么字,夜已深,街上已敲过了三更鼓,还是喜不自持。香烟缭绕中,更见人面桃花,光彩照人。"寻常多少,月明风细,今夜偏佳。"字字透露着掩盖不住的喜悦,这时的容若一心沉浸在与爱妻团圆的兴奋之中。他自然无法知道,不多久之后,他的妻子将会永远离开他。这时的容若,俨然一个兴奋满满的孩子,他在妻子的关爱中,享受着这来之不易的时光。

上片写过自己与妻子团圆的高兴之后,下片便继续抒发这种情感。虽然与卢氏已经谈不上是新婚燕尔了,但他们之间的感情要比许多新婚夫妻还要深,即"休笼彩笔闲书字,街鼓已三挝",不需要再提笔写任何东西了,夜已经深了,街上敲过了三更鼓,可是喜悦之情,依然无法褪去。这句简简单单的情感表述,胜过千言万语的赞美。

话虽如此,容若在词的最后,依然是充满了溢美之词的,"烟丝欲袅,露光微泫,春在桃花。"妻子光彩照人,犹如桃花一般的面庞在容若眼中无疑是最美的。他在这一夜是欣赏这美的,也是享受这美的。

眼儿媚·咏梅（莫把琼花比淡妆）

莫把琼花比淡妆①，谁似白霓裳②。别样清幽，自然标格③，莫近东墙。
冰肌玉骨天分付④，兼付与凄凉。可怜遥夜，冷烟和月，疏影横窗。

注释
①琼花：比喻雪花。淡妆：淡雅的妆饰。
②霓裳：谓神仙的衣裳。相传神仙以霓为裳。语本《楚辞·九歌·东君》："青云衣兮白霓裳。"
③标格：风范、品格。
④冰肌玉骨：用于赞美妇女的皮肤光洁如玉，形体高洁脱俗，这里形容雪中梅花的超逸之态。分付：付与、交给。

赏析

梅花冰肌玉骨，斗寒开放，不与凡花为伍，有着独特的清纯与脱俗，所以，咏梅自古以来也就是文人墨客笔下的不朽主题，被文人们看作是崇高人品的象征。容若自然也不例外，他倾倒在梅花清纯脱俗的品相下，称赞梅花的品格，以此喻己之品格，"莫把琼花比淡妆，谁似白霓裳。"容若认为梅花比过任何的花，没有花会有梅花的品格，在这首词里，词人将自己在现实生活中的感受，带入了词句中，他备受压抑的心灵，在咏梅的时候得到了情感的释放。

容若以梅花自比体现在上片最后一句："别样清幽，自然标格，莫近东墙。"将梅拟人，清淡雅洁，表达了淡雅高洁，不愿流俗的愿望。梅花并非名贵之花，不过是冬日里的一抹淡雅，但就是这份淡雅，令容若仿佛看到了另一个自己。在开花的季节，那些百花争奇斗艳的时候，梅花孤傲地躲在墙角。可是在百花休眠、寒冬腊月的时候，梅花独独要崭露头角。即便风再冷，雪再大，也要傲然挺立，为冬日带来一抹色彩。

正因为如此，容若在词的下片才会写道："冰肌玉骨天分付，兼付与凄凉。"梅花的这份冰肌玉骨，仿佛是上天赐予的，可是上天赐予了梅花冰肌玉骨，并未赐予它一个好时候。容若想到自己，不也正是如此吗，生不逢时，无法得到心灵上的真正自由，就算锦衣玉食，有着种种别人羡慕的好生活那又如何？还不是活得如同行尸走肉。

容若只得在词的最后感慨："可怜遥夜，冷烟和月，疏影横窗。"在寂静的夜空，遥望明月，嗅着梅花的清香，度过这漫漫的黑暗。

自古圣贤皆是寂寞啊。

一络索·长城（野火拂云微绿）

野火①拂云微绿，西风夜哭。苍茫雁翅列秋空，忆写向、屏山曲。
山海几经翻覆②。女墙斜矗。看来费尽祖龙心，毕竟为、谁家筑？

注释
①野火：指磷火，鬼火。
②山海：山与海。翻覆：巨大而彻底的变化。

赏析

纳兰写言情诗词，可以极尽阴柔妩媚，令人读罢沉醉其中。而他写的怀古之词，也可以阳刚之气十足，犹如猎猎大风中，迎风而立的铁血将军在凝视前方。

这首词就是一篇怀古之作：大漠荒野之夜，磷火绿光闪闪，好像与天上的云朵连到了一起，西风猎猎，仿佛鬼神夜哭。秋天苍茫的天空里飞过一行行征雁，想要飞过连绵起伏的长城。沧海桑田几经变化，那城墙依然矗立在那里。看来秦始皇是白费心机了，那万里长城究竟是为谁家所建造的呢？

第一句"野火拂云微绿，西风夜哭"就写尽凛冽战栗之气势，夜晚的荒野上，闪烁着磷火点点，泛着绿光，好像要与天上的云朵相连接。而四周刮起的西风，阵阵哀嚎，仿佛鬼神在哭泣。

这样的意境在容若的词中很少见到，这首词是他陪同皇帝出游时，看到无垠的风景，一时感慨而作。京郊的风景确实不如京城内的繁华，在紫禁城内，宫女如织，锦衣玉食，琳琅满目时，谁能想到，这个世上，还有许多地方是空旷无垠、毫无人烟的呢？

"苍茫雁翅列秋空，忆写向、屏山曲。"容若将长城比作"屏山曲"，刻画出了长城连绵不绝、曲折的形状。在苍茫的天地间，连绵曲折的长城蜿蜒走向，看不到尽头。感慨着这人力的非凡造就的同时，容若也产生疑问。

"山海几经翻覆，女墙斜矗。看来费尽祖龙心，毕竟为、谁家筑？"下片的词句言简意赅，简明易懂，长城历经风吹雨打，依然伫立不倒，秦始皇费尽心思修筑的这万里的防御，究竟是为了防御谁？

每一个帝王都想让自己的疆土永久保存，秦始皇修筑长城，是为了抵御外敌，但是清兵入关，这长城又起了什么作用呢？人世间的事不正是如此吗，总是想要去预防，但人算不如天算，上天安排的宿命，早就是注定的。

一络索（过尽遥山如画）

过尽遥山如画，短衣匹马。萧萧木落不胜秋，莫回首、斜阳下。
别是柔肠萦挂①，待归才罢。却愁拥髻②向灯前，说不尽、离人话。

注释

①萦挂：牵挂。
②拥髻：谓捧持发髻。

赏析

这首词写征途之上和闺阁之中的景色与情思，容若睹物思人，将萧萧落木的凄凉景色，联想到远方故人，满心惆怅：穿短衣，乘匹马，在外之人奔驰在征途上。不要在夕阳西下时回首怅惘，那落叶纷飞的景象只能让人徒增悲凉。无尽的牵挂只有待到行人归来，才能消除吧。而对灯夜话之时，述说着别离之苦反倒使人生愁增恨。

词的上片提笔便是"过尽遥山如画，短衣匹马"，这是多美的一幅意境，走过无数的山，跨过无数的路，只是身着短衣，骑着马匹，行色匆匆走过各路风景，最终停于某地，回首望去,身后早已经路千条,山万座了。"短衣匹马"是形容英姿矫健的样子。容若意气风发地停马且住,看落木萧萧,萧索的秋日,在斜阳下徒增悲凉。

前路漫漫,还有多少路要走,走过四季,已经走到了渐渐了无生气的秋季。路在脚下,依然要不断前行,但是过往回首望去,却是一片萧索。"萧萧木落不胜秋,莫回首、斜阳下。"这是容若游走在外的真实感受。

此时的他,定当是很想与友人秉烛夜谈,闲话家常。所以,他会写信给自己的朋友,诉说心事,也聊聊见闻。相见的时日不多,那就让信笺带去自己的问候吧。因为"别是柔肠萦挂,待归才罢",无尽的相思和牵挂,只有回去后,见面才能诉说得尽。

在下片的开端,容若便用如此直白的语气写出了对友人的思念,他对待友谊和对待爱情一样饱含热情,充满热忱。正是因为充满无限的热忱,所以在分离之后,更显得孤寂和落寞。在这首词的最后,容若自己也写道:"却愁拥髻向灯前,说不尽、离人话。"闲愁越想越多,只有当友人重新见面之后,才能化解。离人话说不尽,说得尽的只有彼此之间对对方的牵挂。

与容若交友,实在是一生有幸,因为,被容若认定的朋友,会生生世世存在于他的内心深处。

一络索·雪(密洒征鞍无数)

密洒征鞍①无数,冥迷②远树。乱山重叠杳难分,似五里、蒙蒙③雾。
惆怅琐窗④深处,湿花轻絮。当时悠扬得人怜,也都是、浓香助。

注释
①征鞍:犹征马。指旅行者所乘的马。
②冥迷:迷蒙,迷茫。
③蒙蒙:迷茫的样子。
④琐窗:镂刻有花纹图案的窗棂。

赏析

这首词为咏雪之作:马背上落满密洒的白雪,远处树木冥迷,乱山杳渺,不甚分明,仿佛一切都置于蒙蒙雾中。雪花飘入了窗棂,好像是湿花柳絮,又勾起了无限感怀。那纷飘的雪花之所以惹人怜爱,除了它那轻盈的体态之外,还由于它得到了浓郁芳香的暗助。

乍一看,这首《一络索》读起来并不是很顺畅,似乎还有些拗口,这并非是容若的功力不够,而是要涉及音律问题了。除去韵律问题不讲,从词意来说,这首咏雪词还是十分好的,算得上是上乘作品。

"密洒征鞍无数,冥迷远树。"虽然这是咏雪词,但词中并未出现"雪"字,甚至和雪相关的词汇也没有提及。但即便如此,依然可以看出,容若这是在写雪景。落下的雪片密密麻麻地散落在马背上,模糊了远处的树木。在这场大雪中,远处的山都看不清楚,到处都是迷蒙的一片,真可谓"乱山重叠杳难分,似五里、蒙蒙雾"。

写完雪景,下片便是以景写情。先是道出"惆怅"在窗棂深处,接着便写道雪花如同柳絮一般飘入窗户。在这里，容若一个意境用得很好，将雪花形容为"湿花"，雪花落地即化，就好像打湿的柳絮一样，十分贴切。

也正是因为如此，这样的雪才让人怜惜，不过容若最后也提到，雪花之所以得到世人的喜爱，除了它们自身的圣洁之外，还得益于浓郁的芳香。"当时悠扬得人怜，也都是、浓香助。"雪花怎么会有芳香，想来这是词人的一种想象。

在窗户后面，看到外面白茫茫的一片银色世界，偶尔会有几片雪花飘落进来，在窗台上融化成水。就仿佛花朵一样，让人怜惜，自然，也就联想到了花朵的芳香。雪花在容若的笔下，灵活而有了生气。这首词虽然不算尽人皆知的好作品，但其中的情趣也是别有味道，读罢令人忍不住遐想一番。

卜算子·新柳（娇软不胜垂）

娇软①不胜垂，瘦怯②那禁舞。多事③年年二月风，剪出鹅黄缕。
一种可怜生④，落日和烟雨。苏小门前长短条，即渐迷行处。

注释
①娇软：柔美，轻柔。
②瘦怯：犹瘦弱。
③多事：做没必要做的事。
④可怜生：犹可怜。

赏析

这是一首咏柳词，用拟人写柳树，又用柳树喻人，很是巧妙。黄天翼《纳兰性德和他的词》中说："词以'新柳'为题。表面上，作者描绘一株娇嫩柔弱的柳树，其实以柳喻人。意境相当优雅含蓄。"

初春，埋在古柳枯干中的梦苏醒过来，伸出"娇软不胜垂"之柳枝。娇软就是柔美姣好，轻飘。不胜，与苏东坡之"高处不胜寒"中"不胜"同，指不能禁得住。柳枝娇嫩柔美，垂下树，担心瘦瘦的身躯是否能够禁得春风，禁得垂落弯折？"瘦怯那禁舞"，如此瘦弱又怎受得那凉风突如其来的随心所舞？那二月之风却偏偏年年多事，"剪出鹅黄缕"，看似不禁垂舞之嫩条也是拜二月春风所赐，才得以如烟似雾的鹅黄一春。

苏小，即苏小小，历史上有两位，一位为南朝齐时钱塘名妓，另一位也是钱塘名妓，不过是南宋时的。在这首词里，苏小是后者。传说她曾邂逅一位穷困书生，赠银百两，助其奔逐前途，博得功名。但是，这个书生一去未归，从此杳无音信。最后，苏小小把自己的美色呈之街市，度过余生。

"苏小门前长短条"是说，小小门前之柳亦是风流得尽，长枝短条随风摇，"即渐迷行处"，要说柳色迷人，摇摇曳曳掩了行人前路，大有可通之处，恐怕行人更愿意迷醉在西风夕阳之下。然而，若要在使一女子躲藏在疏枝稀柳中，可谓是掩耳盗铃罢。事实上苏小小就曾经被人认为藏于柳色中。苏小小本不是变色之龙，所以，可说苏小小本是柳。一个如春柳一样的女子，"娇软""瘦怯""可怜"美丽，却年年二月风剪。

上片侧重描画弱柳之形,但已是含情脉脉。下片侧重写其神韵,结处用苏小小之典,更加迷离深婉,耐人寻味。

卜算子·塞梦(塞草晚才青)

塞草晚才青,日落箫笳①动。恓恓凄凄②入夜分,催度星前梦。
小语绿杨烟,怯踏银河冻。行尽关山到白狼③,相见唯珍重。

注释
①箫笳:箫和胡笳。
②恓恓:悲伤的样子。凄凄:形容心情凄凉悲伤。
③关山:关口和山岳。白狼:即白狼河,今辽宁大凌河。

赏析
《卜算子》又名《百尺楼》《眉峰碧》《楚天遥》等。相传是借用唐代诗人骆宾王的绰号。骆宾王写诗好用数字取名,人称"卜算子"。

这首塞梦是纳兰于塞外羁旅时思念妻子之作。

"塞草晚才青",是日落时分,边塞的草在黄昏的天色里才显出青绿的颜色,此处也暗指白日行军匆忙,杂事诸多,只有黄昏时分陷入安静才开始觉得周围景致的苍凉。"日落箫笳动",夕阳才缓缓落下,箫笳之声便在大漠上蔓延开了,这里"箫笳"指的是管乐器。箫声婉转幽凉,笳声沉郁悲切,二者交错,突显出塞上荒凉空远的景色。

"恓恓凄凄入夜分"一句用典,出自李清照《声声慢》"寻寻觅觅,冷冷清清,凄凄惨惨戚戚",描写的是自己在入夜后愁惨的心情,与易安相仿,那么不难理解所隐含的意思也是"乍暖还寒时候,最难将息"。

在这般心情的驱使之下,终究相思难耐,只得"催度星前梦",催促引渡妻子的梦魂来到边塞,与自己相会。此句化用于汤显祖《牡丹亭·游魂》"生性独行无那,此夜星前一个"一句,用以指代夫妻情深,是以纵使关山阻隔,也愿梦魂相聚。

到了下阕,也不知是睡了醒了,妻子那娇影袅袅娜娜的,竟真的出现在了眼前,更欲耳畔轻柔情话私语,只是这个时节银河尚冻,路人皆不敢踏足那冰封的小河,杨柳蒙烟,天寒彻骨,却不知伊人独自如何能到得了这塞外边关荒凉之地。

于是紧接着"行尽关山到白狼,相见唯珍重"一句便解释了妻子魂魄如何抵达塞外,却是将关山踏遍才寻到远在白狼的丈夫,这一句也暗喻了妻子不畏关山路途艰难,思念夫君,想要见到夫君,必要见到夫君的深情。

这首塞梦,典型而深刻地描写出纳兰常年羁旅在外,厌于扈从生涯,时时怀恋妻子,思念家园的心情。故词人虽身在塞上却相思不灭,遂朝思暮想而至于常常梦回家园,与妻子相聚。短短数字,将这种凄惘的情怀刻画得淋漓尽致,入木三分。

卜算子·午日（村静午鸡啼）

村静午鸡啼，绿暗新阴覆。一展轻帘出画墙，道是端阳①酒。
早晚夕阳蝉，又噪长堤柳。青鬓长青自古谁，弹指②黄花九。

注释

①端阳：即农历五月初五日，端午节。
②弹指：形容时间极短，本为佛家语。

赏析

这首词所选取的不过是小山村里夏天正午时候的一幅极为平常的图景，却用层层对照、相互关联的手法写出了词人心中独到的情思和深长的意味。

正是午夏时分，鸡鸣之声响起在寂静的村落，阳光下树木的枝叶明暗层次，阴阳错落。那轻帘开处，端阳节的酒香溢满在空气中。可夕阳终究会到来，那不知疲倦的知了又会在河畔长堤的柳荫中嘶叫不已。不由想到，古往今来，没有谁能够留住鬓边的缕缕青丝，时光急急地流逝，而今也是如此，不过是弹指之间，就又到了那秋意倍浓的黄花时节。

从听觉角度打量，在"村静午鸡啼"一句中，词人用鸡的叫声反衬出山村的安静，这与王维的"蝉噪林愈静，鸟鸣山更幽"有异曲同工之妙。我们不禁会想，为何闹中可以取静呢？原因是这些闹声（鸡鸣、蝉噪、鸟叫）本身只是些轻微、细小而不易引起人们注意的动静，因此只能在静谧的氛围中才能引起人的关注，人的关注最终凸显了周围环境的安静。

同样的，"又噪长堤柳"看似写蝉声，却透露出夕阳河畔一缕静谧的乡村气息。但这声蝉叫却不再单单只是"静"的旨归，蝉声在我国古典诗词中承担着时光易逝、年华老去的蕴意，此外蝉声也惯有浓厚的悲凉意味。这些特殊意味的流露最终指向本词咏叹时光易逝的主旨，感慨之情油然而生。

从午日到夕阳西下这半天内的跨越，不过是词人对于目前之境的近程写照；而从"端阳酒"到九月黄花时节，却是词人心中更远处的联想和感喟。这两组时光轴上的端点，一大一小、一远一近地照应着词人心之所想，情之所发。

随后，"青鬓长青自古谁"却将这种相对性伸展到更为普遍、更为深邃的人生主题上——生命有限。词人却并没有在此更多地着墨，没有写自己在这有限的人生旅程中，是要报国杀敌，干一番轰轰烈烈的事业，还是茗茶赏花，自得其乐而已，因为他写词的本意并不在此。只是想到秋日很快就会到来，恍然之间，就是一弹指的工夫，手中的酒樽中又会盛满有着浓浓秋意的黄花酒，又是一年将尽啊，年年如是，青丝终将耐不住时光的变迁，心中便觉无限惆怅。

意到而发，所发之意回味无穷；意尽而止，所止之处恰得其妙。

念奴娇（人生能几）

人生能几？总不如休惹、情条恨叶。刚是尊前同一笑，又到别离时节。灯烛挑残，炉烟爇①尽，无语空凝咽②。一天凉露，芳魂此夜偷接。

怕见人去楼空，柳枝无恙，犹扫窗间月。无分暗香深处住，悔把兰襟亲结。尚暖檀③痕，犹寒翠影，触绪添悲切。愁多成病，此愁知向谁说？

注释

①爇（ruò）：燃烧。
②凝咽：犹哽咽，哭时不能痛快出声。
③檀：即檀粉。

赏析

"人生能几？"这首词的开篇，纳兰就直言人生苦短。三国时期，枭雄曹操就在面对奔流而去的茫茫大江时喟叹一声："对酒当歌，人生几何？譬如朝露，去日苦多。"不过，他饮酒饮出的是一腔豪气，纳兰涌上心头的却是无奈和寂寞。

"人生能几？总不如休惹、情条恨叶"，本不该坠入情恨的纠葛之中，却又欲罢不能，"情条"是指纷乱的情绪。在这里，词人似乎对自己的"多情"有一股悔意，虽悔却又无意去改，当真是率性之至。

上阕写幽会，既像实写，又像因思念亡妻而产生的幻觉，读来便有了几分缥缈迷离的感觉，更加耐人寻味。"刚是尊前同一笑，又到别离时节"，这两句是在写两人刚刚对饮一杯，相视而笑，离别的时间就到了。就好像灰姑娘必须在午夜十二点前抽身一样，"离别"二字是个魔咒，让纵然相爱却不能长相厮守的现实有着强烈的宿命感。

"灯地挑残，炉烟爇尽，无语空凝咽"，残灯摇曳，炉烟燃尽，两人只能默默无语暗自垂泪，就连道别的话也不忍心说出口，似乎说过"再见"之后就会瞬间海角天涯。"一天凉露，芳魂此夜偷接"，读到此处，我们或许可以将这当作词人与意中人暗夜相会的情景，但"芳魂"二字一出心里便了然了，这更像一首悼念卢氏的词。纳兰大概是深夜辗转反侧，难以成眠，勾起了旧日与卢氏相守的点滴回忆，或者是期待在梦中能与佳人的芳魂相聚。"凉露"二字既可指现实中的深夜露水，也可理解为是纳兰这腔怨恨的无限悲凉。

下阕从回忆或梦境回到了现实，纳兰怕见"人去楼空"，现实却正是如此。柳枝如丝，犹自拂过她曾经住过的阁楼，明月照旧，照着容若一人孤独的身影。纳兰长叹："无分暗香深处住，悔把兰襟亲结。"你我有缘无分，不能同居共处，真悔恨当初那样的亲昵。这般悔恨着，却仿佛看见了她满脸泪痕、身影绰绰，自己那无边的愁绪就被触动开了，即"尚暖檀痕，犹寒翠影，触绪添悲切"。愁苦交叠，以至于相思成病，这一番寂寞哀愁又能向谁倾诉呢？

全词就在散溢开来的孤独感、无力感中戛然而止，更加令人九曲回肠，添悲增恨。

念奴娇（绿杨飞絮）

绿杨飞絮，叹沉沉院落、春归何许①？尽日缁尘吹绮陌②，迷却梦游归路。世事悠悠，生涯非是，醉眼斜阳暮。伤心怕问，断魂何处金鼓③？

夜来月色如银，和衣独拥，花影疏窗度。脉脉此情谁得识？又道故人别去。细数落花，更阑④未睡，别是闲情绪。闻余长叹，西廊唯有鹦鹉。

注释

①沉沉：幽深的样子。何许：什么，哪里。
②绮陌：繁华的街道，亦指风景美丽的郊野道路。
③金鼓：即钲。
④更阑：更深夜尽，深夜。

赏析

这首词唱叹的是与故人别后的孤苦寂寞。别去的"故人"是谁无法考证，但从这词中透露出来的低回伤感可知绝非一般朋友，必是词人的红颜或者知己无疑。

"绿杨飞絮，叹沉沉院落、春归何许"，首句的意境极美，深深的庭院中，绿杨悄然抽枝，飞絮自在飘扬，竟没察觉到春意已浓郁至此。一个"叹"字就奠定了全词的基调，淡淡的感伤混迹于字里行间，揣摩可得。

"尽日缁尘吹绮陌，迷却梦游归路"，终日的凡尘俗事让人迷乱，自己想走的那条路便是无论如何也寻不到了。纳兰就像一个迷路的孩子，虽然出身望族、才华横溢、前途光明，但这不是他想要的，他就这样在似锦的前程里感慨喟叹，试图抗拒最终又无奈接受。

"世事悠悠，生涯非是，醉眼斜阳暮。伤心怕问，断魂何处金鼓？"醉酒之后抬头观天际夕阳，只觉世事变换，人生无常，就连远处传来的金鼓之声，也令人伤心断肠。

从上阕"斜阳"到下阕"夜来"，不禁唏嘘：就连宣纸上的光阴也是留不住的。月色如银似水，孤独的人却只能和衣独坐在窗前的花影里。知己别离的孤苦无告、幽独寂寞又有谁能够知晓？夜深难眠，空数落花，心绪寂寞如斯，那慨然长叹之声也只有西廊的鹦鹉能听到了。

"脉脉此情谁得识？又道故人别去。"这是本词中最令人伤心的一句，人生最可怕的不是没有知己，而是知我者又别我而去。倘若俞伯牙一生不遇钟子期，也不过因无人能懂自己而黯然，但既得知己又复失去，哀莫大于心死，琴声再美又弹给谁听？人们常说"人生得一知己则死而无憾"，古人惜字如金，"知己"二字简直妙极，不论红颜知己还是生死之交，能懂自己心思者最是难求。

纳兰心思细腻，醉酒时的糊涂与清醒后的残酷让人伤心魂断，他的不快乐似乎只有这位"故人"能懂，可是"故人"此际又要别他而去，难怪他会伤心了。

念奴娇·废园有感（片红飞减）

片红飞减，甚东风不语、只催漂泊。石上胭脂花上露，谁与画眉商略？碧甃①瓶沉，紫钱钗②掩，雀踏金铃索。韶华如梦，为寻好梦担阁。

又是金粉③空梁，定巢燕子，一口香泥落。欲写华笺凭寄与，多少心情难托。梅豆④圆时，柳绵飘处，失记当初约。斜阳冉冉，断魂分付残角⑤。

注释

①碧甃：青绿色的井壁，借指井。
②紫钱：指苔藓。钗：妇女的一种首饰，由两股簪子合成。

③金粉：喻指繁华绮丽的生活。
④梅豆：梅花苞蕾。
⑤断魂：灵魂从肉体离散，指爱得很深或十分苦恼、哀伤。残角：远处隐约的角声。

赏析

心境不同，看到的风景也就不一样。就比如在这片废园之中，有人看到的是残垣断瓦下萌生的盎然春意，有人看到的是荒芜破败、满目疮痍，纳兰必定是后者。在萧索景象中黯然神伤也是人之常情，但大多数人的感伤是一时的，不像纳兰的愁绪常是绵延不休的，一株小草引发的哀伤往往会蔓延成一座森林。

在这首词里，纳兰的满腹感慨就是由废园之景引发的：园内残花飘飞，东风沉默地催促着百花的凋谢。石头上已经撒落了一片花瓣，如胭脂一般，画眉在枝头啼鸣婉转，犹如人在闲谈。井壁被杂草深掩，钗钏被苔藓掩盖，麻雀还踏在护花铃上鸣啼，往日相游相嬉的踪迹都不见了。这番景象让纳兰忍不住感叹："韶华如梦，为寻好梦耽阁。"人生如梦，美好的时光易逝，都因为固执地寻找旧梦耽搁了。

所谓一语成谶，这不正是纳兰自己一生的缩影吗？他原本可以生活得幸福洒脱的，却为寻"旧梦"而郁郁寡欢，以至在鼎盛之年撒手尘寰。

纳兰到这废园中时正是春满人间，原本华美的屋梁已显斑驳，燕子又飞回这里衔泥筑巢了，坠落的花瓣撒了一地。梅花开时，柳絮飘处，曾有他们当时的约许，夕阳西下，残角声起，"欲写华笺凭寄与"，纳兰想给谁写信寄托情思我们不得而知，但"多少心情难托"，这情感想必是深沉而热烈的，只怕用尽所有语言也难以诉尽。

这首词里大有不胜今昔和不胜孤凄之概，读后便被一种凄凉伤感的氛围所环绕。

念奴娇·宿汉儿村（无情野火）

无情野火，趁西风烧遍、天涯芳草。榆塞①重来冰雪里，冷入鬓丝吹老。牧马长嘶，征笳②乱动，并入愁怀抱。定知今夕，庾郎瘦损多少。

便是脑满肠肥，尚难消受，此荒烟落照。何况文园憔悴后，非复酒垆③风调。回乐峰④寒，受降城远，梦向家山绕。茫茫百感，凭高唯有清啸⑤。

注释

①榆塞：泛称边关、边塞。
②征笳：旅人吹奏的胡笳。
③酒垆：卖酒处安置酒瓮的砌台，亦借指酒肆、酒店。
④回乐峰：回乐县境内的一座山峰。回乐县唐属灵州，为朔方节度治所，在今甘肃灵武西南。
⑤清啸：清越悠长的啸鸣。

赏析

塞上景致荒凉，诗人出使塞上，途中所见，百感交集：塞上荒凉萧索，无情的野火趁着秋风将无边的芳草都烧遍了。再一次来到边塞，又是风雪交加，寒风刺骨，催人老去。战马嘶鸣，号角声起，凄冷苦寒，让人伤怀，如庾郎愁怀难遣，致使身心憔悴消瘦。即便是脑满肠肥的得意之人，也难以承受这长河落日、大漠孤烟的悲凉之景，又何况是如同司马相如这样往日风采不再的多愁多病之身呢？塞外苦寒荒凉，旅人梦回故乡，心中百感陈杂，思绪茫茫，只有登高长啸才能抒怀。

词中"定知今夕，庾郎瘦损多少"中提到的"庾郎"是指北周诗人庾信。庾信的父亲是梁代诗人庾肩吾，他自幼同父亲行走于萧纲的宫廷，后来又和徐陵一起任萧纲的东宫学士，共创出"徐庾体"，是著名的宫廷作家，久负文名。西魏仰慕庾信才华，强留之。后北周代魏，庾信也一直得到器重。但是，庾信以身仕敌国而羞愧，满心怨愤，郁郁终了。

纵览这篇《念奴娇》，仿佛庾信之类人的作品，流露出浓郁的亡国哀怨。

纳兰容若的曾祖是在与努尔哈赤的对抗中自焚而死的。这两个部族，在明朝中叶时都受过明朝的封爵，是明朝的藩属。明朝末年，爱新觉罗部逐渐壮大，遂背叛明朝，而叶赫部的酋长、纳兰容若的曾祖忠心于明，不肯与努尔哈赤为伍，遂遭吞并。叶赫家的女子在努尔哈赤后宫为妃，叶赫家才完成了由仇敌到贵戚的转变。

纳兰容若的亡国之感，当是来源于此。从这个角度上说，称其为明朝遗民也不过分。这样我们也就不难理解，作者面对荒烟落照为何如此悲愤了——凭高唯有清啸。如庾信般夹在故国与今日朝廷间，内心被祖先的仇恨与仇敌的恩宠所折磨，是进、是退、是喜、是悲？这是年轻的纳兰无法辨析清楚的，只能登高长啸暂且释怀。

沁园春（试望阴山）

试望阴山，黯然销魂，无言徘徊。见青峰几簇，去天才尺；黄沙一片，匝①地无埃。碎叶城②荒，拂云堆③远，雕外寒烟惨不开。踟蹰久，忽砯崖转石，万壑惊雷。

穷边自足秋怀。又何必、平生多恨哉。只凄凉绝塞，蛾眉遗冢④；销沉腐草，骏骨⑤空台。北转河流，南横斗柄，略点微霜鬓早衰。君不信，向西风回首，百事堪哀。

注释
①匝（zā）地：满地，遍地。
②碎叶城：高宗调露元年置，属条支都督府，在今吉尔吉斯斯坦首都比什凯克以东的托克马克市附近，它与龟兹、疏勒、于田并称为唐代"安西四镇"。
③拂云堆：古地名，在今内蒙古包头西北。
④蛾眉遗冢：指古代和亲女子之墓。此处用王昭君出塞的典故。
⑤骏骨：比喻杰出的人才。

赏析
这首词是纳兰性德康熙二十一年（公元1682年）出使觇峻龙所作，抒发了凄凉伤感之情。

遥望苍凉的阴山，不禁令人黯然销魂，徘徊不前。只见那高高的山峰高耸入云，接近天际,眼前黄沙遍地,却不起一丝尘埃。那唐代的碎叶古城早已荒凉,拂云堆也遥远得看不见。唯见飞翔云外的雕鹰和那寒烟茫茫、愁惨不散的荒漠景象。正徘徊不前之际,忽听得山崖轰鸣,仿佛是巨石滚动,又像是万丈深壑里发出的惊雷隆隆。

人生不必有多少遗恨才能伤感,这荒凉边塞看了已经让人愁苦满怀了!想到王昭君凄凉出塞,如今人已死去,但遗冢犹存;而那掩埋在荒漠野草中的,是当年燕昭王求贤所筑的高台。河水依然向北流去,北斗星柄仍是横斜向南,愁苦之人已经未老先衰。你若不相信,只需要在秋风中回首往事,必定愁苦满怀!

看过纳兰对边塞风光的描写,会发现非常有趣的现象,他套用了李白《蜀道难》对蜀地的描述。开篇一句"试望阴山,黯然销魂,无言徘徊",几乎就是对《蜀道难》开篇的意译。"见青峰几簇,去天才尺",与"连峰去天不盈尺"如出一辙;待到了"忽砯崖转石,万壑惊雷",岂不是"飞湍瀑流争喧豗,砯崖转石万壑雷"的再造?

同样是浪漫主义诗人,面对险峻的高山,李白显现出的是洒脱的浪漫,而纳兰则似乎心事重重。他追忆了边塞的往昔,想到了昭君出塞,燕王求贤。

王昭君,一位美丽如娇花软玉的女子,当其他初入宫的女子都无奈地涨红了脸凑出银子去贿赂画师时,唯有她骄傲地扬起头颅,对小人不屑一顾。到底不是平凡女子,宁可远走荒边,也不老死宫中。最后,昭君远嫁匈奴,为汉族和匈奴名族之间的民族团结做出了重大贡献。

燕昭王曾是小国的国君,为了使国家富强起来,他不惜花五百金买了一副千里马的骨头,这份气魄动人心魄,立刻吸引了许多人才。最终,燕国步入了黄金时代。

如今,地势险恶的川蜀之地,那些浪漫的理想年代已经过去,那些满怀激情的风流人物已然消隐,存留于世间的只有蛾眉遗冢,骏骨空台。纳兰性德之悲,初看悲的是边塞苍凉的景色,说到底,还是悲的历史的天空下已经寂灭的岁月故事。

沁园春(瞬息浮生)

丁巳重阳前三日,梦亡妇淡妆素服,执手哽咽,语多不复能记。但临别有云:"衔恨愿为天上月,年年犹得向郎圆。"妇素未工诗,不知何以得此也,觉后感赋长调。

瞬息浮生,薄命如斯,低徊①怎忘。记绣榻闲时,并吹红雨;雕阑曲处,同倚斜阳。梦好难留,诗残莫读,赢得更深哭一场。遗容在,只灵飙②一转,未许端详。

重寻碧落茫茫。料短发、朝来定有霜。便人间天上,尘缘未断;春花秋叶,触绪还伤。欲结绸缪③,翻惊摇落,减尽荀衣昨日香。真无奈,倩声声邻笛,谱出回肠。

注释

①低徊:形容萦绕回荡。
②灵飙(biāo):灵风、神风。指梦中爱妻飘飞的身影。
③绸缪:紧密缠缚,缠绵,情意深厚,这里指夫妻恩爱。

赏析

这首词写于纳兰的妻子卢氏去世的那一年。这一年重阳节前三天的夜晚,词人在梦中与亡妻相会，两人相对哽咽，说了许多思念之语。但是，梦境虽美，终究也是一场空幻，醒来之后只会让痛苦进一步加深，于是在感慨无奈之下，词人又提起笔来，写下这首词。

"瞬息浮生，薄命如斯，低徊怎忘"，词一开篇，容若就以咏叹的笔法写出了对亡妻的一往情深，人生苦短，瞬息即逝，本来是伉俪情深，无奈妻子却红颜薄命，短暂的三年快乐相处换来的是一生的哀思。

由于对亡妻的思念萦绕在容若的心间，容若自然也就开始回忆与卢氏新婚后的恩爱生活，"记绣榻闲时，并吹红雨；雕阑曲处，同倚斜阳"，"红雨"在这里指落花。当初相依相偎坐在绣榻上，吹着飘飞的花瓣，在栏杆的拐弯处共同欣赏黄昏的景色，在这句中，词人以往昔的欢乐做对比，反衬出词人如今的孤单与愁苦。

接着容若开始倾诉自己失去爱妻之后的痛苦，"梦好难留，诗残莫读，赢得更深哭一场"，容若想与心爱之人梦中相会，互诉衷肠，结果却只是好梦难留。当所有的一切都化为乌有时，他只能无奈地在深夜里痛哭流涕。这时他又想起梦中妻子的模样，只可惜这梦去得太快，"未许端详"，还没来得及仔细端详，亡妻便已"灵飙一转"，词到此，更加平添一份悲痛之情。

下阕开篇紧承上阕结尾，写梦醒后词人想要重寻梦境，却无迹可寻，"重寻碧落茫茫"。在悲愁和痛苦的煎熬之下，容若猜想第二天自己的头上一定会增添许多白发，"料短发、朝来定有霜"。

命运是无法改变的，但是痴情的容若却偏偏要与命运做一番抗争，他固执地发出"便人间天上，尘缘未断；春花秋叶，触绪还伤"，虽然生死相隔，但尘缘并不会就此割断，否则又怎会在梦中相见，那春花秋叶都是触动感伤的琴弦，让人看后不胜凄怆。

一对恩爱的夫妻本想白头偕老，结果妻子却像木叶一样飘然陨落，这恐怕是人生中最大的遗憾，以至于容若从此"减尽荀衣昨日香"，憔悴至极，丰神不再。

词到结尾，"真无奈，倩声声邻笛，谱出回肠"，在无限的愁绪之中我们又听到词人发出一声无可奈何的叹息。在这里"邻笛"亦是一个典故，魏晋之间，向秀经过友人旧庐，闻邻人奏笛，感怀亡友，作《思旧赋》来悼念。而词人此时谱写的，岂不正是这种令人断肠的伤心曲。

沁园春（梦冷蘅芜）

梦冷蘅芜①，却望姗姗，是耶非耶？怅兰膏渍粉②，尚留犀合；金泥蹙绣③，空掩蝉纱。影弱难持，缘深暂隔，只当离愁滞海涯。归来也，趁星前月底，魂在梨花。

鸳胶纵续琵琶。问可及、当年萼绿华。但无端摧折，恶经风浪；不如零落，判委尘沙④。最忆相看，娇讹道字⑤，手剪银灯自泼茶。今已矣，便帐中重见，那似伊家。

注释

①蘅（héng）芜：香草名。
②兰膏：一种润发的香油。渍粉：残存的香粉。

③金泥：用以饰物的金屑。蹙（cù）绣：即蹙金，一种刺绣方法，用金线绣花而皱缩其线纹使其紧密而匀贴，亦指这种刺绣工艺品。
④判：甘愿、甘心。尘沙：尘世。
⑤道字：一种将字拆开的文字游戏。

赏析

喜新厌旧是世人常态，眼前有娇媚新人，自然将往昔旧人抛诸脑后。可是，对于痴情的纳兰来说，他虽然在家族的逼迫下迎娶了一位新人，但是，他的心始终思念着亡妻。

"梦冷蘅芜，却望姗姗，是耶非耶？"蘅芜袅袅，似梦非梦，看到你步履轻缓，从容不迫地姗姗走来，这景象是真是幻？"怅兰膏渍粉，尚留犀合；金泥蹙绣，空掩蝉纱"，眼前你润发用的香油，粉盒中残存的香粉，依旧在妆奁中静静地躺着；装饰用的金屑和没有绣完的绣品还放在那里。面对着这些你曾用过的东西，睹物思人，怎能不怅然心伤。真希望我们不是天人永隔，滞留天涯，即"影弱难持，缘深暂隔，只当离愁滞海涯"。希望你"归来也，趁星前月底，魂在梨花"。你能回到我身边，趁着这明月星空，在曾经相约的梨花树下与我相见。

"鸾胶纵续琵琶。问可及、当年萼绿华。""鸾胶"原是指凤凰嘴和麒麟角煎成的胶，用以黏合弓弩拉断了的弦，俗称丧妻男子再婚。"萼绿华"则是传说中的仙女名。纳兰在这里是想对亡妻说，新夫人纵使艳若三春牡丹，也比不过逝去的人儿——她在他的心中是"萼绿华"，天国芳蕊，远胜过人间富贵花。

"但无端摧折，恶经风浪；不如零落，判委尘沙"，如今让我无端经受这样的打击和风浪，早知如此，不如像尘沙一般四处飘零。"最忆相看，娇讹道字，手剪银灯自泼茶"，最令人伤神追忆的是你读错了字的娇柔之声，和那剪去灯芯，赌气泼茶的柔媚之态。如今一切美好都已结束，即使再次相见，也不是当时的样子了，"今已矣，便帐中重见，那似伊家"。

读罢这首词，我们便可感觉出容若对妻子深刻而又真切的爱，令人动容、叹惋。

南乡子（飞絮晚悠飏）

飞絮晚悠飏，斜日波纹映画梁。刺绣女儿楼上立，柔肠。爱看晴丝①百尺长。风定却闻香，吹落残红在绣床。休堕玉钗惊比翼，双双。共唼②苹花绿满塘。

注释

①晴丝：虫类所吐的、在空中飘荡的游丝。
②唼（shà）：吮吸。

赏析

与其他大量伤感、惆怅的词相比，纳兰容若这一首《南乡子》倒是显得清新可喜，词中"刺绣女儿"独立绣楼，怀春伤春的形象生动感人，羞涩中不乏泼辣，微愠下又怀柔情，宛若乡里邻家的俏皮女子。

这首词上阕描摹时景，"飞絮晚悠飏，斜日波纹映画梁"，傍晚时候，柳絮飘飞，落日斜映在池塘上，波影映照着有彩绘装饰的屋梁。"刺绣女儿楼上立，柔肠。爱看晴丝百尺长"，刺绣女儿伫立在绣楼之上,春怀寂寂、情意绵绵地看着空中飘荡的游丝。

下阕进一步描绘孤寂之情,"风定却闻香,吹落残红在绣床",风停了,却闻到飘落在绣床上的落花的余香。"休堕玉钗惊比翼,双双。共唼苹花绿满塘",池塘中的水鸟、鱼儿正成双成对地吮吸着满塘绿色的浮萍,女子小心翼翼地在侧旁观,心中暗暗说道:"千万莫让头上的玉钗坠落下来惊扰了它们啊!"

"刺绣女儿"那小心"休堕玉钗"的细节和怕"惊比翼"的心理,将她内心深处的怀春之情表现得愈加微妙和真实,与其说她怕惊吓到成双成对的鸟儿和鱼儿,倒不如说她从心底羡慕它们。

《饮水词》中写到怀春少女的作品并不多,但每一首读来都各有滋味。这些词作虽然也萦绕着一股淡淡的感伤和郁郁之情,但整体来说摆脱了容若其他悼亡词的愁肠百结、锥心刺骨之痛,让人能够比较轻松地阅读。

南乡子(何处淬吴钩)

何处淬吴钩①?一片城荒枕碧流。曾是当年龙战地②,飕飕。塞草霜风满地秋。

霸业等闲休。跃马横戈③总白头。莫把韶华④轻换了,封侯⑤。多少英雄只废丘⑥。

注释

①淬:淬火。吴钩:钩兵器形似剑而曲,春秋吴人善铸钩,故称,后也泛指利剑。
②龙战地:指古战场。
③跃马横戈:谓手持武器,纵马驰骋。指在沙场作战。
④韶华:美好的年华。
⑤封侯:封拜侯爵,泛指显赫功名。
⑥废丘:荒废的土丘。

赏析

这也可以算是一首悲凉满溢的边塞诗。

纳兰的一生中曾多次扈从康熙外出边塞,对边塞苦情有一定的了解。他既感慨于边塞风光的雄壮与辽阔,又对边塞的荒芜心生伤感。这首词便是后者的抒发。

那些曾经两军对峙万马奔腾的战场,曾经怨声载道民不聊生的城池,曾经被虎视眈眈的领土,如今已平静得只剩一片青冢,一丛衰草,一水绕绿。埋藏于青史的刀光剑影已渐渐暗淡,响彻云霄的鼓角铮鸣早已随风远去。碧云天如江南,黄叶地似京都,那凛冽的霜风横扫千里后才天下瑟缩着明白,已是边塞凉秋。

称霸诸侯的大业何时才能停下,那在沙场驰骋的年轻将士如今已慢慢白头,逐渐老去。不要轻易浪费美好的年华,而应当在有限的时间里完成显赫的功名。古往今来,多少英雄的身姿驻足于此,在茫茫大漠中留下了自己的足迹。

风萧萧兮易水寒,壮士一去兮不复返。多少忠魂埋骨他乡,却换得兴亡难定,盛衰无凭。英雄过气,青青河畔草掩映的或许只一座真伪难辨的衣冠冢。一世豪杰,一处废丘,一阵秋风过尽,谁人记得发冲冠?昔人已去,唯见水寒。

南乡子·捣衣（鸳瓦已新霜）

鸳瓦①已新霜，欲寄寒衣转自伤。见说征夫容易瘦，端相。梦里回时仔细量。
支枕②怯空房，且拭清砧就月光。已是深秋兼独夜，凄凉。月到西南更断肠。

注释

①鸳瓦：即鸳鸯瓦。
②支枕：将枕头竖起、倚靠。

赏析

古时捣衣，多在秋夜进行，试想一下，在一个寒冷的夜晚，四下悄无声息，只能听见萧瑟的砧杵声一下一下地响起，这是何等凄凉的意境。因此，在古典诗词中，"捣衣"往往用来表现征人离妇、远别故乡的惆怅情绪，而在这首词中，容若正是借捣衣这一动作，抒发了征夫怨妇的相思情怀。

"鸳瓦已新霜，欲寄寒衣转自伤"，词一开篇，作者就交代了时令，天气逐渐变凉，鸳鸯瓦上已经落满了秋霜，此时的思妇想要为远方的征人寄去冬天御寒的衣服，却又突然开始暗自伤怀。一个"转"字，说明妇人先前的心情并非"自伤"，但是一想到这砧板上的衣服是为远行在外的征人而捣，自然睹物思人，心中已是思念不已。

"见说征夫容易瘦，端相。梦里回时仔细量"，在这里，容若想象着思妇怀念征夫时所流露出的纤细感情：都说出门在外的人容易消瘦，不知道是否是真的，下次在梦里相见的时候一定要好好端详端详你。

但是思妇并没有入睡，因为"支枕怯空房"，所以她便"且拭清砧就月光"，女子独守空房，既倍感寂寞，也不免心生胆怯，无奈之下，她只好通过在月光下擦拭捣衣之石来消磨时光。而此时，"已是深秋兼独夜"，深秋独夜里，寒月、寒砧，伴随着一颗孤独寂寞的心，词到此处，我们似乎已经看到一个让人怜惜、同情的思妇形象跃然纸上。

尾句"月到西南更断肠"，进一步写出思妇内心中的相思愁苦。夜已经深了，又要与寂寞孤独相伴，连月亮都要落下了，怎能不叫我伤心断肠！

容若的这首思妇词写出了满纸的凄苦，可谓是一首"断肠"之作。

南乡子·柳沟晓发（灯影伴鸣梭）

灯影伴鸣梭①，织女依然怨隔河。曙色远连山色起，青螺。回首微茫忆翠蛾。
凄切客中过，料抵秋闺②一半多。一世疏狂应为著，横波③。作个鸳鸯消得④么？

注释

①鸣梭：梭子，织具。
②秋闺：秋日的闺房，指易引秋思之所。
③横波：比喻眼神闪烁流动，如水闪波。
④消得：值得、配得。

赏析

在这首《南乡子》中，纳兰容若自称"一世疏狂"，只想"作个鸳鸯"，这一番温情缠绵与风流性情令人心生向往，但无奈他的一生恰好与这单纯的愿望背道而驰。

纳兰容若在写这首词时，他的妻子卢氏还在世。或许是陪帝王巡狩，或许外出办差，纳兰因故与妻子有短暂的离别。上阕描绘了柳沟清晨晓发时的情景：这天他身在柳沟，天蒙蒙亮正待出发时，天际隐隐还有织女星在闪烁。"灯影伴鸣梭，织女依然怨隔河"，容若没有直接表达自己对妻子的思念之情，而是通过织女"怨隔河"来抒发情感。

"曙色远连山色起，青螺。回首微茫忆翠蛾"，破晓时，望见远处连绵的山脉，那耸立的青山，宛若闺中之人细而长的黛眉一般。这番想象便引发了作者在下阕的感叹："凄切客中过，料抵秋闺一半多"，只叹此生多在客中度过，与闺中人大半在别离之中，总是身为行役，但自己无时无刻不在盼望与闺中之人长相厮守，度过一生。

在这个痴情人的眼里，万千富贵，也抵不过红颜一笑，世人竞相追逐的荣华富贵，也抵不上闺中人闪烁流动、如水清澈的眼神，这便是"一世疏狂应为著，横波。作个鸳鸯消得么？"人们常说，才子"风流"，纳兰的这番表白可谓是风流中的极致。遗憾的是，纳兰的"疏狂"之愿最终还是落了空。

这首词不但流露出纳兰与恋人被迫分离的幽怨，同时，也是他厌倦仕途生涯，想要追求闲适生活的写照。

南乡子（烟暖雨初收）

烟暖雨初收，落尽繁花小院幽。摘得一双红豆子，低头。说着分携①泪暗流。人去似春休，卮酒曾将酹石尤。别自有人桃叶渡，扁舟。一种烟波各自愁。

注释
①分携：离别。

赏析

这又是一首抒写离愁别恨的词作。

"烟暖雨初收，落尽繁花小院幽"，首句描写了刚下过雨后的小院情景。风雨初晴，小院中落花满地，显得十分幽静。正所谓"一切景语皆情语"，在这种幽静的意境中，我们似乎能想象到分别在即的两人相对无语泪满眶的景象。

"摘得一双红豆子，低头，说着分携泪暗流"，古人常用"红豆"来象征爱情或相思，青年男女在确定终身大事时，也通常是以红豆饰品作为情物相赠情人。词里说，爱人采下两颗红豆，低头和词人说着分别的话语，说着说着，不禁泪流满面。

全词的上阕追忆往昔，下阕则描写别后幽情。"人去似春休，卮酒曾将酹石尤"，爱人离开之后，好像连春天也被他带走了，以酒践行时甚至祈祷船在行驶时能够遇上顶头风。"石尤"是容若化用的一个典故，相传古时有一个姓尤的女子，嫁给了一个姓石的商人，按照古代的习惯，她就被称为石尤氏。丈夫出外经商多年，未见归还，石尤氏便每天倚门而望，结果思念成疾，在临死时，她慨叹如果当年自己阻止丈夫远行，就不会落到今天的地步。于是，石尤死后，便化成一阵大风，替后来的妇人们阻止商旅远行的丈夫。容若用到这个典故，是说女主人公希望能够效仿石尤，化作大风阻止爱人远行。

但是天不遂人愿，女主人公的愿望终究破灭，爱人最终乘船离去，分开的两人只能独自品尝自己的忧愁。"桃叶渡"泛指送行之所，相传东晋著名书法家王献之曾宠爱一名叫"桃叶"的小妾，她时常往来于秦淮两岸，与王献之相会，王献之害怕她出意外，常常亲自在渡口迎送，并为之作了一首《桃叶歌》。从那以后，渡口名声大噪，久而久之，也就被称呼为桃叶渡了。

淡淡的白描，平实如话，真实地传递出女主人公在爱人即将远行时内心中所表露出的愁苦之情，读后别有一番韵味。

南乡子·为亡妇题照（泪咽却无声）

泪咽却无声，只向从前悔薄情。凭仗丹青重省识，盈盈①。一片伤心画不成。别语忒分明。午夜鹣鹣②梦早醒。卿自早醒侬自梦，更更③。泣尽风檐夜雨铃。

注释
①盈盈：形容举止、仪态美好。
②鹣鹣（jiān jiān）：鸟名，即鹣鸟，比翼鸟，似凫，青赤色，相得乃飞。比喻夫妇情谊。
③更更：一更又一更，指整夜。

赏析

卢氏死后，痴情的容若就陷入无尽的哀伤之中，不分白昼夜晚，他的脑海中全是亡妻的身影。有一天，他突然有所解悟，自己该给亡妻绘一幅肖像了，这样就可以永远与她相会相伴。只可惜丹青未染，已泪眼盈盈，心中又生出无数感慨。于是，这首恰如杜鹃啼血、令人不忍卒读的悼亡词就产生了。

"泪咽却无声，只向从前悔薄情"，这句从字面上解释是说：词人无声地呜咽着，他在为自己以前的薄情而后悔。其实，"薄情"并非真的薄情，只不过卢氏死后，容若在这一沉重打击之下，变得十分惘然，他的内心极度悲痛，却找不到倾泻的对象。在这种情况下，他只能无奈地自责，他后悔当初没有多抽出一些时间陪伴在妻子的身边，后悔当初没有更好地对待妻子，不断的自责让容若产生了极强的负疚感，因此他才会自悔薄情。

为了排解这无边无际的痛苦，容若开始寻求解脱的办法，即"凭仗丹青重省识，盈盈"，他想要为亡妻绘一幅肖像，最终却是"一片伤心画不成"，可见，卢氏的故去，已经使容若伤心到了极点。既然人鬼殊途不能再见，内心的痛苦又无法排遣，容若索性把希望全部寄托在梦幻中，想象着在梦中与妻子相会。于是他写道"别语忒分明。午夜鹣鹣梦早醒"，天还没亮，与你双栖双飞的美梦就醒了，但分别时的言语仍然十分清晰分明。

"卿自早醒侬自梦"可谓是传神的一句，容若想象着妻子的早逝或许是在脱离苦海，她已经醒了，而我自己却仍然在苦海中饱受煎熬，仍然沉浸在梦中。尾句"泣尽风檐夜雨铃"化用典故，马嵬兵变后，杨贵妃被缢死，在平定叛乱之后，唐玄宗北还，一路戚雨沥沥，风雨吹打在皇鸾的金铃上，玄宗此时想起往事，于是写下一首《雨霖铃》来悼念杨贵妃。容若借用来表示自己虽然肉体仍然存在，但是内心其实早就已经死了。

多情的容若词以情为根本，写下这首缠绵悱恻、凄楚动人的词作。此时的他似乎已经忘却了自我，而将整个生命投入对死者的怀念之中，全词可谓是字字情牵，句句肠断，读之催人泪下。

南乡子·秋莫村居（红叶满寒溪）

红叶满寒溪①，一路空山万木齐。试上小楼极目望，高低。一片烟笼十里陂②。吠犬杂鸣鸡，灯火荧荧③归路迷。乍逐横山时近远，东西。家在寒林④独掩扉。

注释
①寒溪：寒冷的溪流。
②陂：山坡。
③荧荧：灯光闪烁的样子。
④寒林：秋冬的林木。

赏析

普通的暮秋山水田园风光，在纳兰笔下，总能于有声有色、亦动亦静间散发出空旷寂寥的味道。于是，一幅极具透视效果的风景画便跃然纸上。

题注为"秋莫村居"，所谓秋莫即是秋暮。"莫"与"暮"是古今字，即古字表假借义，今字表本义。"莫"的古字是形象日落草莽之中，本义为昏暮。红叶是北国深秋的标志。当累累果实收获殆尽、世间万物开始褪去繁华始见萧条的时候，唯一能带来亮色的大概就是这山野间曼妙的红枫。然此时此刻，"红叶满寒溪"，这预示着寒冬将至，一年即将走到尽头。

枫叶落下，深秋的帷幕也算真正地落下了，一时间满山树木尽是枝丫，正是"万木齐"的"空山"。容若自山外进入山间小村之时沿途所见无非是些光秃秃的枝干，相信以他的敏感多情定会在心中默默感慨"善万物之得时，感悟生之行修"吧。

自古多情伤离别，更那堪冷落清秋节。在这样肃穆的季节离去，内心的凄迷可想而知。回首遥望连山，看着它们近了又逐渐远去，只有寒林深处中那可称之为"家"的归宿掩映在迷蒙的远山背后，孤孤单单，遗世独立，"试上小楼极目望，高低。一片烟笼十里陂"。

这首《南乡子》着眼深秋的清冷凄婉之意境，少了一丝淡漠，多了一层怅惘，真真是应时、应景之作，发自容若之肺腑心声。

水龙吟·题文姬图（须知名士倾城）

须知名士倾城，一般易到伤心处。柯亭响绝，四弦才断，恶风吹去。万里他乡，非生非死，此身良苦。对黄沙白草①，呜呜卷叶，平生恨、从头谱。

应是瑶台②伴侣。只多了、毡裘夫妇。严寒觱篥③，几行乡泪，应声如雨。尺幅重披④，玉颜千载，依然无主。怪人间厚福，天公尽付，痴儿騃女⑤。

注释

①黄沙白草：形容边塞的荒凉景象。
②瑶台：美玉砌的楼台。亦泛指雕饰华丽的楼台，指传说中的神仙居处。
③觱（bì）篥（lì）：古代的一种管乐器，形似喇叭，以芦苇为嘴，以竹做管，吹出的声音悲凄，羌人所吹。
④尺幅：指小幅的纸或绢，泛称文章、画卷。披：披露、陈述。
⑤痴儿騃（dāi）女：指天真无知的少男少女。

赏析

在赏析这首词之前，我们首先要了解一下蔡文姬。

蔡文姬的父亲是大名鼎鼎音乐家蔡邕。文姬在父亲的熏陶下，既博学能文，又善诗赋，兼长辩才与音律。她的丈夫卫仲道更是一名才子，夫妇两人恩爱非常，可惜好景不长，不到一年，卫仲道便因咯血而死。当时正处东汉末年，军阀混战，北方匈奴趁机掠掳中原一带，蔡文姬与许多被掳去的妇女一齐被带到南匈奴。

容若的这首题画之作，正是描写文姬被掳时的情景。

"须知名士倾城，一般易到伤心处"，这句中的"倾城"应解释为美女，首句的意思：名士与美女都有一个共同的特点，那就是多情而敏感，他们最容易生愁动感。

接下来，在"柯亭响绝，四弦才断，恶风吹去"这句中，容若提到两个典故。

相传蔡文姬的父亲蔡邕避祸于江南，有一次宿于柯亭，看到这里的椽子是用竹子做成的，于是将其买下，制成笛子后，音色十分优美。"柯亭响绝"的意思是说蔡邕已经逝去，人们再也听不到美妙绝伦的笛声了。

蔡文姬受父亲的熏陶，很小就精通音律，能通过断弦的声音判定是第几根弦。一开始，蔡邕还不以为然，为了证明自己的判断，他有意弄断另一根琴弦，蔡文姬又准确地指出是第四根，因此后人也称蔡文姬为"四弦才"。在这里"断"有断弦之意，"四弦才断"暗指蔡文姬经历了丧夫之痛。

了解了以上两个典故后，其他词句就显得平白如话，十分容易理解了，"恶风吹去"指的是蔡文姬被匈奴掳去的事实。随后，容若对蔡文姬赴漠北的情景进行了描写，并对其"万里他乡，非生非死，此身良苦"，"玉颜千载，依然无主"的悲惨命运表示了哀叹和同情，最后三句更是对老天让那些"痴儿呆女"偏得"人间厚福"发出了不平的慨叹。

此外，有的词学家联系当时的时代背景，认为这首词乃是一首借题发挥之作，是容若借蔡文姬为顾贞观的好友吴兆骞鸣不平，这种解读也有一定的道理。

水龙吟·再送荪友南还（人生南北真如梦）

人生南北真如梦，但卧金山①高处。白波②东逝，鸟啼花落，任他日暮。别酒盈觞，一声将息，送君归去。便烟波万顷，半帆残月，几回首、相思苦。

可忆柴门深闭，玉绳低、剪灯夜雨。浮生如此，别多会少，不如莫遇。愁对西轩，荔墙叶暗，黄昏风雨。更那堪、几处金戈铁马③，把凄凉助。

与其在回忆中痛苦挣扎,不如转身睡去,让梦境和睡眠赶走孤寂。

清 袁江《骊山避暑图》

誓言是开在彼岸的花朵，遥看美丽异常，但却无法触及。

陈枚图

注释

①金山：山名，在江苏镇江西北。这里代指严绳孙的家乡。
②白波：白色波浪，水流，此处喻指时光。
③金戈铁马：金属制的戈，配有铁甲的战马。指战争。

赏析

纳兰是个至情至性的人，纳兰词中所表露出的情感，无论是恋情、夫妻情、友情，无一不是体现了一种痴的情怀。本篇是为严绳孙南归所赋的赠别之作，其实在这首词填写的同时，纳兰还有四首诗词赠别绳孙，故此处说"再送"。

纳兰起笔不凡，"人生南北真如梦"一句抛出了"人生如梦"这等千古文人常叹之语，其后接以他总挂在嘴边的归隐之思，令全词的意境在开篇时便显得空远阔大。"白波东逝，鸟啼花落，任他日暮"，白描勾勒出的情景或许是此时，也或许是想象：看江水东流，花开花落，莺歌燕语，任凭时光飞逝，这是何等惬意。

在这样逍遥洒脱的词境中，纳兰叹道，"别酒盈觞，一声将息，送君归去"，点出了别情。自古送别总是断肠时，古时不比如今，一别之后或许就是此生再难相见，因而古人或许在自己的生死上能阔达一番，却也总对与友人的离别无可奈何。

眼前你我离别之情充满了酒杯，只能一声叹息，送你离去。而离去之后，天地便换了风光，"便烟波万顷，半帆残月"，岂止是送行人，远行人自身亦是满腔悲愁，的的确确就像纳兰说的，"几回首、相思苦"。

下片首句转入了回忆，"可忆柴门深闭，玉绳低、剪灯夜雨"，"玉绳"是星名，通常泛指群星，这里的意思是说忆起柴门紧闭，斗转星移，夜雨畅谈的时光。之后的一句，多少可以看出纳兰的一些悲观情绪。他说，"浮生如此，别多会少，不如莫遇"，这话说得实在悲凉，人在时间面前终归是渺小的，时间不可逆转正是种种迷惘痛苦的根由。

"愁对西轩，荔墙叶暗，黄昏风雨"转笔又是白描写景，如今离别，又兼愁风冷雨，四字小句层层将气氛层层渲染开去。倒是篇末一句，有种不同于前面词句的雄浑苍凉的味道，"更那堪、几处金戈铁马，把凄凉助"，将国事与友情融为一体，使得这首词境界阔大了不少。

纳兰填完此词一个月后，便溘然长逝了。这次离别之后，两人也便真的没有了再次相见的机会。隔着时间的长河，凝聚在词句中这种怆然伤别的深挚友情依旧令人感叹不已。

齐天乐·上元（阑珊火树鱼龙舞）

阑珊火树鱼龙舞，望中宝钗楼①远。鞯鞨②余红，琉璃剩碧，待属花归缓缓。寒轻漏浅。正乍敛烟霏③，陨星④如箭。旧事惊心，一双莲影藕丝断。

莫恨流年似水，恨消残蝶粉，韶光忒贱。细语吹香，暗尘⑤笼鬓，都逐晓风零乱。阑干敲遍。问帘底纤纤，甚时重见？不解相思，月华今夜满。

注释

①宝钗楼：唐宋时咸阳酒楼名，指歌楼酒肆。

②靺鞨（mò hé）余红：红，又称芽，即红玛瑙。相传产于靺鞨国，故名。
③烟霏：云烟弥漫，烟雾云团。
④陨星：流星，代指燃放之烟火。
⑤暗尘：积累的尘埃。

赏析

"阑珊"一词，极易引人遐想，好似繁华一片，热闹非凡的场景。但是，这首词看似写热闹，其实，是在写热闹生出的寂寞心事。

"阑珊火树鱼龙舞"，首句便道出上元节夜里的繁华景象。元宵佳节，家人团聚，上街观灯赏花，好不热闹。而后一句"望中宝钗楼远"，意在指明热闹过后的寂寥愈发寂寞。所谓"宝钗楼"是指歌楼酒肆，这里是描写元宵节欢度之后，人们逐渐散去的场景。那些本来还人满为患的酒肆饭庄，忽然之间就成了空阁，看到这些，容若内心不禁一阵寂寥。

"靺鞨余红，琉璃剩碧，待属花归缓缓。"容若的词一向讲究意境之美，这首词也不例外，花灯闹市间的花花绿绿，远看起来，仿佛琉璃般星星点点，十分美丽。可惜，这美丽只是一晚上的光阴而已，在夜深时分，随着夜深人静，这花灯会熄灭，这美丽也会暗淡。这世间没有什么能够长久的美丽。

"寒轻漏浅。正乍敛烟霏，陨星如箭。"容若总是能轻而易举地就从美好的事物中抽身出来，想到凄惨的过往，元宵佳节，本是赏灯愉悦的日子，可是在观赏完花灯之后，容若却又想起了过去。

在美丽的夜色中，"旧事惊心，一双莲影藕丝断。"夜已深，寒意袭人，漏壶的水也快要滴完了。突然见到一双莲花形的灯影，于是陈年旧事被勾起，如同烟花般骤然升起，并迅速扩散，令人心惊，又令人情思难断。

红颜已逝，岁月不饶人，想当日的大好青春时光，是多么的意气风发，可现而今，却是人老心老，已经完全找不到当日的影踪了。容若暗暗苦闷，这便是"莫恨流年似水，恨消残蝶粉，韶光忒贱"。

想你当时细声细气的谈笑，吐气如兰，如今我却是两鬓生尘，散落在清晨的寒风里。寻遍栏杆，那帘下的纤纤丽人，何时还能再见？"细语吹香，暗尘笼鬓，都逐晓风零乱。"这词里每一句都透露出容若内心的烦忧，与相爱的人相隔千里不能见面，这份痛楚不是人人都能够理解的。

"阑干敲遍。问帘底纤纤，甚时重见？""纤纤"本是形容小巧、细长而柔美，这里代指所思念的女子。什么时候才能够与心中思念的人重相见，容若是在问自己，也是在问苍天。可是，他的痛苦只有他自己知道，因为月亮不知道人的相思，偏偏要在今夜团圆。

"不解相思，月华今夜满。"真是天不知人情恨，偏偏要圆月捉弄，这人间世的情恨，是否果真滑稽如斯？

齐天乐·洗妆台怀古（六宫佳丽谁曾见）

六宫佳丽谁曾见，层台尚临芳渚①。露脚②斜飞，虹腰欲断，荷叶未收残雨。添妆何处，试问取雕笼，雪衣分付。一镜空蒙，鸳鸯拂破白蘋去。

相传内家结束，有装孤稳，靴缝女古。冷艳③全消，苍苔玉匣④，翻出十眉遗谱。人间朝暮。看胭粉亭西，几堆尘土。只有花铃，绾风深夜语。

注释

①层台：重台，高台。芳渚：长有芳菲花卉的水边。
②露脚：露滴。
③冷艳：形容花耐寒而艳丽，也指耐寒而艳丽的花或人物冷傲而美艳。
④玉匣：玉饰的匣子，亦指精美的匣子，汉代帝王葬饰，亦赐大臣，以示优礼，即所谓"金缕玉匣"。

赏析

这阕词，源自一个误会。

这首词里，纳兰容若游历的这座洗妆台是金章宗为李妃所建，位于北京北海的琼华岛上。但是不知出于什么原因，当时的人们都以为那是辽萧太后的梳妆楼，还有不少人去凭吊吟咏，纳兰性德就是其中之一。所以，这阕《齐天乐》有些版本的附标直接记作"辽后洗妆楼"，这也是为何说它源自一个误会。

纳兰在古迹前怀想起先人往事，不禁抒发起心中的感慨与情怀。"六宫佳丽谁曾见，层台尚临芳渚"，往日那六宫中美丽的皇后妃嫔早已消逝，谁又见到过呢？而今只有这太液池畔高高的楼台依稀尚存。"露脚斜飞，虹腰欲断，荷叶未收残雨"，雨脚斜飞，水漫拱桥，荷叶田田，残雨潇潇，眼前是一片迷蒙的景象。"添妆何处，试问取雕笼，雪衣分付。一镜空蒙，鸳鸯拂破白蘋去。""雕笼"是指雕刻精致的鸟笼。"雪衣"泛指某些白色的鸟类，这里指白鹦鹉。要问在何处添妆，只有笼中的鹦鹉能够回答。眼前只有一片空蒙碧水，鸳鸯游荡于白水之间。

"相传内家结束，有装孤稳，靴缝女古"，"内家"指皇宫宫廷，这一句是说辽代宫中曾以玉饰首，以金饰足，而不再采用汉家宫中的装束样式。如今"冷艳全消，苍苔玉匣"，如今繁华落尽，玉匣生苔，从中翻出唐代的《十眉图》，即"翻出十眉遗谱"。"人间朝暮"，人间变换只在朝夕之间。"看胭粉亭西，几堆尘土"，看那曾经的胭粉亭中已是尘土堆积，"只有花铃，绾风深夜语"，只有护花铃还摇曳在深夜的风雨之中。

身处六宫的皇后和嫔妃，都有一个炽热的、高潮迭起的人生。她们的生命犹如烟花般绚烂，却在绽放之后销声匿迹。从某种程度上说，她们与朝开夕败的花朵没有什么不同——只是与它们的生命相比，她们的青春、生命可能更为绵长、久远一些——不过，她们一样不能拥有"永远"。

齐天乐·塞外七夕（白狼河北秋偏早）

白狼河北秋偏早，星桥又迎河鼓①。清漏频移，微云欲湿，正是金风玉露。两眉愁聚。待归踏榆花，那时才诉。只恐重逢，明明相视更无语。

人间别离无数。向瓜果筵前，碧天凝伫。连理千花，相思一叶，毕竟随风何处。羁栖②良苦。算未抵空房，冷香③啼曙。今夜天孙④，笑人愁似许。

注释

①河鼓：星名，属牛宿，在牵牛之北，一说即牵牛。
②羁栖：滞留他乡。
③冷香：指花、果的清香或清香之花，代指女子。
④天孙：星名，即织女星，指传说中巧于织造的仙女。

赏析

这首词大概作于清康熙十五年（公元1676年），这一年容若第一次随圣驾出巡塞外，因此远离亲人，独过七夕。天上的相聚与人间的分离恰好形成鲜明的对比，多情善感的容若自然也就生出许多感慨。

"白狼河北秋偏早，星桥又迎河鼓"，一开篇，词人就直入主题，白狼河的秋天来得格外的早，又到了牛郎织女鹊桥相会的日子，而自己此时却离家远行，羁留塞外，这种强烈的反差让容若的心中顿生愁苦。"星桥"即是神话中的鹊桥，"秋偏早""又迎河鼓"都是说时间过得飞快。

接下来词人紧接"星桥又迎河鼓"所述的神话故事，描写了牛郎织女相会的环境，"清漏频移，微云欲湿，正是金风玉露"，时间在不知不觉中流逝着，天空的白云似乎也沾上了一丝湿气，这秋风白露相逢的初秋时节，牛郎织女又一次相聚在一起。"金风玉露"指秋风和白露，在这里指代秋天。

上阕最后五句，词人转说自己，天上的神仙已经相聚，可是人间的自己呢？想到自己独自一人羁留塞外，容若不禁双眉紧锁，心中也升起了一缕乡愁。但词人知道，面对这种现状他无力改变，他不可能违抗圣命，悄悄回到家中，所以他就把希望全寄托在来日："待归踏榆花，那时才诉。"容若希望等到来年春天能够踏上回家的路，见到妻子后再向她诉说衷肠。

随后词人又进一步想象到见面时的情景，"只恐重逢，明明相视更无语"，只怕相逢的时候，明明四目相对，却仍旧相顾无言。这里并不是说容若与妻子的关系不好，以至于重逢后却无话可说，而是流露出一种"此时无声胜有声"的意境。也只有恩爱的夫妻，才会有这种含情脉脉的无声语言。

下阕首句"人间别离无数"起到了承上启下的作用，而"向瓜果筵前，碧天凝伫"写的是乞愿这一仪式。在七夕之夜，人间女子会夜食瓜果，举头仰望碧天，默默祈福。

"相思一叶，毕竟随风何处"，容若悲观地认为，像连理枝一样的恩爱夫妻，像红叶题诗一样的佳缘都只是传说，就如同随风飘转的事物一样，不可捉摸。

接着容若又联想到自己，发出"羁栖良苦。算未抵空房，冷香啼曙"的感慨。羁旅虽苦，想来也抵不上家中伊人独守空闺，相思成灾之苦，这里两苦相比较，强化了一苦，从而表现出容若对独守空房的妻子的关怀。

全词的结尾又重新写到天上，"今夜天孙，笑人愁似许"，通过一年只能与牛郎相见一次的织女也笑话人间有如此的离愁别绪做对比，进一步凸显人间夫妻分离的忧愁痛苦，我们读到此处，恐怕会也被词人所感动而潸然泪下。

眼儿媚（林下闺房世罕俦）

林下闺房世罕俦，偕隐足风流。今来忍见，鹤孤华表，人远罗浮。
中年定不禁哀乐，其奈忆曾游。浣花微雨，采菱斜日，欲去还留。

赏析

纳兰这首词，表面上看像是首馈赠之词，写给一位隐居的友人，赞扬他对生活的田园之态，而字句之中，却表露了词人对退隐凡尘、隐居林下生活的向往。

"林下闺房世罕俦"，"林下"本指山林田野的隐居之处，而后"林下风气"被理解为是对妇女的赞美之词，与闺房之秀意义相差不远。"偕隐足风流"，"偕"字，作"一同"解，有"执子之手，与子偕老"之意。这两句谓夫妻二人一同隐居山林，知足保和，风流自适。

后一句"今来忍见，鹤孤华表，人远罗浮"则大量用典。先是有"忍见"，"忍"字同"认"，即认识、识别之意，有"夫国之疑二三子，莫忍老臣"之说。再有描述夫妻的隐居生活，即"鹤孤华表"，取鹤生性孤高的特点，词中意为远隔世事，居住在这装饰华美清丽的房子里。"罗浮"之说，取自一则传说：当年隋代赵师雄在罗浮山与一位身上芳香袭人的女子一同饮酒。这女子语言清丽，令人神迷，两人相谈甚欢，然后慢慢醉去。待到赵师雄酒力褪去，神志清醒之后才发觉，原来竟是醉倒在这大梅树之下。往后，咏梅之词，就多见罗浮之典。纳兰用它，意指往日荣华。

所以，这阕词是在说，如今亲眼目睹你们隐居仙境，风景撩人，看见你们住在这华美的房子里，远离尘世的浮躁虚名，安宁闲适，着实令人艳羡不已。友人的生活情趣和风度，叫纳兰敬佩又羡慕，赞美之词发自肺腑，仿佛远罗浮的田园风光，他也能沾点光来。

下片之言，极尽赞美，说到这自然美景，必会时时回想，感到美好。"中年定不禁哀乐，其奈忆曾游"，到中年的时候，我肯定会因为曾经来到过这么美丽的地方而禁不住悲伤起来，同时，我又会感到十分幸福和快乐，因为这里有过我美好的回忆。"浣花微雨，采菱斜日"，"浣花""微雨""采菱""斜日"，都是生动的自然景致，一派田园安详的美好乐土之态。最后，词人发出感叹："欲去还留。"这耕种之福，直叫人嫉妒不已，怎么也看不够。

这首词既有赞美友人的豁达之心，又能坦言自身对隐居无限向往，可谓一词双关。

眼儿媚·咏红姑娘（骚屑西风弄晚寒）

骚屑西风弄晚寒，翠袖倚阑干。霞绡裹处，樱唇微绽，靺鞨红殷。
故宫事往凭谁问？无恙是朱颜。玉墀争采，玉钗争插，至正年间。

注释

①玉墀（chí）：宫殿前的石阶。

赏析

纳兰之心，细致到微小的野果亦能勾起忧虑重重。

红姑娘一物，指的是元代棕榈殿前曾种植的野果。"骚屑西风弄晚寒，翠袖倚阑干"，"骚屑"意为风声，西风瑟瑟惹得些微寒意，翠袖斜倚阑干，清清朗朗的，红姑娘好似少女般温婉可爱。"霞绡裹处，樱唇微绽，靺鞨红殷"，"霞绡"即花冠。花冠似有丝织之感，美艳轻柔，殷红之色视同红玛瑙，红姑娘形色甚是好看。

行文至此皆是刻画红姑娘之态，读来惹人喜爱，可以想象一片葱郁之景，引得人心随它沉醉在一片风情之中。故前半部分基调积极，呈现的多是欢愉。

但至下片语意顿转，质问"故宫事往凭谁问"，霎时转为沉重的历史之思，洋溢的许是悲苦之意。朱颜无恙，过往何存？野果如今还依稀尚存，葱葱郁郁美好地保留着，点缀着同是这个世间，当年王朝却早已沦为陈迹。

依稀只记得当年元代至正年间，宫殿前的红姑娘争相娇艳，宫中女子争相采摘插戴，一派活泼场面。而今只留萧条旧宫，美景依旧，对比之下更显得寥落，即"无恙是朱颜。玉墀争采，玉钗争插，至正年间"。

今昔之别，变迁之苦，而今之世，也不知能否安定。扼腕之痛，忧心之苦，郁结之人，只能轻轻问道："故宫事往凭谁问？"如此就足够引人哀愁万分。

眼儿媚·中元夜有感（手写香台金字经）

手写香台①金字经，惟愿结来生。莲花漏转，杨枝露滴，想鉴微诚。
欲知奉倩神伤极，凭诉与秋擎②。西风不管，一池萍水，几点荷灯。

注释

①香台：烧香之台，佛殿之别称。
②秋擎（qíng）：在秋日里拱手跪拜。

赏析

根据旧俗，每年农历的七月十五，即中元节这天，百姓会在水面上放荷灯，以祭奠亡灵。纳兰作此词时卢氏刚亡故不久，此时，正值祭祀之日，想想近年陪伴之人，恍然成了吊唁之人，他怎能不伤感。

"手写香台金字经，惟愿结来生。"伤怀处，纳兰亲手用金泥抄写金字经，即佛经，一遍一遍，虔诚写那经文，絮絮地祈求，唯愿来生，还能与其再续今生之缘，再结连理。自妻子卢氏亡故以后，纳兰对佛学的研究愈加痴迷。也难怪，困于情伤，痛于生死，自会萌生净化、自慰之心。痴情无奈，苦困相思，只能反复苦写不停，企盼那来世之缘，精诚所至。

"莲花漏转，杨枝露滴，想鉴微诚"，只想数着莲花漏的漏滴、杨枝的露水，表明我的心意，一分一厘，都是诚恳深情，真诚祈求。莲花漏是古时计时器之一，杨枝水比喻的是能使万物复苏的甘露，这里表达的是词人深切的愿望。纳兰诚心的祈望，正似这漏滴点点，掷地有声，深情款款。

"欲知奉倩神伤极，凭诉与秋擎"，要知道我诚心供奉，伤痛之至，也只能拱手跪拜，苦苦祈求。"秋擎"是拱手跪拜虔诚祈祷之意，表现出纳兰的痴情与诚挚。

最后一句，更是让人悲恸万分。"西风不管"，"不管"一词，读来倍感西风无情。"一池萍水，几点荷灯"，又甚是孤寂，"萍"是水上漂浮不定的浮萍。此处，纳兰暗比自己是无根之萍，只得漂荡于这无边的惆怅中。爱人已故，自己唯似漂泊客。

无情的西风，和寂寥的池中荷灯很是不协调，却总有些抑郁在心头。这收束之语，说得无限清冷，却自有冷语之妙、无情之风，反倒让荷灯秋水，带上了更悲恸的思念。

吾心有情，流光无情。

唐多令·雨夜（丝雨织红茵）

丝雨织红茵，苔阶压绣纹。是年年肠断黄昏。到眼芳菲都惹恨，那更说，塞垣①春。

萧飒②不堪闻，残妆拥夜分③。为梨花深掩重门。梦向金微山下去，才识路，又移军④。

注释

①塞垣：本指汉代为抵御鲜卑所设的边塞，后亦指长城，边关城墙。
②萧飒：形容风雨吹打草木所发出的声音。
③残妆：亦作"残装"，指女子残褪的化妆。夜分：夜半。
④移军：转移军队。

赏析

《唐多令》的副标题是雨夜，看来这首词是写雨夜相思，描摹闺人思"我"的情景。

夜晚平静，只听得雨声稀朗，在这个平静但又不平静的夜晚，容若看着庭院里的细雨，看着雨中娇艳的花朵，满眼都是春愁。"丝雨织红茵，苔阶压绣纹。"从这句词中可以看出当时的雨并不大，细细密密地落下，仿佛容若细细密密的愁绪，而庭院也因为这雨蒙上了朦胧的色彩，非常动人。

"是年年肠断黄昏。"他每年的日子都是这样简单乏味地度过，就如同现在，从黄昏过渡到黑夜，毫无生机可言。夜色朦胧，随风而飘落的枝叶落在庭院里，看着给这个春天的夜晚添加了几分愁绪。

"到眼芳菲都惹恨，那更说，塞垣春。"这一句将容若内心的感受写得更深，欣赏春景本该是快乐的，但是容若的，眼前天暗无光，只有晚风疏雨翻乱庭院里的花草树木，还有阵阵的风声，让人感到一阵颤抖。

本来，看到满眼的芳菲应当是高兴的，但容若极度低沉。上片就这样在容若的落落寡欢中结束。而下片一开始，也没有打破这春天夜色中沉闷的气氛。"萧飒不堪闻，残妆拥夜分。"为了不听到雨声，不去感受到这悲凉的气氛，容若便拥着被子要睡着，或许只有梦境中，才是安全的地方。

这句话借以说明作者的沉忧和孤独感，可是心里慌乱了，哪里还有安全的港湾呢？"为梨花深掩重门。"为了不让梨花飞落，便紧紧关闭了房门。到底还是在自己营造的这样一个安全的环境中睡过去了。容若在睡梦中，看到了有人征战沙场，但他刚刚赶过去，那个人就忽然不见了。

"梦向金微山下去，才识路，又移军。"容若梦中的这个人是谁，为何会被他放置到这样一个梦境中，容若并没有过多的解释，他的梦境在那个人的消失之后，便停止了，而这首词，也就此打住了。

结尾的这句留给人们无尽的遐想，容若在屋中倚枕而卧，难以入睡。但见雨夜之中，屋宇飞檐，投影于地，模糊不清。这一番情景梦境的描绘，虽然容若最后在词中没有点透彻，但这就为读者留下了充分的想象空间，给人以意蕴深长之感。

唐多令（金液镇心惊）

金液镇心惊，烟丝似不胜。沁鲛绡湘竹无声。不为香桃怜瘦骨，怕容易，减红情①。

将息报飞琼②，蛮笺署小名。鉴凄凉片月三星。待寄芙蓉心上露，且道是，解朝酲。

注释

①红情：犹言艳丽的情趣。
②将息：保重、调养。飞琼：许飞琼，传说中的仙女名，西王母的侍女，后泛指仙女或美丽的女子。

赏析

这首名为《唐多令》的词，用众多典故，抒发了容若那个时候朦胧忧伤的心情：美酒喝过了，平静的心为之惊动，连那轻缓的香烟也仿佛承受不了。手帕上沁满了泪痕，连那满是泪痕的湘妃竹也默默无声。不贪恋那如仙境一般的境界，而是怜爱那仙女一般的人，怕的是容易消减了爱情。在信笺上写下诗句，签上小名，送与天上的仙女报声珍重。明镜一般的天空，弯月明星，倍觉凄凉。待我寄去荷花上的露水，让它宽慰你那如醉如痴的相思。

"金液"是古代的术士们炼成的一种丹液，谓服之可以成仙，也用来喻美酒。在这里容若自然是用词替代美酒，借酒消愁，故而开篇第一句为"金液镇心惊，烟丝似不胜"。喝过酒后，心情便不再平静，内心无法安抚躁动的情绪，看到屋内点燃的檀香所散发出来的烟雾，都感到变得不那么轻缓了。

眼前的世界，在酒精的作用下，变得有些不一样了。喝过酒之后，容若继续写道："沁鲛绡湘竹无声。"鲛绡是传说中鲛人所织的绡，亦借指薄绢、轻纱，容若的这首词中，代之手帕，手帕上的泪痕斑斑，那是容若伤心时留在上面的证据。

醉酒之后，再次拿出手帕，心里头的愁绪更添一层。容若为何哭泣，他在下一句中给出了答案："不为香桃怜瘦骨，怕容易，减红情。"他并非是贪恋红尘，而是为爱情哭泣，他的爱情离他而去，他才会如此痛苦，借酒消愁，痛哭流涕。

这个真性情的男人，在词中丝毫不隐晦自己的脆弱，如何能看出容若是为爱情哭泣的呢？在词中的"香桃"二字，就是缘由。香桃指仙境里的桃树，比喻女子的坚贞风骨。容若不是贪生怕死，而是怜爱那仙女一般的人物，红颜容易消逝。

上片悲悲切切地结束后，容若在下片的情绪稍微有所缓和，"将息报飞琼，蛮笺署小名"。这里所提到的"飞琼"典故，在之前的词句中有所解释，这是后人泛指仙女或者美丽女子的代称，容若是说要给仙女捎个口信，让她不要在相思中苦了自己。

或许，这是容若对自己说的话，只不过借着安慰仙女，用词句表达了出来。"鉴凄凉片月三星。待寄芙蓉心上露，且道是，解朝酲。"容若看似宽慰仙女，其实是宽慰自己，今朝有酒今朝醉，何必去管昨日明日的事情呢？

容若也只能这样想了，在无尽的相思中，如果不用酒精去麻痹自己，那这漫漫长夜，又该如何才能安然地度过呢？

唐多令·塞外重九（古木向人秋）

古木向人秋，惊蓬①掠鬓稠。是重阳何处堪愁？记得当年惆怅事，正风雨，下南楼。

断梦几能留，香魂②一哭休。怪凉蟾空满衾裯。霜落乌啼浑不睡，偏想出，旧风流。

注释
①惊蓬：疾飞的断蓬，喻行踪漂泊不定。也用来形容散乱蓬松的头发。
②香魂：美人之魂。

赏析

这首词写在塞上重阳伤感：深秋重阳，蓬草连飞，塞外一派萧疏荒凉，触动了离愁与相思。记得当年重九日的往事，你在风雨之中走下南楼。梦断忆梦，梦中你音容宛然，却一哭而别，好梦醒了。都怪那清冷的月光，照得满床清辉，把梦惊醒。窗外满地霜华，城乌夜啼，反反复复不能入眠，于是想起以前的风流旧事，愈加愁怀难耐。

"古木向人秋，惊蓬掠鬓稠。"写秋季景象，容若看到了一叶落知天下秋，他将荒凉写入词中，秋季不需要去描述，只要侧耳倾听那静寂无声的野外，就能够听到秋季寂寞的声音从耳边飘过。这声响不是来自树间，不是来自风声，而是来自于容若的内心深处，那一抹寂寞发出的声响。

"是重阳何处堪愁？"一处反问，由重阳感到神伤，由秋声而感知寒意。这里的何处堪愁，用到了极致。愁在何处，何处又有愁？秋季时节，孤寒处境，心意难平。而后由这眼前的事物，想到了往日的情景，"记得当年惆怅事，正风雨，下南楼"，兼写物境与心境，二者相得益彰，令词义在此融洽。

空荡的阁楼上，风雨之中，容若思念的那个人走下楼梯，步履轻盈。至于这个人是谁，无从说起，也无须说起。上片在一位女子的脚步声中轻柔结束，这段描写感情细腻，色泽绮丽，有花间词人的遗风，更有一股容若自己的风格之气。

到了下片，则是以一个"念"字为灵魂，抒写容若垂泪思念的愁意，挑灯倚枕的愁态，攒眉揪心的愁容，读者仿佛能够看到，一个清瘦的男子，在灯前，眉头紧锁。

"断梦几能留，香魂一哭休。"从睡梦中惊醒，脸颊被泪水湿透，冰凉的感觉直入心扉。"怪凉蟾空满衾裯。"在这里，"凉蟾"是指明月。愁肠化作相思泪，比起上片来，愁绪在这里又添一折，又进一层，愁更难堪，情更凄切。

"霜落乌啼浑不睡,偏想出,旧风流。"既然无法安然入睡,那些前尘旧事自然是无法控制地涌上心头,过去种种,今日看来,全是眼泪。容若的心,被眼泪浸泡得已然脆弱不堪,一击就碎。这个男人,最大的不幸便是太过多情,无法忘情了。

鹧鸪天(谁道阴山行路难)

谁道阴山行路难?风毛雨血万人欢①。松梢露点沾鹰绁,芦叶溪深没马鞍②。
依树歇,映林看。黄羊高宴簇金盘。萧萧一夕霜风③紧,却拥貂裘怨早寒。

注释
①风毛雨血:指狩猎时禽兽毛血纷飞的情状。
②马鞍:一种用包着皮革的木框做成的座位,内塞软物,形状做成适合骑者臀部,前后均凸起。
③霜风:刺骨寒风。

赏析

"天苍苍,野茫茫,风吹草低见牛羊",辽阔的大漠总能让人在这里忘却世俗的种种烦恼和执念。这首词便是康熙二十二年(公元1683年),纳兰扈从至山西五台山时所作。在这里,他感觉到了天地的壮美与浩瀚,发出了内心的赞叹。

首句语出太白《上皇西巡南京歌》"谁道君王行路难,六龙西幸万人欢",一生不羁的谪仙在御前也不得不作逢迎之词,纳兰又怎能免俗?"风毛雨血"便是他侍康熙帝狩猎时的情景。

清朝马背上得天下,历朝君主都非常重视骑射本领。尽管入关后没有了随心驰骋的草原,皇帝每年秋天都会率臣子围猎,也是取不忘祖训之意。走出四四方方的京城,山峦连绵起伏,听松涛阵阵,鹰击长空也觉得渺小,可谓是"松梢露点沾鹰绁,芦叶溪深没马鞍"。

"依树歇,映林看",依树而歇,把酒言欢,"黄羊高宴"自不能少。这里的黄羊出于东汉阴识,指祭祀时的一种习俗。夜色阑珊时,早寒已悄然来到。走出帐外,阴山的风寒是貂裘挡不住的,那一片豁达开朗的气派更让人神往。"萧萧一夕霜风紧,却拥貂裘怨早寒","怨早寒"与其说是埋怨,不如说这是纳兰始料未及的惊异。不是温柔水乡,不是繁华京城,如此透彻的寒冷,如此酣畅的寒冷,或许只驻足于难得一见的辽远的阴山脚下。

漫漫长夜,坐听穿林打叶声,起身踱步走走停停,只有此时纳兰才能得到少有的安宁吧。

鹧鸪天(小构园林寂不哗)

小构园林寂不哗,疏篱曲径仿山家①。昼长吟罢《风流子》②,忽听楸枰③响碧纱。
添竹石④,伴烟霞。拟凭樽酒⑤慰年华。休嗟髀里今生肉,努力春来自种花。

注释

①山家：山野人家。
②《风流子》：原唐教坊曲名，后用为词牌。分单调、双调两体。单调三十四字，仄韵。
③楸枰（qiū píng）：棋盘，古时多用楸木制作，故名。
④竹石：竹与石。
⑤樽酒：犹杯酒。

赏析

纳兰一生向往宁静闲适的生活，然而，他心中的那条疏篱曲径，在朱门富贵的府邸可有安身之处呢？

"小构园林寂不哗，疏篱曲径仿山家"，榆柳成荫的园林不喧哗吵闹，疏篱山径的场景不过是模仿寻常人家的景致罢了。在这权相明珠府邸，借取平常老百姓家的庭院做景，不过是借景取意，不得作真。

"昼长吟罢《风流子》，忽听楸枰响碧纱"，白天吟诵《风流子》，便是纳兰到了荒山村野也离不开的一份闲情逸致。"楸枰响碧"是指清脆的金石之音，楸木纹理细腻微妙，用于制作围棋棋盘常见的侧楸枰。纳兰的生活中怎能没有棋？就在这一角楸枰中，纳兰悟得功名不过虚妄，悟得幽居山间的乡野之乐。

历代文人对竹的感情非同一般，宁可食无肉，不可居无竹，所以，纳兰吟道："添竹石，伴烟霞。拟凭樽酒慰年华。"竹林之间，晚霞天边，举杯畅饮以慰藉青春年华。此时的纳兰已不再是青涩少年了，如今，他经历了人生种种劫难，还有什么放不开的呢？

"休嗟髀里今生肉"，"髀里今生肉"是指长久不骑马，大腿上的肉又长了起来。词人用在这里是形容自己长久过着安逸舒适的生活，无所作为。"努力春来自种花"，争取明年春天带上锄头，自己来种些花草，装饰庭院。花田下，一人执锄，恬淡娴静，美不胜收。

纳兰的心早已在世俗的奔波中劳累疲倦，对于过往的尘世，他没有力气再回头观望。现在的他，需要的只是一方余田，一个庭院，倚着闲窗静静地回味着这半生交加的苦忆。

鹧鸪天·离恨（背立盈盈故作羞）

背立盈盈故作羞，手挼梅蕊①打肩头。欲将离恨寻郎说，待得郎来恨却休。
云淡淡，水悠悠，一声横笛②锁空楼。何时共泛春溪月，断岸垂杨③一叶舟。

注释

①手挼：用手揉弄。梅蕊：梅花蓓蕾。
②横笛：笛子。即今七孔横吹之笛，与古笛之直吹者相对而言。
③垂杨：垂柳，古诗文中杨柳常通用。

赏析

纳兰这首小词，借女子的形象和心态抒写"离恨"，通篇都用白描，不加雕饰，显得朴素而清丽。

上片是在追忆往日的幽会，纳兰用轻盈笔触描画了女子娇嗔伴羞的形象，情意婉转但遣词造句间并不让人觉得刻意雕琢。"背立盈盈故作羞"的"盈盈"二字的确是灵动精巧，将词中女主角的风姿、仪态之美妙动人浓缩在其中。

"手捋梅蕊打肩头"是极能体现纳兰词风的一句化用。女子纤纤素手揉碎了梅蕊，抛向情郎肩头，嗔怪之情与娇羞之态相融，此情此景必是旖旎万分。"欲将离恨寻郎说，待得郎来恨却休"，见不到你时，心中积攒了无数的抱怨，等着下次见面的时候告诉你，可是，一旦见到你，心里所有的愁怨便都消失不见了。

下片转笔写眼见耳闻之景，"云淡淡，水悠悠，一声横笛锁空楼"，淡淡之云与悠悠之水，伴和着耳畔空寂的笛声，烘托出离恨的凄苦。一个"锁"字表现出笛声不绝，仿佛凝滞的状态。

自古以来，笛声总是清冷空幽的。而此时，离别在即，相见无期，让人怎能不满心愁绪？结句以虚笔勾画了一幅月夜春泛的美妙图画，并以此虚设之景，进一步抒发了离恨的心曲。"何时共泛春溪月，断岸垂杨一叶舟"，想象中的良辰美景，更衬得当下的离别之苦不堪忍受。

古时不比如今，车行不便，一别之后有可能就是余生难再相见。时间，距离，生死，纵使情比金坚也只能在现实面前俯首称臣。一个纳兰，又能奈它何。

青玉案·辛酉人日（东风七日蚕芽软）

东风七日蚕芽①软。青一缕、休教剪。梦隔湘烟征雁远。那堪又是，鬓丝吹绿，小胜②宜春颤。

绣屏浑不遮愁断，忽忽年华空冷暖。玉骨几随花骨换。三春醉里，三秋别后，寂寞钗头燕。

注释

①蚕芽：即桑芽。
②小胜：即玉胜，又称华胜。古代一种玉制的发饰，为花形首饰。

赏析

这首词吟咏节序，是咏节序词中的佳作，意在感伤离别。

在这一天，容若想到是人类的生日，内心不禁涌起了阵阵愁绪，"东风七日蚕芽软。青一缕、休教剪"。传说女娲初创世，在造出了鸡狗猪牛马等动物后，于第七天造出了人，所以，古人把农历正月初七这天视为人类的生日。正月初七是人日，这天刚好是桑树吐新芽的日子，春天已经露出了端倪，树木开始泛出绿色。

看到这春日即将来临的景象，容若并没有为新一轮的生命轮回感到兴奋，而是隐隐不安地担忧到"梦隔湘烟征雁远"。思念之人不在身边，远在千山万水之外，就好像南飞的大雁一样，遥远得无法看到，甚至，就连思念也抵达不了。

没有与相爱的人在一起，就算这春日再怎么美好，也失去了本来的意义。想到这里，容若的内心不禁又泛起波澜。"那堪又是，鬓丝吹绿，小胜宜春颤。"这一句，写绿色开始四处长出,绿色是生命的颜色,这个春天又要来临了。词人流露出无可奈何的惆怅情怀。"小胜"即玉胜,又称华胜。古代一种玉制的发饰,为花形首饰。容若看到春色盎然,但是想到不在身边的恋人,便提不起精神来欣赏这春景。

看着恋人的发簪,想念着恋人的容貌,他感到孤独万分。上片境界阔大而情调哀伤,而在下片的时候,则是直接抒写离情。

"绣屏浑不遮愁断,忽忽年华空冷暖。"山川遮不断思念,年华过去,但对于恋人的思念依然永不停歇。容若想到远在他方的恋人虽然早已是容颜不再,但一想到她,自己的内心便是暖融融的。

"玉骨几随花骨换。"这是感慨时光太过匆匆,连女子的容颜也在悄悄更换。但是"三春醉里,三秋别后,寂寞钗头燕",虽然在青春的流逝中,岁月一年一年地变迁,但是,自己的思念从没有停止过。

这首伤别离的词,写容若与相爱的人不能相守的苦恼,最后以寂寞结尾,在这个人日里,容若独自品尝寂寞、享受寂寞、却是最终被寂寞所淹没。

青玉案·宿乌龙江① (东风卷地飘榆荚)

东风卷地飘榆荚,才过了,连天雪。料得香闺②香正彻。那知此夜,乌龙江畔,独对初三月。

多情不是偏多别,别离只为多情设。蝶梦③百花花梦蝶。几时相见,西窗剪烛④,细把而今说。

注释

①乌龙江:即黑龙江。
②香闺:指青年女子的内室。
③蝶梦:比喻迷离恍惚的梦境。
④西窗剪烛:犹言剪烛西窗,指亲友聚谈。

赏析

这首词的写作背景是容若外出公干,因为内心悸动,便写下行役在外、思念爱妻的深情,以表达内心的温存之词:乌龙江一带天气早寒,夏天刚刚过去,冬天便立即到来。想必此时闺中正是花香四溢的时候,哪里知道在乌龙江上的离人正独自黯然神伤。并不是因为多情而多了离别,而是因为离别偏就是为多情人而设的。与你身处离别,犹如迷离恍惚之梦境,什么时候才能与你相聚,秉烛夜谈,诉说我的衷情呢!

"东风卷地飘榆荚",东风刮过,带着寒冷,将地面飘落的榆荚卷起,飞舞空中。这夏天才刚刚过了,冬天就要来了。对于没有秋天过渡的黑龙江,容若还是十分不适应,来到这个地方,看到"才过了,连天雪",不禁感慨时光匆忙,天地之大,一不小心,自己竟然与妻子相隔了这么远。"料得香闺香正彻。"想到家里正是春暖花开的日子,妻子的房间里定然是花团锦簇,容若不禁感叹真是天意弄人。

上片的最后一句,容若似是在问,也似是在回答,"那知此夜,乌龙江畔,独对初三月"。

在这黑龙江的夜里，想念着远方的妻子，渴望有朝一日的团聚。再回想起自己曾独自一人在远方思念亲人，那时的幸福必定会更加强烈。

为什么人世间总是要有离别呢，既然团聚是亲人们最大的幸福，为什么老天总是要时不时地就让亲人们尝尝留别之苦。容若在下片对这个问题进行了思索，他写道："多情不是偏多别，别离只为多情设。"

或许这正是上天对相亲相爱的人们的一种考验，要用离别去考验他们之间的真情，看这真情是否经得住离别的考验。想到这里，容若似乎宽心了许多。他盼望着回去的那一天，便可以和亲人们在窗前，安然地诉说着今日的愁苦。"蝶梦百花花梦蝶。几时相见，西窗剪烛，细把而今说。"

容若的心，在自我的不断安慰中，渐渐柔软，变得透明。这个男子的多情，在此时，显得愈发可爱。

月上海棠·中元塞外（原头野火烧残碣）

原头野火烧残碣①，叹英魂、才魄暗消歇。终古江山，问东风、几番凉热②。惊心事，又到中元时节。

凄凉况是愁中别，枉沉吟③、千里共明月。露冷鸳鸯，最难忘、满池荷叶。青鸾杳，碧天云海音绝。

注释

①残碣（jié）：残碑。
②凉热：寒暑，冷暖。
③沉吟：深思吟咏。

赏析

这首词的副标题是中元塞外，是作者在塞外鬼节之时的悲慨之作。中元在古代也就是中元节，俗称鬼节，这样一个时节，容若身处塞外，陪同皇上出行。远离家乡，远离家人，无法为逝去的人祭祀，这让容若内心感到十分悲怆。

"原头野火烧残碣，叹英魂、才魄暗消歇"，词的开篇就与塞外荒凉的景致相吻合，站在塞外的戈壁滩前，词人遥想当年，多少英雄曾在这里浴血奋战，战死沙场。而今古往今来，他们的英名留在人们心中，但谁还会去祭奠他们。这些英魂是否就游荡在这空荡的塞外，无法安息。

容若这首词始终在怀古伤今，他认为历史是无情的，从不会对那些历史中的人存在一丝感情。所以，在这空旷的塞外天地间，容若想到那些逝去的人，内心更显得悲凉。

"终古江山，问东风、几番凉热。惊心事，又到中元时节。"那些英雄都是如此被遗忘，那么像他这样卑微的无名小卒，岂不更是湮没于历史的尘埃中，无法显露出来吗？想到这里，容若更是愁苦。上片就此结束。

而在下片开始，依然是从忧伤写起："凄凉况是愁中别，枉沉吟、千里共明月。"今日是鬼节，自己无法与家中取得联系，无法得知家里的境况，只能共同欣赏头上的这一轮明月,希望明月能将自己的思念带回去。

"露冷鸳鸯,最难忘、满池荷叶。"从这句词可以略微猜到,容若思念家人的同时,也在思念爱人,鸳鸯戏水,难忘的是满池的荷叶。当日的美好情景浮现眼前,真是令人陶醉,可惜的是,这里是塞外,没有鸳鸯,更没有荷叶,只有猎猎的大风和满目的荒凉。最后,容若无奈地写下:"青鸾杳,碧天云海音绝。""青鸾"是传说中的一种神鸟,能够送信。而"碧天云海"则是形容天水一色,无限辽远。

塞外的这个夜晚,对纳兰来说注定是个难眠之夜。他想念家人,思念亡人,既然无法安睡,那便祈福为他们祷告吧。

月上海棠·瓶梅(重檐淡月浑如水)

重檐①淡月浑如水,浸寒香一片小窗里。双鱼冻合,似曾伴个人无寐。横眸②处,索笑③而今已矣。

与谁更拥灯前鬓,乍横斜疏影疑飞坠。铜瓶小注,休教近麝炉烟气。酹伊也,几点夜深清泪。

注释

①重檐:两层屋檐。
②横眸:流动的眼神。
③索笑:犹逗乐,取笑。

赏析

容若写词,总是充满离愁哀怨,这首词的基调也是如此,却又有些不同,整首词虽然弥漫着一些孤寂之感,但总的来说,还是比较温暖清淡,犹如淡淡的白月光,从窗口轻柔地洒下,让人心头明亮。

"重檐淡月浑如水,浸寒香一片小窗里。"月光是古往今来,众多词人抒发思念之情的最佳选用之物。容若说,月光如水一样清澈,也如水一样冰凉。洒下的月光在屋檐下形成一道冰冷的帘子,隔开了窗内与外面的景物。

而此时,屋子里的梅花开放了,绽放的花朵散发出幽香,小屋内一片暗香,屋外月光冰凉,屋内清香四溢。乍一看来,这首词的意境十分清淡,并无相思之苦,也无伤逝之情,只是对景物的一种白描,可是继续读下去,就能发现,原来淡然未必就是平静,不说并不代表不在乎。

"双鱼冻合,似曾伴个人无寐。""双鱼"是指双鱼洗,即镌刻有双鱼形象的洗手器,这里是说,洗手器皿中的水都已经冻成了冰,凝结在一起,可见天气有多么寒冷。这样的天气,钻进被窝,美美地睡上一觉,是再舒服不过的了。可是满心愁绪的容若,却是无论如何也睡不着。

"横眸处,索笑而今已矣。"睡不着的原因自然是内心有所牵挂,那美丽的眼眸,那动人的微笑,而今看来,都是无法忘怀。深夜里,纳兰独自躺在床上,孤枕难眠,想到恋人的容颜,清晰如昨,可是眼下却是天涯海角,无法相见,这怎能不叫人悲伤。

容若这首伤逝词，写到上片，悲伤过度。到了下片的时候，则似乎沉思了许久，慢慢提笔写道："与谁更拥灯前髻，乍横斜疏影疑飞坠。"回忆往昔，当日与谁一起相拥灯前，与谁一起看花飞花落，与谁一起海誓山盟，与谁一起想着如何去天长地久。

往日的美好，都早已在岁月的流逝中一同不见了，"铜瓶小注，休教近麝炉烟气。"如今，又是铜瓶花开的时候，可是檀香冉冉升起的烟雾中，再也看不到你笑靥如花的脸庞了。"酬伊也，几点夜深清泪。"我只能在此刻，用泪水祭奠我们共同拥有的过去。

容若的这首词以悲情结尾，结束全词，整首词清新自然，虽然悲切，但读起来没有压抑之感，是首好词。

踏莎行（春水鸭头）

春水鸭头，春山鹦嘴，烟丝无力风斜倚。百花时节好逢迎，可怜人掩屏山睡。

密语①移灯，闲情②枕臂，从教③酝酿孤眠味。春鸿不解讳相思，映窗书破人人字。

注释

①密语：秘密的、悄悄的话语。
②闲情：闲散的心情。
③从教：任凭、听凭。

赏析

春水泛绿，满山花红，若应景而生，纳兰这首词便是作于初春时节。

春天的气息悄然而至，"春水鸭头，春山鹦嘴"，湖水碧绿如墨，好像鸭头的颜色一般，山上的花开了，颜色恰似鹦鹉的嘴巴。温暖的微风拂过，吹起淡白如雾的烟丝，这烟丝化不开吹不散，倚着风缓缓而行，真可谓"烟丝无力风斜倚"。

"百花时节好逢迎，可怜人掩屏山睡"，春河开冻，百花盛开，正是外出踏青赏花的好时节，但有位女子偏偏掩起屏风，孤眠不起。房前屋后是一派春光，屋内却昏昏暗暗，恰如那女子失落的心情。

下阕接着上阕的回忆，描写女子和心上人往昔的快乐时光。"密语移灯，闲情枕臂，从教酝酿孤眠味"，将灯烛移近，墙上便映出自己的身影，可惜与自己成双成对的只能是这摸不到触不到的虚影。昔日甜蜜的话语仿佛还在耳畔，正待细细琢磨，一阵风从窗外吹进来，那甜蜜的回忆便陡然抽离，只留下闲愁与苦涩在空气里弥散开来。

"春鸿不解讳相思，映窗书破人人字"，这番愁绪难以消遣，索性起身走到窗前，哪知归鸿丝毫不懂得避讳离人的相思，一只只啼叫着从窗外飞过，偏偏又排不成规规矩矩的"人"字，想必这一笔凌乱的书写会令她心中更加烦怨吧！

这首词从明媚的春光写到人物的烦扰，一派欢喜、浪漫的景象都成了闺中人满腹幽怨的背景色，就像在花团锦簇、百芳争艳的花园内，偏偏有一株枯萎凋零的植物；又像在人群喧闹处，几乎所有人都面带喜色、纵情狂欢，偏偏一人兀立中间，满脸怨恼、双眼噙泪。这首词里的女子就是这样，当所有人尽情享受着怡人的春色时，她却感受不到他们的快乐。

踏莎行·寄见阳（倚柳题笺）

倚柳题笺，当花侧帽，赏心应比驱驰好。错教双鬓受东风，看吹绿影①成丝早。

金殿②寒鸦，玉阶③春草，就中冷暖和谁道？小楼明月镇长④闲，人生何事缁尘⑤老。

注释

①绿影：指乌亮的头发。
②金殿：金饰的殿堂，指帝王的宫殿。
③玉阶：玉石砌成或装饰的台阶，亦为台阶的美称，指朝廷。
④镇长：经常，时常。
⑤缁尘：黑色灰尘，常喻世俗污垢。

赏析

这是一首寄赠词，送给好友张见阳，在词中，容若表达了他对鞍马扈从侍卫生活的厌倦，对吟诗作词这类高雅生活的向往。

"倚柳题笺，当花侧帽"，开篇两句写词人赏花题柳，风流倜傥。"侧帽"是一个典故，语出《周书·独孤信传》。据记载，北周有一位名叫独孤信的美男子，一天，他到城外打猎，归来时策马扬鞭，由于马奔跑得太快，导致他头上的帽子都被吹歪了。不明真相的人看到他斜戴着帽子入城，觉得非常潇洒，次日，街上就全是模仿独孤信侧帽而行的男子了。后人将"侧帽"这个典故引用为风流自赏的意思。

容若之所以在开篇就渲染自己的风流自赏，其用意就在于拿过去的理想与眼前的现实做对比，结论当然是显而易见的："赏心应比驱驰好。"当年的"倚柳题笺，当花侧帽"，虽然远离英雄的梦想，但它毕竟是自由自在、惬意浪漫的生活。

如今虽然受到皇帝的器重，在仕途上一帆风顺，但对容若而言却成了无尽的苦楚，因此他才会发出"错教双鬓受东风，看吹绿影成丝早"的感慨，他心中后悔选择了这样的生活，让自己早生华发，在碌碌无为中老去。

"金殿寒鸦，玉阶春草，就中冷暖和谁道"，御前侍卫，皇宫行走，在外人看来似乎风光无限，可其中所包含的酸甜苦辣、种种烦恼又有谁能理解？容若不可能对身边那些追逐名利的人倾诉，他除了将个中冷暖呈寄给远方的好友外，也就只能独自咀嚼了。

在词的结尾，容若表明了自己的志向，"小楼明月镇长闲"，不如悠闲地独上小楼赏月，何必要沾染这世俗的尘埃呢？一句"人生何事缁尘老"，力透纸背，所有愁苦的失意情怀最终凝成一声重如千钧的叹息。

踏莎美人·清明（拾翠归迟）

拾翠归迟，踏青期近，香笺小叠邻姬讯。樱桃花谢已清明，何事绿鬟斜亸①宝钗横。

浅黛双弯，柔肠几寸，不堪更惹青春恨。晓窗窥梦有流莺，也说个侬憔悴可怜生。

注释

①绿鬟（huán）：指乌黑发亮的头发。斜亸（duǒ）：斜斜地垂下来。

赏析

词的爱好者，见过《踏莎行》，见过《虞美人》，但《踏莎美人》这样的词牌名恐怕还是第一次见。这是纳兰性德的好友顾贞观的自度曲，一半《踏莎行》，一半《虞美人》，颇为不俗。

淡淡的春日里，闺房中的女子百无聊赖，意兴阑珊。

漫长的冬天已经过去，柳树吐芽，青草返青，踏青的日子即将来临，这可是年轻女孩们盼了许久的嬉戏游乐的日子。"拾翠归迟，踏青期近"，"拾翠"是指拾取翠鸟的羽毛以为首饰，在这里意味着妇女春游。拾翠踏青让别的女孩子们都求之不得，跃跃欲试，甚至"香笺小叠邻姬讯"，隔壁的女子早早就写信相约了。可是这位女主角显然有些与众不同，她陷入了莫名的春愁，只因愁绪满怀，所以不愿再去沾惹新恨了。

"樱桃花谢已清明，何事绿鬟斜亸宝钗横"，樱桃花谢，清明即将过去，女孩的情绪如樱桃花瓣般萦回飘落。她也追寻不到自己忧愁的缘由，一头流丝般的长发慵懒地垂着，任发钗斜垂发间，也懒得挽起。

"浅黛双弯"，一双秀美的眉毛也没有用心描绘，清淡如烟，隐含着几多愁绪。这样一副憔悴的模样，连窗外的流莺都我见犹怜。"柔肠几寸，不堪更惹青春恨"一句，点破了女孩的心事——当然，这出于人性使然，也许她自己都未曾发觉。

春天万物萌生，百兽交配，人的爱欲也甚于平常。花样年岁的女孩，心中生长出了隐隐约约的欲望。女伴之间的嬉戏，已经无法满足这位女孩孤寂的心了。她需要更多的心灵慰藉，需要一位灵魂的伴侣。但是在那个时代，女子没有主动追求爱的权利，她们大多处于一个封闭的环境中，爱欲有来处，无去处，只能在盈盈春景中独自辗转，将如春草般萌芽的欲望一点一滴地消磨掉。

苏幕遮（枕函香）

枕函香，花径①漏。依约相逢，絮语②黄昏后。时节薄寒人病酒③。划地④梨花，彻夜东风瘦。

掩银屏，垂翠袖。何处吹箫，脉脉情微逗⑤。肠断月明红豆蔻。月似当时，人似当时否？

注释

①花径：花间的小路。
②絮语：连续不断地说话。
③薄寒：微寒。病酒：饮酒沉醉或谓饮酒过量而生病。
④划地：无端地、平白地。
⑤逗：引发、触动。

赏析

这首词的词牌《苏幕遮》十分美，这三个词的组合有一种莫名的美，用这个词牌来写对昔日恋人的思念，再合适不过了。

容若的这首词是写怀念恋人的痴情：枕头上还留有余香，花径里尚存春意，那梨花一夜之间在东风中飘落。病酒之后的黄昏恍惚间与她相遇，仿佛来到原来相约的地点，在夕阳下细语绵绵。而今却银屏重掩，影只形单，在孤孤单单中又听到了脉脉传情的箫声。此时，明月正照在那红豆蔻之上。那时曾月下相约，如今月色依然，人却分离，不知她是否依然如旧？

上片开篇一句"枕函香，花径漏"，写出了春光明媚、芳红草绿的景象，也隐隐道出枕上留有余香，恋人仿佛还在身旁似的。这样的错觉使得容若心里充满了愉快的情绪。"依约相逢，絮语黄昏后。"他仿佛和恋人再次相约，在黄昏时分，来到相约定的地点，彼此含情脉脉，看着对方。

"时节薄寒人病酒，刬地梨花，彻夜东风瘦。"这里的"病酒"是指饮酒沉醉或谓饮酒过量而生病。拖着虚弱的病体，容若无法更清醒地看待这个世界，所以，他只能倒在病床上，看着窗外的一切，扪心难过。

恋人往昔的样貌还在眼前晃动，却无处触摸，"掩银屏，垂翠袖"，这就是最悲哀的事情。既然情已走远，那么如何能够安慰自己受伤的心呢，只能够"何处吹箫，脉脉情微逗"，自娱自乐，或许能够让心情稍好。"肠断月明红豆蔻。月似当时，人似当时否？"明月当空，还是往日的明月，可是明月下的人，却早已不是往日的那般模样了。

容若在回忆往昔的时候，总是柔情蜜意，在他的笔下，过往的岁月带着别样的安好，在时光中百转千回。他的这首词是在回忆旧时密约时的情景，虽然相隔时间已经很久远了，但至今还依稀记得。细细读之，不免感伤不已。

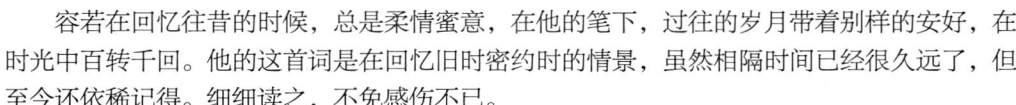

苏幕遮·咏浴（鬓云松）

鬓云松，红玉莹。早月多情，送过梨花影。半晌斜钗慵未整。晕入轻潮，刚爱微风醒。

露华清，人语静。怕被郎窥，移却青鸾镜①。罗袜凌波波不定。小扇单衣，可奈星前冷。

注释

①青鸾镜：即镜子。

赏析

这首词描摹女子情态，粉香脂腻，接近花间词风：月色初上，穿过梨花，多情地映照着她蓬松的发髻，红润的肌肤。无奈她娇惰慵懒，迟迟不肯梳妆，脸上泛着红潮，享受着拂面的清风。直到月色清冷，夜阑人静，才开始梳妆，又怕被爱郎窥见，于是悄移明镜。看她怜步微移、步履轻盈，衣着单薄，怎么能耐得住这夜晚的寒冷呢？

起首四句勾勒出一幅女子美丽的图景，"鬓云松，红玉莹。早月多情，送过梨花影。"

女子应该是刚刚起床，或者是懒得梳妆，头上的发髻松松地挽起，这样不修边幅，反倒是更多了几分妩媚的神韵。红润的肌肤使得女子看起来更加可人，用"红玉"形容女子肤色，使得女子的样貌更添加几分姿色。

这位女子在傍晚时分走出闺阁，月亮已经挂上树梢，女子的倩影影影绰绰地在门前晃动。"半晌斜钗慵未整。晕入轻潮，刚爱微风醒。"容若没有对女子外貌做更多的解释和描绘，他只是轻描淡写地对女子慵懒的形态，一而再、再而三地描述。女子衣衫不整，妆容不画，只是迷蒙地站在那里，微风吹过她的裙摆，使得这位女子看来，可爱又惹人怜惜。

上片单纯地描述过后，下片的情节有了转变，女子一直等到夜深人静之后，才动手打扮，"露华清，人语静。怕被郎窥，移却青鸾镜。"当清冷的月光洒满大地的时候，女子轻轻移动脚步，来到镜子前面，梳妆打扮，但是她为了不被情郎发现，只得轻手轻脚。女子可爱的神态动作在词中被烘托出来，让读者忍俊不禁。

"罗袜凌波波不定。"这是容若化自曹植《洛神赋》中的"凌波微步，罗袜生尘"这一句，用来形容女子小心翼翼的样子，轻手轻脚，脚步轻盈，就好像漂移如履水波似的。女子的轻盈、内心的担忧全部写出。而在这首词的最后，"小扇单衣，可奈星前冷"，容若有些怜惜地担忧到，她穿得那么少，会不会被冻坏了。

这首词写女子的心情活动，通过层层渲染铺垫，直抒胸臆，情深意挚，将女主人公的可爱形态抒写得淋漓尽致，使人感觉到她的青春年华是如此地美好。

摸鱼儿·午日①雨眺（涨痕添）

涨痕添、半篙柔绿，蒲梢荇叶无数。空蒙台榭烟丝暗，白鸟衔鱼欲舞。桥外路，正一派、画船箫鼓中流住。呕哑柔橹②，又早拂新荷，沿堤忽转，冲破翠钱③雨。

蒹葭渚，不减潇湘深处。霏霏漠漠如雾。滴成一片鲛人④泪，也似汨罗投赋。愁难谱。只彩线、香菰⑤脉脉成千古。伤心莫语，记那日旗亭，水嬉散尽，中酒阻风去。

注释

①午日：五月初五日，即端阳节。
②呕哑：象声词，形容声音嘈杂。柔橹：谓操橹轻摇，亦指船桨轻划之声。
③翠钱：新荷的雅称。
④鲛人：神话传说中的人鱼。
⑤香菰（gū）：指粽子。

赏析

这首词写于五月初五端午节，容若雨中凭眺生情，感怀而作。

"涨痕添、半篙柔绿，蒲梢荇叶无数。"涨水后留下痕迹，水草丰茂，春景过渡到夏景的景象在词的开篇展露无遗。

"空蒙台榭烟丝暗，白鸟衔鱼欲舞。"柳条随风舞动，如烟似梦，而白鹭捕鱼的姿势很是优美，犹如舞蹈一般。容若欣赏着这美好的景物，仿佛置身于画中。"桥外路。正一派、画船箫鼓中流住。呕哑柔橹，又早拂新荷，沿堤忽转，冲破翠钱雨"，桥外水路上，一派画船歌舞、桨声"呕哑"的春景图。荷叶新绿，船桨在岸边忽然转过，划破了这一池的碧绿。

上片是写景，到了下片，则成了抒情。"蒹葭渚，不减潇湘深处。霏霏漠漠如雾。"愁绪蔓延开来，深深荡漾开去，而霏霏细雨，细密如针织，仿佛雾气一样笼罩在四空。"滴成一片鲛人泪，也似汨罗投赋。"如同泪雨一样，好似是在为投江自尽的屈原悼念默哀。

愁绪难以谱写，只有写入词中，聊表心意，"愁难谱。只彩线、香菰脉脉成千古。伤心莫语"。无言以对伤心事，看到这美好景色，却难以提起兴致，虽然是借着祭奠屈原来写出心中惆怅，但其实容若祭奠的是自己那无法言说的哀愁。

"记那日旗亭，水嬉散尽，中酒阻风去。"记住这美好的景象吧，不要总是记住过去悲伤的事情，那样只能苦了自己。

摸鱼儿·送座主德清蔡先生（问人生）

问人生、头白京国，算来何事消得。不如罨画①清溪上，蓑笠扁舟一只。人不识。且笑煮、鲈鱼趁着莼丝碧。无端酸鼻②。向歧路销魂，征轮驿骑③，断雁西风急。

英雄辈，事业东西南北。临风因甚成泣？酬知有愿频挥手，零雨凄其此日。休太息。须信道、诸公衮衮皆虚掷④。年来踪迹。有多少雄心，几番恶梦，泪点霜华织。

注释
①罨（yǎn）画：色彩鲜艳的绘画。
②酸鼻：因悲伤而鼻子发酸，眼泪欲流。
③征轮：远行人乘的车。驿骑：骑驿马传递公文的人，或指驿马。
④虚掷：白白地丢弃、扔掉。

赏析

蒙蒙细雨，别意凄凄。驿马即将启程，纳兰"无端酸鼻。向歧路销魂，征轮驿骑，断雁西风急"，在苍冷阴郁的天空下，词人不禁流下了眼泪，对着马车中的人挥手作别。这便是词中"酬知有愿频挥手，零雨凄其此日"的情景。

纳兰送走的这位车中人不是红颜，不是美人，而是一位白发苍苍的老者——纳兰性德的老师兼知己蔡启僔。蔡启僔曾是科举考试的主考官，他在成百上千个考生的试卷中将纳兰的作品甄选而出，并将他圈为举人。

然而，就在纳兰中顺天府乡试举人的第二年，蔡启僔就被小人污蔑，卷入一场廷内争斗。纳兰性德知晓老师的为人，知道老师多年来对事业的付出和高远的志向。"问人生、头白京国，算来何事消得。"纳兰细腻，善于体贴人意，开篇就是一句宽慰人的话语，在这壮阔暗郁的京国，纵使熬白了头发又有什么意义？

蔡启僔的故乡在风景如画的江南。纳兰便用南朝张季鹰的典故劝慰老师："不如罨画清溪上，蓑笠扁舟一只。人不识。且笑煮、鲈鱼趁着莼丝碧。"据说张季鹰见秋风渐起北雁南归,思恋起家乡莼菜羹碧绿爽滑,鲈鱼鲜嫩美味,便官印一挂,潇洒还家。纳兰说,老师的故乡有清溪、扁舟、鲈鱼、莼丝,既然如此,您不如回家做一名隐士,寄情于山水之间,享受闲适的生活。

"英雄辈,事业东西南北。临风因甚成泣?酬知有愿频挥手,零雨凄其此日。休太息。须信道、诸公衮衮皆虚掷。"世上事,几多期望,几多怅惘。得时便得,舍时便舍,人生洒脱,况味非常。虽然那些在金銮殿上屹立不倒的衮衮诸公,确实得到了身外浮名,但是他们的生命都在权势的烤炙中丧失了活力,他们的心灵是在官场的大酱缸里浸淫腐坏、生满龌龊的蛆虫。老师啊,所谓人生,"有多少雄心",就有"几番恶梦",最后不过落得"泪点霜华织"。

蔡启僔此去非是西出阳关,而是风景秀美的江南。那里斜风细雨,桃花流水——这未必不是另一段滋味非常的生活的开端。今日的挥别,挥去的只是一段陈腐无趣的岁月尘烟。

荷叶杯（帘卷落花如雪）

帘卷落花如雪,烟月①。谁在小红亭?玉钗敲竹乍闻声,风影②略分明。化作彩云飞去,何处?不隔枕函③边,一声将息④晓寒天,肠断又今年。

注释

①烟月:云雾笼罩的月亮,朦胧的月色。
②风影:随风晃动的物影。
③枕函:中间可以藏物的枕头。
④将息:调养休息、保养,这里是珍重、保重的意思。

赏析

写景一向都是容若的强项,这首《荷叶杯》以景喻相思,将落花与月夜结合得相得益彰,清幽淡雅之处隐隐透着些许沉郁,表达了自己对妻子卢氏的思念,读起来如泣如诉,耐人寻味。

上阕写幻象,用一声"帘卷落花如雪,烟月。谁在小红亭"的反问拉开词的序幕,在落花如雪的月夜里,朦胧中是谁伫立在小红亭里,偶尔传来几声玉钗敲竹般的声响,看去她身影历历,伫立风中。那身影蓦然化作彩云飞逝,要飞往何处?一切如梦如幻。然而与她在枕边的情义总是无法隔断、难以忘情的,道一声珍重,又将天明,断肠人又要在愁苦中度过一年。

"玉钗敲竹乍闻声,风影略分明。"这是虚写,是容若的想象,他仿佛看到妻子的玉钗在敲动竹竿,发出声响。风声掠过,人影憧憧,妻子似乎就在眼前不远处,向他微微一笑,鲜活的画面让整首词仿佛都活了起来。

但这毕竟是幻境,是容若自己的想象。妻子已经去世,怎么可能会在人世间留下任何一点影踪呢?"化作彩云飞去,何处?"都化作了彩云飞去,飞往何处呢?放眼望去,找不到踪迹。世间的事,莫非就是如此,红颜命薄,黄沙掩埋玉体,仅仅三载光阴,便天人相隔,永无相见之日了。

在落花如雪的月夜里,容若的心思里全是朦胧的想念。卢氏绰绰的身影,仿佛就在眼前。一声叹息,天边尽是断肠人。到底是谁寂寞?是去世的卢氏,还是仍然在世间苟活的容若,抑或是,这人世间种种痴情的男女?

"不隔枕函边,一声将息晓寒天,肠断又今年。"月夜访竹,在一片夜色中思念故人。就仿佛这高洁的竹子,清洁如许,那份情感,天地可鉴。这些竹子,就好像容若的感情,日夜站在那里,千年不变。

这世间的情谊竟是如此不稳,忽而就永久地失去,再也看不到踪迹。但也正是如此,才更让那些痴情的人懂得情之艰难。

荷叶杯(知己一人谁是)

知己一人谁是?已矣。赢得误他生。多情终古似无情,别语悔分明。
莫道芳时易度,朝暮。珍重好花天①。为伊指点再来缘②,疏雨洗遗钿③。

注释

①好花天:指美好的花开季节。
②再来缘:下世的姻缘,来生的姻缘。
③钿:指用金、银、玉、贝等镶饰的饰物。此代指亡妇的遗物。

赏析

有人说这是一阕悼亡词,是写亡妻,可也有人说是写恋人,怀念与恋人之间无法追回的情感。不论写哪种逝去的情感,都可以说得通。平心而论,无论是妻子还是恋人,容若从来都不会偏向哪一方,他将这些女子放在心中,她们各自有各自的位置。

开篇便问:"知己一人谁是?""知己"二字,中国古时是十分慎用的,除非彼此之间非常了解对方的心意,不然是不可妄自称为知己的。容若的知己,便是那位离他而去的女子,但他也明白,人生得一知己足矣,所以,他会在反问之后,自问自答地写道:"已矣。"

的确是这样的,既然此生已经得到了知己,那么便足够了,至于今后独自行走的道路,有着之前的回忆,那还怕什么呢?"赢得误他生。"来生如果有缘,相信还是会走到一起的。多情不必神伤,"多情终古似无情,别语悔分明。"上片在一片混沌中结束,容若似醉非醉地混迹人间,没有了知己,他还要继续走下去,如果不糊涂一点,如何能够应对这世间坚硬的种种。

这上片直抒胸臆,真切极了。下片却是笔锋勒马,由刚转柔,不再明写,而是用铺垫,写起情感,"莫道芳时易度,朝暮。珍重好花天。"有景有情,全词情意盎然,让人读起来感到飞流直下,但丝毫没有什么不妥的感觉,反倒是让人泪下如雨。海内存知己,天涯若比邻,这句诗正好道出了容若的心声。尤其是最后一句"为伊指点再来缘,疏雨洗遗钿",缠绵悱恻,诉尽心底伤痛悔恨。

爱情固然是渴望地久天长的,但如果能够拥有一份连生死都无法阻隔的爱情,那也未尝不是一件幸事。正所谓在彼岸花开如初,才更能见得爱情的坚定。

太常引·自题小照(西风乍起峭寒生)

西风乍起峭寒①生,惊雁避移营②。千里暮云平,休回首、长亭短亭。

无穷山色,无边往事,一例冷清清。试倩玉箫③声,唤千古、英雄梦醒。

注释

①峭寒:料峭的寒意。形容微寒。
②惊雁:犹言惊弓之鸟。移营:转移营地。
③玉箫:玉制的箫或箫的美称。

赏析

西风乍起,寒峭顿生。写的虽然是塞外风景,却是字字句句都透露出内心凄苦迷茫的心境。容若作为侍卫,时常会随同皇帝外出游视,每次外出,他都会心情低沉,离开那些他所熟悉、所爱的人,让他感到不适。

这是一首题写在画像上的小令,这首词的副标题叫自题小照,是当年容若出使梭龙的行程中,友人为他绘画的出塞图。在他回来之后,他的许多朋友都纷纷在这幅图上题诗,于是,容若自己也自提了这阕小令。

"西风乍起峭寒生,惊雁避移营。"秋季总是让人忍不住神伤的季节,容若外出执行公务,随着大队人马,浩浩荡荡地行走在塞外的沙漠上。看到眼前一望无际的戈壁、大漠,容若内心是更多宽旷,还是更多凄惶?

这一句词恐怕就是容若当时的心境体现,西风吹起时,大漠扬起尘沙,让人无法睁开眼睛,然而,这样一个恶劣的环境却让容若感受到了无尽的自由和内心无比的空旷。

风起寒生,大队人马浩浩荡荡开拨过去,大雁被惊起,四处飞散,在远处的天空化作一个黑点。放眼望去,真是"千里暮云平,休回首、长亭短亭。"塞外的风景在容若的笔下,更增添几分粗狂和神秘感。

上片写完风景,下片自然而然地承接抒情,"无穷山色,无边往事,一例冷清清"。这一眼望不到边的无穷无尽的山色就好像自己无边的心事,蔓延开去,满眼荒凉。往事仿佛自己走过的荒漠,寸草不生,因为曾经那么炽热地爱过、恨过,故而现在任何事情都无法再激荡起内心的一点点涟漪。

容若渴望爱情,却又渴望有一份自由,他仰天长叹:"试倩玉箫声,唤千古、英雄梦醒。"真正的男儿，就应当是横刀立马，天地间四处驰骋。容若对理想，不过这么一点点的要求，可惜，现实告诉他，只有按照既定的轨迹，才是他这生的道路。

一个人若知道自己一生所要走的路是什么样的，这到底是好事，还是坏事？

太常引（晚来风起撼花铃）

晚来风起撼花铃①，人在碧山亭。愁里不堪听，那更杂、泉声雨声。
无凭②踪迹，无聊心绪，谁说与多情。梦也不分明，又何必、催教梦醒。

注释
①花铃：即护花铃。用以惊吓鸟雀，保护花草。
②无凭：无所凭据，即无法寻找。

赏析

人在无聊的时候，总是会做一些无聊的事情。容若在无聊的时候，便会填写一些无聊的词句。

这首词虽然是容若无聊之时所写，但所写的内容依然离不开一个"愁"字。"晚来风起撼花铃，人在碧山亭。"在夜晚起风的时候，吹动了护花铃铛，在碧山亭里的人听到了这铃声。远山之中，小小的亭子中，站着一个满怀愁绪的人。他独自想着心事，忽然听到风吹动铃铛，发出声响。那声响如此孤寂，简直要比独站山中还要孤寂。

这是容若心事的开头，他为何站于亭子中央，沉默望山？缠绕在容若心头的是什么郁郁往事，无法散去？本就十分忧愁，偏偏还听到了那孤寂的铃声，更是愁上添愁，更何况这山中的泉水声、雨声相互夹杂，混杂到一起，更是让人不忍去听。

"愁里不堪听，那更杂、泉声雨声。"这是一句写实的词句，更是一句无可奈何的阐述。是啊，我们能够躲到哪里去呢，世界之大，无处清静。容若有着独一无二的才华，他的故事广为流传，但他不为所累，想要遗世独立，可是照此看来，他如何能够独立？所谓的独立，不过是出世者自说自话的一个圆满的谎言罢了。

容若这首词，上片是写山间声响，下片则是开始了对现实的抒情。"无凭踪迹，无聊心绪，谁说与多情。"自己的心究竟能告诉给谁听呢？"无聊心绪"，一个才华横溢的词人，一个天真忧郁的男子，在最好的年华，却是已经往事萦怀。

只怕只有这世间难得的真情，会让他动心。在春日里，容若只身立于山中的亭子下，看着远山，听着寂寞的声响，伤怀。仅此而已。容若就是这样，简单地生活着，无论是快乐还是忧伤，都不需要理由。

"梦也不分明，又何必、催教梦醒。"这份忧伤或许入梦可以缓解，但是那山中的响声，又生生地将梦叫醒。哪里才能找到一个毫无烦忧的地方呢？容若的疑问，怕也是许多人的疑问。

调笑令（明月）

明月，明月。曾照个人离别。玉壶红泪相偎，还似当年夜来。来夜，来夜，肯把清辉①重借？

注释
①清辉：清澈明亮的光辉，多指日月之光，这里指月光。

赏析

调笑令又名转应曲、三台令。关于这词牌名，在胡适《词选》中有一段解释："'调笑'之名，可见此调原本是一种游戏的歌词；'转应'之名，可见此词的转折，似是起于和答的歌词。"纳兰以调笑之名写彼时的红妆相偎，是嘲弄命运无常，也是在自讽西风独自凉。

开篇直呼明月，似谪仙般地邀月。举杯邀明月，对影成三人。不知一向谨慎的他，会不会也拍着玉板月下长歌，对酒当歌，人生几何？明月，明月，纳兰是想劝慰吧，海内存知己，自然天涯共此时，何必以身形羁绊？或者也是在祝福，既不得相守，便不如放开心胸祈祷，但愿人长久，千里共婵娟。

然而那一片月明中，纳兰好似又眼睁睁地看见那个人由远及近，渐渐走向了他，咫尺之距时，又远远地推开了他，狠狠地退出了他的视野。他们心意相交，却终是天各一方。这一步，是看得见的缝隙，量得出的尺寸，却是永远无法接近的距离。

"玉壶红泪"一说，来自三国时期魏文帝曹丕宠妃薛灵云，后世称女子的眼泪为"红泪"。"夜来"则是指薛灵云的名字。行笔至此，词意也豁然开朗，这个被纳兰以自嘲的笔触留在诗行间的女子，多半应是纳兰思之念之而终不得相守的表妹。他久久珍藏于追忆中的这份情，不似烈火般的热情，却因为凄清更惹人疼惜。

行至下片，纳兰低叹，来夜，来夜，以轻不可闻的声音，简单得不能再缩略的呢喃，重温那个已经冷却的旧梦。或许，纳兰希冀的来夜，不过是在追寻那些终成回忆的昨夜，春风拂面灯火阑珊的昨夜，与表妹相知相伴的昨夜，逝去的情意缱绻的昨夜。这一段往事像是中了岁月的魔咒被封在心底，既没有结果，也难以诉说，唯有叹息悠悠时常回荡于心间。多少年过去后，才终于明白，"此情可待成追忆"。

罢了，借一缕清辉，想佳人旧影，凭栏凝望，还是那一轮明月，却是年年新月照旧人。连月色都已变换，谁又能回到过去？没有过不去的，只有回不去的，纵使相逢应不识吧。

还是明月如霜，还是好风如水，纳兰不知能否放下那份执着，与表妹相约着，各自走各自的人生。

河传（春浅）

春浅，红怨①，掩双环②，微雨花间昼闲。无言暗将红泪弹。阑珊③，香销轻梦还。

斜倚画屏思往事，皆不是，空作相思字。记当时，垂柳丝，花枝，满庭蝴蝶儿。

注释

①红怨：为花落伤感。
②掩双环：掩门，关起门。
③阑珊：精神低落。

赏析

平心而论，这一首《河传》算不得纳兰词中的精品，大抵是春浅花落、微雨拂面时一捧湿漉漉的清愁，又不过是相思梦醒后几番萦绕不去的哀怨感伤。但择一风和日暖的安静午后诵读出声，耳边却乍响清脆的断裂之音。

"春浅，红怨，掩双环"，文字婉约如斯，断裂的声音像厚厚的积雪压断干枯的藤枝，又像剔透的美玉坠落在青石板上。韵律之跳跃、意象之翩跹、记忆之转换，让人不由得掩卷沉思，微微叹息。

若你沉迷于节奏的明快，便由此期冀品鉴出易安居士早期作品的明媚和单纯，那可就错了。"争渡、争渡，惊起一滩鸥鹭"的简单快乐向来是留不住的，就像最美的人间四月天终会随芳菲陨落而到尽头一样，纳兰词里更多的仍是绵长的感伤和抽丝剥茧般的追忆。

"垂柳丝，花枝，满庭蝴蝶儿"，既是昔日欢愉景象的见证，也是今日萧索情状的旁观者。往事如向下的流水一般执拗，不肯回头，离开的人也是如此，再难相见。"思往事，皆不是"。人不是，景不是，连心情都不是，斜倚画屏，也就只剩下一个"空"字了吧！

心境虽"空"，脑海中的景象却被容若安排得满满当当。我们大抵都有过这样的体验：明明心里空空荡荡，却又像被堵得不留缝隙，想深吸一口气，张开嘴后却是一声止不住的叹息。这斜倚着屏风的人儿也是这样，她所思所想都是伤感的往事，而且是追不回来的往事，明明是一触碰就会心疼的记忆，却又忍不住不想。梦也醒了，春要尽了，相聚的短短数日虽恍如隔世，心里的思念却不知要延续到何日何时。

这首词从表到里都是矛盾的，表层的矛盾在于节奏之明朗与内蕴之哀伤，里层的矛盾则是主人公内心的一番纠结，盼归总不能，相思终不得，欲罢又不忍，在纳兰的信笔点染中，词中主人公的满怀思念仿佛要从笔墨间溢出来，这大概也点破了词人自己的心事吧！

只是不知这词中的矛盾是否会引来今人的共鸣，那些倔强地抱着回忆取暖的人啊，是否总觉得四季都是冬天呢。

谒金门（风丝袅）

风丝袅，水浸碧天清晓。一镜湿云青未了，雨晴春草草。
梦里轻螺谁扫，帘外落花红小。独睡起来情悄悄，寄愁何处好？

赏析

纳兰出生于名门望族，从小就有过人的天赋，读书识字都很厉害，常常过目不忘。不但如此，他年幼时就能够习骑射，十七岁便入太学读书，十八岁中举。一路上都顺风顺水的容若，按说应该是意气风发，可是，他的词意间却总是有一种淡淡的愁怨，化不开、解不散。

"风丝袅，水浸碧天清晓。"寥寥数字便写出了春日的美好景色。容若写景，一向是如同淡淡的山水画一样,柔风阵阵,水面上倒映出天空的云朵,水清云淡,风和日丽,这是多么美好的春日,容若也是沉浸在这春日中,格外享受。

但接下来,他便从这景色中看到了愁绪,"一镜湿云青未了,雨晴春草草"。所谓"一镜"就是指像一面明镜的平水。水波静止无痕,仿佛一面透亮的镜子,折射出天空美丽的云彩。

"湿云"是一个很好的意象,这要与后面一句联系起来,"雨晴春草草"。刚下过雨的晴天显得湿润怡人,容若将仿佛还没干透的天气写入词中,令人读后别有韵味。而这里的"草草"二字,则是忧虑劳神的样子。

虽然这美好的雨后春日令人神清气爽,但是容若依然感到疲惫怠倦,这是因为春思扰人,容若在思念中,自然无法做到一心去欣赏春日的美景。上片独独写景,写出春日的景物,与别的写景不同,容若写景,只是简单的几笔,便能刻画得深入人心。

而在下片,容若则是开始写心,既然春光无心欣赏,那便是心中藏着事情,"梦里轻螺谁扫",一句疑问打开下片的开端,也写出容若为何事而烦忧。他在担忧一个人,惦念着一位佳人。

词中所写的"轻螺"指黛眉。梦里谁为佳人描眉,当外面落红开始,梦境醒来便飘逝而去,现实依然是孤独一人,这真是让人忧伤的事情,一腔的闲情该如何寄托,只能是付与诗词之中,聊以慰藉。

"帘外落花红小。独睡起来情悄悄,寄愁何处好?"容若以反问结束整首词,他自己也不知道,这一腔的幽思该如何化解,提笔像是自问,又好像是寻求答案。这种矛盾的心情让人看后不由得心疼,爱一个人,真的就如此纠结吗?

这百年前的情感,已经由不得后人去妄自揣测了,只能从词的字里行间,去寻觅词人当时的心境,共同体会。

少年游(算来好景只如斯)

算来好景只如斯。惟许有情知。寻常风月①,等闲谈笑,称意即相宜②。
十年青鸟音尘断,往事不胜思。一钩残照,半帘飞絮,总是恼人时。

注释

①寻常:普通,一般。风月:本指清风明月,后代指男女情爱。
②称意:合乎心意。相宜:合适,符合。

赏析

想来纳兰应是掰着手指写这首词的吧。

细细数来,好景不过只那些时日,翻来覆去地搜寻也不再多。常说人生如戏,其实又何尝不是一种全新的尝试?只是这些尝试不可以倒带、定格或重复,更没有机会再次完善,只有眼睁睁地看错误客观地存在,走过的路难再回首。几千年前,子在川上曰:"逝者如斯夫!不舍昼夜。"

是啊,"算来好景只如斯",好景不长,这是千百年流传的古训。墨菲定理告诉我们,越害怕的事情就越会发生。越渴望，越难求；越珍惜，便越易失去。相知相伴，最是难求。而在词中，这里的知己不是指纳兰的好友，而是她——"寻常风月，等闲谈笑"。她能与他共剪西窗烛，与他同赏夜雨芭蕉，与他依偎着听残荷雨声。

她懂他，懂他的浅唱低吟，懂他的眉尖心上。只一个"懂"字——芳心重，即使离去，也沉沉地压在纳兰心头。从与纳兰相知相许开始，她便像一棵树深深地植于纳兰心头，狠狠地扎下根去，发芽，长大，平平淡淡的岁月里成长着他们的记忆，而后便永久地定格成一幅画。也有落叶，也有花开，那是三分谈笑，二分思念，一分微嗔，剩下的是半生相忘于江湖。

无论是在人生的春秋还是晴雨，遇到她，孤单消弭，一切未知便立刻有了答案——那不是参考，而是确定，是唯一。她随风而过，不似斯佳丽那般疯狂固执的爱，却如一杯陈年女儿红，令人沉溺于往事中久久不愿醒转。可惜，可叹，"十年青鸟音尘断"，青鸟又名三青鸟，常作为传递幸福佳音的使者出现在诗页中。十年音尘断，连送信的青鸟也无影无踪。即便如此，那些陈年往事日日温习，愈思量愈清晰，愈清晰愈徒增烦恼。

"一钩残照，半帘飞絮"，月落下的清辉在人间划出了一道铜墙铁壁，此情此景，令词人不禁回想起她的一颦一笑、一言一语。所谓"世上本无事，庸人自扰之"，对她那份执着的念想，如同梦魇一般时常搅乱他的心绪，令词人惆怅不已。戛然而止的诗词并没有隔断容若的思念，相反，却让他郁结如斯，叹一句："总是恼人时。"

诉衷情（冷落绣衾谁与伴）

冷落绣衾谁与伴？倚香篝。春睡起，斜日照梳头。欲写两眉愁，休休。远山残翠收，莫登楼。

赏析

世人总说花间词艳丽奢华，透出一股脂粉气。纳兰胸纳幽兰，驾驭这类词作当然是如鱼得水。

"冷落绣衾谁与伴？"首句发问其实也是设问，自问自答。因无人相伴，看那绣衾衣裳，就算华美艳丽，也只让人觉得了无思绪。"倚香篝。春睡起，斜日照梳头"，"香篝"本是古代室内焚香所用的熏笼，一般来说，古代官宦人家，或者大家闺秀闺房中才有能力燃此香笼，因此，倚香篝点出了女子的身份，她定是大户人家的小姐。"春睡起，斜日照梳头"则点到时间，初日迟迟，已经倾斜到满屋子，女子睡醒后梳妆打扮，竟然毫无心绪。一副慵懒形象跃然纸上。

如果说，此处描写出女子的慵懒姿态，那么紧接着一句词，则把这种慵懒之态又向前推进一步。"欲写两眉愁，休休"，那位女子本想画眉，却看到自己双眉愁锁，便心想，算了，还是不描了，描了又有谁来看呢？"休休"则是这种心语的集中体现。

通过前两阕词，我们大致能勾勒出这样一幅场景：春日迟迟，少妇因幽枝独依，显得百无聊赖，则赖床度日，迟睡起，斜阳已至，更算是薄暮，因此无心打扮，只有深锁愁眉，无奈中更不知怎么排遣寂寞之念。

结尾处"远山残翠收，莫登楼"是实景虚写之笔。远处山峦的翠色消散了，由此看出，这番景色对她来说已经再熟悉不过了，因此，不必登楼就已知晓，想那断肠处自然是不宜多去的。

这首小令短小精悍，语言简洁却又深刻地写尽了思妇孤独伤春念远之情。

江城子（湿云全压数峰低）

湿云①全压数峰低。影凄迷，望中疑。非雾非烟，神女欲来时。若问生涯原是梦，除梦里，没人知。

注释

①湿云：湿度大的云，指云中满含雨水。

赏析

巫山上雨雾缭绕，高高的山峰也似被沉沉的云压低下来，山影凄迷，一眼望去，并不分明。并非雾气，也非野烟，正是巫山神女快要腾云驾雾而来。若觉得这生涯原是一场梦幻，人生美好只有在梦中，除此便没有人能知晓。正如苏东坡所说，"事如春梦了无痕"。

纳兰性德写这首词是抒发历史的感慨，我们先来看看他要咏诵的这段历史。一次，楚襄王带宋玉在云梦台一带游玩，当他看到一团非常独特的云气时便问宋玉："这是什么气？"宋玉说，这就是人们所说的"朝云"。楚襄又问什么是"朝云"，宋玉便向楚襄王解释到，过去，你的父亲楚怀王游历高唐，睡觉时梦见一个少女，少女向楚怀王说明来意，他便同意与之同床。少女离去时告诉楚怀王说："我住在巫山南面，早晨我是一团云，夜里我又变成了飘忽不定的阵雨。"第二天大早，楚怀王果然在巫山南面高台上看到一团云在那里飘动，便派人在此修了一座庙，取名"朝云"。

"朝云"刚开始出现时，形状像松树一样笔直，一会儿后，她又像一位美丽的少女，举起袖子遮住太阳，像在张望她思念的人；突然，她又改变面貌，急驰像四匹马拉的战车，接着，你会感到像风吹一样的凉，像冷雨一样的凄清。等到风止雨停，云也突然无影无踪了。

这个故事在中国历史上产生了很大影响，历代的诗词中这一典故可谓俯拾皆是。纳兰性德写这件事也是有原因的，可以当作咏史，更可以看作是他在倾诉着自己对人生的看法，以及对昔日爱情的追忆。

词中的巫山神女如何不可以当作纳兰性德的故妻、知己、恋人等呢？而他自己，好比楚怀王，而他们之间的关系，无论多么值得自己怀念，值得后人追忆，但总是一番云雨罢了，烟消云散以后，一切也就幻为无物。一句"若问生涯原是梦，除梦里，没人知"是词的结尾，也是纳兰对人生愁苦的总结。

长相思（山一程）

山一程，水一程，身向榆关那畔行，夜深千帐灯。
风一更，雪一更，聒碎乡心①梦不成，故园无此声。

注释

①聒：吵闹之声。乡心：思念家乡的心情。

赏析

清康熙二十一年二月十五日，康熙因云南平定，出关东巡，祭告奉天祖陵。纳兰性德随从康熙帝诣永陵、福陵、昭陵告祭，二十三日出山海关。塞上风雪凄迷，苦寒的天气引发了纳兰对北京什刹海后海家的思念，这首词即在这个背景下写成。

词的开篇即指出到达塞上山水漫长路途遥远，"山一程，水一程"，仿佛是亲人送别了一程又一程，山上水边都有亲人的身影，这漫漫长路终究有亲人一直不舍不弃地萦绕山光水色心间。"身向榆关那畔行"，一行人马由于使命在身皆是行色匆匆，只全身心地奔赴山海关。"夜深千帐灯"则是康熙帝率众人夜晚宿营，众多帐篷的灯光在漆黑夜幕的反衬下彰显出独有的壮观场景。在这里，词人借描述周围的情况而写心情，实际是在表达自己对故乡的深深依恋和怀念。

"夜深千帐灯"既是上阕感情酝酿的高潮，也是上、下阕之间的自然转换。夜深人静的时候，是想家的时候，更何况还是这塞上"风一更，雪一更"的苦寒天气。风雪交加夜，一家人在一起什么都不怕。可远在塞外宿营，夜深人静，风雪弥漫，心情就大不相同。路途遥远，衷肠难诉，辗转反侧，卧不成眠。"聒碎乡心梦不成"的慧心妙语可谓是水到渠成。

"山一程，水一程"与"风一更，雪一更"的两相映照，暗示出词人对风雨兼程人生路的深深厌倦的心态。从"夜深千帐灯"壮美意境到"故园无此声"的委婉心声，词人亲身经历的生活跃然纸上，其乡关之思和怨尤之情在此被表露得淋漓尽致。

这首词里，纳兰将塞上风景、行军神态，以及自身的怨思之情婉转道来，画面大漠壮美中不乏相思柔情，正所谓"刚柔相济"，尤其其中"夜深千帐灯"一句，取景新颖豪壮，深受国学大师王国维赞赏，可谓是边塞军旅途中思乡寄情的佳作。

东风齐着力（电急流光）

电急流光①，天生薄命，有泪如潮。勉为欢谑，到底总无聊。欲谱频年离恨，言已尽、恨未曾消。凭谁把、一天愁绪，按出琼箫②。

往事水迢迢。窗前月，几番空照魂销。旧欢新梦，雁齿③小红桥。最是烧灯时候，宜春髻、酒暖蒲萄④。凄凉煞、五枝青玉⑤，风雨飘飘。

注释

①电急流光：形容时间过得极快，犹如电闪流急。
②琼箫：玉箫。
③雁齿：比喻排列整齐之物，常比喻桥的台阶。
④蒲萄：即葡萄酒。
⑤五枝青玉：指灯。

赏析

容若在这首词里诉说了自己透彻心扉的伤感与苦情：时光飞逝，人生苦短，又加上天生福薄，想到这些不觉泪如雨下。即使强颜欢笑，最后也是百无聊赖。想要将胸中的愁苦写下，然而所有的语言都已说尽，但心头之恨仍然未消解。是谁在吹奏玉箫，那箫声如此凄切，更使人销魂。那窗前的明月，又一次照着月下这销魂之人。

往事如同江水般连绵不断地涌上心间，梦里忆里都是你我往日的欢会，那最宜人的是元宵佳节，可以久久地欣赏你那形状美丽的发髻，饮着那暖人的葡萄美酒。如今梦已醒，忆成空，只有凄风冷雨，寂寞孤灯，怎不叫人断肠伤情。

词的上片写人生苦短，泪眼蒙眬之凄迷感受。"电急流光，天生薄命，有泪如潮。"短短十二个字，就将内心的愁苦通通宣泄出来，"泪"是此片的关节。后面所写，虽然都是与泪无关，但可以看出，容若的这首词里，字字句句，都藏着眼泪。"勉为欢谑，到底总无聊。"在伤心的时候，欢乐也变得无聊了，勉强的笑容，总是难以持久的，放下面具，自己真的无法遏制悲伤。

"欲谱频年离恨，言已尽、恨未曾消。"离恨就是这样，就算千言万语一切都已消失，但离愁不会消失。容若写自己的悲戚，默然无语，千愁万怨似乎随着两行泪水咽入胸中，无法言说。

在上片的最后，容若写道："凭谁把、一天愁绪，按出琼箫。"一怀愁怨，触绪纷来，胸中的郁闷无法排遣，于是只得吹箫排解。词的下片开始，容若更是将清愁写入骨髓深处，让它们同寂寞一起流淌。

"往事水迢迢。窗前月，几番空照魂销。"提到离愁，便不能不写到往昔，一个过去丰富的人，往往最有忧愁的资格，容若就是这样的人，他的"旧欢新梦，雁齿小红桥"都是他的忧伤来源。这首词在这里声情凄苦，词音细滑，似满心而发出的感慨，读过之后，令人感到悲伤欲绝。

"最是烧灯时候，宜春髻、酒暖蒲萄。凄凉煞、五枝青玉，风雨飘飘。"结尾两句，融情入景，表达了绵绵无尽的哀愁。这首词可以因声传情，声情并茂。容若将词演绎得通篇婉转流畅，环环相扣，起伏跌宕，真是一首好词。

阮郎归（斜风细雨正霏霏）

斜风细雨正霏霏，画帘①拖地垂。屏山几曲篆烟微，闲庭②柳絮飞。
新绿密，乱红稀。乳鸯残日啼。春寒欲透缕金衣③，落花郎未归。

注释

①画帘：有画饰的帘子。
②闲庭：安静的庭院。
③缕金衣：即金缕衣。以金丝编织的衣服。

赏析

后人对纳兰的词一向都有很高的评价，其中，纳兰的至交顾贞观对他的评价就十分中

月光下，那些旧事又笼上心头，聚在眉峰，流转于眼波间，默数心下事，不觉夜已阑珊。

明 朱竺《梅鹤山茶图》

比离别更悲伤的事就是心爱的人走了,可记载着当初美好时光的物品却留了下来,睹物思人,惆怅挥之不去。

清 郎世宁《仙萼》

肯,他认为容若是先凄婉而后喜悦,这个特点在这首词中体现得十分明显。

这应该是一段伤春伤别的愁情吧:斜风轻拂,细雨霏霏,画帘垂地,屏风曲回,香烟袅袅,闲庭飞絮,花红柳绿,乳莺啼晚,四处一片春意。春寒料峭,凉透锦衣,春意阑珊之时,为何你还没有归来!

虽然是表达愁绪,但依然能够看出的是,容若并非是刻意地为写愁绪而写。他在词句的安排和字眼的打磨上很是讲究,尽量做到淡雅无痕、自然清新。伤春的词在容若的作品中不在少数,每一首都各有特色,但主题都是围绕一个"愁"字进行,将愁绪伤别演绎得淋漓尽致,各不相同。

"画帘拖地垂。屏山几曲篆烟微,闲庭柳絮飞。"写到画帘垂地,屏风曲折蜿蜒,熏香点燃,散发出袅袅香烟,闲庭前面,柳絮飞舞。俨然一派大好的春光,可是就这样的一派春光里,容若却是无心欣赏。

"新绿密,乱红稀。"花红柳绿,大好的春日,可惜无心欣赏,四处虽然是一片的春意盎然,但是"乳莺残日啼"的时候,你依然还未回来。等到"春寒欲透缕金衣,落花郎未归",从白天等到夜晚,为何你始终没有归来。

容若词中的"你"是何人,是他的恋人,还是妻子,或者是朋友,容若并没有做更细一步的阐释,他不过是哀婉地写道,为何还不归来,便将笔搁放下。这就是容若,只管写出自己的心绪,便无须其他了。

容若的心,仿佛海底湛蓝的一片,看似透明,却无法看透。

画堂春(一生一代一双人)

一生一代一双人,争教①两处销魂。相思相望不相亲,天为谁春?
浆向蓝桥易乞,药成碧海难奔。若容相访饮牛津,相对忘贫。

注释

①争教:怎教。

赏析

古往今来,爱情总是教人欢喜教人愁苦,美好的爱情就好似夜空中兀自绽放的烟火,瞬间的美丽照亮漆黑的天空,但为这一刹那的美好,人们所要付出的往往是很多的。容若为爱情付出的更多,他由困顿到解脱,由渴望到爆发,这期间的情绪波动十分的大,而这样的心绪,也就是这首《画堂春》。

这首词的气场十分强大,与容若以往诗词的风格完全不同。劈头便是"一生一代一双人,争教两处销魂",似乎是在控诉,也是在向苍天指望。为何相爱容易,相守就这么难。

容若的这句话,毫无点缀,直来直往,犹如一个素面朝天的女子。明明是天造地设的一对佳人,偏偏要经受上天的考验,无法在一起,只能各自销魂神伤,这真是老天爷对有情人开的最大的一个玩笑。"相思相望不相亲,天为谁春?"既然相亲相爱都不能相守,那么老天爷,这春天你为谁开放?容若的指天怒问让人叹息,他真是情何以堪。

下片转折,接连用典。其实小令一般是不会频繁用典故的,这是禁忌,但是容若偏偏视禁忌于不顾，频频用典故。

"浆向蓝桥易乞"，这是裴航的一段故事。裴航在回京途中与樊夫人同舟，并得到对方赠予的一首诗："一饮琼浆百感生，玄霜捣尽见云英。蓝桥便是神仙窟，何必崎岖上玉清。"后来，裴航在蓝桥驿偶遇一位名叫云英的女子，顿生爱慕。可是，当他向云英母亲求亲时，却被要求为她找到一件叫作玉杵臼的宝贝，如此，才能将女儿嫁给他。

最后，裴航从樊夫人的诗句中得到启示，终于娶到了云英。容若用这个典故，其实是想说像裴航那样的际遇于我而言，也是有过的。但至于容若遇到了什么样的往事，后人也不得而知。

接下来，"若容相访饮牛津，相对忘贫"也是一个典故。传说大海的尽头就是天河，那里每年八月八日都会有人乘槎往返于天河与人间，从不失期。后来，神算严君平知道以后掐指一算，算出那里就是牛郎织女相会的地方。

容若用这个典故，是想说自己虽然知道心中爱的人与自己无缘，但还是渴望有一天，能够与她相逢，在天河那里相亲相爱。这是容若的誓言，也是难以实践的约定，容若的爱，注定了漂泊，没有归期。

朝中措（蜀弦秦柱不关情）

蜀弦秦柱不关情，尽日掩云屏。已惜轻翎①退粉，更嫌弱絮②为萍。

东风多事，余寒吹散，烘暖微醒③。看尽一帘红雨，为谁亲系花铃④。

注释

①轻翎：蝴蝶。
②弱絮：轻柔的柳絮。
③微醒：微醉。
④花铃：指用以惊吓鸟雀的护花铃。

赏析

这首词的写作年代已经不可考了，容若是在什么时间、什么地点写下了这首伤春词，还需要后人的猜测与考证。但其实事实如何，并不是很重要的，重要的是，容若在写这首词的时候，内心充满着忧伤。

"蜀弦"是泛指蜀中所制的琴。相传汉蜀郡司马相如所用的蜀琴十分精致，后来人们便以此来表示精致的琴。而"秦柱"则是指秦弦，是古秦地（今陕西一带）的一种弦乐器，似瑟，传为秦蒙恬所造，故而得名。"蜀弦秦柱不关情"，写出伤春之情，关情便是动情之意，在这美妙绝伦的音乐声中，都引不起激动的情感，无法令之动容，可见这忧郁有多么的深。既然美好动听的琴瑟之声都无法感化这忧郁，那便只能另想其他办法了。

接着，词人满怀悲伤地写道"尽日掩云屏"。"云屏"是有云形彩绘的屏风，或用云母作装饰的屏风。容若在屏风后独自忧伤，或许是这春日让他感伤了，"已惜轻翎退粉，更嫌弱絮为萍"。春天虽然是春意盎然的季节，但眼前的蝴蝶褪去粉翅，柳絮也不再飞舞，而是飘落到水中，看来是春逝去了。

上片写了春逝的种种景象，下片依然是写景，不过写景之中还融入了些许感悟，"东风多事，余寒吹散，烘暖微醒"。尽管东风将余寒吹散，暖融融的春意让人仿佛喝醉一般有着眩晕的感觉，可是这春意马上就要消失，取而代之的是夏日的气息。

四季轮回本是无可厚非的，容若在词中这样感悟，忽然让人觉得春日的逝去多么的不忍，所以，容若在词的最后感慨："看尽一帘红雨，为谁亲系花铃？"花瓣凋零，仿佛下了一场红雨，看着没有了花朵的枝头，容若反问道，既然花都凋零了，那些护花铃还有什么用呢？已经没有了想要保护的东西，护花铃便显得有些多余。

这首伤春词只是容若众多伤春词中的一首，读起来朗朗上口，用词讲究，而且将春日逝去的哀伤情思描写得可圈可点，是首佳作。

霜天晓角（重来对酒）

重来对酒①，折尽风前柳。若问看花情绪②，似当日，怎能够。
休为西风瘦，痛饮频搔首③。自古青蝇白璧④，天已早、安排就。

注释
①对酒：面对着酒。
②情绪：心情，心境。
③痛饮：尽情地喝酒。搔首：以手搔头，焦急或有所思貌。
④青蝇白璧：比喻谗人陷害忠良。

赏析

这首词属于纳兰性德深刻剖露自己精神苦闷，以及苦苦寻求解答与解脱的典型篇目。词中体现了佛教思想对纳兰性德的影响。我们可以看见：一方面纳兰性德本曾积极进取，努力去考取功名，仕途坦荡，前途无量；另一方面，他敏感而易伤的心，坎坷而多遭变故的爱情生活，无常人生的生死、别离等，始终像水一样，慢慢浸透他全身。这样一对矛盾一并融入了纳兰性德的命运中，他无比苦闷，不断寻找出路，终于找到了佛教禅宗思想。

相逢又离别，离别又相逢，人生似乎就是在这相逢分别中慢慢损去，似乎是命运的轮回而已。看罢，如今眼前竟又是一盏离别酒，又要将它存进惆怅。河边那一排排瘦瘦的柳树，春意未浓，绿芽始发，却早已攀折殆尽，一任那春风吹啊，却怎么也吹不绿了，春风又何能解憔悴？徒替柳枝伤感罢了。

与早春一道的，那早早的花儿已然开放，卑微，却露出生的希望——遥想那些一同赏花的年华，如水东流，一去不返。如今物是人非，再对花月，睹物思人，何谈情绪，哪有心思，真肝肠寸断。怎能还似当时呢？

可爱的人儿啊，不要在这西风中沉沦，不要为此而憔悴！经历了生涯那么多的坎坷、离别，面对过人生何其多的温热冷暖，难道脆弱的心灵还未粗糙，难道敏感的神经还未因此麻木？

痛饮下这一杯酒罢，让我们一道将离别的痛苦，赤裸裸地一点不留，浸泡在这催泪滚滚的烈酒中罢，还让我们自己也沉沉地拜倒在这烈酒的冷寒里罢，让明日醒来时的我们，又回到原来并未相见的空虚中，回到我们从未结识的陌生中去，回到没有挂念的快乐中去。

上片说重逢后，又临别酒，而此时，方寸所感，早与往日大相径庭。下片自己为这人生苦恼提出了解答"自古青蝇白璧，天已早、安排就"。

人生不适，离别圆缺，清白谗邪，纷纷扰扰，永无宁日，自古便是如此啊，这千般烦恼，百般计较，命无不如此，皆由天定啊。

金菊对芙蓉·上元（金鸭消香）

金鸭消香，银虬泻水，谁家夜笛飞声。正上林①雪霁，鸳甃②晶莹。鱼龙舞罢香车杳，剩尊前袖掩吴绫③。狂游似梦，而今空记，密约烧灯。

追念往事难凭。叹火树星桥，回首飘零。但九逵④烟月，依旧胧明。楚天一带惊烽火，问今宵可照江城⑤？小窗残酒，阑珊灯烛，别自关情。

注释

①上林：上林苑，古宫苑名。
②鸳甃：用对称的砖瓦砌成的井壁，亦借指井。宋秦观《水龙吟》词："卖花声过尽，斜阳院落，红成阵，飞鸳甃。"
③吴绫：古代吴地所产的一种有纹彩的丝织品，以轻薄著名。
④九逵：四通八达的大道，后多指京城的大路。
⑤江城：临江之城市、城郭。

赏析

唯有华丽的词句，才配得上华丽的佳节吧。元宵佳节，纳兰府中吃穿用度必然不同凡响，可是，锦衣玉食的生活却只能让纳兰的内心更加落寞、苍凉。

所谓金鸭，是古人用来熏香或取暖的鸭形铜香炉，镀金镶翠，更显其华丽。"银虬"则是古代计时器漏壶底部的银质流水龙头，若放在今天，这两样东西则可称之为"华贵典雅的家居设计"。他人做此类句子，多是出于美好的想象，大胆地使用华美的修辞，于纳兰，却是实打实地写实，描绘眼前的景象。

这首词是在抒写上元之日的感怀：元宵佳节到来，看香炉中轻烟袅袅，漏壶滴水，不知哪里传来了玉笛之声。现在园囿中正是大雪初霁，飞檐碧瓦分外晶莹。街市上热闹非常，鱼龙杂耍，香车宝马，只有我一个人对酒独坐。记得当初相约今日一起赏灯，如今却恍然成梦。怀念往事，心中难平。那满眼的灯火璀璨，却是不堪回首。那京城的通衢大道上，烟云缭绕，月色朦胧。如今南方战事未平，不知今日是否也会有如此热闹的灯火相照？而我却对着小窗残酒，望着微弱的烛光，感慨万千。

这样的好日子，词人想到的不是上街游乐，而是离别的故人，甚至想到了远方的战事。纳兰性德写作此诗时，吴三桂已死，但是他孙子吴世璠继续称帝，康熙帝派大军围剿湖南，所以有"楚天一带惊烽火"之说。

欢乐的节日再热闹，也感染不了一颗孤寂的灵魂。"小窗残酒，阑珊灯烛"，诗人对着小窗独酌，一杯残酒就度过了一个良宵。世上最悲的描写，不是以悲写悲，而是以乐写悲。纳纳兰性德用全城人的欢乐衬托一个人的孤寂，让我们看到的，是一个孤寂的人在孤寂的夜晚，任由名为孤寂的幽灵在他灵魂深处狂欢。

琵琶仙·中秋（碧海年年）

碧海①年年，试问取、冰轮②为谁圆缺？吹到一片秋香，清辉了如雪。愁中看、好天良夜，知道尽成悲咽。只影而今，那堪重对，旧时明月。

花径里、戏捉迷藏，曾惹下萧萧井梧叶。记否轻纨小扇③，又几番凉热。只落得、填膺④百感，总茫茫、不关离别。一任紫玉⑤无情，夜寒吹裂。

注释

①碧海：此处指青天。
②冰轮：即圆月。
③轻纨小扇：指纨扇，即用细绢制成的团扇。
④填膺：充塞于胸中。
⑤紫玉：古人多截取紫玉竹为箫笛，因以紫玉为箫笛之代称。

赏析

抒发哀怨的感情时，幽怨的人最先想到的往往是月亮。唐明皇夜会梅妃，杨贵妃得知自己深爱的男人心中还装着别的女人，满怀忧伤，饮酒独醉，开口便是"海岛冰轮初转腾，见玉兔，玉兔又早东升"（《贵妃醉酒》）。纳兰容若思念起心头的人儿，起首也是"碧海年年，试问取冰轮，为谁圆缺"。

这首词描绘了中秋月下的景致：年年岁岁，问那天上的明月在为谁圆缺？夜风吹得桂花飘香时，那月色更加清净如雪。这花好月圆的美好景色，在满怀愁绪的人看来也只觉伤感呜咽。形单影只，该如何去面对那旧时的明月？曾记得我们在鲜花小径追逐嬉戏，惹得梧桐树叶纷纷飘落，还记得那轻纱团扇陪伴了几个寒秋，如今却只落得胸中百感交集，无处申诉。任凭那幽咽的笛声唤起旧梦，吹到天明。

想必，容若所思念的，是他青梅竹马的恋人。看他所回忆的情节"花径里、戏捉迷藏，曾惹下萧萧井梧叶"。钟鼎人家青年男女，家教甚严，举止必然大方稳重，及笄的丫头、弱冠的小伙儿必然不好意思跑来跑去地捉迷藏，能做这种游戏的，当是"郎骑竹马来，绕床弄青梅"的年纪。小小的姑娘一定还是"妾发初履额"，一点儿不懂得羞呢，会"折花门前剧"。

那真是不会再来的美好时光，我们玩得多么畅快，撒了欢地在满是花朵的小路上奔跑，连梧桐树的叶子都被我们夸张的笑声与叫声惊落了几片。曾经我们共同走过的美好日子，并不短暂，"记否轻纨小扇，又几番凉热"。用细薄的纨素糊就的小团扇，陪伴我们在漫长的夏日赶凉风、扑流萤，经历了几多华年？那时，我们天真烂漫，亲密无间。

冰轮出碧海，美则美，却美得冷入骨髓。夜风吹动盛放的桂花，清冷的月光下，甜香的桂花竟然映现了白雪般冷艳的气质，让夜色更觉凄清。这样清冷的夜、清冷的心，唯有清冷的曲子才能与之相配。诗人用一支紫玉笛吹出哀婉的曲子，表达内心浓浓的抑郁与伤怀。

御带花·重九夜（晚秋却胜春天好）

晚秋却胜春天好，情在冷香深处。朱楼①六扇小屏山，寂寞几分尘土。虬尾②烟消，人梦觉、碎虫零杵③。便强说欢娱，总是无心绪僝。

转忆当年，消受尽皓腕④红荑，嫣然一顾。如今何事，向禅榻茶烟，怕歌愁舞。玉粟⑤寒生，且领略、月明清露。叹此际凄凉，何必更满城风雨。

注释

①朱楼：谓富丽华美的楼阁。
②虬（qiú）尾：指盘曲若虬的盘香。虬，古代传说中有角的小龙。
③碎虫零杵：断续的虫声和杵声。
④皓腕：洁白的手腕，多用于女子。
⑤玉粟：形容皮肤因受寒呈粟状。

赏析

重阳节这天，天涯孤客，倍思亲人。纳兰容若独上小楼，啜饮着比天涯孤旅更为孤寒的伤悲。离家者尚有还家之日，远离人世者又怎会有归来之时？这首词写重阳节的无聊心绪，同时忆旧抒怀。

深秋季节的景致要比春天更美好，无限风情尽在秋日的花香深处。小楼的屏风落下些许微尘，却无人打扫。盘香烟消，孤独的人被窗外传来的虫鸣声和捣衣声惊醒，再难成眠。即使强颜欢笑，那百无聊赖的心绪也难以消减。记得当年，有伊人相伴一旁，那嫣然一笑，如今犹自灿烂。现如今，却空寂无聊，独自禅坐，怕见那歌舞繁华。清风雨露，霜华渐生，不觉寒冷。纵使不是满城风雨，而是胜却春天的美好秋夜，也已经只能感受到无比的凄凉冷清了。

"冷香"一处，有两种说法。一说指菊花、梅花等傲寒之花清幽的香气，另一种说法，则指女人香。或许在纳兰的印象中，妻子的气息就带着这般凉意的甜蜜。

重阳佳节，秋菊盛放，本来是"萧疏篱畔科头坐，清冷香中抱膝吟"（《红楼梦·对菊》）的日子，如今的容若却只能自问"圃露庭霜何寂寞，鸿归蛩病可相思"（《红楼梦·问菊》）。没有快乐，只有哀愁。当年与妻子嬉戏欢愉的小楼，如今盛满的不再是欢快的笑声，而是沉重的寂静。虽未曾常伴青灯，没了你的陪伴，人世繁华也褪去了光彩。爱人生命凋萎，容若的心便也寂灭了，寻常日子由一幅青绿山水瞬间褪色成了黑白水墨。

纵然晚秋却胜春天好，能使人在这人间好景中感叹"此际凄凉"的，恐怕也只有爱情了。这样的爱情，我们读来心醉；那身处爱情中的人，却是无尽地心碎。此情此景此爱恋，闻者悲戚，说者断肠。

酒泉子（谢却荼蘼）

谢却荼蘼①，一片月明如水。篆香②消，犹未睡，早鸦啼。

嫩寒无赖③罗衣薄，休傍阑干角。最愁人，灯欲落，雁还飞。

注释

①荼蘼：即荼蘼落叶或半常绿蔓生小灌木，攀缘茎，茎绿色，茎上有钩状的刺，上面有多数侧脉，致成皱纹。夏季开白花。
②篆（zhuàn）香：盘香，形如篆字。
③嫩寒：轻寒、微寒。无赖：无奈。

赏析

这是一首延续了花间词风格特点的词，例如内容属于离思别愁、闺情绮怨，词风具有"香软"的特点等。

上片第一句中"荼蘼"是一种蔷薇科草本植物，它的花期是在春后，一直延到盛夏才会开，所以古人以它为花中最晚的，是春季花季的终结。可见由于这个原因，荼蘼被赋予了一层伤感的、悲情的文化内涵。此外，荼蘼在佛教中也有寓意，有人以为它就是所谓的彼岸花，这就给荼蘼赋予了更多的让人联想的深意。所以纳兰性德以一句"谢却荼蘼"开头，点出时间的同时，更传达了春华殆尽的含义。

后面诸句都是在这种情怀下的延伸。"一片月明如水"一句极为醒目，在一片明月如水的夜色中，荼蘼慢慢凋零。情景交融，一何紧密。然后，或许是不忍卒观这窗外景致，倦眼目乏，将眼神又放回闺中，篆香也殆尽。似乎怎么也忘怀不了对窗外荼蘼谢去的伤感，一声早鸦又将深思勾去。

下片主写一个"寒"。天气是"嫩寒"，而人的心也是寒的。长夜难眠，披衣起坐窗前，晚风钻进薄薄的一层罗衣，不禁打了一个寒噤，马上想到，不应痴痴地再次独倚栏杆啊。最后一句"雁还飞"说气温回暖，又进一步将情怀如水的寒突出来，所以说正是这灯花欲落，南雁北归时刻，最是愁煞人。

这首词是长夜怀人有思之作。词句有穷，而意蕴难尽，直写情怀，却郁结难解，真挚可怜。

茶瓶儿（杨花糁径樱桃落）

杨花糁径①樱桃落。绿阴下、晴波燕掠，好景成担阁。秋千背倚，风态宛如②昨。可惜春来总萧索。人瘦损、纸鸢风恶。多少芳笺③约，青鸾去也，谁与劝孤酌。

注释

①糁径：散落在小路上。糁，煮熟的米粒，这里是散落的意思。
②风态：犹风姿。宛如：好像，仿佛。
③芳笺：带有芳香的信笺。

赏析

好一派怡红快绿的浓浓春色！

三四点青苔浮于波上，一两声莺啼鸣于树下。已暮春时节，樱桃散漫，柳絮飘扬，风日晴和不够，须要人意好才算得好景。一句"成担阁"，人意便隐身于旧梦中。此去经年，斯人不在，便是良辰好景虚设。

同是花开莺啼，草长鹭飞的时节，因着这"担阁"二字，都黯然失了颜色。困酣娇眼的杨花，飘飘摇摇，萦损柔肠；看樱桃空坠，也无人惜。燕双飞，犹得呢喃低语，"为怜流去落红香，衔将归画梁"，竟是黛玉葬花的心境一般。庭院深深处，小园香径下，唯有幽人独往来。

"秋千背倚，风态宛如昨"，纳兰斜倚秋千，抚着冰凉的秋千索，追忆那些朝朝暮暮。去年今日此门中，人约黄昏后；今年花依旧，不见去年人。往事淌过心头，斯人何在？"可惜春来总萧索"，他望向春雁回彩云归，望向细雨过桃花落，望向角声寒夜阑珊，只望得一怀愁绪空握。天涯一隅，不知她在那一方可也凭栏忆？泪眼望花，花亦无语。

"人瘦损、纸鸢风恶"，纸鸢，便是我们现在说的风筝，南方叫鹞，北方称鸢，因此也有"南鹞北鸢"之说。东风恶，纸鸢飘摇，如纳兰那颗摇摇欲坠的心，堪比黄花瘦。想他们也曾芳笺成约，执手一生吧？如今山盟犹在而锦书难托，斯人已去而此情空待，伤情处，"红笺为无色"。

青鸾何在？怕这世上无人曾见。传说青鸾有着世间无人听过的天籁之声，因为它只为爱情而歌；它亦为爱情而生，一生只为找寻另一只青鸾偕老相伴。它踏遍万水千山，仍是形单影只，因为这世上只一只青鸾。当它偶然望向镜中的自己，竟以为此生如愿，一曲绝美的歌声响彻云霄。从此，青鸾便成为世间坚贞不渝的爱。

东方的青鸾，西方的纳西索斯，他们终其一生追寻着"知我心者"。纳兰又何尝不是？待友人，他不以贫贱富贵为念；待爱人，终生执着于心间。鸿雁不归，青鸾去也，那一份黯然销魂的痴念，叫他与谁人说？只听见纳兰低唔一句："谁与劝孤酌。"谁劝孤酌？无解。杨花处处，飞燕双双，融融春意中泛起心头的，是吹不去化不开的悲凉。

赤枣子（惊晓漏）

惊晓漏，护春眠。格外娇慵只自怜。寄语酿花风日好，绿窗来与上琴弦。

赏析

俗话说："春困秋乏冬无力，夏日炎炎正好眠。"就是在这个早春时节，纳兰以少女的口吻写下了自己春日的愁绪。

"惊晓漏，护春眠。"开端一个"惊"字，巧妙地把少女酣睡正香时恰被扰醒的嗔怒刻画了出来。才是微微破晓天，漏壶却已滴答作响将好梦惊扰。古代没有钟表，只能以漏壶来计时。

此刻，被惊醒的少女将怒未怒，似嗔未嗔，只被那浓浓的睡意压了下去，辗转翻了几个身，却是一心想把这让自己无比眷恋的好梦继续。此处，"护"字婉约写出了少女对于这场春眠的珍惜与依恋，是为："护春眠。"

"格外娇慵只自怜。寄语酿花风日好"，姣慵，即柔弱倦怠的样子，想来这位女子定是被那春日暖阳熏软了骨头，抵挡不住浓浓睡意，辗转反侧，反而别有一番风韵。这个"格外"，更是把这位少女的慵懒模样渲染得楚楚动人，仿若千种风情，也尽在此中。

都说少女情怀总是诗，词作的最后两句"寄语酿花风日好，绿窗来与上琴弦"最为点睛。少女醒来后看到满园鲜花含苞未放，于是便"寄语酿花"，意指催花开放，即少女对着那满园的花蕾幽幽地说开了话：你们怎还眷恋梦境旖旎，却不知再不醒来就错过了这大好天日了么，阳光如此明媚，要知春日渐短，休要错过之后方才后悔不迭，醒来吧，都开放吧，让这春天也领略一番"草树知春不久归，百般红紫斗芳菲"的明艳。

这一句便将女子年少的姿态描写得灵动起来，一个怀愁又不懂愁，盼美又不遇美，对好事好物好景充满期待的少女形象跃然纸上。

下一句转而写少女回身抚琴，纱窗轻启，琴声悠扬而去，云青青处似环佩微鸣，水潺潺时若绿绸初展，总是将一片情怀托付琴弦。词到此处，已转得悠远朦胧，一切零碎的小思绪随着琴声就长长地漫开了去，便是她如孩童般催花开放的姿态也沾染了些许愁思，似雾非雾，亦真亦幻，可谓言尽意不尽，留白深广，让人生起遐思无限。

玉连环影（何处）

（按此调谱律不载，或亦自度曲①。）

何处？几叶萧萧雨。湿尽檐花②，花底人无语。掩屏山，玉炉寒。谁见两眉愁聚倚阑干。

注释

①自度曲：谓在旧有曲调外，自行谱制新曲，或指在旧词调之外自己新创作的词调。
②檐花：屋檐之下的鲜花。

赏析

摄影都讲究景深效果，殊不知，写词也是如此。这首《玉连环影》，纳兰就运用了自己一贯擅长的描写手法，由景物搭配开始，从屋外写起，直至屋内，再写到屋内之人，显出十分明显的层次感。

词的开篇即无端发问：何处？这是古诗文中常常表示询问时间的语句。纳兰本是多情而又痴情之人，往往对所爱之人用情很深。"何处？几叶萧萧雨。湿尽檐花，花底人无语"，寥寥数笔就勾勒出一幅凄清哀怨的外景。雨水打湿了檐花，或许，那雨就是花的眼泪吧，生生打湿了自己。想到这里，纳兰自然把笔触写到了伊人身上。"花底人无语"，伊人默默望着细雨捶打的檐下之花，檐花也是默默无语地接受着这被雨打的命运，表现出极凄苦寒凉的意味。

纳兰与妻子卢氏恩爱情深，可是天妒红颜，卢氏双十年华便香消玉殒。此作想必是纳兰描摹回忆之作。写女子其实也自况其身。

接下便描屋内之境："掩屏山，玉炉寒。"此二句，意思是将屏风掩紧，玉炉中所焚之香也已燃尽。写完屏山和玉炉，词人最后安排了一个倦妇之形，"谁见两眉愁聚倚阑干"，她愁聚眉梢，独自凭栏，显现出一片寂寞无助之态。

写这首词时，想必纳兰凑巧遇上雨打檐花，便想起了与妻子卢氏那种"曾经沧海难为水，除却巫山不是云"的深厚情感。可是，情发怎会无端？但又有谁能理解他这满怀的凄楚与旷世的寂寞呢？

遐方怨（欹角枕）

欹角枕①，掩红窗。梦到江南，伊家博山沉水香②。湔裙归晚坐思量。轻烟笼浅黛③，月茫茫。

注释

①欹角枕：斜靠着枕头。欹，通"倚"，斜倚、斜靠。角枕，角制或用角装饰的枕头。
②博山：博山炉的简称，一种香炉。沉水香：即沉香，指以沉香制作的香。
③浅黛：用青黛淡画的眉毛。黛，古代女子用以画眉的青黑色颜料。

赏析

在读这首词之前，我们先来看看苏东坡广为人知的《江城子·乙卯正月二十日夜记梦》：

十年生死两茫茫，不思量，自难忘。千里孤坟，无处话凄凉。纵使相逢应不识，尘满面，鬓如霜。

夜来幽梦忽还乡，小轩窗，正梳妆。相顾无言，惟有泪千行。料得年年肠断处，明月夜，短松冈。

和苏轼一样，纳兰这篇词也是在写梦和梦回，主题基本相似。然而，两首的情感轨迹却是不一样的，苏东坡的词是透透彻彻的凄凉，而纳兰性德在写法上则倾向于利用现实与梦境的对比，来突出身处现实中的独自痛苦的强烈。

"欹角枕，掩红窗。梦到江南，伊家博山沉水香"，夜已阑珊，人犹未眠，青灯已关，斜倚角枕，红窗紧闭，无限思量，无限怅惘：刚刚令我醒来的梦啊，仿佛又让我去到了江南，去了那我爱的江南女子的家中。她家中一派暖融融的气氛，香炉中袅袅升起沉水香燃出的烟，幽香迷人。

"湔裙归晚坐思量。轻烟笼浅黛，月茫茫"，天色已晚，暮色袭来，她到河边洗裙祈求消灾，现在才回来。她回头闲坐窗前，若有所思。她的心中此刻正思量着我么？沉水香飘起的青烟，缕缕盘旋，缭绕在她浅黛色的蛾眉上，衬得如此美丽。忽然一阵冷风拂过，让我从梦中惊起。梦中的一切已经烟消云散，唯有惨淡的一轮圆月，洒下一层薄薄的白色月光。

词里写到的"江南"和"女子"，很容易让人想起纳兰性德和汉族的江南才女沈宛之间的故事。纳兰二十岁时迎娶妻子卢氏，不幸的是，卢氏三年后病故。妻子的离去给他带来了极大的触动，日后六七年里，纳兰写下了大量怀念妻子的词章。后来，经好友介绍，纳兰又结识了江南才女沈宛。由于沈宛是汉女，根据当时的律法，满人与汉人不得通婚，所以，这对才子佳人终究没能成为幸福的一对。也许是因为这个原因，所以这首词里会透露出一股淡淡的凭吊的意味，怀念远方的爱人，怀念那份无法割舍的情意。

雨中花·送徐艺初归昆山（天外孤帆云外树）

天外孤帆云外树，看又是春随人去。水驿①灯昏，关城②月落，不算凄凉处。计程③应惜天涯暮，打叠④起伤心无数。中坐波涛⑤，眼前冷暖，多少人难语。

注释

①水驿：水路驿站。
②关城：关塞上的城堡。
③计程：计算路程。
④打叠：整理，准备，收拾。
⑤中坐波涛：此处指触犯朝纲。中坐，即中座，指星犯帝座。

赏析

纳兰容若的词中偶然可见美丽却生疏的词牌名，有他和朋友们自创的，譬如《青衫湿遍》《踏莎美人》；还有很少有人谱度的词牌，譬如这《雨中花》。《雨中花》在《全唐诗·附词》仅有一首，双调，不过九十四字。

纳兰容若的《雨中花》写得短小清雅，起首一句"天外孤帆云外树"就足以使人倾倒。一点孤帆游于天外，便已经是说不尽的苍茫孤寂了，树影婆娑，影于云外，更显得这云天寂静高远。

离别的时刻，看天外孤帆远影，云外天低树稀，顿觉春天也将伴随着你的离开而远去。从此征途漫漫，无限凄凉。计算行程，收拾心情。虽无意触犯朝纲，但看尽人间冷暖后，也不由得感叹：多少人有苦难诉啊！

这首天籁般的小词是赠予纳兰性德的老师徐乾学的儿子徐艺初的。

徐乾学于康熙九年（公元1670年）金榜题名，得中榜眼，从此跻身仕途。没想到康熙十二年（公元1673年），爆发了"副榜未取汉军卷"案，两个主犯，一个是徐乾学，另一个就是当年和他同榜的状元蔡启僔。那次考试徐乾学任顺天乡试考官，取纳兰性德为举人，因此徐乾学是他的"座师"。徐乾学因为"坐取副榜不及汉军镶级"而被事中杨雍建弹劾，遭到降级调用的处罚，回了老家江苏昆山。当时徐艺初还没有成家，一直陪伴在父亲身边。

纳兰性德对老师之不幸深表同情，故本篇大约作于送老师之时。他所赠虽为艺初，但艺初实为徐乾学之子，可见借题发挥之旨，词中既表达了对座师的同情和安慰，也流露出对自己前程的牢骚和不平。

纳兰性德去世那年，恰逢徐艺初中进士，不知纳兰可曾喝到了朋友那杯及第酒？纳兰的词非但柔美，更有真性情。这阕昔年旧词，寓情于景，寄下多少关切，多少同情。这样的词，每每读起，总是让人感慨不已。

青衫湿·悼亡（近来无限伤心事）

近来无限伤心事，谁与话长更？从教分付①，绿窗红泪②，早雁初莺。
当时领略③，而今断送，总负多情。忽疑君到，漆灯风飐④，痴数春星。

注释

①从教：听任，任凭。分付：同"吩咐"。
②红泪：指伤离或死别的眼泪。
③领略：欣赏，晓悟。

④漆灯：灯明亮如漆谓之"漆灯"。风飐：风吹。

赏析

　　这首词抒发对亡妻深切怀念的痴情：近来我有很多的心事，你不在了，我要向谁诉说？一切都听凭安排，绿窗之下的离别之泪，春天里的莺歌燕语。这一切都曾经领略过，如今却一去不返，空负这一片痴情。恍惚之间仿佛感受到你来到我的身边，在风中的烛光下默默地数着春夜里的繁星。

　　"近来无限伤心事"，容若一开篇便写出了自己内心的伤感，最近的无数伤心事，都只得埋藏在自己心里，因为无处可以诉说，你早已离去，我的知己只有你一人，你走了，我的心里话还能对谁说呢？

　　卢氏不但是容若的妻子，更是容若的红颜知己，容若为卢氏所题写的悼亡词数不胜数，可是每一首，他都能够写出请辞中的哀婉，他是真的无法割舍对卢氏的一片情深。

　　自然，卢氏是幸运的，她能够与容若真心相爱一场，死后，又能够被容若如此思念。而活下来的容若却是不幸的，他的伤痛，无人诉说，只能够低沉地与卢氏讲"谁与话长更"，你的离去，对我的打击是多么的大，你可知道？

　　卢氏自然是无法知道，人死如灯灭，卢氏的离别，就注定了容若在这个世上的孤寂，"从教分付，绿窗红泪，早雁初莺"。容若自然也是知道，自己的思念无济于事，生活还要继续下去，但他就是无法控制自己内心的思念，一想到从前，他便要忍不住泪如雨下，悲恸欲绝。

　　"当时领略，而今断送，总负多情。"当时的恩情，今日看来，真是无奈，早知如此，当日便不用多情一片，也会省得今日难舍难分吧。话虽如此，但容若又怎么能够放下那一片深情。过多的思念，让容若心生幻觉。"忽疑君到，漆灯风飐，痴数春星。"好像感觉到卢氏又回到了他的身边，仔细一看，却只是孤灯冷风，窗外星星寂寥，也不过是清冷的夜空，哪里有卢氏的影踪呢？

　　问世间情为何物，便是容若这般吧。

落花时（夕阳谁唤下楼梯）

（按此调谱律不载，疑亦自度曲。一本作《好花时》。）

　　夕阳谁唤下楼梯，一握香荑①。回头忍笑阶前立，总无语、也依依②。
　　笺书直恁无凭据③，休说相思。劝伊好向红窗醉，须莫及、落花时。

注释

①香荑：柔软而芳香的茅草嫩芽。荑，茅草的嫩芽。
②依依：美丽。
③笺书：信札，文书。直恁：犹言竟然如此。无凭据：不能凭信，难以料定。指书信中的期约竟如此不足凭信，即谓误期爽约之意。

赏析

　　这首词刻画恋人相会时的场景：夕阳中，谁把她从楼上唤出，手握一把香草。下得楼来，她却忍着笑意立在阶前，一语不发，尽管如此却依然美丽。信中相约却未如期而至，如今就不要再说什么相思了。劝你沉醉小窗，还没有到落花相见之时呢！

"夕阳谁唤下楼梯，一握香荑。"这首词写下了夕阳西下，恋人相约时，既相爱又娇嗔的场面。容若依然是用他典型的直白开场，写下了这个故事的开端，从楼梯上下来，女子手中握着香草。"香荑"是指刚刚长出来的嫩草，带着淡淡青绿色，有着植物特有的芳香，好像男女初恋的味道，青涩，好闻。

本来，恋人相见，应当是欣喜若狂，立即相拥在一起。可是这时，女子却做出了一个令人难以理解的举动，"回头忍笑阶前立"，停在那里一言不发，叫人摸不着头脑。女子之所以这样，无外乎是因为恋人不守约定，错过了约期。所以，她才要故作矜持，故作冷淡。

总的来说，上片就是在写二人相会，女子撒娇矜持的场景。上片最后"总无语、也依依"六字，更是道出了女子的小小心事。

"笺书直恁无凭据，休说相思。"春光流转不定，春风盎然，但依然会过渡到夏日，四季轮回，无人可阻，感情之间的事情也不外乎如此，没人能够肯定相亲相爱一生一世，但只要当时用情至深，那便是此生无悔了。

可是，女子看似决绝的一面底下，隐藏的其实是真诚的爱恋。看到男子被自己的严厉吓到，女子又于心不忍，她转而安慰男子，"劝伊好向红窗醉，须莫及、落花时"。用风景来过渡，将之前的冷淡场面敷衍过去，毕竟男子还是来了，又何必去计较之前的种种呢？

容若是真的懂得爱，所以，他能够将爱写到如此轻描淡写，却如此地深入人心。这首词的风流蕴藉之处，很有北宋小令的遗风，亲昵，却又不失庄重，艳丽，但又并不艳情，容若的风骨之高，由此可见。

锦堂春·秋海棠①（帘外淡烟一缕）

帘外淡烟一缕，墙阴几簇低花。夜来微雨西风里，无力任欹斜②。
仿佛个人睡起，晕红不著铅华③。天寒翠袖添凄楚④，愁近欲栖鸦⑤。

注释
①秋海棠：多年生草本植物，叶背和叶柄带紫红色，花淡红色，供观赏。
②欹（qī）斜：歪斜不正。
③铅华：妇女化妆用的铅粉。
④翠袖：青绿色衣袖，泛指女子的装束，这里指秋海棠的绿叶。凄楚：凄凉悲哀。
⑤栖鸦：乌鸦欲栖息时，指黄昏时候。

赏析
珠帘外一缕淡淡的轻烟，墙阴处几簇矮矮的鲜花。昨夜秋风吹来一场细雨，花枝无力任凭风雨将她吹斜。那娇美的神态仿佛美人睡起之后脸上泛起的红色，不施粉黛却娇艳欲滴。寒风中那绿色的衣袖更为她平添了几许凄楚，在黄昏之中徒增无限清愁！

清愁是容若书写不尽的主题，他的每首词，几乎都带有淡淡的愁云，这首词中也提到了，"帘外淡烟一缕"，帘外的淡淡烟云，一缕便飘散在风中，好像刚才什么也没有出现。开门见山,便写到了烟雾消散,犹如自己的愁绪,淡然一抹,偶尔飘来,随即飘走。

"墙阴几簇低花"不过是墙角下的几朵小花,容若却能欣赏到它们独有的魅力。在墙角的阴凉面下,几簇低矮、不被重视的小花,长在那里,它们虽然卑微,却生命力顽强,只要一点点的阳光,便能自由自在地开放。

容若是在写花,也是在羡慕花的自由。"夜来微雨西风里,无力任欹斜。"虽然夜晚一场暴雨,会让花朵凋零、倾斜,看似要枯死一般,可是只要第二天照样出太阳,它们便会再次回转过来。

这就是生命的力量。容若是渴望这种力量的,于是,这种生命力顽强的花,在他眼中,也别具一番风韵。下片写到花的样子,仿佛是在描述一个美貌的女子,"仿佛个人睡起,晕红不著铅华。"好像刚刚睡醒的女子,不施粉黛,素面朝天,却可爱真实,让人怜惜。就好像这花一样,让人无法不去关爱。

"天寒翠袖添凄楚,愁近欲栖鸦。"寒风中,它们努力绽放,要将最后的颜色在这枯黄的世界中保存得更长久一些,可是它们不知道,看花的人,却在黄昏中,看到它们,更看到了哀愁。

海棠春(落红片片浑如雾)

落红片片浑如雾,不教更觅桃源路。香径①晚风寒,月在花飞处。
蔷薇影暗空凝伫②,任碧飐③轻衫萦住。惊起早栖鸦,飞过秋千去。

注释

①香径:花间小路,或指满地落花的小路。
②蔷薇:落叶灌木。有单瓣、复瓣之别,色有红、粉红、白、黄等多种,很美丽,初夏开放。凝伫:凝望伫立,停滞不动。
③飐(zhǎn):颤动、摇动。

赏析

自从陶渊明在他的《桃花源记》中描写了一个与世隔绝、安居乐业的好地方之后,"桃花源"似乎就成为人们心目中的避世理想之所。在词人纳兰的心中,也有这样一片世外桃源,一个心目中的理想之地,它就在这首《海棠春》里。

这首词勾画月夜下孤清寂寞的情景:春风吹过,落花纷纷,如烟似雾,叫人禁不住要去寻觅那世外桃源。花间小径,晚风伴着轻寒,将花瓣吹到月光底下。墙壁上蔷薇的倩影里,有人默默地伫立凝望着眼前的一切,任凭风吹衣袂,花瓣萦绕。清风惊起早醒的晨鸦,使得它们扇动着翅膀飞过秋千去了。

"落红片片浑如雾",开篇一句便是充满了诗情画意,叫人向往,但随后一句,则是将人从天堂拉入人间,"不教更觅桃源路",如此美景,忍不住想要叫人去寻找那桃花源的踪迹,可是究竟入口在何处呢?无人可知。

在看似的美景之下,其实在美丽之外,心头更是藏着一份凄凉的情怀。这首词的总体基调是清冷的,"香径晚风寒,月在花飞处"。每一个字都流露出了不泯的深情,只是可惜,这份情怀无人可寄，故而越发显得凄冷。

读着容若的词，感怀着他的伤，不禁泪流。"蔷薇影暗空凝伫，任碧飐轻衫紫住。"一个孤寂的身影，任凭风将自己的衣衫吹起，身上感到些许的冷，但心里更冷，容若最苦的便是没有知己，在苏轼的《怀渑池寄子瞻兄》说道："人生到处知何似？应似飞鸿踏雪泥。泥上偶然留指爪，鸿飞那复计东西。"

知己是一个男人最好的解忧酒，可惜容若没有，所以，任凭"惊起早栖鸦，飞过秋千去"。他也只能是在大片大片的忧伤中，沿着自己的轨迹，掉入灰暗的深渊，无法逃脱。这是一道美丽的疤痕，让容若一生都在写着绚烂孤寂的诗词。

这份情怀，延绵不绝，洇了千年。

河渎神（风紧雁行高）

风紧雁行高，无边落木萧萧①。楚天魂梦与香销，青山暮暮朝朝。
断续凉云来一缕，飘堕几丝灵雨②。今夜冷红浦溆③，鸳鸯栖向何处？

注释

①无边落木萧萧：描绘深秋的景色，化用杜甫《登高》："无边落木萧萧下，不尽长江滚滚来。"
②灵雨：好雨。《诗经·风·定之方中》："灵雨既零，命彼倌人。星言夙驾，说于桑田。"郑玄笺："灵，善也。"
③红：指水草，一名水荭。浦溆：水滨，水边。唐杨炯《青苔赋》："桂舟横兮兰触，浦溆回兮心断续。"

赏析

这首词是在表达相思时的寂寞之情。"风紧雁行高"，开篇五个字便是寂寞的形状，宛如天际的白云，看似有形，却是无形。也正是因为如此，寂寞才难以捉摸，时而飘来，进入心里，让人无法释怀。容若最是能体会寂寞的，他的心，从始至终，从未曾冰释过。

"无边落木萧萧"，就好像无边的落木，落叶无边，枯寂蔓延开来，无法收拾。而容若之所以开篇如此描写，正是要写出相思之苦的痛楚："楚天魂梦与香销，青山暮暮朝朝。"到底那相爱之情如何才能够化解，让我不再为相思而苦。

无人能够作答，就连容若自己，也无法解答。人世间的情情爱爱，本就是因缘际会，这是无法用理性去控制的。容若是一个多情之人，他正因为多情，才被情所困，词中虽是写景，却景中有情，甚是感人。

"断续凉云来一缕，飘堕几丝灵雨。今夜冷红浦溆，鸳鸯栖向何处？"情景交融，云雨反转，无一不让容若想到相思之人，今夜寒意袭人，那思恋的人，会在何处呢？是否会被寒冷侵袭，又是否会不懂得加衣？这种种担忧，无不化进这首词中，尽惹得相思离人泪。

相思是许多诗词中永恒的主题，相思之情，男女之爱，最容易写成，因为这是人世间最为普及的情感。但同时，也最难写好，因为人人都曾经历，便少了些新意和感悟。容若偏要迎难而上，他的词，大多全是相思、相爱之词，或许是爱之深，所以才会感之切，容若的相思之词，并不腻歪，反而有些爽口。

四和香（麦浪翻晴风飐柳）

麦浪翻晴风飐柳，已过伤春①候。因甚为他成僝僽②，毕竟是、春拖逗③。
红药阑边携素手④，暖语浓于酒。盼到园花铺似绣，却更比、春前瘦。

注释

①伤春：因春天到来而引起忧伤、苦闷。
②僝僽（chán zhòu）：烦恼、忧愁。
③拖逗：挑逗、勾引、引诱。
④红药：红芍药。素手：洁白的手，多形容女子之手。

赏析

容若是一个把自己幸福建立在别人幸福之上的人，如果他关心的人不幸福，那么他也不幸福。这样的人，注定会活得比较苦。容若写得一手好词，尤其擅长以抒情的词牌来写作，用白描的方式，笔端轻柔地勾勒，几笔下来，便是一幅绝好的画面，让人无法释手，无法闭眼。

这首词也是如此，娇羞宛然，冰雪轻盈。虽然是写春日风光，是一首伤春之词，但词中显露出来的，竟是一幅活生生的春归图，"麦浪翻晴风飐柳，已过伤春候。"开篇第一句描绘出了一幅田园景色，风光一片大好，在麦浪翻滚的时候，风吹动晴空，云彩随同麦浪一起游走，田园春光糅合在一起，既让人看到春日的纯粹，又可以感受到田园景象的美丽，容若的词在这里，似乎并非为写愁而写，就是要单纯地描绘这眼前的景物。

但是接下来这句，真的是可以看出容若内心的愁苦："因甚为他成僝僽，毕竟是、春拖逗。"这么好的春光，为何还要哀愁呢，难道仅仅是因为春光太短暂了吗？容若在这样美的风光中，照旧无法放下内心的忧虑，到底是什么让他如此幽思呢？想来就是那名占据他心房的女子。

"红药阑边携素手，暖语浓于酒。"回忆里有着温暖的过去，红药花栏边，曾与爱人携手饮酒，耳鬓厮磨。可是如今，依然是等到了这春暖花开之日，却为何物是人非，景物可以年年相似，看风景的人却是无法回来。

"盼到园花铺似绣，却更比、春前瘦。"李清照写过一句词叫"人比黄花瘦"，容若这句"却更比、春前瘦"颇有几分李清照词的意蕴。到底是春瘦还是人瘦，只有容若心里才更清楚、更明了。

一首温柔的词，一曲婉转的歌。一句长一句短，回环往复，流连不歇。这首词看似写伤春之情，却是写尽容若内心的细碎柔情，温柔好梦，真是堪比春风瘦。容若是一个特别的词人，他有着人人羡慕的身世，却总是填写哀伤的词，他爱过几个女子，却最终都没给她们带去过幸福，而容若自己也没有幸福过。

寻芳草·萧寺记梦（客夜怎生过）

客夜怎生①过？梦相伴、绮窗吟和②。薄嗔佯笑③道，若不是恁凄凉，肯来么？

来去苦匆匆，准拟待、晓钟④敲破。乍偎人一闪灯花⑤堕，却对着琉璃火。

注释

①怎生：怎样，怎么。
②吟和：吟诗唱和。
③薄嗔佯笑：假意嗔怒、故作嗔怪。
④准拟：料想，打算，希望。晓钟：报晓的钟声。
⑤灯花：灯心燃烧时结成的花状物。

赏析

这首词的副标题为萧寺纪梦，所谓的萧寺便是指佛寺，容若寄宿佛寺，在佛门圣地，寂静暗思，不由得心生感叹。

"客夜怎生过？"在这佛寺中要如何度过，才能不显得这夜晚分外漫长？想来想去，便只有思念恋人，只有想起与恋人相守时的美好时光，这夜晚才不会那么黑暗。"梦相伴、绮窗吟和。"夜里做梦，梦到昔日的恋人，二人相伴窗前，吟诗作对，十分快活。容若在寺庙里做着美梦，可惜，现实是残酷的，他孤独一人，置身山寺，在他的梦境中，那份独独属于他的美好也并没有继续下去。

"薄嗔佯笑道，若不是恁凄凉，肯来么？"恋人一脸娇羞，故意质问容若："如果不是你过于孤独，你会来找我吗？"容若无言以对，平日乏味单调的生活，早已使得他失去了圣湖殿斗激情，爱情远离他的那日，他便早已是忘记了爱情的模样。

恋人在睡梦中的质问，其实也是容若的扪心自问，如果不是自己过于孤寂，是否还会想起往日的恋人，还有往日相爱时的美好情感。必然不会，因为早就已经习惯了一个人的日子，如何还会去让自己再置身于想念之中呢。

"来去苦匆匆，准拟待、晓钟敲破。"不过，容不得他细想，好梦易碎，在钟声里，容若醒了，甚至还来不及和恋人告别，就这样匆匆苏醒。看到晨曦从窗口进来，照亮房屋的每一个角落，容若暗生悔意。

好梦为何不能多停留片刻呢。可是世事不往往就是如此吗，总是在最美的时候，便戛然而止，留给人们无尽幽思。"乍偎人一闪灯花堕，却对着琉璃火。"

这美梦忽然醒来，留下自己在冰冷的现实中空对着琉璃灯，看着灯花坠落，犹如看着自己美好的往昔零落，内心凄惶。

菊花新·用韵送张见阳令江华①（愁绝行人天易暮）

愁绝②行人天易暮，行向鹧鸪声里住。渺渺洞庭波，木叶下、楚天何处。
折残杨柳应无数，趁离亭笛声吹度。有几个征鸿③，相伴也、送君南去。

注释

①江华：汉置冯乘县，唐置江华县，改曰云溪，寻复故，唐初置县在五保之地，神龙初迁于寒亭北阳华岩之江南，故名江华，在今湖南江华东南，现为瑶族自治县。

②愁绝：极度忧愁。
③征鸿：征雁。

赏析

这首词为送别之作，是容若送给他的好友张见阳的一首词，字里行间充满了离别的愁恨，朋友间的友谊不会因为距离和时间的长度而逐渐淡漠，真正的友谊是能够跨越千山万水，抵达人心深处的一种情感。

你就要赴任到遥远的江华，此刻送行为之生愁添恨，而天色也仿佛变得晦暗迷蒙了。故人将去的江华，此时也正是秋色凄凉，令人惆怅。依依难舍，杨柳折断了无数次，本应趁着长亭离宴上的笛声作别，却仍不忍分手离去。天空飞过几只征雁，就让它们陪你远行，与你做伴吧。

"愁绝行人天易暮"，人要走，留不住的尽是相思情，仿佛知道容若内心的凄苦，连上天都不忍再看，暮色深重，愁煞赶路人。"行向鹧鸪声里住"这句话里有个说道，便是所谓的"鹧鸪声里"，这是指张见阳将去的江华之地，地在西南方，故云。而且鹧鸪本身也含有惜别之意，是许多词人爱用的一个词。

"渺渺洞庭波，木叶下、楚天何处？"既然清楚了友人要去的地方，但是自己无法相陪，这真是哀愁的一件事情。上片写到离别之苦，下片接着写送别之情，依依惜别，不忍分离，可是离别总是要面对的，容若只得化悲痛为安慰，对自己说，朋友不过是远去，来日方长，总有见面的一天。

"折残杨柳应无数，趁离亭笛声吹度。"话虽如此，依然是舍不得离开，不知道送过了多少路程，不知道走过了多少亭子，就是舍不得说分手。但是天下无不散的宴席，自己送君千里终须一别，不能将朋友送到他要去的地方。

但是友人这一路上是否安全，他依然担心，正巧头顶上盘旋几只大雁，那就让大雁为自己护送友人，一路南下吧。"有几个征鸿，相伴也、送君南去。"情感的真挚到最后陡然升起，友人之间的情谊无须再多说，彼此心意了然。

梅梢雪·元夜月蚀（星球映彻）

星球映彻①，一痕微褪梅梢雪。紫姑待话经年别，窃药心灰，慵把菱花揭。

踏歌才起清钲②歇，扇纨仍似秋期③洁。天公毕竟风流绝，教看蛾眉④，特放些时缺。

注释

①映彻：晶莹剔透貌。
②踏歌：传统的群众歌舞形式，互相牵手或搭肩，以脚踏地为节拍。钲（zhēng）：古代的一种乐器，用铜做的，形似钟而狭长，有长柄可执，口向上以物击之而鸣。
③秋期：指七夕。牛郎织女约会之期。
④蛾眉：美人的秀眉。比喻新月前后的月相犹如一道弯眉，故名。这里喻月食时仍明亮的部分。

赏析

纳兰容若笔下的景致是极美的，有些词句虽与我们今日遣词造句的习惯不同，例如这首词的开篇"星球映彻"中的"星球"并非我们当今说的巨型球状天体，而是描绘星星点点闪烁花火的球状烟花，但读起来也十分有趣，给人以无限的想象空间。

诗人的写作手法非常老到，用"一痕微褪梅梢雪"暗示月食的开始。在古代，月食被称为天狗食月。人们以为，月亮之所以缺一块，是被天狗吞掉了，所以想要敲敲打打吓走它。月食结束后，人们又会为自己的胜利敲锣打鼓庆祝一番，场面好不热闹。

人热闹，神也不甘寂寞，紫姑就在这个日子与爱人重会。"紫姑待话经年别，窃药心灰，慵把菱花揭"，"紫姑"是厕所里的神灵，她姓何名楣字丽卿，是唐寿阳刺史李景的妾。传说她是元宵节那天被李景的大老婆虐杀的，所以正月十五那天是她的祭日，家家户户都要祭祀。"窃药"一词则来源于一个传说，相处后羿得不死之药于西王母，其妻娥盗食之，便成仙奔月。虽然嫦娥到了天宫，但也为此付出了代价，那就是生生世世的孤单。天空烟火璀璨，梅梢之雪不明，月已初蚀，紫姑欲与人诉说经年的别离之情，而嫦娥却自愧窃药奔月，心灰意懒，以致不愿揭开镜面。

"踏歌才起清钲歇，扇纨仍似秋期洁"，月食渐出，地上锣声才歇，人们便开始踏歌庆祝，那月光还像中秋时节一样清澈明亮。

紫姑是李景亡妾，嫦娥是后羿逃妻，都不是寻常妇人，属风流女仙。几个女仙尚且风流若此，那么总管天下事的天公更是风流极品了。所以，"天公毕竟风流绝，教看蛾眉，特放些时缺"，老天也是风流之人，为了让人们看到新月如眉的景色，故意将月缺的时间延长了，拉长了这美的瞬间。

古时元宵放焰火，这阕词描绘了一个月蚀元宵夜作者之所见，属于咏节序风物。

木兰花（人生若只如初见）

人生若只如初见，何事秋风悲画扇①？等闲变却故人②心，却道故心人易变。骊山语罢清宵半，泪雨零铃终不怨。何如薄幸锦衣郎③，比翼连枝当日愿。

注释

①何事：为何，何故。画扇：有画饰的扇子。
②等闲：无端，平白地。故人：指情人。
③薄幸：薄情，负心，也指负心的人。锦衣郎：指唐明皇。

赏析

我们常说，"人生若只如初见"，人生如果总像刚刚相识时，那样的甜蜜、温馨，那样的深情、快乐，该是一件多么美好的事情。短短一句话，道出了人生中那些不可言说的无奈与怅惘。这句流传甚广的名句，便是出自纳兰的这首《木兰花》。

然而，纳兰明白，梦想终归是梦想，如果真能实现，又怎会"何事秋风悲画扇"。在这句中，容若提到了班婕妤的故事。汉成帝时，一代才女班婕妤被选入宫中，由于她文学造诣极高，而且擅长音律，所以深受成帝的宠爱。但这一切在赵飞燕姐妹进宫后就画上了休止符。聪明的班婕妤知道，只要赵氏姐妹在，她就永无出头之日，所以她自请去长信宫侍奉太后，悄然隐退在淡柳丽花之中。

然而，在长信宫的岁月里，班婕妤仍然对成帝念念不忘，因此她发挥自己的才情，写下著名的《团扇诗》。诗中提到的团扇被抛弃的命运，恰是班婕妤自身的真实写照。

"等闲变却故人心，却道故心人易变"，这句的意思是说，两个人在一起本应相亲相爱，今日却为何要相离相弃？你如今轻易地变了心，反而却说我的心本来就是容易变的。前句的"故人心"指的是负心的男子，后句的"故心人"指的是无辜的女子，仅一字之差，就生动地刻画出男女双方的形象。

在下阕中，词人提到唐明皇与杨贵妃的典故。"骊山语罢清宵半"是指唐玄宗与杨贵妃在昔日游宴的行宫里缠绵悱恻。"泪雨零铃"是指平定安史之乱后，唐玄宗北还，在路上因思念杨贵妃，于是作了下一首《雨霖铃》以悼之。"终不怨"则是指唐玄宗迫于三军众怒，无奈将杨贵妃赐死马嵬坡，杨临死前云："妾诚负国恩，死无恨矣。"

相传唐玄宗与杨贵妃曾于七月七日夜，在骊山华清宫长生殿里盟誓，愿世世为夫妻，因此，全词以"何如薄幸锦衣郎，比翼连枝当日愿"做结，容若在这里谴责薄情郎虽然当日也曾与心爱之人订下海誓山盟，如今却背情弃义。

红窗月（燕归花谢）

（按此律作《红窗影》，一名《红窗迥》。）

燕归花谢，早因循①、又过清明。是一般风景，两样心情。犹记碧桃影里、誓三生②。

乌丝阑纸③娇红篆，历历春星。道休孤密约，鉴取深盟④。语罢一丝香露、湿银屏⑤。

注释

①因循：本为道家语，意谓顺应自然。

②碧桃：一种供观赏的桃树，花重瓣，有白、粉红、深红等颜色。三生：佛家所说的三世转生，即前生、今生和来生。

③乌丝阑纸：指上下以乌丝织成栏，其间用朱墨界行的绢素，后亦指有墨线格子的笺纸。

④鉴取：察知了解。深盟：指男女双方向天发誓，永结同心的盟约。

⑤香露：花草上的露水。银屏：银饰装饰的屏风。

赏析

这首词写的是离情，词的上阕主要是写景与追忆往昔。"燕归花谢，早因循、又过清明"，燕子归来，群花凋谢，又过了清明时节，首句交代了时令，即暮春时节。容若用"燕归"来暗指世间一切依旧，可是自己所爱之人却不能再回来，所以才会"是一般风景，两样心情"。

风景与往年没有什么区别，然而心境却大不相同，只因为伊人不在，所以容若很自然地回忆起往事：当是春光正好之时，两人在桃花树下情定三生。这就是"犹记碧桃影里、誓三生"。容若在这里用到了"三生石"的典故。

相传唐朝名士李源与洛阳惠林寺的圆泽和尚是非常要好的朋友,有一次,两人同游峨眉山,途中圆泽辞世,在临终前他与李源约定十三年后的中秋之夜相见于杭州的天竺寺外。十三年后,李源信守诺言,专程赶往杭州践约,去赴圆泽的约会。容若在此处用李源与圆泽的友情来比喻自己与恋人的爱情,极言两人爱情之深厚。

词到下阕,容若睹物思人,发出了旧情难再的无奈慨叹。"乌丝阑纸娇红篆,历历春星",在丝绢上写就的鲜红篆文,如今想来,就好像那天上清晰的明星一样。那么,丝绢上到底写的是什么呢?容若在"道休孤密约,鉴取深盟"这句中给出了答案,原来记载的是当初二人的海誓山盟,这些文字作为凭证,见证了不要相互辜负的密约。但是,容若没有想到,誓言也会有无法实现的一天,如今回忆起往事,情景仍然历历在目,眼泪止不住流了出来,打湿了银屏。词到"语罢一丝香露、湿银屏"时戛然而止,留给人们无限的想象空间。

三生,流露出容若对美好爱情的向往,然而往往事与愿违,从小青梅竹马的表妹面对皇权的压力,不得不进入深宫,昔日恩爱的妻子,在天意的安排下,过早地逝去。这位文武全才的多情公子,难道真的命中注定得不到一份完美的爱情吗?

淡黄柳·咏柳(三眠未歇)

三眠①未歇,乍到秋时节。一树斜阳蝉更咽,曾绾灞陵②离别。絮已为萍风卷叶,空凄切。

长条莫轻折。苏小恨,倩他说。尽飘零、游冶章台③客。红板桥④空,湔裙人⑤去,依旧晓风残月。

注释

①三眠:指柽柳,又名人柳,即三眠柳,此柳的柔弱枝条在风中摇曳,时时伏倒。
②灞陵:古地名。本作霸陵。故址在今陕西西安市东。
③游冶:出游寻乐。章台:秦宫殿名,以官内有章台而得名,此处指妓楼舞馆。
④红板桥:红色木板搭建的桥。
⑤湔(jiān)裙人:代指情人或某女子。

赏析

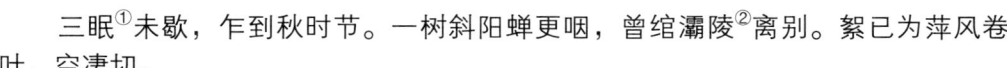

这首词咏秋初之柳,作为咏柳之作,容若以写景开始,以抒情终结。通过初秋时节,柳条暗黄色的清新场景,写出柳枝带给他的惆怅与安慰。古人一般写到柳条,总是与离别有关,容若的这首词也不例外。

"三眠未歇,乍到秋时节",三眠柳还没有来得及休息,秋天就乍然降临了。一个"乍"字刻画出了秋天的突然而至,为写离别之苦展开铺垫。紧接着,离别被顺理成章地牵引出来,"一树斜阳蝉更咽,曾绾灞陵离别",夕阳西下,在树梢上的太阳,更显得日落西山的迷茫。寒蝉幽咽,经过灞陵时便要分别。

如今,"絮已为萍风卷叶,空凄切",飞絮飘落水面成为浮萍,风卷落叶飞舞,空留悲凉凄切。通过写柳,容若抒发了别有怀抱的人生感悟,营造出了一个温婉感人的情景,仿佛我们在与此人一同经历送别的伤痛。

而到了下片，容若却表现出一种温情脉脉的情绪来，他轻柔地写道："长条莫轻折。"不要轻易地折断柳条诉说离别，离别虽有遗憾，但只要不告别，内心便依然充满温情。而后一句"苏小恨，倩他说"则是在写一代名妓苏小小。容若用苏小小的故事写出自己的惆怅与伤感。而后的两句，自然也是围绕离别而写，"尽飘零、游冶章台客。红板桥空，湔裙人去，依旧晓风残月"。

词写到这里，颇有几分柳永的风范，但容若更显得干脆，既然红桥之上，离别已经无法挽回，那么就干脆道别了吧。就让自己与这晓风残月独自相守，为离去的人祝福。

一丛花·咏并蒂莲（阑珊玉佩罢霓裳）

阑珊玉佩罢霓裳，相对绾红妆。藕丝风送凌波去，又低头、软语①商量。一种情深，十分心苦，脉脉背斜阳。

色香空尽转生香，明月小银塘②。桃根桃叶终相守，伴殷勤、双宿鸳鸯。菰米③漂残，沉云乍黑，同梦寄潇湘。

注释

①软语：体贴温柔委婉的话。
②银塘：清澈明净的池塘。
③菰（gū）米：菰之实。一名雕胡米，古以为六谷之一。

赏析

咏物之词，是容若的强项，这首词，容若歌咏并蒂莲，所谓并蒂莲，也就是并排生长在同一个根茎上的两朵莲花。后人用并蒂莲形容相亲相爱之人，并蒂莲也是祝福的花朵，常形容天长地久。

在容若的笔下，并蒂莲更显得超凡脱俗，"阑珊玉佩罢霓裳，相对绾红妆"，"阑珊"是凌乱、歪斜的意思，而后面的"霓裳"则是取自唐玄宗时期的一首歌舞曲《霓裳羽衣曲》。并蒂莲就好像一对刚刚跳过舞蹈的情人，此时有些歪斜地相互依靠，含情脉脉地站在那里。将并蒂莲拟人化，而且还将它们形容为舞者，容若的词的确是有与他人不同的过人之处。

"藕丝风送凌波去，又低头、软语商量。"依然是拟人的写法，将并蒂莲描写得如同高贵典雅的仙子一般，在微风吹拂下，它们似乎是在窃窃私语，聊着女儿家的心事，令人看到后，心神荡漾。

这首词看似是写并蒂莲的美丽芬芳，实则是容若要借并蒂莲来写出自己内心的忧伤和思念。在上片前两句赞美并蒂莲之后，最后一句便是忍不住流露出心声"一种情深，十分心苦，脉脉背斜阳"。

情深之人自然心苦，这点容若是最有体会的。借着写并蒂莲的柔情相守，写出自己心情的苦闷。下片的描写有些峰回路转，不再是描写并蒂莲，但依然是淡然的笔调，通过写景，表达内心。

"色香空尽转生香，明月小银塘。"明月之下，荷塘看起来十分空灵，并蒂莲的芬芳在空气中蔓延，让人嗅到后，心里舒缓。写完并蒂莲，写完荷塘，容若写到了桃树，"桃根桃叶终相守,伴殷勤、双宿鸳鸯",桃叶是晋王献之爱妾,桃根是桃叶的妹妹,在这里指代夫妻之间恩爱和睦。

"菰米漂残,沉云乍黑,同梦寄潇湘。"在词的最后,容若用"潇湘"这个典故,写出娥皇女英的故事,用娥皇女英的痴情,暗示自己对爱情也是痴心不改,共同进退,与爱人相知相守的决心。

在这首词中,不论是并蒂莲,还是桃树,或者是之后的鸳鸯,无不是一双一对,这与孤单的容若比起来,幸福很多。而容若也正是看到它们的成双成对,更觉得自己的孤单如此寂寞,这首词便是为此而生。

金人捧露盘·净业寺①观莲有怀荪友(藕风轻)

藕风轻,莲露冷,断虹收,正红窗初上帘钩。田田翠盖,趁斜阳鱼浪香浮。此时画阁垂杨岸,睡起梳头。

旧游踪,招提②路,重到处,满离忧。想芙蓉湖上悠悠。红衣狼藉,卧看少妾荡兰舟③。午风吹断江南梦,梦里菱讴。

注释

①净业寺:旧址大约在今北京什刹海后海宋庆龄故居附近。
②招提:此处指净业寺。
③兰舟:木兰木制造的船。这是文学作品中常用的对船的美称。

赏析

这首词是作者去净业寺观赏莲花时,怀念朋友,有感而发之作。

起首一句直接写景,将净业寺的景色描绘得十分美丽。"藕风轻,莲露冷",清冷的空气仿佛扑面而来。藕风轻抚面庞,让人感到神清气爽。容若站于岸边,看着池塘里的荷叶,荷叶田田,这番景象,的确怡人。而接下来的一番景象,更是美不胜收。

"断虹收,正红窗初上帘钩。"应该是刚下过一场雨,不然也不会出现彩虹,彩虹并不完整,只是残留在天边的一段而已。但这又何妨,彩虹挂在天际,映红了窗纱。"田田翠盖,趁斜阳鱼浪香浮","田田"形容荷花相连的样子,"鱼浪"即是波浪。池塘里大片的荷叶飘来阵阵清香,鱼儿在水里欢畅地游荡,卷起了层层波浪,这番景致,让人心旷神怡。"此时画阁垂杨岸,睡起梳头。"华丽的楼阁前垂下了丝丝杨柳,娴静的风景让人倦怠着方才起床梳头。看来,净业寺的荷花塘带给容若的不止是视觉上的享受,还有心灵上的安抚。

上片在悠闲的韵律中结束,而到了下片,容若的内心则充满了愁绪,这是他曾经来到过的故地,这番美景,他曾见过到。"旧游踪,招提路,重到处,满离忧。"当日与友人一起游玩,内心自然清爽,而今,容若独自前来,虽然美景依旧,但身边没有了友人的陪伴,总是不免感到有些孤单。

"想芙蓉湖上悠悠。红衣狼藉,卧看少妾荡兰舟。"想到过去,不知道友人现在是否也在某处泛舟游玩,当日看到美人在舟船上躺卧,那番闲情逸致,今日竟是多么想再重温一下。

"午风吹断江南梦,梦里菱讴。"这首怀念的词在一片怀念声中结束,容若应当知道,岁月如流水，世事无法留住。既然如此，那便在这个惬意的下午，自己来到这里，看着美景，感怀故人吧。

洞仙歌·咏黄葵（铅华不御）

铅华不御，看道家妆就。问取旁人入时否。为孤情淡韵，判不宜春，矜标格、开向晚秋时候。

无端轻薄雨，滴损檀心①，小叠宫罗镇②长皱。何必诉凄清，为爱秋光，被几日、西风吹瘦。便零落、蜂黄③也休嫌，且对倚斜阳，胜偎红袖。

注释

①檀心：浅红色的花蕊，这里指黄葵紫褐色的花心。
②宫罗：一种质地较薄的丝织品。镇：久、常之意。
③蜂黄：古代妇女涂额的黄色妆饰。也称花黄、额黄。

赏析

咏物是许多词人喜爱的一种作品形式，在容若的词作中，咏物词也不占少数。这首词便是在吟咏黄葵的外貌和情致。

黄葵，其实就是秋葵、黄蜀葵，七至十月开花，状貌似蜀葵，花亦不像蜀葵之色彩纷繁，大多为淡黄色，近花心处呈紫褐色。许多词人的词作中，都有过黄葵的影踪，但容若能写出自己的新意来。这首写黄葵的词便是表达出它身上一种清冷孤傲的气质，读来十分动人。

"铅华不御，看道家妆就。"黄葵的黄色花瓣，在容若看来好似道人的黄衣，所以在这里，容若将黄葵比作出世的道人。这个拟人十分形象，更显得黄葵在人们心目中的不同地位了。而后容若写道："问取旁人入时否。"

这句是在问黄葵的这身打扮是否合乎潮流，其实也是在问自己，清高得是否已经脱离了大众群体？容若看似是在写黄葵，其实也是在写自己。"为孤情淡韵，判不宜春，矜标格、开向晚秋时候。"

这句话是写黄葵和自己一样，都是开花在深秋时节，在百花争艳的时候，它默默无名，可是百花纷纷凋谢，它才开始怒放，在瑟瑟的秋风中，傲视一切。容若自己不也正是如此吗？他与其他的富家公子哥不一样，其他的公子哥一心享乐，从不去思考生命的意义，唯独容若，对生命思考透彻。

有了感同身受的体会，容若写起词来，更显得心应手。在下片，容若写道："无端轻薄雨，滴损檀心，小叠宫罗镇长皱。"可是与世人不同，走超凡脱俗的路线，注定是要付出代价的，在清冷的秋季，黄葵绽放，被冷雨浇灌，花蕊忍不住颤抖。花朵毕竟是娇艳的，哪能受得了凄风苦雨。

随后，容若又写道："何必诉凄清，为爱秋光，被几日、西风吹瘦。"即便是这样，也毫不后悔，何必去诉说凄凉，只要能够为这美好的秋日奉献出光彩，真是被西风吹过又能如何呢？容若内心的话在词的最后，展露无遗。

"便零落、蜂黄也休嫌，且对倚斜阳，胜偎红袖。"黄葵在夕阳下，傲然绽放，远比那些姹紫嫣红，春暖时节开放的花朵更显得多出几分妩媚。

这就是容若的词，也是容若的内心所想。

翦湘云·送友（险韵慵拈）

险韵慵拈，新声醉倚。尽历遍情场，懊恼曾记。不道当时肠断事，还较而今得意。向西风、约略数年华，旧心情灰矣。

正是冷雨秋槐，鬓丝憔悴。又领略愁中送客滋味。密约重逢知甚日，看取青衫和泪。梦天涯、绕遍尽由人，只樽前迢递。

赏析

这首词是写恋友惜别时的难受场面。容若将这首词写得别具一格、独树一帜，有别于其他的送友词。

词一开篇也说到了填词，"险韵慵拈，新声醉倚"，容若的意见是用新声填词，不用险韵。所谓"险韵"是指韵字生僻难押的诗韵，"新声"则是新颖美妙的乐音。词的写作，看似随意，其实难度很大，要写出词境，更要符合韵律，仿佛一首歌一样，要美中带着规律。

这一点上，容若自然是高手。这首送友的词，在一开篇却提到了写词，的确是有些出乎人们的意料。而后便开始懊恼往昔，追忆过去，"尽历遍情场，懊恼曾记"，历经情场万千，而今却是懊恼不已。

容若是一个多情之人，他饱受多情之苦，为情所困。在这里，他也毫不隐瞒自己的弱点。他为此懊恼不已。可是比起今日的惆怅，往日的那些，却又算不了什么。"不道当时肠断事，还较而今得意。"

友人要离他而去，对珍惜朋友的容若来说，无疑又是一个打击，所以，他此刻万念俱灰，只得提笔写词，表达内心的寂寥。"向西风、约略数年华，旧心情灰矣。"大致数数自己走过的年华，真是没有几件值得高兴的事情。容若此刻的心情并不是所有人都可以理解的，他出身富贵，却始终落落寡欢。

上片写完愁苦，下片便提到了送友人离去的心情，正是冷雨清秋时节，自己面容憔悴，只因为内心凄凉。而今看到朋友离开，更是饱受挣扎的痛苦。"正是冷雨秋槐，鬓丝憔悴。又领略愁中送客滋味。"

容若将友人离别的情节描写得入木三分，十分传神，"密约重逢知甚日，看取青衫和泪。""青衫和泪"比喻失意之官吏。"梦天涯、绕遍尽由人，只樽前迢递"，离愁无限，天涯路远，唯有以酒相送了。"迢递"形容时间久长，相思难忍。

这首词整体的艺术表现力极强，是一朵散发着异香的奇葩，有着浓郁的纳兰风。

东风第一枝·桃花（薄劣东风）

薄劣东风，凄其夜雨，晓来依旧庭院。多情前度崔郎，应叹去年人面。湘帘乍卷，早迷了、画梁栖燕。最娇人、清晓莺啼，飞去一枝犹颤。

背山郭、黄昏开遍。想孤影、夕阳一片。是谁移向亭皋②,伴取晕眉青眼③。五更风雨,算减却、春光一线。傍荔墙、牵惹游丝,昨夜绛楼难辨。

注释

①湘帘:用湘妃竹做的帘子。
②亭皋(gāo):水边的平地。
③晕眉:谓妇女晕淡的眉目。青眼:即柳眼。

赏析

三月水暖,桃花次第开,漫随风,舞清香。古人因此将正月至三月桃花开放的季节取名为桃花春。纳兰这首咏桃花之作便应该是写于这样一个桃花飘香的阳春之日。

"薄劣东风,凄其夜雨,晓来依旧庭院","薄劣"是薄情的意思,东风薄情,夜雨凄迷,早晨的庭院依然如旧,而深深庭院中多情的桃花却绽开了。词本就贵在委婉曲折,层深跌宕,而咏物之词则又须若即若离,含蓄杳渺。纳兰这首词起笔便很有种欲扬先抑的味道。

"多情前度崔郎,应叹去年人面",源于唐代崔护的那首《题都城南庄》:"去年今日此门中,人面桃花相映红。"在这首词里,桃花已然成为女子的象征。词人唏嘘,此情此景如果被崔护看到,应当会发出人面桃花的感叹吧。纳兰的情绪尚在"人面桃花"的故事里徘徊,至"湘帘乍卷"才猛地回神,看梁间栖燕,"早迷了、画梁栖燕"。词人在这里没有点明,却可以推想,彼时看见的定当是双飞双栖的燕子,因此才会一时迷神。

与此同时,清晓黄鹂在枝头啼叫,那细嫩轻柔的啼鸣声最是动人,当它飞去后,桃枝犹自颤抖,别有一种楚楚动人的姿态。"最娇人、清晓莺啼,飞去一枝犹颤",一个"娇"字描摹出声音的细嫩、清润。

到了这里,词转入下片,纳兰的思绪也由眼前的庭院推延到山郭,他想象桃花在夕阳里的美丽风采。想着想着,却觉得这样的桃花似乎太孤单,"想孤影、夕阳一片",独立夕阳中,愈美丽就愈显得悲凉。于是词人给桃花找了水边杨柳为伴,使它愈加动人迷离。

愿望终归是愿望,"五更风雨,算减却、春光一线"一句将人拉回了现实,夜来的风雨减损了春色,一笔宕开,却紧接着在结尾句点醒题旨,回照了开端。"傍荔墙、牵惹游丝,昨夜绛楼难辨",那鲜艳的桃花依傍在薜荔墙下,愈发红艳可爱,牵惹着游丝,与那红色的楼阁互掩难辨。情景在此熔铸合一,有一种悠然不尽的邈远深意,通篇读来,有感可发有情可叹。

秋水·听雨(谁道破愁须仗酒)

(按此调谱律不载,疑亦自度曲。)

谁道破愁须仗酒,酒醒后,心翻醉。正香消翠被①,隔帘惊听,那又是、点点丝丝和泪。忆剪烛幽窗小憩。娇梦垂成②,频唤觉一眶秋水。

依旧乱蛩声里,短檠③明灭,怎教人睡。想几年踪迹,过头风浪④,只消受、一段横波花底。向拥髻⑤灯前提起。甚日还来,同领略、夜雨空阶滋味。

注释

①翠被:翡翠羽制成的背帔。

②垂成：事情将近成功。
③短檠（qíng）：矮灯架，借指小灯。
④风浪：比喻艰险的遭遇。
⑤拥髻：谓捧持发髻，话旧生哀，是为女子心境凄凉的情态。

赏析

读纳兰一阕《秋水·听雨》，禁不住想起林黛玉的一首《秋窗风雨夕》："泪烛摇摇爇短檠，牵愁照恨动离情。谁家秋院无风入？何处秋窗无雨声？"字字句句的秋情，字字句句的伤悲。黛玉毕竟是闺阁女儿，有悲无阅历，有情无情事，一篇《秋窗风雨夕》更多的是感动黛玉自己。纳兰性德不同，同为少年才俊，纳兰毕竟年长些，阅历多些，在这篇《秋水》中引入自己的感情经历，旁人看了更易懂。

这首词写诗人听秋雨而生发的情感：谁说消愁一定要喝酒，酒醒之后，心反而醉了。伊人已不在身边，寂寞无聊，却听得窗外淅淅沥沥地下起了秋雨，可知那雨水是伴着泪水流下的呢。记得当初秋夜闻雨，西窗剪烛，你当时刚要睡着却又被频频唤醒，眼神迷离的情景。现在已经是秋虫哀鸣，灯光明灭，可寂寞却叫人无法入睡。回想这几年的足迹，经历的风风雨雨，只有与你相守的日子最让人安慰。想和灯烛前拥吻的你诉说，又不知什么时候才能再回来，让我们一起领略这秋雨缠绵的无尽秋意！

怀念故人的心碎的词句，偏偏用了让人心碎的典故。"忆剪烛幽窗小憩"一句，典出晚唐李商隐《夜雨寄北》："君问归期未有期，巴山夜雨涨秋池。何当共剪西窗烛，却话巴山夜雨时。"这是李商隐身居遥远的巴蜀写给远在长安的妻子的诗句。

唐人的旧句子，或华丽或雄浑，难见这种朴实无华又深情的小文字，多么亲切有味。每每夜深读起，齿颊生香，心下平和，幸福中，裹杂着一些缠绵的思念，小小的忧愁。但是，李商隐的妻子还在世，在远方的长安城等待着丈夫归来，还能有"共剪西窗烛"的日子，而纳兰容若的妻香魂已逝，纵使诗人为她写情词万言也唤不回伊人的一声回应。

斯人去后，词人的生命里只剩下"乱蛩声里，短檠明灭"，漫长的秋夜，雨滴敲打着空阶无法入眠。年轻的容若不知独自熬过了多少个失眠夜，他也曾想过借酒浇愁，得出的结论却是"谁道破愁须仗酒"。这酒醒后，心反而醉得更深，痛得更多，便无奈地叹息："甚日还来，同领略、夜雨空阶滋味。"

妻子离世后，纳兰容若的日子，秋雨绵绵，恨绵绵。容若三十一岁英年早逝，对他来讲，也许其中的裨益远大于遗憾。

木兰花慢（盼银河迢递）

立秋夜雨，送梁汾南行。

盼银河迢递，惊入夜，转清商。乍西园蝴蝶，轻翻麝粉，暗惹蜂黄。炎凉。等闲瞥眼，甚丝丝点点搅柔肠。应是登临送客，别离滋味重尝。

疑将。水墨画疏窗①。孤影淡潇湘。倩一叶高梧，半条残烛，做尽商量②。荷裳③。被风暗剪，问今宵、谁与盖鸳鸯。从此羁愁万叠④，梦回分付啼螀⑤。

注释

①水墨：浅黑色，常形容或借指烟云。疏窗：雕刻有花纹图案的窗户。
②商量：斟酌、商讨。
③荷裳：用荷叶做衣服，这里指荷叶。
④羁愁：旅人的愁思。万叠：形容愁情的深厚。
⑤螀（jiāng）：即"寒蝉"，蝉的一种，比较小，墨色，有黄绿色的斑点，秋天出来鸣叫。

赏析

开篇小序写得明白，这是一首送别之作。在清朝康熙二十年（公元1681年）秋天，梁汾南的母亲去世，他还乡奔丧时，纳兰写了这首《木兰花慢》为他送行。

"盼银河迢递，惊入夜，转清商。"开篇三句是说盼望着高远的天河出现，入夜却偏偏下起了悲凄的秋雨。清商是古代五音之一，也叫商音，调子悲凉凄切。依照阴阳五行学说，商与秋皆属"金"，因此在诗词中商、秋可以通用，清商即清秋。在这里借指入夜后的秋雨之声凄清。

"乍西园蝴蝶，轻翻麝粉，暗惹蜂黄。"西园，本是某一园林名，后来也泛指园林。"麝粉"本来是香粉的意思，在这里代指蝴蝶翅膀。这三句是说秋风乍起，园中蜂飞蝶舞，一片衰飒的景象。三句之后的"炎凉"两字像是概括，也表明了前面所描绘的景象暗喻着仕途的炎凉变幻。

词句到了这里，纳兰才似乎觉出今夜秋雨的愁人之意似的，本以为入秋夜雨是等闲之事，但今夜那丝丝点点之声却令人搅断寸寸柔肠。而后纳兰为这样凄冷的情景找了理由，"应是登临送客，别离滋味重尝"，想来，是因为此时正是别离时，这淅沥秋雨才这样断人肠吧。

紧随其后的两句，"水墨画疏窗。孤影淡潇湘"意境很是空淡疏矫。疏窗是雕刻有花纹图案的窗户。潇湘，本指湘江，是离愁别恨的代名词，在这里无非是纳兰心事的一种寄托，和下片开头"疑将"两字连在一起看，勾勒出这样一幅景象：秋夜雨洒落在疏窗上，那雨痕仿佛是屏风上画出的潇湘夜雨图。"潇湘"二字本就是离愁别恨的代名词，在这里无非是纳兰心事的一种寄托。

"倩一叶高梧，半条残烛，做尽商量"，这句子纳兰说得婉转，"倩"是请、恳求的意思。窗外夜雨梧桐、屋内泣泪残烛，怎不让人伤神？因此纳兰说，能否请梧桐和灯烛细做揣量，莫要此时再添人愁绪。

"荷裳。被风暗剪，问今宵、谁与盖鸳鸯"，已至秋天，荷塘自然也是一片萧索，到了"从此羁愁万叠，梦回分付啼螀"，纳兰终于将送别二字明写在了词面上，"螀"是蝉的意思，在诗词中是重要意象之一，通常表达悲戚之情，用于离别的感伤。纳兰这三句意谓你将上路远行，从此以后旅途劳顿，离忧恼人，当梦醒的时候，唯有悲切的寒蝉声相伴了。词人把这样的话放在词末，惜别离愁之意溢于言表。

瑞鹤仙（马齿加长矣）

丙辰生日自寿。起用弹指词句，并呈见阳。

马齿①加长矣，柱碌碌乾坤，问汝何事。浮名总如水。判尊前杯酒，一生长醉。残阳影里，问归鸿、归来也未？且随缘、去住无心，冷眼华亭鹤唳②。

无寐。宿醒犹在。小玉③来言，日高花睡。明月阑干，曾说与、应须记。是蛾眉④便自、供人嫉妒，风雨飘残花蕊。叹光阴、老我无能，长歌⑤而已。

注释

①马齿：马的牙齿。后因以谦称自己虚度年华，没有成就。
②冷眼：冷静理智的眼光，冷淡的态度。华亭鹤唳：感慨生平悔入仕途。
③小玉：神话中仙人侍女名，泛称侍女。
④蛾眉：美人的秀眉，也喻指美女，美好的姿色。
⑤长歌：放声高歌。

赏析

十五六岁的年纪对我们来说，正是所谓的花季，但是对于古人而言，已是娶妻生子、独当一面的年岁了。由此，我们也就不难理解，为什么二十二岁的纳兰性德会在生日这天写下一篇抒怀自寿之作。

年龄又长了一岁，自问在这莽莽乾坤中，在这大千世界里，徒自碌碌无为，所营何事！这人世浮名如同流水，转眼即逝。不如一醉方休，长睡不醒。夕阳西下，问天空鸿雁是否已经归来？不如达观处世，顺其自然，对富贵功名之事须冷眼相看。

心绪不佳唯借酒解忧，疏懒度日，日高不起。侍女说你我在月明凭轩之时，曾经共语人生，既是高标见妒，出众的人才，便自然要遭人嫉妒，犹如那美丽的鲜花遭遇风雨的摧残一样。感叹时光蹉跎，一事无成，唯有长歌解忧。

丙辰年，即公元1676年，性德中二甲第七名进士，并以诗词才藻大获称誉。正在人生顺风顺水之际的性德表现了过人的稳重，以及今天我们这个年岁的人难以理解的淡定。

雨霖铃·种柳（横塘如练）

横塘如练。日迟帘幕，烟丝斜卷。却从何处移得，章台①仿佛，乍舒娇眼。恰带一痕残照，锁黄昏庭院。断肠处、又惹相思，碧雾蒙蒙度双燕。

回阑恰就轻阴②转。背风花、不解春深浅。托根③幸自天上，曾试把《霓裳》④舞遍。百尺垂垂⑤，早是酒醒，莺语如剪。只休隔、梦里红楼，望个人儿见。

注释

①章台：指京城的官苑。
②轻阴：淡云或疏淡的树荫。
③托根：犹寄身。
④《霓裳》：就是《霓裳羽衣曲》，唐代乐曲名，相传为唐玄宗所制。
⑤百尺：十丈。喻高、长或深。垂垂：渐渐。

赏析

《雨霖铃》是一首词牌名，也写作《雨淋铃》。后人中，以柳永的《雨霖铃》最是打动人心，"多情自古伤离别，更哪堪，冷落清秋节！今宵酒醒何处？"仿佛字字都雕刻在人的心上，叫人无法抹去那痛楚。柳永的离别低回特别，好像火焰的余烬，惨烈中带着美丽。容若的这一首《雨霖铃》却是别有一番风味在词间。

这首词写相思相忆的恋情。"横塘如练"，这里的"横塘"是古堤名，在江苏吴西南，泛指水塘，这首词的情景感觉范围很小，池塘旁边，门帘之后，一个人在日暮西沉的时刻，隔着门帘，看着水塘边的景色变幻。

"日迟帘幕，烟丝斜卷。"看似惬意，却又寂寞难耐。夕阳西下，柳条依依，在暗黄的光芒下如烟似雾，让人看不清楚。"却从何处移得，章台仿佛，乍舒娇眼。"且问是从哪里移来的，张开娇眼，说是从章台而来。词人无法探究柳树的来处，但它们能够在这水塘边，陪伴自己度过夕阳沉落下的黯然时光，彼此之间，也算是缘分一场。

既然是相思相忆之词，那么这首词就势必要提到所思之情、所忆之人，容若在上片中只是略微写到自己的伤怀之情，"恰带一痕残照，锁黄昏庭院"。此时夕阳残照，仿佛锁住了黄昏的庭院。无法与相爱的人相守在一起的感觉，就好像这黄昏中的庭院一样，深深之处，尽是离散之寂静。

夕阳残照，放眼望去，所看到之处，尽是相思不尽的离愁，"断肠处、又惹相思，碧雾蒙蒙度双燕。"成双成对的燕子在风中飞来飞去，形影不离。与形单影孤的自己相比，简直是太幸福不过了。

上片在淡然的忧伤中结束。而到了下片，则是情绪稍微地缓转了一些，"回阑恰就轻阴转。背风花、不解春深浅。"自己就好像栏杆后的花朵，在风中摇曳，活在自己的世界中，而不知道春天已经来了。

独自享春，是无法体会到春日的幸福的。无法在现实中看到自己想要的结果，那么便干脆寄托在虚幻中吧。"托根幸自天上，曾试把《霓裳》舞遍。百尺垂垂，早是酒醒，莺语如剪。""《霓裳》"就是唐代乐曲《霓裳羽衣曲》。这里是说，曾在梦里随着乐曲翩翩起舞，欢唱不已，可是酒醒之后，看见黄莺宛转，那百尺长条随风飘摇，摇曳生姿，凄凉便会加倍。

"只休隔、梦里红楼，望个人儿见。"为了能和心爱的人相会，容若便不惜忍受梦醒后的凄凉，也要在睡梦中看到心爱的人，只要看到她的摇曳生姿，内心便会生出百转千回的柔情，细细密密，无法割舍。

既然清醒无益，那不如沉醉不醒吧。

疏影·芭蕉（湘帘卷处）

湘帘卷处，甚离披①翠影，绕檐遮住。小立吹裙，常伴春幡，掩映绣床金缕②。芳心③一束浑难展，清泪里、隔年愁聚。更夜深、细听空阶雨滴，梦回无据。

正是秋来寂寞，偏声声点点，助人离绪。缃被④初寒，宿酒全醒，搅碎乱蛩双杵。西风落尽庭梧叶，还剩得、绿阴如许。想玉人⑤、和露折来，曾写断肠诗句。

注释

①离披：轻轻摇荡的样子。
②掩映：彼此遮掩，互相衬托。绣床：装饰华丽的床，多指女子的睡床。金缕：指金丝制成的穗状物。
③芳心：指女子的心境。
④缬（xié）被：染有彩色花纹的丝被。
⑤玉人：容貌美丽的人。

赏析

这首词是容若借着咏芭蕉寓托怀人之意。

芭蕉向来是词人们笔下的常客，这种植物属多年生的树状的草本植物，叶子很大，仿佛一把遮天的伞，为忧愁的人遮住哀伤。词的开篇，直接点名词意，"湘帘卷处，甚离披翠影，绕檐遮住。

卷起帘子，门外的那棵芭蕉树绿影婆娑，高大的树干撑起树叶，遮住了房檐。绿荫之下，人总是会产生慵懒的情绪。在这首词的开头，容若便用这样一种隐晦、不点名的手法，将自己慵懒、漫不经心的心态写出。

而后他才慢慢道来："小立吹裙，常伴春慵，掩映绣床金缕。"不但是他自己慵懒不愿意动身，就连伊人也慵懒至极。这词中所形容的女子到底是谁，无法得知，但她懒懒的身影出现在楼阁之上，对着镜子梳妆打扮，身影若隐若现地出现在门板之后，让人忍不住心动，这大好景色之下的美人，该是多么诱人的一处风景。

但这景象并不是真的，而是容若回忆中的一幕，想来这个女子应当是已经离他而去了，不知道是不是妻子卢氏生前的景象。"芳心一束浑难展，清泪裹、隔年愁聚。"词越往下写，越能看到容若内心的挣扎与痛苦。

他想与女子一聚，可是现实无奈，他的愿望难以实现。于是悲哀之下的容若，只得独自在夜里忍受寂寞与孤冷。"更夜深、细听空阶雨滴，梦回无据。"夜里有雨，小雨无声，但一点一滴都下在容若心里，让他愁绪满怀，难以入眠。

下片开始，则点明时节，"正是秋来寂寞，偏声声点点，助人离绪"。正是秋季时节，难怪雨水缠绵不绝，也难怪容若愁绪不断，秋季本就是个令人无法放下的季节，在这个季节里，看到万物凋零，心中倍感凄凉。

所以"缬被初寒，宿酒全醒，搅碎乱蛩双杵"。锦被外空气寒冷，隔夜的宿醉已经醒来，酒醒之后，才觉得头脑昏沉。看到门外，却已是"西风落尽庭梧叶，还剩得、绿阴如许。"这不留情面的西风将梧桐叶刮落，想几何时，那里还是绿荫一片呢。

词的结尾，容若看景伤情，也只得"想玉人、和露折来，曾写断肠诗句"。"玉人"原指容貌美丽的人，这里指代词人思念的人。写下这断肠的词句，只为了思念那岁月中的一个人，如此无奈，却又是如此伤情。

潇湘雨·送西溟归慈溪①（长安一夜雨）

（按此调谱律不载，疑亦自度曲。）

长安一夜雨，便添了、几分秋色。奈此际萧条②，无端又听、渭城风笛。咫尺层城留不住，久相忘、到此偏相忆。依依白露丹枫，渐行渐远，天涯南北。

　　凄寂。黔娄当日事，总名士、如何消得？只皂帽蹇驴，西风残照，倦游踪迹。廿载江南犹落拓③，叹一人、知己终难觅。君须爱酒能诗，鉴湖④无恙，一蓑一笠。

注释

①西溟：即姜宸英，号湛园，又号苇间，浙江慈溪人，与朱彝尊、严绳孙称"三布衣"。慈溪：隶属浙江，因治南有溪，东汉董黯"母慈子孝"传说而得名。

②萧条：寂寥冷落，草木凋零。

③落拓：贫困失意。

④鉴湖：湖名，即镜湖，又称长湖、庆湖。在浙江绍兴城西南二公里，为绍兴名胜之一。

赏析

纳兰性德这首浸满秋之悲凉的作品是赠予好友姜宸英的。

这首词为赠别之作，劝慰与不平并行。"长安一夜雨，便添了、几分秋色。奈此际萧条，无端又听、渭城风笛"，京城下了一夜的秋雨，更增添了几分秋色。面对这秋色萧条，正无奈之际，又没来由地传来了声声的别离之曲，这就更增添了离愁别恨。

"咫尺层城留不住，久相忘、到此偏相忆"，近在咫尺的高城却无法将你留住，昔日你我共处时的优游自得之乐，此后便成了令人思念的往事。"依依白露丹枫，渐行渐远，天涯南北。凄寂"，你将渐行渐远，从此你我天各一方，心中有无限凄凉孤寂。

"黔娄当日事，总名士、如何消得？""黔娄"本是人名，据《高士传》中记载，他家里十分贫苦，终生隐居不出门，死时衾不蔽体。纳兰用在这里是指代贫穷而高洁的隐士。词中说到，忽然想起当年黔娄的故事，即使是名士风流，又如何承受得了呢？

"只皂帽蹇驴，西风残照，倦游踪迹"，"皂帽蹇驴"是黑色的帽子，用在诗词里，是比喻节气高尚。只希望从此两袖清风，在西风的伴随之下，浪迹天涯。

"廿载江南犹落拓，叹一人、知己终难觅"，虽然你二十年来在江南负有盛名，但至今仍以疏狂而落落寡欢，难逢知己。"君须爱酒能诗，鉴湖无恙，一蓑一笠"，"一蓑一笠"借指隐士的生活。别后想必会更加且醉且歌，洒脱不羁，独钓于江湖之上。

自古英雄多寂寞。姜宸英是名震江南的才子，却仕途不顺，到七十岁才中了一个探花，授编修。姜宸英的一生是悲哀的一生。纳兰性德早逝，没能看到这位挚友最后让人嗟叹的结局。康熙三十八年（公元1699年），姜宸英的编修板凳还没坐热，就被牵连进了科场弊案，锒铛入狱。当康熙发现这是一场冤案，赦免其出狱时发现他已饮药自尽。

"君须爱酒能诗，鉴湖无恙，一蓑一笠"，正如词的最后一句，那样的人生，虽然没有耀眼的梦想，却有着生命静静消隐的余韵，纵使不平、抑郁，依然绵长抒婉，也是一场优美伤凄的人生之旅。比起囚笼中的一杯毒药后痛断肝胆的挣扎，那江上的叹息简直就是轻快的叹咏了。早已往生的纳兰若知爱友结局如此，情何以堪？

风流子·秋郊射猎（平原草枯矣）

　　平原草枯矣，重阳后，黄叶树骚骚。记玉勒青丝①，落花时节，曾逢拾翠，忽听吹箫。今来是、烧痕残碧尽,霜影乱红凋。秋水映空,寒烟如织,皂雕飞处,天惨云高。

人生须行乐,君知否,容易两鬓萧萧②。自与东君作别,划地无聊。算功名何许,此身博得,短衣射虎③,沽酒④西郊。便向夕阳影里,倚马挥毫。

注释

①玉勒:玉饰的马衔。青丝:青色的丝绳,指马缰绳。
②萧萧:花白稀疏的样子。
③短衣:指带短下摆或短后摆的紧身上衣,指打猎的装束。射虎:指汉李广和三国吴孙权射虎的故事,诗文中常用以形容英雄豪气。
④沽酒:买酒。

赏析

纳兰的词婉转含蓄,常使人误以为他定是一位只会感伤、吟风弄月的文弱书生。事实上,作为满人的后裔,纳兰善骑射,身手了得。而他所向往的,也是能够驰骋沙场、实现男儿抱负的苍茫大地。

"平原草枯矣,重阳后,黄叶树骚骚","骚骚"是形容风大,重阳节过后,平原上的草都枯萎了,黄叶在疾风中凋落。"记玉勒青丝,落花时节,曾逢拾翠,忽听吹箫",记得春日骑马来此踏青时,多么的意气风发。如今故地重游已是萧瑟肃杀,空旷凋零,可谓"今来是、烧痕残碧尽,霜影乱红凋"。"秋水映空,寒烟如织,皂雕飞处,天惨云高",秋水映破长空,寒烟弥漫,苍穹飞雕,一片苍茫。上阕在一片萧瑟又富有豪迈气息的画面中结束。

下阕,词人开始表达自己渴望为国拼杀的志向。"人生须行乐,君知否,容易两鬓萧萧",人生在世,年华易逝,须及时行乐。"自与东君作别,划地无聊","划地"是照样、依旧的意思,这里是说,自从与你分别以后,我的心绪依旧很无聊。

"算功名何许,此身博得,短衣射虎,沽酒西郊",想想功名利禄算得了什么,不若沽酒射猎,英姿勃发,在夕阳下挥毫泼墨,那是何等畅快!末尾,一句"便向夕阳影里,倚马挥毫"道出了词人的豪气。

纳兰性德在京西郊猎时有词《风流子·秋郊射猎》,正表明他血脉中仍有这种武士豪迈激情的涌动,尽管他终想回避尘寰闹市,于宁静淡泊中觅诗寻梦,尽管他诗词有卿卿之情,不乏细腻精致,但柔中不软,悲中不颓,抑或有绵绵凄婉之致,却不同靡靡之音,更没有扭捏之态。

河渎神(凉月转雕阑)

凉月转雕阑①,萧萧木叶声干②。银灯飘落琐窗闲,枕屏③几叠秋山。
朔风吹透青缣④被,药炉火暖初沸。清漏沉沉无寐,为伊判得憔悴。

注释

①凉月:秋月。雕阑:即雕栏,华美的栏杆。
②干:形容声音清脆。

③枕屏：枕前的屏风。
④朔风：北风。青缣：青色织绢。

赏析

纳兰词，多是愁苦之作，几乎十首词里有一半以上的词都在写惆怅与悲伤。这首词便是好友姜宸英远在他方时，容若怀念故人而作的。字里行间，无不透露出了对朋友的关爱和牵挂，同时也写出了自己不愿意逗留官场的愁苦之情。

"凉月转雕阑，萧萧木叶声干。"清冷的月光转过栏杆，无边的落木，在风吹动下，发出枝叶萧萧响声。"银灯飘落琐窗闲，枕屏几叠秋山。"灯光在窗边摇曳，枕前的屏风如山峦起伏。如果姜西溟的内心能如同这般景色一样淡然，那他也就不需要为考不中功名而苦恼了。

姜西溟的才华也算是清朝少有之人，他直到七十岁才考中进士，最后却以主持顺天乡试案被牵连丢了官而死狱中。纳兰在这首词的下片中写道："朔风吹透青缣被。"北风吹透了棉被，寒意顿生，药还在炉火上煎熬，这清冷的天地，什么时候才会有点希望呢？"药炉火暖初沸。清漏沉沉无寐，为伊判得憔悴。"容若带着思念，躺在病床上，感慨这世间万物。

这首词写得极好，有景有色，慷慨悲怆，使内心的凄苦和现实的不公得以呈现。容若痛惜好友才华，也不忿他的命运不公，这首词有伤情之泪，也有悲情之泪，容若自己不愿意被名利所累，却一生无法挣脱名利的束缚。姜西溟一生追求名利，却最终都没能够获得他想要的名利。

这就是命运的安排，无人可逆。

青衫湿·悼亡（青衫湿遍）

（按此调谱律不载，疑亦自度曲。）

青衫湿遍，凭伊慰我，忍便相忘。半月前头扶病①，剪刀声、犹在银釭②。忆生来小胆怯空房。到而今独伴梨花影，冷冥冥、尽意凄凉。愿指魂兮识路，教寻梦也回廊。

咫尺玉钩斜路，一般消受，蔓草残阳。判把长眠滴醒，和清泪、搅入椒浆。怕幽泉③还我为神伤。道书生薄命宜将息④，再休耽、怨粉愁香。料得重圆密誓，难禁寸裂⑤柔肠。

注释

①扶病：带病行动。
②银釭：银白色的灯盏、烛台。
③幽泉：指阴间地府，借指死者。
④将息：调养休息，保养。
⑤寸裂：碎裂。

赏析

这首词乍一看是词人在悼念亡妻，实则是写给自己身处深宫的表妹。

一句"青衫湿遍"开篇就表明了作者的悲伤程度，眼泪已经湿透了所有的衣服，这种意境是何等的凄凉。接着，从"凭伊慰我"开始，到"尽意凄凉"结束，这几句的意思大致是说："我需要你的安慰，你怎么可以忍心将我忘记呢！你走半月以来我拖着愁病之躯，像你在时那样西窗剪烛。我生来胆小，害怕一个人独守空房，到如今却只有梨树花影相伴，冷冷清清，受尽凄凉。"从"半月前头扶病"这句中，我们知道，作者把自己满腔的愁怀，全部都寄托在梦幻之中，希望思念之人的魂魄能认识回家的路，到梦中与自己相聚，即"愿指魂兮识路，教寻梦也回廊"。

下阕一开篇，容若就化用了"玉钩斜"这个典故，而正是这个典故，让我们产生了种种疑问，甚至可以推断出容若在词中悼念的并不是亡妻卢氏。"玉钩斜"在江苏扬州，公元618年5月，隋炀帝杨广的右屯卫将军宇文化及在江都兵变，勒死了隋炀帝，隋朝至此灭亡。战乱中，宫女大多被乱军所杀，并被草草埋葬在蜀冈的斜坡之上，并把那里叫作"宫人斜"。到了唐宪宗元仁年间，李夷简奉旨镇守扬州，来到此处，发现心月如钩，便在此建筑了一座为"玉钩"的亭子，此后，"宫人斜"便改称为"玉钩斜"。

据史料记载，卢氏去世后曾停柩在什刹海附近的龙华寺，直到一年后才被安葬在京西纳兰家的祖茔中，如果容若在这首词里悼亡的是卢氏，那么用"玉钩斜"的典故显然是有失偏颇的。

接着，作者为我们描绘了一幅"一般消受，蔓草残阳"的凄凉景象。试想，容若的父亲乃是一代权相，他怎么可能让自己的儿媳与隋炀帝时代的那些宫女一样，忍受着"蔓草残阳"的凄凉况味呢？由此我们能够知道，容若在这里悼念的并不是卢氏，而是一位与那些葬身"玉钩斜"的宫女有着相似之处的女子。

而且容若说的是"咫尺玉钩斜路"，"玉钩斜"位于江苏扬州，与身处京城的容若并非"咫尺天涯"，所以，他在这里并不是在表达时空观念上的感受，而是心理上的感觉，而能够让容若产生这种感叹的，恐怕就只有那位少年时与容若相爱，最后被迫入宫，并且已经消逝在深宫的表妹了。

从这首词中，我们完全感受不到容若以往那种从容、舒缓的节奏，有缘无分的昔日恋人如今天人相隔，容若那颗破碎的心也就开始飘忽游离在现实之中，从此没有了着落，也永远不会再安顿下来。

忆桃源慢（斜倚熏笼）

斜倚熏笼①，隔帘寒彻，彻夜寒如水。离魂何处，一片月明千里。两地凄凉，多少恨，分付药炉烟细。近来情绪②，非关病酒，如何拥鼻③长如醉。转寻思不如睡也，看到夜深怎睡。

几年消息浮沉，把朱颜顿成憔悴④。纸窗淅沥，寒到个人衾被。篆字香消灯灺冷，不算凄凉滋味。加餐千万，寄声珍重，而今始会当日意。早催人一更更漏，残雪月华满地。

注释

①熏笼：一种覆盖于火炉上供熏香、烘物和取暖用的器物。

②情绪：心情，心境。

③拥鼻：掩鼻吟的省称，后以此指雅音曼声吟咏。
④憔悴：黄瘦，瘦损。

赏析

《忆桃源慢》，美丽的词牌，同样美的还有容若的词，婉转低回，仿若一曲悠扬的笛音，清脆动人。

这首词为塞上思亲、念友之作。"斜倚熏笼"，自己斜倚在暖炉上，暖炉传递来的热量传遍全身，此刻想到远方的你，是否能够与自己一样，也有暖流在身旁。如果你没有在屋内，那么外面寒风阵阵，你又是如何驱寒呢？

容若想着远在他方的人，内心不禁一阵纠结，"隔帘寒彻，彻夜寒如水"。此时隔着门帘望去，外面天寒地冻，这样的天气，想着离人孤身在外，该在哪里过夜呢？夜晚的寒冷将会是白日的百倍，不知道离人如何安置自己。

"离魂何处，一片月明千里。两地凄凉，多少恨，分付药炉烟细。"话虽如此，但两地分隔，还是多少会难过，长久的思念，终于成疾，在煎药的炉子上，冒起烟雾阵阵，看去让人思绪缥缈，仿佛回到过去。

"近来情绪，非关病酒，如何拥鼻长如醉。转寻思不如睡也，看到夜深怎睡。"然而上片最后，容若却并不承认他的病和愁绪是由过度思念而引起的。他骗得了别人，却骗不过自己，夜晚，大家都安然入睡时，他却是辗转反侧，无法入眠。

上片悲苦，下片淡然，既然无法相聚，那就期望各自都过得好吧。"几年消息浮沉，把朱颜顿成憔悴。"长期地打探彼此的消息，结果只能是让各自憔悴，这又何必呢？"纸窗淅沥，寒到个人衾被。"窗外淅淅沥沥的雨声，带来阵阵寒意，这寒意仿佛穿透棉被，侵入骨髓，这是寂寞的寒。

"篆字香消灯炧冷，不算凄凉滋味。加餐千万，寄声珍重，而今始会当日意。"檀香熄灭，烟尘落满一地，这比起自己内心的凄惶来说，不算什么凄凉的，此刻想到身在外地的人，只希望他能够珍重。

这首怀人的词在最后，也只是以祝福与哀伤融合结尾，"早催人一更更漏，残雪月华满地。"祝福外地的朋友，但想到自己，也只能独自一人待在家里，看到月光满地，愁绪再次涌上心头。

湘灵鼓瑟（新睡觉）

（按此调谱律不载，疑亦自度曲。一本作《剪梧桐》。）

新睡觉，听漏尽乌啼欲晓。屏侧坠钗扶不起，泪浥余香悄悄。任百种思量都来，拥枕薄衾颠倒。土木形骸①，自甘憔悴，只平白占伊怀抱。听萧萧、一弱梧桐②，此日秋光③应到。

若不是忧能伤人，怎青镜④朱颜便老。慧业重来偏命薄，悔不梦中过了。忆少日清狂，花间马上，软风斜照。端的而今，误因疏起⑤，却懊恼误人年少。料应他此际闲眠，一样百愁难扫。

注释

①土木形骸：形体像土木一样自然，比喻人不加修饰的本来面目。
②萧萧：风声。一翦梧桐：谓梧桐叶被秋风吹落。
③秋光：秋日的风光景色。
④青镜：即青铜镜。
⑤疏起：疏懒而贪睡。

赏析

在容若的内心深处，时刻涌动着真挚的情感，无论是对朋友、对爱人，还是对其他事物，他都尽可能地将这份情感告诉他们知晓，或许在容若看来，含蓄并非是矜持，而是阻隔爱蔓延的一道门。

这首词同样如此，这首词以赋法铺叙，表达幽婉深意，是容若词中较为普遍，也较为常见的一种表述方式。但这并不妨碍这首词的精妙之处。写刚刚睡起，所看所想所念的景物。"新睡觉，听漏尽乌啼欲晓。"刚刚睡醒，听到漏声断绝，乌鸦啼鸣，天快要亮了。可惜自己却是久病缠身，无法起身。

虽然头脑清醒，但身体好似不属于自己一般，这样的状态，总是难免心灰意冷的。"屏侧坠钗扶不起，泪浥余香悄悄。"想着这些，就觉得眼泪上涌，病身难起，不胜愁苦，默默无语，泪痕未消。

梦里一定是有着凄苦的梦境，不然为何眼角还有未干的泪痕，醒来之后，慢慢清醒，万种愁绪便奔涌而来，"任百种思量都来，拥枕薄衾颠倒。"于是任各种愁绪都来侵袭，只在这衾枕间颠倒辗转，挥之不去。

容若从不扭捏作态，他的苦便是苦，他从不隐瞒，也从不遮掩，他的苦与乐都是他自己最真实的感受。"土木形骸，自甘憔悴，只平白占伊怀抱。"但容若不是惺惺作态，他只是为了得到爱人的温暖宠爱，所以才憔悴如此。

"听萧萧、一翦梧桐，此日秋光应到。"看那秋风将梧桐吹落，便知道秋天已经到了。年华已逝，容颜易老，容若不想将大好的年华虚度过去，他想要抓紧时光，好好享受。上片的愁思，到下片便是开始自醒了。

"若不是忧能伤人，怎青镜朱颜便老。慧业重来偏命薄，悔不梦中过了。"如果不是忧愁能够伤人，那么镜子里面的容颜怎么会日渐衰老？命运真是弄人，想当初年少轻狂，花间马上，意气风发，如今憔悴，疏懒落寞，却怪被愁闷困扰耽误了大好年华，料想他此刻也一样闲来寂寞，愁绪难平吧！

当日的意气风发，与今日的愁绪满怀、满面病容真是两个极端，"忆少日清狂，花间马上，软风斜照。端的而今，误因疏起，却懊恼误人年少。料应他此际闲眠，一样百愁难扫。"但是只能接受，谁也无法改变既定的现实。容若躺卧在病床之上，看到自己憔悴的容颜，想到往昔美好的岁月，除了哀叹，还能做什么呢？

大酺·寄梁汾（怎一炉烟）

怎一炉烟，一窗月，断送朱颜如许。韶光犹在眼，怪无端吹上，几分尘土。手捻残枝，沉吟往事，浑似前生无据①。鳞鸿②凭谁寄，想天涯只影，凄风苦雨。便砑损③吴绫，啼沾蜀纸④，有谁同赋。

当时不是错，好花月、合受天公妒。准拟倩、春归燕子，说与从头，争教他、会人言语。万一离魂过，偏梦被、冷香萦住。刚听得、城头鼓⑤。相思何益？待把来生祝取，慧业相同一处。

注释

①无据：没有依据或证据。
②鳞鸿：鱼雁，指书信。
③砑（yà）损：指反复书写，致使吴绫也被碾压得光亮。砑，碾压。
④蜀纸：犹蜀笺。
⑤城头鼓：战时城上传令的鼓声或报更的鼓声。

赏析

这首词写的是纳兰的好友顾贞观母丧南归后，纳兰对他的思念之情。

每日孤独地面对炉中香烟、窗前明月度过无聊的时光，送走了美好的年华。美好的春光还在眼前，却无端被蒙上了几分尘埃。手捻着凋落的花枝，思怀往日交游之事，经受这仿佛是前生注定的别离之苦。音书杳渺，想你在天涯之外形单影只，独自承受这凄风冷雨。就算是把绫纸写遍，泪洒相思，但又能与谁人共赋呢！

在花好月圆的时候，你我共度，连老天爷也生出了妒忌。会人言语的燕子归来，这便更惹人生起对往日的怀念。梦中与你相遇，这美梦却偏偏又如此冷清寂寞。耳畔传来城头更鼓的声音，梦醒之后再难成眠。相思之情日益增加，于是祈祷来生还能够与你相逢相知，共在一处。

这番解读下来，它似乎更像一首讲述男女之爱的词，事实上，友谊也可这般。当你把对方视若知己，你便可自他那里获得人生的动力，和他分享心中的喜悦与哀伤，与他讨论人生的愁苦，以填补心灵深处的寂寞与孤独。这也是一种"爱"。所以，纳兰会在结尾处说"慧业相同一处"，我的朋友，今生与你共赏，更渴望永生与你共伴。

点绛唇·寄南海梁药亭①（一帽征尘）

一帽征尘，留君不住从君去。片帆②何处？南浦③沉香雨。
回首风流，紫竹村边住。孤鸿④语，三生定许，可是梁鸿侣。

注释

①梁药亭：梁佩兰，字芝五，号药亭，别号柴翁，晚更号郁洲。广东南海人。顺治十四年乡试第一，后屡试不第，即潜心治学，从事诗歌写作，名噪一时。康熙四十二年被召回翰林院供职，因不识满文而罢。次年返乡，与屈大均、陈恭尹并称为"岭南三家"，有《六莹堂诗集》。
②片帆：孤舟，一只船。
③南浦：南面的水边，后常用称送别之地。

④孤鸿：孤单的鸿雁。

赏析

这是一首送友人的离别词。

纳兰送诗的这位梁药亭，正是"岭南三家"之首梁佩兰。梁佩兰热衷功名，求学之路历尽坎坷，被授予翰林院庶吉士时，他已年届六十。然而，梁佩兰在仕途道路上并不顺利，功名屡试不中，终于在花甲年考中进士，次年即告假归里。此后十五年，结兰湖诗社，遍历名山，与海内名士尽情唱和。这首送别诗写于梁佩兰青年时代考试不中返乡之际。

药亭的家乡远在岭南，即广东南海。他由京城南下广东，一路上跋山涉水，十分辛苦，因此纳兰感叹"一帽征尘"。到底是风华正茂，书生意气，挥斥方遒。离别虽是依依不舍，却没有太多忧思。只有"留君不住从君去"，一派好男儿志在千里的从容。

古有李白叹"孤帆远影碧空尽"，而纳兰也难隐对朋友的关怀，"片帆何处"，自是药亭那有沉香之名的故乡。"南浦沉香雨"则源自一个典故。相传晋时岭南官员吴隐之清正廉洁，造福一方，因此深得百姓爱戴。离去时，老百姓为了感激他纷纷致送礼品，而吴隐之一一婉拒，于元兴三年两袖清风离开广东。在珠江河上行走时，突然间风浪四起，忽然间，吴夫人想起来手上的沉香扇是百般推辞不下方才收下的一位父老所赠之物。听闻此言，吴隐之马上焚香向天祷告，把沉香扇投入江心，江面立刻风平浪静，江心浮现一座小岛，即现在的沉香浦。

药亭在老家时，曾经有一段悠居乡里的日子，是许多清雅之士求之而不得的，所谓"回首风流，紫竹村边住"，说的就是药亭进京前的这般风雅生活。西风不语，流年偷换，那年的药亭已不再如初到皇城时那般意气风发，尽管文字依旧激昂，却也掩不住屡试不中的怀疑和失落。"孤鸿语"三字，流露出寂寞孤独的意味。如此说来，怕是纳兰也没有想到，孤鸿语冥冥中竟是药亭躲不开的宿命。

或许是纳兰早已深刻地了解这位他乡故人，否则何出"三生梁鸿侣"的溢美？传说东汉梁鸿家贫好学，不愿做官，与妻子孟光隐居霸陵山中，以耕织为业，两人相敬如宾，举案齐眉，夫妻生活十分幸福，被世人传为佳话。后以"梁鸿"喻指丈夫，亦喻贤夫。纳兰将梁鸿比梁佩兰，便是对他的高度赞美。

尽管梁佩兰一生不得志，或许还满腹牢骚，然而，还有什么比自由更可贵呢？那份闲适与从容，或许是存在于每个人心中的一片净土吧。

满宫花（盼天涯）

盼天涯，芳讯绝。莫是故情全歇。朦胧寒月影微黄，情更薄于寒月。
麝烟销，兰烬灭。多少怨眉愁睫。芙蓉莲子待分明，莫向暗中磨折。

赏析

人间多是惆怅客，更有纳兰痴情人。满腹苦水，叫他如何排解忧愁，唱尽悲歌？

直道"盼天涯，芳讯绝"，令人联想那"独上高楼，望尽天涯路"之人，"芳讯"是对亲友音信的美称。不知那独倚高楼望断天涯路之人，是否也同纳兰一样，苦苦期望，只为寻得亲友们的一句嘉言。

可是想见之人不见容面，想闻之讯未得其踪，"莫是故情全歇"，难道是曾经的旧情全然已尽？这句词可解为纳兰的呓语之言。她是否已经不在那里了？虽然答案早已在他心中盘旋了千遍万遍，但纳兰还是不忍对自己说，她已经消逝在天涯。

"朦胧寒月影微黄，情更薄于寒月"，看那朦胧的月色，昏暗微黄，满是寒冷萧条，于是心头更觉寒意阵阵。所谓"一切景语皆情语"，同样的月亮，为什么纳兰眼中的就尤其寒冷凄清？不过是他内心愁苦郁闷罢了。

此刻，词人才意识到，麝香烧尽的香烟都已散去，燃尽呈兰花之态的烛心也熄灭，即"麝烟销，兰烬灭"。烟缕散去，残烛烧尽，最后徒留烛心，好似在向纳兰提醒着它曾经的存在。一切事物消逝之迅速，不是我们所能控制的，这也更加深了作者的愁绪，"多少怨眉愁睫"，怨眉愁睫，该用什么解？

最后，"芙蓉莲子待分明"，从《乐府诗集》中"乘月采芙蓉，夜夜得莲子"而来。芙蓉大概取的是其谐音"夫容"，此处是描写情人幽会之景。愁情满腹的纳兰取的是反意，写故人幽会的欢愉，更是自嘲自己的落寞孤楚，反衬得一地凄凉。"莫向暗中磨折"，莫问，莫问！莫问暗中磨折，似是自慰，却更多无可奈何。

或许，世间最痛苦的情感，便是思念还在，思念的那个人却已消逝。就如同纳兰，捧着这份厚重的情，无处寄托，无可释怀，只能寄予词间。

望江南·咏弦月（初八月）

初八月①，半镜上青霄②。斜倚画阑③娇不语，暗移梅影过红桥④，裙带北风飘。

注释

①初八月：即上弦月。农历每月的初七或初八，月亮呈月牙形，其弧在右侧。
②青霄：青天，高空。
③画阑：有画饰的栏杆。
④红桥：红色之桥。

赏析

古诗词中往往有些短章，言少情多，含蓄不尽。词人驾驭文字，举重若轻，而形往神留，艺术造诣极深。纳兰的这首《望江南》即其一例。

这首小词清丽空灵，开篇前两句便勾勒出一派清冷素雅的景致。"初八月，半镜上青霄"，初八之上弦月斜挂天边，后接女子倚阑不语的娇人情景，"斜倚画阑娇不语"，雕栏画栋在清辉之下寂寂无声，不知谁家女子此刻正在独倚画阑，不言不语。

转而，词人又刻画了月移梅影的景象，"暗移梅影过红桥，裙带北风飘。""红桥"，位于瘦西湖南端，始建于明末崇祯年间，原为红色栏杆的木桥，后在乾隆元年改建为拱形石桥，取名虹桥。那在红桥上出现的缥缈人迹是谁？在读者尚未回过神来的时候，便已经"北风飘"，渐行渐远，消失在梅枝摇曳的暗香之间。

纵观全词，这神秘女子于寒风之中，观月，离去，已置读者于似闻不闻、似解不解之间，末尾，她更是从罗带中断续飘出，使人情思萦绕，如月下花影，拂之不去。

一词五句而能翻转折进，于平淡中饶蕴深情，可谓浑朴超妙。

明月棹孤舟·海淀①（一片亭亭空凝伫）

一片亭亭空凝伫。趁西风霓裳遍舞。白鸟惊飞，菰蒲②叶乱，断续浣纱人语。丹碧③驳残秋夜雨。风吹去采菱越女④。辘轳声断，昏鸦欲起，多少博山情绪？

注释

①海淀：指今北京西郊之海淀镇。即纳兰家别墅自怡园，后自怡园并入圆明园之一的长春园。
②菰（gū）蒲：指菰和蒲。水边多年生草本植物，地下茎白，地上茎直立，开紫红色小花。
③丹碧：泛指涂饰在建筑物或器物上的色彩。犹丹青，指绘画。
④越女：古代越国多出美女，西施尤其著名，后因以泛指越地美女。

赏析

这首词描述了纳兰观荷时所发的千愁万绪。

"一片亭亭空凝伫"是说含苞待放的荷花在池水上独自开放，无人欣赏。"空"字的出现流露出词人对红颜易逝、往日难追的感慨。"趁西风霓裳遍舞"一句还是在说荷花的美丽。一阵风吹过，荷花如同美女般翩翩起舞。

"白鸟惊飞，菰蒲叶乱，断续浣纱人语。"白色羽毛的鸟儿从菰蒲中飞起，留下满地的零乱，这时传来断断续续的声音，才知道，原来是浣纱人。"浣纱"原是一种衣服的布料，后用来指代西施。隔着历史长河，西施也曾似纳兰一般站在这满池荷花面前愁绪万千吧。

可是如今早已"丹碧驳残秋夜雨"。"丹碧驳残"在说绘画上的丹青色彩因为年代久远早已褪色，词里比喻往日的幸福生活不可再得。这里似乎隐含着诗人对爱妻的怀念。

"风吹去采菱越女。"古代越国多出美女，最著名的莫属西施，于是后人因此以越女泛指越地美女。风吹去了春天吹来了冬日，吹绿了树叶又吹落了绿色。风总是无情的，越地的采菱女子怎经得起时光这般如风拂过？她们姣好的容颜在风的一次次到来、离去中消逝，在岁月的长河中渐渐沉淀。

此时，纳兰心中对亡妻难以名状的思念、对理想与现实矛盾的忧郁以及在茫茫宇宙中的飘零之感，这些情感纠缠在一起紧紧包围着他，却无人诉说，于是话到嘴边，他也只能问一句"辘轳声断，昏鸦欲起，多少博山情绪"。"辘轳"是安在井上用来绞起汲水斗的器具，"博山"原本是指男女欢爱，这里意为对单纯天真爱情的追求。辘轳的声音断断续续响起在耳边，黄昏时的乌鸦叫声凄厉，然而在这看似平常的寒夜里，不知有多少人望穿了秋水，痴等心念之人。

容若的词就是这样，清丽又耐人回味，唇间流转，迤逦清香。

望海潮·宝珠洞（汉陵风雨）

汉陵风雨，寒烟衰草，江山满目兴亡。白日空山，夜深清呗①，算来别是凄凉。往事最堪伤,想铜驼巷陌②,金谷③风光。几处离宫④,至今童子牧牛羊。

荒沙一片茫茫,有桑乾一线,雪冷雕翔。一道炊烟,三分梦雨,忍看林表斜阳。归雁两三行,见乱云低水,铁骑⑤荒冈。僧饭黄昏,松门凉月拂衣裳。

注释
①清呗(bài):谓佛教徒念经诵偈的声音。
②铜驼巷陌:地名,即铜驼街,在今河南洛阳故洛阳城中,以道旁曾有汉铸铜驼两尊相对而得名。为古代著名的繁华区域。
③金谷:古地名,在今河南洛阳西北,泛指富贵人家盛极一时但好景不长的豪华园林。
④离宫:古代帝王在都城之外的宫殿,也泛指皇帝出巡时的住所。
⑤铁骑:披铁甲的战马,指精锐的骑兵。

赏析

纳兰性德曾随康熙幸游北京西山八大处宝珠洞,他凭高远望,写下这篇《望海潮·宝珠洞》。

上片泛写眼前景及由此生发的感慨,"汉陵风雨,寒烟衰草,江山满目兴亡"。古人的陵墓荒凉冷落,历史风云变幻,于此,全都消逝无痕。只有那郊外的寒冷烟雾和衰萎的野草还凝聚着一片苍绿,一语点出兴亡之叹。"白日空山,夜深清呗,算来别是凄凉。"白日里山空幽静,夜深时佛经入耳,听来着实令人觉得凄凉无比。

随后"往事"三句,引出"铜驼巷陌"和"金谷"两处地名。铜驼巷陌即是铜驼街,原址在今河南省洛阳市故洛阳城中,以道旁曾有汉铸铜驼两枚相对而得名,为古代著名的繁华之地。金谷,古地名,原址在今洛阳市之西北,后亦代指繁华之地、游宴之所。这三句的意思是,最令人伤心惆怅的莫过于往日的繁华兴盛早已消失殆尽,一去不返了。

下片,词人转而写凭眺所见之景,"荒沙一片茫茫,有桑乾一线,雪冷雕翔","桑乾"此处指河名。荒沙苍凉浑茫,河流萧疏寥落,茫茫的雪山上大雕展翅而翔。这番景致虽带有一种凄清伤感的情调,但又不乏豪宕崟崎的特色。

"一道炊烟,三分梦雨,忍看林表斜阳",炊烟袅袅,树梢残阳,已是说不尽的凄怆悲凉,天边还有归雁三两成行,更是将氛围烘托得寂寥萧索。到"见乱云低水,铁骑荒冈"一句,词境被推向高潮,而词人又在读者尚沉浸在苍茫阔大的悲壮情绪中时,急转直下抛出一个空远的收尾。

"僧饭黄昏,松门凉月拂衣裳","松门"是前植松树的屋门,此指寺庙之门。黄昏时端一碗僧饭,穿过寺庙之门拂袖而去,这或许才是纳兰眼中惬意悠然的生活吧。

这首词的情境收放之间极具张力,不愧为纳兰词"苍凉豪宕"风格的代表作品。

赤枣子(风浙浙)

风浙浙,雨纤纤。难怪春愁细细添。记不分明疑是梦,梦来还隔一重帘。

赏析

春雨总是惹人愁,这样的天气里,也怪不得纳兰写出这样的词句。

斜风细雨斜织着，迷蒙一片，"风浙浙，雨纤纤"，"浙浙"是象声词，这里形容风声。"浙浙"两字，同样是风，却有种柔弱迷惘的情绪在里面。细雨如丝，依然朦朦胧胧地笼罩着一方天地，又慢慢地浸入心底，秋雨愁，又怎么能愁过这连绵的春雨。雨打芭蕉，春雨愁结，于是乎凄凄惨惨切切。

春雨的细腻和夏雨的豪情截然不同，只有春天才会有这连绵的细雨。空气中布满浓浓的湿气，阴阴的灰色，映在眼底，隐在心里，胸口被堵得紧紧的，似磐石般压得使人透不过气来，所有的委屈苦恼全部喷涌而出，伤感瞬间在心底最潮湿的角落里发芽。

因此纳兰才说，"难怪春愁细细添"。

风雨凄迷中最是容易自怜，尤其是一人独处，怀思之情便难免。而由这浓重的愁情而至似梦非梦的幻觉生起了。词人喃喃自语着，"记不分明疑是梦，梦来还隔一重帘"，那过去了的事已记不分明了，是不是只是一场梦？即使在梦中，也隔着一层厚厚的帘，看不清楚。

梦再真也不过是场梦罢了，与现实永远隔着一重帘。帘里帘外，有的人始终找不到自己的位置。这是一种朦胧恍惚的境界，词人从中流露出一种莫可名状的惆怅。

纳兰的词总是意深而情婉，就如这首小令，语句中有"花间"风韵，却更显得清丽自然。寥寥几笔，景致情感都在其中了。

玉连环影（才睡）

才睡。愁压衾花①碎。细数更筹，眼看银虫坠。梦难凭，讯难真，只是赚伊终日两眉颦②。

注释

①衾花：织印在衾被上的花卉图案。
②赚：赚得、赢得。颦：皱眉。

赏析

纳兰写过两首《玉连环影》，这篇词是第二首，第一首不妨也放在这里一起看：

何处？几叶萧萧雨。湿尽檐花，花底人无语。掩屏山，玉炉寒。谁见两眉愁聚依阑干。

词很短，也明白如话，描写的是春雨时节一女子相思，但是对女子着墨却极少极淡，似乎这女子留给读者的也只是一影子，缥缈却挥之不去。

这一首与《玉连环影·何处》的"萧萧雨""玉炉寒"相比，总感觉要暖和些了。先来看词，不知道这一晚纳兰又是如何在他那百转千回的惆怅中度过的，好不容易睡下，却辗转难眠……几经反复，算了！披衣坐起，却只剩下一声"才睡"的叹息。想来，纳兰最开始应该强迫自己睡下的，只是"愁压衾花碎"，梦难成，愁却不见少，睡也多愁，不睡也罢！

长夜漫漫，此刻的纳兰却只是坐在时间的边上，看着银烛渐消，烛泪点点，缓缓流下。"细数更筹，眼看银虫坠"中，"更筹"是古代夜间报更用的计时竹签，这里借指时间。"银虫"，即烛泪。

这样的"一夜"发生了多少次，我们并不知晓，只是透过烛光，远远看着他的影子，让人觉得怜惜而心疼。

多情人睡"梦难凭",那醒着又何妨?由"讯难真"一句可知,纳兰一定是向太多的人问询了"伊"的消息,然而各人各话、消息缤纷混杂,以致真假难辨了,却可怜了纳兰的一片痴心。最后一句"只是赚伊终日两眉颦"最见纳兰体贴,意思是说,两个人的思念,总抵得过一个人的卑微凄凉吧。

两首《玉连环影》放在一起看,意外地发现第一首恰巧可以作为第二首纳兰遥想牵挂的那个"伊"的注解。第一首中纳兰只简单提了下伊的眉颦,而第二首却是一个想象情景的完全展开。

秋千索(锦帷初卷蝉云绕)

锦帷①初卷蝉云绕,却待要、起来还早。不成薄睡倚香篝②,一缕缕残烟袅。
绿阴满地红阑悄,更添与、催归啼鸟③。可怜春去又经时④,只莫被人知了。

注释

①锦帷:锦帐。
②香篝:即熏笼。
③催归啼鸟:指杜鹃鸟。
④经时:历久。

赏析

这是纳兰词众多伤春之作中的一篇,而伤春总与少女伤怀相联系着,细腻的情愫丝丝入扣,如泣的婉约全然融入一个闺中少女。

"锦帷初卷蝉云绕,却待要、起来还早。"故事一开始,画面便被轻轻放置在一个暮春的清晨,乍暖还寒中裹挟着浅浅的薄雾。锦帏半掀,有一女子微微欠身,发髻蓬乱。"蝉云"在这里是说女子梳成蝉鬓形的发式经过一夜的睡眠,已松松垮垮像乌云一样松散地盘绕着。为什么要说"却待要、起来还早",其实时间不早,只缘心境已老。

"不成薄睡倚香篝,一缕缕残烟袅。"在这么一个早晨,时间从这里开始,又到这里停止。熏香已凉,残烟空飘,一袭落寞意,醒也无聊,醉也无聊。

下阕,词人又将目光从屋里移到了窗外,"绿阴满地红阑悄,更添与、催归啼鸟"。本是春意盎然的美好,闺中却看出一片绿肥红瘦、花开荼蘼的消歇春事,就连鸟儿啼叫都衬得这一切更显恬寂。其实诗意至此,女子伤春的主题已经淋漓尽致。到结句一出,味道愈浓。

"可怜春去又经时,只莫被人知了"说的是女子自叹又度过了一年的春日,只是怕被旁人知道了自己伤春的心绪。这一小矛盾和小扭捏便深细地将她彻骨的伤春伤怀展现无余,一面伤春的愁绪连绵不断,一面又和羞矜持,怕与人知道。不知纳兰何以如此深入心声,令人叹服。

作为男性,纳兰却把女子的愁思写到了深至骨髓的境界,如不是有意想起,谁能料到,营造这满怀愁情的是一位男子。可见,其功力深厚有余,不愧为"满族第一词人"。

浪淘沙·秋思（霜讯下银塘）

霜讯①下银塘，并作新凉。奈他青女忒轻狂。端正一枝荷叶盖，护了鸳鸯。燕子要还乡，惜别雕梁。更无人处倚斜阳。还是薄情②还是恨，仔细思量。

注释
①霜讯：即霜信，霜期来临的消息。
②薄情：不念情义，多用于男女之间的情爱。

赏析

纳兰的愁总是清丽动人，琐碎景物铺陈开去，就有种哀婉的情绪从中蜿蜒而来。这篇《浪淘沙》题作"秋思"，实为离伤之情思。

"霜讯下银塘，并作新凉。奈他青女忒轻狂"，依旧是白描起笔，池塘中的水清澈明净，秋霜初现，新凉乍作，冷风瑟瑟。"青女"是指神话中霜雪之神，此处借指冷风。紧接着，纳兰笔意一转，"端正一枝荷叶盖，护了鸳鸯"，说冷风吹着荷叶，鸳鸯栖于叶盖之下，成对成双，纵霜冷风急也不分离，似乎又流露出一些温暖人心的情绪。鸳鸯在风霜凄紧时尚能并栖荷叶下，而自己在这样清冷的秋天只能独对新凉。纳兰在这里，是羡慕，也是自伤心事。

下片接着写燕子辞梁还乡，飞往南方了。燕子南飞，和初春柳树抽芽一样，一年一度，让人再清晰不过地感到时光的流逝。又见燕还乡，年年依旧，而人已老，物是人非，怎能不令人伤神。

"更无人处倚斜阳"，纳兰这首词，最令人心动的便是这句。无人之处独倚斜阳，这是一种怎样空阔和寂寥的情绪呵。"倚"字用得尤其巧妙，斜阳本已淡去，但是自己好像可以倚靠它，可以借着它一点点余温暖暖自己的阴冷。冥思之中，断断续续又开始忘我出神，茕茕孑立，只剩下斜阳让人观赏。

面对这样的情景，也不知是怨还是恨，"还是薄情还是恨"，纳兰说，"仔细思量"。其实仔细思量又如何呢，都是些缠在心里的闲愁，挥之不去散之又来。心思细腻敏感的人，在这样秋天的冷风里，恐怕也只能是心中迷惘了。

渔父（收却纶竿落照红）

收却纶竿①落照红，秋风宁为②剪芙蓉。人淡淡，水濛濛，吹入芦花短笛中。

注释
①纶竿：钓竿。
②宁为：乃为，竟为。

赏析

几乎所有的词评人都赞纳兰的小令是天籁，格高韵远，极缠绵婉约之致。而眼前这一首是纳兰为友人徐虹亭写的一首题画词。

"收却纶竿落照红",纳兰一贯钟情的白描手法在此一显无余,夕阳西斜、晚霞烂漫,渔人悠然收竿,首句铺展在读者面前的,就是这样一幅场景。纶竿即为钓竿。落照,西斜的夕阳。"收却"二字用在全词的开头,别有一番意味。从字面上看,"收却"与"落照红"是同时发生的动作,而纵览全词,则可体味出这两者其实有着暗示的因果关系:即因"落照红"而"收却纶竿",无须多言,便道出了黄昏中渔人逍遥自得,不假他求,这种自由自在的情绪,为整篇作品奠定了基调,又与下句的描述前后呼应。

"秋风宁为剪芙蓉"承接上句,由落照的色彩写到秋风的声响,由人之主体写到荷花之喻体,仍然是从细节着手,以拟人的手法,描述飒飒秋风之凉意吹飘,不求他物,只为了能轻轻地摆动水中那一簇簇绝美的荷花。此处着一"宁"字,赋予了秋风人的性情与品格,出奇地于平和中凸现词人强烈的感情。

勾勒完风物,"人淡淡,水濛濛,吹入芦花短笛中"一句抛出一个空远淡漠的远景,人影稀,烟水蒙,笛音轻,纳兰将他的山泽鱼鸟之思寄托于词中。

时人称纳兰题画诗词有种"烟水迷离"之感,从这首小令的诗情画境中也可见一斑。

雨中花(楼上疏烟楼下路)

楼上疏烟①楼下路,正招余、绿杨深处。奈卷地西风,惊回残梦②,几点打窗雨。

夜深雁掠东檐去。赤憎是、断魂砧杵。算酌酒忘忧,梦阑酒醒,愁思知何许?

注释
①疏烟:谓香火冷落。
②残梦:谓零乱不全之梦。

赏析

都说,秋风秋雨愁煞人。纳兰写这首词是否也在这样一个夜晚,几度梦回,看屋内一盏孤灯,四壁的白墙映照那点点的烛火,窗外夜雨,窗内影单。

开头一句"楼上疏烟楼下路,正招余、绿杨深处",以为又是一篇描绘纳兰与恋人相爱点滴的温婉柔情之作。看到"惊回残梦"才恍然,那个看似美好的开头,不过是梦中情景。而这样零乱不整的梦,却也要被西风夜雨惊断,醒来时只听得窗外秋雨声。

下片"雁"字一出,词人的满腔愁意也汹涌而来。古诗词中,鸿雁多与失意、孤苦、凄凉联系在一起,这首词中在夜雨里独飞的雁,便负载着词人深重的忧虑与凄惶情怀。午夜梦回,与词人一样被惊醒的是鸿雁。鸿雁受惊在雨中凄飞,这苦境正暗合了词人苦闷愁怨的心境:他们同是黑夜中寂寞凄苦的"伤心人"。

正是夜深不寐时,听雁掠东檐,砧杵声声,更令人增愁添恨。"赤憎是、断魂砧杵",砧杵是捣衣石和棒槌,借指捣衣,意谓最令人生憎的是那使人断魂的捣衣之声。从字面来看,"捣衣"是为了远方征人能够尽早换上干净衣服,实则是表达思妇对征人之思念,对征战之怨愤。而夜晚的捣衣声则又有另一层含义:为什么要在晚上捣衣?是因为白天还有其他事情,于此更见思妇生活之艰辛,亦可见思妇感情的强烈。

在这样的断魂声里，纳兰自斟自饮，想要借酒忘忧，即"算酹酒忘忧"。他又岂不明白"举杯消愁愁更愁"的道理？风霜与往事不是一坛酒，一杯饮下醉过之后便可以全然当成一场荒唐，那些都是实实在在存在的事情，轻拢慢捻奏出他命中的一曲离殇。快不得，慢不成。

"梦阑酒醒，愁思知何许"，纳兰词末句一问总是令人黯然，孤苦无告之伤情全在其间。这时才觉得那句评语恰当，纳兰词，的的确确令人"不忍卒读"。

满江红（籍甚平阳）

为曹子清题其先人所构楝亭，亭在金陵①署中。

籍甚平阳②，羡奕叶、流传芳誉③。君不见、山龙④补衮，昔时兰署。饮罢石头城下水，移来燕子矶边树。倩一茎黄楝⑤作三槐，趋庭处。

延夕月，承晨露。看手泽，深余慕。更凤毛才思，登高能赋。入梦凭将图绘写，留题合遣纱笼护。正绿阴青子盼乌衣，来非暮。

注释

①曹子清：曹寅，字子清，清文学家，号荔轩，又号楝亭，先世为汉族，原籍丰润（今属河北），自其祖父起为满洲贵族的包衣（奴仆），隶属于正白旗，为小说家曹雪芹祖父。楝亭：曹寅之先人所建，亭边植楝木，故以"楝"名亭。金陵：古邑名，今南京市的别称。
②平阳：地名，在今山西境内，相传古帝尧时为都。这里指金陵。
③奕叶：累世，代代。芳誉：美好的名声。
④山龙：指古代绘于衮服或旌旗上的山、龙图案。
⑤黄楝：落叶乔木，树皮味极苦，紫褐色，有灰色斑纹，羽状复叶，小叶卵状披针形，花小，绿黄色，树皮可入药，有祛湿热的作用，也叫苦树。

赏析

康熙二十四年（公元1685年）五月初，清代文学家曹寅至京，纳兰病殁之前，作此词相赠。纳兰长曹氏四岁，两人情意深厚，惺惺相惜，因此在词中不免颇多盛赞之语，但决不能简单看作逢迎之作。

一眼望去，这首《满江红》多处用典，然而细读便可发现，在典雅中不乏纳兰词一贯的清新自然之感，在蜿蜒曲折里不失流畅生动。

开篇起笔便称颂曹氏自祖上起声名显赫，芳誉盛大，享有高官厚禄。"石头城下水"是化用李德裕的故事，这个故事是为了说明建业即石头城旧时繁华，连水质也与别处不同。

词人由远处潺潺的石头城下水，描写至庭布满岁月之痕迹的高大黄楝树。"移来燕子矶边树。倩一茎黄楝作三槐，趋庭处"，"三槐"则是相传周代官廷外种有三棵槐树，三公朝天子时，面向三槐而立，后世因此以三槐喻三公。纳兰在这里假想，定是曹氏的先人栽种了一株黄楝于庭外，极为委婉地赞颂了曹家的鼎盛，有三公之功高位显者在。

"延夕月，承晨露。看手泽，深余慕"，承袭昨日的夕月，而俯身拾取今日的晨露，时光流逝，接着转而说看到题字，词人深深钦慕。手泽，本指手汗，后指先人之遗物或遗墨等。

此处作为皇帝的题字或是单纯指曹氏先辈的题字，都并不影响词意的理解。在言语间，词人流露出真挚的钦佩之情。

继而用"凤毛"两字极尽描写曹寅承袭祖上的过人才华。紧接着锦上添花，"入梦凭将图绘写，留题合遣纱笼护"，"纱笼"指宰相纱笼，纳兰在这里是为了说明曹家祖上自是显赫，即便今日也是地位不同一般。

"正绿阴青子盼乌衣，来非暮。"乌衣意为名门望族子弟，此处是词人自指。词章到了这里，在奢华笔墨极尽之时笔调一转，借问你我何时聚，最是青梅结子时。由景至情，而能将情凌驾于景上，显得更为真切而婉丽。

情到深处自是真，华美辞藻典章故事之下字句间流露的是一片真切。透过这一首《满江红》的浮华颂赞，能看到的，是纳兰、曹寅间说不尽的几多情谊。

浣溪沙·郊游联句（出郭寻春春已阑）

出郭寻春春已阑（陈维崧），东风吹面不成寒（秦松龄），青村几曲到西山（严绳孙）。

并马未须愁路远（姜宸英），看花且莫放杯闲（朱彝尊），人生别易会常难（纳兰性德）。

赏析

康熙十八年（公元1679年）三月，清王朝为汉人专设了博学鸿词科会试，录取的限数五十人里，朱彝尊、严绳孙、陈维崧、秦松龄等皆入选。唯独姜宸英本已经拟定受荐鸿博，不想却因失期而罢，心情颇为沮丧。这篇联句正是作于当时。

会试使得散居各地的名流们难得有机会聚到了一起。这一群人热热闹闹的，出城赏春，并马看花。陈维崧首作开卷语"出郭寻春春已阑"，走出城外观赏春色，却发觉它已是意尽阑珊。情绪稍显怅然，不像往昔阳羡领袖的大势磅礴、气吞河山。

身边的秦松龄接口便道"东风吹面不成寒"，东风迎面吹来，却并不让人觉得寒冷。秦松龄早年得志，顺治十二年十八岁便成为进士，授国史馆检讨。仕途虽有坎坷也还得意，在这一年与朱、严、陈等人共举鸿博。

严绳孙接下去吟道："青村几曲到西山。"在绿幽幽的山间行走，哼几首小曲，我们便不知不觉来到了西山。他真不愧是一位画家，几个字便勾勒出一幅浪漫唯美的山水图。

走在严绳孙身后的姜宸英联句"并马未须愁路远"，还是喜欢和这群朋友们信马闲游，联诗饮酒。语气之豪放洒脱，令人羡慕。"看花且莫放杯闲"，朱彝尊将这股豪放之情进一步推进，赏花时怎能停下酒杯？就让我们尽情举杯畅饮吧。末句，纳兰用"人生别易会常难"收尾，脱口而出的性情之句，不经雕琢，却浑然成器。

"人生别易会常难"，人的一生生离死别都太容易，唯独相聚却比登天还难。这句话或许就是纳兰生平的写照吧，亲情、友情、爱情与他擦肩而过，短暂美好的相会，留给他的便是长久无望的落寞与孤独，伴随他，终其一生，直至死去。

后 记

本书从策划到出版成书得到了很多同行的大力支持和帮助,在此向他们表示诚挚的感谢:许长荣、吕梦、李洋、丁敏翔、张丹、张亮、李思思、崔雨薇、尤兴标、曹汉振、杨阳、于湘婉、李慧男、董思思、李孟漪、陈建明、涂志伟、姚帅帅、赵陕君、马秋辰、洪少群、李娜、宗雪、李敏、李倩、杨茜彦、石颖川、张继霞、梁西宁、李丽利、席婷婷。

我们真诚回报

亲爱的读者朋友，首先感谢您阅读我社图书，请您在阅读完本书后填写以下信息。我社将长期开展"读石油版书，获亲情馈赠"活动，凡是关注我社图书并认真填写读者信息反馈卡的朋友都有机会获得亲情馈赠，我们将定期从信息反馈卡中评选出有价值的意见和建议，并为填写这些信息的读者朋友 **免　费** 赠送一本好书。

您的资料

您的姓名：_____ 性别：_____ 出生年月：_____ 电话：_____
文化程度：_____ 单位名称：_____
通信地址：_____ 邮编：_____
E-mail：_____ 特别提示新老读者：您的资料是我们与您取得联系、反馈信息最重要的途径、请务必填写工整。如果您的联络方式发生了变化，请再次填写此卡并及时邮寄或传真到我社。

您的意见《一生最爱纳兰词（全词彩插珍藏版）》

您填写本卡的时间是：____年____月____日
是什么促使您决定购买本书的？如果是报纸或杂志的书评，请写明具体报刊名称：
○封面○书名○内容○版式○亲朋好友推荐○索引及目录
您在何处购买到本书（请写明具体书店的名称）：
○新华书店_____ ○民营书店_____ ○大型书城_____ ○其他_____
您希望通过什么渠道获得我社新书的消息：
○信函○传真○书店○网络○其他_____
您愿意成为我们的会员吗？ ○愿意○不愿意
您会推荐本书给您的亲朋好友吗？ _____
您对本书的综合评价和建议： _____
_____
您最喜欢的一本书是什么？ _____
您最喜欢的作者是谁？ _____

别忘了保持联系

联系地址：北京安定门外安华西里三区 18 号楼 1103 室
　　　　　石油工业出版社　　大众图书出版公司　　艾嘉
邮编：100011　　E-mail：freeflybb@126.com　　网址：www.petropub.com

饮水词

人生若只如初见

纳兰容若诞辰366年唯美纪念

纳兰容若/著

一个才华绝世
容貌出众的真情男子
一部华丽忧伤
孤独深沉的绝美诗卷

石油工业出版社

目录

卷一	1
忆江南（昏鸦尽）	1
忆江南（江南好，建业旧长安）	1
忆江南（江南好，城阙尚嵯峨）	1
忆江南（江南好，怀古意谁传）	1
忆江南（江南好，虎阜晚秋天）	1
忆江南（江南好，真个到梁溪）	1
忆江南（江南好，水是二泉清）	1
忆江南（江南好，佳丽数维扬）	1
忆江南（江南好，铁瓮古南徐）	1
忆江南（江南好，一片妙高云）	1
忆江南（江南好，何处异京华）	1
忆江南（新来好，唱得虎头词）	2
忆江南（挑灯坐，坐久忆年时）	2
忆江南（江南忆，鸾辂此经过）	2
忆江南（春去也，人在画楼东）	2
忆江南·宿双林禅院有感（心灰尽）	2
忆王孙（暗怜双绁郁金香）	2
忆王孙（刺桐花底是儿家）	2
忆王孙（西风一夜剪芭蕉）	2
采桑子（彤霞久绝飞琼字）	2
采桑子（谁翻乐府凄凉曲）	2
采桑子（土花曾染湘娥黛）	2
采桑子（而今才道当时错）	2
采桑子（严霜拥絮频惊起）	2
采桑子（冷香萦遍红桥梦）	3
采桑子（嫩烟分染鹅儿柳）	3
采桑子（非关癖爱轻模样）	3
采桑子（桃花羞作无情死）	3
采桑子（拨灯书尽红笺也）	3
采桑子（凉生露气湘弦润）	3
采桑子（谢家庭院残更立）	3
采桑子（明月多情应笑我）	3
采桑子（那能寂寞芳菲节）	3

采桑子·九日（深秋绝塞谁相忆）……3
采桑子（海天谁放冰轮满）……3
采桑子（白衣裳凭朱阑立）……3
采桑子·居庸关（巂周声里严关峙）……4
添字采桑子（闲愁似与斜阳约）……4
浣溪沙（十里湖光载酒游）……4
浣溪沙（脂粉塘空遍绿苔）……4
浣溪沙（泪浥红笺第几行）……4
浣溪沙（伏雨朝寒愁不胜）……4
浣溪沙（谁念西风独自凉）……4
浣溪沙（莲漏三声烛半条）……4
浣溪沙（消息谁传到拒霜）……4
浣溪沙（雨歇梧桐泪乍收）……4
浣溪沙（谁道飘零不可怜）……4
浣溪沙（酒醒香销愁不胜）……4
浣溪沙（欲问江梅瘦几分）……5
浣溪沙（抛却无端恨转长）……5
浣溪沙（一半残阳下小楼）……5
浣溪沙（睡起惺忪强自支）……5
浣溪沙（五月江南麦已稀）……5
浣溪沙（残雪凝辉冷画屏）……5
浣溪沙·咏五更，和湘真韵（微晕娇花湿欲流）……5
浣溪沙（五字诗中目乍成）……5
浣溪沙（记绾长条欲别难）……5
浣溪沙（身向云山那畔行）……5
浣溪沙（万里阴山万里沙）……5
浣溪沙（凤髻抛残秋草生）……5
浣溪沙（肠断斑骓去未还）……6
浣溪沙（旋拂轻容写洛神）……6
浣溪沙（十二红帘窣地深）……6
浣溪沙（容易浓香近画屏）……6
浣溪沙（十八年来堕世间）……6
浣溪沙（欲寄愁心朔雁边）……6
浣溪沙（败叶填溪水已冰）……6
浣溪沙（锦样年华水样流）……6
浣溪沙（肯把离情容易看）……6
浣溪沙（已惯天涯莫浪愁）……6

卷二……7

浣溪沙·古北口（杨柳千条送马蹄）……7
浣溪沙·寄严荪友（藕荡桥边理钓筒）……7
浣溪沙·大觉寺（燕垒空梁画壁寒）……7
浣溪沙·小兀喇（桦屋鱼衣柳作城）……7
浣溪沙·姜女祠（海色残阳影断霓）……7
浣溪沙·庚申除夜（收取闲心冷处浓）……7

浣溪沙·红桥怀古，和王阮亭韵（无恙年年汴水流）⋯⋯⋯⋯7
摊破浣溪沙（林下荒苔道韫家）⋯⋯⋯⋯⋯⋯⋯⋯⋯⋯⋯7
摊破浣溪沙（风絮飘残已化萍）⋯⋯⋯⋯⋯⋯⋯⋯⋯⋯⋯8
摊破浣溪沙（欲语心情梦已阑）⋯⋯⋯⋯⋯⋯⋯⋯⋯⋯⋯8
摊破浣溪沙（小立红桥柳半垂）⋯⋯⋯⋯⋯⋯⋯⋯⋯⋯⋯8
摊破浣溪沙（一霎灯前醉不醒）⋯⋯⋯⋯⋯⋯⋯⋯⋯⋯⋯8
摊破浣溪沙（昨夜浓香分外宜）⋯⋯⋯⋯⋯⋯⋯⋯⋯⋯⋯8
虞美人（绿阴帘外梧桐影）⋯⋯⋯⋯⋯⋯⋯⋯⋯⋯⋯⋯⋯8
虞美人（曲阑深处重相见）⋯⋯⋯⋯⋯⋯⋯⋯⋯⋯⋯⋯⋯8
虞美人（峰高独石当头起）⋯⋯⋯⋯⋯⋯⋯⋯⋯⋯⋯⋯⋯8
虞美人（春情只到梨花薄）⋯⋯⋯⋯⋯⋯⋯⋯⋯⋯⋯⋯⋯8
虞美人（黄昏又听城头角）⋯⋯⋯⋯⋯⋯⋯⋯⋯⋯⋯⋯⋯8
虞美人（彩云易向秋空散）⋯⋯⋯⋯⋯⋯⋯⋯⋯⋯⋯⋯⋯8
虞美人（银床淅沥青梧老）⋯⋯⋯⋯⋯⋯⋯⋯⋯⋯⋯⋯⋯8
虞美人（风灭炉烟残灺冷）⋯⋯⋯⋯⋯⋯⋯⋯⋯⋯⋯⋯⋯9
虞美人·为梁汾赋（凭君料理《花间》课）⋯⋯⋯⋯⋯⋯9
虞美人·秋夕信步（愁痕满地无人省）⋯⋯⋯⋯⋯⋯⋯⋯9
生查子（东风不解愁）⋯⋯⋯⋯⋯⋯⋯⋯⋯⋯⋯⋯⋯⋯⋯9
生查子（鞭影落春堤）⋯⋯⋯⋯⋯⋯⋯⋯⋯⋯⋯⋯⋯⋯⋯9
生查子（散帙坐凝尘）⋯⋯⋯⋯⋯⋯⋯⋯⋯⋯⋯⋯⋯⋯⋯9
生查子（短焰剔残花）⋯⋯⋯⋯⋯⋯⋯⋯⋯⋯⋯⋯⋯⋯⋯9
生查子（惆怅彩云飞）⋯⋯⋯⋯⋯⋯⋯⋯⋯⋯⋯⋯⋯⋯⋯9
清平乐（青陵蝶梦）⋯⋯⋯⋯⋯⋯⋯⋯⋯⋯⋯⋯⋯⋯⋯⋯9
清平乐（烟轻雨小）⋯⋯⋯⋯⋯⋯⋯⋯⋯⋯⋯⋯⋯⋯⋯⋯9
清平乐（将愁不去）⋯⋯⋯⋯⋯⋯⋯⋯⋯⋯⋯⋯⋯⋯⋯⋯9
清平乐（凄凄切切）⋯⋯⋯⋯⋯⋯⋯⋯⋯⋯⋯⋯⋯⋯⋯⋯9
清平乐（塞鸿去矣）⋯⋯⋯⋯⋯⋯⋯⋯⋯⋯⋯⋯⋯⋯⋯⋯10
清平乐（风鬟雨鬓）⋯⋯⋯⋯⋯⋯⋯⋯⋯⋯⋯⋯⋯⋯⋯⋯10
清平乐（参横月落）⋯⋯⋯⋯⋯⋯⋯⋯⋯⋯⋯⋯⋯⋯⋯⋯10
清平乐（角声哀咽）⋯⋯⋯⋯⋯⋯⋯⋯⋯⋯⋯⋯⋯⋯⋯⋯10
清平乐（画屏无睡）⋯⋯⋯⋯⋯⋯⋯⋯⋯⋯⋯⋯⋯⋯⋯⋯10
清平乐（麝烟深漾）⋯⋯⋯⋯⋯⋯⋯⋯⋯⋯⋯⋯⋯⋯⋯⋯10
清平乐·秋思（孤花片叶）⋯⋯⋯⋯⋯⋯⋯⋯⋯⋯⋯⋯⋯10
清平乐·忆梁汾（才听夜雨）⋯⋯⋯⋯⋯⋯⋯⋯⋯⋯⋯⋯10
清平乐·弹琴峡题壁（泠泠彻夜）⋯⋯⋯⋯⋯⋯⋯⋯⋯⋯10
清平乐·上元月蚀（瑶华映阙）⋯⋯⋯⋯⋯⋯⋯⋯⋯⋯⋯10
浪淘沙（红影湿幽窗）⋯⋯⋯⋯⋯⋯⋯⋯⋯⋯⋯⋯⋯⋯⋯10
浪淘沙（眉谱待全删）⋯⋯⋯⋯⋯⋯⋯⋯⋯⋯⋯⋯⋯⋯⋯10
浪淘沙（紫玉拨寒灰）⋯⋯⋯⋯⋯⋯⋯⋯⋯⋯⋯⋯⋯⋯⋯11
浪淘沙（夜雨做成秋）⋯⋯⋯⋯⋯⋯⋯⋯⋯⋯⋯⋯⋯⋯⋯11
浪淘沙（野店近荒城）⋯⋯⋯⋯⋯⋯⋯⋯⋯⋯⋯⋯⋯⋯⋯11
浪淘沙（闷自别残灯）⋯⋯⋯⋯⋯⋯⋯⋯⋯⋯⋯⋯⋯⋯⋯11
浪淘沙（清镜上朝云）⋯⋯⋯⋯⋯⋯⋯⋯⋯⋯⋯⋯⋯⋯⋯11
减字木兰花新月（晚妆欲罢）⋯⋯⋯⋯⋯⋯⋯⋯⋯⋯⋯⋯11
减字木兰花（烛花摇影）⋯⋯⋯⋯⋯⋯⋯⋯⋯⋯⋯⋯⋯⋯11
减字木兰花（相逢不语）⋯⋯⋯⋯⋯⋯⋯⋯⋯⋯⋯⋯⋯⋯11

减字木兰花（断魂无据）⋯⋯⋯⋯⋯⋯⋯⋯11
减字木兰花（花丛冷眼）⋯⋯⋯⋯⋯⋯⋯⋯11
鹧鸪天（独背残阳上小楼）⋯⋯⋯⋯⋯⋯⋯11
鹧鸪天（雁贴寒云次第飞）⋯⋯⋯⋯⋯⋯⋯11
鹧鸪天（别绪如丝睡不成）⋯⋯⋯⋯⋯⋯⋯12
鹧鸪天（冷露无声夜欲阑）⋯⋯⋯⋯⋯⋯⋯12
鹧鸪天（握手西风泪不干）⋯⋯⋯⋯⋯⋯⋯12
鹧鸪天（尘满疏帘素带飘）⋯⋯⋯⋯⋯⋯⋯12
鹧鸪天·咏史（马上吟成促渡江）⋯⋯⋯⋯12
临江仙（丝雨如尘云著水）⋯⋯⋯⋯⋯⋯⋯12
临江仙（长记碧纱窗外语）⋯⋯⋯⋯⋯⋯⋯12
临江仙（六曲阑干三夜雨）⋯⋯⋯⋯⋯⋯⋯12
临江仙（夜来带得些儿雪）⋯⋯⋯⋯⋯⋯⋯12
临江仙·卢龙大树（雨打风吹都似此）⋯⋯12
临江仙·永平道中（独客单衾谁念我）⋯⋯13
临江仙·谢响樱桃（绿叶成阴春尽也）⋯⋯13
临江仙·寒柳（飞絮飞花何处是）⋯⋯⋯⋯13
临江仙·寄严荪友（别后闲情何所寄）⋯⋯13
临江仙·孤雁（霜冷离鸿惊失伴）⋯⋯⋯⋯13
临江仙（点滴芭蕉心欲碎）⋯⋯⋯⋯⋯⋯⋯13
临江仙（昨夜个人曾有约）⋯⋯⋯⋯⋯⋯⋯13

卷三 ⋯⋯⋯⋯⋯⋯⋯⋯⋯⋯⋯⋯⋯⋯⋯⋯14

菩萨蛮（梦回酒醒三通鼓）⋯⋯⋯⋯⋯⋯⋯14
菩萨蛮（隔花才歇廉纤雨）⋯⋯⋯⋯⋯⋯⋯14
菩萨蛮（新寒中酒敲窗雨）⋯⋯⋯⋯⋯⋯⋯14
菩萨蛮（淡花瘦玉轻妆束）⋯⋯⋯⋯⋯⋯⋯14
菩萨蛮（催花未歇花奴鼓）⋯⋯⋯⋯⋯⋯⋯14
菩萨蛮（窗前桃蕊娇如倦）⋯⋯⋯⋯⋯⋯⋯14
菩萨蛮（朔风吹散三更雪）⋯⋯⋯⋯⋯⋯⋯14
菩萨蛮（荒鸡再咽天难晓）⋯⋯⋯⋯⋯⋯⋯14
菩萨蛮（白日惊飙冬已半）⋯⋯⋯⋯⋯⋯⋯14
菩萨蛮（榛荆满眼山城路）⋯⋯⋯⋯⋯⋯⋯15
菩萨蛮（黄云紫塞三千里）⋯⋯⋯⋯⋯⋯⋯15
菩萨蛮（萧萧几叶风兼雨）⋯⋯⋯⋯⋯⋯⋯15
菩萨蛮（为春憔悴留春住）⋯⋯⋯⋯⋯⋯⋯15
菩萨蛮（晶帘一片伤心白）⋯⋯⋯⋯⋯⋯⋯15
菩萨蛮（乌丝画作回纹纸）⋯⋯⋯⋯⋯⋯⋯15
菩萨蛮（春云吹散湘帘雨）⋯⋯⋯⋯⋯⋯⋯15
菩萨蛮（问君何事轻离别）⋯⋯⋯⋯⋯⋯⋯15
菩萨蛮（飘蓬只逐惊飙转）⋯⋯⋯⋯⋯⋯⋯15
菩萨蛮·为陈其年题照（《乌丝》曲倩红儿谱）⋯15
菩萨蛮·宿滦河（玉绳斜转疑清晓）⋯⋯⋯15
菩萨蛮·早春（晓寒瘦著西南月）⋯⋯⋯⋯15
菩萨蛮·寄顾梁汾苕中（知君此际情萧索）⋯16
菩萨蛮·过张见阳山居赋赠（车尘马迹纷如织）⋯16

菩萨蛮·回文（客中愁损催寒夕）	16
菩萨蛮·回文（研笺银粉残煤画）	16
蝶恋花（辛苦最怜天上月）	16
蝶恋花（眼底风光留不住）	16
蝶恋花（又到绿杨曾折处）	16
蝶恋花（萧瑟兰成看老去）	16
蝶恋花（尽日惊风吹木叶）	16
蝶恋花（准拟春来消寂寞）	16
蝶恋花夏夜（露下庭柯蝉响歇）	17
蝶恋花·出塞（今古河山无定据）	17
蝶恋花·散花楼送客（城上清笳城下杵）	17
金缕曲（酒浣青衫卷）	17
金缕曲（生怕芳樽满）	17
金缕曲（洒尽无端泪）	17
金缕曲（未得长无谓）	17
金缕曲·慰西溟（何事添凄咽）	18
金缕曲·赠梁汾（德也狂生耳）	18
金缕曲·寄梁汾（木落吴江矣）	18
金缕曲·亡妇忌日有感（此恨何时已）	18
金缕曲·再用秋水轩旧韵（疏影临书卷）	18
好事近（帘外五更风）	18
好事近（马首望青山）	19
好事近（何路向家园）	19
天仙子（梦里蘼芜青一剪）	19
天仙子（好在软绡红泪积）	19
天仙子·渌水亭秋夜（水浴凉蟾风入袂）	19
天仙子（月落城乌啼未了）	19
如梦令（正是辘轳金井）	19
如梦令（木叶纷纷归路）	19
如梦令（万帐穹庐人醉）	19
浪淘沙（蜃阙半模糊）	19
浪淘沙（双燕又飞还）	19
相见欢（微云一抹遥峰）	19
相见欢（落花如梦凄迷）	19
昭君怨（深禁好春谁惜）	20
昭君怨（暮雨丝丝吹湿）	20
满江红（代北燕南）	20
满江红（为问封姨）	20
满庭芳（堠雪翻鸦）	20
满江红·茅屋新成，却赋（问我何心）	20
满庭芳·题元人芦洲聚雁图（似有猿啼）	20
水调歌头·题西山秋爽图（空山梵呗静）	20
水调歌头·题岳阳楼图（落日与湖水）	21

卷四 22

凤凰台上忆吹箫（荔粉初装） 22

凤凰台上忆吹箫守岁（锦瑟何年）……………………22
南歌子（翠袖凝寒薄）……………………22
南歌子（暖护樱桃蕊）……………………22
南歌子·古戍（古戍饥乌集）……………………22
秋千索·渌水亭春望（药阑携手销魂侣）……………………22
秋千索（游丝断续东风弱）……………………22
秋千索（垆边唤酒双鬟亚）……………………22
鹊桥仙（倦收缃帙）……………………23
鹊桥仙（梦来双倚）……………………23
鹊桥仙·七夕（乞巧楼空）……………………23
忆秦娥·龙潭口（山重叠）……………………23
忆秦娥（春深浅）……………………23
忆秦娥（长飘泊）……………………23
点绛唇（小院新凉）……………………23
点绛唇·咏风兰（别样幽芬）……………………23
点绛唇·对月（一种蛾眉）……………………23
点绛唇·黄花城早望（五夜光寒）……………………23
眼儿媚（独倚春寒掩夕霏）……………………23
眼儿媚（重见星娥碧海槎）……………………24
眼儿媚·咏梅（莫把琼花比淡妆）……………………24
一络索·长城（野火拂云微绿）……………………24
一络索（过尽遥山如画）……………………24
一络索·雪（密洒征鞍无数）……………………24
卜算子·新柳（娇软不胜垂）……………………24
卜算子·塞梦（塞草晚才青）……………………24
卜算子·午日（村静午鸡啼）……………………24
念奴娇（人生能几）……………………24
念奴娇（绿杨飞絮）……………………24
念奴娇·废园有感（片红飞减）……………………25
念奴娇·宿汉儿村（无情野火）……………………25
沁园春（试望阴山）……………………25
沁园春（瞬息浮生）……………………25
沁园春（梦冷蘅芜）……………………25
南乡子（飞絮晚悠飏）……………………25
南乡子（何处淬吴钩）……………………25
南乡子·捣衣（鸳瓦已新霜）……………………26
南乡子·柳沟晓发（灯影伴鸣梭）……………………26
南乡子（烟暖雨初收）……………………26
南乡子·为亡妇题照（泪咽却无声）……………………26
南乡子·秋莫村居（红叶满寒溪）……………………26
水龙吟·题文姬图（须知名士倾城）……………………26
水龙吟·再送荪友南还（人生南北真如梦）……………………26
齐天乐·上元（阑珊火树鱼龙舞）……………………26
齐天乐·洗妆台怀古（六宫佳丽谁曾见）……………………26
齐天乐·塞外七夕（白狼河北秋偏早）……………………27
眼儿媚（林下闺房世罕俦）……………………27

眼儿媚·咏红姑娘（骚屑西风弄晚寒）······27
眼儿媚·中元夜有感（手写香台金字经）······27
唐多令·雨夜（丝雨织红茵）······27
唐多令（金液镇心惊）······27
唐多令·塞外重九（古木向人秋）······27
鹧鸪天（谁道阴山行路难）······27
鹧鸪天（小构园林寂不哗）······27
鹧鸪天·离恨（背立盈盈故作羞）······28
青玉案·辛酉人日（东风七日蚕芽软）······28
青玉案·宿乌龙江（东风卷地飘榆荚）······28
月上海棠·中元塞外（原头野火烧残碣）······28
月上海棠·瓶梅（重檐淡月浑如水）······28
踏莎行（春水鸭头）······28
踏莎行·寄见阳（倚柳题笺）······28
踏莎美人·清明（拾翠归迟）······28
苏幕遮（枕函香）······28
苏幕遮·咏浴（鬓云松）······28
摸鱼儿·午日雨眺（涨痕添）······29
摸鱼儿·送座主德清蔡先生（问人生）······29
荷叶杯（帘卷落花如雪）······29
荷叶杯（知己一人谁是）······29

卷五 ······30

太常引·自题小照（西风乍起峭寒生）······30
太常引（晚来风起撼花铃）······30
调笑令（明月）······30
河传（春浅）······30
谒金门（风丝袅）······30
少年游（算来好景只如斯）······30
诉衷情（冷落绣衾谁与伴）······30
江城子（湿云全压数峰低）······30
长相思（山一程）······30
东风齐着力（电急流光）······31
阮郎归（斜风细雨正霏霏）······31
画堂春（一生一代一双人）······31
朝中措（蜀弦秦柱不关情）······31
霜天晓角（重来对酒）······31
金菊对芙蓉·上元（金鸭消香）······31
琵琶仙·中秋（碧海年年）······31
御带花·重九夜（晚秋却胜春天好）······31
酒泉子（谢却荼蘼）······31
茶瓶儿（杨花糁径樱桃落）······31
赤枣子（惊晓漏）······32
玉连环影（何处）······32
遐方怨（欹角枕）······32
雨中花·送徐艺初归昆山（天外孤帆云外树）······32

青衫湿·悼亡（近来无限伤心事）……………32
落花时（夕阳谁唤下楼梯）……………32
锦堂春·秋海棠（帘外淡烟一缕）……………32
海棠春（落红片片浑如雾）……………32
河渎神（风紧雁行高）……………32
四和香（麦浪翻晴风飐柳）……………32
寻芳草·萧寺记梦（客夜怎生过）……………32
菊花新·用韵送张见阳令江华（愁绝行人天易暮）……………32
梅梢雪·元夜月蚀（星球映彻）……………33
木兰花（人生若只如初见）……………33
红窗月（燕归花谢）……………33
淡黄柳·咏柳（三眠未歇）……………33
一丛花·咏并蒂莲（阑珊玉佩罢霓裳）……………33
金人捧露盘·净业寺观莲有怀荪友（藕风轻）……………33
洞仙歌·咏黄葵（铅华不御）……………33
翦湘云·送友（险韵慵拈）……………33
东风第一枝·桃花（薄劣东风）……………33
秋水·听雨（谁道破愁须仗酒）……………34
木兰花慢（盼银河迢递）……………34
瑞鹤仙（马齿加长矣）……………34
雨霖铃·种柳（横塘如练）……………34
疏影·芭蕉（湘帘卷处）……………34
潇湘雨·送西溟归慈溪（长安一夜雨）……………34
风流子·秋郊射猎（平原草枯矣）……………34
河渎神（凉月转雕阑）……………35
青衫湿·悼亡（青衫湿遍）……………35
忆桃源慢（斜倚熏笼）……………35
湘灵鼓瑟（新睡觉）……………35
大酺·寄梁汾（怎一炉烟）……………35
点绛唇·寄南海梁药亭（一帽征尘）……………35
满宫花（盼天涯）……………35
望江南·咏弦月（初八月）……………36
明月棹孤舟·海淀（一片亭亭空凝伫）……………36
望海潮·宝珠洞（汉陵风雨）……………36
赤枣子（风淅淅）……………36
玉连环影（才睡）……………36
秋千索（锦帷初卷蝉云绕）……………36
浪淘沙·秋思（霜讯下银塘）……………36
渔父（收却纶竿落照红）……………36
雨中花（楼上疏烟楼下路）……………36
满江红（籍甚平阳）……………36
浣溪沙·郊游联句（出郭寻春春已阑）……………36

忆江南（昏鸦尽）

昏鸦尽，小立恨因谁？急雪乍翻香阁絮，轻风吹到胆瓶梅。心字已成灰。

忆江南
（江南好，建业旧长安）

江南好，建业旧长安。紫盖忽临双鹢渡，翠华争拥六龙看。雄丽却高寒。

忆江南
（江南好，城阙尚嵯峨）

江南好，城阙尚嵯峨。故物陵前惟石马，遗踪陌上有铜驼。玉树夜深歌。

忆江南
（江南好，怀古意谁传）

江南好，怀古意谁传。燕子矶头红蓼月，乌衣巷口绿杨烟。风景忆当年。

忆江南
（江南好，虎阜晚秋天）

江南好，虎阜晚秋天。山水总归诗格秀，笙箫恰称语音圆。谁在木兰船？

忆江南
（江南好，真个到梁溪）

江南好，真个到梁溪。一幅云林高士画，数行泉石故人题。还似梦游非？

忆江南
（江南好，水是二泉清）

江南好，水是二泉清。味永出山那得浊，名高有锡更谁争，何必让中泠。

忆江南
（江南好，佳丽数维扬）

江南好，佳丽数维扬。自是琼花偏得月，那应金粉不兼香。谁与话清凉。

忆江南
（江南好，铁瓮古南徐）

江南好，铁瓮古南徐。立马江山千里目，射蛟风雨百灵趋。北顾更踌躇。

忆江南
（江南好，一片妙高云）

江南好，一片妙高云。砚北峰峦米外史，屏间楼阁李将军，金碧蠹斜曛。

忆江南
（江南好，何处异京华）

江南好，何处异京华？香散翠帘多在水，绿残红叶胜于花。无事避风沙。

忆江南
（新来好，唱得虎头词）

新来好，唱得虎头词。一片冷香惟有梦，十分清瘦更无诗。标格早梅知。

忆江南
（挑灯坐，坐久忆年时）

挑灯坐，坐久忆年时。薄雾笼花娇欲泣，夜深微月下杨枝。催道太眠迟。

憔悴去，此恨有谁知。天上人间俱怅望，经声佛火两凄迷。未梦已先疑。

忆江南
（江南忆，鸾辂此经过）

江南忆，鸾辂此经过。一掬胭脂沉碧甃，四围亭壁幛红罗。消息暑风多。

忆江南
（春去也，人在画楼东）

春去也，人在画楼东。芳草绿黏天一角，落花红沁水三弓。好景共谁同？

忆江南·宿双林禅院有感
（心灰尽）

心灰尽，有发未全僧。风雨消磨生死别，似曾相识只孤檠，情在不能醒。

摇落后，清吹那堪听。淅沥暗飘金井叶，乍闻风定又钟声，薄福荐倾城。

忆王孙（暗怜双绁郁金香）

暗怜双绁郁金香，欲梦天涯思转长。几夜东风昨夜霜，减容光，莫为繁花又断肠。

忆王孙（刺桐花底是儿家）

刺桐花底是儿家。已拆秋千未采茶。睡起重寻好梦赊。忆交加，倚着闲窗数落花。

忆王孙（西风一夜剪芭蕉）

西风一夜剪芭蕉。满眼芳菲总寂寥？强把心情付浊醪。读《离骚》。洗尽秋江日夜潮。

采桑子（彤霞久绝飞琼字）

彤霞久绝飞琼字，人在谁边。人在谁边，今夜玉清眠不眠。

香销被冷残灯灭，静数秋天。静数秋天，又误心期到下弦。

采桑子（谁翻乐府凄凉曲）

谁翻乐府凄凉曲，风也萧萧，雨也萧萧，瘦尽灯花又一宵。

不知何事萦怀抱，醒也无聊，醉也无聊，梦也何曾到谢桥。

采桑子（土花曾染湘娥黛）

土花曾染湘娥黛，铅泪难消。清韵谁敲，不是犀椎是凤翘。

只应长伴端溪紫，割取秋潮。鹦鹉偷教，方响前头见玉箫。

采桑子（而今才道当时错）

而今才道当时错，心绪凄迷。红泪偷垂，满眼春风百事非。

情知此后来无计，强说欢期。一别如斯，落尽梨花月又西。

采桑子（严霜拥絮频惊起）

严霜拥絮频惊起，扑面霜空。斜汉朦胧，冷逼毡帷火不红。

香篝翠被浑闲事，回首西风。何处疏钟，一穗灯花似梦中。

采桑子（冷香萦遍红桥梦）

冷香萦遍红桥梦，梦觉城笳。月上桃花，雨歇春寒燕子家。

筝筱别后谁能鼓，肠断天涯。暗损韶华，一缕茶烟透碧纱。

采桑子（嫩烟分染鹅儿柳）

嫩烟分染鹅儿柳，一样风丝。似整如攲，才着春寒瘦不支。

凉侵晓梦轻蝉腻，约略红肥。不惜葳蕤，碾取名香作地衣。

采桑子（非关癖爱轻模样）

非关癖爱轻模样，冷处偏佳。别有根芽，不是人间富贵花。

谢娘别后谁能惜，飘泊天涯。寒月悲笳，万里西风瀚海沙。

采桑子（桃花羞作无情死）

桃花羞作无情死，感激东风。吹落娇红，飞入窗间伴懊侬。

谁怜辛苦东阳瘦，也为春慵。不及芙蓉，一片幽情冷处浓。

采桑子（拨灯书尽红笺也）

拨灯书尽红笺也，依旧无聊。玉漏迢迢，梦里寒花隔玉箫。

几竿修竹三更雨，叶叶萧萧。分付秋潮，莫误双鱼到谢桥。

采桑子（凉生露气湘弦润）

凉生露气湘弦润，暗滴花梢。帘影谁摇，燕蹴风丝上柳条。

舞鹍镜匣开频掩，檀粉慵调。朝泪如潮，昨夜香衾觉梦遥。

采桑子（谢家庭院残更立）

谢家庭院残更立，燕宿雕梁。月度银墙，不辨花丛那辨香。

此情已自成追忆，零落鸳鸯。雨歇微凉，十一年前梦一场。

采桑子（明月多情应笑我）

明月多情应笑我，笑我如今。辜负春心，独自闲行独自吟。

近来怕说当时事，结遍兰襟。月浅灯深，梦里云归何处寻。

采桑子（那能寂寞芳菲节）

那能寂寞芳菲节，欲话生平。夜已三更。一阕悲歌泪暗零。

须知秋叶春花促，点鬓星星。遇酒须倾，莫问千秋万岁名。

采桑子·九日（深秋绝塞谁相忆）

深秋绝塞谁相忆，木叶萧萧。乡路迢迢。六曲屏山和梦遥。

佳时倍惜风光别，不为登高。只觉魂销。南雁归时更寂寥。

采桑子（海天谁放冰轮满）

海天谁放冰轮满，惆怅离情。莫说离情，但值良宵总泪零。

只应碧落重相见，那是今生。可奈今生，刚作愁时又忆卿。

采桑子（白衣裳凭朱阑立）

白衣裳凭朱阑立，凉月趖西。点鬓霜微，岁晏知君归不归？

残更目断传书雁，尺素还稀。一味相思，准拟相看似旧时。

采桑子·居庸关
（鵾周声里严关峙）

鵾周声里严关峙，匹马登登，乱踏黄尘。听报邮签第几程。

行人莫话前朝事，风雨诸陵。寂寞鱼灯，天寿山头冷月横。

添字采桑子
（闲愁似与斜阳约）

闲愁似与斜阳约，红点苍苔，蛱蝶飞回。又是梧桐新绿影，上阶来。

天涯望处音尘断，花谢花开，懊恼离怀。空压钿筐金线缕，合欢鞋。

浣溪沙（十里湖光载酒游）

十里湖光载酒游，青帘低映白蘋洲。西风听彻采菱讴。

沙岸有时双袖拥，画船何处一竿收。归来无语晚妆楼。

浣溪沙（脂粉塘空遍绿苔）

脂粉塘空遍绿苔，掠泥营垒燕相催。妒他飞去却飞回。

一骑近从梅里过，片帆遥自藕溪来。博山香烬未全灰。

浣溪沙（泪浥红笺第几行）

泪浥红笺第几行，唤人娇鸟怕开窗，那能闲过好时光。

屏障厌看金碧画，罗衣不奈水沉香。遍翻眉谱只寻常。

浣溪沙（伏雨朝寒愁不胜）

伏雨朝寒愁不胜，那能还傍杏花行。去年高摘斗轻盈。

漫惹炉烟双袖紫，空将酒晕一衫青。人间何处问多情。

浣溪沙（谁念西风独自凉）

谁念西风独自凉？萧萧黄叶闭疏窗。沉思往事立残阳。

被酒莫惊春睡重，赌书消得泼茶香。当时只道是寻常。

浣溪沙（莲漏三声烛半条）

莲漏三声烛半条，杏花微雨湿轻绡。那将红豆寄无聊。

春色已看浓似酒，归期安得信如潮。离魂入夜倩谁招。

浣溪沙（消息谁传到拒霜）

消息谁传到拒霜？两行斜雁碧天长，晚秋风景倍凄凉。

银蒜押帘人寂寂，玉钗敲竹信茫茫。黄花开也近重阳。

浣溪沙（雨歇梧桐泪乍收）

雨歇梧桐泪乍收，遣怀翻自忆从头。摘花销恨旧风流。

帘影碧桃人已去，屐痕苍藓径空留。两眉何处月如钩？

浣溪沙（谁道飘零不可怜）

西郊冯氏园看海棠，因忆《香严词》有感。

谁道飘零不可怜，旧游时节好花天，断肠人去自今年。

一片晕红疑着雨，晚风吹掠鬓云偏。倩魂销尽夕阳前。

浣溪沙（酒醒香销愁不胜）

酒醒香销愁不胜，如何更向落花行。去年高摘斗轻盈。

夜雨几番销瘦了，繁华如梦总无凭。人间何处问多情。

浣溪沙（欲问江梅瘦几分）

欲问江梅瘦几分，只看愁损翠罗裙。麝篝衾冷惜余熏。

可耐暮寒长倚竹，便教春好不开门。枇杷花底校书人。

浣溪沙（抛却无端恨转长）

抛却无端恨转长，慈云稽首返生香。妙莲花说试推详。

但是有情皆满愿，更从何处着思量。篆烟残烛并回肠。

浣溪沙（一半残阳下小楼）

一半残阳下小楼，朱帘斜控软金钩。倚阑无绪不能愁。

有个盈盈骑马过，薄妆浅黛亦风流。见人羞涩却回头。

浣溪沙（睡起惺忪强自支）

睡起惺忪强自支，绿倾蝉鬓下帘时。夜来愁损小腰肢。

远信不归空伫望，幽期细数却参差。更兼何事耐寻思。

浣溪沙（五月江南麦已稀）

五月江南麦已稀，黄梅时节雨霏微。闲看燕子教雏飞。

一水浓阴如罨画，数峰无恙又晴晖。湔裙谁独上渔矶。

浣溪沙（残雪凝辉冷画屏）

残雪凝辉冷画屏。《落梅》横笛已三更。更无人处月胧明。

我是人间惆怅客，知君何事泪纵横。断肠声里忆平生。

浣溪沙·咏五更，和湘真韵（微晕娇花湿欲流）

微晕娇花湿欲流，簟纹灯影一生愁。梦回疑在远山楼。

残月暗窥金屈戍，软风徐荡玉帘钩。待听邻女唤梳头。

浣溪沙（五字诗中目乍成）

五字诗中目乍成，仅教残福折书生。手挼裙带那时情。

别后心期和梦杳，年来憔悴与愁并。夕阳依旧小窗明。

浣溪沙（记绾长条欲别难）

记绾长条欲别难，盈盈自此隔银湾。便无风雪也摧残。

青雀几时裁锦字，玉虫连夜剪春幡。不禁辛苦况相关。

浣溪沙（身向云山那畔行）

身向云山那畔行。北风吹断马嘶声。深秋远塞若为情。

一抹晚烟荒戍垒，半竿斜日旧关城。古今幽恨几时平。

浣溪沙（万里阴山万里沙）

万里阴山万里沙。谁将绿鬓斗霜华。年来强半在天涯。

魂梦不离金屈戍，画图亲展玉鸦叉。生怜瘦减一分花。

浣溪沙（凤髻抛残秋草生）

凤髻抛残秋草生，高梧湿月冷无声。当时七夕有深盟。

信得羽衣传钿合，悔教罗袜葬倾城。人间空唱《雨霖铃》。

浣溪沙（肠断斑骓去未还）

肠断斑骓去未还，绣屏深锁凤箫寒。一春幽梦有无间。

逗雨疏花浓淡改，关心芳草浅深难。不成风月转摧残。

浣溪沙（旋拂轻容写洛神）

旋拂轻容写洛神，须知浅笑是深颦。十分天与可怜春。

掩抑薄寒施软障，抱持纤影藉芳茵。未能无意下香尘。

浣溪沙（十二红帘窄地深）

十二红帘窄地深，才移划袜又沉吟。晚晴天气惜轻阴。

珠衱佩囊三合字，宝钗拢髻两分心。定缘何事湿兰襟。

浣溪沙（容易浓香近画屏）

容易浓香近画屏，繁枝影着半窗横。风波狭路倍怜卿。

未接语言犹怅望，才通商略已蕾腾。只嫌今夜月偏明。

浣溪沙（十八年来堕世间）

十八年来堕世间，吹花嚼蕊弄冰弦。多情情寄阿谁边。

紫玉钗斜灯影背，红绵粉冷枕函偏。相看好处却无言。

浣溪沙（欲寄愁心朔雁边）

欲寄愁心朔雁边，西风浊酒惨离颜。黄花时节碧云天。

古戍烽烟迷斥堠，夕阳村落解鞍鞯。不知征战几人还。

浣溪沙（败叶填溪水已冰）

败叶填溪水已冰，夕阳犹照短长亭。何年废寺失题名。

倚马客临碑上字，斗鸡人拨佛前灯。劳劳尘世几时醒。

浣溪沙（锦样年华水样流）

锦样年华水样流，鲛珠迸落更难收。病余常是怯梳头。

一径绿云修竹怨，半窗红日落花愁。憎憎只是下帘钩。

浣溪沙（肯把离情容易看）

肯把离情容易看，要从容易见艰难。难抛往事一般般。

今夜灯前形共影，枕函虚置翠衾单。更无人与共春寒。

浣溪沙（已惯天涯莫浪愁）

已惯天涯莫浪愁，寒云衰草渐成秋。漫因睡起又登楼。

伴我萧萧惟代马，笑人寂寂有牵牛。劳人只合一生休。

浣溪沙·古北口
（杨柳千条送马蹄）

杨柳千条送马蹄，北来征雁旧南飞。客中谁与换春衣。

终古闲情归落照，一春幽梦逐游丝。信回刚道别多时。

浣溪沙·寄严荪友
（藕荡桥边理钓筒）

藕荡桥边理钓筒，苎萝西去五湖东，笔床茶灶太从容。

况有短墙银杏雨，更兼高阁玉兰风。画眉闲了画芙蓉。

浣溪沙·大觉寺
（燕垒空梁画壁寒）

燕垒空梁画壁寒，诸天花雨散幽关。篆香清梵有无间。

蛱蝶乍从帘影度，樱桃半是鸟衔残。此时相对一忘言。

浣溪沙·小兀喇
（桦屋鱼衣柳作城）

桦屋鱼衣柳作城，蛟龙鳞动浪花腥，飞扬应逐海东青。

犹记当年军垒迹，不知何处梵钟声。莫将兴废话分明。

浣溪沙·姜女祠
（海色残阳影断霓）

海色残阳影断霓，寒涛日夜女郎祠。翠钿尘网上蛛丝。

澄海楼高空极目，望夫石在且留题。六王如梦祖龙非。

浣溪沙·庚申除夜
（收取闲心冷处浓）

收取闲心冷处浓，舞裙犹忆柘枝红。谁家刻烛待春风？

竹叶樽空翻彩燕，九枝灯灺颤金虫。风流端合倚天公。

浣溪沙·红桥怀古，和王阮亭韵
（无恙年年汴水流）

无恙年年汴水流。一声《水调》短亭秋。旧时明月照扬州。

曾是长堤牵锦缆，绿杨清瘦至今愁。玉钩斜路近迷楼。

摊破浣溪沙
（林下荒苔道韫家）

林下荒苔道韫家，生怜玉骨委尘沙。愁向风前无处说，数归鸦。

半世浮萍随逝水，一宵冷雨葬名花。魂是柳绵吹欲碎，绕天涯。

摊破浣溪沙
（风絮飘残已化萍）

风絮飘残已化萍，泥莲刚倩藕丝萦。珍重别拈香一瓣，记前生。

人到情多情转薄，而今真个悔多情。又到断肠回首处，泪偷零。

摊破浣溪沙
（欲语心情梦已阑）

欲语心情梦已阑，镜中依约见春山。方悔从前真草草，等闲看。

环佩只应归月下，钿钗何意寄人间。多少滴残红蜡泪，几时干。

摊破浣溪沙
（小立红桥柳半垂）

小立红桥柳半垂，越罗裙飏缕金衣。采得石榴双叶子，欲遗谁？

便是有情当落日，只应无伴送斜晖。寄语东风休着力，不禁吹。

摊破浣溪沙
（一霎灯前醉不醒）

一霎灯前醉不醒，恨如春梦畏分明。淡月淡云窗外雨，一声声。

人到情多情转薄，而今真个不多情。又听鹧鸪啼遍了，短长亭。

摊破浣溪沙
（昨夜浓香分外宜）

昨夜浓香分外宜，天将妍暖护双栖，桦烛影微红玉软，燕钗垂。

几为愁多翻自笑，那逢欢极却含啼。央及莲花清漏滴，莫相催。

虞美人（绿阴帘外梧桐影）

绿阴帘外梧桐影，玉虎牵金井。怕听啼鴂出帘迟，挨到年年今日两相思。

凄凉满地红心草，此恨谁知道。待将幽忆寄新词，分付芭蕉风定月斜时。

虞美人（曲阑深处重相见）

曲阑深处重相见，匀泪偎人颤。凄凉别后两应同，最是不胜清怨月明中。

半生已分孤眠过，山枕檀痕涴。忆来何事最销魂，第一折枝花样画罗裙。

虞美人（峰高独石当头起）

峰高独石当头起，冻合双溪水。马嘶人语各西东，行到断崖无路小桥通。

朔鸿过尽归期杳，客里年华悄。又将丝泪湿斜阳，回首十三陵树乱云黄。

虞美人（春情只到梨花薄）

春情只到梨花薄，片片催零落。夕阳何事近黄昏，不道人间犹有未招魂。

银笺别梦当时句，密绾同心苣。为伊判作梦中人，长向画图清夜唤真真。

虞美人（黄昏又听城头角）

黄昏又听城头角，病起心情恶。药炉初沸短檠青，无那残香半缕恼多情。

多情自古原多病，清镜怜清影。一声弹指泪如丝，央及东风休遣玉人知。

虞美人（彩云易向秋空散）

彩云易向秋空散，燕子怜长叹。几翻离合总无因，赢得一回僝僽一回亲。

归鸿旧约霜前至，可寄香笺字？不如前事不思量，且枕红蕤欹侧看斜阳。

虞美人（银床淅沥青梧老）

银床淅沥青梧老，屧粉秋蛩扫。采香行处蹙连钱，拾得翠翘何恨不能言。

回廊一寸相思地,落月成孤倚。背灯和月就花阴,已是十年踪迹十年心。

虞美人(风灭炉烟残炧冷)

风灭炉烟残炧冷,相伴唯孤影。判教狼藉醉清樽,为问世间醒眼是何人。

难逢易散花间酒,饮罢空搔首。闲愁总付醉来眠,只恐醒时依旧到尊前。

虞美人·为梁汾赋(凭君料理《花间》课)

凭君料理《花间》课,莫负当初我。眼看鸡犬上天梯,黄九自招秦七共泥犁。

瘦狂那似痴肥好,判任痴肥笑。笑他多病与长贫,不及诸公衮衮向风尘。

虞美人·秋夕信步(愁痕满地无人省)

愁痕满地无人省,露湿琅玕影。闲阶小立倍荒凉,还剩旧时月色在潇湘。

薄情转是多情累,曲曲柔肠碎。红笺向壁字模糊,忆共灯前呵手为伊书。

生查子(东风不解愁)

东风不解愁,偷展湘裙衩。独夜背纱笼,影著纤腰画。

爇尽水沉烟,露滴鸳鸯瓦。花骨冷宜香,小立樱桃下。

生查子(鞭影落春堤)

鞭影落春堤,绿锦障泥卷。脉脉逗菱丝,嫩水吴姬眼。

啮膝带香归,谁整樱桃宴。蜡泪恼东风,旧垒眠新燕。

生查子(散帙坐凝尘)

散帙坐凝尘,吹气幽兰并。茶名龙凤团,香字鸳鸯饼。

玉局类弹棋,颠倒双栖影。花月不曾闲,莫放相思醒。

生查子(短焰剔残花)

短焰剔残花,夜久边声寂。倦舞却闻鸡,暗觉青绫湿。

天水接冥蒙,一角西南白。欲渡浣花溪,梦远轻无力。

生查子(惆怅彩云飞)

惆怅彩云飞,碧落知何许。不见合欢花,空倚相思树。

总是别时情,那得分明语。判得最长宵,数尽厌厌雨。

清平乐(青陵蝶梦)

青陵蝶梦,倒挂怜么凤。退粉收香情一种,栖傍玉钗偷共。

愔愔镜阁飞蛾,谁传锦字秋河?莲子依然隐雾,菱花暗惜横波。

清平乐(烟轻雨小)

烟轻雨小,望里青难了。一缕断虹垂树杪,又是乱山残照。

凭高目断征途,暮云千里平芜。日夜河流东下,锦书应托双鱼。

清平乐(将愁不去)

将愁不去,秋色行难住。六曲屏山深院宇,日日风风雨雨。

雨晴篱菊初香,人言此日重阳。回首凉云暮叶,黄昏无限思量。

清平乐(凄凄切切)

凄凄切切,惨淡黄花节。梦里砧声浑未歇,那更乱蛩悲咽。

尘生燕子空楼，抛残弦索床头。一样晓风残月，而今触绪添愁。

清平乐（塞鸿去矣）

塞鸿去矣，锦字何时寄。记得灯前佯忍泪，却问明朝行未。

别来几度如珪，飘零落叶成堆。一种晓寒残梦，凄凉毕竟因谁。

清平乐（风鬟雨鬓）

风鬟雨鬓，偏是来无准。倦倚玉阑看月晕，容易语低香近。

软风吹遍窗纱，心期便隔天涯。从此伤春伤别，黄昏只对梨花。

清平乐（参横月落）

参横月落，客绪从谁托。望里家山云漠漠，似有红楼一角。

不如意事年年，消磨绝塞风烟。输与五陵公子，此时梦绕花前。

清平乐（角声哀咽）

角声哀咽，襆被驮残月。过去华年如电掣，禁得番番离别。

一鞭冲破黄埃，乱山影里徘徊。蓦忆去年今日，十三陵下归来。

清平乐（画屏无睡）

画屏无睡，雨点惊风碎。贪话零星兰焰坠，闲了半床红被。

生来柳絮飘零。便教咒也无灵。待问归期还未，已看双睫盈盈。

清平乐（麝烟深漾）

麝烟深漾，人拥缑笙氅。新恨暗随新月长，不辨眉尖心上。

六花斜扑疏帘，地衣红锦轻沾。记取暖香如梦，耐他一晌寒严。

清平乐·秋思（孤花片叶）

孤花片叶，断送清秋节。寂寂绣屏香篆灭，暗里朱颜消歇。

谁怜散髻吹笙，天涯芳草关情。懊恼隔帘幽梦，半床花月纵横。

清平乐·忆梁汾（才听夜雨）

才听夜雨，便觉秋如许。绕砌蛩螀人不语，有梦转愁无据。

乱山千叠横江，忆君游倦何方。知否小窗红烛。照人此夜凄凉。

清平乐·弹琴峡题壁（泠泠彻夜）

泠泠彻夜，谁是知音者。如梦前朝何处也，一曲边愁难写。

极天关塞云中，人随雁落西风。唤取红襟翠袖，莫教泪洒英雄。

清平乐·上元月蚀（瑶华映阙）

瑶华映阙，烘散蒙墀雪。比似寻常清景别，第一团圆时节。

影娥忽泛初弦，分辉借与宫莲。七宝修成合璧，重轮岁岁中天。

浪淘沙（红影湿幽窗）

红影湿幽窗，瘦尽春光。雨余花外却斜阳。谁见薄衫低髻子？抱膝思量。

莫道不凄凉，早近持觞。暗思何事断人肠。曾是向他春梦里，瞥遇回廊。

浪淘沙（眉谱待全删）

眉谱待全删，别画秋山，朝云渐入有无间。莫笑生涯浑似梦，好梦原难。

红咮啄花残,独自凭阑。月斜风起袷衣单。消受春风都一例,若个偏寒?

浪淘沙(紫玉拨寒灰)

紫玉拨寒灰,心字全非。疏帘犹是隔年垂。半卷夕阳红雨入,燕子来时。

回首碧云西,多少心期,短长亭外短长堤。百尺游丝千里梦,无限凄迷。

浪淘沙(夜雨做成秋)

夜雨做成秋,恰上心头,教他珍重护风流。端的为谁添病也,更为谁羞?

密意未曾休,密愿难酬。珠帘四卷月当楼。暗忆欢期真似梦,梦也须留。

浪淘沙(野店近荒城)

野店近荒城,砧杵无声。月低霜重莫闲行。过尽征鸿书未寄,梦又难凭。

身世等浮萍,病为愁成。寒宵一片枕前冰。料得绮窗孤睡觉,一倍关情。

浪淘沙(闷自剔残灯)

闷自剔残灯,暗雨空庭。潇潇已是不堪听。那更西风偏着意,做尽秋声。

城柝已三更,欲睡还醒,薄寒中夜掩银屏。曾染戒香消俗念,莫又多情。

浪淘沙(清镜上朝云)

清镜上朝云,宿篆犹薰。一春双袂尽啼痕,那更夜来孤枕侧,又梦归人。

花底病中身,懒约溅裙,待寻闲事度佳辰,绣榻重开添几线,寂掩重门。

减字木兰花新月(晚妆欲罢)

晚妆欲罢,更把纤眉临镜画。准待分明,和雨和烟两不胜。

莫教星替,守取团圆终必遂。此夜红楼,天上人间一样愁。

减字木兰花(烛花摇影)

烛花摇影,冷透疏衾刚欲醒。待不思量,不许孤眠不断肠。

茫茫碧落,天上人间情一诺。银汉难通,稳耐风波愿始从。

减字木兰花(相逢不语)

相逢不语,一朵芙蓉着秋雨。小晕红潮,斜溜鬟心只凤翘。

待将低唤,直为凝情恐人见。欲诉幽怀,转过回阑叩玉钗。

减字木兰花(断魂无据)

断魂无据,万水千山何处去?没个音书,尽日东风上绿除。

故园春好,寄语落花须自扫。莫更伤春,同是恹恹多病人。

减字木兰花(花丛冷眼)

花丛冷眼,自惜寻春来较晚。知道今生,知道今生那见卿。

天然绝代,不信相思浑不解。若解相思,定与韩凭共一枝。

鹧鸪天(独背残阳上小楼)

独背残阳上小楼,谁家玉笛韵偏幽。一行白雁遥天暮,几点黄花满地秋。

惊节序,叹沉浮,秋华如梦水东流。人间所事堪惆怅,莫向横塘问旧游。

鹧鸪天(雁贴寒云次第飞)

雁贴寒云次第飞,向南犹自怨归迟。谁能瘦马关山道,又到西风扑鬓时。

人杳杳,思依依,更无芳树有乌啼。

凭将扫黛窗前月，持向今宵照别离。

鹧鸪天（别绪如丝睡不成）

别绪如丝睡不成，那堪孤枕梦边城。因听紫塞三更雨，却忆红楼半夜灯。

书郑重，恨分明，天将愁味酿多情。起来呵手封题处，偏到鸳鸯两字冰。

鹧鸪天（冷露无声夜欲阑）

冷露无声夜欲阑，栖鸦不定朔风寒。生憎画鼓楼头急，不放征人梦里还。

秋淡淡，月弯弯，无人起向月中看。明朝匹马相思处，知隔千山与万山。

鹧鸪天（握手西风泪不干）

送梁汾南还，时方为题小影。

握手西风泪不干，年来多在别离间。遥知独听灯前雨，转忆同看雪后山。

凭寄语，劝加餐，桂花时节约重还。分明小像沉香缕，一片伤心欲画难。

鹧鸪天（尘满疏帘素带飘）

十月初四夜风雨，其明日是亡妇生辰。

尘满疏帘素带飘，真成暗度可怜宵。几回偷拭青衫泪，忽傍犀奁见翠翘。

惟有恨，转无聊。五更依旧落花朝。衰杨叶尽丝难尽，冷雨西风打画桥。

鹧鸪天·咏史
（马上吟成促渡江）

马上吟成促渡江，分明间气属闺房。生憎久闭金铺暗，花冷回心玉一床。

添哽咽，足凄凉。谁教生得满身香。只今西海年年月，犹为萧家照断肠。

临江仙（丝雨如尘云著水）

丝雨如尘云著水，嫣香碎拾吴宫。百花冷暖避东风，酷怜娇易散，燕子学偎红。

人说病宜随月减，恹恹却与春同。可能留蝶抱花丛，不成双梦影，翻笑杏梁空？

临江仙（长记碧纱窗外语）

长记碧纱窗外语，秋风吹送归鸦。片帆从此寄天涯，一灯新睡觉，思梦月初斜。

便是欲归归未得，不如燕子还家。春云春水带轻霞，画船人似月，细雨落杨花。

临江仙（六曲阑干三夜雨）

塞上得家报，云秋海棠开矣，赋此。

六曲阑干三夜雨，倩谁护取娇慵？可怜寂寞粉墙东，已分裙衩绿，犹裹泪绡红。

曾记鬓边斜落下，半床凉月惺忪。旧欢如在梦魂中，自然肠欲断，何必更秋风。

临江仙（夜来带得些儿雪）

夜来带得些儿雪，冻云一树垂垂。东风回首不胜悲。叶干丝未尽，未死只颦眉。

可忆红泥亭子外，纤腰舞困因谁？如今寂寞待人归。明年依旧绿，知否系斑骓？

临江仙·卢龙大树
（雨打风吹都似此）

雨打风吹都似此，将军一去谁怜？画图曾见绿阴圆。旧时遗镞地，今日种瓜田。

系马南枝犹在否，萧萧欲下长川。九秋黄叶五更烟。只应摇落尽，不必问当年。

临江仙·永平道中
（独客单衾谁念我）

独客单衾谁念我,晓来凉雨飕飕。缄书欲寄又还休,个侬憔悴,禁得更添愁。

曾记年年三月病,而今病向深秋。卢龙风景白人头,药炉烟里,支枕听河流。

临江仙·谢响樱桃
（绿叶成阴春尽也）

绿叶成阴春尽也,守宫偏护星星。留将颜色慰多情,分明千点泪,贮作玉壶冰。

独卧文园方病渴,强拈红豆酬卿。感卿珍重报流莺,惜花须自爱,休只为花疼。

临江仙·寒柳
（飞絮飞花何处是）

飞絮飞花何处是?层冰积雪摧残。疏疏一树五更寒。爱他明月好,憔悴也相关。

最是繁丝摇落后,转教人忆春山。湔裙梦断续应难。西风多少恨,吹不散眉弯。

临江仙·寄严荪友
（别后闲情何所寄）

别后闲情何所寄,初莺早雁相思。如今憔悴异当时,飘零心事,残月落花知。

生小不知江上路,分明却到梁溪。匆匆刚欲话分携,香消梦冷,窗白一声鸡。

临江仙·孤雁
（霜冷离鸿惊失伴）

霜冷离鸿惊失伴,有人同病相怜。拟凭尺素寄愁边。愁多书屡易,双泪落灯前。

莫对月明思往事,也知消减年年。无端嘹唳一声传。西风吹只影,刚是早秋天。

临江仙（点滴芭蕉心欲碎）

点滴芭蕉心欲碎,声声催忆当初。欲眠还展旧时书。鸳鸯小字,犹记手生疏。

倦眼乍低缃帙乱,重看一半模糊。幽窗冷雨一灯孤。料应情尽,还道有情无?

临江仙（昨夜个人曾有约）

昨夜个人曾有约,严城玉漏三更。一钩新月几疏星。夜阑犹未寝,人静鼠窥灯。

原是瞿唐风间阻,错教人恨无情。小阑干外寂无声。几回肠断处,风动护花铃。

菩萨蛮（梦回酒醒三通鼓）

梦回酒醒三通鼓，断肠啼花飞处。新恨隔红窗，罗衫泪几行。

相思何处说，空有当时月。月也异当时，团栾照鬓丝。

菩萨蛮（隔花才歇帘纤雨）

隔花才歇帘纤雨，一声弹指浑无语。梁燕自双归，长条脉脉垂。

小屏山色远，妆薄铅华浅。独自立瑶阶，透寒金缕鞋。

菩萨蛮（新寒中酒敲窗雨）

新寒中酒敲窗雨，残香细袅秋情绪。才道莫伤神，青衫湿一痕。

无聊成独卧，弹指韶光过。记得别伊时，桃花柳万丝。

菩萨蛮（淡花瘦玉轻妆束）

淡花瘦玉轻妆束，粉融轻汗红绵扑。妆罢只思眠，江南四月天。

绿阴帘半揭，此景清幽绝。行度竹林风，单衫杏子红。

菩萨蛮（催花未歇花奴鼓）

催花未歇花奴鼓，酒醒已见残红舞。不忍覆余觞，临风泪数行。

粉香看又别，空剩当时月。月也异当时，凄清照鬓丝。

菩萨蛮（窗前桃蕊娇如倦）

窗前桃蕊娇如倦，东风泪洗胭脂面。人在小红楼，离情唱《石州》。

夜来双燕宿，灯背屏腰绿。香尽雨阑珊，薄衾寒不寒？

菩萨蛮（朔风吹散三更雪）

朔风吹散三更雪，倩魂犹恋桃花月。梦好莫催醒，由他好处行。

无端听画角，枕畔红冰薄。塞马一声嘶，残星拂大旗。

菩萨蛮（荒鸡再咽天难晓）

荒鸡再咽天难晓，星榆落尽秋将老。毡幕绕牛羊，敲冰饮酪浆。

山程兼水宿，漏点清钲续。正是梦回时，拥衾无限思。

菩萨蛮（白日惊飙冬已半）

白日惊飙冬已半，解鞍正值昏鸦乱。冰合大河流，茫茫一片愁。

烧痕空极望，鼓角高城上。明日近长安，客心愁未阑。

菩萨蛮（榛荆满眼山城路）

榛荆满眼山城路，征鸿不为愁人住。何处是长安，湿云吹雨寒。

丝丝心欲碎，应是悲秋泪。泪向客中多，归时又奈何！

菩萨蛮（黄云紫塞三千里）

黄云紫塞三千里，女墙西畔啼乌起。落日万山寒，萧萧猎马还。

笳声听不得，入夜空城黑。秋梦不归家，残灯落碎花。

菩萨蛮（萧萧几叶风兼雨）

萧萧几叶风兼雨，离人偏识长更苦。欹枕数秋天，蟾蜍早下弦。

夜寒惊被薄，泪与灯花落。无处不伤心，轻尘在玉琴。

菩萨蛮（为春憔悴留春住）

为春憔悴留春住，那禁半霎催归雨。深巷卖樱桃，雨余红更娇。

黄昏清泪阁，忍便花飘泊。消得一声莺，东风三月情。

菩萨蛮（晶帘一片伤心白）

晶帘一片伤心白，云鬟香雾成遥隔。无语问添衣，桐阴月已西。

西风鸣络纬，不许愁人睡。只是去年秋，如何泪欲流。

菩萨蛮（乌丝画作回纹纸）

乌丝画作回纹纸，香煤暗蚀藏头字。筝雁十三双，输他作一行。

相看仍似客，但道休相忆。索性不还家，落残红杏花。

菩萨蛮（春云吹散湘帘雨）

春云吹散湘帘雨，絮粘蝴蝶飞还住。人在玉楼中，楼高四面风。

柳烟丝一把，暝色笼鸳瓦。休近小阑干，夕阳无限山。

菩萨蛮（问君何事轻离别）

问君何事轻离别，一年能几团圆月。杨柳乍如丝，故园春尽时。

春归归不得，两桨松花隔。旧事逐寒潮，啼鹃恨未消。

菩萨蛮（飘蓬只逐惊飙转）

飘蓬只逐惊飙转，行人过尽烟光远。立马认河流，茂陵风雨秋。

寂寥行殿锁，梵呗琉璃火。塞雁与宫鸦，山深日易斜。

菩萨蛮·为陈其年题照（《乌丝》曲倩红儿谱）

《乌丝》曲倩红儿谱，萧然半壁惊秋雨。曲罢髻鬟偏，风姿真可怜。

须髯浑似戟，时作簪花剧。背立讶卿卿，知卿无那情。

菩萨蛮·宿滦河（玉绳斜转疑清晓）

玉绳斜转疑清晓，凄凄月白渔阳道。星影漾寒沙，微茫织浪花。

金笳鸣故垒，唤起人难睡。无数紫鸳鸯，共嫌今夜凉。

菩萨蛮·早春（晓寒瘦著西南月）

晓寒瘦著西南月，丁丁漏箭余香咽。

春已十分宜，东风无是非。

蜀魂羞顾影，玉照斜红冷。谁唱《后庭花》，新年忆旧家。

菩萨蛮·寄顾梁汾苕中
（知君此际情萧索）

知君此际情萧索，黄芦苦竹孤舟泊。烟白酒旗青，水村鱼市晴。

柁楼今夕梦，脉脉春寒送。直过画眉桥，钱塘江上潮。

菩萨蛮·过张见阳山居赋赠
（车尘马迹纷如织）

车尘马迹纷如织，羡君筑处真幽僻。柿叶一林红，萧萧四面风。

功名应看镜，明月秋河影。安得此山间，与君高卧闲。

菩萨蛮·回文
（客中愁损催寒夕）

客中愁损催寒夕，夕寒催损愁中客。门掩月黄昏，昏黄月掩门。

翠衾孤拥醉，醉拥孤衾翠。醒莫更多情，情多更莫醒。

菩萨蛮·回文
（研笺银粉残煤画）

研笺银粉残煤画，画煤残粉银笺研。清夜一灯明，明灯一夜清。

片花惊宿燕，燕宿惊花片。亲自梦归人，人归梦自亲。

蝶恋花（辛苦最怜天上月）

辛苦最怜天上月，一昔如环，昔昔都成玦。若似月轮终皎洁，不辞冰雪为卿热。

无那尘缘容易绝，燕子依然，软踏帘钩说。唱罢秋坟愁未歇，春丛认取双栖蝶。

蝶恋花（眼底风光留不住）

眼底风光留不住，和暖和香，又上雕鞍去。欲倩烟丝遮别路，垂杨那是相思树。

惆怅玉颜成间阻，何事东风，不作繁华主。断带依然留乞句，斑骓一系无寻处。

蝶恋花（又到绿杨曾折处）

又到绿杨曾折处，不语垂鞭，踏遍清秋路。衰草连天无意绪，雁声远向萧关去。

不恨天涯行役苦，只恨西风，吹梦成今古。明日客程还几许，沾衣况是新寒雨。

蝶恋花（萧瑟兰成看老去）

萧瑟兰成看老去，为怕多情，不作怜花句。阁泪倚花愁不语，暗香飘尽知何处？

重到旧时明月路。袖口香寒，心比秋莲苦。休说生生花里住，惜花人去花无主。

蝶恋花（尽日惊风吹木叶）

尽日惊风吹木叶。极目嵯峨，一丈天山雪。去去丁零愁不绝，那堪客里还伤别。

若道客愁容易辍。除是朱颜，不共春销歇。一纸寄书和泪折，红闺此夜团圞月。

蝶恋花（准拟春来消寂寞）

准拟春来消寂寞。愁雨愁风，翻把

春担阁。不为伤春情绪恶，为怜镜里颜非昨。

毕竟春光谁领略？九陌缁尘，抵死遮云壑。若得寻春终遂约，不成长负东君诺？

蝶恋花 夏夜
（露下庭柯蝉响歇）

露下庭柯蝉响歇。纱碧如烟，烟里玲珑月。并著香肩无可说，樱桃暗吐丁香结。

笑卷轻衫鱼子纈。试扑流萤，惊起双栖蝶。瘦断玉腰沾粉叶，人生那不相思绝。

蝶恋花·出塞
（今古河山无定据）

今古河山无定据。画角声中，牧马频来去。满目荒凉谁可语？西风吹老丹枫树。

从前幽怨应无数。铁马金戈，青冢黄昏路。一往情深深几许？深山夕照深秋雨。

蝶恋花·散花楼送客
（城上清笳城下枻）

城上清笳城下枻。秋尽离人，此际心偏苦。刀尺又催天又暮，一声吹冷蒹葭浦。

把酒留君君不住。莫被寒云，遮断君行处。行宿黄茅山店路，夕阳村社迎神鼓。

金缕曲（酒涴青衫卷）
再赠梁汾，用秋水轩旧韵。

酒涴青衫卷，尽从前、风流京兆，闲情未遣。江左知名今廿载，枯树泪痕休泫。摇落尽、玉蛾金茧。多少殷勤红

叶句，御沟深、不似天河浅。空省识，画图展。

高才自古难通显。枉教他、堵墙落笔，凌云书扁。入洛游梁重到处，骇看村庄吠犬。独憔悴、斯人不免。裘敝门前题凤客，竟居然、润色朝家典。凭触忌，舌难翦。

金缕曲（生怕芳樽满）

生怕芳樽满。到更深、迷离醉影，残灯相伴。依旧回廊新月在，不定竹声撩乱。问愁与、春宵长短。人比疏花还寂寞，任红蕤、落尽应难管。向梦里，闻低唤。

此情拟倩东风浣。奈吹来、余香病酒，旋添一半。惜别江郎浑易瘦，更着轻寒轻暖。忆絮语、纵横茗椀。滴滴西窗红蜡泪，那时肠、早为而今断。任角枕，欹孤馆。

金缕曲（洒尽无端泪）
简梁汾，时方为吴汉槎作归计。

洒尽无端泪。莫因他、琼楼寂寞，误来人世。信道痴皞儿多厚福，谁遣偏生明慧。莫更着、浮名相累。仕宦何妨如断梗，只那将、声影供群吠。天欲问，且休矣。

情深我自判憔悴。转丁宁、香怜易爇，玉怜轻碎。羡杀软红尘里客，一味醉生梦死。歌与哭、任猜何意。绝塞生还吴季子，算眼前、此外皆闲事。知我者，梁汾耳。

金缕曲（未得长无谓）

未得长无谓。竟须将、银河亲挽，普天一洗。麟阁才教留粉本，大笑拂衣归矣。如斯者、古今能几？有限好春无限恨，没来由、短尽英雄气。暂觅个，

柔乡避。

东君轻薄知何意。尽年年、愁红惨绿，添人憔悴。两鬓飘萧容易白，错把韶华虚费。便决计、疏狂休悔。但有玉人常照眼，向名花、美酒拼沉醉。天下事，公等在。

金缕曲·慰西溟
（何事添凄咽）

何事添凄咽？但由他、天公簸弄，莫教磨涅。失意每多如意少，终古几人称屈。须知道、福因才折。独卧藜床看北斗，背高城、玉笛吹成血。听谯鼓，二更彻。

丈夫未肯因人热，且乘闲、五湖料理，扁舟一叶。泪似秋霖挥不尽，洒向野田黄蝶。须不羡、承明班列。马迹车尘忙未了，任西风、吹冷长安月。又萧寺，花如雪。

金缕曲·赠梁汾
（德也狂生耳）

德也狂生耳。偶然间、淄尘京国，乌衣门第。有酒惟浇赵州土，谁会成生此意。不信道、遂成知己。青眼高歌俱未老，向樽前、拭尽英雄泪。君不见，月如水。

共君此夜须沉醉。且由他、蛾眉谣诼，古今同忌。身世悠悠何足问，冷笑置之而已。寻思起、从头翻悔。一日心期千劫在，后身缘、恐结他生里。然诺重，君须记。

金缕曲·寄梁汾
（木落吴江矣）

木落吴江矣。正萧条、西风南雁，碧云千里。落魄江湖还载酒，一种悲凉滋味。重回首、莫弹酸泪。不是天公教

弃置，是南华、误却方城尉。飘泊处，谁相慰。

别来我亦伤孤寄。更那堪、冰霜摧折，壮怀都废。天远难穷劳望眼，欲上高楼还已。君莫恨、埋愁无地。秋雨秋花关塞冷，且殷勤、好作加餐计。人岂得，长无谓。

金缕曲·亡妇忌日有感
（此恨何时已）

此恨何时已。滴空阶、寒更雨歇，葬花天气。三载悠悠魂梦杳，是梦久应醒矣。料也觉、人间无味。不及夜台尘土隔，冷清清、一片埋愁地。钗钿约，竟抛弃。

重泉若有双鱼寄。好知他、年来苦乐，与谁相倚。我自中宵成转侧，忍听湘弦重理。待结个、他生知己。还怕两人俱薄命，再缘悭、剩月零风里。清泪尽，纸灰起。

金缕曲·再用秋水轩旧韵
（疏影临书卷）

疏影临书卷。带霜华、高高下下，粉脂都遣。别是幽情嫌妩媚，红烛啼痕休泫。趁皓月、光浮冰茧。恰与花神供写照，任泼来、淡墨无深浅。持素障，夜中展。

残缸掩过看逾显。相对处、芙蓉玉绽，鹤翎银扁。但得白衣时慰藉，一任浮云苍犬。尘土隔、软红偷免。帘幙西风人不寐，恁清光、肯惜鹣裳典。休便把，落英剪。

好事近（帘外五更风）

帘外五更风，消受晓寒时节。刚剩秋衾一半，拥透帘残月。

争教清泪不成冰？好处便轻别。拟

把伤离情绪，待晓寒重说。

好事近（马首望青山）

马首望青山，零落繁华如此。再向断烟衰草，认藓碑题字。

休寻折戟话当年，只洒悲秋泪。斜日十三陵下，过新丰猎骑。

好事近（何路向家园）

何路向家园，历历残山剩水。都把一春冷淡，到麦秋天气。

料应重发隔年花，莫问花前事。纵使东风依旧，怕红颜不似。

天仙子（梦里蘼芜青一剪）

梦里蘼芜青一剪，玉郎经岁音书远。暗钟明月不归来，梁上燕，轻罗扇，好风又落桃花片。

天仙子（好在软绡红泪积）

好在软绡红泪积，漏痕斜罥菱丝碧。古钗封寄玉关秋，天咫尺，人南北。不信鸳鸯头不白。

天仙子·渌水亭秋夜（水浴凉蟾风入袂）

水浴凉蟾风入袂。鱼鳞蹙损金波碎。好天良夜酒盈尊，心自醉，愁难睡。西南月落城乌起。

天仙子（月落城乌啼未了）

月落城乌啼未了。起来翻为无眠早。薄霜庭院怯生衣，心悄悄。红阑绕。此情待共谁人晓。

如梦令（正是辘轳金井）

正是辘轳金井，满砌落花红冷。蓦地一相逢，心事眼波难定。谁省，谁省，从此篆纹灯影。

如梦令（木叶纷纷归路）

木叶纷纷归路。残月晓风何处。消息半浮沈，今夜相思几许。秋雨，秋雨。一半西风吹去。

如梦令（万帐穹庐人醉）

万帐穹庐人醉，星影摇摇欲坠。归梦隔狼河，又被河声搅碎。还睡、还睡，解道醒来无味。

浪淘沙（蜃阙半模糊）

蜃阙半模糊，踏浪惊呼。任将蠡测笑江湖。沐日光华还浴月，我欲乘桴。

钓得六鳌无？竿拂珊瑚。桑田清浅问麻姑。水气浮天天接水，那是蓬壶？

浪淘沙（双燕又飞还）

双燕又飞还，好景阑珊。东风那惜小眉弯。芳草绿波吹不尽，只隔遥山。

花雨忆前番，粉泪偷弹。倚楼谁与话春闲？数到今朝三月二，梦见犹难。

相见欢（微云一抹遥峰）

微云一抹遥峰，冷溶溶。恰与个人清晓，画眉同。

红蜡泪，青绫被，水沉浓。却向黄茅野店，听西风。

相见欢（落花如梦凄迷）

落花如梦凄迷，麝烟微。又是夕阳潜下小楼西。

愁无限，消瘦尽，有谁知？闲教玉笼鹦鹉念郎诗。

昭君怨（深禁好春谁惜）

深禁好春谁惜，薄暮瑶阶伫立。别院管弦声，不分明。

又是梨花欲谢，绣被春寒今夜。寂寞锁朱门，梦承恩。

昭君怨（暮雨丝丝吹湿）

暮雨丝丝吹湿，倦柳愁荷风急。瘦骨不禁秋，总成愁。

别有心情怎说，未是诉愁时节。谯鼓已三更，梦须成。

满江红（代北燕南）

代北燕南，应不隔、月明千里。谁相念、胭脂山下，悲哉秋气。小立乍惊清露湿，孤眠最惜浓香腻。况夜乌、啼绝四更头，边声起。

销不尽，悲歌意。匀不尽，相思泪。想故园今夜，玉阑谁倚。青海不来如意梦，红笺暂写违心字。道别来、浑是不关心，东堂桂。

满江红（为问封姨）

为问封姨，何事却、排空卷地。又不是、江南春好，妒花天气。叶尽归鸦栖未得，带垂惊燕飘还起。甚天公、不肯惜愁人，添憔悴。

搅一霎，灯前睡。听半晌，心如醉。倩碧纱遮断，画屏深翠。只影凄清残烛下，离魂飘渺秋空里。总随他、泊粉与飘香，真无谓。

满庭芳（堠雪翻鸦）

堠雪翻鸦，河冰跃马，惊风吹度龙堆。阴磷夜泣，此景总堪悲。待向中宵起舞，无人处、那有村鸡。只应是、金笳暗拍，一样泪沾衣。

须知今古事，棋枰胜负，翻覆如斯。叹纷纷蛮触，回首成非。剩得几行青史，斜阳下、断碣残碑。年华共、混同江水，流去几时回。

满江红·茅屋新成，却赋（问我何心）

问我何心，却构此、三楹茅屋。可学得、海鸥无事，闲飞闲宿。百感都随流水去，一身还被浮名束。误东风、迟日杏花天，红牙曲。

尘土梦，蕉中鹿。翻覆手，看棋局。且耽闲殢酒，消他薄福。雪后谁遮檐角翠，雨余好种墙阴绿。有些些、欲说向寒宵，西窗烛。

满庭芳·题元人芦洲聚雁图（似有猿啼）

似有猿啼，更无渔唱，依稀落尽丹枫。湿云影里，点点宿宾鸿。占断沙洲寂寞，寒潮上、一抹烟笼。全不似，半江瑟瑟，相映半江红。

楚天秋欲尽，荻花吹处，竟日冥蒙。近黄陵祠庙，莫采芙蓉。我欲行吟去也，应难问、骚客遗踪。湘灵杳、一樽遥酹，还欲认青峰。

水调歌头·题西山秋爽图（空山梵呗静）

空山梵呗静，水月影俱沉。悠然一境人外，都不许尘侵。岁晚忆曾游处，犹记半竿斜照，一抹界疏林。绝顶茅庵里，老衲正孤吟。

云中锡，溪头钓，涧边琴。此生著几两屐，谁识卧游心？准拟乘风归去，错向槐安回首，何日得投簪？布袜青鞋约，但向画图寻。

水调歌头·题岳阳楼图
（落日与湖水）

落日与湖水，终古岳阳城。登临半是迁客，历历数题名。欲问遗踪何处，但见微波木叶，几簇打鱼罾。多少别离恨，哀雁下前汀。

忽宜雨，旋宜月，更宜晴。人间无数金碧，未许著空明。淡墨生绡谱就，待俏横拖一笔，带出九疑青。仿佛潇湘夜，鼓瑟旧精灵。

凤凰台上忆吹箫（荔粉初装）

除夕得梁汾闽中信，因赋。

荔粉初装，桃符欲换，怀人拟赋然脂。喜螺江双鲤，忽展新词。稠叠频年离恨，匆匆里、一纸难题。分明见、临缄重发，欲寄迟迟。

心知。梅花佳句，待粉郎香令，再结相思。记画屏今夕，曾共题诗。独客料应无睡，慈恩梦、那值微之。重来日，梧桐夜雨，却话秋池。

凤凰台上忆吹箫守岁（锦瑟何年）

锦瑟何年，香屏此夕，东风吹送相思。记巡檐笑罢，共捻梅枝。还向烛花影里，催教看、燕蜡鸡丝。如今但、一编消夜，冷暖谁知？

当时。欢娱见惯，道岁岁琼筵，玉漏如斯。怅难寻旧约，枉费新词。次第朱幡剪彩，冠儿侧、斗转蛾儿。重验取，卢郎青鬓，未觉春迟。

南歌子（翠袖凝寒薄）

翠袖凝寒薄，帘衣入夜空。病容扶起月明中，惹得一丝残篆，旧熏笼。

暗觉欢期过，遥知别恨同。疏花已是不禁风，那更夜深清露，湿愁红。

南歌子（暖护樱桃蕊）

暖护樱桃蕊，寒翻蛱蝶翎。东风吹绿渐冥冥，不信一生憔悴，伴啼莺。

素影飘残月，香丝拂绮棂。百花迢递玉钗声，索向绿窗寻梦，寄余生。

南歌子·古戍（古戍饥乌集）

古戍饥乌集，荒城野雉飞。何年劫火剩残灰，试看英雄碧血，满龙堆。

玉帐空分垒，金笳已罢吹。东风回首尽成非，不道兴亡命也，岂人为！

秋千索·渌水亭春望（药阑携手销魂侣）

药阑携手销魂侣，争不记、看承人处。除向东风诉此情，奈竟日、春无语。

悠扬扑尽风前絮，又百五、韶光难住。满地梨花似去年，却多了、廉纤雨。

秋千索（游丝断续东风弱）

游丝断续东风弱，浑无语、半垂帘幙。茜袖谁招曲槛边，弄一缕、秋千索。

惜花人共残春薄，春欲尽、纤腰如削。新月才堪照独愁，却又照、梨花落。

秋千索（垆边唤酒双鬟亚）

垆边唤酒双鬟亚，春已到、卖花帘

下。一道香尘碎绿苹，看白袷、亲调马。

烟丝宛宛愁萦挂，剩几笔、晚晴图画。半枕芙蕖压浪眠，教费尽、莺儿话。

鹊桥仙（倦收缃帙）

倦收缃帙，悄垂罗幕，盼煞一灯红小。便容生受博山香，销折得、狂名多少。

是伊缘薄，是侬情浅，难道多磨更好？不成寒漏也相催，索性尽、荒鸡唱了。

鹊桥仙（梦来双倚）

梦来双倚，醒时独拥，窗外一眉新月。寻思常自悔分明，无奈却、照人清切。

一宵灯下，连朝镜里，瘦尽十年花骨。前期总约上元时，怕难认、飘零人物。

鹊桥仙·七夕（乞巧楼空）

乞巧楼空，影娥池冷，佳节只供愁叹。丁宁休曝旧罗衣，忆素手、为予缝绽。

莲粉飘红，菱丝翳碧，仰见明星空烂。亲持钿合梦中来，信天上、人间非幻。

忆秦娥·龙潭口（山重叠）

山重叠，悬崖一线天疑裂。天疑裂，断碑题字，古苔横啮。

风声雷动鸣金铁，阴森潭底蛟龙窟。蛟龙窟，兴亡满眼，旧时明月。

忆秦娥（春深浅）

春深浅，一痕摇漾青如剪。青如剪，鹭鸶立处，烟芜平远。

吹开吹谢东风倦，缃桃自惜红颜变。红颜变，兔葵燕麦，重来相见。

忆秦娥（长飘泊）

长飘泊，多愁多病心情恶。心情恶，模糊一片，强分哀乐。

拟将欢笑排离索，镜中无奈颜非昨。颜非昨，才华尚浅，因何福薄？

点绛唇（小院新凉）

小院新凉，晚来顿觉罗衫薄。不成孤酌，形影空酬酢。

萧寺怜君，别绪应萧索。西风恶，夕阳吹角，一阵槐花落。

点绛唇·咏风兰（别样幽芬）

别样幽芬，更无浓艳催开处。凌波欲去，且为东风住。

忒煞萧疏，争耐秋如许。还留取，冷香半缕，第一湘江雨。

点绛唇·对月（一种蛾眉）

一种蛾眉，下弦不似初弦好。庾郎未老，何事伤心早？

素壁斜辉，竹影横窗扫。空房悄，乌啼欲晓，又下西楼了。

点绛唇·黄花城早望（五夜光寒）

五夜光寒，照来积雪平于栈。西风何限，自起披衣看。

对此茫茫，不觉成长叹。何时旦，晓星欲散，飞起平沙雁。

眼儿媚（独倚春寒掩夕霏）

独倚春寒掩夕霏，清露泣铢衣。玉箫吹梦，金钗画影，悔不同携。

刻残红烛曾相待，旧事总依稀。料应遗恨，月中教去，花底催归。

眼儿媚（重见星娥碧海槎）

重见星娥碧海槎，忍笑却盘鸦。寻常多少，月明风细，今夜偏佳。

休笼彩笔闲书字，街鼓已三挝。烟丝欲袅，露光微泫，春在桃花。

眼儿媚·咏梅（莫把琼花比淡妆）

莫把琼花比淡妆，谁似白霓裳。别样清幽，自然标格，莫近东墙。

冰肌玉骨天分付，兼付与凄凉。可怜遥夜，冷烟和月，疏影横窗。

一络索·长城（野火拂云微绿）

野火拂云微绿，西风夜哭。苍茫雁翅列秋空，忆写向、屏山曲。

山海几经翻覆。女墙斜矗。看来费尽祖龙心，毕竟为、谁家筑？

一络索（过尽遥山如画）

过尽遥山如画，短衣匹马。萧萧木落不胜秋，莫回首、斜阳下。

别是柔肠萦挂，待归才罢。却愁拥髻向灯前，说不尽、离人话。

一络索·雪（密洒征鞍无数）

密洒征鞍无数，冥迷远树。乱山重叠杳难分，似五里、蒙蒙雾。

惆怅琐窗深处，湿花轻絮。当时悠扬得人怜，也都是、浓香助。

卜算子·新柳（娇软不胜垂）

娇软不胜垂，瘦怯那禁舞。多事年年二月风，剪出鹅黄缕。

一种可怜生，落日和烟雨。苏小门前长短条，即渐迷行处。

卜算子·塞梦（塞草晚才青）

塞草晚才青，日落箫笳动。戚戚凄凄入夜分，催度星前梦。

小语绿杨烟，怯踏银河冻。行尽关山到白狼，相见唯珍重。

卜算子·午日（村静午鸡啼）

村静午鸡啼，绿暗新阴覆。一展轻帘出画墙，道是端阳酒。

早晚夕阳蝉，又噪长堤柳。青鬓长青自古谁，弹指黄花九。

念奴娇（人生能几）

人生能几？总不如休惹、情条恨叶。刚是尊前同一笑，又到别离时节。灯地挑残，炉烟爇尽，无语空凝咽。一天凉露，芳魂此夜偷接。

怕见人去楼空，柳枝无恙，犹扫窗间月。无分暗香深处住，悔把兰襟亲结。尚暖檀痕，犹寒翠影，触绪添悲切。愁多成病，此愁知向谁说？

念奴娇（绿杨飞絮）

绿杨飞絮，叹沉沉院落、春归何许？尽日缁尘吹绮陌，迷却梦游归路。世事悠悠，生涯非是，醉眼斜阳暮。伤心怕问，断魂何处金鼓？

夜来月色如银，和衣独拥，花影疏窗度。脉脉此情谁得识？又道故人别去。

细数落花,更阑未睡,别是闲情绪。闻余长叹,西廊唯有鹦鹉。

念奴娇·废园有感
（片红飞减）

片红飞减,甚东风不语、只催漂泊。石上胭脂花上露,谁与画眉商略?碧甃瓶沉,紫钱钗掩,雀踏金铃索。韶华如梦,为寻好梦担阁。

又是金粉空梁,定巢燕子,一口香泥落。欲写华笺凭寄与,多少心情难托。梅豆圆时,柳绵飘处,失记当初约。斜阳冉冉,断魂分付残角。

念奴娇·宿汉儿村
（无情野火）

无情野火,趁西风烧遍、天涯芳草。榆塞重来冰雪里,冷入鬓丝吹老。牧马长嘶,征笳乱动,并入愁怀抱。定知今夕,庾郎瘦损多少。

便是脑满肠肥,尚难消受,此荒烟落照。何况文园憔悴后,非复酒垆风调。回乐峰寒,受降城远,梦向家山绕。茫茫百感,凭高唯有清啸。

沁园春（试望阴山）

试望阴山,黯然销魂,无言徘徊。见青峰几簇,去天才尺;黄沙一片,匝地无埃。碎叶城荒,拂云堆远,雕外寒烟惨不开。踟蹰久,忽砯崖转石,万壑惊雷。

穷边自足秋怀。又何必、平生多恨哉。只凄凉绝塞,蛾眉遗冢;销沉腐草,骏骨空台。北转河流,南横斗柄,略点微霜鬓早衰。君不信,向西风回首,百事堪哀。

沁园春（瞬息浮生）

丁巳重阳前三日,梦亡妇淡妆素服,执手哽咽,语多不复能记。但临别有云:"衔恨愿为天上月,年年犹得向郎圆。"妇素未工诗,不知何以得此也,觉后感赋长调。

瞬息浮生,薄命如斯,低徊怎忘。记绣榻闲时,并吹红雨;雕阑曲处,同倚斜阳。梦好难留,诗残莫读,赢得更深哭一场。遗容在,只灵飙一转,未许端详。

重寻碧落茫茫。料短发、朝来定有霜。便人间天上,尘缘未断;春花秋叶,触绪还伤。欲结绸缪,翻惊摇落,减尽荀衣昨日香。真无奈,倩声声邻笛,谱出回肠。

沁园春（梦冷蘅芜）

梦冷蘅芜,却望姗姗,是耶非耶?怅兰膏渍粉,尚留犀合;金泥蹙绣,空掩蝉纱。影弱难持,缘深暂隔,只当离愁滞海涯。归来也,趁星前月底,魂在梨花。

鸾胶纵续琵琶。问可及、当年萼绿华。但无端摧折,恶经风浪;不如零落,判委尘沙。最忆相看,娇讹道字,手剪银灯自泼茶。今已矣,便帐中重见,那似伊家。

南乡子（飞絮晚悠飏）

飞絮晚悠飏,斜日波纹映画梁。刺绣女儿楼上立,柔肠。爱看晴丝百尺长。

风定却闻香,吹落残红在绣床。休堕玉钗惊比翼,双双。共喙苹花绿满塘。

南乡子（何处淬吴钩）

何处淬吴钩?一片城荒枕碧流。曾

是当年龙战地,飕飕。塞草霜风满地秋。

霸业等闲休。跃马横戈总白头。莫把韶华轻换了,封侯。多少英雄只废丘。

南乡子·捣衣(鸳瓦已新霜)

鸳瓦已新霜,欲寄寒衣转自伤。见说征夫容易瘦,端相。梦里回时仔细量。

支枕怯空房,且拭清砧就月光。已是深秋兼独夜,凄凉。月到西南更断肠。

南乡子·柳沟晓发(灯影伴鸣梭)

灯影伴鸣梭,织女依然怨隔河。曙色远连山色起,青螺。回首微茫忆翠蛾。

凄切客中过,料抵秋闺一半多。一世疏狂应为著,横波。作个鸳鸯消得么?

南乡子(烟暖雨初收)

烟暖雨初收,落尽繁花小院幽。摘得一双红豆子,低头。说着分携泪暗流。

人去似春休,卮酒曾将酹石尤。别自有人桃叶渡,扁舟。一种烟波各自愁。

南乡子·为亡妇题照(泪咽却无声)

泪咽却无声,只向从前悔薄情。凭仗丹青重省识,盈盈,一片伤心画不成。

别语忒分明。午夜鹣鹣梦早醒。卿自早醒侬自梦,更更,泣尽风檐夜雨铃。

南乡子·秋暮村居(红叶满寒溪)

红叶满寒溪,一路空山万木齐。试上小楼极目望,高低。一片烟笼十里陂。

吠犬杂鸣鸡,灯火荧荧归路迷。乍逐横山时近远,东西。家在寒林独掩扉。

水龙吟·题文姬图(须知名士倾城)

须知名士倾城,一般易到伤心处。柯亭响绝,四弦才断,恶风吹去。万里他乡,非生非死,此身良苦。对黄沙白草,呜呜卷叶,平生恨、从头谱。

应是瑶台伴侣。只多了、毡裘夫妇。严寒鬐(bì)箪,几行乡泪,应声如雨。尺幅重披,玉颜千载,依然无主。怪人间厚福,天公尽付,痴儿騃女。

水龙吟·再送荪友南还(人生南北真如梦)

人生南北真如梦,但卧金山高处。白波东逝,鸟啼花落,任他日暮。别酒盈觞,一声将息,送君归去。便烟波万顷,半帆残月,几回首、相思苦。

可忆柴门深闭,玉绳低、剪灯夜雨。浮生如此,别多会少,不如莫遇。愁对西轩,荔墙叶暗,黄昏风雨。更那堪、几处金戈铁马,把凄凉助。

齐天乐·上元(阑珊火树鱼龙舞)

阑珊火树鱼龙舞,望中宝钗楼远。鞯鞴余红,琉璃剩碧,待属花归缓缓。寒轻漏浅。正乍敛烟霏,陨星如箭。旧事惊心,一双莲影藕丝断。

莫恨流年似水,恨消残蝶粉,韶光忒贱。细语吹香,暗尘笼鬓,都逐晓风零乱。阑干敲遍。问帘底纤纤,甚时重见?不解相思,月华今夜满。

齐天乐·洗妆台怀古(六宫佳丽谁曾见)

六宫佳丽谁曾见,层台尚临芳渚。露脚斜飞,虹腰欲断,荷叶未收残雨。添妆何处,试问取雕笼,雪衣分付。一镜空蒙，鸳鸯拂破白蘋去。

相传内家结束，有装孤稳，靴缝女古。冷艳全消，苍苔玉匣，翻出十眉遗谱。人间朝暮。看胭粉亭西，几堆尘土。只有花铃，绾风深夜语。

齐天乐·塞外七夕
（白狼河北秋偏早）

白狼河北秋偏早，星桥又迎河鼓。清漏频移，微云欲湿，正是金风玉露。两眉愁聚。待归踏榆花，那时才诉。只恐重逢，明明相视更无语。

人间别离无数。向瓜果筵前，碧天凝伫。连理千化，相思一叶，毕竟随风何处。羁栖良苦。算未抵空房，冷香啼曙。今夜天孙，笑人愁似许。

眼儿媚（林下闺房世罕俦）

林下闺房世罕俦，偕隐足风流。今来忍见，鹤孤华表，人远罗浮。

中年定不禁哀乐，其奈忆曾游。浣花微雨，采菱斜日，欲去还留。

眼儿媚·咏红姑娘
（骚屑西风弄晚寒）

骚屑西风弄晚寒，翠袖倚阑干。霞绡裹处，樱唇微绽，靺鞨红殷。

故宫事往凭谁问？无恙是朱颜。玉墀争采，玉钗争插，至正年间。

眼儿媚·中元夜有感
（手写香台金字经）

手写香台金字经，惟愿结来生。莲花漏转，杨枝露滴，想鉴微诚。

欲知奉倩神伤极，凭诉与秋擎。西风不管，一池萍水，几点荷灯。

唐多令·雨夜（丝雨织红茵）

丝雨织红茵，苔阶压绣纹。是年年肠断黄昏。到眼芳菲都惹恨，那更说，塞垣春。

萧飒不堪闻，残妆拥夜分。为梨花深掩重门。梦向金微山下去，才识路，又移军。

唐多令（金液镇心惊）

金液镇心惊，烟丝似不胜。沁鲛绡湘竹无声。不为香桃怜瘦骨，怕容易，减红情。

将息报飞琼，蛮笺署小名。鉴凄凉片月三星。待寄芙蓉心上露，且道是，解朝酲。

唐多令·塞外重九
（古木向人秋）

古木向人秋，惊蓬掠鬓稠。是重阳何处堪愁？记得当年惆怅事，正风雨，下南楼。

断梦几能留，香魂一哭休。怪凉蟾空满衾裯。霜落乌啼浑不睡，偏想出，旧风流。

鹧鸪天（谁道阴山行路难）

谁道阴山行路难？风毛雨血万人欢。松梢露点沾鹰绁，芦叶溪深没马鞍。

依树歇，映林看。黄羊高宴簇金盘。萧萧一夕霜风紧，却拥貂裘怨早寒。

鹧鸪天（小构园林寂不哗）

小构园林寂不哗，疏篱曲径仿山家。昼长吟罢《风流子》，忽听楸枰响碧纱。

添竹石，伴烟霞。拟凭樽酒慰年华。休嗟髀里今生肉，努力春来自种花。

鹧鸪天·离恨
（背立盈盈故作羞）

背立盈盈故作羞，手挼梅蕊打肩头。欲将离恨寻郎说，待得郎来恨却休。

云淡淡，水悠悠，一声横笛锁空楼。何时共泛春溪月，断岸垂杨一叶舟。

青玉案·辛酉人日
（东风七日蚕芽软）

东风七日蚕芽软。青一缕、休教剪。梦隔湘烟征雁远。那堪又是，鬓丝吹绿，小胜宜春颤。

绣屏浑不遮愁断，忽忽年华空冷暖。玉骨几随花骨换。三春醉里，三秋别后，寂寞钗头燕。

青玉案·宿乌龙江
（东风卷地飘榆荚）

东风卷地飘榆荚，才过了、连天雪。料得香闺香正彻。那知此夜，乌龙江畔，独对初三月。

多情不是偏多别，别离只为多情设。蝶梦百花花梦蝶。几时相见，西窗剪烛，细把而今说。

月上海棠·中元塞外
（原头野火烧残碣）

原头野火烧残碣，叹英魂、才魄暗消歇。终古江山，问东风、几番凉热。惊心事，又到中元时节。

凄凉况是愁中别，枉沉吟、千里共明月。露冷鸳鸯，最难忘、满池荷叶。青鸾杳，碧天云海音绝。

月上海棠·瓶梅
（重檐淡月浑如水）

重檐淡月浑如水，浸寒香一片小窗里。双鱼冻合，似曾伴个人无寐。横眸处，索笑而今已矣。

与谁更拥灯前髻，乍横斜疏影疑飞坠。铜瓶小注，休教近麝炉烟气。酬伊也，几点夜深清泪。

踏莎行（春水鸭头）

春水鸭头，春山鹦嘴，烟丝无力风斜倚。百花时节好逢迎，可怜人掩屏山睡。

密语移灯，闲情枕臂，从教酝酿孤眠味。春鸿不解讳相思，映窗书破人人字。

踏莎行·寄见阳（倚柳题笺）

倚柳题笺，当花侧帽，赏心应比驱驰好。错教双鬓受东风，看吹绿影成丝早。

金殿寒鸦，玉阶春草，就中冷暖和谁道？小楼明月镇长闲，人生何事缁尘老。

踏莎美人·清明（拾翠归迟）

拾翠归迟，踏青期近，香笺小叠邻姬讯。樱桃花谢已清明，何事绿鬟斜軃宝钗横。

浅黛双弯，柔肠几寸，不堪更惹青春恨。晓窗窥梦有流莺，也说个侬憔悴可怜生。

苏幕遮（枕函香）

枕函香，花径漏。依约相逢，絮语黄昏后。时节薄寒人病酒。划地梨花，彻夜东风瘦。掩银屏，垂翠袖。何处吹箫，脉脉情微逗。肠断月明红豆蔻。月似当时，人似当时否？

苏幕遮·咏浴（鬓云松）

鬓云松，红玉莹。早月多情，送过梨花影。半晌斜钗慵未整。晕入轻潮，刚爱微风醒。

露华清,人语静。怕被郎窥,移却青鸾镜。罗袜凌波波不定。小扇单衣,可奈星前冷。

摸鱼儿·午日雨眺（涨痕添）

涨痕添、半篙柔绿,蒲梢荇叶无数。空蒙台谢烟丝暗,白鸟衔鱼欲舞。桥外路,正一派、画船箫鼓中流住。呕哑柔橹,又早拂新荷,沿堤忽转,冲破翠钱雨。

蒹葭渚,不减潇湘深处。霏霏漠漠如雾。滴成一片鲛人泪,也似汨罗投赋。愁难谱。只彩线、香菰脉脉成千古。伤心莫语,记那日旗亭,水嬉散尽,中酒阻风去。

摸鱼儿·送座主德清蔡先生（问人生）

问人生、头白京国,算来何事消得。不如鼍画清溪上,蓑笠扁舟一只。人不识。且笑煮、鲈鱼趁着莼丝碧。无端酸鼻。向歧路销魂,征轮驿骑,断雁西风急。

英雄辈,事业东西南北。临风因甚成泣?酬知有愿频挥手,零雨凄其此日。休太息。须信道、诸公衮衮皆虚掷。年来踪迹。有多少雄心,几番恶梦,泪点霜华织。

荷叶杯（帘卷落花如雪）

帘卷落花如雪,烟月。谁在小红亭?玉钗敲竹乍闻声,风影略分明。

化作彩云飞去,何处?不隔枕函边,一声将息晓寒天,肠断又今年。

荷叶杯（知己一人谁是）

知己一人谁是?已矣。赢得误他生。多情终古似无情,别语悔分明。

莫道芳时易度,朝暮。珍重好花天。为伊指点再来缘,疏雨洗遗钿。

太常引·自题小照（西风乍起峭寒生）

西风乍起峭寒生，惊雁避移营。千里暮云平，休回首、长亭短亭。

无穷山色，无边往事，一例冷清清。试倩玉箫声，唤千古、英雄梦醒。

太常引（晚来风起撼花铃）

晚来风起撼花铃，人在碧山亭。愁里不堪听，那更杂、泉声雨声。

无凭踪迹，无聊心绪，谁说与多情。梦也不分明，又何必、催教梦醒。

调笑令（明月）

明月，明月。曾照个人离别。玉壶红泪相偎，还似当年夜来。来夜，来夜，肯把清辉重借？

河传（春浅）

春浅，红怨，掩双环，微雨花间昼闲。无言暗将红泪弹。阑珊，香销轻梦还。

斜倚画屏思往事，皆不是，空作相思字。记当时，垂柳丝，花枝，满庭蝴蝶儿。

谒金门（风丝袅）

风丝袅，水浸碧天清晓。一镜湿云青未了，雨晴春草草。

梦里轻螺谁扫，帘外落花红小。独睡起来情悄悄，寄愁何处好？

少年游（算来好景只如斯）

算来好景只如斯。惟许有情知。寻常风月，等闲谈笑，称意即相宜。

十年青鸟音尘断，往事不胜思。一钩残照，半帘飞絮，总是恼人时。

诉衷情（冷落绣衾谁与伴）

冷落绣衾谁与伴？倚香篝。春睡起，斜日照梳头。欲写两眉愁，休休。远山残翠收，莫登楼。

江城子（湿云全压数峰低）

湿云全压数峰低。影凄迷，望中疑。非雾非烟，神女欲来时。若问生涯原是梦，除梦里，没人知。

长相思（山一程）

山一程，水一程，身向榆关那畔行，夜深千帐灯。

风一更，雪一更，聒碎乡心梦不成，故园无此声。

东风齐着力（电急流光）

电急流光，天生薄命，有泪如潮。勉为欢谑，到底总无聊。欲谱频年离恨，言已尽、恨未曾消。凭谁把、一天愁绪，按出琼箫。

往事水迢迢。窗前月，几番空照魂销。旧欢新梦，雁齿小红桥。最是烧灯时候，宜春髻、酒暖蒲萄。凄凉煞、五枝青玉，风雨飘飘。

阮郎归（斜风细雨正霏霏）

斜风细雨正霏霏，画帘拖地垂。屏山几曲篆烟微，闲庭柳絮飞。

新绿密，乱红稀。乳鸦残日啼。春寒欲透缕金衣，落花郎未归。

画堂春（一生一代一双人）

一生一代一双人，争教两处销魂。相思相望不相亲，天为谁春？

浆向蓝桥易乞，药成碧海难奔。若容相访饮牛津，相对忘贫。

朝中措（蜀弦秦柱不关情）

蜀弦秦柱不关情，尽日掩云屏。已惜轻翎退粉，更嫌弱絮为萍。

东风多事，余寒吹散，烘暖微醒。看尽一帘红雨，为谁亲系花铃。

霜天晓角（重来对酒）

重来对酒，折尽风前柳。若问看花情绪，似当日，怎能够。

休为西风瘦，痛饮频搔首。自古青蝇白璧，天已早、安排就。

金菊对芙蓉·上元（金鸭消香）

金鸭消香，银虹泻水，谁家夜笛飞声。正上林雪霁，鸳甃晶莹。鱼龙舞罢香车杳，剩尊前袖掩吴绫。狂游似梦，而今空记，密约烧灯。

追念往事难凭。叹火树星桥，回首飘零。但九逵烟月，依旧胧明。楚天一带惊烽火，问今宵可照江城？小窗残酒，阑珊灯灺，别自关情。

琵琶仙·中秋（碧海年年）

碧海年年，试问取、冰轮为谁圆缺？吹到一片秋香，清辉了如雪。愁中看、好天良夜，知道尽成悲咽。只影而今，那堪重对，旧时明月。

花径里、戏捉迷藏，曾惹下萧萧井梧叶。记否轻纨小扇，又几番凉热。只落得、填膺百感，总茫茫、不关离别。一任紫玉无情，夜寒吹裂。

御带花·重九夜（晚秋却胜春天好）

晚秋却胜春天好，情在冷香深处。朱楼六扇小屏山，寂寞几分尘土。虹尾烟消，人梦觉、碎虫零杵。便强说欢娱，总是无憀心绪。

转忆当年，消受尽皓腕红萸，嫣然一顾。如今何事，向禅榻茶烟，怕歌愁舞。玉粟寒生，且领略、月明清露。叹此际凄凉，何必更满城风雨。

酒泉子（谢却荼蘼）

谢却荼蘼，一片月明如水。篆香消，犹未睡，早鸦啼。

嫩寒无赖罗衣薄，休傍阑干角。最愁人，灯欲落，雁还飞。

茶瓶儿（杨花糁径樱桃落）

杨花糁径樱桃落。绿阴下、晴波燕掠，好景成担阁。秋千背倚，风态宛如昨。

可惜春来总萧索。人瘦损、纸鸢风恶。多少芳笺约,青鸾去也,谁与劝孤酌。

赤枣子（惊晓漏）

惊晓漏,护春眠。格外娇慵只自怜。寄语酿花风日好,绿窗来与上琴弦。

玉连环影（何处）

何处？几叶萧萧雨。湿尽檐花,花底人无语。掩屏山,玉炉寒。谁见两眉愁聚倚阑干。

遐方怨（欹角枕）

欹角枕,掩红窗。梦到江南,伊家博山沉水香。湔裙归晚坐思量。轻烟笼浅黛,月茫茫。

雨中花·送徐艺初归昆山（天外孤帆云外树）

天外孤帆云外树,看又是春随人去。水驿灯昏,关城月落,不算凄凉处。

计程应惜天涯暮,打叠起伤心无数。中坐波涛,眼前冷暖,多少人难语。

青衫湿·悼亡（近来无限伤心事）

近来无限伤心事,谁与话长更？从教分付,绿窗红泪,早雁初莺。

当时领略,而今断送,总负多情。忽疑君到,漆灯风飐,痴数春星。

落花时（夕阳谁唤下楼梯）

夕阳谁唤下楼梯,一握香荑。回头忍笑阶前立,总无语、也依依。

笺书直恁无凭据,休说相思。劝伊好向红窗醉,须莫及、落花时。

锦堂春·秋海棠（帘外淡烟一缕）

帘外淡烟一缕,墙阴几簇低花。夜来微雨西风里,无力任欹斜。

仿佛个人睡起,晕红不著铅华。天寒翠袖添凄楚,愁近欲栖鸦。

海棠春（落红片片浑如雾）

落红片片浑如雾,不教更觅桃源路。香径晚风寒,月在花飞处。

蔷薇影暗空凝伫,任碧飐轻衫萦住。惊起早栖鸦,飞过秋千去。

河渎神（风紧雁行高）

风紧雁行高,无边落木萧萧。楚天魂梦与香销,青山暮暮朝朝。

断续凉云来一缕,飘堕几丝灵雨。今夜冷红浦溆,鸳鸯栖向何处？

四和香（麦浪翻晴风飐柳）

麦浪翻晴风飐柳,已过伤春候。因甚为他成僝僽,毕竟是、春拖逗。

红药阑边携素手,暖语浓于酒。盼到园花铺似绣,却更比、春前瘦。

寻芳草·萧寺记梦（客夜怎生过）

客夜怎生过？梦相伴、绮窗吟和。薄嗔佯笑道,若不是恁凄凉,肯来么？

来去苦匆匆,准拟待、晓钟敲破。乍偎人一闪灯花堕,却对着琉璃火。

菊花新·用韵送张见阳令江华（愁绝行人天易暮）

愁绝行人天易暮,行向鹧鸪声里住。渺渺洞庭波,木叶下、楚天何处。

折残杨柳应无数,趁离亭笛声吹度。

有几个征鸿，相伴也、送君南去。

梅梢雪·元夜月蚀（星球映彻）

星球映彻，一痕微褪梅梢雪。紫姑待话经年别，窃药心灰，慵把菱花揭。

踏歌才起清钲歇，扇纨仍似秋期洁。天公毕竟风流绝，教看蛾眉，特放些时缺。

木兰花（人生若只如初见）

人生若只如初见，何事秋风悲画扇？等闲变却故人心，却道故心人易变。

骊山语罢清宵半，泪雨零铃终不怨。何如薄幸锦衣郎，比翼连枝当日愿。

红窗月（燕归花谢）

燕归花谢，早因循、又过清明。是一般风景，两样心情。犹记碧桃影里、誓三生。

乌丝阑纸娇红篆，历历春星。道休孤密约，鉴取深盟。语罢一丝香露、湿银屏。

淡黄柳·咏柳（三眠未歇）

三眠未歇，乍到秋时节。一树斜阳蝉更咽，曾绾灞陵离别。絮已为萍风卷叶，空凄切。

长条莫轻折。苏小恨，倩他说。尽飘零、游冶章台客。红板桥空，湔裙人去，依旧晓风残月。

一丛花·咏并蒂莲（阑珊玉佩罢霓裳）

阑珊玉佩罢霓裳，相对绾红妆。藕丝风送凌波去，又低头、软语商量。一种情深，十分心苦，脉脉背斜阳。

色香空尽转生香，明月小银塘。桃根桃叶终相守，伴殷勤、双宿鸳鸯。菰米漂残，沉云乍黑，同梦寄潇湘。

金人捧露盘·净业寺观莲有怀荪友（藕风轻）

藕风轻，莲露冷，断虹收，正红窗初上帘钩。田田翠盖，趁斜阳鱼浪香浮。此时画阁垂杨岸，睡起梳头。

旧游踪，招提路，重到处，满离忧。想芙蓉湖上悠悠。红衣狼藉，卧看少妾荡兰舟。午风吹断江南梦，梦里菱讴。

洞仙歌·咏黄葵（铅华不御）

铅华不御，看道家妆就。问取旁人入时否。为孤情淡韵，判不宜春，矜标格、开向晚秋时候。

无端轻薄雨，滴损檀心，小叠宫罗镇长皱。何必诉凄清，为爱秋光，被几日、西风吹瘦。便零落、蜂黄也休嫌，且对倚斜阳，胜偎红袖。

翦湘云·送友（险韵慵拈）

险韵慵拈，新声醉倚。尽历遍情场，懊恼曾记。不道当时肠断事，还较而今得意。向西风、约略数年华，旧心情灰矣。

正是冷雨秋槐，鬓丝憔悴。又领略愁中送客滋味。密约重逢知甚日，看取青衫和泪。梦天涯、绕遍尽由人，只樽前迢递。

东风第一枝·桃花（薄劣东风）

薄劣东风，凄其夜雨，晓来依旧庭院。多情前度崔郎，应叹去年人面。湘帘乍卷，早迷了、画梁栖燕。最娇人、清晓莺啼，飞去一枝犹颤。

背山郭、黄昏开遍。想孤影、夕阳

一片。是谁移向亭皋,伴取晕眉青眼。
五更风雨,算减却、春光一线。傍荔墙、
牵惹游丝,昨夜绛楼难辨。

秋水·听雨
（谁道破愁须仗酒）

谁道破愁须仗酒,酒醒后,心翻醉。
正香消翠被,隔帘惊听,那又是、点点
丝丝和泪。忆剪烛幽窗小憩。娇梦垂成,
频唤觉一眶秋水。

依旧乱蛩声里,短檠明灭,怎教人
睡。想几年踪迹,过头风浪,只消受、
一段横波花底。向拥髻灯前提起。甚日
还来,同领略、夜雨空阶滋味。

木兰花慢（盼银河迢递）
立秋夜雨,送梁汾南行。

盼银河迢递,惊入夜,转清商。乍
西园蝴蝶,轻翻麝粉,暗惹蜂黄。炎凉。
等闲瞥眼,甚丝丝点点搅柔肠。应是登
临送客,别离滋味重尝。

疑将。水墨画疏窗。孤影淡潇湘。
倩一叶高梧,半条残烛,做尽商量。荷
裳。被风暗剪,问今宵、谁与盖鸳鸯。
从此羁愁万叠,梦回分付啼螀。

瑞鹤仙（马齿加长矣）
丙辰生日自寿。起用弹指词句,并呈见阳。

马齿加长矣,枉碌碌乾坤,问汝何
事。浮名总如水。判尊前杯酒,一生长
醉。残阳影里,问归鸿、归来也未？且
随缘、去住无心,冷眼华亭鹤唳。

无寐。宿醒犹在。小玉来言,日高
花睡。明月阑干,曾说与、应须记。是
蛾眉便自、供人嫉妒,风雨飘残花蕊。
叹光阴、老我无能,长歌而已。

雨霖铃·种柳（横塘如练）

横塘如练。日迟帘幕,烟丝斜卷。
却从何处移得,章台仿佛,乍舒娇眼。
恰带一痕残照,锁黄昏庭院。断肠处、
又惹相思,碧雾蒙蒙度双燕。

回阑恰就轻阴转。背风花、不解春
深浅。托根幸自天上,曾试把《霓裳》
舞遍。百尺垂垂,早是酒醒,莺语如剪。
只休隔、梦里红楼,望个人儿见。

疏影·芭蕉（湘帘卷处）

湘帘卷处,甚离披翠影,绕檐遮住。
小立吹裙,常伴春慵,掩映绣床金缕。芳
心一束浑难展,清泪裹、隔年愁聚。更
夜深、细听空阶雨滴,梦回无据。

正是秋来寂寞,偏声声点点,助人
离绪。缃被初寒,宿酒全醒,搅碎乱蛩
双杵。西风落尽庭梧叶,还剩得、绿阴如
许。想玉人、和露折来,曾写断肠诗句。

潇湘雨·送西溟归慈溪
（长安一夜雨）

长安一夜雨,便添了、几分秋色。
奈此际萧条,无端又听、渭城风笛。咫
尺层城留不住,久相忘、到此偏相忆。
依依白露丹枫,渐行渐远,天涯南北。

凄寂。黔娄当日事,总名士、如何
消得？只皂帽蹇驴,西风残照,倦游踪
迹。廿载江南犹落拓,叹一人、知己终
难觅。君须爱酒能诗,鉴湖无恙,一蓑
一笠。

风流子·秋郊射猎
（平原草枯矣）

平原草枯矣,重阳后,黄叶树骚骚。
记玉勒青丝,落花时节,曾逢拾翠,忽

听吹箫。今来是、烧痕残碧尽，霜影乱红凋。秋水映空，寒烟如织，皂雕飞处，天惨云高。

人生须行乐，君知否，容易两鬓萧萧。自与东君作别，划地无聊。算功名何许，此身博得，短衣射虎，沽酒西郊。便向夕阳影里，倚马挥毫。

河渎神（凉月转雕阑）

凉月转雕阑，萧萧木叶声干。银灯飘落琐窗闲，枕屏几叠秋山。

朔风吹透青缣被，药炉火暖初沸。清漏沉沉无寐，为伊判得憔悴。

青衫湿·悼亡（青衫湿遍）

青衫湿遍，凭伊慰我，忍便相忘。半月前头扶病，剪刀声、犹在银釭。忆生来小胆怯空房。到而今独伴梨花影，冷冥冥、尽意凄凉。愿指魂兮识路，教寻梦也回廊。

咫尺玉钩斜路，一般消受，蔓草残阳。判把长眠滴醒，和清泪、搅入椒浆。怕幽泉还我为神伤。道书生薄命宜将息，再休耽、怨粉愁香。料得重圆密誓，难禁寸裂柔肠。

忆桃源慢（斜倚熏笼）

斜倚熏笼，隔帘寒彻，彻夜寒如水。离魂何处，一片月明千里。两地凄凉，多少恨，分付药炉烟细。近来情绪，非关病酒，如何拥鼻长如醉。转寻思不如睡也，看到夜深怎睡。

几年消息浮沉，把朱颜顿成憔悴。纸窗渐沥，寒到个人衾被。篆字香消灯烬冷，不算凄凉滋味。加餐千万，寄声珍重，而今始会当日意。早催人一更更漏，残雪月华满地。

湘灵鼓瑟（新睡觉）

新睡觉，听漏尽乌啼欲晓。屏侧坠钗扶不起，泪浥余香悄悄。任百种思量都来，拥枕薄衾颠倒。土木形骸，自甘憔悴，只平白占伊怀抱。听萧萧、一剪梧桐，此日秋光应到。

若不是忧能伤人，怎青镜朱颜便老。慧业重来偏命薄，悔不梦中过了。忆少日清狂，花间马上，软风斜照。端的而今，误因疏起，却懊恼误人年少。料应他此际闲眠，一样百愁难扫。

大酺·寄梁汾（怎一炉烟）

怎一炉烟，一窗月，断送朱颜如许。韶光犹在眼，怪无端吹上，几分尘土。手捻残枝，沉吟往事，浑似前生无据。鳞鸿凭谁寄，想天涯只影，凄风苦雨。便研损吴绫，啼沾蜀纸，有谁同赋。

当时不是错，好花月、合受天公妒。准拟倩、春归燕子，说与从头，争教他、会人言语。万一离魂过，偏梦被、冷香萦住。刚听得、城头鼓。相思何益？待把来生祝取，慧业相同一处。

点绛唇·寄南海梁药亭（一帽征尘）

一帽征尘，留君不住从君去。片帆何处？南浦沉香雨。

回首风流，紫竹村边住。孤鸿语，三生定许，可是梁鸿侣。

满宫花（盼天涯）

盼天涯，芳讯绝。莫是故情全歇。朦胧寒月影微黄，情更薄于寒月。

麝烟销，兰烬灭。多少怨眉愁睫。芙蓉莲子待分明，莫向暗中磨折。

望江南·咏弦月（初八月）

初八月，半镜上青霄。斜倚画阑娇不语，暗移梅影过红桥，裙带北风飘。

明月棹孤舟·海淀
（一片亭亭空凝伫）

一片亭亭空凝伫。趁西风霓裳遍舞。白鸟惊飞，菰蒲叶乱，断续浣纱人语。

丹碧驳残秋夜雨。风吹去采菱越女。辘轳声断，昏鸦欲起，多少博山情绪？

望海潮·宝珠洞（汉陵风雨）

汉陵风雨，寒烟衰草，江山满目兴亡。白日空山，夜深清呗，算来别是凄凉。往事最堪伤，想铜驼巷陌，金谷风光。几处离宫，至今童子牧牛羊。

荒沙一片茫茫，有桑乾一线，雪冷雕翔。一道炊烟，三分梦雨，忍看林表斜阳。归雁两三行，见乱云低水，铁骑荒冈。僧饭黄昏，松门凉月拂衣裳。

赤枣子（风淅淅）

风淅淅，雨纤纤。难怪春愁细细添。记不分明疑是梦，梦来还隔一重帘。

玉连环影（才睡）

才睡。愁压衾花碎。细数更筹，眼看银虫坠。梦难凭，讯难真，只是赚伊终日两眉颦。

秋千索（锦帷初卷蝉云绕）

锦帷初卷蝉云绕，却待要、起来还早。不成薄睡倚香篝，一缕缕残烟袅。

绿阴满地红阑悄，更添与、催归啼鸟。可怜春去又经时，只莫被人知了。

浪淘沙·秋思（霜讯下银塘）

霜讯下银塘，并作新凉。奈他青女忒轻狂。端正一枝荷叶盖，护了鸳鸯。

燕子要还乡，惜别雕梁。更无人处倚斜阳。还是薄情还是恨，仔细思量。

渔父（收却纶竿落照红）

收却纶竿落照红，秋风宁为剪芙蓉。人淡淡，水濛濛，吹入芦花短笛中。

雨中花（楼上疏烟楼下路）

楼上疏烟楼下路，正招余、绿杨深处。奈卷地西风，惊回残梦，几点打窗雨。

夜深雁掠东檐去。赤憎是、断魂砧杵。算酌酒忘忧，梦阑酒醒，愁思知何许？

满江红（籍甚平阳）

为曹子清题其先人所构楝亭，亭在金陵署中。

籍甚平阳，羡奕叶、流传芳誉。君不见、山龙补衮，昔时兰署。饮罢石头城下水，移来燕子矶边树。倩一茎黄楝作三槐，趋庭处。

延夕月，承晨露。看手泽，深余慕。更凤毛才思，登高能赋。入梦凭将图绘写，留题合遣纱笼护。正绿阴青子盼乌衣，来非暮。

浣溪沙·郊游联句
（出郭寻春春已阑）

出郭寻春春已阑（陈维崧），东风吹面不成寒（秦松龄），青村几曲到西山（严绳孙）。

并马未须愁路远（姜宸英），看花且莫放杯闲（朱彝尊），人生别易会常难（纳兰性德）。

出身高贵，却满纸凄婉幽绝

身居华林，却悠然于世俗之外

他有惊人眼目的才气，却一生为情所困

他有刻骨铭心的爱情，却悔叹一世姻缘

纳兰的人生如这部「饮水词」

以自然之眼观物，以自然之舌言情

演绎生命与诗词最美的相遇

定价：48.00元